FÜR CALEB UND EMMA
UND GROSSMUTTER

IN LIEBE

Bratuspantium
silva
Lutetia
Melodunum
Lugdunen: sis.
Sequana flu.
Iuliomagus
Gena: bum
GAL LI A.
Ligeris flu.
Santonum portus
Lemovicum
Alexia
Arar flu.
Geneva
Rhenus
Octo: durus
Gergobia
Lugdunum
Rhodanus flu.
Aug. Pretoria
Burde: gala
Garumna flu.
Vxello dunum
Narbo: nensis.
Gallia Cis
Aquitanica.
Tolosa
Alpes m.
Nemau: sum
Arelate
Nicea
Pyreneus mons
Sontiatum
Narbo: na
Rhodanus flu.
Massilia
Celti: beri.
Cor: sica
Tarraco
Iberus flu.
Polentia
Olbia
Sardinia
Gymnesiæ insulæ.
Sucro flu.
Iulia Cesarea
Dracontius
Hippo
Salde
NVMIDIA.

NOAH GORDON

DER MEDICUS VON SARAGOSSA

TEIL I

DER ERSTE SOHN

TOLEDO

23. AUGUST 1489

1. KAPITEL

DER SOHN DES SILBERSCHMIEDS

Für Bernardo Espina begannen die schlechten Zeiten an einem Tag, an dem die Luft schwer war wie Eisen und der hochmütige Sonnenschein ein Fluch. An diesem Morgen hatte sich die überfüllte Krankenstation schon fast geleert, als im Wartezimmer bei einer Schwangeren die Fruchtblase platzte und er die beiden noch verbliebenen Patienten aus dem Raum scheuchen mußte. Die Frau war nicht einmal eine Patientin, sondern hatte ihren betagten Vater wegen eines Hustens, der nicht vergehen wollte, zum Arzt gebracht. Das Baby war ihr fünftes und kam ohne Zögern auf die Welt. Espina empfing den glitschigen, rosigen Knaben mit beiden Händen, und als er ihm auf die winzigen Pobacken klatschte, wurde das dünne Schreien des stämmigen kleinen *peón* von denen, die draußen warteten, mit Hochrufen und Gelächter begrüßt.

Die Entbindung stimmte Espina heiter, doch diese Verheißung eines glücklichen Tages sollte sich als falsch erweisen. Für den Nachmittag hatte er keine Verpflichtungen mehr, und er überlegte, ob er einen Korb mit Süßigkeiten und einer Flasche *tinto* packen und mit seiner Familie an den Fluß gehen sollte, wo die Kinder planschen konnten, während er und Estrella im Schatten eines Baums saßen und tranken und plauderten.

Er behandelte eben seinen letzten Patienten, als ein Mann auf einem Esel, den er in der Hitze offenbar zu scharf geritten hatte, auf den Hof getrottet kam. Der Mann trug die braune Kutte eines Novizen.

Aufgeregt und ein wenig wichtigtuerisch stammelte der Mann, daß das Erscheinen des Herrn Arztes in der Abtei zur Himmelfahrt Mariä gewünscht werde, von Padre Sebastián Alvarez höchstpersönlich.

»Der Prior möchte, daß Ihr auf der Stelle kommt.«

Der Mann wußte, daß Espina ein *converso,* ein Konvertit, war, das merkte der Arzt sofort. Zwar erwies er ihm die Ehrerbietung, die Espina dank seines Berufes zustand, aber in seinem Ton schwang auch jene Anmaßung mit, die er einem gewöhnlichen Juden gegenüber an den Tag gelegt hätte.

Espina nickte. Er kümmerte sich darum, daß der Esel Wasser und auch der Mann eine kleine Stärkung erhielt. Er selbst pinkelte vorsichtshalber noch einmal, wusch sich Gesicht und Hände und verzehrte ein Stück Brot. Der Novize war noch beim Essen, als Espina vom Hof ritt.

Espinas Konversion lag elf Jahre zurück. Seit dieser Zeit war er ein inbrünstiger Anhänger seines gewählten Glaubens, ein Mann, der jeden Feiertag achtete, täglich mit seiner Frau zur Messe ging und sich darum bemühte, seiner Kirche treu zu dienen. Jetzt machte er sich unverzüglich auf, um der Forderung des Priesters nachzukommen, allerdings in einem Tempo, das sein Tier in der Hitze der kupfernen Sonne schonte.

Als er in der Hieronymiten-Abtei ankam, läuteten gerade die Glocken, deren schmelzender Klang die Gläubigen zum Angelus der Menschwerdung rief, und vier verschwitzte Laienbrüder schleppten einen Korb mit hartem Brot und einen Kessel mit *sopa boba* herbei, der dünnen Mönchsbrühe, die für die Bedürftigen, welche sich vor dem Tor des Klosters versammelt hatten, die einzige Mahlzeit des Tages sein würde.

Padre Sebastián befand sich zusammen mit Fray Julio Pérez,

dem Mesner der Kapelle, im Kreuzgang des Klosters, wo die beiden, ins Gespräch vertieft, auf und ab schritten. Verwundert sah Espina den Ernst in ihren Gesichtern.

Er wirkt verstört, kam es dem Arzt in den Sinn, als der Prior den Mesner fortschickte und Bernardo Espina mit düsterer Stimme in Christi Namen begrüßte.

»In unserem Olivenhain wurde die Leiche eines Jungen gefunden.«

»Gibt es Hinweise auf eine Krankheit, hochwürdiger Padre?«

»Der Junge wurde ermordet«, sagte der Priester. Er war ein Mann mittleren Alters mit beständig besorgter Miene, als ängstige er sich, daß Gott nicht zufrieden sei mit seiner Arbeit. Konvertiten gegenüber hatte er sich immer sehr anständig verhalten.

Espina nickte langsam, aber ihm schwante Übles. Es war eine gewalttätige Zeit. Mit leidvoller Regelmäßigkeit wurde jemand tot aufgefunden, doch ist das Leben erst aus einem Menschen gewichen, gibt es keinen Grund mehr, einen Arzt zu rufen.

»Kommt.«

Der Padre Prior führte den Arzt in eine Mönchszelle, in der die Leiche aufgebahrt war. Die Hitze hatte bereits Fliegen angelockt, und der unverwechselbare süßliche Gestank menschlicher Sterblichkeit lag in der Luft. Es gab Bernardo einen Stich, als er das Gesicht des Jungen erkannte, und er bekreuzigte sich, ohne zu wissen, ob dieser Reflex dem ermordeten jüdischen Jungen oder ihm selbst galt oder von der Anwesenheit des Priesters herrührte.

»Wir wollen die Umstände seines Todes erfahren.« Der Priester sah ihn an. »Alles. Soviel man herausfinden kann«, fügte er hinzu, und der noch immer verwirrte Bernardo nickte.

Eines wußten sie beide bereits. »Das ist Meir, der Sohn von Helkias Toledano«, sagte Bernardo, und der Priester nickte. Der Vater des ermordeten Jungen war einer der besten Silberschmiede von ganz Kastilien.

»Wenn ich mich recht erinnere, war der Junge kaum fünfzehn Jahre alt«, sagte Espina. »Kaum mehr als ein Kind jedenfalls, als der Tod ihn ereilte.« Wegen des Gestanks versuchte er, flach zu atmen, aber es half nichts. Unter der Decke, dem letzten Zugeständnis an die Schicklichkeit, trug die stämmige junge Leiche nur ein Hemd. »Wurde er so gefunden?«

»Ja. Von Fray Angelo, der in der Morgenkühle nach der Frühmette Oliven pflückte.«

»Darf ich ihn untersuchen, Padre Prior?« fragte Espina, und der Prior wedelte ungeduldig mit der Hand.

Das unschuldige Gesicht des Jungen wies keine Verletzungen auf. Auf Brust und Armen waren Blutergüsse zu sehen, ferner eine Sprenkelung auf dem Oberschenkel, drei oberflächliche Stiche auf dem Rücken und ein Schnitt auf der linken Brustseite, über der dritten Rippe. Der Anus war aufgerissen, auf den Hinterbacken klebte Sperma. Und hellrote Blutstropfen auf der durchschnittenen Kehle.

Bernardo kannte die Familie des Jungen, alles fromme und sture Juden, die jene haßten, welche wie er den Glauben ihrer Vorväter aus freien Stücken aufgegeben hatten.

Nach der Untersuchung bat Padre Sebastián den Arzt in die Kapelle, wo sie auf dem harten Steinboden vor dem Altar auf die Knie sanken und ein Vaterunser beteten. Dann trat Padre Sebastián hinter den Altar und zog aus einer Truhe ein kleines Sandelholzkästchen. Er öffnete das Kästchen und nahm ein Rechteck aus stark parfümierter, scharlachroter Seide heraus. Als er das Tuch auffaltete, sah Bernardo Espina ein vertrocknetes und ausgebleichtes Fragment von kaum einer halben Spanne Länge.

»Wißt Ihr, was das ist?«

Der Priester schien den Gegenstand nur sehr widerwillig aus der Hand zu geben. Espina trat in den flackernden Schein der Votivkerzen und betrachtete ihn. »Das Stück eines menschlichen Knochens, Padre Prior.«

»Ja, mein Sohn.«

In diesem Moment befand sich Bernardo auf einer schmalen und schwankenden Brücke über dem Abgrund eines Wissens, das er in langen, geheimen Stunden am Seziertisch erworben hatte. Die Kirche betrachtete das Sezieren als Sünde, aber Espina war noch Jude gewesen, als er bei Samuel Provo in die Lehre ging, einem berühmten jüdischen Arzt, der seit Jahren heimlich sezierte.

Jetzt sah er dem Prior direkt in die Augen. »Ein Teilstück des Femur, des größten Knochens im Körper. Dies hier stammt von knapp oberhalb des Knies.«

Er untersuchte den uralten Knochen und vermerkte seine Masse, die Winkelbildung, die charakteristischen Erhebungen und Gruben. »Er stammt vom rechten Bein einer Frau.«

»Und das alles erkennt Ihr nur durch bloßes Ansehen?«

»Ja.«

Das Kerzenlicht lag wie ein gelber Glanz auf den Augen des Priors. »Es ist das heiligste Bindeglied zu unserem Erlöser.«

Eine Reliquie.

Bernardo Espina betrachtete interessiert den Knochen. Er hatte nicht erwartet, einer heiligen Reliquie einmal so nahe zu kommen. »Ist es der Knochen eines Märtyrers?«

»Es ist ein Knochen der Santa Ana«, sagte der Prior leise.

Espina brauchte einen Augenblick, bis er begriffen hatte. Die heilige Anna, Mutter von *La Virgen María*? Das kann nicht sein, dachte er und war entsetzt, als er merkte, daß er den Gedanken laut ausgesprochen hatte.

»O doch, mein Sohn. Bestätigt von jenen, die sich in Rom mit solchen Dingen beschäftigen, und uns gesandt von Seiner Eminenz Rodrigo Kardinal Lancol.«

Espinas Hand, die den Gegenstand hielt, zitterte, wie man es bei jemandem, der seit Jahren als guter Chirurg arbeitete, nicht erwarten würde. Behutsam gab er dem Priester den Knochen zurück und sank dann wieder auf die Knie. Nachdem er sich schnell bekreuzigt hatte, stimmte er gemeinsam mit Padre Prior Sebastián ein neues Gebet an.

Als sie etwas später wieder draußen in der heißen Sonne standen, bemerkte Espina, daß sich mehrere bewaffnete Männer auf dem Gelände der Abtei aufhielten.

»Habt Ihr den Jungen gestern abend noch lebendig gesehen, Padre Prior?« fragte Espina.

»Ich habe ihn nicht gesehen«, sagte Padre Sebastián und erklärte ihm nun endlich, warum er ihn hatte rufen lassen.

»Die Abtei hatte den Silberschmied Helkias beauftragt, ein Reliquiar aus getriebenem Silber und Gold anzufertigen. Es sollte ein außergewöhnliches Reliquiar in der Form eines Ziboriums sein, ein würdiges Behältnis für unsere geheiligte Reliquie. Darin sollte diese ruhen, bis wir einen angemessenen Schrein zu Santa Anas Ehren finanzieren und bauen können.

Die Entwürfe des Handwerkers waren großartig und ließen darauf hoffen, daß sich die fertige Arbeit ihres Zweckes würdig erweisen werde.

Der Junge sollte das Reliquiar gestern abend liefern. Als man seine Leiche entdeckte, lag neben ihr eine leere Ledertasche.

Möglicherweise sind die Mörder des Jungen Juden, aber vielleicht sind sie auch Christen. Ihr habt als Arzt Zugang zu vielen Häusern und vielen Leben und seid Christ und zugleich Jude. Ich möchte, daß Ihr herausfindet, wer die Täter sind.«

Bernardo Espina ärgerte sich insgeheim über die gefühllose Ignoranz dieses Geistlichen, der glaubte, ein Konvertit sei überall willkommen. »Ich bin vielleicht der letzte, den Ihr mit einer solchen Aufgabe betrauen solltet, Hochwürdiger Padre.«

»Dennoch.«

Der Priester sah ihn unverwandt und mit der unversöhnlichen Bitterkeit eines Menschen an, der allem Irdischen entsagt hat und jegliche Hoffnung auf das Jenseits setzt. »Ihr werdet diese Diebe und Mörder finden, mein Sohn. Ihr müßt unseren Teufeln zeigen, daß wir gegen sie gewappnet sind. Gottes Werk muß getan werden.«

2. KAPITEL

DAS GESCHENK GOTTES

Padre Sebastián wußte, daß Fray Julio Pérez ein Mann unanfechtbaren Glaubens war, jemand, den man zweifellos zum Leiter der Abtei zur Himmelfahrt Mariä ernennen würde, sollte der Tod oder das Schicksal ihn, den Prior, zwingen, sie zu verlassen. Doch der Mesner der Kapelle besaß den Makel einer Unschuld, die zu vertrauensselig war. Padre Sebastián fand es beunruhigend, daß von den sechs Bewaffneten, allesamt hartäugige Männer, die Fray Julio angestellt hatte, um das Kloster zu bewachen, nur drei ihm selbst oder Fray Julio persönlich bekannt waren.

Der Priester war sich schmerzlich bewußt, daß die Zukunft der Abtei, von seiner eigenen ganz zu schweigen, in dem kleinen Holzkästchen lag, das er in der Kapelle versteckt hielt. Der Besitz dieser Reliquie erfüllte ihn mit Dankbarkeit und immer wieder mit Erstaunen, aber sie verstärkte auch seine Angst, denn daß er sie in seiner Obhut hatte, war ebenso eine große Ehre wie eine schreckliche Verantwortung.

Als Junge von kaum zwölf Jahren in Valencia hatte Sebastián Alvarez in der polierten Oberfläche eines schwarzen Keramikkrugs etwas gesehen. Die Vision – denn als solche erkannte er sie, und er sollte für den Rest seines Lebens an dieser Überzeugung festhalten – kam ihm, als er mitten in der Nacht, vor der er sich immer fürchtete, plötzlich in der Schlafkammer aufwachte, die er mit seinen Brüdern Augustin und Juan Antonio teilte. Er starrte die schwarze Keramik im mondhellen Zimmer an und sah darin Unseren Herrn Jesus am Kreuz. Sowohl die Gestalt des Herrn als auch das Kreuz waren verschwommen und undeutlich. Alsbald sank er wieder in einen warmen und angenehmen Schlaf, und als er am Morgen aufwachte, war das Bild verschwunden, doch die Erinnerung daran hatte sich seinem Bewußtsein klar und deutlich eingeprägt.

Er verriet niemandem, daß Gott ihm eine Vision geschickt hatte. Seine älteren Brüder hätten ihn ausgelacht und ihn belehrt, er habe wohl nur das Abbild des Vollmonds in dem Krug gesehen. Sein Vater, ein Baron, der glaubte, seine Abstammung und sein Landbesitz gäben ihm das Recht, ein hirnloser Rohling zu sein, hätte ihn geschlagen, weil er sich zum Narren mache, und seine Mutter, eine gedemütigte Frau, die in Angst vor ihrem Gatten lebte, sprach sowieso kaum mit ihren Kindern.

Aber von dieser Nacht der Vision an wußte Sebastián, welche Rolle ihm im Leben beschieden war, und er hatte eine Frömmigkeit an den Tag gelegt, die es seiner Familie einfach machte, ihn in den Dienst der Kirche abzuschieben.

Nach der Priesterweihe hatte er sich zunächst damit zufriedengegeben, in verschiedenen untergeordneten Stellungen zu dienen. Erst im sechsten Jahr nach der Weihe kam ihm schließlich die wachsende Berühmtheit seines Bruders Juan Antonio zugute. Ihr Bruder Augustin hatte Titel und Besitzungen in Valencia geerbt, aber Juan Antonio hatte in Toledo eine vortreffliche Partie gemacht, und die Familie seiner Frau, die mächtigen Borgias, verschaffte Sebastián schließlich eine Stelle am Bischofssitz von Toledo.

Sebastián wurde zum Kaplan eines neuen Hieronymiten-Klosters und zum Gehilfen ihres Priors, Padre Jerónimo Degas, ernannt. Die Abtei zur Himmelfahrt Mariä war ausgesprochen arm. Außer dem winzigen Fleckchen, auf dem die Klostergebäude standen, besaß sie keine eigenen Ländereien, aber sie hatte einen Olivenhain gepachtet, und aus Barmherzigkeit gestattete Juan Antonio den Mönchen, in den Ecken und an den schmalen Rändern seines Landes Wein anzubauen. Auf Geldgeschenke von Juan Antonio oder anderen war dagegen kaum zu hoffen, ebensowenig wie auf wohlhabende Novizen, die in den heiligen Dienst der Kirche treten wollten und dieser ihren Besitz vermachten.

Dennoch gab sich Sebastián Alvarez, als die Mönche ihn nach Padre Jerónimo Degas' Tod zum Prior erwählten, der Sünde des Stolzes hin; dabei ahnte er, daß die Ehre ihm nur zuteil wurde, weil er Juan Antonios Bruder war.

Die ersten fünf Jahre der Leitung der Abtei zehrten an ihm und seinen Lebensgeistern. Doch in all der quälenden Erbärmlichkeit seines Lebens wagte der Priester noch zu träumen. So war zum Beispiel der riesige Zisterzienserorden von einer Handvoll eifriger Männer gegründet worden, die noch weniger und ärmer waren als seine eigenen Mönche. Sobald eine Gemeinschaft sechzig Männer in weißen Kutten zählte, wurden zwölf von ihnen ausgeschickt, um ein neues Kloster zu gründen, und so hatten sie sich in Jesu Namen über ganz Europa ausgebreitet. Padre Sebastián sagte sich, daß seine bescheidene Abtei dasselbe erreichen könnte, wenn Gott ihnen nur den Weg wies.

Im Jahr des Herrn 1488 war es ein Besucher aus Rom, der bei Padre Sebastián für Aufregung und für eine Aufmunterung der gesamten religiösen Gemeinschaft Kastiliens sorgte. Rodrigo Kardinal Lancol hatte spanische Wurzeln, er war als Rodrigo Borgia in der Nähe von Sevilla geboren worden. Als Jüngling war er von seinem Onkel, Papst Calixtus III., unter die Fittiche genommen worden, und er hatte sich zu einem Mann entwickelt, den man fürchten mußte, ein Mann mit enormer kirchlicher Macht.

Die Alvarez' waren seit langem Freunde und Verbündete der Borgias, und die Heirat von Elienor Borgia mit Juan Antonio hatte die engen Bande zwischen den beiden Familien noch gestärkt. Juan Antonio war wegen dieser Verbindung mit den Borgias bereits zu einer beliebten Figur bei Hofe geworden und galt sogar als Günstling der Königin.

Elienor war eine Cousine ersten Grades von Kardinal Lancol.

»Wir brauchen eine Reliquie«, hatte Sebastián zu Elienor gesagt.

Er haßte es, seine Schwägerin um etwas zu bitten, denn er konnte sie nicht ausstehen wegen ihrer Eitelkeit, ihrer Unaufrichtigkeit und Gehässigkeit, wenn man sie reizte, aber nun tat er es doch. »Die Reliquie eines Märtyrers, oder vielleicht eines unbedeutenden Heiligen. Wenn Seine Eminenz dem Kloster eine solche Reliquie verschaffen könnte, wäre das unser größtes Glück. Ich bin überzeugt, daß er uns beistehen wird, wenn Ihr ihn nur darum bittet.«

»Ach, das kann ich unmöglich tun.«

Doch Sebastiáns Flehen wurde immer unterwürfiger und beharrlicher, je näher der Zeitpunkt von Lancols Besuch rückte, und schließlich ließ Elienor sich erweichen. Um sich den lästigen Bittsteller vom Hals zu schaffen, und nur ihrem Gatten zuliebe, versprach sie schließlich, das menschenmögliche zu tun, um ihm in seinem Anliegen weiterzuhelfen. Es war bekannt, daß der Kardinal in Cuenca, auf dem Gut ihres Onkels Garci Borgia Junez, nächtigen würde.

»Ich werde mit meinem Onkel reden und ihn bitten, für Euch ein gutes Wort einzulegen«, versprach sie Sebastián.

Bevor Kardinal Lancol aus Spanien abreiste, hielt er in der Kathedrale von Toledo eine Messe, die von jedem Mönch, Priester und Prälaten der Region besucht wurde. Nach dem Gottesdienst stand Lancol da, umringt von einer jubelnden Menge, die Kardinalsmitra auf dem Kopf, den riesigen bischöflichen Hirtenstab in der Hand und um den Hals das Pallium, das ihm der Papst verliehen hatte. Sebastián sah ihn von ferne, und ihm war, als erlebte er eine zweite Vision. Den Versuch, sich nach der Messe Lancol zu nähern, wagte er freilich nicht. Elienor hatte berichtet, ihr Onkel habe die Bitte wirklich vorgebracht. Er habe darauf hingewiesen, daß nach jedem der großen Kreuzzüge Ritter und Soldaten aus aller Herren Länder durch Spanien gezogen seien. Jedesmal hätten sie vor ihrer Heimkehr das Land aller heiligen Reliquien beraubt, hätten die Knochen von Märtyrern und Heiligen ausgegraben und aus Kirchen und Kathedralen an ihrem Weg Reliquien fortgeschafft, fast wie es ihnen beliebte. Und dann hatte der Onkel Kardinal Lancol behutsam zu verstehen gegeben, daß er sich der tiefen Bewunderung ganz Kastiliens sicher sein könne, wenn er nur dem spanischen Priester, der ihrer beider angeheirateter Verwandter sei, eine Reliquie sandte.

Sebastián wußte, daß jetzt die Sache von Gott und seinen ernannten Dienern in Rom entschieden würde.

Die Tage vergingen langsam für ihn. Anfangs waren seine Hoffnungen noch kühn; er schwelgte in der Vorstellung, eine Reliquie zu erhalten, die die Macht hatte, christliche Gebete zu erhören, und die gnädige Barmherzigkeit, die Leidenden zu heilen. Solch eine Reliquie würde Gläubige und Spenden von weither anlokken. Aus der kleinen Abtei würde ein großes und blühendes Kloster werden, und der Prior würde ...

Doch als aus den Tagen Wochen und Monate wurden, verblaßten solche Träume mehr und mehr. Er hatte schon beinahe alle Hoffnung aufgegeben, als man ihn eines Tages an den Toledaner Bischofssitz bestellte. Gerade war die Kuriertasche aus Rom, die zweimal jährlich nach Toledo geschickt wurde, eingetroffen, und neben anderen Dingen enthielt sie auch eine versiegelte Botschaft für Padre Sebastián Alvarez von der Abtei zur Himmelfahrt Mariä.

Es war sehr ungewöhnlich, daß ein unbedeutender Pfarrer vom

Heiligen Stuhl ein versiegeltes Paket erhielt. Weihbischof Guillermo Ramero, der es Sebastián aushändigte, war voller Neugier und wartete ungeduldig darauf, daß der Prior es öffnete, so wie es einem gehorsamen Priester geziemte. Er wurde sehr wütend, als Padre Alvarez das Paket nur entgegennahm und davoneilte.

Erst als Sebastián allein in der Abtei war, erbrach er mit zitternden Fingern das Wachssiegel.

Das Paket enthielt ein Dokument mit dem Titel *Translatio Sanctae Annae,* und als Padre Sebastián auf einen Stuhl sank und ehrfurchtsstarr zu lesen begann, dämmerte ihm, daß es sich um die Geschichte der sterblichen Überreste der Mutter Unserer Heiligen Jungfrau handelte.

Die Mutter der Jungfrau, Anna die Jüdin, Frau des Joachim, war in Nazareth gestorben und dort begraben worden. Sie wurde von den Christen schon früh verehrt. Bald nach ihrem Tod brachen zwei ihrer Basen, beide mit dem Namen Maria, und ein entfernterer Verwandter namens Maximin aus dem Heiligen Lande auf, um in der Fremde die Botschaft Christi zu verkünden. Besondere Weihe erhielt ihre Mission durch das Geschenk einer hölzernen Truhe mit einer Anzahl Reliquien der Mutter der Heiligen Jungfrau. Die drei überquerten das Mittelmeer und landeten in Marseille, wo die beiden Frauen sich in einem nahen Fischerdorf niederließen, um Bekehrungswillige zu suchen. Da die Gegend häufig überfallen wurde, betrauten sie Maximin mit der Aufgabe, die heiligen Gebeine an einen sicheren Ort zu bringen, und er reiste weiter bis in die Stadt Apt, wo er sie in einen Schrein legte.

Die Knochen blieben viele hundert Jahre in Apt. Doch dann, im achten Jahrhundert, trat eines Tages ein Mann vor den Schrein, den seine Soldaten Carolus Magnus nannten – Karl der Große also, der König der Franken –, und er las mit Verblüffung die Inschrift: *Hier ruhen die sterblichen Überreste der heiligen Anna, der Mutter der glorreichen Jungfrau Maria.*

Der kriegerische König nahm die Knochen aus ihrem vermoderten Leichentuch, und als er dies tat, spürte er die Gegenwart Gottes und wurde sich staunend bewußt, daß er etwas in den Händen hielt, was ihn direkt mit Jesus Christus verband.

Einige der Reliquien schenkte er seinen engsten Freunden und nahm sich auch selbst ein paar, die er nach Aachen schickte. Er ließ ein Verzeichnis der Gebeine anfertigen und sandte eine Abschrift an den Papst. Den verbliebenen Rest der Reliquien ließ er in der Obhut des Bischofs von Apt und seiner Nachfolger.

Im Jahre des Herrn 800, als Carolus Magnus, der sein militärisches Genie unter Beweis gestellt und innerhalb weniger Dekaden ganz Westeuropa erobert hatte, zum Römischen Kaiser Karl I. gekrönt wurde, prangte die gestickte Gestalt der heiligen Anna auf seinem Krönungsornat.

Der Rest der Reliquien dieser Heiligen war zu diesem Zeitpunkt längst aus dem Grab in Nazareth entfernt worden. Der Großteil war an Kirchen in verschiedenen Ländern gegangen, während drei Knochen in die Obhut des Heiligen Stuhls gelangt waren und mehr als ein Jahrhundert lang in den Katakomben Roms geruht hatten. Im Jahre 830 plünderte ein Reliquiendieb namens Duesdona, ein Diakon der römischen Kirche, die Katakomben, um zwei deutsche Klöster, Fulda und Mannheim, mit Reliquien beliefern zu können. Er verkaufte unter anderem die Überreste der Heiligen Sebastian, Fabian, Alexander, Emmerentia, Felicitas, Felicitissimus und Urban, doch irgendwie übersah er bei seinem Raubzug die drei Knochen der heiligen Anna. Als die kirchlichen Behörden die böse Tat entdeckten, brachten sie Santa Anas Knochen in einen Lagerraum, wo sie jahrhundertelang Staub ansetzten.

Padre Sebastián erhielt nun die Nachricht, daß eine dieser drei kostbaren Reliquien an ihn gesandt werden würde.

Vierundzwanzig Stunden brachte er kniend in der Kapelle mit Dankgebeten zu, von einer Morgenandacht zur nächsten ohne Essen und Trinken. Als er dann versuchte, wieder aufzustehen, hatte er kein Gefühl mehr in den Beinen und wurde von besorgten Mönchen in seine Zelle getragen. Aber schließlich schenkte Gott ihm neue Kraft, und er brachte die *Translatio* zu Juan Antonio und Garci Borgia. Von Ehrfurcht und Staunen erfüllt, waren sie bereit, die Kosten für ein Reliquiar zu übernehmen, in dem das Fragment aufbewahrt werden konnte, bis ein angemessener Schrein errichtet war. Sie zerbrachen sich den Kopf, welcher berühmte Handwerker mit dieser Aufgabe betraut werden sollte, und schließlich schlug Juan Antonio vor, Sebastián solle den Auftrag für das Reliquiar an Helkias Toledano vergeben, einen jüdischen Silberschmied, der mit seinen einfallsreichen Entwürfen und seinem großen handwerklichen Können schon viel Anerkennung gefunden hatte.

Der Silberschmied und Sebastián hatten sich wegen der Gestaltung des Reliquiars und wegen des Preises besprochen und waren zu einer Übereinkunft gelangt. Dabei kam dem Priester der Gedanke, wie schön es doch wäre, wenn er die Seele dieses Juden für Christus gewinnen könnte, quasi als Ergebnis dieser Arbeit, die der Herr notwendig gemacht hatte.

Die Entwurfszeichnungen, die Helkias angefertigt hatte, zeigten, daß er sowohl Künstler als auch Handwerker war. Die Kelchschale, der quadratische Sockel und der Deckel sollten aus Blatt- und Massivsilber bestehen. Helkias schlug vor, die Figuren von zwei Frauen in Silberfiligran zu gestalten. Nur die Rücken sollten zu sehen sein, anmutig und deutlich weiblich, Anna zur Linken, ihre Tochter Maria noch nicht ganz erwachsen, aber erkennbar an einem Heiligenschein um ihren Kopf. Verzieren wollte Helkias das Ziborium mit einer Fülle von Pflanzen, mit denen Anna vertraut gewesen sein dürfte: Weintrauben und Oliven, Granatäpfel und Datteln, Feigen und Weizen, Gerste und Dinkel. Auf der gegenüberliegenden Seite des Grals – als Vorahnung des Künftigen, von den Frauen so weit entfernt wie die Zukunft – wollte Helkias in massivem Silber das Kreuz gestalten, das erst nach Annas Lebzeiten zum christlichen Symbol werden sollte. Das Jesuskind sollte am Fuß des Kreuzes in Gold prangen.

Padre Sebastián hatte befürchtet, daß die beiden Spender ihre Zustimmung zu dem Entwurf hinauszögern würden, weil sie ihre eigenen Ideen berücksichtigt sehen wollten, doch zu seiner Freude zeigten sich sowohl Juan Antonio als auch Garci Borgia höchst beeindruckt von Helkias' Zeichnungen.

Innerhalb weniger Wochen wurde ihm klar, daß das bevorstehende Glück der Abtei kein Geheimnis mehr war. Irgend jemand – Juan Antonio, Garci Borgia oder der Jude – hatte mit der Reliquie geprahlt. Vielleicht hatte auch jemand in Rom unklug geplaudert; manchmal war die Kirche ein Dorf.

Mitglieder der religiösen Gemeinde Toledos, die Sebastián bis dahin nie Beachtung geschenkt hatten, starrten ihn jetzt an, doch er merkte, daß Feindseligkeit in ihren Blicken lag. Eines Tages besuchte sogar Weihbischof Guillermo Ramero die Abtei und inspizierte Kapelle, Küche und Mönchszellen.

»Die Eucharistie ist der Leib Christi«, belehrte er Sebastián. »Welche Reliquie kann mächtiger sein als diese?«

»Keine, Euer Exzellenz«, erwiderte Sebastián bescheiden.

»Wenn Toledo eine Reliquie der Heiligen Familie zum Geschenk erhält, dann sollte das Bistum sie besitzen und nicht eine ihm untergeordnete Einrichtung«, sagte der Bischof.

Diesmal erwiderte Sebastián nichts, sondern erwiderte offen und ohne die vorherige Bescheidenheit Rameros Blick, und der Bischof schnaubte vor Wut und schritt mit seinem Gefolge davon.

Bevor Padre Sebastián sich dazu durchringen konnte, Fray Julio diese bedeutsame Nachricht mitzuteilen, hatte der Mesner der Kapelle es bereits von einem Vetter erfahren, der Priester im Offizium für Glaubensangelegenheiten der Diözese war. Bald war es für Sebastián offensichtlich, daß jeder Bescheid wußte, seine eigenen Mönche und Novizen eingeschlossen.

Fray Julios Vetter berichtete, daß die verschiedenen Orden prompt und heftig auf die Nachricht reagiert hätten. Sowohl Franziskaner als auch Benediktiner hatten deutlich formulierte Protestnoten nach Rom geschickt. Die Zisterzienser, bei denen die Verehrung der Jungfrau im Mittelpunkt stand, waren wütend darüber, daß eine Reliquie der Mutter Mariä an eine kleine Abtei der Hieronymiten ging, und hatten sich einen Advokaten besorgt, der ihren Fall in Rom vortrug.

Selbst innerhalb des Hieronymiten-Ordens wurden Stimmen laut, daß eine so kostbare Reliquie nicht an eine so unbedeutende Priorei gehen solle.

Padre Sebastián und Fray Julio war klar, daß die Abtei in eine sehr gefährliche Lage geraten würde, falls irgend etwas die Lieferung der Reliquie verhindern sollte, und die beiden verbrachten viele Stunden kniend im gemeinsamen Gebet.

Doch schließlich kam an einem warmen Sommertag ein großer, bärtiger Mann in der ärmlichen Kleidung eines *peón* in die Abtei zur Himmelfahrt Mariä. Bei seinem Eintreffen wurde eben die *sopa boba* ausgegeben, die er so begierig wie die anderen hungrigen Bedürftigen annahm. Als er den letzten Tropfen der dünnen Brühe getrunken hatte, fragte er namentlich nach Padre Sebastián, und als die beiden allein waren, stellte er sich als Padre Tullio Brea vom Heiligen Stuhl in Rom vor und übermittelte ihm die Grüße Seiner Eminenz Rodrigo Kardinal Lancol. Dann zog er aus seiner zerlumpten Tasche ein hölzernes Kästchen. Als er es öffnete, fand Padre Sebastián darin ein stark parfümiertes Tuch aus blutroter Seide, und darin eingewickelt lag das lang erwartete Knochenstück, das eine so weite Reise hinter sich hatte.

Der italienische Priester blieb gerade so lange, um die freudigste und dankbarste Vesper mitzuerleben, die man in der Abtei zur Himmelfahrt Mariä je gefeiert hatte. Das Abendgebet war kaum vorüber, als Padre Tullio, so unauffällig wie er gekommen war, wieder abreiste und in die Nacht davonritt.

In der nun folgenden Zeit dachte Padre Sebastián mit Wehmut daran, wie sorgenfrei der Dienst an Gott sein mußte, wenn man in Verkleidung die Welt durchwanderte. Er bewunderte den Scharfsinn der Entscheidung, ein so kostbares Gut mit einem einzelnen und unauffälligen Boten zu schicken, und übermittelte dem Juden Helkias den Vorschlag, das Reliquiar nach seiner Fertigstellung ebenfalls von einem einzelnen Träger und erst nach Einbruch der Dunkelheit liefern zu lassen.

Helkias war damit einverstanden, und er schickte seinen Sohn aus, wie Gott es einst getan hatte und, wie man nun wußte, mit dem gleichen Ergebnis. Der tote Junge war Jude und konnte deshalb nie ins Paradies kommen, aber Padre Sebastián betete dennoch für seine Seele. Der Raubmord zeigte ihm, wie belauert die Beschützer der Reliquie waren, und so betete er auch für den Erfolg des Arztes, den er ausgeschickt hatte, um Gottes Werk zu verrichten.

3. KAPITEL

EIN CHRISTLICHER JUDE

Der Padre Prior war das gefährlichste aller menschlichen Wesen, denn er war ein weiser Mann und ein Narr zugleich, dachte Bernardo niedergeschlagen, als er davonritt. Bernardo Espina wußte, daß er aller Wahrscheinlichkeit nach weder von Juden noch von Christen etwas erfahren würde, denn er wurde von den Anhängern beider Religionen verachtet.

Zu gut kannte er auch die Geschichte seiner eigenen Familie. Der Legende nach war der Vorfahr, der sich als erster in Spanien niedergelassen hatte, ein Priester im Tempel Salomos gewesen. Die Espinas hatten die westgotischen Könige und die wechselnden maurischen und christlichen Eroberer überlebt und sich immer genau an die Gesetze der Monarchie und der Nation gehalten, wie es ihre Rabbis vorschrieben.

Juden waren bis in die höchsten Ränge der spanischen Gesellschaft aufgestiegen. Sie hatten den Königen als Wesire gedient, und sie waren reich geworden als Ärzte und Diplomaten, Geldverleiher und Finanziers, Steuereintreiber und Händler, Gutsbesitzer und Handwerker. Und doch waren spanische Juden in fast jeder Generation abgeschlachtet worden von einem Pöbel, der von der Kirche aktiv oder passiv unterstützt wurde.

»Juden sind gefährlich und einflußreich, denn sie treiben gute Christen in den Zweifel« – so die eindringliche Ermahnung des Priesters, der Bernardo getauft hatte.

Jahrhundertelang hatten Dominikaner und Franziskaner die unteren Schichten – die sie *pueblo menudo,* die »kleinen Leute«, nannten – aufgehetzt und sie zuzeiten in einen unversöhnlichen Judenhaß getrieben. Seit dem Gemetzel des Jahres 1391 – fünfzigtausend ermordete Juden – hatten in der einzigen Massenkonversion in der jüdischen Geschichte Hunderttausende von Juden Christus anerkannt, einige, um ihr Leben zu retten, andere, um in einer judenhassenden Gesellschaft Karriere machen zu können.

Manche, wie Espina, hatten Jesus tatsächlich ihr Herz geöffnet, aber viele der nominellen Christen beteten weiterhin ihren Gott des Alten Testaments an, so viele, daß im Jahr 1478 Papst Sixtus IV. die Gründung der Heiligen Inquisition genehmigte, welche abtrünnige Christen aufstöbern und vernichten sollte.

Espina hatte gehört, daß einige Juden die Konvertiten *los marranos* nannten, die Schweine, und davon überzeugt waren, daß sie auf ewig verdammt seien und zum Jüngsten Gericht nicht mehr auferstehen würden. Andere, Barmherzigere, nannten die Apostaten *anusim,* die Gezwungenen, und sie glaubten, daß Gott jenen, die unter Zwang gehandelt hatten, vergeben werde, weil er ihren Überlebenswillen verstehe.

Espina gehörte nicht zu den Gezwungenen. Schon als kleiner Junge hatte ihn dieser Jesus fasziniert, wenn er durch die offenen Türen der Kathedrale einen Blick auf die Gestalt am Kreuz erhaschte, die sein Vater manchmal »den Hingerichteten« nannte. Als junger ärztlicher Lehrling, dem es ein Anliegen war, das Leid der Menschen zu lindern, war er empfänglich für das Leiden Christi, und sein anfängliches Interesse entwickelte sich mit der Zeit zu Überzeugung und zu brennendem Glauben und schließlich zu einer Sehnsucht nach persönlicher christlicher Reinheit, nach dem Stand der Gnade.

Nachdem er sich Jesus erst einmal verschrieben hatte, verliebte er sich auch in den neuen Gott. Für ihn war das eine viel stärkere Liebe als die eines Menschen, der einfach ins Christentum hineingeboren worden war. Die Jesus-Leidenschaft eines Saulus von Tarsus hätte nicht stärker sein können als die seine; sie war unerschütterlich und sicher und verzehrender als jede Sehnsucht eines Mannes nach einer Frau.

Seine Konversion zum Christentum hatte Bernardo Espina in seinem zweiundzwanzigsten Lebensjahr erbeten und erhalten, ein Jahr nach dem Abschluß seiner Ausbildung zum Arzt. Seine Familie hatte getrauert und das Kaddisch aufgesagt, als wäre er gestorben. Sein Vater Jakob, der ihn zuvor mit Stolz und Inbrunst geliebt hatte, war auf der *plaza* an ihm vorübergegangen, ohne seinen Gruß zu erwidern, als würde er ihn nicht kennen; zu dieser Zeit befand er sich bereits in seinem letzten Lebensjahr. Erst eine Woche nach der Beerdigung seines Vaters erfuhr Bernardo überhaupt, daß er gestorben war. Er hatte eine Novene für ihn gehalten, aber er hatte auch dem Verlangen nicht widerstehen können, das Kaddisch für ihn aufzusagen, und so weinte er alleine in seiner Schlafkammer, während er ohne die tröstende Anwesenheit des Minjan das Totengebet rezitierte.

Wohlhabende oder erfolgreiche Konvertiten wurden vom Adel und der Mittelklasse akzeptiert und heirateten in alte Christenfamilien ein. Und auch Bernardo Espina hatte sich mit einer Christin vermählt, mit Estrella de Aranda, der Tochter einer adligen Familie. In der Euphorie, die diese Aufnahme in die Familie und seine neue religiöse Verzückung mit sich brachten, hatte er – gegen besseres Wissen – gehofft, daß seine Glaubensbrüder ihn als »vollendeten Juden«, der ihren Messias angenommen hatte, akzeptieren würden, aber er war auch nicht überrascht, als sie ihn weiterhin als Hebräer verspotteten.

Bereits als Espinas Vater noch ein junger Mann war, hatte der Magistrat von Toledo einen Erlaß veröffentlicht:

Wir erklären hiermit, daß die sogenannten conversos, *Nachkommen verderbter jüdischer Ahnen, von Rechts wegen für niederträchtig und gemein erachtet werden müssen, für ungeeignet und unwürdig, innerhalb der Grenzen der Stadt Toledo und seiner Gerichtsbarkeit ein öffentliches Amt zu bekleiden oder ein Lehen zu erhalten oder Eide oder Urkunden zu beglaubigen oder sonstwelche Machtbefugnisse über wahre Christen der Heiligen Katholischen Kirche auszuüben.*

Heute nun, an diesem Sommertag des Jahres 1489, ritt Bernardo an mehreren klösterlichen Gemeinschaften vorbei, einige kaum größer als die Abtei zur Himmelfahrt Mariä, andere von der Größe kleiner Dörfer. Unter der katholischen Monarchie war in Spanien der Dienst in der Kirche sehr beliebt geworden. *Segundones*, die jüngeren Söhne adliger Familien, die nach dem Ältestenrecht von der Erbfolge ausgeschlossen waren, wandten sich dem religiösen Leben zu, in dem ihnen dank ihrer Familienverbindungen ein schneller Aufstieg sicher war. Die jüngeren Töchter derselben Familien wurden wegen der riesigen Mitgift, die nötig war, um weibliche Erstgeborene zu verheiraten, oft gezwungen, Nonnen zu werden. Und selbst die ärmsten Bauern zog es in den Kirchendienst, denn ein Priesteramt mit einer Pfründe stellte für viele die einzige Möglichkeit dar, der erdrückenden Armut der Leibeigenschaft zu entfliehen.

Die wachsende Zahl klösterlicher Gemeinschaften hatte zu heftigen und häßlichen Kämpfen um finanzielle Unterstützung geführt. Das war auch der Nährboden für die Auseinandersetzung um die Reliquie der heiligen Anna. Für die Abtei zur Himmelfahrt Mariä mochte sie ein Glücksbringer sein, aber der Prior hatte Bernardo erzählt, daß es Ränke und Intrigen unter den mächtigen Benediktinern, den verschlagenen Franziskanern und den aufstrebenden Hieronymiten gebe – und allein Gott wisse, unter wie vielen anderen –, die allesamt in den Besitz dieser Reliquie der Heiligen Familie kommen wollten. Espina war unbehaglich zumute, denn er befürchtete, zwischen diese mächtigen Fraktionen zu geraten und einfach zerquetscht zu werden – so wie es offenbar auch mit Meir Toledano geschehen war.

Als erstes machte sich Bernardo daran herauszufinden, was dem Jungen in den letzten Stunden vor seiner Ermordung widerfahren war.

Das Haus von Helkias dem Silberschmied lag zusammen mit mehreren anderen Gebäuden zwischen zwei Synagogen. Seit die Hauptsynagoge von der Heiligen Mutter Kirche übernommen worden war, feierten die Juden ihre Gottesdienste in der Samuel-Halewi-Synagoge, einem prachtvollen Gebäude und Ausdruck einer Zeit, in der das Leben noch einfacher für sie alle gewesen war.

Die jüdische Gemeinde war so klein, daß jeder wußte, wer unter ihnen vom Glauben abgefallen war, wer bloß so tat und wer Jude geblieben war. Kontakt mit Neuen Christen pflegte man nur, wenn es unvermeidlich war. Und trotzdem hatte vier Jahre zuvor ein verzweifelter Helkias den Arzt Espina aufgesucht.

Seine Gattin Esther, eine wohltätige Frau und Sproß der großen Rabbinerfamilie der Salomos, war plötzlich immer schwächer geworden, und der Silberschmied hatte nur noch den einen Gedanken gehabt, die Mutter seiner drei Söhne zu retten. Bernardo hatte sich große Mühe mit ihr gegeben, er hatte alles getan, was in seiner Macht stand, und auch Christus um ihr Leben angefleht, so wie Helkias zu Jahwe gebetet hatte. Aber er hatte sie nicht retten können. Sie war gestorben, möge Gott ihrer ewigen Seele gnädig sein.

Jetzt eilte er an Helkias' Haus des Unglücks vorbei, ohne innezuhalten, denn er wußte, daß bald zwei Mönche der Abtei zur

Himmelfahrt Mariä einen *burro* hierherführen würden, der die sterblichen Überreste des erstgeborenen Sohnes heim zu seinem Vater trug.

Frühere Generationen hatten die Synagogen vor Jahrhunderten erbaut und dabei die uralte Vorschrift beachtet, daß ein Gotteshaus an der höchsten Stelle der Gemeinde errichtet werden müsse. So hatten sie als Bauplatz das steile Hochufer über dem Fluß Tajo gewählt.

Bernardos Stute scheute, als sie sich der Kante zu sehr näherten.

Mutter Gottes, dachte er und zog die Zügel an; und als das Pferd sich wieder beruhigt hatte, fiel ihm die Reliquie ein, mit der das alles begonnen hatte.

»Großmutter des Erlösers!« rief er, wider Willen schmunzelnd.

Er stellte sich vor, wie Meir ben Helkias hier auf seinem Weg zur Abtei ungeduldig auf den Schutz der Dunkelheit gewartet hatte. Angst hatte der Junge gewiß keine gehabt. Und Bernardo erinnerte sich an manch einen Abend seiner eigenen Jugend, als er mit seinem Vater, Jakob Espina, auf diesem Hochufer gestanden und den sich verdüsternden Himmel nach dem Funkeln der ersten drei Sterne abgesucht hatte, die das Ende des Sabbat ankündigten.

Er schob den Gedanken beiseite, wie er es mit jeder verstörenden Erinnerung an seine jüdische Vergangenheit tat.

Es war gewiß klug von Helkias gewesen, einen Fünfzehnjährigen allein mit der Lieferung des Reliquiars zu betrauen, das erkannte Bernardo jetzt. Eine bewaffnete Wache hätte allerlei Gesindel auf den Plan gerufen, das sofort geahnt hätte, daß hier etwas Kostbares unterwegs war. Dagegen hatte ein Junge, der ein unauffälliges Bündel durch die Nacht trug, gewiß bessere Aussichten, ans Ziel zu kommen.

Eine trügerische Hoffnung, wie sich gezeigt hatte.

Espina stieg ab und führte das Pferd auf den Pfad, der zum Fluß hinabführte. Knapp unterhalb der Kante stand eine Steinhütte, die vor langer Zeit von den Römern erbaut worden war; von dort hatte man Verurteilte in den Tod gestürzt. Tief unter ihm schlängelte sich der Fluß in unschuldiger Schönheit zwischen dem Hochufer und einem Granithügel am anderen Ufer dahin. Jünglinge, die in Toledo aufwuchsen, mieden nachts diesen Ort, denn es ging das Gerücht, daß man hier noch immer das Wehklagen der Toten hören konnte.

Er geleitete sein Pferd den Pfad hinunter, bis aus dem steilen Abhang eine sanftere Böschung wurde, bog dann ab und folgte einem Weg, der ihn bis an den Wasserrand führte. Die Alcántara-Brücke war nicht für ihn passierbar, selbst Meir ben Helkias hatte sie wohl kaum benutzt. Nach einer kurzen Strecke flußabwärts kam Bernardo zu der Furt, auf der auch der Junge vermutlich den Fluß überquert hatte, und dort bestieg er wieder sein Pferd.

Am anderen Ufer mündete ein kleiner Weg, der zur Abtei zur Himmelfahrt Mariä führte. Nur einen Steinwurf entfernt lag fettes und fruchtbares Ackerland, aber hier war die Erde dürftig und trocken, gerade gut genug, um ein paar Tiere darauf mehr schlecht als recht grasen zu lassen. Kurz darauf hörte Espina denn auch das Blöken von Schafen und traf auf eine große Herde, die das kurze Gras abweidete, nur von einem alten Mann bewacht. Espina kannte ihn; er hieß Diego Diaz. Der Schäfer besaß eine weitverzweigte Familie, die fast so groß war wie seine Herde, und Espina hatte schon eine ganze Reihe seiner Verwandten in seiner kleinen Krankenstation behandelt.

»Einen guten Nachmittag, Señor Bernardo.«

»Einen guten Nachmittag, Señor Diaz«, sagte Espina und stieg ab. Er ließ das Pferd mit den Schafen grasen, plauderte ein wenig mit dem Schäfer und fragte dann: »Diego, kennt Ihr einen Jungen namens Meir, den Sohn von Helkias dem Juden?«

»Meint Ihr den Neffen von Aaron Toledano dem Käser, Señor?«

»Ja. Wann habt Ihr ihn das letzte Mal gesehen?«

»Gestern am frühen Abend. Er war unterwegs, um Käse für seinen Onkel auszuliefern, und für nur einen Sueldo hat er mir einen Ziegenkäse verkauft, den ich heute morgen zum Frühstück verzehrt habe. Das war ein Käse, davon hätte er mir zwei geben können.« Er sah Espina an. »Warum sucht Ihr ihn? Hat er etwas ausgefressen, der Kleine?«

»Nein. Ganz und gar nicht.«

»Das dachte ich mir schon, der ist nämlich kein schlechter Junge, dieser Meir.«

»Waren gestern abend auch andere hier in der Gegend unterwegs?« fragte Espina, und der Schäfer sagte ihm, kurz nachdem der Junge weggegangen war, seien zwei Bewaffnete vorbeigekommen, die ihn beinahe niedergeritten hätten. Er habe sie freilich nicht angesprochen, und auch sie hätten ihn keines Wortes gewürdigt.

»Zwei, sagt Ihr?« Bernardo wußte, daß er sich auf die Angaben des alten Mannes verlassen konnte. Der Schäfer hatte die beiden Männer sicher sehr genau beobachtet, konnte er doch froh sein, daß zwei bewaffnete nächtliche Reiter an ihm vorbeizogen, ohne anzuhalten und ihm ein oder zwei Lämmer abzunehmen.

»Zwei Reiter wohl, aber zusammen paßten sie irgendwie nicht. Der eine war bucklig, als trüge er einen Stein auf dem Rücken, den zwei Männer kaum stemmen könnten.« Diego grunzte und lief davon, um seinen Hund vier Schafen nachzuschicken, die sich von der Herde entfernten.

Bernardo nahm seine Stute am Zügel und stieg auf. »Seid mit Christus, Señor Diaz.«

Der alte Mann warf ihm einen schelmischen Blick zu. »Christus sei mit Euch, Señor Espina«, sagte er.

Ein kurzes Stück hinter den mühsam weidenden Schafen wurde die Erde fetter und fruchtbarer. Bernardo ritt durch Weingärten und einige Felder. In dem Feld neben dem Olivenhain der Abtei hielt er an, stieg ab und band die Zügel des Pferdes an einen Busch.

Das Gras war von Hufen platt gedrückt und zertrampelt. Das schien tatsächlich zu den zwei Pferden zu passen, die der Schäfer gesehen hatte.

Irgend jemand hatte von dem Auftrag des Silberschmieds erfahren und vermutlich, als Helkias kurz vor dem Abschluß der Arbeit stand, sein Haus beobachten lassen, um die Lieferung abzupassen.

An genau dieser Stelle war Meir seinen Mördern begegnet.

Die Schreie des Jungen hatte niemand gehört. Der von der Abtei gepachtete Olivenhain lag in freiem, unbewohntem Gelände, einen strammen Fußmarsch vom Kloster entfernt.

Blut. Hier hatte der Junge den Stich in die Seite erhalten, vermutlich von einer ihrer Lanzen.

Über dieses platt getrampelte Stück Gras, das Bernardo jetzt langsam abging, hatten die Reiter Meir ben Helkias vor ihren Pferden hergetrieben wie einen gejagten Fuchs und ihm dabei die Wunden an seinem Rücken beigebracht.

Hier hatten sie ihm den Lederbeutel samt Inhalt abgenommen. Gleich daneben lagen, von Ameisen bedeckt, zwei helle Käse der Art, wie Diego sie beschrieben hatte – der Vorwand des Jungen für seinen nächtlichen Botengang. Ein Käse war noch ganz, der zweite war zerdrückt, wie von einem großen Huf.

Und hier hatten sie ihn vom Pfad in den Olivenhain gejagt, der ihnen zusätzlichen Schutz bot. Hier war er geschändet worden, von einem oder von beiden.

Schließlich hatte man ihm die Kehle durchgeschnitten.

Bernardo wurde schwindelig. Plötzlich fühlte er sich sehr schwach.

Er war noch nicht so weit weg von seiner jüdischen Knabenzeit, um sich nicht mehr an die Angst zu erinnern, an die Furcht vor bewaffneten Fremden, an das Wissen um die Greuel, weil in all den Jahren so viel Böses passiert war. Und er war auch noch nicht so weit weg von seinem jüdischen Leben als Erwachsener, um diese Dinge nicht noch immer zu empfinden.

Einen Augenblick lang war er in seiner Vorstellung dieser Junge. Er hörte sie. Roch sie. Spürte die ungeheuren, bedrohlichen Gestalten der Nacht, die riesigen Pferde, die immer näher kamen, ihn niederritten.

Das grausame Stechen scharfer Klingen. Die Schändung.

Mit einemmal wieder Arzt, wankte Bernardo blindlings auf seine Stute zu. Die Sonne war am Sinken, und er mußte weg von hier. Vielleicht würde es ihm ja erspart bleiben, die Seele Meir ben Helkias' schreien zu hören, aber er hatte trotzdem wenig Lust, sich an diesem Ort aufzuhalten, wenn die nächste Dunkelheit hereinbrach.

4. KAPITEL

DAS VERHÖR

Es war so, wie Espina bereits vermutet hatte: Über den Mord an dem jüdischen Jungen und den Raub des Ziboriums fand er nur sehr wenig heraus. Fast alles, was er wußte, hatte er bei seiner Untersuchung der Leiche, der Unterhaltung mit dem Schäfer und der Besichtigung des Tatorts erfahren. Die einzig sichere Erkenntnis nach einer Woche ergebnislosen Herumfragens in der Stadt war, daß er seine Patienten vernachlässigt hatte, und so stürzte er sich wieder in seinen sicheren und tröstenden ärztlichen Arbeitsalltag.

Neun Tage nachdem er in die Abtei zur Himmelfahrt Mariä gerufen worden war, beschloß er, am Nachmittag Padre Sebastián zu besuchen. Er wollte dem Priester das wenige berichten, das er hatte in Erfahrung bringen können, und damit seine Tätigkeit in dieser Angelegenheit abschließen.

Sein letzter Patient an diesem Tag war ein alter Mann, der Atemprobleme hatte, obwohl die Luft zur Abwechslung einmal kühl und frisch war, ein ungewöhnlich linder Tag in dieser Zeit der Hitze. Der magere Körper, der vor dem Arzt stand, war ausgezehrt und kraftlos, und es war offensichtlich, daß den Mann mehr plagte als nur das Wetter. Die Haut über dem Brustkorb war wie Leder, die Brust selbst war schleimgefüllt und verstopft. Als Espina das Ohr daran legte, hörte er ein abgehacktes Rasseln. Er war sich ziemlich sicher, daß die Tage des Mannes gezählt waren, das Sterben aber noch einige Zeit dauern würde, und er suchte eben in seinem Arzneibuch nach einem Trank, der dem Alten die letzte Zeit erträglich machen würde, als zwei nachlässig bewaffnete Männer so selbstsicher sein Behandlungszimmer betraten, als wären sie die neuen Besitzer.

Sie stellten sich als Soldaten des *alguacil* vor, des Vogts von Toledo.

Einer der beiden, ein kleiner Mann mit tonnenförmiger Brust, trug eine gewichtige Miene zur Schau. »Bernardo Espina, Ihr müßt unverzüglich mit uns kommen.«

»Was wünscht Ihr von mir, Señor?«

»Das Offizium der Inquisition befiehlt Euer Erscheinen.«

»Die Inquisition?« Espina bemühte sich, ruhig zu bleiben. »Nun gut. Wenn Ihr bitte draußen warten würdet. Ich bin mit diesem Señor in Kürze fertig.«

»Nein, Ihr müßt sofort mitkommen«, sagte der größere Mann leise, aber mit mehr Nachdruck.

Espina wußte, daß Juan Pablo, sein Faktotum, mit dem Sohn des Alten im Schatten des Schuppens neben der Krankenstation plauderte. Er ging zur Tür und rief ihm zu: »Geh ins Haus und sag der Senõra, sie möge diesen Besuchern Erfrischungen reichen. Brot mit Öl und Honig, und kühlen Wein.«

Die Männer des Vogts sahen sich an. Der Kleinere nickte. Das Gesicht seines Begleiters blieb ausdruckslos, aber er erhob keinen Einwand.

Espina goß den Trank des alten Mannes in einen irdenen Krug und verkorkte ihn. Gerade gab er dem Sohn des Patienten letzte Anweisungen, als Estrella, gefolgt von einer Dienerin mit Brot und Wein, auf ihn zueilte.

Das Gesicht seiner Frau erstarrte, als er ihr sagte, aus welchem Grund die beiden Männer hier waren. »Was kann die Inquisition nur von dir wollen, mein lieber Bernardo?«

»Bestimmt brauchen sie nur einen Arzt«, sagte er, und der Gedanke beruhigte sie beide. Während die Männer aßen und tranken, sattelte Juan Pablo Espinas Pferd.

Seine Kinder waren im Haus eines Nachbarn, wo ein Mönch allwöchentlich Katechismusstunden für die Kleinsten abhielt. Espina war froh, daß sie nicht mit ansehen mußten, wie er, flankiert von zwei Bewaffneten, davonritt.

Geistliche in schwarzen Kutten eilten durch den Korridor, in dem Espina auf einer Holzbank saß und wartete. Andere warteten ebenfalls. Von Zeit zu Zeit wurde ein bleicher Mann oder eine verängstigte Frau von Wachen hereingebracht und auf eine Bank gesetzt, und andere wurden weggeführt und verschwanden in den Tiefen des Gebäudes. Keiner von ihnen kehrte zurück.

Espina wartete, bis die Dämmerung hereinbrach und Fackeln angezündet wurden.

An einem kleinen Tisch saß ein Wachposten. Bernardo ging zu ihm und fragte ihn, wer ihn eigentlich zu sehen wünsche, doch der Mann starrte ihn nur ausdruckslos an und winkte ihn auf die Bank zurück.

Nach einer Weile kam eine zweite Wache und fragte den Mann am Tisch nach einigen der Wartenden. Espina sah, daß sie zu ihm herübersahen.

»Der da ist für Fray Bonestruca«, hörte Bernardo den Mann hinter dem Tisch sagen.

Toledo war in den letzten Jahren sehr gewachsen, aber Espina war hier geboren und hatte sein gesamtes Leben in dieser Stadt verbracht. Als Arzt kannte er sich – wie bereits Prior Sebastián bemerkt hatte – sowohl im Laienstand wie in der Geistlichkeit sehr gut aus.

Von einem Mönch namens Bonestruca hatte er allerdings noch nie gehört.

Endlich kam eine Wache zu ihm und führte ihn vom Korridor

weg. Sie stiegen eine steinerne Treppe hoch und durchschritten mehrere schlecht beleuchtete Gänge, ähnlich dem, in dem er gewartet hatte. Schließlich wurde er in eine kleine Zelle geführt, in der unter einer Fackel ein Mönch saß.

Der Mönch mußte neu sein am Toledaner Bischofssitz, denn wäre Espina ihm nur ein einziges Mal auf der Straße begegnet, hätte er sich ohne Schwierigkeiten an ihn erinnert.

Ein großer Mann mit einem schrecklichen Buckel, der sich über Hals und oberen Rücken wölbte. Espina mußte sich beherrschen, um den Buckel nicht anzustarren. Mit einem schnellen Blick erkannte er eine Masse ungleicher Höhe, mit einem großen Höcker, der sich über der rechten Rückenhälfte und dem Halsansatz erhob, und einer flacheren Mißbildung auf der linken Seite.

Bis dahin hatte Espina nur einen ähnlichen Fall gesehen: während seiner Lehrzeit, als er seinem Meister bei der anatomischen Untersuchung der Leiche eines ähnlich verunstalteten Mannes zur Hand gegangen war. Damals hatten sie festgestellt, daß der Buckel aus weichem Gewebe bestand, das ein Gewirr aus mißgebildeten Knochen bedeckte. Zusätzlich zu dem Rückenhöcker hatte jener Mann eine starke Einbuchtung des Brustbeins und auffällig geformte Finger und Zehen aufgewiesen, die viel länger waren als gewöhnlich.

Die Brust des Mönchs war unter den Falten seiner schwarzen Kutte verborgen, aber die Finger waren lang und spachtelförmig, ganz ähnlich denen, die der Lehrling Espina vor so langer Zeit untersucht hatte.

Sein Gesicht...

Die Züge des Mönchs waren zwar nicht zu vergleichen mit dem Antlitz Jesu, wie Espina es von Statuen und Gemälden kannte, denn es war ein Gesicht, in dem viel Weibliches aus Zügen männlicher Schönheit hervortrat, und doch staunte Espina, denn ihm schien, als hätte er einen Heiligen vor sich.

»Ihr seid in der Stadt herumgelaufen und habt Euch nach dem Reliquiar erkundigt, das kürzlich dem Juden Helkias gestohlen wurde. Warum interessiert Ihr Euch für diese Angelegenheit?«

»Ich... das heißt Prior Padre Sebastián Alvarez...« Espina wollte den Blick von den ruhigen Augen dieses merkwürdigen Mönchs abwenden, aber er wußte nicht, wohin er sonst schauen sollte. »Er bat mich, den Verlust des Reliquiars zu untersuchen... und den Tod des Jungen, der es bei sich trug.«

»Und was habt Ihr erfahren?«

Schon beim ersten Anblick Fray Bonestrucas hatte Espina sich an die Worte des alten Schäfers Diego Diaz erinnert. Diaz hatte berichtet, daß zwei Bewaffnete hinter dem Jungen hergeritten seien und daß einer bucklig gewesen sei, als trüge er einen Stein auf dem Rücken. Espina wußte nun mit schrecklicher Klarheit, daß nur einer der Reiter ein Soldat gewesen war. Der andere war dieser Mönch gewesen, daran bestand kein Zweifel.

»Der Junge war ein Jude, der Sohn des Silberschmieds.«

»Ja, das habe ich gehört.«

Die Stimme des Mönchs klingt sanft und ermutigend, beinahe freundlich, dachte Espina und schöpfte neue Hoffnung.

»Was sonst noch?«

»Sonst nichts, hochwürdiger Padre.«

»Wie lange seid Ihr schon Arzt?«

»Elf Jahre schon.«

»Habt Ihr hier Eure Lehrzeit verbracht?«

»Ja, hier in Toledo.«

»Wer war Euer Meister?«

Espina wurde der Mund trocken. »Maestre Samuel Provo.«

»Aha, Samuel Provo. Sogar ich habe schon von ihm gehört«, erwiderte der Mönch freundlich. »Ein großer Arzt, nicht?«

»Ja, ein Mann von bestem Ruf.«

»Er war Jude.«

»Ja.«

»Wie viele Kinder hat er beschnitten, was würdet Ihr schätzen?«

Espina sah ihn erstaunt an. »Er hat nicht beschnitten.«

»Wie viele Jungen beschneidet Ihr in zwölf Monaten?«

»Auch ich beschneide nicht.«

»Ach, kommt«, sagte der Mönch geduldig. »Wie viele solcher Operationen habt Ihr durchgeführt? Nicht nur an Juden, sondern vielleicht auch an Mauren?«

»Noch nie… Gewiß, ein paarmal habe ich im Verlauf der Jahre operiert… Wenn die Vorhaut nicht ordentlich und regelmäßig gesäubert wird, Ihr versteht, dann entzündet sie sich. Oft bildet sich Eiter, und um das zu beheben… Sie… Sowohl die Mauren als auch die Juden haben heilige Männer, die jenes andere durchführen, und es findet im Rahmen einer religiösen Zeremonie statt.«

»Wenn Ihr diese Operationen durchgeführt habt, habt Ihr da keine Gebete aufgesagt?«

»Nein.«

»Nicht einmal ein Vaterunser?«

»Ich bete jeden Tag, daß ich meinen Patienten nicht schade, sondern nur nutze, hochwürdiger Padre.«

»Seid Ihr verheiratet, Senõr?«

»Ja.«

»Der Name Eurer Frau?«

»Estrella de Aranda.«

»Kinder?«

»Drei. Zwei Töchter und ein Sohn.«

»Eure Frau und Eure Kinder sind Katholiken?«

»Ja.«

»Ihr seid Jude? Ist es nicht so?«

»Nein. Ich bin seit elf Jahren Christ. Und Jesus treu ergeben!«

Das Gesicht des Mannes war wunderschön. Das machte die Augen, die starr in die von Espina blickten, um so furchterregender. Es waren zynische Augen, die jeden menschlichen Fehltritt in Espinas Leben, jede seiner Sünden zu kennen schienen.

Der Blick stach ihm bis tief in die Seele. Dann klatschte der Mönch so unvermittelt in die Hände, daß Bernardo erschrak, und die Wache, die vor der Tür gewartet hatte, erschien.

Bonestruca machte nur eine kleine Bewegung mit der Hand: wegbringen.

Als Bernardo sich zum Gehen wandte, sah er, daß die Füße in den Sandalen unter dem Tisch lange schlanke Zehen hatten.

Die Wache führte ihn wieder die Korridore entlang und die steile Treppe hinunter.

Süßer Jesus, du weißt, ich habe mich bemüht. Du weißt…

Espina war sich bewußt, daß es in den Tiefen des Gebäudes Zellen gab und Kammern, in denen Gefangene verhört wurden. Auch war bekannt, daß sie eine Vorrichtung namens *potro* hatten, ein dreieckiges Gestell, auf das der Gefangene gebunden wurde. Mit jeder Umdrehung einer Winde wurden mehr Gelenke im Körper ausgerenkt. Und etwas, das man *toca* nannte, für eine Wasserfolter. Dazu wurde der Kopf des Gefangenen durch ein Loch in einem Trog gesteckt, und man stopfte ihm ein Leinenstück tief in den Mund. Dann wurde Wasser auf das Tuch gegossen, was den Weg der Luft durch Nase und Mund versperrte, und die darauf folgende Atemnot brachte entweder den Tod oder ein Geständnis.

Jesus, ich bitte dich… ich flehe dich an…

Vielleicht würde er erhört. Als sie den Ausgang erreichten, winkte die Wache ihn weiter, und Espina ging allein nach draußen, wo sein Pferd angebunden stand.

Im Schritt ritt er davon, langsam genug, um seine Fassung wiederzuerlangen. Denn im Moment hatte er nur einen Gedanken: wie er bei seiner Ankunft zu Hause Estrella beruhigen konnte, ohne in Tränen auszubrechen.

TEIL II

DER ZWEITE SOHN

TOLEDO

30. MÄRZ 1492

1. KAPITEL

JONA BEN HELKIAS

»Ich werde mit Eleasar zum Fluß hinuntergehen, vielleicht fangen wir ja unser Abendessen. Was meinst du, Abba?«

»Bist du mit dem Polieren fertig?«

»Das meiste ist fertig.«

»Die Arbeit ist erst zu Ende, wenn alles fertig ist. Du mußt alle Stücke polieren«, sagte Helkias mit der freudlosen Stimme, die Jona immer verletzte. Manchmal wollte er seinem Vater in die leeren Augen starren und ihm sagen: Meir ist tot, aber Eleasar und ich sind noch da. Wir leben.

Jona haßte das Silberpolieren. Ein halbes Dutzend großer Stücke wartete noch auf ihn, und er tauchte seinen Lumpen in die stinkende Paste, eine dicke Mischung aus pulverisiertem Vogelkot und Urin, und rieb und rieb.

Den Geschmack des Leids hatte er früh kennengelernt, beim Tod seiner Mutter, und es war sehr schwer für ihn gewesen, als Meir ermordet wurde, denn da war er schon älter gewesen, fast dreizehn Jahre, und begriff die Endgültigkeit des Verlustes besser. Nur wenige Monate nach Meirs Tod hatte man Jona zur Tora gerufen, damit er das Gesetz vorlese und ein vollgültiges Mitglied des Minjan werde. Das Unglück hatte ihn vor der Zeit reifen lassen. Sein Vater, der ihm immer so groß und stark erschienen war, verzehrte sich derweil noch immer, und Jona wußte nicht, wie er die Lücke füllen sollte, die Helkias' Kummer gerissen hatte.

Sie wußten nicht, wer die Mörder seines Bruders waren. Einige Wochen nach Meirs Tod hatte Helkias Toledano erfahren, daß der Arzt Espina durch die Stadt streife und Erkundigungen über den Vorfall einziehe, der seinen Sohn das Leben gekostet hatte. Helkias war mit Jona aufgebrochen, um Espina zu besuchen und mit ihm zu reden, doch als sie sein Haus erreichten, sahen sie, daß es verlassen war und Juan Pablo, Espinas ehemaliger Diener, von der verbliebenen Einrichtung wegschleppte, was er gebrauchen konnte, einen Tisch und einige Stühle. Juan Pablo sagte ihnen, der Arzt und seine Familie seien weggezogen.

»Wohin sind sie gegangen?«

Der Mann hatte nur den Kopf geschüttelt. »Ich weiß es nicht.«

Helkias war zur Abtei zur Himmelfahrt Mariä gegangen, um mit Padre Sebastián Alvarez zu sprechen, doch bei seiner Ankunft dachte er im ersten Augenblick verwirrt, er wäre unterwegs irgendwo falsch abgebogen. Innerhalb der Mauern standen eine Reihe Wagen und Karren. Daneben stampften drei Frauen in einem großen Faß rote Trauben. Durch die geöffnete Tür der ehemaligen Kapelle sah Helkias Körbe mit Oliven und noch mehr Trauben.

Auf die Frage, wohin die Mönche denn gezogen seien, antwortete ihm eine der Frauen, die Abtei zur Himmelfahrt Mariä sei aufgelöst worden und der Hieronymiten-Orden habe das Grundstück an ihren Herrn verpachtet.

»Und was ist mit Padre Sebastián? Wo ist der Prior?« fragte er.

Die Frau hatte ihn nur angelächelt, den Kopf geschüttelt und die Achseln gezuckt, ohne im Stampfen innezuhalten.

Jona hatte sich die größte Mühe gegeben, die Pflichten des ältesten Sohnes zu übernehmen, aber ihm war klar, daß er seinen Bruder nie würde ersetzen können. Nicht als Lehrling des Silberschmiedehandwerks, nicht als Sohn, nicht als Bruder, in keiner Weise. Der erloschene Blick in den Augen seines Vaters machte seinen Kummer noch schlimmer. Obwohl seit Meirs Tod drei Pessach-Feste vergangen waren, waren Helkias' Haus und Werkstatt noch immer Orte der Trauer.

Einige der Stücke vor ihm waren besonders dunkel angelaufen, aber er sah keinen Grund zur Eile, denn sein Vater schien sich plötzlich an ihre Unterhaltung vor einer halben Stunde zu erinnern. »Du wirst nicht zum Fluß gehen. Suche Eleasar, und dann bleibt ihr mir beide in der Nähe des Hauses. In einer Zeit wie dieser dürfen sich jüdische Jungen keiner Gefahr aussetzen.«

Nach Meirs Tod hatte Jona die Verantwortung für Eleasar übernehmen müssen, der ein zarter und apfelwangiger siebenjähriger Knabe war. Er erzählte dem Jüngeren Geschichten über ihren älteren Bruder, damit er ihn nie vergessen würde, und manchmal zupfte er Melodien auf der kleinen maurischen Gitarre, die Meir gehört hatte, und die beiden sangen dazu. Er hatte Eleasar versprochen, ihm das Gitarrespielen beizubringen, so wie Meir es ihm beigebracht hatte. Und das wollte Eleasar auch jetzt tun, als Jona ihn beim Kriegspielen mit Steinen und Zweigen im Schatten des Hauses fand, doch Jona schüttelte den Kopf.

»Gehst du zum Fluß?« fragte Eleasar. »Soll ich mitkommen?«

»Es gibt noch Arbeit«, sagte Jona und ahmte dabei unbewußt seinen Vater nach. Dann nahm er den Kleinen mit in die Werkstatt. Die beiden saßen in einer Ecke und polierten Silber, als David Mendoza und Rabbi José Ortega in die Werkstatt kamen.

»Was gibt es Neues?« fragte Helkias, und Señor Mendoza schüttelte den Kopf. Er war ein kräftiger Mann mittleren Alters mit Zahnlücken und schlechter Haut. Von Beruf war er Baumeister.

»Nichts Gutes, Helkias. Wir können nicht mehr ungefährdet durch die Stadt gehen.«

Drei Monate zuvor hatte die Inquisition fünf Juden und sechs Konvertiten hinrichten lassen. Man hatte sie beschuldigt, vor elf

Jahren Hexerei betrieben zu haben, bei der sie angeblich eine gestohlene Hostie und das Herz eines zuvor gekreuzigten christlichen Jungen benutzt hatten, um alle guten Christen mit Wahnsinn zu belegen. Obwohl der Junge nie identifiziert werden konnte – kein christliches Kind war je als vermißt gemeldet worden! –, gestanden einige der Beschuldigten unter hochnotpeinlicher Befragung Einzelheiten des angeblichen Verbrechens, und alle waren auf dem Scheiterhaufen verbrannt worden, einschließlich der Abbildungen von weiteren drei der Verurteilten, die vor dem Autodafé gestorben waren. »Einige beten bereits zu dem ›Märtyrer‹-Kind. Ihr Haß verpestet die Luft«, sagte Mendoza bedrückt.

»Wir müssen Ihre Majestäten um Ihren fortdauernden Schutz anflehen«, sagte Rabbi Ortega. Der Rabbi war klein und mager, ein Kranz weißer Locken umrahmte seinen Kopf. So mancher schmunzelte, wenn er mit der großen und schweren Tora-Rolle durch die Synagoge schwankte, damit die Gemeindemitglieder sie küssen oder berühren konnten. Dennoch wurde er von fast allen hoch geachtet. Jetzt war Mendoza allerdings anderer Meinung als er. »Der König ist ebensosehr Mann wie König, fähig zu Freundschaft und Mitgefühl, aber die Königin Isabella hat sich in letzter Zeit gegen uns gewandt. Sie wurde in Abgeschiedenheit von Mönchen aufgezogen, die ihren Geist geformt haben. Tomás de Torquemada, der Generalinquisitor, möge er das Zeitliche segnen, war in Isabellas Kindheit ihr Beichtvater, und er hat großen Einfluß auf sie.« Mendoza schüttelte den Kopf. »Ich fürchte die Tage, die uns bevorstehen.«

»Wir müssen fest im Glauben sein, David, mein Freund«, entgegnete Rabbi Ortega. »Wir müssen in die Synagoge gehen und gemeinsam beten. Der Herr wird unser Rufen hören.«

Die beiden Jungen hielten im Polieren inne. Eleasar war erschrocken über die Anspannung in den Gesichtern der Erwachsenen und die unüberhörbare Furcht in ihren Stimmen.

»Was hat das zu bedeuten?« flüsterte er Jona zu.

»Später. Ich erklär dir das alles später«, flüsterte Jona zurück, obwohl er sich gar nicht sicher war, ob er wirklich verstand, worum es ging.

Am nächsten Morgen erschien ein bewaffneter Offizier auf dem Stadtplatz von Toledo. Er wurde begleitet von drei Herolden, zwei städtischen Beamten und zwei Männern des Vogts, die ebenfalls Waffen trugen, und er verlas eine Proklamation, die sämtliche Juden davon in Kenntnis setzte, daß sie trotz ihrer langen Geschichte in Spanien das Land binnen drei Monaten verlassen müßten. Bereits 1483 hatte die Königin alle Juden aus Andalusien vertrieben. Jetzt zwang man sie, jede Region des spanischen Königreichs zu verlassen – Kastilien, León, Aragón, Galicien, die baskischen Provinzen, Valencia, das Fürstentum Katalonien, das Lehen Vizcaya und die Inseln Sardinien, Sizilien, Mallorca und Menorca.

Das Edikt wurde an eine Wand genagelt. Rabbi Ortega schrieb es ab mit einer Hand, die so zitterte, daß er Schwierigkeiten hatte, einige Wörter zu entziffern, als er sie in einer eilends einberufenen Zusammenkunft des Rats der Dreißig vorlas.

> *»Allen Juden und Jüdinnen, gleich welchen Alters, die in unseren besagten Königreichen und Ländereien leben, wohnen oder verweilen ... ist es bei Todesstrafe verboten, sich zu erdreisten, hierher oder in irgendeinen Teil des Reiches zurückzukehren, um sich hier aufzuhalten, sei es als Bewohner oder Reisende oder auf sonst eine Art ... Und wir befehlen und verbieten jedem in unserem besagten Königreich, es zu wagen, öffentlich oder geheim einen Juden oder eine Jüdin aufzunehmen, ihnen Schutz oder Obdach zu gewähren oder ihn zu verteidigen ... bei Androhung des Verlustes von Grundbesitz, Vasallen, Schlössern und anderer Habe.«*

Alle Christen wurden eindringlich davor gewarnt, falsches Mitgefühl walten zu lassen. Es wurde ihnen verboten, *»mit Juden … Umgang zu pflegen oder sich zu unterhalten oder sie in ihren Häusern aufzunehmen, ihnen behilflich zu sein oder ihnen Nahrung irgendeiner Form für ihr leibliches Wohl zu geben«*.

Die Verlautbarung war ausgegeben worden *»auf Befehl des Königs und der Königin, unseren Herrschern, und des Hochwürdigen Priors von Santa Cruz, dem Generalinquisitor in allen Königreichen und Ländereien Ihrer Majestäten«*.

Der Rat der Dreißig, der die Juden Toledos regierte, bestand aus je zehn Vertretern der drei Stände – angesehene städtische Führer, Kaufleute und Handwerker. Helkias gehörte dazu, weil er zu den Meistern der Silberschmiedekunst gehörte, und die Versammlung wurde in seinem Haus abgehalten.

Die Ratsmitglieder waren bestürzt.

»Wie kann man uns so kaltherzig aus einem Land vertreiben, das uns soviel bedeutet und an dem wir einen so wesentlichen Anteil haben?« fragte Rabbi Ortega stockend.

»Dieses Edikt ist nur wieder eine königliche List, um uns Geld abzupressen«, sagte Juda ben Salomo Avista. »Die spanischen Könige haben uns schon immer ihre ertragreiche Milchkuh genannt.«

Zustimmendes Gemurmel erhob sich. »Zwischen den Jahren 1482 und 1491«, sagte Joseph Lazara, ein betagter Mehlhändler aus Tembleque, »haben wir zu den Kriegsanstrengungen nicht weniger als achtundfünfzig Millionen Maravedí beigetragen, und noch einmal zwanzig Millionen in erzwungenen Krediten. Immer wieder hat sich die jüdische Gemeinschaft stark verschuldet, um irgendeine maßlose sogenannte Steuer zu bezahlen, oder, als Gegenleistung für unser Überleben, dem Thron ein ›Geschenk‹ zu machen. Jetzt ist es wohl wieder einmal soweit.«

»Wir müssen uns an den König wenden und ihn um sein Eingreifen bitten«, sagte Helkias.

Die Räte besprachen, wer die Bitte vorbringen sollte, und man einigte sich schließlich auf Don Abraham Seneor.

»Er ist der jüdische Höfling, den Seine Majestät am meisten liebt und bewundert«, sagte Rabbi Ortega, und viele Köpfe nickten zustimmend.

2. KAPITEL

VERÄNDERUNGEN

Achtzig Jahre schon lebte Abraham Seneor, und obwohl sein Verstand frisch und scharf war, war sein Körper sehr müde. Sein Werdegang als Diener des Monarchen in schwierigen und gefährlichen Angelegenheiten hatte damit begonnen, daß er eine geheime Hochzeitszeremonie arrangierte, mit der am 19. Oktober 1469 Vetter und Base vereinigt wurden, nämlich die achtzehnjährige Isabella von Kastilien und der siebzehnjährige Ferdinand von Aragón. Die Hochzeit hatte heimlich stattfinden müssen, weil sie dem Willen des Königs, Heinrich IV. von Kastilien, widersprach. Heinrich hatte seine Halbschwester mit König Alfonso von Portugal vermählen wollen. Die Infantin hatte sich geweigert und Heinrich gebeten, sie als Thronerbin von Kastilien und León einzusetzen, wobei sie ihm versprach, nur mit seiner Zustimmung zu heiraten. Heinrich IV. von Kastilien hatte keine Söhne (seine Untertanen verspotteten ihn als Heinrich den Impotenten), aber er hatte eine Tochter, Juana, angeblich das unrechtmäßige Kind seiner Geliebten Beltrán de la Cueva. Als Heinrich versuchte, Juana als seine Erbin einzusetzen, brach ein Bürgerkrieg aus. Die Adligen versagten Heinrich die Gefolgschaft und erkannten als ihren Herrscher Isabellas zwölf Jahre alten Bruder Alfonso an. Nach nur zwei Jahren wurde Alfonso, Isabellas einziger Blutsverwandter, tot in seinem Bett aufgefunden, angeblich vergiftet.

Isabella war nicht zur künftigen Monarchin erzogen oder ausgebildet worden, aber bald nach dem Tod ihres Bruders hatte sie Abraham Seneor gebeten, die geheimen Verhandlungen mit den einflußreichen Höflingen Aragóns einzuleiten, die schließlich zu ihrer Heirat mit Ferdinand, Prinz von Aragón, führten. Beim plötzlichen Tod Heinrichs IV. am 11. Dezember 1474 in Madrid war Isabella in Segovia. Als sie die Nachricht hörte, erklärte sie sich ohne Zögern zur Königin von Kastilien. Zwei Tage später zog sie, umringt von einer jubelnden Menge, ihr Schwert, hielt es mit dem Heft nach oben über ihren Kopf und führte so eine Prozession zur Kathedrale von Segovia. Das Parlament, die Cortes, schwor ihr sofort die Treue.

Im Jahr 1479 starb Johann II. von Aragón, und Ferdinand folgte seinem Vater nach. In den zehn Jahren nach ihrer geheimen Hochzeit hatte das königliche Paar beständig Krieg geführt, hatte Invasionen aus Portugal und Frankreich zurückgeschlagen und Aufstände bekämpft. Nachdem all diese Feldzüge gewonnen waren, konzentrierte man sich auf den Krieg gegen die Mauren.

In all den Jahren der Kämpfe hatte Abraham Seneor dem königlichen Paar treu gedient, er hatte Geld für das teure Kriegsgeschäft besorgt, ein Steuersystem entwickelt und Ferdinand und Isabella einen Weg gebahnt, der all die politischen und finanziellen Fallgruben der Vereinigung Aragóns und Kastiliens überwand.

Die Herrscher hatten ihn reich belohnt und ihn zum Rabbi und Obersten Richter der Juden Kastiliens sowie zum Steuereinschätzer aller Juden des Königreiches ernannt. Seit 1488 war er Schatzmeister der Hermandad, einer Miliz, die Ferdinand zur Aufrechterhaltung von Ruhe und Sicherheit in Spanien gegründet hatte.

Noch bevor nun die Juden aus vielen Teilen des Königreichs Seneor bitten konnten, bei Ferdinand für sie einzutreten, handelte er bereits. Sein erstes Treffen mit dem Monarchen war bestimmt von gegenseitiger Zuneigung und Freundschaft, doch seine Bitte um eine Aufhebung des Vertreibungsbefehls wurde mit einer kühlen Zurückweisung erwidert, die ihn bestürzte.

Einige Wochen danach bat er um eine zweite Audienz, und diesmal brachte er seinen Schwiegersohn, Rabbi Meir Melamed, mit, der als Ferdinands Schreiber gedient hatte und Oberster Steuereintreiber des Königreichs war. Beide Männer waren vom König zu Rabbis ernannt worden, nicht von ihren Glaubensbrüdern, aber beide hatten sich bereits als erfolgreiche Fürsprecher der Juden bei Hofe hervorgetan. Begleitet wurden sie von Isaak ben Juda Abravanel, der für die Steuereintreibung in den zentralen und südlichen Teilen des Landes verantwortlich war und der der königlichen Kasse enorme Summen geliehen hatte, darunter eineinhalb Millionen Golddukaten zur Finanzierung des Krieges gegen Granada. Die drei Juden brachten noch einmal ihre Bitte vor, wobei sie sich diesmal erboten, neue Mittel für die königliche Kasse aufzubringen, und Abravanel darüber hinaus erklärte, er und seine Brüder würden der Krone gewisse beträchtliche Schulden erlassen, falls das Edikt aufgehoben würde.

Ferdinand zeigte unverhohlenes Interesse, als das Gespräch auf die angebotenen Summen kam. Die drei Bittsteller hofften auf eine sofortige Entscheidung, damit Torquemada und andere religiöse Eiferer, die jahrelang auf eine Vertreibung der Juden hingearbeitet hatten, keine Gelegenheit zu einer Beeinflussung der Entscheidung bekämen. Doch Ferdinand wollte sich ihre Bitte erst noch einmal durch den Kopf gehen lassen, und als die drei eine Woche später wieder vor den Monarchen traten, beschied ihnen der König, ihre Bitte sei abgelehnt worden. Er habe beschlossen, daß die Vertreibung durchgeführt werde.

Isabella stand an diesem Tag neben ihrem Gatten, eine finstere, dickliche Frau von durchschnittlichem Körpermaß, aber sehr königlichem Auftreten. Sie hatte herrische, blaugrüne Augen und einen winzigen, verkniffenen Mund. Ihr rötlich-blondes Haar, das

Schönste an ihr, war bereits von ersten grauen Strähnen durchzogen. Sie machte den Augenblick für die drei Juden noch bitterer, indem sie König Salomo, Sprüche 21,1, zitierte: »›*Wasserbächen gleicht das Herz des Königs in der Hand des Herrn; er leitet es, wohin er nur will.*‹ Glaubt Ihr, dies ist von uns über Euch gekommen? Der Herr hat es dem König ins Herz gelegt«, beschied sie den drei Juden verächtlich, und damit war die Audienz beendet.

Überall im Königreich traten jüdische Räte zusammen. Man war verzweifelt. In Toledo bemühte sich der Rat der Dreißig, einen neuen Plan zu entwickeln.

Schließlich ergriff David Mendoza das Wort: »Ich schätze dieses Land sehr. Wenn ich diesen geliebten Ort, in dem meine Vorfahren ruhen, schon verlassen muß, dann möchte ich dorthin gehen, wo ich nie wieder beschuldigt werde, ein Kleinkind ermordet zu haben, um aus seinem zarten Leib Matzen zu machen, oder den Leib Christi durchbohrt, die Jungfrau beleidigt oder die Messe verhöhnt zu haben!«

»Wir müssen an einen Ort gehen, wo unschuldige Menschen nicht angesteckt werden wie Zunder«, sagte Rabbi Ortega, und alle murmelten zustimmend.

»Wo mag ein solcher Ort sein?« fragte Jonas Vater.

Ein Schweigen entstand. Die Männer starrten einander an.

Und doch mußten alle irgendwohin gehen, und die Leute begannen, Pläne zu schmieden.

Aaron Toledano, ein stämmiger, bedächtig sprechender Mann, kam ins Haus seines Bruders, und er und Helkias berieten sich stundenlang. Jona hörte ihnen zu und versuchte zu begreifen.

Als alles gesagt war, blieben nur noch drei mögliche Ziele übrig. Im Norden das Königreich Navarra. Im Westen Portugal. Im Osten die Küste, von wo aus die Überfahrt in entferntere Länder möglich war.

Doch binnen weniger Tage traf eine Nachricht ein, die ihre Entscheidungsmöglichkeiten erneut einschränkte.

Als Aaron diesmal zu Helkias kam, war sein Bauerngesicht düster vor Sorge. »Navarra kommt nicht in Frage. Es nimmt nur Juden auf, die sich zur Anbetung Christi bekehrt haben.«

Kaum eine Woche später erfuhren sie, daß Don Vidal ben Benveniste de la Cavallería, der Mann, der Aragóns Goldmünzen und Kastiliens Währung geprägt hatte, nach Portugal geritten war und dort für die spanischen Juden die Erlaubnis zur Einreise erhalten hatte. König Johann II. von Portugal sah darin eine günstige Gelegenheit und verfügte, daß sein Schatzamt von jedem einreisenden Juden einen Dukaten Steuer und ein Viertel der in sein Königreich gebrachten Ware verlangen sollte. Als Gegenleistung würde den Juden gestattet, sechs Monate zu bleiben.

Aaron schüttelte empört den Kopf. »Ich traue dem nicht. Meiner Meinung nach wird er uns am Ende weniger Gerechtigkeit widerfahren lassen, als der spanische Thron es getan hat.«

Helkias stimmte ihm zu. Und somit blieb nur die Küste übrig, wo sie sich einschiffen würden.

Helkias war besonnen und sanft, ein großer Mann. Meir war kleiner und stämmiger gewesen, wie Aaron, und Eleasar zeigte alle Anlagen für einen ähnlichen Wuchs. Jona war größer gebaut, wie sein Vater, den er mit ebensoviel Ehrfurcht wie Liebe betrachtete.

»Wohin werden wir denn segeln, Abba?«

»Ich weiß es nicht. Wir gehen dorthin, wo es viele Schiffe gibt, wahrscheinlich in den Hafen von Valencia. Dann werden wir sehen, welche Schiffe verfügbar sind und was für ein Ziel sie haben. Wir müssen darauf vertrauen, daß der Allmächtige uns den Weg zeigt und uns hilft, eine weise Entscheidung zu treffen.« Er sah Jona an. »Hast du Angst, mein Sohn?«

Jona suchte nach einer Antwort, aber es wollte ihm keine über die Lippen kommen.

»Angst zu haben ist keine Schande, mein Sohn. Es ist nur klug, sich einzugestehen, daß Reisen voller Gefahren ist. Aber wir sind drei große und starke Männer – Aaron und du und ich. Wir drei werden Eleasar und deine Tante Juana beschützen können.«

Jona freute sich, daß sein Vater ihn als Mann betrachtete. Es war, als hätte Helkias seine Gedanken gelesen. »Ich weiß, daß du in diesen letzten Jahren die Pflichten eines Mannes übernommen hast«, sagte er leise. »Und du sollst wissen, daß auch anderen dein Wesen und dein Verhalten aufgefallen sind. Schon mehrfach sind Väter von Töchtern an mich herangetreten, die alt genug sind, um unter dem Brauthimmel zu stehen.«

»Du hast schon über eine Heirat gesprochen?« fragte Jona.

»Noch nicht. Nicht in dieser Zeit. Aber sobald wir unsere neue Heimat erreicht haben, wird es Zeit sein, die dortigen Juden kennenzulernen und eine gute Partie zu arrangieren. Was du sicher begrüßen wirst.«

»Ja«, gab Jona zu, und sein Vater lachte.

»Glaubst du vielleicht, ich war nie jung? Ich weiß noch genau, wie das ist.«

»Eleasar wird sehr neidisch sein. Er wird auch eine Frau wollen«, sagte Jona, und nun lachten sie beide. »Abba, ich gehe ohne Angst überallhin, solange du nur bei mir bist.«

»Auch ich habe mit dir keine Angst. Mit dir nicht. Denn der Herr wird bei uns sein.«

Der Gedanke ans Heiraten war ein neues Element in Jonas Leben. In all dem Tumult war sein Geist verwirrt, und sein Körper hatte sich verändert. Nachts träumte er von Frauen, und inmitten aller Unsicherheiten und Gefahren tagträumte er von seiner langjährigen Freundin Lucía Martín. Als die beiden noch neugierige Kinder waren, hatten sie bei mehreren Gelegenheiten ausführlich die Nacktheit des anderen erforscht. Jetzt konnte man sehen, daß

Lucía unter ihrer Kleidung allmählich zur Frau reifte, und neuerdings stand eine unbekannte Verlegenheit zwischen ihnen.

Alles veränderte sich, und trotz aller Ängste und Befürchtungen freute sich Jona darauf, endlich in die Ferne zu reisen. Er stellte sich das Leben an einem neuen Ort vor, eine Art von Leben, wie die Juden es in Spanien in den letzten hundert Jahren nicht mehr hatten führen können.

In einem Buch des arabischen Autors Khordabbek, das er mitten unter den religiösen Traktaten im Studienhaus gefunden hatte, hatte er über jüdische Händler und Kaufleute gelesen:

> *Sie schiffen sich ein im Lande der Franken, am westlichen Meer, und steuern nach Farama. Dort laden sie ihre Waren auf den Rücken von Kamelen und ziehen über Land nach Kolzum, was eine fünftägige Reise über eine Entfernung von fünfundzwanzig Farsakh ist. Am Roten Meer gehen sie wieder an Bord eines Schiffes und segeln von Kolzum nach Eltar und Jeddah. Dann reisen sie nach Sind, Indien und China.*

Er würde sehr gern Kaufmann werden. Wenn er Christ wäre, würde er lieber Ritter werden – natürlich einer, der keine Juden tötete. Bestimmt war ein Leben als Kaufmann oder Ritter voller Wunder.

Doch wenn er in die Wirklichkeit zurückkehrte, wußte Jona, daß sein Vater recht hatte. Es hatte keinen Sinn, herumzusitzen und zu träumen. Es gab viel zu tun, denn die Grundfesten ihres Lebens waren dabei einzustürzen.

3. KAPITEL

DER TAG DES AUFBRUCHS

Jona wußte, daß viele Leute ihre Heimat bereits verließen. Auf der Straße vor Toledo waren zuerst nur vereinzelte Reisende zu sehen, dann wurde daraus ein Rinnsal und schließlich eine Flut von Juden bei Tag und Nacht, eine Vielzahl von Fremden aus weiter Ferne, die nach Westen in Richtung Portugal oder nach Osten zu den Schiffen zogen. Der Lärm, den die Durchreisenden machten, war bis in die Stadt zu hören. Sie ritten auf Pferden und Eseln, saßen auf Säcken mit ihrer Habe in Ochsenkarren, sie marschierten, schwere Lasten auf dem Rücken, unter der heißen Sonne, einige taumelten, andere stürzten. Manchmal sangen Frauen und Knaben und schlugen Trommeln und Tamburine, um sich Mut zu machen für den Marsch.

Frauen brachten am Straßenrand Kinder zur Welt, und Menschen starben unterwegs. Der Toledaner Rat der Dreißig gestattete den Durchreisenden, ihre Toten auf dem jüdischen Friedhof zu begraben, aber oft konnten sie ihnen keine andere Hilfe anbieten, nicht einmal einen Minjan, um das Kaddisch zu beten. Zu anderen Zeiten hätte man Reisenden in Not Unterstützung und Gastfreundschaft angeboten, jetzt aber brachen die Juden Toledos selber auf oder bereiteten sich auf die Abreise vor und hatten genug mit ihren eigenen Problemen zu tun.

Die Dominikaner und die Franziskaner, hoch erfreut über diese Vertreibung, für die sie gebetet und gearbeitet hatten, machten sich voller Eifer daran, so viele jüdische Seelen wie möglich zu ernten. Auch einige Juden in Toledo, die lange Zeit Freunde von Jonas Familie gewesen waren, betraten die Kirchen der Stadt und erklärten sich zu Christen – Menschen, mit denen die Toledanos das Brot gebrochen hatten, mit denen sie in der Synagoge gebetet und mit denen sie darüber geflucht hatten, daß man sie zwang, das gelbe Abzeichen eines geächteten Volkes zu tragen. Fast ein Drittel der Juden konvertierte, die einen, weil sie die schrecklichen Gefahren der Reise fürchteten, die anderen aus Liebe zu einem Christen oder einer Christin oder weil sie Rang und Reichtum erworben hatten, die sie nicht wieder aufgeben wollten, und wieder andere, weil sie nicht mehr verachtet werden wollten.

Juden in hoher Stellung wurden zur Konversion gedrängt und gezwungen. Eines Abends kam Jonas Onkel mit einer bestürzenden Nachricht zu Helkias.

»Rabbi Abraham Seneor, sein Schwiegersohn Rabbi Meir Melamed und ihre Familien sind Katholiken geworden.«

Isabella hatte den Gedanken nicht ertragen können, ohne die Männer zu sein, die so viel für sie getan hatten, und es ging das Gerücht, sie habe mit Vergeltungsmaßnahmen gegen die Juden gedroht, falls die beiden sich weigerten zu konvertieren. Es war bekannt, daß die Herrscher persönlich die öffentlichen Bekehrungszeremonien arrangiert und besucht und bei der Taufe als Paten gedient hatten.

Rabbi Seneor hatte sich den Namen Fernando Nuñez Coronel zugelegt, und Rabbi Melamed nannte sich nun Fernando Pérez Coronel.

Einige Tage später wurde Seneor zum Gouverneur von Segovia, zum Mitglied des Königlichen Rats und zum Schatzmeister des Kronprinzen ernannt. Melamed wurde Königlicher Oberbuchhalter und ebenfalls ständiges Mitglied des Königlichen Rats.

Isaak Abravanel weigerte sich zu konvertieren. Er und seine Brüder Joseph und Jakob erließen dem Königspaar ihre beträchtlichen Schulden und durften als Gegenleistung das Land verlassen und eintausend Golddukaten sowie einige kostbare Besitztümer aus Gold und Silber mitnehmen.

Helkias und Aaron hatten weniger Glück, wie die große Mehrheit der Juden, die mit diesem großen Unheil zurechtzukommen suchte. Den meisten Juden wurde erklärt, daß sie weder Gold und Silber noch Geld oder Edelsteine aus dem Königreich mitnehmen dürften. Vom Thron erhielten sie den Rat, sie sollten alles verkaufen, was sie besaßen, und mit dem Erlös Gebrauchsgüter erwerben, die sie wieder verkaufen konnten, wenn sie ihre neue Heimat erreichten. Doch kurz darauf erklärte König Ferdinand, daß in Aragón wegen angeblich ausstehender Steuerschulden an die Krone ein Teil der jüdischen Ländereien, Häuser und Besitztümer beschlagnahmt würden.

Die Juden in Toledo beeilten sich nun, ihren Besitz zu verkaufen, bevor ein ähnlicher Schachzug der Monarchen dies unmöglich machte, aber diese Verkäufe waren eine Farce. Ihre christlichen Nachbarn, die wußten, daß die Juden ihren Besitz aufgeben oder ansonsten mit dem Tod rechnen mußten, drückten erbarmungslos die Preise und boten nur wenige Sueldos für Grundstücke, die eigentlich viele Maravedí oder sogar viele Reales wert gewesen wären. Ein Esel oder ein Weinberg wechselte für ein Stück gewöhnlicher Leinwand den Besitzer.

Aaron Toledano, der für seinen Ziegenhof so gut wie nichts angeboten bekam, wandte sich an seinen älteren Bruder um Rat. »Ich weiß nicht, was ich tun soll«, bekannte er hilflos.

Helkias war sein Leben lang ein wohlhabender und gefragter Handwerker gewesen, aber die Jahre des großen Unheils waren ausgerechnet in einer Zeit über ihn hereingebrochen, als er sich auch persönlich in einer finanziellen Talsohle befand. Für das Reliquiar hatte er nur einen geringen Vorschuß bekommen. Da es vor der Ablieferung gestohlen worden war, hatte er keine Bezahlung mehr zu erwarten, obwohl er zur Anfertigung des Ziboriums viel Geld für reinstes Gold und Silber ausgegeben hatte. Auch eine Reihe anderer wohlhabender Kunden hielt nun ihre Zahlungen für bereits gelieferte Stücke zurück, weil sie spürten, daß die Ereignisse eine Begleichung der Schuld hinfällig machen würden.

»Ich weiß auch nicht, was ich tun soll«, gestand er. Er war in einer verzweifelten Lage, doch der Einsatz und das weiche Herz eines alten und treuen Freundes sollten ihn retten.

Benito Martín war ein Alter Christ, ein Goldschmied, dem aber jenes schöpferische Genie fehlte, das Helkias seinen Ruf als Silberkünstler eingebracht hatte, und so hatte der Großteil von Martíns Arbeit ursprünglich aus einfachen Vergoldungen und Reparaturen bestanden. Die beiden waren noch junge Männer gewesen, als Benito entdeckte, daß es in Toledo einen Juden gab, der aus edlen Metallen wundervolle Dinge schuf.

Er suchte den Juden auf und verbrachte so viel Zeit bei ihm, wie es ging, ohne ihm zur Last zu fallen. Er lernte viel Neues über die Bearbeitung von Gold und Silber, und das Vorbild dieses Meisters spornte ihn an, die Gestaltung seiner eigenen Arbeiten neu zu überdenken.

Und während Benito Martín so sein Handwerk neu erlernte, lernte er auch einen Menschen kennen.

Helkias hatte ihn freundlich aufgenommen und zu einem Austausch von beruflichen Fertigkeiten und menschlichen Erfahrungen eingeladen. Aus Benitos Bewunderung war mit der Zeit eine wahre und treue Freundschaft geworden, so tief, daß Martín in besseren Zeiten seine Kinder in die Synagoge geführt hatte, um die Familie Toledano am Pessach-Fest zu besuchen, oder in die Sukka während des Laubhüttenfestes. Seine Tochter Lucía war zu Jonas bester Freundin geworden, und sein Sohn Enrique war Eleasars liebster Spielkamerad.

Jetzt schämte sich Benito Martín angesichts der in Toledo um sich greifenden Ungerechtigkeit, und eines Abends besuchte er Helkias, um mit ihm einen Spaziergang zu machen. Es war noch so früh, daß sie am Hochufer entlangschlendern und den Einbruch der Nacht betrachten konnten.

»Dein Haus liegt so wunderbar, und deine Werkstatt ist so sinnvoll angelegt, daß sie gute Ergebnisse geradezu herausfordert. Ich habe schon lange ein Auge auf sie geworfen.«

Helkias schwieg.

Als Benito sein Angebot nannte, blieb der Silberschmied stehen.

»Ich weiß, es ist sehr niedrig, aber …«

Unter gewöhnlichen Umständen wäre es ein sehr niedriges Angebot gewesen, aber die Umstände waren nicht gewöhnlich. Helkias wußte, daß es alles war, was Benito dafür aufbringen konnte, und es war viel mehr als das, was raffgierige Spekulanten ihm geboten hatten.

Er ging auf den Mann zu, küßte seine rasierte christliche Wange und hielt ihn lange in seinen Armen.

Jona fiel auf, daß die Augen seines Vaters wieder leuchteten. Helkias saß mit Aaron zusammen, und die beiden überlegten, wie sie ihre Familie retten konnten. Die Not war groß, doch Helkias war entschlossen, ihr mit all seiner Tatkraft zu begegnen.

»Normalerweise dauert die Reise nach Valencia zehn Tage. Jetzt, da die Straßen verstopft sind von Menschen, die alle zeitig ankommen wollen, dauert dieselbe Reise zwanzig Tage, man braucht doppelt so viel Essen, und auch die Gefahren verdoppeln sich.«

Aaron hatte auf seinem Hof zwei Packesel und ein Paar guter Pferde, die er und seine Frau Juana reiten wollten. Benito Martín hatte an Helkias' Stelle zwei zusätzliche Pferde und ein Paar Esel für viel weniger Geld gekauft, als man von einem Juden verlangt hätte, und Helkias bezahlte seinem Nachbarn Marcelo Troca eine unglaubliche Summe, damit er die vier Tiere auf dessen Weide grasen lassen konnte.

Helkias sagte seinem Bruder, daß sie Mittel und Wege finden mußten, um noch mehr Geld aufzutreiben. »Wenn wir den Hafen erreichen, werden die Schiffskapitäne uns gegenüber alles andere als mildtätig sein. Für unsere Überfahrt brauchen wir viel Geld. Und wenn wir dann unseren Zufluchtsort erreichen, brauchen wir Geld für unseren Lebensunterhalt, bis wir für unser tägliches Brot wieder arbeiten können.«

Die einzig mögliche Geldquelle waren die unbezahlten Schulden von Helkias' Kunden, und Jona setzte sich mit seinem Vater zusammen und stellte eine Liste all dieser Kunden und der geschuldeten Summen auf.

Die größte Schuld war die des Grafen Fernán Vasca von Tembleque. »Er ist ein anmaßender Edelmann, der mich zu sich bestellte, als wäre er der König, und mir jedes Stück genau beschrieb, das ich ihm anfertigen sollte. Jetzt aber läßt er sich Zeit, auch nur einen Sueldo seiner Schuld zu bezahlen. Wenn ich diese Schuld eintreiben kann, haben wir mehr als genug.«

An einem strahlenden Julitag ritt Jona mit seinem Vater nach Tembleque, einem Dorf außerhalb Toledos. Er war es nicht gewohnt, auf einem Pferd zu reiten, aber die Tiere waren fügsam, und er saß stolz wie ein Ritter auf dem abgenutzten Sattel. Die Landschaft war wunderschön, und trotz der Sorgen, die Helkias belasteten, konnte er unterwegs ein Lied anstimmen. Er sang ein Lied des Friedens.

Oh, der Wolf wird zu Gast sein bei dem Lamme
Und der Panther bei dem Böcklein lagern.
Kuh und Bärin werden sich befreunden,
Der Löwe wird Stroh fressen wie das Rind …

Jona liebte es, die tiefe Stimme diese wohlklingenden Zeilen singen zu hören. So wird es auch auf dem Ritt nach Valencia sein, dachte er voller Freude.

Während sie so dahinritten, erzählte Helkias seinem Sohn, daß er sich seinem Freund Rabbi Ortega anvertraut habe, als Graf Vasca ihn zum ersten Mal nach Tembleque bestellte, denn der Rabbi konnte ihm einiges Interessante über den Grafen berichten.

Rabbi Ortega habe einen Neffen, einen jungen Gelehrten namens Asher ben Yair, der nicht nur in der Tora bewandert sei, sondern auch in mehreren Sprachen. »Es ist schwer für einen Gelehrten, seinen Lebensunterhalt zu verdienen«, sagte Helkias, »und als Asher eines Tages hörte, daß ein Edelmann in Tembleque einen Schreiber anstellen wolle, ritt er deshalb dorthin und bot seine Dienste an.«

Der Graf von Tembleque sei schon immer stolz auf sein kriegerisches Können gewesen, erzählte Helkias seinem Sohn. Er hatte gegen die Mauren gekämpft und war weit gereist, um an Ritterturnieren teilzunehmen, von denen er viele gewonnen hatte. Aber er war immer auf der Suche nach etwas Neuem gewesen, und im Frühjahr 1486 erfuhr er von einem Turnier ganz anderer Art, einem poetischen Turnier, bei dem die Teilnehmer mit Gedichten anstelle von Lanzen und Schwertern gegeneinander antraten.

Das Turnier hieß *juegos flores* – die Blumenspiele. Begonnen hatte man damit im Frankreich des vierzehnten Jahrhunderts, als einige junge Edelmänner in Toulouse beschlossen, Dichter einzuladen, um sich von ihnen ihre Werke vortragen zu lassen. Dem Gewinner winkte als Siegespreis ein Veilchen aus reinem Gold.

Das Turnier wurde in regelmäßigen Abständen in Frankreich abgehalten, bis Violante de Bar, Königin von Katalonien und Aragón und Frau König Johanns I., den Dichterwettbewerb und einige der französischen Preisrichter im Jahr 1388 nach Barcelona gebracht hatte. Bald darauf übernahm der spanische Hof in aller Form die *juegos flores* und veranstaltete sie jedes Jahr mit großem Zeremoniell. Als der Graf Vasca davon erfuhr, hatte sich der königliche Hof selbst zum Preisgericht des jährlichen Dichterwettbewerbs aufgeschwungen. Nun gab es als dritten Preis ein Veilchen aus Silber, der zweite Preis war eine goldene Rose. Der erste Preis aber, und hier zeigte sich eine typische katalanische Eigenart, sollte eine einzelne, echte Rose sein, mit der Begründung, daß nichts von Menschenhand Gemachtes eine von Gott geschaffene Blume übertreffen könne.

Vasca fand den Gedanken herrlich, an den Hof gerufen zu werden, um ein solches Ehrenzeichen überreicht zu bekommen, und so schmiedete er Pläne für eine Teilnahme an dem Dichterwettbewerb. Daß er weder lesen noch schreiben konnte, hielt ihn nicht ab, denn er war wohlhabend genug, um jemanden mit entsprechenden Fähigkeiten in seine Dienste zu nehmen, und so hatte er Asher ben Yair eingestellt und ihm befohlen, ein Gedicht zu verfassen. Zum Thema des Gedichts sagte Vasca, es müsse von einem großen und edlen Krieger handeln, und schon bald waren sich der Graf und sein Schreiber darüber einig, daß der Graf Fernán Vasca selbst wohl der würdigste Ritter sei, der in einem solchen Werk beschrieben werden könnte.

Als das Gedicht vollendet war und dem Grafen vorgelesen wurde, erregte es durchaus sein Wohlgefallen. Ihm genügte es, daß seine Tapferkeit und sein kriegerisches Können mit Ehrerbietung und nicht geringer Übertreibung behandelt wurden, und so schickte er eine Abschrift davon nach Barcelona.

Doch Vascas Gedicht konnte das höfische Schiedsgericht nicht beeindrucken. Als der Graf die Nachricht erhielt, daß drei andere die Preise gewonnen hatten, hatte sich Asher ben Yair in weiser Voraussicht bereits von seinem Onkel, Rabbi Ortega, verabschiedet und war nach Sizilien aufgebrochen, wo er glaubte, eine Anstellung als Lehrmeister junger Juden zu finden.

Alsbald hatte Graf Vasca nach Helkias Toledano geschickt, einem Juden, der in dem Ruf eines herausragenden Bearbeiters von edlen Metallen stand. Als Helkias in Tembleque eintraf, fand er Vasca noch immer erzürnt darüber, daß er von einem Haufen verweichlichter Verseschmiede so vor den Kopf gestoßen worden war. Er erzählte Helkias von den *juegos flores* und ihren einfallsreichen Preisen und gestand ihm dann, daß er beschlossen habe, einen mannhafteren Wettbewerb, ein echtes Ritterturnier, ins Leben zu rufen, mit einem ersten Preis, der viel erstaunlicher und großartiger sein sollte als alle, die in Barcelona verliehen wurden.

»Ich wünsche, daß Ihr eine Rose aus Gold mit einem silbernen Stiel anfertigt.«

Jonas Vater nickte nachdenklich.

»Aber hört mir gut zu: Sie muß ebenso schön sein wie eine Rose der Natur.«

Helkias lächelte. »Nun gut, aber ...«

Der Graf hob die Hand, offenbar nicht willens, sich auf einen langen Disput mit einem Juden einzulassen, und wandte sich ab. »Geht einfach und macht es. Nach dem nächsten Osterfest muß die Rose fertig sein.« Und damit war Helkias entlassen.

Helkias war daran gewöhnt, daß schwierige Kunden unvernünftige Forderungen stellten, doch dieser Fall war besonders heikel, weil Graf Vasca in dem Ruf stand, jene zu mißhandeln, die ihn verstimmten. Doch er machte sich an die Arbeit und saß viele Stunden vor Rosenbüschen und zeichnete. Als ihn endlich eine seiner Darstellungen befriedigte, begann er, Gold und Silber mit dem Hammer zu bearbeiten. Nach vier Tagen hatte er etwas, das einer Rose schon sehr ähnelte, doch das Ergebnis enttäuschte ihn dennoch, und er zerbrach die Blume wieder und schmolz das Metall ein.

Immer und immer wieder versuchte er es, und jedesmal gelangen ihm Siege im kleinen, doch wenn es um den Gesamteindruck ging, mußte er Niederlagen hinnehmen. Zwei Monate waren seit dem Tag seines Treffens mit Vasca vergangen, und noch immer war er der Erfüllung seines Auftrags nicht näher gekommen.

Doch er bemühte sich weiter und studierte die Rose, als wäre sie der Talmud. Er sog ihren Duft und ihre Schönheit ein und zerpflückte die Blüte Blatt für Blatt, um ihren inneren Aufbau zu erkennen; er betrachtete die Stiele, wie sie sich bogen und wanden und der Sonne zuwuchsen; und er beobachtete, wie Knospen entstanden und reiften und sich zart öffneten und entfalteten. Mit jedem Versuch, die einfache und doch so verblüffende Schönheit der Blume nachzubilden, spürte er stärker das Wesen und die Seele der Rose, und in all den Versuchen und Mißerfolgen wandelte er sich allmählich von dem Handwerker, der er gewesen war, zu dem Künstler, der er sein würde.

Schließlich hatte er eine Blume aus leuchtendem Gold erschaffen. Ihre Blütenblätter öffneten sich mit einer frischen Weichheit, die sich dem Auge erschloß, ohne daß man sie mit den Fingern ertastete. Es war eine lebensechte Blume, als hätte ein Meistergärtner eine vollkommene goldfarbene Rose gezüchtet. Der Stiel und die Verästelungen und Dornen und Blätter waren aus glänzendem Silber, was den Eindruck des Lebensechten eigentlich verdarb, doch bis zu dem von Graf Vasca geforderten Ablieferungstag waren es noch fünf Monate, und so ließ Helkias die Zeit ihr Werk verrichten. Das Gold behielt seine Farbe, während das Silber beschlug und nachdunkelte, bis es einen Farbton hatte, der die Blume naturgetreu machte.

Graf Vasca war sichtlich überrascht und erfreut gewesen, als er sah, was Helkias geschaffen hatte. »Diese Rose werde ich nicht als Siegerpreis weggeben. Ich habe eine bessere Verwendung dafür«, sagte er. Anstatt Helkias zu bezahlen, gab er ihm einen umfangreichen Auftrag für weitere Gegenstände, und dann noch einen dritten. Letztendlich war er so zu Helkias' größtem Schuldner geworden, und nun, da man die Juden aus Spanien vertrieb, war diese Schuld Vascas ein Hauptgrund für Helkias' ernste Notlage.

Die Burg, die nun vor ihnen auftauchte, war groß und abweisend. Das Gatter des großen Tors zum Bergfried war heruntergelassen. Helkias und Jona sahen hoch zum Wachhäuschen oben auf der hohen Mauer.

»He da, Wache!« rief Helkias, und sofort erschien ein behelmter Kopf.

»Ich bin Helkias Toledano, der Silberschmied. Ich möchte mit Seiner Exzellenz dem Grafen Vasca sprechen.«

Der Kopf verschwand und erschien kurz darauf wieder.

»Seine Exzellenz der Graf ist nicht hier. Ihr müßt wieder gehen.«

Jona unterdrückte ein Stöhnen, aber sein Vater blieb hartnäckig. »Ich komme in einer wichtigen geschäftlichen Angelegenheit. Wenn der Graf nicht hier ist, muß ich mit seinem Verwalter sprechen.«

Wieder verschwand der Wachposten. Jona und sein Vater saßen auf ihren Pferden und warteten.

Schließlich wurde, mit einem Quietschen und dann einem Knarren, das Gatter hochgezogen, und sie ritten in den Burghof.

Der Verwalter war ein schlanker Mann, der einen Falken in einem Käfig mit Fleischstreifen fütterte. Katzenfleisch. Jona sah den Schwanz, der noch ganz war.

Der Mann würdigte ihn kaum eines Blickes. »Er ist im Norden auf der Jagd«, sagte er ungehalten.

»Ich bitte um die Bezahlung von Stücken, die ich auf seine Bestellung hin angefertigt und ihm geliefert habe«, sagte Helkias, und nun sah der Verwalter ihn an.

»Ich bezahle nur, wenn er es befiehlt.«

»Wann kommt er zurück?«

»Wann es ihm beliebt.« Der Mann wurde etwas zugänglicher, vielleicht um sie loszuwerden. »An Eurer Stelle würde ich in sechs Tagen wiederkommen.«

Auf dem Rückweg nach Toledo blieb Helkias stumm und hing

seinen sorgenschweren Gedanken nach. Jona versuchte, ein wenig von der Hochstimmung des Hinritts zu retten.

»Oh, der Wolf wird zu Gast sein bei dem Lamme ...«, stimmte er an, aber sein Vater achtete nicht auf ihn, und so ritten sie größtenteils schweigend den Rest des Wegs.

Sechs Tage später ritt Helkias noch einmal zur Burg, und diesmal sagte ihm der Verwalter, daß der Graf erst in vierzehn Tagen, am sechsundzwanzigsten Tag des Monats, zurückkehren werde.

»Das ist zu spät«, entgegnete Aaron verzweifelt, als Helkias es ihm sagte.

»Ja, das ist zu spät«, sagte Helkias.

Aber tags darauf verbreitete sich die Kunde, daß die Monarchen in ihrer Gnade den Juden einen zusätzlichen Tag für die Abreise aus Spanien gewährt hätten, so daß sich das letztmögliche Datum vom ersten auf den zweiten August verschob.

»Glaubst du ...?« fragte Aaron.

»Ja, wir können es schaffen! Ich werde vor der Burg auf ihn warten, wenn er ankommt. Gleich nachdem er mich bezahlt hat, können wir aufbrechen«, sagte Helkias.

»Aber dann müssen wir die Reise nach Valencia in sieben Tagen schaffen!«

»Wir haben keine andere Wahl, Aaron«, entgegnete Helkias. »Ohne Geld sind wir verloren.«

Als Aaron seufzte, legte Helkias ihm die Hand auf den Arm. »Wir schaffen das schon. Wir treiben uns und die Tiere bis zum Äußersten, und den Weg werden wir schon finden.«

Doch noch während er das sagte, dachte er mit Unbehagen daran, daß der zweite August der neunte Tag des jüdischen Monats Aw war, ein berüchtigtes Datum und vielleicht ein schlechtes Omen, denn der neunte Aw war das Datum der Zerstörung des Tempels in Jerusalem, der Beginn der erzwungenen Wanderschaft vieler Juden durch die Welt.

4. KAPITEL

DER FISCHER

Nun brauchten Jona und Eleasar kein Silber mehr zu polieren. Da Helkias wußte, daß er seine Stücke nicht mehr zu einem angemessenen Preis würde verkaufen können, überließ er Benito Martín für einen geringen Betrag seinen ganzen Bestand.

Am Mittelfinger der rechten Hand trug Jona ein breites Silberband, das sein Vater ihm geschenkt hatte, als er zum ersten Mal zur Tora gerufen wurde. Helkias hatte auch für seinen Erstgeborenen einen solchen Ring angefertigt, doch als man ihm Meirs Leiche brachte, fehlte dieses Silberband.

»Zieh deinen Ring vom Finger«, befahl Helkias nun Jona, und der Junge gehorchte widerstrebend. Sein Vater fädelte den Ring auf eine dünne, aber starke Schnur, die er Jona um den Hals band, damit der Ring unter seinem Hemd verborgen war.

»Falls es einmal soweit kommt, daß wir den Ring verkaufen müssen, verspreche ich, dir so bald wie möglich einen neuen zu machen. Aber wenn Gott will, wirst du diesen Ring an einem anderen Ort wieder tragen können«, sagte er.

Helkias ging mit seinen beiden Söhnen auf den jüdischen Friedhof vor den Toren der Stadt. Es war ein herzzerreißender Moment, denn auch andere Familien, die Spanien verließen, besuchten die Gräber ihrer Lieben, um sich zu verabschieden, und ihr Klagen und Schluchzen ängstigten Eleasar so sehr, daß auch er zu weinen anfing, obwohl er sich an seine Mutter gar nicht und an Meir kaum noch erinnern konnte.

Helkias hatte jahrelang um seine Frau und seinen Erstgeborenen getrauert. Obwohl seine Augen feucht waren, gab er keinen Laut von sich, sondern drückte seine beiden Söhne an sich, trocknete ihre Tränen und küßte sie, bevor er ihnen auftrug, die Gräber herzurichten und kleine Steine zu suchen, die sie als Zeichen ihres letzten Besuchs darauflegten.

»Es ist schrecklich, ihre Gräber zurückzulassen«, sagte Helkias später zu Benito. Martín hatte einen Schlauch mit Wein mitgebracht, und die beiden Freunde saßen zusammen und redeten, wie sie es früher so oft getan hatten. »Aber am schlimmsten ist es, das Grab meines Sohnes zu verlassen, ohne zu wissen, wer ihn auf dem Gewissen hat.«

»Wenn es möglich wäre, das Reliquiar ausfindig zu machen, könnte uns der Fundort eine Menge verraten.«

Helkias' Mund zuckte. »Es war aber nicht möglich. Inzwischen haben die Diebe, die mit solchen Dingen handeln, es bestimmt schon verkauft. Vielleicht ist es in einer Kirche irgendwo weit weg von hier«, sagte er und trank einen großen Schluck Wein.

»Trotzdem... vielleicht auch nicht«, sagte Benito. »Wenn ich mit den Priestern der Kirchen aus der Umgebung reden würde, könnte ich vielleicht etwas erfahren.«

»Das wollte ich auch schon tun«, gab Helkias zu, »aber... ich bin Jude. Ich hatte zu große Angst vor Kirchen und Priestern, um es zu tun.«

»Dann laß mich es jetzt für dich tun«, sagte Martín, und Helkias nickte dankbar. Er ging zu seinem Zeichentisch, nahm die Skizzen des Ziboriums und gab sie Martín, damit der sie den Priestern zeigen konnte.

Martín hatte noch etwas auf dem Herzen. »Helkias, die Stimmung in der Stadt ist gegen dich. Es geht das Gerücht, daß du dich weigerst, Toledo zu verlassen, und auch nicht konvertieren willst. Dieses Haus auf dem Hochufer ist sehr ungeschützt. Um Zuflucht in der Menge hinter den Mauern des jüdischen Viertels zu suchen, ist es zu spät, weil die anderen Juden es bereits verlassen haben. Vielleicht solltest du also mit deinen Söhnen zu mir kommen, in die Sicherheit eines christlichen Hauses.«

Helkias wußte, daß es Gerede geben würde, wenn ein Erwachsener und zwei Knaben, wenn auch nur für kurze Zeit, ins Haus der Martíns zögen. Er dankte Benito, schüttelte aber den Kopf. »Bis zu dem Augenblick unserer Abreise wollen wir den Aufenthalt in dem Haus genießen, in dem meine Söhne geboren wurden«, sagte er.

Dennoch ging Helkias, nachdem Benito sich verabschiedet hatte, mit seinen Söhnen zu dem Pfad, der vom Hochufer nach unten führte. Ein Stückchen abseits des Wegs zeigte er ihnen einen schmalen, L-förmigen Tunnel, der in eine kleine Höhle führte.

Falls es je nötig sein würde, sagte er Jona und Eleasar, würde ihnen die Höhle ein sicheres Versteck bieten.

Jona war sich deutlich bewußt, daß er viele Dinge in Toledo zum letzten Mal tat.

Das Frühlingsfischen hatte er verpaßt. Das Frühjahr war zum Angeln nämlich die beste Zeit, denn die Luft war noch frisch, aber die erste Wärme der Sonne ließ Eintagsfliegen und anderes geflügeltes Kleingetier schlüpfen, das sich über der Wasseroberfläche des Flusses tummelte und Fische anlockte.

Mittlerweile war es heiß, aber er kannte einen tiefen Tümpel direkt hinter einem natürlichen Damm aus Felsen und Ästen und wußte, daß die Fische dort beinahe bewegungslos am Grund ruhten und nur darauf warteten, daß eine Mahlzeit an ihnen vorbeitrieb.

Er suchte sich die Haken zusammen, die sein Vater, ein Meister im Bearbeiten jeglichen Metalls, für ihn gemacht hatte, ging dann hinter die Werkstatt und holte die kurze Rute mit der starken Schnur.

Er war kaum drei Schritte gegangen, als Eleasar hinter ihm hergelaufen kam.

»Jona, nimmst du mich mit?«

»Nein.«

»Jona, ich möchte aber mitkommen.«

Falls ihr Vater sie hörte, würde er ihnen vielleicht befehlen, zu Hause zu bleiben. Jona warf einen ängstlichen Blick zur Tür der Werkstatt. »Eleasar, verdirb es mir nicht. Wenn du zeterst, hört Vater es und kommt heraus.«

Eleasar sah ihn unglücklich an.

»Wenn ich zurückkomme, bringe ich dir den ganzen Nachmittag lang das Gitarrespielen bei.«

»Den ganzen Nachmittag?«

»Den ganzen.«

Kurz darauf war Jona wieder allein und stieg den Pfad zum Fluß hinunter.

Unten angekommen, band er einen Haken an die Schnur, schlenderte dann einige Minuten am Ufer entlang und drehte Steine um. Einige Krebse ließ er davonhuschen, bis er einen gefunden hatte, der klein genug als Köder war. Er fing ihn und steckte ihn auf den Haken.

Es war seine Lieblingsstelle zum Fischen, und im Lauf der Jahre war er sehr oft hier gewesen. Der Tümpel wurde überragt von einem großen Felsen, der sehr leicht zu erreichen war, weil sich seine flache Oberseite beinahe auf gleicher Höhe mit dem Pfad befand, während ein überhängender Baum den Fischen im Tümpel und dem Fischer auf dem Stein Schatten spendete.

Der Haken mit dem Köder tauchte mit einem Platschen ins Wasser. Jona wartete hoffnungsvoll, doch als kein Fisch anbeißen wollte, setzte er sich mit einem Seufzen auf den Stein. Eine leichte Brise wehte, der Stein war kühl, und die leisen Geräusche des Flusses waren angenehm und beruhigend. Irgendwo weit flußabwärts riefen zwei Männer einander zu, und in der Nähe zwitscherte ein Vogel.

Er merkte gar nicht, wie schläfrig er war, nur die Geräusche wurden immer schwächer, und schließlich schlief er ein.

Er schrak hoch, als ihm jemand die Rute unter dem Bein herauszog.

»Du hast einen Fisch«, sagte der Mann.

Jona fürchtete sich. Der Mann war so groß wie Abba, ein Priester oder Mönch in schwarzer Kutte und Sandalen. Und sein Rücken war auf eine Art verformt, wie Jona es noch nie gesehen hatte.

»Es ist ein sehr großer Fisch. Willst du die Rute?«

»Nein, Ihr könnt ihn einholen«, entgegnete Jona widerstrebend.

»Lorenzo«, rief jemand vom Pfad her, und als Jona sich umdrehte, sah er einen zweiten Mann in schwarzer Kutte dort warten.

Der Fisch schoß auf den natürlichen Damm an der Spitze des Tümpels zu, aber der große Mann hob die Spitze der Rute an. Er war ein guter Fischer, das merkte Jona. Er riß die Rute nicht so scharf hoch, daß die Schnur überdehnt wurde, sondern zog den Fisch heran, indem er die Schnur langsam und Stück für Stück einholte, bis der Fang, eine stattliche Brasse, die am Haken hin und her zappelte, auf dem Stein lag.

Der Mann lächelte. »Doch nicht so groß, mh? Zuerst sehen sie alle sehr groß aus.« Er hielt ihm den Fisch hin. »Willst du ihn?«

Natürlich wollte Jona den Fisch, aber er spürte, daß der Mann ihn auch wollte. »Nein, Señor«, sagte er.

»Lorenzo«, rief der andere Mönch. »Bitte, wir haben keine Zeit. Er sucht uns sicher schon.«

»Schon gut!« rief der große Mann gereizt und schob den Zeigefinger in eine Kieme, um den Fisch besser tragen zu können. Sanfte Augen, so tief wie der Tümpel, sahen Jona an.

»Möge Christus dir Glück bringen«, sagte er.

5. KAPITEL

BESUCHER

Am nächsten Morgen verfärbte sich der Himmel grünlich schwarz, Blitze zuckten und Donner grollte laut, dann legte sich der Sturm wieder, doch es regnete zwei Tage lang. Jonas Onkel Aaron und Tante Juana kamen zu Besuch, und Juana sagte, es sei ungewöhnlich, daß es im Monat Tammus so heftig regne.

»Aber es ist schon vorgekommen«, meinte ihr Mann.

»Natürlich ist es schon vorgekommen«, erwiderte Juana, und niemand wagte die Bemerkung, daß es ein schlechtes Omen sei. Die Luft war warm trotz der vielen Feuchtigkeit, und am zweiten Tag ließ der Regen nach und hörte schließlich ganz auf.

Benito Martín war an beiden Tagen mit den zusammengerollten und gegen die Feuchtigkeit in ein Stück Leder gewickelten Skizzen des Reliquiars durch den Regen geritten. In sieben Kirchen und zwei Klöstern hatte er die Zeichnungen aufgerollt. Inzwischen wußte jeder Priester und Mönch in Toledo von dem Verlust des Ziboriums der kleinen Abtei, aber niemand schien einen Hinweis darauf geben zu können, was mit dem Reliquiar nach dem Diebstahl geschehen war.

Benitos letzter Besuch hatte der Kathedrale gegolten, wo er sich hingekniet und ein Gebet gesprochen hatte.

Als er sich nach dem Beten wieder erhob, sah er, daß er von

einem großen, buckligen Mönch beobachtet wurde. Martín hatte gerüchteweise schon gehört, daß er für die Inquisition tätig war, konnte sich aber nicht an seinen Namen erinnern.

Auch hier zeigte er die Skizzen den Priestern, die zuhauf die Kathedrale bevölkerten. Dreimal hatte er sie bereits hergezeigt, mit dem inzwischen vertrauten Mangel an Erfolg, als er den Kopf hob und wieder dem Blick des großen Mönchs begegnete.

Der Mann krümmte den Zeigefinger.

»Laßt mich sehen.«

Benito gab ihm die Zeichnungen, und der Mönch betrachtete sie eingehend. »Warum zeigt Ihr sie Priestern?«

»Das sind Skizzen eines Reliquiars, das gestohlen wurde. Der Silberschmied, der es angefertigt hat, möchte herausfinden, ob jemand Bescheid weiß über seinen Verbleib.«

»Der Jude Toledano.«

»Ja.«

»Euer Name?«

»Ich bin Benito Martín.«

»Seid Ihr ein Konvertit?«

»Nein, Vater, ich bin ein Alter Christ.«

»Ist Helkias Toledano Euer Freund?«

Es hätte einfach sein sollen zu sagen: Ja, wir sind Freunde.

Benito mochte die Kathedrale sehr. Er kam oft hierher, weil der wunderbare gewölbte Raum ihm das Gefühl gab, als könnten seine Gebete ungehindert in die Höhe steigen, direkt in die Ohren Gottes, doch dieser Mönch verdarb ihm die Freude an dem schönen Gebäude.

»Ich bin Goldschmied. Wir haben uns einige Male über Angelegenheiten unseres Berufs unterhalten«, erwiderte er vorsichtig.

»Habt Ihr Verwandte, die Konvertiten sind?«

»Nein, die habe ich nicht.«

»Hat der Silberschmied Toledo bereits verlassen?«

»Er wird bald fort sein.«

»Hat er mit Euch über jüdische Gebete gesprochen?«

»Nein. Kein einziges Mal.«

»Wißt Ihr, ob er mit einem anderen Christen über das Beten gesprochen hat?«

»Nein.«

Der Mönch gab ihm die Zeichnungen zurück. »Ihr seid Euch bewußt, daß Ihre Majestäten es den Christen ausdrücklich verboten haben, Juden Unterstützung zu gewähren?«

»Ich habe keine Unterstützung gewährt«, sagte Benito, doch das hörte der Mönch vermutlich gar nicht mehr, denn er hatte sich bereits abgewandt.

Bonestruca war sein Name, das fiel Benito jetzt wieder ein.

Der Regen hörte auf, als er am Haus der Toledanos ankam.

»Nun, mein Freund«, sagte Helkias.

»Nun, mein Freund. Und es soll wirklich morgen sein?«

»Ja, morgen«, sagte Helkias, »ob der Graf von Tembleque nun zurückkehrt oder nicht, damit ich mein Geld abholen kann. Wenn wir noch länger warten, wird es zu spät.«

Er teilte Benito mit, daß sie die Esel frühmorgens beladen würden. Er und seine Söhne suchten sorgfältig die wenigen Habseligkeiten aus, die sie mitnehmen konnten. »Was wir hierlassen, steht dir zur freien Verfügung.«

»Ich danke dir.«

»Wofür denn?«

Martín berichtete ihm von seiner enttäuschenden Mission, und Helkias dankte ihm und zuckte die Achseln. Das Ergebnis kam nicht unerwartet.

Dann sagte Benito: »Kennst du den Mönch mit dem Buckel auf dem Rücken, den großen Dominikaner?«

»Ich habe ihn gelegentlich in der Stadt gesehen.«

»Er ist ein Inquisitor. Als er sah, daß ich die Skizzen herumzeigte, gab er mir zu verstehen, daß er das mißbilligt. Er hat mir

Fragen nach dir gestellt, zu viele Fragen. Ich habe Angst um dich, Helkias. Hattest du je mit diesem Mönch zu tun – irgendwelche Schwierigkeiten oder Unannehmlichkeiten?«

Helkias schüttelte den Kopf. »Ich habe noch nie ein Wort mit ihm gewechselt. Aber deine Sorge ist unnötig. Morgen abend sind wir schon weit weg von hier.«

Benito schämte sich, daß ein Mönch ihm solche Angst hatte einjagen können.

Er fragte, ob er Eleasar für den Rest des Nachmittags mit zu sich nehmen dürfe, damit der Junge sich von seinem geliebten Spielkameraden, dem kleinen Enrique, verabschieden konnte. »Er kann auch über Nacht bleiben, wenn du es erlaubst.«

Helkias nickte, denn er wußte, daß die beiden Jungen sich nie wiedersehen würden.

Jona und sein Vater waren bis weit in den Abend bei Kerzenlicht beschäftigt, um alles für die Abreise vorzubereiten.

Jona arbeitete gern mit Helkias. Eleasar würde über Nacht wegbleiben, und er fand es nicht unangenehm, mit seinem Vater allein zu sein. Sie teilten ihre Habseligkeiten in Stapel, einen mit Sachen, die sie zurücklassen mußten, und einen kleineren mit Dingen, die sie im Morgengrauen auf die Esel laden würden – Kleidung, Nahrungsmittel, ein Gebetbuch und einen Satz Werkzeuge seines Vaters.

Bevor es allzu spät wurde, schickte Helkias Jona ins Bett. »Morgen reisen wir. Dazu brauchst du deine ganze Kraft.«

Aber Jona war, eingelullt von den Geräuschen seines Vaters, der den Boden fegte, eben erst eingeschlafen, als sein Vater ihn grob und heftig schüttelte. »Mein Sohn. Du mußt aus dem Haus. Durch das hintere Fenster. Beeil dich.«

Jetzt konnte Jona ihn hören, den Lärm vieler Männer, die die Straße hochkamen. Einige sangen ein grimmiges Lied. Andere schrien. Sie waren nicht mehr weit entfernt.

»Wohin …?«

»Geh in die Höhle unter dem Abbruch. Und bleib dort, bis ich dich hole.« Die Finger des Vaters gruben sich in seine Schulter. »Hör auf mich. Geh jetzt. Geh sofort. Und laß die Nachbarn dich nicht sehen.« Helkias warf ein halbes Brot in einen kleinen Sack und gab ihn dem Jungen. »Jona. Wenn ich nicht komme … bleib so lang, wie du kannst, und dann geh zu Benito Martín.«

»Komm doch mit mir, Abba«, sagte der Junge ängstlich, aber Helkias schob seinen Sohn durchs Fenster, und Jona war allein in der Nacht.

Vorsichtig schlich er sich an der Rückseite der Häuser entlang, aber irgendwo mußte er die Straße überqueren, um zur Klippe zu gelangen. Als er die Häuser hinter sich gelassen hatte, näherte er sich in der Dunkelheit der Straße und sah zum ersten Mal die näher rückenden Lichter. Sie waren erschreckend nah. Offenbar handelte es sich um eine große Gruppe Männer, und die Lichter der Fackeln tanzten funkelnd auf ihren Waffen. Er versuchte, nicht zu schluchzen, aber es war ohne Bedeutung, denn ihr Lärm war jetzt schon sehr laut.

Und plötzlich rannte Jona.

6. KAPITEL

DAS VERSTECK

Die Enge und die Form des Tunnels dämpften die Geräusche, aber hin und wieder drang etwas an sein Ohr, ein unterdrücktes Brüllen, ein Heulen wie vom Wind eines entfernten Gewitters.

Leise weinend lag er auf dem Boden aus Fels und Erde, als wäre er aus großer Höhe heruntergefallen. Er spürte nicht einmal die Steinchen und Kiesel unter seinem Körper.

Nach einer Weile sank er in einen tiefen Schlaf, eine willkommene Flucht aus seinem kleinen Felsgefängnis.

Als er wieder aufwachte, hatte er keine Ahnung, wie lange er geschlafen hatte oder wieviel Zeit seit seiner Flucht in die Höhle vergangen war.

Er wußte, daß ihn das Gefühl geweckt hatte, etwas Kleines krabble ihm übers Bein. Zuerst dachte er an Giftschlangen und erstarrte, aber dann hörte er ein vertrautes leises Rascheln und entspannte sich wieder, denn vor Mäusen hatte er keine Angst.

Seine Augen hatten sich inzwischen an die samtige Schwärze gewöhnt, dennoch blieb sie undurchdringlich. Er hatte keine Ahnung, ob es Tag oder Nacht war. Als er Hunger verspürte, nagte er an dem Brot, das sein Vater ihm gegeben hatte.

Als er das nächste Mal einschlief, träumte er von seinem Vater, und im Traum musterte er das vertraute Gesicht, die strahlendblauen, tief in den Höhlen liegenden Augen über der starken Nase, den breiten, vollippigen Mund über dem buschigen Bart, der so grau war wie die lockige Aureole der Haare. Sein Vater sagte etwas zu ihm. Aber Jona konnte die Worte nicht verstehen, oder er erinnerte sich nicht an sie, als der Traum vorüber war; und beim Aufwachen fand er sich in seinem Tierbau wieder.

Er erinnerte sich an das letzte, was sein Vater zu ihm gesagt hatte, an die strenge Ermahnung, Jona solle nur ja in der Höhle bleiben, bis er, Helkias, komme und ihm sage, daß alles in Ordnung sei, und so aß er den Rest des Brotes und lag dann untätig in der Dunkelheit. Er war sehr durstig, und ihm fiel ein, daß Meir ihm beigebracht hatte, einen kleinen Kiesel in den Mund zu nehmen, wenn es kein Wasser gab, und daran zu saugen, um die Speichelbildung im Mund anzuregen. Er tastete seine Umgebung ab, und als er einen Kiesel in der richtigen Größe gefunden hatte, nahm er ihn und wischte ihn mit den Fingern sauber. Kaum hatte er ihn in den Mund gesteckt, bildete sich Speichel, und er saugte wie ein Kleinkind an der Mutterbrust. Als er merkte, daß er erneut in den tiefen Graben des Schlafes versank, spuckte er den Kiesel wieder aus.

So verging die Zeit. Nagender Hunger, verzehrender Durst und eine schreckliche zunehmende Schwäche plagten ihn, und nur der Schlaf bot gelegentlich Erlösung.

Irgendwann spürte Jona, wenn er noch länger in der Höhle bliebe, würde er verhungern, und so begann er, langsam und steif aus seinem Loch zu kriechen.

Als er um die Ecke des L-förmigen Tunnels bog, traf ihn die strahlende Helligkeit wie ein Schlag, und er blieb eine Weile liegen, bis er in dem gleißenden Licht wieder etwas sehen konnte.

Draußen merkte er am Stand der Sonne, daß es Nachmittag war. Der Tag war still, bis auf das laute Zwitschern der Vögel. Vorsichtig stieg er den schmalen Pfad hoch und erkannte, wie bitter nötig er bei seinem verzweifelten Abstieg in der nächtlichen Dunkelheit die schützende Hand des Herrn gehabt hatte.

Auf dem Heimweg begegnete er niemandem. Als er die Häusergruppe erreichte, sah er voller Freude, daß alles unberührt und wie immer wirkte.

Bis …

Sein Haus war das einzige verwüstete. Die Tür war nicht mehr da, man hatte sie aus den Angeln gerissen. Die Einrichtung war zerstört oder gestohlen. Alles, was irgendeinen Wert hatte – Meirs maurische Gitarre zum Beispiel –, war verschwunden. Die Fensterbänke waren verkohlt, rußschwarze Fächer breiteten sich auf dem Stein über den Öffnungen aus.

Drinnen waren nur Verwüstung und Trostlosigkeit und der Geruch des Feuers.

»Abba!«

»Abba!«

»Abba!«

Aber es kam keine Antwort, und Jona erschrak über den Lärm seines eigenen Schreiens. Er ging nach draußen und rannte zu Benito Martíns Haus.

Die Familie Martín begrüßte ihn mit freudigem Staunen.

Benito war blaß. »Wir dachten, du bist tot, Jona. Wir glaubten, daß sie dich in den Abgrund geworfen haben. In den Tajo.«

»Wo ist mein Vater?«

Martín ging zu dem Jungen, und während sie sich in einer freudlosen Umarmung hin und her wiegten, gestand er Jona alles, ohne ein Wort zu sagen.

Als die Worte schließlich kamen, erzählte Martín eine grausige Geschichte.

Ein Mönch hatte auf der *plaza mayor* von Toledo eine Menschenmenge um sich versammelt. »Es war ein buckliger Dominikaner, ein großer Mann namens Bonestruca. Er hatte mich vor ein paar Tagen über deinen Vater ausgefragt, als ich ihm in der Kathedrale die Zeichnungen des Reliquiars zeigte.«

Der bucklige Mönch. Jona erinnerte sich an einen großen Mann mit sanften Augen.

»Auf der *plaza* rottete sich eine Horde zorniger Männer zusammen, als er gegen die Juden predigte, die das Land bereits verlassen haben. Die Juden hätten sich davongemacht, ohne anständig bestraft worden zu sein, erzählte er ihnen. Dann nannte er deinen Vater beim Namen und beschuldigte ihn, als Jude ein verhextes Ziborium angefertigt zu haben, mit dem er schreckliches Unheil über die Christen bringen wollte. Er bezeichnete ihn als Antichrist, der das Angebot verschmäht habe, zum Erlöser zu kommen, der Ihn straflos verhöhnt habe und sich nun mit heiler Haut aus dem Staub machen wolle. Erst trieb er sie bis zur Raserei, doch als sie sich zu deinem Haus aufmachten und deinen Vater erschlugen, blieb er zurück.«

»Wo ist Abbas Leichnam?«

»Wir haben ihn hinter dem Haus begraben. Jeden Morgen und jeden Abend bete ich für seine unsterbliche Seele.«

Martín ließ dem weinenden Jungen Zeit zu trauern. »Warum ist er nicht mitgekommen, als er mich wegschickte?« stammelte Jona. »Warum ist er nicht auch geflohen?«

»Ich glaube, er ist geblieben, um dich zu schützen«, sagte Martín langsam. »Wenn niemand im Haus gewesen wäre, hätten die Männer gesucht, bis sie deinen Vater gefunden hätten. Und dann... hätten sie auch dich gefunden.«

Bald darauf brachten Benitos Frau Theresa und seine Tochter Lucía Brot und Milch, aber Jona in seinem Kummer bemerkte sie gar nicht.

Benito drängte den Jungen zum Essen, und Jona konnte nicht anders, als unter den besorgten Blicken des Mannes und der beiden Frauen alles gierig hinunterzuschlingen, kaum daß er den ersten Bissen gekostet hatte. Eleasar war nicht da, und auch Enrique Martín nicht, und Jona nahm an, daß die beiden kleinen Jungen irgendwo in der Nähe spielten.

Doch dann kam Enrique allein nach Hause.

»Wo ist mein Bruder?«

»Der Kleine ist bei seinem Onkel, Aaron dem Käser, und seiner Tante Juana«, sagte Martín. »Sie haben Eleasar am Morgen nach dem Unglück hier abgeholt und Toledo sofort verlassen.«

Jona sprang in höchster Erregung auf. »Ich muß sofort nach Valencia, zu ihnen«, rief er, aber Benito schüttelte den Kopf. »Sie gehen nicht nach Valencia. Aaron hat nicht viel Geld. Ich... habe ihm die Summe gegeben, die ich deinem Vater für das Silber schuldete, aber... Er glaubte, sie würden eher ein Schiff für die Überfahrt finden, wenn sie in eins der kleinen Fischerdörfer gingen. Sie haben die beiden Pferde von Marcelo Trocas Weide mitgenommen, damit sie unterwegs immer zwei Tiere schonen können.« Er zögerte. »Dein Onkel ist ein guter Mann, und stark. Ich glaube, sie schaffen es.«

»Ich muß gehen!«

»Zu spät, Jona. Es ist zu spät. In welches Fischerdorf willst du denn gehen? Und du warst drei Tage in deiner Höhle, mein Junge. Das letzte der jüdischen Schiffe wird in vier Tagen Segel setzen. Auch wenn du Tag und Nacht galoppierst und dein Pferd dir nicht eingeht, könntest du die Küste nie in vier Tagen erreichen.«

»Wohin bringt Onkel Aaron Eleasar?«

Benito schüttelte bekümmert den Kopf. »Aaron wußte noch nicht, wohin sie segeln würden. Es hängt davon ab, welche Schiffe verfügbar sind, mit welchem Ziel. Du mußt in diesem Haus bleiben, Jona. In ganz Spanien werden Soldaten jetzt nach Juden suchen, die den Ausweisungsbefehl nicht befolgt haben. Jeder Jude, der nicht bereit ist, sich von Christus retten zu lassen, wird getötet.«

»Aber… was soll ich dann tun?«

Benito ging zu ihm und faßte ihn bei den Händen.

»Hör mir gut zu, mein Junge. Der Mord an deinem Vater hatte mit dem an deinem Bruder zu tun. Es ist kein Zufall, daß dein Vater der einzige Jude war, der hier erschlagen wurde, oder daß sein Haus als einziges von den *menudos* verwüstet wurde, während nicht einmal eine Synagoge geschändet wurde. Du mußt dich von der Gefahr fernhalten. Aus Liebe zu meinem Freund, deinem Vater, und zu dir gewähre ich dir den Schutz meines Namens.«

»Deines Namens?«

»Ja. Du mußt konvertieren. Du wirst bei uns leben, als einer von uns. Ich gebe dir den Namen, den einst mein Vater trug. Du wirst Tomás Martín heißen. Bist du einverstanden?«

Jona sah ihn verwirrt an. Ein Handstreich des Schicksals hatte ihn aller Verwandten beraubt, hatte ihm alle genommen, die er liebte. Er nickte.

»Dann will ich jetzt einen Priester suchen gehen und ihn hierherbringen«, sagte Benito und machte sich unverzüglich auf den Weg.

7. KAPITEL

EINE ENTSCHEIDUNG

Wie gelähmt von den Dingen, die Benito ihm erzählt hatte, saß Jona im Haus der Martíns. Eine Weile war Lucía bei ihm und hielt seine Hand, aber er war zu überwältigt von seinen Gefühlen, um auf seine Freundin eingehen zu können, und so ließ sie ihn bald allein.

Vor allem schmerzte ihn, daß er seinen geliebten jüngeren Bruder Eleasar, der ja noch am Leben war, nie mehr wiedersehen würde.

Auf Benitos Zeichentisch lagen Federkiel, Tinte und Papier. Jona ging zum Tisch, nahm die Feder und griff nach einem Blatt Papier, doch schon stand Theresa Martín neben ihm.

»Papier ist teuer«, sagte sie mürrisch und betrachtete ihn mißmutig. Theresa Martín hatte sich nie so über die Freundschaft mit den Toledanos gefreut, wie ihr Gatte und ihre Kinder es getan hatten, und es war offensichtlich, daß sie nicht gerade glücklich war über die Entscheidung ihres Gatten, einen Juden in die Familie aufzunehmen.

Auf dem Tisch lag eine Zeichnung des Silberkelchs, den Helkias angefertigt hatte, eine der Skizzen, die er Martín gegeben hatte. Jona nahm sie und fing auf der leeren Rückseite an zu schreiben. Die erste Zeile schrieb er in Hebräisch und die übrige Botschaft in Spanisch, schnell und ohne Pause.

An meinen geliebten Bruder Eleasar ben Helkias Toledano. Erfahre, daß ich, Dein Bruder, nicht von jenen erschlagen wurde, die unserem Vater das Leben genommen haben.
Ich schreibe Dir, geliebter Eleasar, für den Fall, daß mir unbekannte Ereignisse Dich und unsere Verwandten davon abgehalten haben, aus Spanien abzureisen. Oder falls Du am Neunten des Aw schon auf jenen Tiefen des Meeres segelst, über die wir in glücklicheren Kindertagen nachgegrübelt haben, wird vielleicht die Zeit kommen, da Du als Mann zum Hause unserer Kindheit zurückkehrst und diesen Brief in unserem Versteck findest, auf daß Du erfahren mögest, was hier geschehen ist.
Falls Du zurückkehrst, sei um Deiner Sicherheit willen gewahr, daß eine mächtige Person, die ich nicht kenne, einen besonderen Haß gegen die Familie Toledano hegt. Den Grund dafür verstehe ich nicht. Unser Vater, möge er ruhen im ewigen Frieden der Rechtschaffenen, glaubte, unser Bruder Meir ben Helkias wurde nur umgebracht, um den Diebstahl des Reliquienkelchs zu ermöglichen, den die Abtei zur Himmelfahrt Mariä in Auftrag gegeben hatte. Der gute Freund unseres Vaters, dessen Namen ich nicht schreiben möchte für den Fall, daß dieser Brief von solchen gelesen wird, die ihm übelwollen, ist überzeugt, daß der Tod unseres Vaters in Verbindung steht mit Meirs Tod, mit dem Gold- und Silberkelch, den er angefertigt hat, und irgendwie auch mit einem Dominikanermönch mit dem Namen Bonestruca. Du mußt sehr wachsam sein.
Auch ich muß sehr wachsam sein.
Hier gibt es keine Juden mehr, nur noch Alte Christen und Neue Christen.
Bin ich allein in Spanien?
Alles, wofür unser Vater gearbeitet hat, ist verschwunden. Allerdings gibt es noch jene, die ihre Schulden nicht bezahlt haben. Auch wenn Du zurückkehren und diese Zeilen finden

solltest, dürfte es Dir schwerfallen, diese Schulden einzutreiben.
Samuel ben Sahula schuldet unserem Vater dreizehn Maravedí für drei große Sederteller, einen Kidduschbecher und ein kleines Silberbecken für die rituellen Waschungen.
Don Isaak ibn Arbet schuldet uns sechs Maravedí für einen Sederteller und zwei Maravedí für sechs kleine Silberbecher.
Ich weiß nicht, wohin diese Männer gegangen sind; so der Herr will, werden sich vielleicht eines Tages Eure Wege kreuzen.
Graf Fernán Vasca von Tembleque schuldet unserer Familie neunundsechzig Real und sechzehn Maravedí für drei große Schüsseln, vier kleine Silberspiegel und zwei große Silberspiegel, eine goldene Blume mit silbernem Stiel, acht kurze Kämme für Frauenhaar und einen langen Kamm sowie ein Dutzend Kelche mit Schalen aus massivem Silber und Sockeln aus Elektrum.
Abbas Freund möchte mich zu seinem christlichen Sohn machen, aber ich muß unseres Vaters jüdisches Kind bleiben, sollte es auch mein Verderben sein. Auch wenn man mich fängt, werde ich nicht konvertieren. Falls es zum Schlimmsten kommt, dann wisse, daß ich vereinigt bin mit unserem Meir und unseren geliebten Eltern und mit ihnen zu Füßen des Allmächtigen ruhe.
Wisse aber auch, daß ich meinen Platz im Himmlischen Königreich aufs Spiel setzen würde, wenn ich nur einmal noch meinen kleinen Bruder umarmen könnte. Ach, ich würde Dir wieder ein Bruder sein! Für jede Gedankenlosigkeit, für jede Kränkung, die ich Dir durch achtlose Worte oder Taten zugefügt haben mag, bitte ich Dich, mein verschwundener und geliebter Bruder, um Verzeihung, und ich erflehe Deine Liebe in Ewigkeit. Denke an uns, Eleasar, und bete für unsere Seelen. Vergiß nicht, daß Du ein Sohn des Helkias bist, Sproß des

Stammes Levi. Sag jeden Tag das Schema auf und denke daran, daß es mit Dir betet. Dein trauernder Bruder

Jona ben Helkias Toledano

»Mein Mann wird das Haus deines Vaters jetzt natürlich nicht mehr kaufen. Das Haus ist zerstört.« Stirnrunzelnd betrachtete Theresa das Papier. Sie konnte nicht lesen, aber sie erkannte die jüdischen Schriftzeichen in der ersten Zeile. »Du wirst Unglück über unser Haus bringen.«

Der Gedanke bedrückte Jona und brachte ihm wieder zu Bewußtsein, daß schon in kurzer Zeit Benito mit einem Priester und geweihtem Wasser für seine Taufe zurückkehren würde.

Erregt nahm er das Blatt und ging nach draußen.

Die Sonne ging unter, der Tag kühlte ab. Niemand hielt ihn auf, als er vom Haus der Martíns fortging.

Seine Füße trugen ihn zurück zu den Ruinen, die einmal sein Zuhause gewesen waren. Hinter dem Haus sah er, wo die Erde über dem Grab seines Vaters aufgeworfen war. Merkwürdig tränenlos sagte er das Trauerkaddisch auf, und als er die Grabstelle mit einem Stein kennzeichnete, schwor er sich, falls er überleben sollte, würde er eines Tages die Überreste seines Vaters in geweihte Erde überführen.

Ihm fiel der Traum ein, den er in der Höhle gehabt hatte, und jetzt war ihm, als hätte sein Vater ihm in diesem Traum zu sagen versucht, er solle bleiben, wer er sei, Jona ben Helkias Toledano vom Stamme Levi.

Trotz der hereinbrechenden Dunkelheit durchsuchte er das ganze Haus.

Alle silbernen Mesusa, die kleinen Kapseln mit Zitaten aus der Schrift, waren von den Türpfosten gerissen worden. Alles von Wert war aus der Werkstatt verschwunden, sogar die Bodendielen waren aufgerissen worden. Die Eindringlinge hatten alles

Geld gefunden, das Helkias für die Flucht aus Spanien hatte zusammenraffen können. Aber das Versteck mit einer Handvoll kleiner Münzen hinter einem losen Stein in der Nordwand des Hauses hatten sie nicht entdeckt – achtzehn Sueldo, die sich Jona und Eleasar als ihren persönlichen Schatz zusammengespart hatten. Es war zwar nicht viel, aber einige Kleinigkeiten konnte er sich dafür kaufen, und so formte er aus einem schmutzigen Lumpen einen Beutel und steckte die Münzen hinein.

Auf dem Boden lag ein Stück Pergament, das jemand aus einer Mesusa gerissen und achtlos weggeworfen hatte, und er las die Inschrift: *Du sollst den Herrn, deinen Gott, lieben von ganzem Herzen, von ganzer Seele und mit all deiner Kraft. Und diese Worte, die ich dir heute gebiete, sollen dir ins Herz geschrieben sein.*

Zuerst wollte er das Pergament in den Beutel mit den Münzen stecken. Doch plötzlich dachte er mit kaltem, klarem Verstand, und es kam ihm, daß es seinen Tod bedeuten konnte, wenn man diesen Fetzen bei ihm fand. Er faltete das Fragment zusammen und steckte es zusammen mit dem Brief an seinen Bruder hinter den Stein, wo er und Eleasar ihre Münzen aufbewahrt hatten. Dann verließ er das Haus.

Kurz darauf kam er an Marcelo Trocas Wiese vorüber. Onkel Aaron hatte die Pferde mitgenommen, aber die beiden Esel, die sein Vater gekauft hatte, waren noch dort angebunden und fraßen Abfälle. Als Jona auf den größeren der beiden zuging, scheute der und trat nach ihm. Aber der andere, ein kleineres und schwächlich aussehendes Tier, sah ihn friedlich an und erwies sich als fügsamer. Als Jona den Esel losband und bestieg, trottete er, den Stößen von Jonas Fersen gehorchend, brav davon. Er hatte offenbar zu viele Abfälle gefressen und ließ ständig übelriechende Winde ab, aber sonst schien er ein angenehmer Reisegenosse zu sein.

Es war gerade noch so hell, daß der Esel den steilen Pfad sicheren Schritts zurücklegen konnte. Als sie den Fluß überquerten, ragten die Ausbisse purpurnen Schiefers wie drohend schwarze Zähne im letzten Tageslicht auf.

Jona hatte kein festes Ziel. Sein Vater hatte gesagt, der Allmächtige würde ihnen immer den richtigen Weg weisen. Nun, der gegenwärtige war nicht gerade vielversprechend, doch nachdem Jona sich ein Stückchen vom Fluß entfernt hatte, senkte er die Zügel und ließ sich vom Esel und dem Herrn führen, wohin sie wollten. Er fühlte sich weder wie ein stolzer Kaufmann noch wie ein Ritter. Ohne Freund auf einem furzenden Esel ins Unbekannte zu reiten war nicht gerade das Abenteuer, das er sich erträumt hatte.

Einen Augenblick lang hielt er sein Reittier an und schaute noch einmal zurück nach Toledo, das jetzt hoch über ihm lag. In einigen Fenstern leuchteten warm die Öllampen, und jemand ging mit einer Fackel die vertraute schmale Straße am Hochufer entlang. Aber es war niemand, der ihn liebte, und so drückte er dem Esel die Knie in die Flanken und drehte sich nicht wieder um.

TEIL III

DER KNECHT

KASTILIEN

30. AUGUST 1492

1. KAPITEL

EIN MANN MIT EINER HACKE

Der Unbeschreibliche und der kleine Esel führten Jona die ganze Nacht südwärts, unter einem runden, ziehenden Mond, der ihnen Gesellschaft leistete und dem Esel den Weg erhellte. Jona wagte nicht anzuhalten. Der Priester, der mit Benito zum Haus der Martíns gekommen war, hatte sicherlich sofort berichtet, daß ein ungetaufter Jude flüchtig sei und die Christenheit bedrohe. Um sein Leben zu retten, hatte Jona vor, sich so weit wie möglich von Toledo zu entfernen.

Seitdem er seine Heimatstadt verlassen hatte, ritt er durch offenes Land. Hin und wieder tauchte der schattige Umriß einer *finca,* eines Bauernhofs, neben dem Pfad auf. Immer wenn ein Hund bellte, trieb er sein Tier mit den Fersen zum Traben an, und so zog er an den wenigen Behausungen vorbei wie ein Geist auf einem Esel.

Im ersten Licht der Morgendämmerung sah er, daß sich die Landschaft verändert hatte – sie war weniger hügelig als die Gegend zu Hause, und die Höfe waren größer.

Die Erde mußte hier sehr gut sein; er kam an einem Weinberg, einem riesigen Olivenhain und einem Feld mit grünen Zwiebeln vorbei. Da er eine große Leere im Magen verspürte, stieg er ab, zog einige Zwiebeln aus der Erde und aß sie hungrig. Beim nächsten Weinberg pflückte er sich ein Büschel Trauben, die zwar nicht ganz reif, aber voller säuerlichem Saft waren. Mit seinen

Münzen hätte er sich Brot kaufen können, aber er wagte es nicht, weil er fürchtete, daß man ihn ausfragte.

An einem Bewässerungsgraben, der ein kleines Rinnsal Wasser führte, hielt er an, um den Esel am Rand grasen zu lassen und selbst ein wenig zu rasten. Als die Sonne aufging, saß er am Graben und dachte über seine mißliche Lage nach. Möglicherweise war es doch angebracht, sich ein festes Ziel auszusuchen. Wenn er schon fliehen mußte, lenkte er seinen Esel vielleicht besser gleich in Richtung Portugal, wohin einige der Juden Toledos gegangen waren.

Inzwischen waren Arbeiter mit Hacken und Macheten aufgetaucht. Jetzt entdeckte Jona auch ihre Hütten am anderen Ende des Feldes und Gruppen von Männern, die Gestrüpp jäteten und zu Haufen stapelten. Die meisten von ihnen achteten nicht auf den Jungen mit dem Esel, und Jona ließ sein Tier weitergrasen, bis es satt war. Erstaunt über die Gutmütigkeit des Esels und über seine Folgsamkeit, spürte Jona Dankbarkeit in sich aufsteigen.

Der Esel muß einen Namen haben, beschloß er, und im Weiterreiten dachte er darüber nach.

Das Feld war noch kaum außer Sicht, als er hinter sich das beklemmende Donnern galoppierender Hufe hörte. Er lenkte den Esel schnell an den Wegrand, um den Trupp in Sicherheit beobachten zu können. Es waren acht Berittene, doch zu Jonas Bestürzung zogen sie nicht an ihm vorüber, sondern hielten an.

Es war ein Spähtrupp, sieben Soldaten mit ihrem Offizier, grimmig dreinblickende Männer, die mit Piken und Kurzschwertern bewaffnet waren. Einer der Soldaten saß ab und pinkelte laut in den Graben.

Der Offizier musterte Jona. »Wie nennt man dich, Junge?«

Jona bemühte sich, nicht zu zittern. In seiner Angst klammerte er sich an den Namen, den er in Toledo noch ausgeschlagen hatte. »Ich bin Tomás Martín, Euer Exzellenz.«

»Wo ist dein Zuhause?«

Bestimmt hatten die Feldarbeiter diesen Männern verraten, daß sie einen Fremdling gesehen hatten. »Im Augenblick komme ich aus Cuenca«, sagte Jona.

»Und hast du auf deinem Ritt von Cuenca Juden gesehen?«

»Nein, Euer Exzellenz. Keine Juden«, erwiderte Jona, der seine Angst zu verbergen suchte.

Der Offizier lächelte. »Und wir auch nicht, obwohl wir suchen. Jetzt sind wir sie endlich los. Sie sind entweder geflohen oder konvertiert oder in Fesseln geschlagen.«

»Sollen sich die anderen mit ihnen herumärgern«, sagte der abgesessene Soldat, der Pinkler. »Die verdammten Portugiesen werden ihre helle Freude an ihnen haben. Schon jetzt sind sie in Portugal die reinste Plage, so viele, daß man sie dort erschlägt wie Ungeziefer.« Er kicherte und schüttelte sein Glied.

»Was ist dein Ziel?« fragte der Offizier beiläufig.

»Ich bin unterwegs nach Guadalupe«, sagte Jona.

»Ah, eine weite Reise. Was gibt es in Guadalupe?«

»Ich gehe dorthin... auf der Suche nach dem Bruder meines Vater, Enrique Martín.« Das Lügen war gar nicht schwer, das merkte er nun. Und um noch eins draufzusetzen, fügte er hinzu, daß er Cuenca verlassen habe, weil sein Vater im Jahr davor als Soldat im Kampf gegen die Mauren gefallen sei.

Die Züge des Offiziers wurden weicher. »Ein Soldatenschicksal... Du siehst kräftig aus. Willst du arbeiten, damit du dir auf der Reise nach Guadalupe Essen kaufen kannst?«

»Essen wäre sehr gut, Euer Exzellenz.«

»Auf dem Gut von Don Luís Carnero de Palma braucht man kräftige junge Arbeiter. Es ist der nächste Hof an dieser Straße. Sag José Galindo, daß Capitán Astruells dich schickt«, sagte der Offizier.

»Ich danke Euch sehr, Capitán!«

Der Pinkler kletterte wieder in den Sattel, und die Männer ritten davon, während Jona ihnen erleichtert nachsah und ihren Staub schluckte.

Der Hof, von dem der Capitán gesprochen hatte, war sehr groß, und schon von der Straße aus sah Jona, daß hier viele Arbeiter ihr Brot verdienten. Plötzlich kam ihm der Gedanke, daß er vielleicht doch nicht vorbeireiten sollte, wie es seine Absicht gewesen war; immerhin hatten die hiesigen Soldaten ihm seine Geschichte abgenommen, während man sich in anderen Landstrichen – zu seinem Schaden – als mißtrauischer erweisen könnte.

Kurz entschlossen lenkte er seinen Esel auf den Zuweg.

José Galindo stellte ihm keine Fragen, nachdem er den Namen von Capitán Astruells gehört hatte, und schon bald darauf stand Jona in einer trockenen, von Steinen übersäten Ecke eines Zwiebelfeldes und jätete mit einer Hacke Unkraut.

Am späten Vormittag zerrte ein Mann mit dünnen, sehnigen Armen einen kleinen Karren über das Feld, wie ein Pferd, das einen Wagen zog, und blieb bei jeder Gruppe stehen, um an die Arbeiter eine Schüssel mit dünner Grütze und einen Ranken grobes Brot zu verteilen.

Jona aß so schnell, daß er kaum etwas schmeckte. Das Essen besänftigte seinen Bauch, aber er mußte auch sofort pinkeln. Hin und wieder ging einer der Männer zu dem Graben am Rand des Feldes, um sich zu erleichtern, aber Jona, der an seinen beschnittenen Penis, sein jüdisches Erkennungszeichen, dachte, hielt den Urin so lange zurück, bis er, zitternd vor Schmerz und Angst, nicht mehr anders konnte, als zum Graben zu gehen und sich zu erleichtern. Er versuchte, seine Eichel mit der Hand zu verdecken, während seine Blase sich entleerte. Aber niemand sah zu ihm herüber, und so pinkelte er zu Ende und kehrte zu seiner Hacke zurück.

Die Sonne brannte heiß.

Wo waren alle, die er kannte?

Was geschah mit ihm?

Er arbeitete wie ein Besessener und bemühte sich, nicht nachzudenken, während er zuschlug, als wäre die Hacke das Schwert Davids und das Unkraut die Philister. Oder als wäre das Unkraut die Männer des Inquisitors, die seiner Vorstellung nach ganz Spanien durchstreiften, einzig und allein auf der Suche nach ihm.

Nach drei Tagen harter Arbeit auf diesem Hof erkannte er, schmutzig und erschöpft, daß es der zweite August war. Der neunte Tag des Aw. Der Tag der Zerstörung des Tempels in Jerusalem war der letzte Tag der Ausreisefrist für die spanischen Juden. Er verbrachte den Rest des Tages neben der Arbeit im stillen Gebet, und immer wieder schickte er seine Bitten zu Gott, daß Eleasar und Aaron und Juana nun schon auf hoher See in Sicherheit seien und sich weiter und weiter von diesem Ort entfernten.

2. KAPITEL

DER GEFANGENE

Jona war als Stadtjunge aufgewachsen. Dennoch vertraut mit den Verrichtungen auf den Bauernhöfen Toledos, hatte er hin und wieder die Ziegen seines Onkels Aaron gemolken, die Herde gefüttert und gehütet und bei der Heuernte oder beim Schlachten oder Käsen geholfen. Auch war er stark, groß für sein Alter und beinahe voll ausgewachsen. Aber noch nie hatte er die tägliche Mühsal unerbittlicher Arbeit erlebt, die ein bäuerliches Leben auf dem Lande bestimmt, und in den ersten Wochen auf dem Gut Carnero de Palmas schmerzten jeden Abend seine Glieder und wehrten sich gegen die ungewohnte Belastung. Die jüngeren Männer wurden geschunden wie Ochsen, man gab ihnen die Arbeiten, die für jene zu schwer waren, deren Kräfte von Jahren ähnlicher Plackerei bereits aufgezehrt waren. Doch Jonas Muskeln wuchsen und wurden hart, die Sonne bräunte sein Gesicht, und bald sah er aus wie die anderen Arbeiter.

Er war mißtrauisch gegen jeden und fürchtete sich vor allem, denn er wußte um die Gefahr, in der er lebte; er hatte sogar Angst, daß man ihm seinen Esel stahl. Nachts, wenn er neben dem Tier in einem Winkel der großen Scheune schlief, ergriff ihn manchmal das merkwürdige Gefühl, daß der Esel ihn beschützte wie ein Wachhund.

Die *peones* schienen zufrieden zu sein mit ihren Tagen voll schwerer Arbeit. Jedes Alter war unter ihnen vertreten: Es gab

Jungen in Jonas Alter, es gab reife, kräftige Männer, aber auch Greise, die ihre letzten Kräfte aufbrauchten. Jona war und blieb ein Fremdling. Er redete mit keinem, und keiner redete mit ihm, außer um ihm zu sagen, wo er arbeiten sollte. Auf dem Feld gewöhnte er sich allmählich an die für ihn ungewohnten Geräusche, das Knirschen von Hacken, die sich in die Erde gruben, das Klirren von Schaufelblättern, die auf Stein trafen, an das Ächzen der schwer arbeitenden Männer. Wenn er zu einem anderen Teil des Feldes gerufen wurde, machte er sich sofort auf den Weg; wenn er ein Werkzeug brauchte, bat er höflich, aber ohne viele Worte darum. Er spürte, daß die anderen ihn mit neugieriger Feindseligkeit betrachteten, und er wußte, daß einer der Männer früher oder später einen Streit mit ihm anfangen würde. Um nicht ganz schutzlos zu sein, schärfte er unauffällig eine abgelegte Hacke, bis sie eine scharfe Spitze hatte. Der Stiel war abgebrochen, so daß nur noch ein kurzer Handgriff übrig war, und er hatte sie nachts immer an seiner Seite, als seine Streitaxt.

Das Gut war kein bequemer Zufluchtsort. Die schwere Arbeit brachte nur ein paar elende Sueldo ein und nahm jede Minute des Tageslichts in Anspruch. Aber es gab Brot und Zwiebeln, und manchmal Grütze oder eine dünne Suppe. Nachts träumte Jona gelegentlich von Lucía Martín, öfters aber von dem Fleisch, das er, ohne je darüber nachzudenken, im Haus seines Vaters gegessen hatte, gebratenen Hammel und Zicklein, und an jedem Sabbatabend geschmortes Geflügel. Sein Körper verlangte nach Fett, schrie nach Fett.

Als das Wetter kühler wurde, wurden auf der Farm Schweine geschlachtet, und die Abfälle und schlechteren Fleischstücke wurden den Arbeitern hingeworfen, die sich gierig darauf stürzten. Jona wußte, daß er das Schweinefleisch essen mußte; es nicht zu tun wäre sein Untergang gewesen. Und zu seinem großen Entsetzen stellte er fest, daß die rosigen Schnipsel ihm sehr gut schmeckten. So sagte er stumm einen Segensspruch für Fleisch über den Schweineabfällen auf, und während er sich noch fragte, was er da tat, wußte er zugleich, daß er verdammt war.

Das alles machte seine Einsamkeit und Verzweiflung noch schlimmer. Er sehnte sich nach einer menschlichen Stimme, die Ladino oder Hebräisch mit ihm sprach. Jeden Morgen und jeden Abend sagte er das Trauerkaddisch auf und ließ die Worte danach noch lange auf sich wirken. Manchmal sang er bei der Arbeit auch stumm Sätze aus der Schrift oder die Segenssprüche und Gebete, die bis vor kurzem noch sein Leben bestimmt hatten.

Er war bereits sieben Wochen auf dem Hof, als die Soldaten zurückkehrten. Seit er andere über sie hatte reden hören, wußte er, daß sie zur Santa Hermandad, zur Heiligen Bruderschaft, gehörten, einem Verband örtlicher Milizen, die der spanische Thron zu einer landesweiten Polizeitruppe zusammengeschlossen hatte.

Am frühen Nachmittag schnitt er eben Gestrüpp, als plötzlich Capitán Astruells vor ihm stand.

»Was! Du bist immer noch da?« fragte der Capitán, und Jona konnte nur nicken.

Kurze Zeit später sah er Astruells im Gespräch mit dem Gutsverwalter José Galindo, und die beiden Männer starrten zu ihm herüber.

Der Anblick ließ ihm das Blut in den Adern gefrieren. Jona wußte, was geschehen würde, wenn der Offizier anfing, Nachforschungen anzustellen.

Den Tag beendete er in einem Miasma der Furcht. Als die Nacht hereinbrach, führte er seinen Esel hinaus in die Dunkelheit. Es standen ihm noch einige Münzen für seine Arbeit zu, aber er verzichtete darauf und nahm statt dessen die kaputte Hacke mit.

Sobald er sich sicher genug wähnte, bestieg er den Esel und ritt davon.

Nachdem der Esel so lange hatte Gras weiden dürfen, war seine Verdauung deutlich besser geworden. Das Tier bewegte sich so gleichmäßig und war so fügsam, daß Jona es endgültig ins Herz schloß.

»Du mußt einen Namen haben«, sagte er und tätschelte ihm den Hals.

Nach langer und reiflicher Überlegung entschied Jona sich für zwei Namen.

Für sich und in der Dunkelheit der Nacht wollte er das gute und treue Tier Mose nennen, zu Ehren von zwei Männern: des einen, der die Hebräer aus der ägyptischen Gefangenschaft geführt hatte, und zu Ehren von Mose ben Maimon, dem großen Philosophen und Arzt.

»Und in Gegenwart von anderen will ich dich Pedro nennen«, vertraute er dem Esel an.

Es waren durchaus passende Namen für den Begleiter eines Jungen, der ebenfalls mehrere Namen hatte.

Vorsichtig wie bei seiner ersten Etappe ritt er zwei Nächte lang nur in der Dunkelheit und suchte sich bei Tageslicht Verstecke für Mose und sich selbst. Die Trauben in den Weingärten am Wegesrand waren reif, und jeden Abend aß er mehrere Büschel davon, die sehr gut waren, nur daß anstelle des Esels nun ihn die Winde plagten. Sein Magen knurrte ständig, seine Eingeweide verlangten nach fester Nahrung.

Am dritten Morgen zeigte ein Wegweiser westwärts nach Guadalupe und südwärts nach Ciudad Real. Da er Capitán Astruells gesagt hatte, sein Ziel sei Guadalupe, wagte er nicht, dorthin zu reiten, und lenkte seinen Esel auf die südliche Abzweigung.

Es war Markttag in Ciudad Real, und in der Stadt wimmelte es von Menschen. Die Menge ist so dicht, daß niemand sich über die Anwesenheit eines Fremden Gedanken machen wird, dachte Jona, obwohl einige Leute ihn anstarrten und grinsten über den

Anblick des schlaksigen jungen Mannes auf einem Esel, der so klein war, daß die Füße des Reiters beinahe über den Boden schleiften.

Als Jona auf der *plaza mayor* bei einem Käser vorbeikam, konnte er nicht widerstehen und opferte eine kostbare Münze für einen kleinen Käse, den er hungrig verschlang, obwohl er längst nicht so gut schmeckte wie die Käse, die sein Onkel Aaron gemacht hatte.

»Ich suche eine Anstellung, Señor«, sagte er hoffnungsvoll.

Doch der Käser schüttelte den Kopf. »Soso. Aber ich kann niemand anstellen!« Doch dann rief er bedeutungsvoll einem in der Nähe stehenden Mann zu: »Vogt, hier ist ein junger Mann, der Arbeit sucht.«

Der Mann, der nun heranstolziert kam, war klein und hatte einen sehr dicken Bauch. Seine wenigen Haare klebten ihm fettig am Schädel.

»Ich bin Isidoro Alvarez, der *alguacil* dieser Stadt.«

»Ich bin Tomás Martín. Ich suche Arbeit, Señor.«

»Oh, ich habe Arbeit… Ja, die habe ich wirklich. Was hast du bis jetzt getan?«

»Ich war *peón* auf einem Gut in der Nähe von Toledo.«

»Was hat man auf diesem Gut angebaut?«

»Zwiebeln und Getreide. Und es gab auch eine Herde Milchziegen.«

»Mein Stall ist anders bestückt. Ich halte Verbrecher und verdiene mein Brot damit, daß ich sie vor der Sonne und dem Regen bewahre«, sagte er, und der Käser lachte schallend. »Ich brauche jemand, der das Gefängnis putzt, die duftenden Scheißekübel meiner Übeltäter ausleert und ihnen ab und zu ein wenig Essen hinwirft, damit sie nicht verhungern, solange sie in meiner Obhut sind. Kannst du das, junger *peón?*«

Es waren nicht gerade verlockende Aussichten, aber die kleinen braunen Augen des *alguacil* wirkten fröhlich und zugleich gefährlich. In der Nähe kicherte jemand. Jona spürte, daß die Leute nur auf eine Belustigung warteten, und er wußte, man würde ihm nicht gestatten, das Angebot höflich abzulehnen und weiterzureiten.

»Ja, Señor, das kann ich.«

»Na, dann mußt du mit mir zum Gefängnis kommen, damit du sofort damit anfangen kannst«, sagte der *alguacil*.

Als Jona dem Mann folgte, stellten sich ihm die Nackenhaare auf, denn er hörte, wie der grinsende Käser einem anderen berichtete, Isidoro habe endlich einen Wärter für die Juden gefunden.

Das Gefängnis war ein langes und schmales Steingebäude. An einem Ende befand sich das Amtszimmer des *alguacil* und am anderen ein Verhörzimmer. Zu beiden Seiten des Korridors zwischen den Zimmern lagen winzige Zellen. In den meisten Zellen lag jemand zusammengerollt auf dem Steinboden des beengten Raums oder lehnte an der Wand.

Isidoro Alvarez hatte Jona gesagt, daß zu seinen Gefangenen drei Diebe, ein Mörder, ein Säufer, zwei Wegelagerer und elf Neue Christen gehörten, die angeklagt waren, insgeheim immer noch Juden zu sein.

Ein Wachposten mit Schwert und Knüppel saß schläfrig auf einem Hocker im Gang. »Das ist Paco«, sagte der *alguacil* zu Jona und murmelte dann dem Posten zu: »Der da ist Tomás.« Dann ging er in sein Amtszimmer und schloß die Tür hinter sich zu, damit der gewaltige Gestank draußen blieb.

Entmutigt erkannte Jona, daß jeder Versuch, diesen Ort zu reinigen, mit den bis zum Überlaufen vollen Koteimern beginnen mußte, und so bat er Paco, die erste Zelle aufzuschließen, in der eine Frau mit leerem Blick teilnahmslos zusah, wie er ihren Eimer nahm.

Als er Mose hinter dem Gefängnis angebunden hatte, war ihm

ein Spaten aufgefallen, der an der Wand hing, und den nahm er jetzt und suchte sich eine sandige Stelle, wo er ein tiefes Loch grub. Er kippte die stinkenden Exkremente in das Loch, füllte dann den Eimer zweimal mit Sand und leerte ihn darüber. In der Nähe stand ein Baum mit großen, herzförmigen Blättern, mit denen er den Eimer auswischte, und dann spülte er ihn in dem Rinnsal eines nahen Grabens, bevor er ihn in die Zelle zurücktrug.

So säuberte er die Eimer in fünf Zellen, und sein Mitleid wurde immer größer, denn der Zustand der Insassen war erbärmlich. Als die Tür zur sechsten Zelle geöffnet wurde, ging er hinein und hielt einen Augenblick inne, bevor er den Eimer in die Hand nahm. Der Gefangene war ein schlanker Mann. Wie bei den andern Männern wucherten auch bei ihm Haare und Bart ungestutzt, dennoch glaubte Jona in seinem Gesicht vertraute Züge wiederzuerkennen.

Der Posten grunzte verärgert, weil er an der geöffneten Tür warten mußte, und Jona nahm den Koteimer und trug ihn nach draußen.

Erst als er mit dem gereinigten Eimer in die Zelle zurückkehrte und sich das Gesicht vorstellte, wie es mit geschnittenen Haaren und ordentlich gestutztem Bart aussehen mochte, traf ihn die Erinnerung wie ein Schlag. Es war das Bild seiner sterbenden Mutter und des Mannes, der viele Wochen lang täglich zu ihnen gekommen war, um sich über Esther Toledano zu beugen und ihr Medizin einzuflößen.

Der Gefangene war Bernardo Espina, der ehemalige Arzt von Toledo.

3. KAPITEL

DER FESTTAG

Nachts schlief Jona auf dem Steinboden des Verhörzimmers. Einmal am Tag holte er Essen, das die Frau von Gato, der Nachtwache, kochte, und gab es den Gefangenen. Er aß, was sie aßen, und gab manchmal sogar seine Portion an Mose ab, um dessen karge Kost aus unkrautreichem Gras etwas aufzubessern. Insgeheim aber wartete er auf eine günstige Zeit zur Flucht. Paco sagte, daß es bald ein großes Autodafé geben werde, das viele Leute in die Stadt lockte. Das schien Jona ein guter Zeitpunkt zu sein.

Unterdessen hielt er das Gefängnis sauber, und da Isidoro mit seiner Arbeit zufrieden war, ließ er ihn in Ruhe. In seinen ersten Tagen wurden die Diebe von Paco und Gato kräftig verprügelt und dann freigelassen. Auch der Säufer wurde freigelassen, nur um drei Tage später betrunken und wild schreiend in eine andere Zelle einzuziehen.

Mit der Zeit erfuhr Jona aus den gemurmelten Flüchen und Unterhaltungen zwischen Isidoro und seinen Männern, welche Verbrechen man einigen der Neuen Christen zur Last legte. Ein Fleischer namens Isaak de Montesa wurde beschuldigt, nach jüdischem Ritus geschlachtetes Fleisch verkauft zu haben. Vier anderen warf man vor, bei ebendiesem Montesa regelmäßig Kunden gewesen zu sein. Juan Peropan war eingesperrt, weil er Papiere mit jüdischen Gebeten besessen habe, und seine Frau

Isabel, weil sie freiwillig an jüdischen Riten teilgenommen habe. Nachbarn von Ana Montalban hatten beobachtet, daß sie den sechsten Tag der Woche als Ruhetag nutzte, sich jeden Freitag vor Sonnenuntergang wusch und während des jüdischen Sabbats saubere Kleider trug.

Nach einer Weile wurde Jona sich der Blicke des Arztes aus Toledo bewußt, die ihm folgten, sooft er in der Nähe seiner Zelle arbeitete.

Eines Morgens, als er gerade in dessen Zelle zu tun hatte, sprach der Gefangene ihn schließlich an. »Warum nennt man dich Tomás?«

»Wie sollte man mich sonst nennen?«

»Du bist ein Toledano, ich erinnere mich nur nicht mehr, welcher.«

Ihr wißt, daß ich nicht Meir bin, hätte Jona am liebsten gesagt, aber er traute sich nicht. Dieser Arzt konnte ihn als Gegenleistung für ein mildes Urteil an die Inquisition verraten, oder etwa nicht?

»Ach, da irrt Ihr Euch, Señor«, sagte er, fegte zu Ende und verließ die Zelle.

Einige Tage vergingen ohne weiteren Vorfall. Der Arzt brachte viel Zeit mit seinem Gebetbuch zu und starrte Jona nicht länger an. Jona bekam den Eindruck, daß der Mann, wenn er ihn hätte verraten wollen, es schon längst getan hätte.

Von all den Gefangenen war der Fleischer Isaak de Montesa der trotzigste. Oft brüllte er Segenssprüche und Gebete in Hebräisch und schleuderte sein Judentum seinen Häschern ins Gesicht. Die anderen Beschuldigten waren stiller, beinahe teilnahmslos in ihrer Verzweiflung.

Jona wartete, bis er wieder einmal in Espinas Zelle stand. »Ich bin Jona Toledano, Señor.«

Espina nickte. »Dein Vater Helkias… Ist er geflohen?«

Jona schüttelte den Kopf. »Ermordet«, sagte er, doch dann

kam Paco, um ihn wieder herauszulassen und die Zelle abzuschließen, und sie verstummten.

Paco war ein fauler Mann, der, den Stuhl gegen die Wand gekippt, döste, wenn Isidoro nicht in der Nähe war. Zu solchen Zeiten war er sehr unwirsch, wenn Jona ihn bat, die Zellen aufzuschließen, und schließlich gab er Jona den Schlüssel und sagte ihm, er solle es selber tun.

Jona kehrte sehr gespannt in die Zelle des Arztes zurück, aber zu seiner Enttäuschung wollte Espina nicht weiterreden, sondern hielt den Blick starr auf die Seiten seines Gebetbuchs gesenkt.

Als Jona Isaak de Montesas Zelle betrat, stand der Fleischer schwankend da, die Kutte über den Kopf gezogen wie einen Gebetsmantel. Er sang laut, und Jona sog gierig den Klang des Hebräischen ein und lauschte den Worten:

Die Sünde, die wir vor dir begangen haben durch Unzucht,
Und die Sünde, die wir vor dir begangen haben durch das Bekenntnis mit dem Mund,
Und die Sünde, die wir vor dir begangen haben freventlich oder aus Versehen,
Und die Sünde, die wir vor dir begangen haben wissend oder unwissend,
Alles, o Gott der Verzeihung, verzeihe und vergib uns, sühne uns.

Montesa bat um Vergebung, und erschrocken erkannte Jona, daß es der zehnte Tag des hebräischen Monats Tischri sein mußte, Jom Kippur, der Tag der Versöhnung. Am liebsten hätte er in Montesas Gebete mit eingestimmt, aber die Tür zum Amtszimmer des *alguacil* stand offen, und er konnte Isidoros laute und Pacos unterwürfige Stimme hören, und so fegte er nur um den

Betenden herum und verschloß die Tür wieder, nachdem er die Zelle verlassen hatte.

An diesem Tag aßen alle Gefangenen die Grütze, die er in die Zellen brachte, bis auf Montesa, der das strikte Fastengebot dieses hohen Festtages befolgte. Auch Jona aß nichts, er war froh um diese Gelegenheit, sein Judentum ohne Gefahr ausüben zu können. So erhielt Mose sowohl seine als auch Montesas Grütze.

In der Nacht, als er schlaflos auf dem harten Boden des Verhörzimmers lag, bat Jona Gott um Vergebung für seine Sünden und für alle Kränkungen und Verletzungen, die er jenen beigebracht hatte, die er liebte, und jenen, die er nicht liebte. Er sagte das Kaddisch und dann das Schema auf und bat den Allmächtigen, er möge Eleasar und Aaron und Juana beschützen, und dann fragte er sich, ob sie überhaupt noch lebten.

Da er erkannte, daß er den jüdischen Kalender bald vergessen würde, wenn er nichts dagegen unternahm, beschloß er, sich die hebräische Jahreseinteilung vorzusagen, wann immer er eine Gelegenheit dazu hatte. Er wußte, daß fünf Monate – Tischri, Schewat, Nissan, Siwan und Aw – dreißig Tage hatten, die übrigen sieben – Cheschwan, Kislew, Tewet, Adar, Ijar, Tammus und Elul – dagegen neunundzwanzig.

Zu gewissen Zeiten, in den Schaltjahren, wurden Tage hinzugefügt. Darüber wußte er allerdings nicht genau Bescheid. Abba hatte immer genau gewußt, was für ein Tag gerade war...

Ich bin nicht Tomás Martín, dachte er schläfrig. *Ich bin Jona Toledano. Mein Vater war Helkias ben Ruben Toledano. Wir sind vom Stamme Levi. Heute ist der zehnte Tag des Monats Tischri im Jahr fünftausendzweihundertdreiundfünfzig...*

4. KAPITEL

DAS AUTODAFÉ

Für die Gefangenen begann ein neuer Abschnitt, als eines Morgens Wachen kamen, Espina Ketten anlegten und ihn in einem Karren zum Verhör vor die Inquisition brachten.

Es war Nacht, als sie ihn zurückbrachten, beide Daumen ausgerenkt, zerstört von der Folter mit der Schraube. Jona brachte ihm Wasser, er aber lag, das Gesicht zur Wand, auf dem Boden seiner Zelle.

Am Morgen ging Jona noch einmal zu ihm.

»Wie kommt's, daß Ihr hier seid?« flüsterte er. »In Toledo kannten wir Euch als Christen von ganzem Herzen.«

»Ich bin ein Christ von ganzem Herzen.«

»Aber… warum haben sie Euch dann gefoltert?«

Espina schwieg eine Weile. »Was wissen die denn schon von Jesus?« sagte er schließlich.

Immer wieder kamen die Männer mit dem Karren und brachten die Gefangenen einen nach dem anderen weg. Juan Peropan kehrte mit gebrochenem linkem Arm vom Verhör zurück, man hatte ihn auf das Rad geflochten. Das genügte, um seine Frau Isabel zu brechen. Bei ihrem Verhör entging sie der Folter, indem sie alles gestand, was ihre Befrager ihr vorhielten.

Jona mußte dem *alguacil* Wein auftragen, als der eben zwei Freunden die Einzelheiten von Isabels Geständnis schilderte.

»Sie schob die ganze Schuld auf ihren Gatten. Juan Peropan habe nie aufgehört, Jude zu sein, sagt sie, nie, nie! Er habe sie gezwungen, koscheres Fleisch und Geflügel zu kaufen, sie gezwungen, unheiligen Gebeten zu lauschen und sie selbst aufzusagen, sie gezwungen, sie ihre Kinder zu lehren.«

Außerdem habe sie Zeugnis abgelegt gegen jeden der Gefangenen, die des Judaisierens angeklagt seien, und so die Vorwürfe gegen sie erhärtet.

Isidoro Alvarez sagte, sie habe sogar gegen den Arzt ausgesagt, obwohl sie ihn gar nicht kenne. Angeblich hatte er ihr gestanden, den Bund Abrahams erfüllt zu haben, indem er an achtunddreißig jüdischen Knaben die rituelle Beschneidung durchführte.

Die Verhöre der einzelnen Gefangenen dauerten einige Tage. Dann wurde eines Morgens auf dem Balkon des Offiziums der Inquisition ein rotes Banner aufgezogen zum Zeichen dafür, daß in Kürze bei einem Autodafé die Todesstrafen vollzogen würden.

Nachdem nun alle Hoffnung zerstört war, zeigte Bernardo Espina sich sehr begierig, von Toledo zu sprechen.

Jona traute ihm instinktiv. Als er eines Nachmittags den Boden des Korridors fegte, hielt er vor Espinas Zelle inne, und die beiden unterhielten sich. Jona berichtete, wie sein Vater zum leeren Haus der Espinas gegangen war und dann zur Abtei zur Himmelfahrt Mariä, nur um diese ebenfalls verlassen zu finden.

Espina nickte. Es schien ihn nicht zu überraschen, daß man die Abtei zur Himmelfahrt Mariä aufgegeben hatte. »Eines Morgens wurden Fray Julio Pérez, der Mesner, und zwei bewaffnete Wachen ermordet vor der Kapelle gefunden. Und die Reliquie der Santa Ana fehlte. Es gibt hier tiefe Unterströmungen in der Kirche, junger Toledano, die grausam genug sind, um Leute wie dich und mich bedenkenlos zu verschlingen. Rodrigo Kardinal Lancol ist kürzlich unser neuer Oberhirte geworden, Papst Alexander VI. Seine Heiligkeit hat es sicher nicht einfach so hingenommen, daß eine Abtei eine so heilige Reliquie abhanden kommen läßt. Die Mönche wurden bestimmt über den ganzen Hieronymiten-Orden verstreut.«

»Und Prior Sebastián?«

»Du kannst sicher sein, daß er kein Prior mehr ist und an einen Ort geschickt wurde, wo er sein Priesteramt unter widrigen Umständen ausüben muß«, entgegnete Espina. Dann lächelte er bitter. »Vielleicht haben die Diebe die Reliquie mit dem Ziborium vereinigt, das dein Vater angefertigt hat.«

»Was sind das für Männer, die die Sünde eines Mordes begehen, um einen heiligen Gegenstand zu stehlen?« fragte Jona, und Espina lächelte müde.

»Unheilige Männer, die sich selbst den Anschein der Heiligkeit geben. In der ganzen Christenheit haben die Frommen immer viel Glauben und Hoffnung in Reliquien gesetzt. Es gibt einen umfangreichen und ertragreichen Handel mit solchen Dingen und tödliche Kämpfe um sie.«

Espina erzählte nun, wie Padre Sebastián ihn beauftragt hatte, die Umstände des Mordes an Meir zu untersuchen. Es war schwer für Jona zu hören, was der Arzt am Schauplatz des Mordes an Meir herausgefunden hatte, und dann berichtete Espina von seinem Verhör durch Fray Bonestruca, den Inquisitor.

»Bonestruca? Der mit dem Buckel? Ich habe erfahren, daß es Bonestruca war, der den Pöbel aufgehetzt und zu meinem Vater geschickt hat. Und auch ich selbst habe diesen Bonestruca schon einmal gesehen«, sagte Jona.

»Er hat ein merkwürdig schönes Gesicht, nicht wahr?« erwiderte Espina. »Aber seine Seele muß eine schwerere Last tragen als diesen Buckel auf seinem Rücken. Ein Mann wie er vernichtet bereitwillig jeden, der etwas erfährt, das ihn in Schwierigkeiten bringen könnte. Als ich nach dem Verhör wieder freigelassen wurde, wußte ich, daß ich weggehen mußte, sonst würde er mich wieder verhaften lassen, und diesmal endgültig. Ich bereitete eben die Abreise vor, als Padre Sebastián nach mir schickte. Als der Prior mir sagte, daß die Reliquie verschwunden sei, war es, als hätte der Wahnsinn ihn gepackt. Er weinte. Er trug mir auf, die Reliquie wiederzubeschaffen, als stünde das in meiner Macht, wenn ich es nur wollte. Er zeterte über die Unglaublichkeit des Verbrechens und flehte mich an, alles zu tun, um die zu finden, die ihm so grausam mitgespielt hatten.«

Espina schüttelte den Kopf. »Ich war überzeugt, daß man mich verhaften würde, wenn ich auch nur einen Augenblick länger in Toledo bliebe. Ich bat meine Frau, mit unseren Kindern bei Verwandten Schutz zu suchen, und floh.«

»Wohin seid Ihr gegangen?«

»Nach Norden, ins Hochgebirge. Ich fand verborgene Orte und wanderte von einer kleinen Siedlung zur anderen, wo die Menschen froh waren, einen Arzt zu sehen.«

Jona konnte sich gut vorstellen, daß diese Leute sich gefreut hatten. Er erinnerte sich an die Behutsamkeit, mit der dieser Mann seine Mutter behandelt hatte, und auch daran, daß sein Vater gesagt hatte, Espina habe bei Samuel Provo gelernt, dem großen jüdischen Arzt.

Espina hatte ein edles Leben im Dienst an anderen geführt. Obwohl er die Religion seiner Väter aufgegeben hatte, war er ein ehrenwerter Mann, ein Heiler. Und doch war er verdammt. Jona fragte sich, ob man diese Konvertiten vielleicht retten konnte, aber er sah keinen Weg. Nachts wurden sie von Gato bewacht, einem niederträchtigen Mann, der den ganzen Tag schlief und die Zellen nach Einbruch der Dunkelheit mit hinterhältiger Wachheit beobachtete. Und falls Jona tagsüber die Gelegenheit bekommen sollte, den schlafenden Paco mit seiner angespitzten Hacke zu töten, würden weder die Gefangenen noch er selbst sehr weit kommen, wenn sie aus Ciudad Real zu fliehen versuchten. Die Stadt glich einem Heerlager. Wenn Gott wollte, daß sie gerettet würden, hätte er Jona einen Weg gezeigt.

»Wie lange dauerte es, bis man Euch fand?«

»Ich war schon fast drei Jahre unterwegs, als sie mich faßten. Die Inquisition wirft ein beängstigend weites Netz aus.«

Jona lief es kalt über den Rücken, denn er wußte, daß dieses Netz auch nach ihm ausgeworfen wurde.

Er sah, daß Paco aufgewacht war und sie beobachtete, und so fing er wieder an zu fegen.

»Einen guten Nachmittag, Señor Espina.«

»Einen guten Nachmittag… Tomás Martín.«

Der Inquisition war es ein Anliegen, die Hinrichtungen den weltlichen Behörden zu überlassen, und so überwachte der *alguacil* auf der *plaza mayor* die Errichtung von sieben hölzernen Scheiterhaufen sowie eines *quemadero,* eines kreisrunden Ziegelofens, der von Maurern in aller Eile hochgezogen wurde.

Im Gefängnis weinten einige der Gefangenen, andere beteten. Espina erschien ruhig und gefaßt.

Jona schrubbte den Boden des Korridors, als Espina ihn ansprach. »Ich muß dich um etwas bitten.«

»Alles, was in meiner Macht…«

»Ich habe einen Sohn von acht Jahren, mit dem Namen Francisco. Er lebt bei seiner Mutter Estrella de Aranda und seinen zwei Schwestern. Kannst du diesem Jungen das Gebetbuch seines Vaters und seinen Segen überbringen?«

»Señor.« Jona war erstaunt und betrübt. »Ich kann nicht nach Toledo zurückkehren. Und Euer Haus ist sowieso verlassen. Wo ist Eure Familie?«

»Ich weiß es nicht, vielleicht bei den Vettern und Basen meiner Frau, der Familie Aranda in Maqueda. Oder vielleicht bei der Familie Aranda in Medellín. Aber nimm das Gebetbuch, ich bitte dich. So Gott will, erhältst du vielleicht eines Tages die Gelegenheit, es zu überbringen.«

Jona nickte. »Ja, ich werde es versuchen«, sagte er, obwohl das christliche Buch ihm die Finger zu versengen schien, als er es entgegennahm.

Espina streckte die Hand durch das Zellengitter.

Jona nahm sie. »Möge der Herr Euch gnädig sein.«

»Ich gehe ein zu Jesus. Möge Gott dich behüten und bewahren. Bitte bete für meine Seele.«

Schon früh versammelte sich auf der *plaza mayor* eine Menge, zahlreicher als für jeden Stierkampf. Es war ein wolkenloser Tag, doch der leichte Wind trug schon herbstliche Kühle. Unterdrückte Aufregung lag in der Luft, die erfüllt war von Kindergeschrei, von Gemurmel, von den Rufen von Essensverkäufern und den munteren Klängen eines Quartetts – einem Flötisten, zwei Gitarristen und einem Lautespieler.

Am späten Vormittag erschien ein Priester. Er hob die Hand, um die Menge zum Schweigen zu bringen, und stimmte dann mit den Versammelten eine endlose Reihe von Vaterunsern an. Inzwischen war der Platz gesteckt voll mit Leibern, Jona unter ihnen.

Schaulustige drängten sich auf den Balkonen der Gebäude um die *plaza* und auf allen Dächern. Bald kam es zu Unruhe auf dem Platz, als die Zuschauer, die den Scheiterhaufen am nächsten standen, von Isidoro Alvarez' Männern zurückgedrängt wurden, um Platz zu machen für die Ankunft der Verurteilten.

Die Gefangenen wurden auf zweirädrigen, von Eseln gezogenen Schinderkarren vom Gefängnis zur *plaza* gebracht. Unter dem Gejohle der Schaulustigen führte man sie durch die Straßen.

Alle elf verurteilten Judaisierer trugen die spitzen Hüte der Büßer. Zwei Männer und eine Frau trugen gelbe *sambenitos*, Büßerhemden, die mit diagonalen Kreuzen gekennzeichnet waren. Sie waren verurteilt, in ihre Heimatgemeinden zurückzukehren und dort diese *sambenitos* für eine lange Zeit der Buße und Aussöhnung, der christlichen Frömmigkeit und des Spotts ihrer Nachbarn zu tragen.

Sechs Männer und zwei Frauen trugen schwarze, mit Dämonen und Höllenflammen verzierte *sambenitos* als Zeichen dafür, daß sie den Opfertod sterben würden.

Auf der *plaza mayor* wurden die Verurteilten von den Karren gezerrt, die Kleider wurden ihnen abgenommen, und die Menge reagierte auf ihre entblößten Leiber mit Raunen und einem Wogen wie Meeresbrandung, denn jeder wollte die Nacktheit begaffen, die ein wesentlicher Bestandteil ihrer Schande war.

Obwohl Jona wie betäubt starrte, sah er, daß Ana Montalban nackt, mit hängenden, leeren Brüsten und grauen Haaren zwischen den Beinen, älter wirkte als bekleidet. Isabel Peropan sah jünger aus, sie hatte die runden, festen Hinterbacken eines Mädchens. Ihr Gatte war überwältigt von Kummer und Angst. Er konnte nicht mehr gehen, sondern wurde gestützt und geschleift. Jeder Gefangene wurde zu einem Scheiterhaufen gebracht und an den Pfahl gefesselt.

Der haarige Körper von Isaak de Montesa zeigte keine Verletzungen; der Fleischer war der Folter entgangen, weil sein beständiges und störrisches Aufsagen jüdischer Gebete seine Schuld offensichtlich gemacht hatte; doch jetzt hatte man ihn zur Strafe für seinen Trotz für den *quemadero* ausersehen. Die Öffnung in der Wandung des Ofens war eng, und drei Männer stießen und stopften seinen großen Körper hinein, während die Leute ihn schadenfroh verhöhnten und er ihnen die Worte des Schema entgegenschleuderte. Seine Lippen bewegten sich weiter, während die Maurer eilends die Öffnung mit Ziegeln verschlossen.

Espina betete auf lateinisch.

Viele Hände schichteten Reisigbündel um die Gefangenen, und die wachsenden Stapel gewährten ihnen ein Mindestmaß an Schicklichkeit, denn sie verdeckten ihre Unterkörper und verbargen die beschämenden Sudelflecken der Angst. Auch um den *quemadero* wuchs das Reisig in die Höhe, bis von den Ziegeln des Ofens nichts mehr zu sehen war.

Das Quartett stimmte nun Hymnen an.

Kaplane standen neben den vier Gefangenen, die um eine Aussöhnung mit Christus gebeten hatten. Ihre Richtstätten waren mit Garrotten ausgestattet, Stahlbändern, die ihren Hals umspannten und mit Schrauben hinter dem Pfosten festgezogen wurden. Für ihre Frömmigkeit wurde ihnen nun die Gnade kirchlichen Erbarmens gewährt, denn man erdrosselte sie vor dem Verbrennen. Isabel Peropan war die erste; trotz ihrer Unschuldsbeteuerungen und ihrer verhängnisvollen Anprangerung der anderen hatte man sie verurteilt, aber die Inquisition gewährte ihr die Gnade der Garrotte.

Als nächstes wurde die Garrotte bei Espina und zwei Brüdern aus Almagro angewendet, während Isidoro schon die Reihe der Scheiterhaufen abschritt und eine brennende Fackel an die trokkenen Reisigbündel hielt, die sich mit lautem Knistern sofort entzündeten.

Mit den Flammen stieg auch der Lärm der Menschen in die Höhe, die je nach Temperament das Schauspiel mit Rufen der Ehrfurcht und des Staunens, Schreien der Furcht oder ausgelassenem und schadenfrohem Johlen bedachten. Männer und Frauen hielten Kinder in die Höhe, damit sie schon hier auf Erden einen Blick auf das Feuer der Hölle erhaschen konnten, vor dem Gott der Herr sie retten und bewahren würde, wenn sie nur Vater und Priester gehorchten und nicht sündigten.

Das Reisig um den *quemadero* brannte mit lautem Getöse. Isaak der Fleischer saß drinnen und briet wie ein Hähnchen im Herd, nur daß, sagte sich Jona leise, Geflügel nicht bei lebendigem Leib geröstet wurde.

Die Verurteilten wanden sich. Ihre Münder öffneten und schlossen sich, aber wegen des Lärms der Menge konnte Jona ihre Schreie nicht verstehen. Isabel Peropans lange Haare gingen in Flammen auf und zeichneten eine gelbe und blaue Aureole um das purpurrote Gesicht. Jona konnte es nicht ertragen, Espina anzusehen. Rauch waberte und wehte, der alles verbarg und ihm einen Grund gab für seine tränenden Augen. Jemand stieß ihn an und schrie ihm ins Ohr.

Es war Isidoro. Der *alguacil* deutete auf das zur Neige gehende Holz, schalt ihn einen faulen Bengel und befahl ihm, Paco und Gato zu helfen, einen Karren mit frischem Reisig zu beladen.

Als der Karren beladen war, kehrte Jona nicht mehr auf die *plaza* zurück. Im stillen und leeren Gefängnis nahm er sein Bündel und die kaputte Hacke und ging damit zu Mose, der friedlich im Schatten graste.

Kaum war er aufgestiegen, trieb er den braven kleinen Esel mit den Hacken an, und sie verließen Ciudad Real in forschem Galopp. Jona hatte weder Augen für den Weg noch für die Landschaft. Das Autodafé hatte ihm einen grausigen Vorgeschmack gegeben auf seinen eigenen Tod, sollte die Inquisition ihn fangen. Etwas in ihm schrie, daß er sich einen mitfühlenden Priester suchen müsse. Vielleicht war es für ihn noch nicht zu spät, um die Taufe zu erflehen und ein Leben in katholischer Rechtschaffenheit zu führen.

Aber er hatte dem Andenken seines Vaters, Gott und seinem Volk ein Versprechen gegeben.

Und sich selbst.

Zum ersten Mal war sein Haß auf die Inquisition stärker als seine Angst. Die Bilder, die er gesehen hatte, waren nicht mehr auszulöschen, und er sprach zu Gott nicht als Bittsteller, sondern in forderndem Zorn.

Was für ein göttlicher Plan ist das, der so viele von uns zu Tode bringt?

Und: *Zu welchem Zweck hast du mich zum letzten Juden in Spanien gemacht?*

5. KAPITEL

DIE FRAU AUF DEM GUT

Jona führte Mose über den Fluß Guadiana, und der junge Mann und der Esel waren erst ein kurzes Stück gewatet, als sie zu einem tiefen Loch in der Flußmitte kamen, wo Jona den Rauchgestank aus seinen Kleidern, wenn schon nicht aus seiner Seele spülen konnte.

Dann ritten sie langsam durch ein bewirtschaftetes Tal, links immer die Hügel der Sierra Morena in Sicht.

Der spät einsetzende Herbst war angenehm mild. Immer wieder hielt Jona unterwegs auf Bauernhöfen an, um für Nahrung und Unterkunft zu arbeiten, späte Zwiebeln zu ernten, Oliven zu pflücken oder beim Stampfen der letzten Weintrauben des Jahres zu helfen.

Während das Jahr sich langsam dem Winter zuneigte, reiste er in wärmere Gefilde. Weit im Südwesten, wo Andalusien an das südliche Portugal stößt, kam er durch eine Reihe winziger Dörfer, deren Leben ganz auf die großen Güter in der Nachbarschaft ausgerichtet war.

Auf den meisten Gütern war die Wachstumszeit vorüber, dennoch fand Jona harte Arbeit auf einem riesigen Hof, der einem Edelmann namens Don Manuel de Zúniga gehörte.

»Wir machen Felder aus Waldstücken, wo es noch nie Felder gegeben hat. Arbeit ist genügend vorhanden, wenn du welche suchst«, sagte der Verwalter zu ihm. Er hieß Lampara, aber Jona sollte schon bald erfahren, daß die anderen ihn Lampéron nannten, den Fettkloß, sobald er ihnen den Rücken kehrte.

Es war eine äußerst anstrengende Arbeit; schwere Steine mußten ausgegraben und fortgeschafft, Felsbrocken zertrümmert, Bäume gefällt und entwurzelt, Gestrüpp mußte geschnitten und verbrannt werden, aber Jona war wie seine Vorfahren großgewachsen, und die schwere Arbeit auf anderen Bauernhöfen hatte seine Muskeln kräftig und hart gemacht. Es gab so viel Arbeit auf dem Zúniga-Hof, daß er den ganzen Winter bleiben konnte. Eine Abteilung Soldaten lagerte auf einem nahen Feld. Anfangs behielt er sie während der Arbeit immer im Auge, doch sie kümmerten sich nicht um ihn, sondern beschäftigten sich nur mit Marschieren und Exerzieren. Das Klima war mild, fast schon schmeichelnd, und es gab genügend zu essen. So blieb er auf dem Hof.

Die Dinge, die er gesehen und erlitten hatte, sonderten ihn von den anderen *peones* ab. Trotz seiner Jugend hatten sein Gesicht und seine Augen etwas Einschüchterndes, das andere davon abhielt, sich mit ihm einzulassen.

Er warf seinen harten Körper in die nie enden wollende Arbeit und versuchte das Entsetzen auszulöschen, das die Erinnerung an jene brennenden Gestrüppstapel immer wieder aufs neue in ihm weckte. Nachts sank er neben Mose auf die Erde und schlief tief, die Hand auf der angespitzten Hacke. Der Esel wachte über ihn, während er von Frauen und körperlicher Liebe träumte, aber wenn er sich tags darauf an den Traum erinnerte, fehlte ihm das Wissen um fleischliche Dinge, um sagen zu können, ob er richtig geträumt hatte.

Er nahm sich das Band mit dem Silberring vom Hals und steckte es in den Sack mit seinen wenigen anderen Habseligkeiten. Den Sack band er an Mose fest und behielt von nun an den Esel immer im Auge. Danach arbeitete er ohne Hemd und genoß es, wie der Schweiß seine Haut in der milden Luft kühlte.

Don Manuel besuchte sein Gut, und solange er da war, arbeiteten auch die faulsten seiner Männer so fleißig wie Jona. Der Besitzer war ein alternder Mann, klein und wichtigtuerisch. Zwar besichtigte er Felder und Scheunen, bemerkte aber kaum etwas und verstand noch weniger. Er blieb drei Nächte, schlief mit zwei jungen Mädchen aus dem Dorf und ging dann wieder.

Jeder atmete auf, als Zúniga wieder verschwunden war, und die Männer redeten verächtlich über ihn. Sie nannten ihn *el cornudo*, den Hahnrei, und mit der Zeit erfuhr Jona auch, warum.

Das Gut hatte Leiter und Aufseher, doch die eigentliche Herrin, der sich alle *peones* beugten, war eine ehemalige Geliebte des Don, Margarita Vega. Noch bevor sie voll zur Frau gereift war, hatte sie ihm zwei Kinder geboren. Aber als Don Manuel nach einem Jahr in Frankreich zurückkehrte, mußte er, zur Belustigung aller, die für ihn arbeiteten, feststellen, daß Margarita in seiner Abwesenheit von einem der Arbeiter ein drittes Kind bekommen hatte. Zúniga hatte ihr zum Abschied eine Heirat vermittelt und ein Haus geschenkt. Doch ihr Gatte war ihr schon nach weniger als einem Jahr davongelaufen. Von da an hatte sie sich mit vielen Männern eingelassen, und daraus waren weitere drei Kinder von verschiedenen Vätern entstanden. Jetzt war sie fünfunddreißig Jahre alt, breithüftig und hartäugig, eine Frau, die man nicht unterschätzen durfte.

Die *peones* sagten, Don Manuel komme nur so selten, weil er Margarita noch immer liebe und sich jedesmal, wenn sie sich einen anderen Mann nehme, aufs neue betrogen fühle.

Eines Tages hörte Jona Mose schreien, und als er den Kopf hob, sah er, daß einer der Arbeiter, ein junger Mann namens Diego, den Sack von Moses Rücken genommen hatte und ihn eben öffnen wollte.

Jona ließ seine Hacke fallen und warf sich auf den anderen, und dann wälzten sie sich, wild um sich schlagend, im Staub. Ein paar

Augenblicke später standen sie wieder und prügelten mit hartgearbeiteten Fäusten aufeinander ein. Jona sollte erst Tage darauf erfahren, daß Diego ein gefürchteter Raufbold war, und tatsächlich bekam er gleich zu Anfang des Kampfes einen heftigen Schlag ab, der ihm, wie er sofort merkte, die Nase brach. Zwar war Jona ein paar Jahre jünger als Diego, aber größer und nicht viel leichter. Seine Arme hatten eine längere Reichweite, und er kämpfte mit der Leidenschaft all der unterdrückten Angst und des mühsam beherrschten Hasses, die sich so lange in ihm aufgestaut hatten. Fäuste trafen auf Knochen, wie das Knallen von Dreschflegeln in der Tenne. Es war ein Kampf um Leben und Tod, das war jedem klar, der es sah.

Jetzt kamen die anderen Arbeiter herbeigelaufen und umringten sie schreiend und johlend. Ihr Lärm lockte den Aufseher an, und er trennte die Streithähne schließlich mit Flüchen und Faustschlägen.

Diego hatte einen zerschlagenen Mund und ein zugeschwollenes Auge, und es schien ihm nur recht zu sein, als der Aufseher Schaulustige und Streitende wieder an ihre Arbeit befahl.

Jona wartete, bis alle verschwunden waren, dann schnürte er den Leinensack wieder sorgfältig zu und befestigte ihn an Moses Haltestrick. Seine Nase blutete, und er wischte sich das Blut mit dem Handrücken von der Oberlippe. Als er den Kopf hob, sah er, daß Margarita Vega mit ihrem Säugling im Arm dastand und ihn beobachtete.

Seine Nase war geschwollen und dunkel verfärbt, und seine zerschlagenen Fingerknöchel schmerzten ihn tagelang. Aber der Kampf hatte die Aufmerksamkeit der Frau auf ihn gelenkt.

Für Jona war es unmöglich, sie nicht zu bemerken. Es kam ihm vor, als sehe er sie, wohin er auch schaute, immer mit entblößter, großer brauner Brust, an der hungrig saugend ihr Kleines hing. Die Leute auf dem Hof stießen sich an und grinsten, denn auch ihnen fiel auf, daß Margarita häufig gerade da auftauchte, wo der große und stille junge Mann arbeitete.

Sie war freundlich zu Jona und ging ungezwungen mit ihm um.

Oft trug sie ihm kleine Aufgaben im Haus auf, und dann rief sie ihn zu sich und gab ihm Brot und Wein. Es dauerte nur ein paar Tage, bis er nackt mit ihr war, ungläubig einen weiblichen Körper berührte und die Milch schmeckte, die eben noch den ganz in der Nähe schlafenden Säugling genährt hatte.

Ihr Körper war schwer, aber nicht unansehnlich, die Beine muskulös, der Nabel tief, der Bauch trotz der vielen Geburten nur leicht gerundet. Ihre dicklippige Scham war ein kleines Tier mit wildem braunem Pelz. Sie leitete ihn an und zögerte nicht, Forderungen zu stellen, und er lernte sehr schnell, ihre Wünsche zu erfüllen. Die erste Paarung war für ihn schnell vorüber. Aber er war jung und kräftig, und als sie ihn noch einmal bereit machte, legte er dieselbe Leidenschaft an den Tag wie im Kampf mit Diego, bis zu dem Augenblick, da sie sich beide keuchend erschöpften.

Nach einer Weile wurde er sich im Halbschlaf ihrer tastenden Hände bewußt, als wäre er ein Tier, das sie kaufen wollte.

»Du bist ein *converso.*«

Sofort war er hellwach.

»... Ja.«

»Soso. Wann wurdest du denn zum wahren Glauben bekehrt?«

»... Äh ... Vor einigen Jahren.« Er schloß die Augen wieder und hoffte, daß sie nicht weiter in ihn dringen würde.

»Und wo?«

»In Kastilien. In der Stadt Cuenca.«

Sie lachte. »Aber ich bin in Cuenca geboren. Während der acht Jahre hier bei Don Manuel war ich oft dort. Zwei meiner Schwestern und ein Bruder leben dort, und meine alte *abuela,* die meine Mutter und meinen Vater überlebt hat. In welcher Kirche wurdest du denn bekehrt, in San Benito oder in San Marco?«

»Es war… in San Benito, glaube ich.«

Sie starrte ihn an. »Glaubst du? Weißt du nicht, wie die Kirche geheißen hat?«

»Nur so eine Redensart. Ja, natürlich San Benito. Eine sehr hübsche Kirche.«

»Eine schöne Kirche, nicht? Und welcher Priester?«

»Der alte.«

»Aber sind denn nicht beide alt?« Sie sah ihn zweifelnd an. »War es Padre Ramón oder Padre Garcillaso?«

»Padre Ramón.«

Margarita nickte und stieg aus dem Bett. »So, aber jetzt darfst du nicht mehr zurück an die Arbeit gehen. Du mußt hier schlafen wie ein guter Junge, bis ich meinen Haushalt erledigt habe, und dann wirst du stark sein wie ein Löwe, und wir werden noch einmal viel Spaß haben, ja?«

»Ja, gut.«

Doch als er kurz darauf aus dem kleinen Fenster des Zimmers schaute, sah er sie über den Hof eilen, trotz der Mittagshitze ihren Säugling im Arm und ihr Kleid so hastig übergeworfen, daß es auf einer Seite an ihrer breiten Hüfte Falten warf.

Jona wußte, daß es in der Stadt Cuenca mit ziemlicher Sicherheit keinen Padre Ramón gab und vielleicht nicht einmal eine Kirche mit dem Namen San Benito.

Nachdem er sich schnell angezogen hatte, ging er zu Mose, den er im Schatten von Margaritas Haus angebunden hatte, und einen Augenblick später ritten sie unter der gleißenden Sonne davon. In der Mittagshitze kam er nur an zwei Männern vorüber, die ihm keine Beachtung schenkten. Bald darauf erklomm er auf seinem Esel einen Pfad hinauf in die Hügel der Sierra Morena.

Auf einem Höhenzug hielt er inne und sah hinunter auf den Gutshof von Don Manuel de Zúniga. Die kleinen Gestalten von vier Soldaten mit in der Sonne funkelnden Brustpanzern und Waffen folgten Margarita Vega, die auf ihr Haus zueilte.

So hoch über ihnen fühlte Jona sich sicher genug, um Margarita mit einer gewissen erstaunten Dankbarkeit zu betrachten.

Habt Dank, meine Dame!

Sollte es noch einmal möglich sein, würde er gerne solche Wonnen wieder erleben. Um nicht noch einmal von seinem beschnittenen Penis in Gefahr gebracht zu werden, beschloß er, fortan den Frauen zu sagen, seine Bekehrung habe nicht in einer kleinen Kirche, sondern in einer großen Kathedrale stattgefunden. In der Kathedrale von Barcelona, wo es eine ganze Armee von Geistlichen gab, so viele Priester, daß kein Mensch sie alle beim Namen kennen konnte.

Seine Nase tat ihm immer noch weh. Aber im Weiterreiten rief er sich noch einmal alle Einzelheiten von Margaritas Körper ins Gedächtnis, die Bewegungen, die Gerüche, die Geräusche.

Etwas Unglaubliches war passiert: Er war in den Körper einer Frau eingedrungen.

Er dankte dem Unbeschreiblichen. Dafür, daß Er ihm gestattet hatte, frei und gesund an Körper und Geist zu bleiben, daß Er Frauen und Männer so wunderbar ausgestattet hatte, daß sie, wenn sie zusammenkamen, zueinander paßten wie Schlüssel und Schloß, und daß Er ihn diesen Tag hatte erleben lassen.

Dies ist mir geschehen am zwölften Tag des Monats Schewat …

… Ich bin nicht Tomás Martín, ich bin Jona Toledano, der Sohn von Helkias dem Silberschmied, vom Stamme Levi.

… Die anderen Monate sind Adar, Nissan, Ijar, Siwan, Tammus, Aw, Elul, Tischri, Cheschwan, Kislew und Tewet, sagte er sich vor, während Mose sicheren Schritts in die braunen Hügel kletterte.

TEIL IV

DER SCHÄFER

SIERRA MORENA

11. NOVEMBER 1495

1. KAPITEL

DAS GERÄUSCH VON SCHAFEN

Nun ritt Jona auf Mose wieder nach Norden, immer an der Grenze zu Portugal entlang und im Gefolge der herbstlichen Bräunung des grünen Landes. Ein halbes dutzendmal hielt er an und arbeitete ein paar Tage, um sich sein Essen zu verdienen, doch nirgendwo blieb er länger, bis er Salamanca erreichte. Hier suchte man Arbeiter für die Restauration der Kathedrale.

Dem stämmigen Aufseher sagte er, daß sein Name Ramón Callicó sei. »Was kannst du?« fragte der Mann, der zweifelsohne hoffte, daß Jona ein Maurer- oder Zimmermannsgeselle sei.

»Ich kann arbeiten«, erwiderte Jona, und der Aufseher nickte.

Die Ochsen und die riesigen Zugpferde, mit denen man die schweren Steine zur Kathedrale schleppte, wurden in einem Stall gleich in der Nähe gehalten. Jona stellte Mose ebenfalls in dem Stall unter, und nachts ruhte er neben seinem Esel, in den Schlaf gewiegt von den Geräuschen der Tiere in ihren Ständen.

Tagsüber wurde er Teil der kleinen Armee – Handlanger, Maurer, Steinmetzen und Viehtreiber –, die sich abmühte, einzelne Quader dunklen Steins in der bis zu zehn Fuß tiefen Mauer der Kathedrale zu ersetzen. Die Arbeit war schweißtreibend und fürchterlich, und die Luft war erfüllt vom Klagen der Tiere, den Flüchen und geschrienen Befehlen der Aufseher und Viehtreiber, dem hellen Schlagen der Hämmer und dem dumpfen Dröhnen der Schlegel sowie dem beständigen mahlenden Knirschen von schweren Steinen, die über den rauhen Boden gezogen wurden. Kleinere Quader wurden von Handlangern getragen. Größere Steine wurden von den Tieren so weit wie möglich an die Baustellen herangeschafft, und dann wurden die Männer zu Lasttieren, in langen Schlangen zerrten sie an dicken Tauen, um die Quader zu bewegen, oder sie stellten sich nebeneinander und stemmten sich gegen den Feind, den Stein.

Jona bereitete es Freude, an einem Haus der Anbetung zu arbeiten, auch wenn es für die Gebete anderer bestimmt war. Er war nicht der einzige Nichtchrist, der bei der Wiederherstellung der Kathedrale mithalf; die meisten der Handwerksmeister zum Beispiel waren Mauren, die Stein und Holz mit unglaublichem Geschick bearbeiteten. Als Jonas Vater von Padre Sebastián Alvarez gebeten worden war, ein Ziborium für eine christliche Reliquie zu entwerfen und anzufertigen, hatte Helkias die Sache mit Rabbi Ortega besprochen, doch der hatte ihm geraten, den Auftrag anzunehmen. »Es bringt Glück, anderen beim Beten zu helfen«, hatte der Rabbi gesagt und Helkias darauf hingewiesen, daß die feinen und wunderschönen Ziselierungen an den Toledaner Synagogen allesamt von Mauren ausgeführt worden seien.

Die Arbeit an der Kathedrale war kräftezehrend. Wie die anderen plagte sich Jona mürrisch und ohne Lachen, redete nur, wenn die Arbeit es erforderte, und wahrte sein Anderssein, indem er seine Gedanken für sich behielt. Manchmal arbeitete er mit einem glatzköpfigen *peón* zusammen, der gebaut war wie ein Steinquader, vierschrötig und breit. Seinen Familiennamen erfuhr Jona nie, aber die Vorarbeiter nannten ihn León.

Eines Morgens, Jona war bereits seit sieben Wochen in Salamanca, war er zusammen mit León damit beschäftigt, Steine an die richtigen Stellen in der Mauer zu bugsieren. Als er zwischendurch den Kopf hob, sah er eine Prozession von Männern in schwarzen Kutten, die nach ihrem Morgengebet, das bereits vor dem Eintreffen der Arbeiter begonnen hatte, die Kathedrale verließen.

León starrte den großen, alten Mönch an der Spitze der Prozession an.

»Das ist Fray Tomás de Torquemada. Der Generalinquisitor«, flüsterte er. »Ich bin aus Santa Cruz, wo er Prior des Klosters ist.«

Jona musterte den großen, betagten Mönch mit der langen, geraden Nase, dem spitzen Kinn und dem mürrischen grüblerischen Blick. Gedankenverloren eilte Torquemada an ihnen vorbei. Etwa zwei Dutzend Männer gingen in dieser weit auseinandergezogenen Kolonne, und in ihrer Mitte entdeckte Jona einen weiteren großen Mann mit einem Buckel auf dem Rücken, den er überall wiedererkennen würde. Bonestruca, der ins Gespräch mit seinem Begleiter vertieft war, ging so nahe an Jona vorbei, daß der Junge seine buschigen Brauen und ein Bläschen auf seiner Oberlippe erkennen konnte.

Einmal hob der bucklige Mönch den Kopf und sah Jona direkt ins Gesicht, doch die grauen Augen zeigten weder Interesse noch Wiedererkennen, und während Jona noch starr vor Furcht dastand, ging Bonestruca weiter.

»Was bringt Fray Torquemada nach Salamanca?« fragte Jona, doch León zuckte nur die Achseln.

Später jedoch hörte Jona den Aufseher einem anderen Arbeiter erzählen, daß Inquisitoren aus allen Teilen Spaniens zu einer Versammlung in der Kathedrale zusammengekommen seien, und er fragte sich, ob das der Grund sei, warum Gott ihn gerettet und hierhergeführt hatte: damit er Gelegenheit hatte, den Mann zu töten, der seinen Vater und seinen Bruder auf dem Gewissen hatte.

Am nächsten Morgen beobachtete er wieder, wie die Inquisitoren nach dem Morgengebet die Kathedrale verließen. Er erkannte, daß sich die beste Stelle für einen Angriff auf Bonestruca links des großen Portals befand, ganz in der Nähe seines Arbeitsplatzes. Er würde nur einmal zuschlagen können, bevor man ihn überwältigte, und er rechnete sich aus, daß er, um Bonestruca zu töten, seine scharfe Hacke wie eine Axt benutzen und ihm damit die Kehle durchhacken mußte.

In dieser Nacht lag er schlaflos und aufgeregt auf seinem Strohlager im Stall. Schon als Junge hatte er manchmal davon geträumt, ein Krieger zu sein, und in den letzten Jahren war ihm oft in den Sinn gekommen, daß er es genießen würde, die Morde an seinem Vater und seinem Bruder zu rächen. Jetzt aber, da es plötzlich möglich erschien, bekam er es mit der Angst, da er nicht wußte, ob er wirklich töten konnte. Er bat den Herrn, ihm im Augenblick der Tat Kraft zu geben.

Am Morgen ging er wie gewohnt zur Kathedrale.

Als nach dem Morgengebet ein Mönch aus dem Portal trat, nahm Jona seine Hacke und ging zu der Stelle links des Eingangs. Fast sofort fingen seine Hände an zu zittern.

Fünf Mönche folgten dem ersten, und dann kam niemand mehr.

Der Aufseher starrte ihn böse an, als er sah, daß Jona blaß und untätig herumstand. »Bist du krank?«

»Nein, Señor.«

»Solltest du nicht beim Mörtelmischen helfen?« fragte er, als er die Hacke bemerkte.

»Ja, Señor.«

»Na, dann mach dich an die Arbeit«, knurrte der Mann, und Jona tat wie ihm geheißen.

An diesem Nachmittag hörte er, daß die Versammlung der Wächter des Glaubens bereits am Tag zuvor zu Ende gegangen war, und er wußte, daß er dumm und töricht war, ungeeignet als rächender Arm Gottes. Er hatte zu lange gewartet, und nun war Bonestruca weg, um wie die anderen Inquisitoren Spaniens in seiner Provinz sein schreckliches Werk zu tun.

Die Arbeit in Salamanca dauerte bis zum Frühling. Mitte März riß in Leóns Rücken ein Muskel, als sie gerade einen Steinquader bewegten, und der *peón* wälzte sich vor Schmerzen auf dem Boden. Er wurde auf einen Karren gehoben und fortgeschafft, und Jona sah ihn nie wieder. Wenn zwei Arbeiter nötig waren, wurde er mit anderen zusammengespannt, aber mit keinem hatte er etwas gemein. Aus Angst wandte er sich von den anderen ab, und niemand wurde sein Freund.

Es waren noch nicht alle Reparaturen an der mehr als dreihundertfünfzig Jahre alten Kathedrale ausgeführt, als die Arbeiten unter hitzigen Disputen über die Zukunft des Gebäudes eingestellt wurden. Viele der Stadtbewohner behaupteten, ihr Gotteshaus sei nicht groß genug. Obwohl die Kapelle des San Martín Fresken aus dem dreizehnten Jahrhundert enthielt, zeigte die Kathedrale insgesamt nur wenig Schmuck und hielt dem Vergleich mit den berühmten Gotteshäusern anderer Städte nicht stand. Schon gab es Leute, die Geld sammelten für den Bau einer neuen Kathedrale, und die Arbeiten an dem alten Gebäude wurden ausgesetzt.

So verlor Jona seine Arbeit und zog wieder Richtung Süden. Den siebten Tag des Mai, seinen achtzehnten Geburtstag, erlebte er in der Grenzstadt Coria. Er kehrte in einem Gasthof ein und genehmigte sich einen Eintopf aus Ziegenfleisch und Linsen, doch als er mitbekam, was die drei Männer am Nebentisch besprachen, sollte ihm die Lust am Feiern gründlich vergehen.

Sie redeten von den Juden, die aus Spanien nach Portugal geflohen waren.

»Um sechs Monate in Portugal bleiben zu dürfen«, sagte einer der Männer, »zahlten sie König Johann ein Viertel ihres weltlichen Besitzes und einen Dukaten für jede Person, die die Grenze überschritt. Insgesamt einhundertzwanzigtausend Dukaten. Die sechs Monate ihres Bleiberechts waren im Februar zu Ende, und wißt ihr, was dieser dahergelaufene König dann getan hat? Er hat die Juden zu Sklaven des Staates erklärt.«

»Ach ... Möge Gott König Johann verfluchen.«

Aufgrund ihres Tonfalls nahm Jona an, daß es sich um Konvertiten handelte. Die meisten Christen wären nicht so entrüstet über die Versklavung von Juden gewesen.

Er gab keinen Ton von sich, doch einer der drei schaute zu ihm herüber, und als er ihn so stumm und steif dasitzen sah, wußte er, daß Jona gelauscht hatte. Der Mann flüsterte seinen Begleitern etwas zu, und die drei standen auf und verließen das Wirtshaus.

Wieder einmal erkannte Jona, wie weise Abbas und Onkel Aarons Entscheidung gewesen war, nicht Portugal als Zuflucht zu wählen, sondern sich nach Osten, in Richtung Küste, zu wenden. Der Appetit war ihm vergangen, und so saß er da und sah zu, wie das Fett in seinem kalt gewordenen Eintopf gerann.

An diesem Nachmittag hörte er auf einmal das Blöken vieler Schafe und ritt direkt darauf zu. Bald kam er zu einer Herde, deren Tiere sich offenbar immer weiter verstreuten, und kurz darauf sah er auch den Grund dafür. Der alte Schäfer, ein hagerer, weißhaariger Mann, lag hilflos auf der Erde.

»Ein Schlagfluß«, stammelte der Mann.

Sein Gesicht im Gras war weiß wie seine Haare, und sein Atem kam in leise gurgelnden Stößen. Jona drehte ihn auf den Rücken, brachte ihm Wasser und versuchte, es ihm so bequem wie möglich zu machen, doch der alte Mann gab ihm zu verstehen, daß sein größter Kummer der drohende Verlust der Herde sei.

»Ich kann Eure Schafe wieder einfangen«, entgegnete Jona, bestieg Mose und ritt davon. Es war keine schwierige Aufgabe. Früher hatte er oft mit Aaron Toledanos Herde gearbeitet. Onkel Aaron hatte weniger Tiere gehabt, und so viele Ziegen wie Schafe, aber Jona war vertraut mit ihrem Verhalten. Diese Schafe waren noch nicht weit gewandert, und er hatte nur wenig Mühe, sie wieder zu einer dichten Herde zusammenzutreiben.

Der alte Mann stammelte, daß sein Name Geronimo Pico sei.

»Wie kann ich Euch sonst noch helfen?«

Der Schäfer hatte starke Schmerzen und drückte sich wie zum Schutz die Arme an die Brust. »Die Schafe müssen zurückgebracht werden... zu Don Emilio de Valladolid, in der Nähe von Plasencia«, keuchte er.

»Auch Ihr müßt zurückgebracht werden«, sagte Jona. Er hob den Schäfer auf den Esel und nahm den derben Krummstab des Alten in die Hand. Sie kamen nur langsam vorwärts, denn Jona mußte immer wieder weit ausschweifen, um die Herde zusammenzuhalten. Es war später Nachmittag, als er sah, daß der alte Schäfer von Moses Rücken glitt. Irgendwie merkte er an dem schweren Sturz und dem kraftlosen Hingestrecktsein des Körpers sofort, daß der alte Mann gestorben war.

Trotzdem rief er ein paarmal Geronimo Picos Namen, tätschelte ihm die alten Wangen und rieb die Handgelenke, bevor er sich endgültig eingestehen mußte, daß der Mann tot war.

»Ach, verdammt...«

Nachdem er, ohne recht zu wissen, warum, das Kaddisch für den Fremden gebetet hatte, legte er die Leiche auf Moses Rücken, mit dem Gesicht nach unten und baumelnden Armen, und trieb noch einmal die Herde zusammen, bevor er weiterzog. Plasencia war nicht weit entfernt; schon bald darauf kam er zu einem Mann und einer Frau, die auf einem Feld arbeiteten.

»Der Hof von Don Emilio de Valladolid?«

»Ja«, sagte der Mann. Dann sah er die Leiche an und bekreuzigte sich. »Geronimo der Schäfer.«

»Ja.«

Er beschrieb Jona den Weg zum Hof. »Vorbei an dem großen, vom Blitz gespaltenen Baum, über den Bach, und dann siehst du ihn schon zur Rechten.«

Es war ein großes, gutgepflegtes Gehöft, und Jona trieb die Schafe auf den Innenhof. Drei Arbeiter kamen gelaufen, die keine weiteren Erklärungen brauchten, als sie die Leiche sahen; leise murmelnd vor Trauer und Bedauern, hoben sie den Schäfer vom Esel und trugen ihn davon.

Der Grundbesitzer war ein rotgesichtiger, tranäugiger Mann in feinen Kleidern, die voller Flecken waren. Verärgert über die Störung seines Abendmahls kam er vor die Tür und sprach mit seinem Aufseher. »Gibt es einen Grund für dieses Schafsgeblöke?«

»Der Schäfer ist tot. Der da hat ihn zusammen mit der Herde zurückgebracht.«

»Schafft mir die vermaledeiten Tiere vom Haus weg.«

»Ja, Don Emilio.«

Der Aufseher war ein schlanker Mann mittlerer Größe mit graumelierten braunen Haaren und ruhigen braunen Augen. Er und seine Söhne halfen Jona, die Herde auf eine Wiese zu treiben, und die Jungen lachten dabei und riefen sich derbe Sprüche zu. Der eine, ein schlaksiger Knabe von etwa sechzehn Jahren, hieß Adolfo, der andere war einige Jahre jünger als sein Bruder und hieß Gaspar. Der Aufseher ließ die beiden zwei Schüsseln Essen holen – eine dicke, heiße Weizengrütze –, und dann saßen er und Jona bei den Schafen auf der Erde und aßen schweigend.

Der Aufseher rülpste und betrachtete den Fremden. »Ich bin Fernando Ruiz.«

»Ramón Callicó.«

»Du scheinst zu wissen, wie man mit Schafen umgeht, Ramón Callicó.« Fernando Ruiz wußte, daß viele Männer die Leiche von Geronimo dem Schäfer einfach liegengelassen und die wertvolle Herde davongetrieben hätten, so schnell die Tiere laufen konnten. Der junge Mann, der nun vor ihm saß, hatte nichts dergleichen getan, was bedeutete, daß er entweder verrückt oder ehrlich war, und Wahnsinn sah Fernando nicht in seinen Augen.

»Wir brauchen einen Schäfer. Mein Sohn Adolfo könnte es gut, aber er ist noch ein Jahr zu jung für eine solche Verantwortung. Möchtest du dich um diese Schafe kümmern?«

Die grasenden Tiere waren friedlich, nur hin und wieder blökte eins leise, ein Geräusch, das Jona sehr beruhigend fand.

»Ja, warum nicht?«

»Aber du mußt sie von hier wegbringen.«

»Mag Don Emilio seine Schafe nicht?«

Fernando lächelte. Sie waren allein auf der Wiese, aber er beugte sich vor und flüsterte.

»Don Emilio mag überhaupt nichts«, sagte er.

Vierunddreißig Monate sollte Jona so gut wie alleine mit der Herde verbringen, und er wurde dabei so vertraut mit den Tieren, daß er jeden Bock und jedes Mutterschaf kannte, wußte, welche ruhig und fügsam und welche stur oder verschlagen, welche gesund und welche krank waren. Es waren große, dumme Schafe mit einer langen, feinen Wolle, die alles bedeckte bis auf die schwarze Nase und die friedvollen Augen. Er fand sie schön. Immer wenn das Wetter mild war, trieb er sie durch einen Bergbach, um den Dreck wegzuspülen, der die fettige weiße Wolle verklebte und sie gelb färbte.

Fernando gab ihm einige einfache Vorräte mit und einen Dolch, der nicht sehr gut war, da seine Klinge aus schlechtem Stahl bestand. Jona durfte die Schafe überallhin führen, wo es Gras zum Weiden gab, solange er nur im Frühling zur Schur und im Herbst zum Kastrieren und zum Schlachten einiger der jungen Böcke auf Don Emilios Hof zurückkehrte. Gemächlich neben der Herde herreitend, trieb er sie in die Ausläufer der Sierra de Gredos. Onkel Aaron hatte einen Schäferhund gehabt, der ihm beim Hüten half, aber Jona hatte Mose. Mit jedem Tag wurde der Esel geschickter im Bewachen der Herde. Anfangs verbrachte Jona Stunden auf dem Rücken des Esels, aber schon bald trabte Mose selbständig hinter streunenden Tieren her wie ein Schäferhund und trieb sie mit Schreien zur Herde zurück.

Jedesmal, wenn er die Tiere auf den Hof zurückbrachte, nahm

ihn Adolfo, Fernandos Sohn, unter seine Fittiche und brachte ihm bei, was es über Schafe zu wissen gab. Jona lernte zu scheren, obwohl er nie so schnell oder geschickt darin wurde wie Fernando und seine Jungen. Auch kastrieren und schlachten konnte er bald, aber wenn es ans Häuten ging, war er mit dem Messer nicht viel besser als mit der Wollschere.

»Denk dir nichts. Übung macht den Meister«, sagte Adolfo. Wenn Jona die Schafe zum Hof brachte, kam Adolfo mit einem Krug Wein auf die abgelegene Weide, wo die Herde gehalten wurde, und dann setzten er und Jona sich zusammen und besprachen all die Schwierigkeiten, die das Schafehüten mit sich brachte, den Mangel an Frauen, die Einsamkeit und die Bedrohung durch Wölfe. Adolfo riet Jona, nachts zu singen, um sie von der Herde fernzuhalten.

Das Hüten war eine ideale Beschäftigung für einen Flüchtling. Es gab nur sehr wenige Dörfer in der Sierra, und Jona mied sie, wie er auch um die verstreuten kleinen Höfe einen großen Bogen machte. Er weidete die Schafe auf den grasbewachsenen Lichtungen, die wie Sonnenflecken die unteren Hänge einsamer Berge sprenkelten, und wenn einmal ein Mensch seinen Weg kreuzte, sah der nur einen ungepflegten Schäfer und Einsiedler.

Auch böse Männer mieden ihn, denn er war groß und stark, mit einer wilden Kraft in den Augen. Seine kastanienbraunen Haare hingen ihm bis auf die Schultern, und sein Bart hatte sich voll und kräftig entwickelt. In der Hitze des Sommers ging er fast nackt, denn seine Kleidung, die er als Ersatz für die Stücke, die ihm zu klein geworden waren, gebraucht gekauft hatte, war abgetragen. Wenn einmal ein Schaf umkam, häutete er es ungeschickt und labte sich mit großem Vergnügen an Lamm oder Hammel, bis das Fleisch schlecht wurde, was im Sommer sehr schnell passierte. Bliesen im Winter rauhe Winde, wickelte er sich gegen die Kälte Schaffelle um Arme und Beine. Er fühlte sich sehr wohl in den Hügeln. Wenn er nachts auf einer Kuppe ruhte, war das Himmelszelt mit seinen großen, leuchtenden Sternen sein Zuhause.

Der Hirtenstab, den er von Geronimo Pico geerbt hatte, war ein armseliges Ding, und eines Morgens schnitt er sich von einem Nußbaum einen langen Ast mit einer natürlichen Krümmung am Ende. Sorgfältig schälte er die Rinde ab und schnitzte ein Muster in das Holz, welches an die geometrischen Figuren erinnerte, die maurische Handwerker zur Verzierung der Toledaner Synagoge benutzt hatten. Dann fuhr er mit den Händen durch die Wolle der Schafe, bis seine Finger troffen von ihrem Fett, und rieb es oft stundenlang ins Holz, bis der geschmeidige Stab eine dunkle Patina angenommen hatte.

Manchmal fühlte er sich wie ein wildes Tier, aber tief drinnen klammerte er sich an seine zivilisiertere Herkunft; er betete jeden Morgen und jeden Abend und rief sich immer wieder den Kalender ins Bewußtsein, um die Festtage heiligen zu können. Manchmal schaffte er es, sich vor dem Sabbat zu baden. In der Sommerhitze war es einfach, denn jeder, der ihn in einem Bach oder Fluß planschen sah, dachte, er tue es zur Abkühlung und nicht der Religion wegen. Wenn es kühl war, wusch er sich zitternd mit einem nassen Lappen, in den kältesten Wochen des Winters aber gestattete er sich zu stinken, denn schließlich war er keine Frau, die ihren Gatten erst empfangen durfte, wenn sie die Mikwe besucht hatte.

Tatsächlich wünschte er sich in jener Zeit oft, er könnte wie die Frauen einfach untertauchen und seine Seele reinwaschen, denn er war besessen von den Freuden des Fleisches. Es war schwierig, eine Frau zu finden, der er trauen konnte. In einer Schenke gab es eine Dirne, bei der er Wein kaufte, und zweimal gab er ihr eine Münze, damit sie in ihrer dunklen, stinkenden Kammer für ihn die Beine spreizte. Und manchmal, wenn die Tiere grasten, ohne ihn zu beachten, gab er sich der Lüsternheit hin und beging die Sünde, für die der Herr Onan das Leben genommen hatte.

Manchmal stellte er sich vor, wie anders sein Leben sein könnte, wenn nicht das Unglück über seine Familie hereingebrochen wäre und ihn aus dem Haus seines Vaters vertrieben hätte. Inzwischen wäre er wohl ein Silberschmiedgeselle, verheiratet mit einer Frau aus guter Familie, vielleicht selbst schon Vater.

Statt dessen hatte er, obwohl er sich nach Kräften bemühte, ein Mensch zu bleiben, manchmal das Gefühl, zu etwas Niedrigem und Tierischem zu werden, nicht nur der letzte Jude in Spanien, sondern das letzte menschliche Wesen auf der Welt – ein Gedanke, der ihn ein paarmal dazu verführte, törichte Risiken einzugehen. Wenn er nachts vor dem Feuer saß, umringt von den Tieren seiner Herde, verscheuchte er die Wölfe, indem er Fetzen erinnerter Wendungen herausschrie, alte Gebete, die zusammen mit den Funken des berstenden Holzes in den schwarzen Himmel stiegen. Jeder Inquisitior oder Denunziant, der sich vom Schein seines Feuers anlocken ließ, hätte seine verwegene Stimme gehört, mit der er Worte in Hebräisch oder Ladino in die Nacht brüllte. Aber es kam nie jemand.

In seinen Bittgebeten versuchte er vernünftig zu sein. Nie bat er Gott, er möge den Erzengel Michael schicken, den Wächter Israels, damit er herniederfahre aus dem Paradies und die erschlage, die mordeten und Böses taten. Aber er bat Gott, ihm, Jona ben Helkias Toledano, zu erlauben, dem Erzengel zu dienen. Er sagte sich und Gott und den Tieren auf den stillen Hügeln, daß er gerne noch einmal die Gelegenheit hätte, zum starken rechten Arm des Erzengels zu werden, zum Zerstörer der Zerstörer, zum Mörder der Mörder, zum Vernichter derjenigen, die vernichteten.

Als Jona zum dritten Mal die Herde im Herbst auf den Hof zurücktrieb, fand er die Familie von Fernando Ruiz in Trauer. Der Aufseher, noch kein alter Mann, war eines Nachmittags auf dem Weg zur Besichtigung eines abgeernteten Felds plötzlich tot umgefallen. Der ganze Hof war in Aufruhr. Don Emilio de Valladolid hatte keine Ahnung, wie er das Gut selbst führen sollte, und war noch nicht einmal in der Lage gewesen, einen neuen Aufseher zu bestimmen. Er war schlechter Laune und schrie viel.

Jona betrachtete den Tod von Fernando Ruiz als Zeichen dafür, daß es für ihn Zeit war weiterzuwandern. Ein letztes Mal trank er auf der Schafsweide Wein mit Adolfo. »Es tut mir sehr leid«, sagte er. Er wußte, was es hieß, einen Vater zu verlieren, und Fernando war ein sehr guter Mensch gewesen.

Dann sagte er Adolfo, daß er weggehe. »Wirst du dich um die Schafe kümmern?«

»Ja. Ich werde der neue Schäfer«, sagte Adolfo.

»Soll ich mit Don Emilio reden?«

»Ich sage es ihm selber. Ihm ist es egal, solange ich nur die Schafe von seiner empfindlichen Nase fernhalte.«

Jona umarmte Adolfo und übergab ihm, zusammen mit der Herde, den hübschen Hirtenstab, den er sich geschnitzt hatte. Dann bestieg er Mose und lenkte den Esel vom Gutshof und von Plasencia weg.

In dieser Nacht wachte er in der Dunkelheit auf und lauschte, weil er glaubte, etwas gehört zu haben. Dann erkannte er, daß es das Fehlen jedes Geräuschs war, das ihn beunruhigt hatte, daß er das leise Blöken der Schafe vermißte, und er drehte sich um und schlief wieder ein.

2. KAPITEL

DER HOFNARR

Der Winter stand vor der Tür, und Jona ritt auf Mose in wärmere Gefilde. Er wollte das Meer im Süden der Sierra Nevada sehen, aber als er sich Granada näherte, waren die klaren Nächte bereits kalt. Da er keine Lust verspürte, sich im Winter über die schneebedeckten Gipfel des Hochgebirges zu wagen, ritt er in die Stadt hinein, um ein wenig seines Ersparten für sein und des Esels leibliches Wohl auszugeben.

Besorgnis erfüllte ihn, als er die Mauern Granadas erreichte, denn hoch über dem abweisenden Tor hingen die verfaulten Köpfe hingerichteter Verbrecher. Doch selbst diese grausige Zurschaustellung schreckte Wegelagerer offenbar nicht ab, denn als Jona auf ein Wirtshaus zuritt, in dem er Essen und Wein zu finden hoffte, traf er auf zwei stämmige Männer, die eben dabei waren, einen Zwerg auszurauben.

Der kleine Mann war nur halb so groß wie sie, mit einem sehr großen Kopf, einem kräftigen Oberkörper, langen Armen und winzigen Beinen. Argwöhnisch beobachtete er, wie die beiden aus verschiedenen Richtungen auf ihn zukamen, der eine mit einem hölzernen Knüppel in der Hand, der andere mit einem Messer.

»Gib uns deine Börse, wenn dir deine kleinen Eier lieb sind«, sagte der Mann mit dem Messer, das er drohend gegen sein Opfer richtete.

Ohne nachzudenken, packte Jona seine angeschärfte Hacke und glitt von seinem Esel. Doch bevor er dazwischentreten konnte, schwang der zweite Räuber seinen Knüppel und schlug ihm damit auf den Kopf. Jona ging zu Boden und lag verletzt und benommen da, während der Mann sich mit dem Knüppel über ihn beugte, um ihm den Rest zu geben.

Nur halb bei Bewußtsein sah Jona, wie der Zwerg plötzlich ein gefährlich aussehendes Messer aus seinem Umhang zog und mit seinen kleinen Beinen flink ein paar Haken schlug. Seine langen Arme zuckten geschmeidig, die Messerspitze schnellte vor wie die Zunge einer Schlange. Blitzschnell tauchte er unter den fuchtelnden Armen des bewaffneten Räubers hindurch, der aufschrie und sein Messer fallen ließ, als die Klinge des kleinen Kämpfers ihm den Arm aufschlitzte.

Die Wegelagerer drehten sich um und rannten davon, und der kleine Mann hob einen Stein auf und schleuderte ihn mit Schwung den Flüchtenden nach. Mit dumpfem Knall traf der Stein einen der beiden im Rücken. Dann wischte der Gnom sich das Messer an der Hose ab und beugte sich über Jona.

»Alles in Ordnung?«

»Wird schon wieder«, hörte Jona sich mit hohler Stimme sagen. Er versuchte sich aufzurichten. »Wenn ich erst mal da drin bin und einen Becher Wein getrunken habe.«

»Ach, da drin bekommt Ihr keinen anständigen Wein. Ihr müßt schon Euren Rücken aus dem Dreck erheben und auf den des Esels steigen und mit mir kommen«, sagte der kleine Mann, und Jona ergriff die ausgestreckte Hand und wurde von einem überraschend starken Arm in die Höhe gezogen.

»Mein Name ist Mingo Babar.«

»Ich bin Ramón Callicó.«

Erst während er sich auf Mose aus der Stadt hinaus und einen steilen Pfad hoch führen ließ, kam Jona der Gedanke, daß dieser Mann, der eben noch fast zum Opfer geworden war, selbst ein

Räuber und Mörder sein könnte. Doch obwohl er sich gegen einen Angriff wappnete, passierte nichts. Der Mann trippelte mit schwankendem, spinnenähnlichem Gang vor dem Esel her, und seine Hände an den Enden der langen Arme schleiften über den Pfad wie zwei zusätzliche Füße.

Kurz darauf rief ein Posten, der hoch über ihnen auf einem Felsen saß, leise: »Mingo, bist du das?«

»Ja, Mingo. Mit einem Freund.«

Wenige Schritte dahinter kamen sie an einem Loch im Hügel vorbei, aus dem der warme Schein einer Lampe fiel. Dann eine weitere Öffnung und dahinter noch mehr. Rufe drangen aus den Höhlen.

»Hallo, Mingo!«

»Einen guten Abend, Mingo!«

»Willkommen, Mingo!«

Der kleine Mann erwiderte jeden Gruß. Vor einer ähnlichen Öffnung im Hügel hielt er den Esel an. Jona stieg ab und folgte Mingo ins Halbdunkel. Der Zwerg führte ihn zu einer Schlafmatte, auf der Jona erschöpft niedersank.

Am nächsten Morgen wachte er auf und staunte. Einen solchen Raum hatte er noch nie gesehen – als hätte sich ein Räuberhauptmann in einer Bärenhöhle wohnlich eingerichtet. Der Schein von Öllampen mischte sich mit dem grauen Tageslicht vom Eingang, und Jona sah leuchtendbunte Teppiche, die nackten Fels und Erde bedeckten. Überall standen schwere, reichverzierte Holzmöbel, und eine Überfülle an Musikinstrumenten und funkelnden Kupfergerätschaften hing oder lehnte an den Wänden.

Jona hatte lange und gut geschlafen. Die Erinnerung an das Abenteuer des vergangenen Abends kam schnell zurück, und erleichtert stellte er fest, daß sein Kopf wieder klar war.

Eine füllige Frau von normaler Größe saß in der Nähe und polierte seelenruhig ein Kupfergefäß. Er grüßte sie und wurde mit einem freundlichen, zähneblitzenden Lächeln belohnt.

Als Jona vor die Höhle trat, sah er Mingo, der unter den wachsamen Augen von zwei Kindern, einem Jungen und einem Mädchen, die fast so groß waren wie er, ein Lederhalfter bearbeitete. »Einen guten Morgen.«

»Guten Morgen, Mingo.«

Jona sah, daß sie sich hoch oben auf dem Hügel befanden. Unter ihnen lag die Stadt Granada, ein Häusermeer aus rosafarbenen und weißen Würfeln, das Ganze umgeben von einem Kranz aus Bäumen. »Eine schöne Stadt«, sagte Jona, und Mingo nickte.

»Ja. Granada wurde von den Mauren erbaut, und so kommt es, daß die Behausungen im Inneren wunderschön verziert sind, von außen aber eher schlicht wirken.«

Oberhalb der Stadt, auf der Kuppe eines Hügels, der viel kleiner war als der Hügel mit den Höhlen, erhob sich eine Anlage mit rosenroten Türmen und Zinnen, die Jona ob ihrer Anmut und Erhabenheit den Atem verschlug.

»Was ist das?« fragte er und deutete hinüber.

Der Zwerg lächelte. »Nun, das ist die Zitadelle und der Palast, den man als die Alhambra kennt.«

Gleich an diesem ersten Tag wurde Jona bewußt, daß er in einer Gruppe einzigartiger Menschen gelandet war, und er stellte viele Fragen, die Mingo gutmütig und geduldig beantwortete.

Die Höhlen befanden sich in einem Hügel mit dem Namen Sacromonte. »Der heilige Berg«, sagte Mingo, »und er heißt so, weil hier Christen in der Frühzeit ihrer Religion den Märtyrertod starben.« Der Mann berichtete, daß sein Volk, Zigeuner eines Stammes, der sich Roma nannte, in den Höhlen lebte, seit es nach Spanien eingewandert war. Damals war Mingo noch ein kleiner Junge gewesen.

»Woher kommen die Roma?« fragte Jona.

»Von dort«, antwortete Mingo und beschrieb mit seinem Arm einen weiten Kreis, der die ganze Welt umschloß. »Vor Urzeiten – das ist lange, lange her – kamen sie aus einem Land weit im Osten, wo der Ganges fließt, ein großer, heiliger Fluß. In jüngerer Zeit sind sie durch Frankreich und Spanien gezogen, bevor sie hierherkamen. Aber als sie dann Granada erreichten, ließen sie sich hier nieder, denn die Höhlen eignen sich vorzüglich als Behausungen.«

In der Tat waren die Höhlen trocken und luftig. Einige waren kaum größer als eine Kammer, andere dagegen waren wie zwanzig Zimmer hintereinander und reichten tief in den Hügel hinein. Sogar Jona, der keine Ahnung von militärischen Dingen hatte, sah sofort, daß die Anlage sich im Fall eines Überfalls sehr gut verteidigen ließ. Mingo sagte, daß viele der Höhlen durch Felsspalten oder natürliche Gänge miteinander verbunden seien, was vielfältige Verstecke oder Fluchtmöglichkeiten bot, sollte dergleichen je nötig werden.

Die füllige Frau in Mingos Höhle war seine Gattin Mana. Als sie ihnen Essen brachte, erzählte der kleine Mann Jona stolz, daß er und Mana vier Kinder hätten, von denen zwei bereits erwachsen seien und woanders lebten.

Mingo spürte, welche Frage Jona auf der Zunge lag, und er grinste.

»Alle meine Kinder sind normal groß«, sagte er.

An diesem Tag lernte Jona viele Roma kennen. Einige kamen von einer Weide im Tal hochgeschlendert, wo sie Pferde hielten. Jona nahm an, daß sie als Pferdezüchter und -händler ihr Brot verdienten.

Einige hatten Anstellungen in der Nachbarschaft, andere arbeiteten an Tischen vor den Höhlen, wo sie Kochtöpfe, Gerätschaften und Werkzeuge flickten, die sie in den Häusern und Geschäften Granadas eingesammelt hatten. Jona bereitete es großes Vergnügen, den Metallarbeitern zuzusehen, denn das Schlagen ihrer Hämmer erinnerte ihn an Helkias Toledanos Werkstatt.

Die Roma waren liebenswürdig und gastfreundlich, und sie akzeptierten Jona sofort, weil Mingo ihn mitgebracht hatte. Während des ganzen Tages kamen Angehörige des Stammes zu dem kleinen Mann, um mit ihm über ihre Probleme zu sprechen. Jona war nicht überrascht, als er zur Mittagszeit erfuhr, daß Mingo der Häuptling der Roma war, der Woiwode, wie sie es nannten.

»Und wenn du sie nicht regierst, arbeitest du dann mit den Pferden, oder flickst du Kessel wie die anderen Männer?«

»Ich habe das alles natürlich in meiner Jugend gelernt. Aber bis vor kurzem habe ich da unten gearbeitet«, sagte er und deutete in Richtung Granada.

»In der Stadt? Was für eine Art von Arbeit?«

»In der Alhambra. Ich war ein Schelm.«

»Wie meinst du das, ein Schelm?«

»Ich war der Narr am Hof des Sultans.«

»Ist das wahr?«

»Es ist die reine Wahrheit, mein Freund, denn ich war der Hofnarr des Sultans Boabdil, auch bekannt als Mohammed XI., der letzte maurische Kalif von Granada.«

Hatte man sich erst einmal an den ungestalten Körper gewöhnt, konnte man für das beeindruckende Wesen dieses Mannes nur Bewunderung empfinden. Sein Gesicht strahlte Würde aus, und die Männer und Frauen des Stammes begegneten ihm mit Hochachtung und Zuneigung. Um so unbehaglicher war Jona deshalb zumute, als er nun erfuhr, daß ein so freundlicher und kluger Mensch sich als Narr seinen Lebensunterhalt hatte verdienen müssen.

Mingo sah ihm seine Verlegenheit an. »Es war eine Arbeit, die mir viel Vergnügen bereitet hat, das kann ich dir versichern. Ich war ein sehr guter Narr. Mein mißgestalteter Zwergenkörper hat meinem Volk geholfen zu gedeihen, denn bei Hofe erfuhr ich von allen Gefahren, die die Roma meiden sollten, wie auch von Möglichkeiten der Beschäftigung für sie.«

»Was für ein Mensch ist Boabdil?« fragte Jona.

»Ein grausamer. In seiner Zeit als Sultan brachte man ihm nur wenig Liebe entgegen. Er lebte im falschen Land, denn die militärische Macht des Islam gibt es heute nicht mehr. Die Moslems waren vor fast achthundert Jahren aus Afrika nach Iberien gekommen und hatten ganz Spanien islamisch gemacht. Bald darauf begehrten als erste die christlichen Basken gegen sie auf, um ihre Unabhängigkeit zurückzugewinnen, und die Franken vertrieben die Mauren aus dem nordöstlichen Spanien. Für sie war das der Anfang vom Ende. Im Lauf der folgenden Jahrhunderte gewannen christliche Armeen einen Großteil Iberiens für den Katholizismus zurück.

Der maurische Sultan von Granada, Muley Hacén, weigerte sich, den katholischen Monarchen Tribut zu zahlen, und begann im Jahr 1481 einen Krieg gegen die Christen, bei dem ihm die befestigte Stadt Zahara in die Hände fiel. Boabdil, sein Sohn, entzweite sich mit seinem Vater und suchte eine Zeitlang Zuflucht am Hof der katholischen Monarchen, doch dann starb Muley Hacén, im Jahre 1485, und mit Hilfe loyaler Untertanen schaffte es Boabdil, den Thron zu übernehmen.

Und nur wenige Monate später«, ergänzte Mingo, »kam ich in die Alhambra, um ihm beim Regieren zu helfen.«

»Wie lange hast du ihm als Hofnarr gedient?« fragte Jona.

»Fast sechs Jahre. Nachdem Ferdinand und Isabella Ronda, Marbella, Loja und Malaga eingenommen hatten, gab es in ganz Spanien nur noch eine einzige islamische Stadt – Granada. Ihnen war es ein Dorn im Auge, daß der Moslem Boabdil auf einem Thron saß, und zu seinen Füßen Mingo Babar, der ihm geistreiche Ratschläge ins Ohr flüsterte. Granada wurde belagert, und schon bald durchlebten wir hungrige Tage in der Alhambra. Ein Teil der Bevölkerung kämpfte tapfer trotz leerer Mägen, aber am Ende des Jahres war klar, daß unser Schicksal besiegelt war.

Ich erinnere mich an eine kalte Winternacht, in der ein großer silberner Mond im Fischteich schimmerte. Nur Boabdil und ich waren im Thronsaal.

›Nun mußt du mein Leben lenken, weiser Mingo. Was soll ich tun?‹ fragte der Sultan.

›Ihr müßt Eure Waffen niederlegen und die katholischen Monarchen zu einem Festmahl einladen, Majestät. Erwartet sie im Myrtenhof, um sie feierlich zu begrüßen und in die Alhambra zu geleiten‹, sagte ich.

Boabdil sah mich an und lächelte. ›Gesprochen wie ein wahrer Narr‹, sagte er. ›Denn jetzt, da die Tage meines Herrschens so gut wie vorüber sind, ist mir meine Würde kostbarer als Rubine. Sie sollen kommen und mich hier im Thronsaal sitzen sehen wie einen Herrscher, und in diesen letzten Augenblicken werde ich Stolz zeigen, wie ein wahrer Kalif.‹

Genau das tat er. Am 2. Januar 1492 unterzeichnete er die Unterwerfungsurkunde in seinem Thronsaal. Als er ins Exil nach Afrika floh, woher seine berberischen Vorfahren vor so langer Zeit gekommen waren, hielten ich und andere es für weise, die Alhambra ebenfalls zu verlassen«, schloß Mingo.

»Hat sich für Granada viel verändert, seit die Christen wieder an der Macht sind?« fragte Jona.

Mingo zuckte die Achseln. »Die Moscheen sind jetzt Kirchen. Darin sind sich alle Religionen gleich: Sie glauben, daß sie allein das Ohr Gottes besitzen.« Er grinste. »Für den Herrn muß das ziemlich verwirrend sein!« sagte er.

An diesem Abend sah Jona, daß die Roma gemeinsam aßen. Männer und Frauen saßen einträchtig an den Feuern und kochten und brieten Fleisch und Geflügel, schöne Stücke, die troffen vor köstlichem Saft und die Luft mit ihrem Aroma erfüllten. Man aß gut bei den Roma, und die prallen Schläuche, die herumgereicht wurden, waren voll wohlschmeckenden, vollmundigen Weins. Nach dem Essen wurden Instrumente aus den Höhlen geholt, Trommeln, Gitarren, Zimbeln, Violen und Lauten, und nun erklang eine wilde Musik, die so neu war für Jona wie die freie und sinnliche Anmut, mit der die Roma tanzten. Es erfüllte ihn mit großem Glück, nach so langer Zeit der Einsamkeit wieder Männer und Frauen um sich zu haben.

Die Roma waren ein gutaussehendes Völkchen. Sie trugen leuchtendbunte Kleidung und besaßen eine tiefbraune Haut, hübsche dunkle Augen und lockige schwarze Haare. Er fühlte sich hingezogen zu diesen fremdartigen Menschen, die offenbar all die einfachen Freuden der Welt kannten und zu genießen wußten.

Voller Dankbarkeit sprach Jona mit Mingo über ihre Liebenswürdigkeit und Gastfreundlichkeit.

»Es sind gute Menschen, die keine Angst haben vor den *gadje*, wie wir alle Fremden nennen«, sagte Mingo. »Auch ich war ein *gadje*, ich bin kein geborener Roma. Ist dir vielleicht aufgefallen, daß ich anders aussehe als sie?«

Jona nickte. Er wußte, daß Mingo nicht seine Größe meinte. Sein Haupthaar war stellenweise grau, denn er war kein junger Mann mehr, aber größtenteils war es fast gelb, viel heller als die Haare der anderen Roma, und seine Augen hatten die Farbe des strahlenden Himmels.

»Ich wurde dem Stamm übergeben, als er in der Nähe von Reims lagerte. Ein Edelmann kam zu ihnen mit einem Säugling, der mit langen Armen und kurzen Beinen auf die Welt gekommen war. Der Fremde schenkte den Zigeunern eine prallgefüllte Börse, damit sie mich bei sich aufnahmen.

Das war mein Glück«, fuhr Mingo fort. »Wie du weißt, ist es üblich, ein Kind, das so mißgestaltet auf die Welt kommt wie ich, zu erdrosseln. Aber die Roma hielten ihre Neuerwerbung in Ehren. Sie verheimlichten mir nie meine Herkunft. Ja, sie beharren sogar darauf, daß ich zweifellos von hoher Geburt sein müsse, vielleicht sogar ein Sproß des französischen Königshauses. Der Mann, der mich ablieferte, trug feine Kleidung sowie Rüstung und Bewaffnung, und er hatte eine aristokratische Redeweise.«

Jona fand, daß der kleine Mann tatsächlich noble Gesichtszüge hatte. »Hast du nie mit Bedauern daran gedacht, welch anderes Leben du hättest führen können?«

»Nie«, sagte Mingo. »Mag sein, daß aus mir ein Baron oder ein Herzog hätte werden können, aber es war ebensogut möglich, daß man mich gleich nach der Geburt erdrosselt hätte.« Seine blauen Augen waren ernst. »Ich bin kein *gadje* geblieben. Mit der Milch der Amme, die mir zur Mutter wurde, trank ich die Seele der Roma in meinen Körper. Alle hier sind meine Verwandten. Ich würde sterben, um meine Roma-Brüder und -Schwestern zu beschützen, so wie sie auch für mich sterben würden.«

Jona blieb viele Tage bei dem Volk, er sonnte sich in der Wärme ihrer Kameradschaft, und nachts schlief er allein in einer leeren Höhle.

Um dem Stamm seine Gastfreundschaft zu vergelten, setzte er sich zu den Kesselflickern und half ihnen bei ihrer Arbeit. Sein Vater hatte ihm geduldig die Grundzüge der Metallbearbeitung beigebracht, und die Roma waren hoch erfreut, von ihm einige von Helkias' Techniken zur Verbindung von Metallteilen mit dichten, glatten Nähten lernen zu können. Auch Jona lernte von den Handwerkern, indem er ihnen Techniken abschaute, die jahrhundertelang vom Vater auf den Sohn übergegangen waren.

Eines Abends, nach der Fröhlichkeit ihres Musizierens und Tanzens, nahm Jona selbst eine Gitarre zur Hand und begann zu spielen. Anfangs war er zögerlich, doch bald erinnerten sich seine

Finger an alte Fertigkeiten. Er spielte die Musik der Pijutim, der gesungenen Psalmen der Synagoge: Jotzer, die erste Anrufung vor dem morgendlichen Schema; Sulat, die nach dem Schema gesungen wird; Kerowa, die Begleitung der ersten drei Anrufungen der Amidah; und dann die betörende Selicha, den Reuegesang des Versöhnungstags.

Als Jona zu Ende gespielt hatte, berührte Mana sanft seinen Arm, während die übrigen sich verstreuten und in ihren Höhlen verschwanden. Er sah, daß Mingo ihn mit seinen weisen, ernsten Augen musterte.

»Ich glaube, das waren hebräische Melodien. Traurig gespielt.«

»Ja.« Ohne zu verraten, daß er nicht konvertiert war, erzählte Jona ihm von seiner Familie und dem schrecklichen Ende, das sein Vater Helkias und sein Bruder Meir gefunden hatten.

Mingo war erschüttert. »Das Leben ist wunderbar, aber es ist auch unweigerlich grausam.«

Jona nickte. »Es wäre mein größter Wunsch, das Reliquiar meines Vaters von den Dieben zurückzuholen.«

»Das dürfte ziemlich aussichtslos sein, mein Freund. Deiner Beschreibung nach zu urteilen, ist das ein einzigartiges Stück. Ein Kunstwerk höchsten Ranges. In Kastilien konnten sie es wohl kaum verkaufen, da jedermann über den Diebstahl Bescheid wußte. Wenn es überhaupt wiederverkauft wurde, dann ist es jetzt bestimmt nicht mehr in Spanien.«

»Wer würde denn mit solchen Dingen handeln?«

»Das ist eine besondere Form des Diebstahls. Im Lauf der Jahre habe ich von zwei Gruppen gehört, die gestohlene Reliquien und dergleichen kaufen und verkaufen. Eine ist oben im Norden tätig, und dort kenne ich niemanden mit Namen. Die andere sitzt hier unten im Süden und wird angeführt von einem Mann namens Anselmo Lavera.«

»Wo könnte ich diesen Lavera finden?«

Mingo schüttelte ernst den Kopf. »Ich habe nicht die geringste Ahnung. Und auch wenn ich es wüßte, würde ich es dir nur ungern sagen, denn das ist ein sehr böser Mann.«

Er beugte sich vor und sah Jona in die Augen. »Du mußt dankbar sein, daß du nicht bei der Geburt erdrosselt wurdest. Du mußt die bittere Vergangenheit vergessen und dir die Zukunft versüßen. Ich wünsche dir eine geruhsame Nacht, mein Freund.«

Mingo nahm an, daß Jona ein Konvertit sei. »Auch die Roma gehören einer vorchristlichen Religion an«, gestand er ihm, »einem Glauben, welcher die Boten des Lichts verehrt, die gegen die Boten der Finsternis kämpfen. Aber wir finden es einfacher, den Gott des Landes anzubeten, in dem wir uns aufhalten, weshalb wir zum Christentum übergetreten sind, als wir nach Europa kamen. Und, um die Wahrheit zu sagen, wurden die meisten von uns auch Moslems, als wir ins Herrschaftsgebiet der Mauren zogen.«

Mingo befürchtete, Jona könne sich nicht ausreichend verteidigen, falls er angegriffen wurde. »Deine kaputte Hacke ist... eben nur eine kaputte Hacke. Du mußt lernen, mit der Waffe eines Mannes zu kämpfen. Ich will dir beibringen, wie man mit einem Messer umgeht.«

So begann der Unterricht. Für den schlechten Dolch, den Jona von Fernando Ruiz erhalten hatte, als er Schäfer wurde, hatte Mingo nur Spott übrig. »Nimm das«, sagte er und gab ihm ein Messer aus maurischem Stahl.

Er zeigte Jona, wie er das Messer mit der Handfläche anstelle des Handrückens nach oben halten mußte, damit er mit steigendem, reißendem Hieb zustechen konnte. Und er schärfte ihm ein, schnell zuzustechen, bevor der Gegner erraten konnte, aus welcher Richtung der Hieb kam.

Er schärfte Jona ein, stets Augen und Körper des Gegners zu beobachten, damit er jede Bewegung vorausahnen konnte, bevor sie ausgeführt wurde, und lehrte ihn, geschmeidig zu werden wie eine Wildkatze, die dem Gegner wenig Angriffsfläche und keine Ausweichmöglichkeiten bot. Die Beharrlichkeit und Eindringlichkeit, mit der Mingo ihn unterwies, erinnerte ihn an einen Rabbi, der ein *ilui*, ein biblisches Wunderkind, die Schrift lehrt. So lernte er schnell und gut zu Füßen eines kleinen, merkwürdig gestalteten Meisters, und schon bald dachte und handelte er wie ein Messerkämpfer.

Ihre Zuneigung wuchs und gedieh, bis sie war wie eine Freundschaft vieler Jahre und nicht nur einiger kurzer Monate.

Eines Tages erhielt Mingo die Nachricht, er solle in die Alhambra kommen, weil der neue christliche Haushofmeister, ein Mann namens Don Ramón Rodríguez, sich mit ihm zu besprechen wünsche.

»Würde es dich freuen, die Alhambra aus der Nähe zu sehen?« fragte er Jona.

»Natürlich würde es das, mein Freund!«

So ritten sie am nächsten Morgen miteinander den Sacromonte hinunter, der große und muskulöse junge Mann, dessen abgespreizte Beine zu lang waren und dessen Gewicht viel zu schwer für seinen armen kleinen Esel, und das winzige Männchen, das auf einem prächtigen grauen Hengst saß wie ein Frosch auf einem Hund.

Unterwegs erzählte Mingo Jona die Geschichte der Alhambra. »Mohammed I., den man wegen seines roten Haares Ibn al-Ahmar nannte, erbaute im dreizehnten Jahrhundert hier den ersten befestigten Palast. Ein Jahrhundert später wurde für Jusuf I. der Myrtenhof gebaut. Nachfolgende Kalifen erweiterten Zitadelle und Palast. Der Löwenhof wurde von Mohammed V. errichtet, und der Turm der Infantinnen wurde von Mohammed VII. hinzugefügt.«

Als sie die hohe, rosenfarbene Mauer erreichten, hielt Mingo ihre Reittiere an. »Dreizehn Türme erheben sich aus der Mauer.

Das ist das Tor der Gerechtigkeit«, sagte er und deutete auf die Darstellung einer Hand und eines Schlüssels, die in die Doppelbögen des Tors eingemeißelt waren. »Die fünf Finger stellen die Verpflichtung dar, fünfmal täglich zu Allah zu beten – bei Tagesanbruch, zur Mittagszeit, am Nachmittag, am Abend und in der Nacht.«

»Du weißt eine Menge über den moslemischen Glauben«, bemerkte Jona, und Mingo lächelte, erwiderte aber nichts.

Als sie durch das Tor ritten, erkannte jemand Mingo und grüßte ihn, ansonsten aber beachtete man sie nicht. Die Festung war der reinste Bienenstock, denn mehrere tausend Menschen waren eifrig damit beschäftigt, die Schönheit und Wehrhaftigkeit ihrer vierzehn Hektar zu erhalten. Die beiden stellten Pferd und Esel in den Stallungen unter, und Mingo führte Jona zu Fuß auf einem langen, mit Glyzinien überwachsenen Wandelgang durch die riesige königliche Anlage.

Jona war von Ehrfurcht und Staunen erfüllt. Von innen betrachtet war die Alhambra noch viel überwältigender als aus der Ferne, ein scheinbar endloses Traumgebilde aus Türmen, Bögen und Kuppeln, voller leuchtender Farben und verziert mit spitzenfeinem Stuck, Gittergewölben, leuchtenden Mosaiken und zarten Arabesken. In den inneren Höfen und Sälen bedeckte aus Gips geformtes Laubwerk in zartem Rot, Blau und Gold Decken und Wände. Die Böden waren aus Marmor, die Sockel mit grünen und gelben Fliesen getäfelt. In den Patios und inneren Gärten prangten Blumen und plätscherten Springbrunnen, und in den Bäumen sangen Nachtigallen.

Mingo zeigte ihm, daß einige Fenster eine gute Aussicht auf den Sacromonte und die Höhlen der Roma boten, während man von anderen auf die bewaldete, wasserdurchtoste Schlucht hinuntersah. »Die Mauren verstehen sich aufs Wasser«, sagte Mingo. »Fünf Meilen entfernt in den Hügeln haben sie den Fluß Darro angezapft und ihn mit Hilfe eines wundersam erdachten Wasserwerks in diesen Palast umgeleitet, wo er Becken und Brunnen füllt und jedes Schlafzimmer mit fließendem Wasser versorgt.« Er übersetzte eine arabische Inschrift an einer Wand: »Wer durstgepeinigt zu mir kommt, wird Wasser finden rein und frisch, süß und unvermischt.«

Ihre Schritte hallten, als sie durch den Saal der Botschafter gingen, wo Sultan Boabdil die Urkunde seiner Unterwerfung unter Ferdinand und Isabella unterzeichnet hatte und in dem noch immer Boabdils Thron stand. Mingo zeigte Jona ein Badehaus, die *baños árabes.* »Hier räkelten sich unbekleidete Frauen des Harems und wuschen sich, während der Sultan von dem Balkon dort oben zusah und sich seine Bettgenossin auswählte. Wenn Boabdil jetzt noch regierte, würde man uns für unser Hiersein töten. Sein Vater ließ sechzehn Angehörige der Familie der Abencerrajes hinrichten und ihre Köpfe auf dem Brunnen des Harems aufstapeln, weil ihr Oberhaupt sich mit einer seiner Frauen eingelassen hatte.«

Jona saß auf einer Bank und lauschte dem Plätschern der Springbrunnen, während Mingo sich zu seiner Besprechung mit dem Haushofmeister begab. Schon kurz darauf kehrte der kleine Mann wieder zurück. Während sie zu den Stallungen gingen, berichtete Mingo, er habe erfahren, daß Königin Isabella und König Ferdinand mit ihrem ganzen Hof in die Alhambra einziehen wollten. »In letzter Zeit haben sie sich über die Trübsinnigkeit ihres Hofes beklagt. Der Haushofmeister hat Nachforschungen angestellt und herausgefunden, daß ich praktizierender Christ bin, und deshalb werde ich wieder in den Palast gerufen, um den siegreichen Monarchen als Hofnarr zu dienen.«

»Macht es dir Freude, diesem Ruf zu folgen?«

»Es freut mich, daß Roma jetzt wieder als Pferdepfleger, Gärtner und *peones* in die Alhambra zurückkehren. Was das Amt als

Hofnarr angeht… nun, es ist schwierig, die Monarchen bei Laune zu halten. Man bewegt sich auf einem Grat, der so schmal ist wie die Schneide eines Schwerts. Von einem Narren wird erwartet, daß er frech und wagemutig ist und Beleidigungen von sich gibt, die zum Lachen reizen. Aber die Beleidigungen müssen geistreich und harmlos sein. Bewegt man sich innerhalb der gesetzten Grenzen, wird man geliebt und verwöhnt. Doch überschreitet man die Grenzen, gibt es Prügel oder vielleicht sogar den Tod.«

Er nannte Jona ein Beispiel. »Den Kalifen plagte das schlechte Gewissen, denn beim Tod seines Vaters, Muley Hacén, waren die beiden Todfeinde gewesen. Eines Tages hörte Boabdil mich von einem undankbaren Sohn erzählen und nahm an, daß ich von ihm gesprochen hätte. Wutentbrannt zog er sein Schwert und richtete es auf mein Geschlecht.

Ich sank auf die Knie, doch die Spitze des Schwerts folgte mir. ›Stecht mich nicht, Majestät‹, rief ich. ›Denn der kleine Stecher, den ich habe, ist der einzige, den ich brauche, während der große Stich, den ihr mir zufügen wollt, ein wirklich schlimmer Stecher wäre!‹ Darauf sagte mir Boabdil, daß mein ganzer Körper nur ein elender kleiner Wespenstich sei, und als er sich dann schüttelte vor Lachen, wußte ich, daß ich am Leben bleiben würde.«

Mingo sah Jonas Gesichtsausdruck und lächelte. »Hab keine Angst um mich, mein Freund«, sagte er. »Ein Narr zu sein erfordert Mühe und Weisheit, und ich bin der König der Spaßmacher.«

Als sie dann wieder auf ihren Tieren saßen, ritten sie an maurischen Aufsehern vorbei, die den Bau eines Palastflügels beaufsichtigten. »Die Mauren glauben nicht, daß sie je aus Spanien vertrieben werden, so wie die Juden es nicht glauben konnten, bis es geschah«, sagte Mingo. »Aber der Tag wird kommen, an dem man auch den Mauren befehlen wird, das Land zu verlassen. Die Christen erinnern sich noch viel zu gut an die vielen Glaubensbrüder, die im Kampf gegen den Islam fielen. Die Mauren haben den Fehler gemacht, das Schwert gegen die Christen zu erheben, so wie die Juden den Fehler gemacht haben, Macht über die Christen anzunehmen, ähnlich Vögeln, die höher und höher fliegen, bis die Sonne sie verbrennt.«

Als Jona schwieg, sah Mingo ihn an. »Es gibt Juden in Granada.«

»Juden, die Christen geworden sind?«

»Konvertiten wie du selbst. Was sonst?« erwiderte Mingo verärgert. »Wenn du sie kennenlernen willst, geh auf den Marktplatz, zu den Ständen der Seidenhändler.«

3. KAPITEL

INÉS DENIA

Jona hatte lange Zeit Konvertiten gemieden, da er im Umgang mit ihnen keinen Nutzen für sich sah. Dennoch verspürte er eine tiefe Sehnsucht nach der Gesellschaft von Juden, und so sagte er sich, es könne nicht schaden, einen Blick auf jene zu werfen, die einst den Sabbat gekannt hatten, auch wenn sie ihn jetzt nicht mehr kannten.

An einem stillen Morgen ritt er auf Mose in den geschäftigen Trubel der Stadt. Mingo hatte ihm gesagt, der Markt Granadas habe dank der regen Bau- und Restaurierungstätigkeit in der Alhambra neuen Auftrieb erhalten. Es war ein großer Basar, und Jona genoß es, den Esel durch die Gassen zu lenken. Die Sehenswürdigkeiten, Gerüche und Geräusche des Marktes betörten ihn, er ritt an Ständen vorbei, die Brote und Kuchen feilboten, große Fische ohne Köpfe und kleine Fische mit noch klaren und frischen Augen, ganze Ferkel, Schinken, Bruststücke und starrende Köpfe von fetten Keilern, Lamm und Hammel, gekocht und roh, Säcke mit Schurwolle, alle Arten von Geflügel, die großen Vögel so aufgehängt, daß die farbenfrohen Schwänze jedem Betrachter ins Auge stachen und Käufer anlockten, Aprikosen, Pflaumen, rote Granatäpfel, gelbe Melonen…

Es gab zwei Seidenhändler.

An dem einen Stand zeigte ein mißmutig dreinblickender Kerl seine Ware zwei Männern, die das Tuch kritisch befingerten.

Am anderen Stand verhandelte ein Mann mit einem Turban mit einem halben Dutzend interessierter Käufer, aber es war das Gesicht an seiner Seite, das Jonas Aufmerksamkeit erregte und fesselte. Die junge Frau stand an einem Tisch und schnitt Stücke von einem Ballen, den ein Junge entrollte. Bestimmt hatte Jona schon lieblichere und hübschere Gesichter gesehen als ihres, aber er konnte sich nicht mehr erinnern, wann oder wo das gewesen sein mochte.

Der Mann mit dem Turban erklärte eben, daß die Güte der Seide abhängig sei von der Art der Blätter, die die Raupen gefressen hatten.

»Die Blattnahrung der Raupen in dem Landstrich, aus dem diese perlglänzende Seide kommt, verleiht dem Faden einen sehr feinen Glanz. Seht Ihr es? Der fertige Stoff erhält dadurch einen leichten Goldschimmer.«

»Aber Isaak, er ist so teuer«, sagte der Kunde.

»Natürlich hat er seinen Preis«, gab der Händler zu. »Aber es ist eben ein sehr seltener Stoff, erschaffen von eifrigen Raupen und begnadeten Webern.«

Jona hörte nicht zu. Er versuchte, mit der wogenden Menge zu verschmelzen, stand gleichzeitig aber wie gebannt da, denn er genoß es sehr, jener Frau zuzusehen. Sie war jung, doch in der vollen Blüte ihrer Weiblichkeit, ihre Haltung aufrecht, ihr schlanker Körper fest und wohlgeformt. Das dichte, bronzefarbene Haar trug sie lang und offen. Ihre Augen waren nicht dunkel, und Jona meinte zu sehen, daß sie auch nicht blau waren, doch er war nicht nahe genug, um den genauen Farbton zu erkennen. Ihr jetzt in die Arbeit vertieftes Gesicht war von der Sonne gebräunt, doch als sie die Seide mit Hilfe der Länge ihres Unterarms vom Ellbogen bis zu den Knöcheln ihrer geballten Faust abmaß, rutschte der Ärmel ihres Kleides hoch, und er sah, daß die Haut dort, wo der Stoff sie vor der Sonne schützte, heller war als die Seide.

Sie hob den Kopf, und ihre Blicke trafen sich. Einen kurzen

Augenblick lang sahen sie sich in die Augen. Dann wandte sie den Blick wieder ab, und beinahe ungläubig bemerkte Jona eine köstliche Rötung an ihrem lieblichen Hals.

Inmitten von Gackern und Glucken und dem Gestank von Hühnerkot und Federn erfuhr Jona von einem Geflügelhändler, daß der Seidenhändler mit dem Turban Isaak Saadi heiße.

Lange trieb er sich in der Nähe des Seidenstands herum, bis keine Kunden ihn mehr umringten. Nur wenige kauften, aber den Leuten machte es Freude, die Seide anzusehen und zu berühren. Doch schließlich waren alle Neugierigen verschwunden, und er näherte sich dem Mann.

Wie sollte er ihn ansprechen? Kurzerhand beschloß Jona, in seinem Gruß verschiedene Elemente ihrer beider Kulturen zu verschmelzen. »Der Friede sei mit Euch, Señor Saadi.«

Der Mann antwortete freundlich auf seinen ehrerbietigen Ton: »Auch mit Euch sei der Friede, Señor.«

Hinter dem Mann – der bestimmt ihr Vater war – beschäftigte sich die junge Frau mit den Seidenballen und sah die beiden nicht an.

Er wußte unwillkürlich, daß Verstellung hier nicht angebracht war. »Ich bin Jona Toledano. Ich frage mich, ob Ihr mir vielleicht jemanden nennen könnt, der Arbeit für mich hat.«

Señor Saadi runzelte die Stirn. Er starrte Jona argwöhnisch an und musterte seine armselige Kleidung, die gebrochene Nase und die zottelige Haar- und Barttracht. »Ich kenne niemanden, der einen Gehilfen braucht. Woher kennt Ihr meinen Namen?«

»Ich habe bei dem Geflügelhändler nachgefragt. Ich schätze den Seidenhandel sehr.« Er lächelte schwach über seine Torheit. »In Toledo war der Seidenhändler Zadoq de Paternina ein enger Freund meines Vaters, Helkias Toledano, möge er in Frieden ruhen. Kennt Ihr Zadoq de Paternina?«

»Nein, aber ich kenne seinen Ruf. Geht es ihm gut?«

Jona zuckte die Achseln. »Er gehörte zu jenen, die Spanien verließen.«

»War Euer Vater ein Geschäftsmann?«

»Mein Vater war ein hervorragender Silberschmied. Leider kam er ums Leben … bei einem unerfreulichen Zwischenfall.«

»Oh, oh, oh. Möge er in Frieden ruhen.« Señor Saadi seufzte. In der Welt, in der sie beide aufgewachsen waren, war es ein eherner Grundsatz, daß man jedem jüdischen Fremden, der einen ansprach, die Gastfreundschaft anbot. Aber Jona wußte, daß dieser Mann ihn für einen Konvertiten hielt, und in diesen Tagen einen Fremden einzuladen konnte bedeuten, sich einen Spitzel der Inquisition ins Haus zu holen.

»Ich wünsche Euch Glück. Geht mit Gott«, sagte Saadi verlegen.

»Das wünsche ich Euch auch.« Jona wandte sich zum Gehen, doch schon nach zwei Schritten war der ältere Mann ihm gefolgt.

»Habt Ihr eine Unterkunft?«

»Ja, ich habe einen Platz zum Schlafen.«

Isaak Saadi nickte. »Ihr müßt zum Essen in mein Haus kommen.« Jona hörte die unausgesprochenen Worte: Immerhin jemand, der Zadoq de Paternina kennt. »Am Freitag, zeitig vor Sonnenuntergang.«

Bei diesen Worten hob das Mädchen den Blick von der Seide, und Jona sah, daß sie lächelte.

Er besserte seine Kleidung aus und ging zu einem Bach und wusch sie, und dann schrubbte er Gesicht und Körper mit gleicher Beflissenheit. Mana stutzte ihm Haare und Bart, während Mingo, der inzwischen wieder viel Zeit in der Pracht der Alhambra verbrachte, seine Vorbereitungen mit großer Belustigung beobachtete.

»All das, nur um mit einem Lumpenhändler zu essen«, spottete der kleine Mann. »Ich mache kein solches Aufhebens, selbst wenn ich mit königlichen Hoheiten speise!«

In einem anderen Leben hätte Jona koscheren Wein als Gastgeschenk gekauft. Am Freitag nachmittag ging er auf den Markt. Für Trauben war es bereits zu spät im Jahr, und so erstand er einige große, von süßem Saft triefende Datteln.

Vielleicht würde das Mädchen gar nicht anwesend sein. Vielleicht war sie nur eine Dienstmagd im Geschäft und nicht Tochter des Geschäftsbesitzers, sagte sich Jona, während er, Señor Saadis Wegbeschreibung folgend, zu dessen Heim ging. Es erwies sich als kleines Haus im Albaicin, dem alten arabischen Viertel, das von jenen aufgegeben worden war, die nach der Niederlage der Mauren gegen die katholischen Monarchen die Flucht ergriffen hatten. Jona wurde von Saadi, der das Gastgeschenk der Datteln mit formeller Dankbarkeit annahm, umständlich begrüßt.

Das Mädchen war da, sie *war* die Tochter des Hauses, und sie hieß Inés. Ihre Mutter wurde Suleika Denia genannt und war eine dünne, stille Frau mit furchtsamen Augen. Inés' ältere Schwester, eine dickliche Frau mit schweren Brüsten, hieß Felipa und hatte eine hübsche kleine Tochter von sechs Jahren namens Adriana. Saadi erzählte, daß Joaquín Chacon, Felipas Ehemann, unterwegs sei, um in den Häfen im Süden Seide einzukaufen.

Die vier Erwachsenen musterten ihn nervös. Nur das kleine Mädchen lächelte.

Suleika servierte den beiden Männern die Datteln, und dann beschäftigten sich die Frauen mit der Vorbereitung des Mahls.

»Euer Vater, möge er in Frieden ruhen ... Ihr sagtet, er war Silberschmied?« fragte Isaak Saadi und spuckte Dattelkerne in seine Hand.

»Ja, Señor.«

»In Toledo, sagtet Ihr?«

»Ja.«

»Und nun sucht Ihr also Anstellung? Habt Ihr denn nicht die Werkstatt übernommen, als Euer Vater starb?«

»Nein«, erwiderte Jona. Er ging nicht näher darauf ein, doch Saadi hatte keine Hemmungen weiterzufragen.

»War es vielleicht kein gutes Geschäft?«

»Mein Vater war ein wunderbarer Silberschmied und sehr gefragt. Sein Name ist in diesem Gewerbe wohlbekannt.«

»Aha.«

Kurz bevor die Dunkelheit hereinbrach, blies Suleika Denia in die glühenden Kohlen in einem Metallbehälter und hielt einen Holzspan daran, mit dem sie drei Öllampen entfachte. Dann zündete sie im angrenzenden Zimmer Kerzen an. Sabbatkerzen? Es war nicht zu sagen. Suleika Denia kehrte Jona den Rücken zu, und er hörte keinen Laut. Anfangs wußte er nicht, ob sie den Bund erneuerte oder nur für zusätzliche Beleuchtung sorgte, doch dann sah er sie beinahe unmerklich schwanken.

Die Frau betete über den Sabbatkerzen!

Saadi hatte bemerkt, daß Jona sie beobachtete. Das schmale, kantige Gesicht des Gastgebers war angespannt. Sie saßen beieinander und unterhielten sich stockend. Als der Duft gebratenen Gemüses und geschmorten Geflügels durchs Haus zog, wurde es draußen dunkel, und nur die Kerzen und Öllampen erhellten die Zimmer. Bald darauf führte Isaak Saadi Jona zu Tisch, während das Mädchen Inés Brot und Wein auftrug.

Als sie am Tisch saßen, fiel Jona auf, daß sein Gastgeber noch immer verunsichert wirkte.

»Lassen wir unseren Gast und neuen Freund das Tischgebet sprechen«, sagte Saadi und schob so geschickt Jona die Verantwortung zu.

Jona wußte, wenn Saadi ein ernsthafter Christ wäre, hätte er Jesus für das Essen gedankt, das sie gleich zu sich nehmen würden. Der sicherste Weg, den Jona auch einschlagen wollte, wäre es, einfach Gott für das Mahl zu danken. Doch als er den Mund öffnete, dachte er an die Frau, die ihre eigenen Gebete nur unvollkommen verschleiert hatte, und schlug, fast ohne es zu wollen, den anderen Weg ein. Er hob sein Weinglas und stimmte in heiserem Hebräisch den Gesang an, mit dem man den Sabbat, die Königin der Tage, begrüßt und Gott für die Frucht des Rebstocks dankt.

Während die anderen drei Erwachsenen am Tisch ihn stumm anstarrten, trank er einen Schluck Wein und gab das Brot an Saadi weiter. Der ältere Mann zögerte, doch dann riß er ein Stück vom Laib und sang den Dank für die Früchte der Erde.

Die Worte und Melodien öffneten eine Tür zu Jonas Erinnerung, und in seine Freude mischte sich Schmerz. So war es nicht Gott, den er in den Berachot anrief, sondern seine Eltern, seine Brüder, seinen Onkel, seine Tante und seine Freunde – die Verstorbenen.

Als die Gebete zu Ende gesprochen waren, schaute nur Felipa gelangweilt drein, anscheinend ärgerte sie sich über etwas, das ihre Tochter sie flüsternd gefragt hatte. Isaak Saadis wachsames Gesicht war traurig, aber entspannt, und Suleikas Augen waren feucht, während Inés, wie Jona bemerkte, ihn mit Interesse und Neugier musterte.

Saadi hatte eine Entscheidung getroffen. Er stellte eine Öllampe ins Fenster, und die drei Frauen trugen Speisen auf, von denen Jona seit langem geträumt hatte: zartes geschmortes Hühnchen und Gemüse, einen Reispudding mit Rosinen und Safran, in Wein eingelegte Granatapfelkerne. Bevor das Mahl zu Ende war, traf der erste ein, den das Licht im Fenster eingeladen hatte. Es war ein großer, gutaussehender Mann mit einem roten Mal wie eine zerdrückte Beere knapp unterhalb des Kiefers auf dem Hals.

»Das ist unser guter Nachbar, Mica Benzaquen«, sagte Saadi zu Jona. »Und dieser junge Mann ist Jona ben Helkias Toledano, ein Freund aus Toledo.«

Benzaquen hieß Jona willkommen.

Kurz darauf erschienen ein Mann und eine Frau und wurden

Jona als Fineas ben Sagan und seine Frau Sancha Portal vorgestellt, und dann kamen Abram Montelran und seine Frau Leona Patras. Anschließend noch zwei Männer, Nachman Redondo und Pedro Serrano. Immer wieder ging nun die Tür auf, bis sich neun weitere Männer und sechs Frauen in dem kleinen Haus drängten. Jona fiel auf, daß alle Arbeitskleidung trugen, denn sie wollten keine Aufmerksamkeit auf sich ziehen, indem sie sich für den jüdischen Sabbat festlich kleideten.

Er wurde von Saadi allen Anwesenden als ein Freund vorgestellt, der auf Besuch sei.

Einer der Nachbarjungen wurde als Wachposten vor die Tür geschickt, während im Haus die Leute bereits zu beten begonnen hatten, so wie es jüdischer Brauch war.

Es gab keine Tora; Mica Benzaquen stimmte die Gebete aus dem Gedächtnis an, und alle fielen, ängstlich, aber auch voller Freude, ein. Ihre Stimmen waren kaum mehr als ein Flüstern, damit der Klang der Liturgie nicht nach draußen dringen und sie verraten konnte. Sie rezitierten die achtzehn Segenssprüche und das Schema. Dann sangen sie in einer gewaltigen Abfolge von Melodien Hymnen, Gebete und die wortlosen traditionellen Gesänge, die man Niggun nennt.

Das Gefühl der Zusammengehörigkeit und das Erlebnis des gemeinsamen Betens, das für Jona früher so alltäglich gewesen und jetzt so verboten und kostbar war, hatten eine tiefgreifende Wirkung auf ihn. Viel zu schnell war es vorüber. Die Leute umarmten sich und wünschten sich gegenseitig einen friedlichen Sabbat. Dabei schlossen sie auch den Fremden ein, für den sich Isaak Saadi verbürgt hatte.

»Nächste Woche in meinem Haus«, flüsterte Mica Benzaquen Jona zu, und der nickte dankbar.

Isaak Saadi zerstörte den Zauber. Während die Leute einzeln oder in Paaren das Haus verließen, lächelte er Jona an. »Wollt Ihr uns«, fragte er, »am Sonntag morgen in die Kirche begleiten?«

»Nein, das kann ich nicht.«

»Dann vielleicht am Sonntag darauf.« Saadi sah Jona an. »Das ist wichtig. Es gibt Leute, die uns sehr aufmerksam beobachten, wenn Ihr versteht«, sagte er.

In den folgenden Tagen behielt Jona den Stand des Seidenhändlers scharf im Auge. Es schien sehr lange zu dauern, bis Isaak Saadi den Stand seiner Tochter alleine überließ.

Wie zufällig schlenderte Jona zu ihr. »Guten Tag, Señorita.«

»Guten Tag, Señor. Mein Vater ist nicht hier …«

»Ja, das sehe ich. Aber es macht nichts. Ich bin nur vorbeigekommen, um ihm noch einmal für die Gastfreundschaft Eurer Familie zu danken. Könnt Ihr ihm vielleicht meinen Dank ausrichten?«

»Ja, Señor«, sagte sie. »Wir … Ihr wart in unserem Haus sehr willkommen.« Sie errötete heftig, vielleicht weil er sie anstarrte, seit er an den Stand getreten war. Sie hatte große Augen, eine gerade Nase und einen Mund, der nicht so vollippig war wie der manch anderer, der aber deutlich ihre Gefühle verriet, nicht zuletzt in den sinnlichen Winkeln. Im Haus ihres Vaters hatte er sich nicht getraut, sie zu lange anzusehen, denn ihre Familie hätte daran Anstoß nehmen können. Damals im Lampenlicht waren ihm ihre Augen grau erschienen. Jetzt bei Tageslicht war ihm, als wären sie doch blau, vielleicht lag es aber auch am Schatten, den der Stand warf.

»Vielen Dank, Señorita.«

»Gern geschehen, Señor Toledano.«

Am nächsten Freitag nahm Jona wieder an der Sabbatfeier der kleinen Gruppe Konvertiten teil, die diesmal im Hause von Mica Benzaquen stattfand. Immer wieder warf er verstohlene Blicke zu Inés Denia hinüber, die bei den Frauen saß. Sogar im Sitzen hatte sie eine ausgezeichnete Haltung. Und ein so interessantes Gesicht.

In der folgenden Woche ging er immer wieder auf den Markt

und beobachtete sie aus der Ferne, aber er wußte, daß sein Herumlungern ein Ende haben mußte. Einige der Händler warfen ihm schon böse Blicke zu, vielleicht verdächtigten sie ihn, einen Diebstahl zu planen.

Tags darauf ging er nicht mehr am Morgen, sondern am späten Nachmittag auf den Markt, und zu seinem Glück kam er gerade zu dem Zeitpunkt an, als Felipa ihre Schwester im Seidenstand ablöste. Inés schlenderte mit ihrer kleinen Nichte Adriana über den Platz, um Essen einzukaufen, und Jona lenkte seine Schritte so, daß er ihnen über den Weg lief.

»*Hola,* Señorita!«

»*Hola,* Señor.« Der sinnliche Mund zeigte ein warmes Lächeln. Sie wechselten ein paar Worte, und dann trödelte er herum, während sie Linsen, Reis, Rosinen, Datteln und einen Granatapfel kaufte. Anschließend begleitete er sie zu einem anderen Gemüsehändler, wo sie zwei Weißkohlköpfe erstand.

Nun war ihre Tasche schwer. »Wenn Ihr gestattet.«

»Nein, nein ...«

»Aber natürlich«, beharrte er fröhlich.

Er trug ihr die gefüllte Einkaufstasche nach Hause. Unterwegs unterhielten sie sich, aber danach wußte er nicht mehr, worüber sie gesprochen hatten. Er hatte ein großes Verlangen nach ihrer Gesellschaft.

Jetzt, da er wußte, zu welcher Zeit er auf den Markt gehen mußte, war es einfacher, Begegnungen mit ihr zu arrangieren. Zwei Tage später traf er sie wieder auf dem Marktplatz, als sie gerade mit dem Kind spazierenging.

Bald traf er sich regelmäßig mit Inés und dem kleinen Mädchen.

»Guten Nachmittag«, sagte er feierlich, sooft er sie sah, und sie erwiderte mit ähnlicher Feierlichkeit:

»Guten Nachmittag, Señor.«

Schon nach ein paar Begegnungen erkannte Adriana, das kleine Mädchen, ihn wieder. Von da an rief sie immer Jonas Namen und kam zu ihm gelaufen.

Er hatte durchaus den Eindruck, daß Inés sich für ihn interessierte. Er war erstaunt über die Klugheit in ihrem Gesicht, gerührt von ihrem scheuen Liebreiz, gequält von Gedanken an den jungen Körper unter ihrer züchtigen Kleidung. Eines Nachmittags gingen sie zur *plaza mayor*, wo ein Pfeifer an einer sonnenbeschienenen Wand saß und spielte.

Jona wiegte sich zur Musik und fing an, sich zu bewegen, wie er die Roma tanzen gesehen hatte. Plötzlich konnte er mit seinen Schultern, Hüften und Füßen Dinge ausdrücken, wie die Zigeuner es taten. Dinge, die er noch nie zuvor ausgedrückt hatte. Erstaunt sah sie ihm mit einem halben Lächeln zu, doch als er die Hand nach ihr ausstreckte, weigerte sie sich. Trotzdem stellte er sich vor, wenn ihre junge Nichte nicht dabei wäre… Wenn sie nicht auf einem öffentlichen Platz, sondern an einem verschwiegeneren Ort wären… Wenn…

Er hob das kleine Mädchen auf, und Adriana kreischte, als er mit ihr im Kreis herumwirbelte.

Danach setzten sie sich in die Nähe des Musikanten und unterhielten sich, während Adriana mit einem kleinen, glatten roten Stein spielte. Inés erzählte ihm, daß sie in Madrid geboren sei, wo ihre Eltern vor fünf Jahren zum Christentum übergetreten seien.

In Toledo war sie noch nie gewesen. Als er ihr sagte, daß seine Lieben alle tot oder aus Spanien geflohen seien, traten ihr Tränen in die Augen, und sie legte ihm die Hand auf den Arm. Es war das einzige Mal, daß sie ihn berührte. Er saß bewegungslos da, aber sie zog ihre Hand sehr schnell wieder weg.

Am nächsten Nachmittag ging Jona wieder auf den Markt, wie es ihm zur Gewohnheit geworden war. Er schlenderte zwischen den Ständen herum und wartete darauf, daß Felipa Inés im Seidenstand ablöste. Doch als er beim Stand des Geflügelhändlers vorbeikam, sah er, daß Suleika Denia dort war und sich mit dem Verkäufer unterhielt. Der Geflügelhändler bemerkte Jona und sagte etwas zu Suleika. Inés' Mutter drehte sich um und sah Jona streng an, als wären sie sich nie begegnet. Sie stellte dem Geflügelhändler eine Frage, und als sie seine Antwort gehört hatte, drehte sie sich wieder um und ging direkt zum Seidenstand ihres Gatten Isaak Saadi.

Gleich darauf kehrte sie zurück. Nun war ihre Tochter bei ihr, und Jona kam zu Bewußtsein, was er bis jetzt verdrängt hatte, indem er nur auf ihre stolze Körperhaltung, das Geheimnis ihrer großen Augen oder den Liebreiz ihres sinnlichen Mundes geachtet hatte.

Sie war sehr schön.

Jona sah, wie sie schnell davongingen, wobei die Mutter ihre Tochter am Arm hielt wie ein *alguacil*, der einen Gefangenen in die Zelle führt.

Er bezweifelte, daß Inés ihrer Familie von ihren Begegnungen erzählt hatte. Sooft er sie nach Hause begleitet hatte, hatte sie sich die Einkaufstasche zurückgeben lassen, bevor das Haus in Sicht kam, und sie hatten sich getrennt. Vielleicht hatte einer der Händler auf dem Markt etwas zu ihrer Mutter gesagt. Oder eine unschuldige Bemerkung des kleinen Mädchens hatte Suleikas Zorn über sie gebracht.

Gewiß hatte er Inés nicht entehrt. So schlimm konnte es für ihre Mutter doch nicht sein, sagte er sich, zu erfahren, daß sie miteinander spazierengegangen waren.

Doch als er an den nächsten beiden Tagen wieder auf den Markt kam, war Inés nicht am Seidenstand. Felipa arbeitete an ihrer Stelle.

In dieser Nacht fand er keinen Schlaf vor brennendem Verlangen, denn er malte sich aus, wie es wäre, bei einer geliebten Frau zu liegen. Wie es wäre, Inés zum Eheweib zu haben und die Körper zu vereinigen gemäß dem Gebot, fruchtbar zu sein und sich zu vermehren. Wie fremdartig und gleichzeitig schön das wäre.

Er nahm seinen ganzen Mut zusammen und beschloß, mit ihrem Vater zu reden.

Doch als er auf den Markt ging, um seinen Entschluß in die Tat umzusetzen, erwartete ihn bereits Mica Benzaquen, der Nachbar von Isaak Saadis Familie.

Auf den Vorschlag des älteren Mannes hin spazierten sie zur *plaza mayor.*

»Jona Toledano, mein Freund Isaak Saadi glaubt, daß seine jüngere Tochter Eure Aufmerksamkeit geweckt hat«, sagte Benzaquen taktvoll.

»Inés. Ja, das stimmt.«

»Ja, Inés. Ein Juwel von unschätzbarem Wert, nicht?«

Jona nickte und wartete.

»Züchtig und geschickt im Geschäft wie zu Hause. Ihrem Vater ist es eine Ehre, daß der Sohn von Helkias, dem Silberschmied von Toledo, möge er in Frieden ruhen, Isaaks Familie mit seiner Freundschaft beschenkt. Aber Señor Saadi hat einige Fragen. Seid Ihr einverstanden?«

»Natürlich.«

»Zum Beispiel: Familie?«

»Ich stamme ab von Rabbis und Schriftgelehrten sowohl auf meiner Mutter Seite wie auch der meines Vaters. Mein Großvater mütterlicherseits ...«

»Natürlich, natürlich. Vorfahren von hohem Ansehen. Aber *lebende* Verwandte, vielleicht mit einem Gewerbe, in das der junge Mann eintreten könnte?«

»Ich habe einen Onkel. Er hat während der Vertreibung Spanien verlassen. Ich weiß nicht, wo ...«

»Oh, das ist bedauerlich.«

Aber der junge Mann, bemerkte Benzaquen, habe doch Señor Saadi gegenüber gewisse Fertigkeiten erwähnt, die ihm sein Vater, der Silberschmied, beigebracht habe. »Seid Ihr dann ein Silberschmiedmeister?«

»Als mein Vater starb, stand ich kurz davor, ein fahrender Geselle zu werden.«

»Oh... dann wart Ihr also noch in der Ausbildung. Bedauerlich, bedauerlich...«

»Ich lerne schnell. Ich könnte das Seidengewerbe erlernen.«

»Das glaube ich sehr gerne. Aber Isaak Saadi hat bereits einen Schwiegersohn im Seidengeschäft«, erwiderte Benzaquen dünn.

Jona wußte, daß er noch vor wenigen Jahren eine äußerst gute Partie für die Familie Saadi gewesen wäre. Jeder wäre begeistert gewesen, vor allem Isaak Saadi; jetzt aber war es so, daß er als Bräutigam nicht in Frage kam. Und dabei wußten sie noch gar nicht, daß er ein ungetaufter Flüchtling war.

Benzaquen starrte seine gebrochene Nase an. »Warum geht Ihr nicht zur Kirche?«

»Ich war... beschäftigt.«

Benzaquen zuckte die Achseln. Er warf nur einen flüchtigen Blick auf die fadenscheinige Kleidung des jungen Mannes und machte sich nicht mehr die Mühe, ihn nach seinem Vermögen zu fragen.

»In Zukunft müßt Ihr, wenn Ihr mit einer unverheirateten jungen Frau spazierengeht, ihr gestatten, ihre Einkaufstasche selbst zu tragen«, sagte er streng. »Ansonsten könnten Bewerber, die... annehmbarer sind, glauben, die Frau sei zu schwach, um die anstrengenden Pflichten eines Eheweibs zu erfüllen.«

Er wünschte leise einen guten Tag.

4. KAPITEL

WAS MINGO ERFUHR

Mingo verbrachte inzwischen einen Großteil seiner Zeit in der Alhambra und kehrte nur für ein oder zwei Nächte pro Woche auf den Sacromonte zurück. Eines Abends überbrachte er Jona beunruhigende Nachrichten.

»Da die Monarchen in Kürze für einen längeren Aufenthalt in die Alhambra kommen, hat die Inquisition vor, alle *marranos* und *moriscos* in der Umgebung der Festung eingehend zu prüfen, damit auch nicht der geringste Hinweis auf abtrünnige Christen die königlichen Augen beleidige.«

Jona hörte schweigend zu.

»Sie suchen nach Häretikern, bis sie genügend von ihnen aufgetrieben haben. Bestimmt wird es ein Autodafé geben, damit sie ihren Eifer und ihre Tüchtigkeit beweisen können, vielleicht sogar mehr als eins, und Angehörige des Hofes, wenn nicht gar gekrönte Häupter, werden anwesend sein. Was ich dir damit sagen will, mein lieber Freund Jona«, sagte er sanft, »ist, daß es weise wäre, wenn du bald woandershin gehst, an einen Ort, an dem nicht jedes Vaterunser deines Lebens einer strengen Prüfung unterzogen wird.«

Jona hatte das Gefühl, daß der Anstand ihm gebot, diejenigen zu warnen, mit denen er erst kürzlich gebetet hatte. Vielleicht hegte er tief drinnen auch die wilde Hoffnung, daß Isaak Saadis Familie ihn als ihren Retter betrachten und ihm mit mehr Wohlwollen begegnen würde.

Doch als er das kleine Haus im Albaicin erreichte, war es leer.

Leer waren auch das Nachbarhaus, in dem die Familie Benzaquen gewohnt hatte, und die Häuser der anderen Neuen Christen. Die Konvertitenfamilien hatten offenbar ebenfalls von dem bevorstehenden Besuch von Ferdinand und Isabella erfahren und begriffen, welche Gefahr ihnen drohte. Alle waren geflohen.

Allein vor den verlassenen Häusern, kauerte Jona sich in den Schatten einer Platane und zeichnete vier Punkte in den Staub. Der eine stellte die Alten Christen Spaniens dar, der zweite die Mauren, der dritte die Neuen Christen.

Und der vierte Punkt stellte Jona ben Helkias Toledano dar.

Er wußte, daß er kein Jude mehr war, wie sein Vater einer gewesen war und alle Generationen seiner Familie zuvor. In seinem Herzen sehnte er sich danach, ein solcher Mensch zu sein, aber er war bereits ein anderer geworden.

Seine wahre Religion bestand nun darin, ein Jude zu sein, der überlebte. Er hatte sich einem Leben verschrieben, in dem er, allein und von allen anderen verschieden, mit sich selbst eine Gruppe bildete.

Wenige Schritte von dem Haus entfernt fand er den kleinen roten Stein, mit dem Adriana gespielt hatte. Er hob ihn auf und steckte ihn in seine Börse als ein Erinnerungsstück an die Tante der Kleinen, der von nun an all seine Träume gelten sollten.

Mingo kehrte eilends aus der Alhambra zu den Höhlen zurück, um zu berichten, was er Neues erfahren hatte.

»Ab sofort wird gegen die Neuen Christen vorgegangen. Du mußt noch heute von hier weg, Jona.«

»Was ist mit den Roma?« fragte ihn Jona. »Sind sie vor Schaden sicher?«

»Meine Leute sind Pferdepfleger und Gärtner. Wir haben

unter uns niemanden, der so ehrgeizig ist wie die maurischen Architekten und Baumeister oder die jüdischen Geldverleiher und Ärzte. Die *gadje* haben keinen Grund, auf uns neidisch zu sein. Die meisten von ihnen sehen uns kaum. Wenn die Inquisition sich mit uns befaßt, sieht sie nur *peones*, die gute Christen sind.«

Mingo machte noch einen anderen Vorschlag, der Jona Kummer bereitete. »Du solltest deinen Esel hierlassen. Das Tier hat nicht mehr lange zu leben, und wenn du ihn unterwegs scharf reitest, würde er bald krank werden und sterben.«

Im Herzen wußte Jona, daß er recht hatte.

»Ich schenke dir den Esel«, sagte er schließlich, und Mingo nickte.

Mit einem Apfel ging Jona hinunter auf die Weide, gab ihn Mose und kraulte den Esel zärtlich zwischen den Ohren. Der Abschied fiel ihm schwer.

Und noch einen letzten Dienst erwies ihm der kleine Mann. Er sorgte dafür, daß Jona mit zwei Männern der Roma reiten konnte – den Manigo-Brüdern, Ramón und Macot –, die Pferde an Händler in Baena, Jaén und Andújar ausliefern sollten. »Macot Manigo will ein Paket nach Tanger schicken, und zwar mit einem Schiff, das in Andújar auf ihn wartet. Es gehört maurischen Schmugglern, mit denen wir seit Jahren Handel treiben. Er wird versuchen, dir einen Platz auf dem Schiff zu verschaffen, das dich den Guadalquivir hinunterbringen wird.«

Für den Abschied blieb nur wenig Zeit. Mana wickelte ihm Brot und Käse in ein Tuch. Von Mingo erhielt er zwei hübsche Abschiedsgeschenke, einen Dolch aus ziseliertem maurischem Stahl, der nicht stumpf wurde, und die Gitarre, die Jona gespielt und bewundert hatte.

»Mingo«, sagte er, »du mußt aufpassen, daß du die katholischen Monarchen nicht zu sehr reizt.«

»Und du mußt dir keine Sorgen um mich machen. Ich wünsche dir ein gutes Leben, mein Freund.« Jona fiel auf die Knie und umarmte Mingo, den Häuptling der Roma, ein letztes Mal.

Die Pferdehändler waren gutmütige Männer mit dunkler Haut und einer solchen Geschicklichkeit im Umgang mit Tieren, daß sie sich nichts dabei dachten, eine Herde mit zwanzig Pferden zu treiben. Er hatte sich mit ihnen bereits in seiner Zeit auf dem Sacromonte angefreundet, und jetzt erwiesen sie sich als angenehme Reisegefährten. Macot war ein guter Koch, und sie hatten genügend Wein dabei. Ramón besaß eine Laute, und jeden Abend spielten er und Jona, um sich und Macot die Sattelmüdigkeit mit Musik zu vertreiben.

In den langen Stunden des Reitens dachte Jona viel über jene zwei Männer nach, die die Natur beide so merkwürdig geformt hatte und die dabei doch so verschieden waren wie Tag und Nacht – Mingo und Bonestruca. Und immer wieder erfüllte es ihn mit Verwunderung, daß der große bucklige Mönch so haßerfüllt und hassenswert geworden war, während der Zigeunerzwerg Mingo soviel Güte in seinem kleinen Körper versammelte.

Jonas eigener großer Körper war wund vom zu langen Reiten, und seine Seele schmerzte vor Verlassenheit, denn nachdem er bei den Roma soviel Wärme und Herzlichkeit erlebt hatte, fiel es ihm sehr schwer, wieder zum einsamen Wanderer zu werden. Und auch an Inés Saadi Denia dachte er oft, obwohl er wußte, er würde es hinnehmen müssen, daß ihre Lebenswege von nun an in ganz verschiedene Richtungen führten.

Doch es gab noch einen anderen Verlust, über den er sich ein wenig länger nachzugrübeln gestattete. Mehr als drei Jahre war ein Lasttier sein einziger und ständiger Gefährte gewesen, ein williger und anspruchsloser Freund. Es würde lange dauern, bis er die Trauer über den Verlust des Esels, den er Mose nannte, überwunden hatte.

TEIL V

DER WAFFENSCHMIED VON GIBRALTAR

ANDALUSIEN

12. APRIL 1496

1. KAPITEL

EIN GEWÖHNLICHER SEEMANN

Die Pferdehändler blieben zu lange in Baena, weil der Zigeuner, dem sie dort fünf Pferde übergaben, für sie ein Fest veranstaltete, und auch in Jaén, wo sie noch einmal ein halbes Dutzend Tiere ablieferten. Als auch die restlichen neun Tiere bei ihrem Käufer, einem Händler in Andújar, angelangt waren, hatten Jona und die Brüder schon fast einen ganzen Tag verloren. Nun endlich ritten sie zum Hafen und hätten eigentlich erwartet, daß das Schiff aus Afrika bereits an- und wieder abgelegt hatte, doch es lag tatsächlich noch am Pier vertäut. Macot wurde von dem Kapitän, einem Berber im Burnus mit einem langen, buschigen grauen Bart, herzlich begrüßt. Er übernahm Macots Paket und erklärte, daß auch sein Schiff Verspätung habe. Aus Tanger hatte er eine Ladung Hanf mitgebracht, die er auf der Fahrt den Fluß hoch verkauft hatte, und er würde nach Tanger zurückkehren, nachdem er in Córdoba, Sevilla, den kleinen Häfen am Golf von Cádiz und in Gibraltar Ladung an Bord genommen hatte.

Macot sprach ernst mit dem Seemann und deutete dabei auf Jona, und der Kapitän nickte ohne Begeisterung, nachdem er ihm eine Weile zugehört hatte.

»Es ist abgemacht«, sagte Macot zu Jona. Die Brüder umarmten ihn. »Geh mit Gott«, sagte Macot.

»Mögt auch ihr mit Gott gehen«, erwiderte Jona. Als sie, mit seinem Pferd an der Leine, davonritten, sah er ihnen wehmütig nach und wünschte sich, er könnte mit ihnen nach Granada zurückkehren.

Der Kapitän machte ihm sofort klar, daß er als Handlanger und nicht als Gast reisen würde, und Jona mußte sich in die Mannschaft einreihen, die gerade für Afrika bestimmtes Olivenöl einlud.

An diesem Abend, während der arabische Kapitän seinen flachen Kahn auf der starken Strömung des oberen Guadalquivir flußabwärts treiben ließ, saß Jona, mit dem Rücken an ein großes Ölfaß gelehnt, an Deck. Während die dunklen Ufer an ihnen vorbeizogen, spielte er leise auf seiner Gitarre und versuchte nicht daran zu denken, daß er keine Ahnung hatte, wohin sein Leben ihn führte.

Auf dem afrikanischen Schiff war er der Niedrigste der Niedrigen, denn er mußte alles über das Leben an Bord lernen, vom Setzen und Einholen des einzigen dreieckigen Segels bis zur sichersten Art, die Last in dem offenen Fahrzeug zu verstauen, damit sich im Falle eines Sturms keine Kiste oder Tonne losriß und das Schiff beschädigte oder sogar zum Kentern brachte.

Der Kapitän, Mahmouda mit Namen, war ein roher Kerl, der mit den Fäusten zuschlug, wenn ihm etwas nicht paßte. Die Mannschaft – zwei Schwarze, Jesus und Álvaro, und zwei Araber, Yephet und Darb, die sich beim Kochen abwechselten – schlief unter den Sternen oder im Regen, wo immer sie gerade ein Plätzchen fand. Alle vier waren aus Tanger, muskulöse *peones,* mit denen Jona gut auskam, weil sie jung und lebhaft waren. Wenn er nachts die Gitarre spielte, sangen manchmal diejenigen, die keine Wache hatten, mit ihm, bis Mahmouda sie anschrie, sie sollten endlich ihre Klappe halten und sich schlafen legen.

Die Arbeit war nicht sonderlich schwer, außer wenn sie einen Hafen erreichten. In den dunklen ersten Stunden des dritten

Tages, den Jona an Bord verbrachte, legte das Schiff in Córdoba an, um noch mehr Ladung aufzunehmen. Jona arbeitete mit Álvaro zusammen, und jeder faßte ein Ende der großen und schweren Kisten. Sie schufteten im Licht von Pechfackeln, die einen fürchterlichen Gestank verströmten. Am anderen Ende des Piers wurde eben eine Gruppe niedergeschlagen dreinblickender Gefangener in Ketten an Bord eines Schiffes verfrachtet.

Álvaro grinste einen der bewaffneten Bewacher an. »Ihr habt aber viele Gefangene«, sagte er.

Der Mann spuckte aus. »Konvertiten.«

Jona beobachtete die Gefangenen, während er weiterarbeitete. Sie wirkten benommen. Einige hatten bereits schwärende Wunden, die jede ihrer Bewegungen schmerzhaft machten, so daß sie ihre Fußketten hinter sich herschleiften, als wären sie alte Männer, denen jeder Schritt weh tat.

Der Großteil der Schiffsfracht bestand aus Seilen und Tauwerk, Messern und Dolchen sowie Öl, das nach einer durch Dürre bedingten schwachen Olivenernte knapp war. In den acht Tagen, die sie bis zur langen, breiten Mündung des Guadalquivir brauchten, war der Kapitän bestrebt gewesen, noch mehr Öl zu kaufen, denn die Händler in Tanger warteten sehnlichst darauf. Doch in Jerez de la Frontera, wo er sich eine große Ladung des erstklassigen Olivenöls der Gegend erhofft hatte, erwartete ihn nur ein kleinlauter Vertreter des Händlers.

»Kein Öl? Verdammt!«

»In drei Tagen. Es tut mir sehr leid. Aber bitte wartet. In drei Tagen kriegt Ihr alles, was Ihr kaufen wollt.«

»Verdammt!«

Während sie warteten, ließ Mahmouda die Mannschaft kleinere Arbeiten an Bord erledigen. Schlecht gelaunt, wie er war, schlug er Álvaro, weil der sich für seinen Geschmack nicht schnell genug bewegte.

Die Gefangenen, die Jona in Córdoba gesehen hatte, hatte

man offenbar nach Jerez de la Frontera gebracht – wie so viele ehemalige Juden und ehemalige Moslems, die man in einem halben Dutzend Städten am Fluß verhaftet hatte, weil sie sich angeblich von Christus wieder losgesagt hatten. Ein großer Trupp Soldaten war in der Stadt. Die rote Flagge, die eine bevorstehende Hinrichtung ankündigte, wehte, und die Menschen strömten nach Jerez de la Frontera, um einem großen Autodafé beizuwohnen.

Am zweiten Tag der Wartezeit riß dem ewig schlechtgelaunten Mahmouda der Geduldsfaden, als Yephet, der eben die Fracht umschichtete, um für das erwartete Öl Platz zu schaffen, ein Faß umstieß. Es floß nichts aus, und das Faß war schnell wieder aufgerichtet, aber Mahmoudas Zorn war durch nichts zu bändigen.

»Hundsfott!« schrie er. »Dreckskerl! Abschaum der Erde!« Er schlug Yephet mit den Fäusten zu Boden, nahm dann ein Stück Tau in die Hand und prügelte auf ihn ein.

Jona spürte eine rasende Wut in sich aufsteigen. Er sprang vor, aber Álvaro packte ihn und hielt ihn fest, bis das Prügeln vorüber war.

An diesem Abend verließ der Kapitän das Schiff, um sich im Hafen ein Bordell zu suchen, das ihm Wein und Weiber bot.

Die Mannschaft rieb Yephets zerschundenen Körper mit ein wenig von ihrem kostbaren Öl ein.

»Ich glaube nicht, daß du von Mahmouda etwas zu befürchten hast«, sagte Álvaro zu Jona. »Er weiß, daß du unter dem Schutz der Roma stehst.«

Jona dagegen war davon überzeugt, daß Mahmouda in seiner blinden Wut für Vernunft nicht zugänglich war, und sich selber traute er nicht zu, einer weiteren Prügelei untätig zuzusehen. Bald nach Einbruch der Nacht packte er seine Habseligkeiten zusammen, kletterte geräuschlos an Land und ging in die Dunkelheit davon.

Fünf Tage wanderte er ohne Eile durch andalusisches Land, denn er hatte kein Ziel. Die Straße folgte der Küste, und er genoß den Anblick des Meeres. Manchmal führte der Weg ein Stück ins Landesinnere, aber schon nach einer kurzen Strecke konnte Jona wieder blaues Wasser sehen. In mehreren kleinen Dörfern sah er Fischerboote. Einige waren von Sonne und Salz silbriger gebleicht als andere, aber alle waren sie gut in Schuß gehalten von Männern, die ihren Lebensunterhalt mit ihnen verdienten. Überall sah Jona Männer, die ihren einfachen Tätigkeiten nachgingen, die Netze flickten oder einen Bootsrumpf kalfaterten und pichten, und manchmal versuchte er, mit ihnen zu reden, doch sie hatten wenig zu sagen, wenn er sie nach Arbeit fragte. Vermutlich waren die Mannschaften der Fischerboote miteinander verwandt oder durch jahrelange Familienfreundschaften verbunden, und das war der Grund, warum es für Fremde keine Arbeit gab.

In der Stadt Cádiz wendete sich sein Glück. Er war gerade im Hafen, als einem der Männer, die eben ein Schiff entluden, ein Mißgeschick passierte. Er machte einen Fehltritt, da er wegen der Größe des Stoffballens, den er trug, nichts sehen konnte, stolperte und fiel von der Laufplanke. Der Stoffballen landete im weichen Sand, doch der Mann schlug sich den Kopf an einem eisernen Poller an.

Jona wartete, bis der verletzte Matrose zu einem Arzt geschafft worden war und die Schaulustigen sich wieder zerstreut hatten, dann ging er zu dem Schiffsmaat, einem grauhaarigen Seemann in mittleren Jahren mit einem harten, narbigen Gesicht und einem Tuch auf dem Kopf.

»Ich bin Ramón Callicó und könnte Euch mit der Fracht helfen«, sagte er, und als der Maat den großen, muskulösen Körper des jungen Mannes sah, schickte er ihn mit einem Nicken an Bord, wo andere ihm sagten, was er aufheben und wo er es abstellen sollte. Er trug Fracht in den Laderaum, wo zwei Männer, Joan und César, wegen der Hitze fast nackt arbeiteten. Meistens verstand Jona ihre Befehle, doch manchmal mußte er sie bitten, ihre Worte zu wiederholen, die zwar spanisch klangen, es aber nicht waren.

»Hörst du schlecht?« fragte César verärgert.

»Was für eine Sprache sprecht ihr denn?« fragte Jona, und César grinste.

»Das ist Katalanisch. Wir sind alle Katalanen. Jeder auf diesem Schiff.« Aber danach sprachen sie mit Jona kastilisches Spanisch, was für ihn eine große Erleichterung war.

Noch vor Abschluß des Beladens brachte ein Laufbursche des Arztes die Nachricht, daß der gestürzte Matrose schwer verletzt sei und für eine längere Pflege in Cádiz bleiben müsse.

Der Kapitän war an Deck erschienen. Er war jünger als der Maat, ein Mann mit sehr aufrechter Haltung, dessen Haare und kurzer Bart noch keine Spur von Grau zeigten. Der Maat eilte zu ihm, und Jona, der in der Nähe arbeitete, hörte ihre Unterhaltung.

»Josep muß zur Behandlung hierbleiben«, sagte der Maat.

»Hmmm.« Der Kapitän runzelte die Stirn. »Ich fahre nicht gerne mit unvollständiger Mannschaft.«

»Verstehe. Der da, der ihn beim Beladen ersetzt hat... Er scheint mit Freude zu arbeiten.«

Jona sah, daß der Kapitän ihn musterte. »Nun gut. Sprecht mit ihm.«

Der Maat kam zu Jona. »Seid Ihr ein erfahrener Seemann, Ramón Callicó?«

Jona wollte nicht lügen, aber er hatte fast kein Geld mehr und brauchte Essen und Obdach. »Ich habe Erfahrung auf einem Flußkahn«, sagte er, was in gewisser Weise der Wahrheit entsprach. Doch gleichzeitig war es eine Lüge, weil er nicht erwähnte, daß er nur so kurz auf dem Kahn gedient hatte. Wie auch immer, er wurde eingestellt und sofort zu den anderen geschickt, um an Leinen zu ziehen, die drei kleine dreieckige Segel entfalteten. Als das Schiff weit genug vom Ufer entfernt war, hißten die Matrosen das Großsegel, das sich mit einem lauten Knallen öffnete, im Wind blähte und sie aufs offene Meer hinaustrug.

Die Mannschaft bestand aus sieben Männern – und nach wenigen Tagen kannte er sie alle: Jaume, der Schiffszimmermann; Carles, der Taue reparieren konnte und beständig mit den Leinen beschäftigt war; Antoni, der Smutje, dem der kleine Finger der linken Hand fehlte; und María, César und Joan, die, wie Jona, taten, was immer man ihnen befahl. Der Zahlmeister war ein kleiner Mann, der es irgendwie schaffte, ein blasses Gesicht zu behalten, während alle anderen sonnenverbrannt waren. Er wurde von allen nur Señor Mezquida genannt, seinen Vornamen erfuhr Jona nie. Der Kapitän hieß Pau Roure. Man sah ihn nur selten, denn er brachte viel Zeit in seiner Kabine zu. Wenn er an Deck kam, sagte er nie ein Wort zur Mannschaft, sondern ließ ihr seine Befehle vom Maat übermitteln, der Gaspar Guells hieß. Manchmal schrie Guells seine Befehle, aber niemand an Bord wurde geschlagen.

Das Schiff trug den Namen *La Leona*, die Löwin. Es hatte zwei Masten und sechs Segel, die Jona bald auseinanderzuhalten lernte: ein mächtiges, rechteckiges Großsegel, ein etwas kleineres Besansegel und zwei dreieckige Toppsegel über den beiden sowie zwei kleine Klüver, die sich über den Bugspriet spannten, eine geschnitzte Figur mit einem lohfarbenen Löwenkörper und dem Alabastergesicht einer Frau. Der Großmast war höher als der Besanmast, so hoch, daß Jona von dem Augenblick an, da das Schiff unter einer steifen Brise in Fahrt kam, Angst hatte, irgendwann einmal dort hinaufgeschickt zu werden.

In der ersten Nacht, als es für ihn eigentlich Zeit war, seine vier Stunden zu schlafen, ging er statt dessen zur Strickleiter und kletterte hoch, bis er sich auf halber Höhe des Hauptmastes befand. Das tief unter ihm liegende Deck war schwarz bis auf das trübe

Licht der Positionslampen. Um das Schiff erstreckte sich die grenzenlose See, dunkel wie *vino tinto*. Da er sich nicht überwinden konnte, noch höher zu steigen, kletterte er wieder hinab.

Man sagte ihm, daß das Schiff klein sei für ein Salzwasserfahrzeug, ihm aber kam es im Vergleich zu dem Flußkahn riesig vor. In dem feuchten Laderaum gab es eine winzige Kabine mit sechs Kojen für Passagiere und eine noch kleinere Kabine, die sich die drei Offiziere teilten. Die Mannschaft schlief an Deck, wann immer sie Zeit dazu fand. Jona hatte sich ein Plätzchen hinter dem Rudersteven ausgesucht. Wenn er dort lag, konnte er hören, wie das Wasser über den geschwungenen Rumpf rauschte, und wenn der Kurs geändert wurde, spürte er das Beben des Ruders, das sich unter ihm bewegte.

Das offene Meer war mit dem Fluß nicht zu vergleichen. Jona genoß die frische Luft, die ihm ins Gesicht blies, und ihren feuchten Salzgeruch, doch meistens bereiteten ihm die Schlingerbewegungen des fahrenden Schiffes Übelkeit. Manchmal würgte und spie er, sehr zur Belustigung aller, die ihm dabei zusahen. Jeder auf dem Schiff war mehr als zehn Jahre älter als er, und alle sprachen katalanisch. Wenn sie daran dachten, sprachen sie mit Jona spanisch, aber sie dachten nur selten daran und sprachen nicht oft mit ihm. Von Anfang an wußte er, daß es für ihn eine einsame Schiffsreise sein würde.

Jonas Unerfahrenheit wurde Offizieren und Mannschaft sofort offenkundig. Die meiste Zeit beschäftigte ihn der Maat mit niederen Tätigkeiten, als nautischen *peón*. An seinem vierten Tag an Bord kam ein Sturm auf, und das Schiff wurde hin und her geworfen. Jona stolperte zur Leeseite, um sich zu erbrechen, doch der Maat befahl ihn in die Takelage, und während er auf der Strickleiter nach oben kletterte, vertrieb die Angst seine Übelkeit. Er stieg viel höher als bei seinem ersten Versuch, über das Großsegel hinaus. Die Leinen, die das dreieckige Toppsegel straffen, waren bereits gelöst, aber menschliche Hände mußten das Segel herunterziehen und an der Spiere befestigen. Um das zu tun, mußten die Männer sich an der Spiere festhalten und von der Strickleiter auf ein schmales Tau treten. Ein Matrose balancierte bereits auf dem Tau entlang, als Jona die Spiere erreichte. Einen Moment lang zögerte er, doch als die zwei Männer unter ihm auf der Leiter zu fluchen anfingen, klammerte er sich an der Spiere fest, trat auf das schwankende Tau und schob seine Füße über den unsicheren Halt. Die vier Männer hielten sich mit einer Hand an der Spiere fest und zerrten mit der anderen am Segel, während die Masten zitterten und schwankten. Das Schiff legte sich von einer Seite auf die andere, und wenn im Stampfen der Bug wegtauchte, sahen die Männer in der Höhe tief unter sich den weißen Schaum des wütenden Meeres.

Schließlich war das Segel vertäut, und Jona tastete sich zur Strickleiter zurück und kletterte zitternd wieder auf das Deck hinunter. Er konnte nicht glauben, was er getan hatte. Einige Minuten achtete niemand auf ihn, dann schickte ihn der Maat unter Deck, um die Vertäuung der Fracht im ächzenden Laderaum zu überprüfen.

Manchmal schwammen geschmeidige, dunkle Delphine neben dem Schiff her, und einmal sah Jona einen Fisch, der so groß war, daß sein Anblick ihn mit Entsetzen erfüllte. Er war ein guter Schwimmer, schließlich war er an einem Fluß aufgewachsen, aber die Strecke, die er schwimmen konnte, war begrenzt. Kein Land war in Sicht, nur Meer in jeder Richtung. Und auch wenn er an Land schwimmen könnte, wäre er eine verlockende Beute für die Ungeheuer, davon war er überzeugt. Er dachte an die Geschichte seines biblischen Namensvetters und stellte sich vor, wie der Leviathan aus der unergründlichen Tiefe in die Höhe schoß, angelockt von den sonnenbeschienenen Bewegungen von Jonas Armen und Beinen an der Wasseroberfläche, so wie eine Forelle von den Zuckungen eines lebendigen Köders am Haken angelockt wird. Mit einem Mal fühlte sich das Deck unter seinen Füßen dünn und wenig beständig an.

Noch viermal wurde er in die Takelage geschickt, doch er konnte sich nie so recht damit anfreunden, und er wurde auch kein richtiger Seemann, der verschiedene Grade der Übelkeit tapfer ertrug, ohne sich etwas anmerken zu lassen. Indes segelte das Schiff an der Küste entlang und lief die Häfen von Málaga, Cartagena, Alicante, Denia, Valencia und Tarragona an, um Fracht zu löschen und neue Waren und Passagiere an Bord zu nehmen. Siebzehn Tage nachdem sie Cádiz verlassen hatten, trafen sie in Barcelona ein, von wo sie in südöstlicher Richtung nach Menorca weitersegelten.

Menorca, das weit draußen auf See lag, erwies sich als eine Insel mit zerklüfteter Küste, die von Fischern und Bauern bevölkert wurde. Jona gefiel die Vorstellung, an so einem klippengesäumten Ort zu leben. Und ihm kam der Gedanke, daß die Insel vielleicht abgelegen genug war, um ihm Zuflucht vor wachsamen Augen zu bieten. Doch in dem menorcinischen Hafen Ciudadela nahm das Schiff drei schwarzgewandete Dominikanermönche an Bord. Einer der Mönche setzte sich sofort auf ein Faß und schlug sein Gebetbuch auf, aber die beiden anderen stellten sich an die Reling und unterhielten sich leise eine Weile. Dann sah der eine Jona an und krümmte den Zeigefinger.

Jona zwang sich, zu ihnen zu gehen. »Señor?« fragte er. Seine Stimme klang in seinen Ohren wie ein Krächzen.

»Wohin fährt dieses Schiff, wenn es die Insel verläßt?«

Der Mönch hatte kleine braune Augen. Sie waren ganz anders als die grauen Augen Bonestrucas, aber die schwarze Dominikanerkutte genügte, um Jona in Angst und Schrecken zu versetzen.

»Das weiß ich nicht, Señor.«

Der andere Mönch schnaubte und sah ihn streng an. »Der da hat keine Ahnung. Er geht, wohin das Schiff geht. Du mußt einen Offizier fragen.«

Jona deutete zu Gaspar Guells, der am Bug stand und sich mit dem Zimmermann unterhielt. »Das ist der Maat, Señor«, sagte er, und die beiden gingen in den Bug, um mit Guells zu reden.

La Leona brachte diese beiden Mönche bis zu der größeren Insel, Mallorca. Der dritte Mönch schlug sein Gebetbuch gerade rechtzeitig zu, um auf der kleineren Insel Ibiza, die weiter im Süden lag, von Bord zu gehen.

Jona würde wohl weiter ein Leben der Täuschung und Verstellung führen müssen, denn eines war gewiß: Die Inquisition war überall.

2. KAPITEL

DER LEHRLING

Das Schiff kehrte schließlich nach Cádiz zurück, und sie hatten kaum mit dem Ausladen begonnen, als der Matrose, dessen Stelle Jona eingenommen hatte, zurückkehrte, nun wieder gesund und nur mit einer bleichen Narbe auf der Stirn, die von seinem Mißgeschick zeugte.

Er wurde von Maat und Mannschaft mit fröhlichen Rufen – »Josep! Josep!« – begrüßt, und Jona erkannte, daß damit seine Anstellung auf der *Leona* zu Ende war. Ihm war das auch durchaus recht. Gaspar Guells dankte ihm und zahlte ihn aus, und als Jona von Bord ging, war er froh, endlich wieder festen Boden unter den Füßen zu haben.

Er wanderte auf der Küstenstraße nach Südosten; tagsüber war es heiß und nachts mild. Jeden Abend vor Einbruch der Dunkelheit suchte er sich einen Heuschober, in dem er schlafen konnte, oder wenigstens einen Strand mit weichem Sand, doch wenn er beides nicht fand, begnügte er sich mit dem, was es eben gab. Am Morgen, wenn die Sonne schon warm war, nahm er oft ein Bad in dem herrlichen Meer, doch er schwamm nie weit hinaus, weil er fürchtete, jeden Augenblick die scharfen Zähne oder die Fangarme eines Ungeheuers zu spüren. Wenn er dann später an einen Bach oder eine Pferdetränke kam, wusch er sich das Meersalz ab, das auf seiner Haut getrocknet war. Einmal nahm ihn ein Bauer eine längere Strecke auf seinem mit Heu beladenen Ochsenfuhrwerk mit. Unterwegs hielt er plötzlich an.

»Weißt du, wo du bist?« fragte er, und Jona schüttelte verwirrt den Kopf.

»Das ist das Ende von Spanien. Der südlichste Punkt der Iberischen Halbinsel«, sagte der Mann stolz, als wäre es eine persönliche Leistung.

Nur noch einmal erhielt Jona auf seiner Wanderung eine Mitfahrgelegenheit, auf einem Karren voller Stockfisch, dessen Besitzer er beim Ausladen half, als sie das Dorf Gibraltar am Fuße eines hoch aufragenden Felsens erreichten.

Jona bekam einen Bärenhunger, als er den Stockfisch auslud, ohne ihn kosten zu können. Doch in dem Dorf gab es eine Schenke, und er beschloß, seinen Hunger und Durst hier zu stillen. Das Wirtshaus bestand aus einem niedrigen Raum, der nach dem verschütteten Wein, den Holzfeuern und dem Schweiß vieler Jahre roch. An zwei langen Tischen saß ein halbes Dutzend Männer und trank, einige aßen auch aus einem Kessel mit Fischeintopf, der auf der Feuerstelle simmerte. Jona bestellte einen Becher Wein, der sauer war, und eine Schüssel Eintopf, der gut war, mit viel Fisch und Zwiebeln und Kräutern. Zwar fanden sich viele und scharfe Gräten darin, doch Jona aß langsam und mit solchem Genuß, daß er sich gleich noch eine zweite Schüssel bestellte, als er fertig war.

Während er darauf wartete, kam ein alter Mann in die Schenke und setzte sich auf den freien Platz neben Jona. »Ich bekomme eine Schale Wein, Señor Bernáldez«, rief er dem Wirt zu, der ihn nur angrinste und frischen Eintopf in Jonas Schüssel löffelte.

»Nur wenn du unter diesen braven Männern einen Gönner findest«, gab er ihm zur Antwort, und die Männer an den Tischen lachten, als hätte er etwas sehr Lustiges gesagt.

Der alte Mann hatte runde Schultern und weiche Züge; sein schütteres weißes Haar und die Verletzlichkeit in seinem Gesicht erinnerten Jona sofort an Geronimo Pico, den alten Schäfer, dessen Sterben er begleitet und dessen Herde er für einige Jahre gehütet hatte. »Gebt ihm etwas zu trinken«, sagte er zum Wirt. Doch dann dachte er an seine beschränkten Mittel und fügte hinzu: »Einen Becher, keine Schale.«

»Ah, Vicente, da hast du dir aber einen großzügigen Spender aufgetan!« rief ein Mann am anderen Tisch. Er sagte es höhnisch und ohne Humor, dennoch lachten die anderen. Der Sprecher war klein und dünn, mit dunklen Haaren und einem kleinen Schnurrbart. »Du bist eine elende alte Ratte, Vicente, weil du den Hals nie vollkriegst«, sagte er.

»Ach, Luis, mach doch dein Lästermaul zu«, sagte einer der anderen mit Überdruß in der Stimme.

»Möchtest du es mir vielleicht zumachen, José Gripo?«

Diese Frage erschien Jona nun wirklich spaßig, denn José Gripo war groß und breit, zwar nicht mehr der Allerjüngste, aber doch viel jünger und stärker als der andere Mann; in Jonas Augen hätte Luis bei einem Kampf auf jeden Fall den kürzeren gezogen.

Aber beide lachten. Jona sah, daß der Mann neben Luis aufstand. Er sah jünger aus als Luis, von durchschnittlicher Größe, aber schlank und muskulös. Er war sehr gut in Form. Sein Gesicht war kantig und straff, und seine Nase hatte einen kräftigen Haken. Er starrte José Gripo an und machte einen Schritt auf ihn zu.

»Setz dich oder schieb deinen Arsch hier raus, Angel«, sagte Bernáldez, der Wirt. »Euer Meister hat mir gesagt, daß ich ihm sofort Bescheid geben soll, wenn ich mit dir und Luis noch einmal Schwierigkeiten bekomme.«

Der Mann hielt sofort inne und starrte den Wirt an. Dann zuckte er die Achseln und grinste. Er griff nach seinem Becher, leerte ihn in einem Zug und knallte ihn auf den Tisch. »Dann laß uns gehen, Luis, denn ich habe keine Lust, Freund Bernáldez heute abend noch mehr Geld in den Rachen zu schmeißen.«

Der Wirt sah zu, wie die beiden die Schenke verließen, und trug dann Jona seinen Eintopf auf. Einen Augenblick später brachte er auch dem alten Mann seinen Wein. »Da, Vicente. Der ist umsonst. Das sind üble Halunken, diese beiden.«

»Ein merkwürdiges Paar«, sagte José Gripo. »Ich hab das schon öfters erlebt – Luis fordert mit voller Absicht jemanden heraus, und dann springt Angel Costa in die Bresche und schlägt sich für ihn.«

»Angel Costa ist ein guter Kämpfer«, sagte ein Mann am Nebentisch. »Sollte er auch, immerhin ist er Manuel Fierros Waffenmeister.«

»Ja, er ist ein alter Soldat und weiß gut zu kämpfen, aber er ist auch ein richtiger Mistkerl«, sagte Gripo.

»Auch Luis ist ein unangenehmer Zeitgenosse«, sagte Vicente. »Ich weiß das leider nur zu gut, da wir unter einem Dach wohnen. Aber er ist ein hervorragender Metallbearbeiter, das muß ich ihm zugestehen.«

Die letzte Bemerkung weckte Jonas Aufmerksamkeit. »Auch ich habe schon Metall bearbeitet und suche eine Anstellung. Was für eine Art von Metallbearbeitung wird denn hier betrieben?«

»Ein Stückchen weiter unten an der Straße gibt es eine Waffenschmiede«, sagte Gripo. »Hast du Erfahrung mit Waffen?«

»Ich kann mit einem Dolch umgehen.«

Gripo schüttelte den Kopf. »Ich meine die Herstellung von Waffen.«

»Darin habe ich keine Erfahrung. Aber ich habe eine längere Lehrzeit in der Silberbearbeitung hinter mir und auch einige Erfahrungen mit Eisen und Stahl.«

Mit einem Seufzen trank Vicente seinen Wein aus. »Dann mußt du unseren Meister Fierro aufsuchen, den Waffenschmied von Gibraltar.«

An diesem Abend bezahlte Jona Bernáldez ein paar Sueldo, damit er vor der Feuerstelle der Schenke schlafen durfte. Für den Betrag erhielt er am nächsten Morgen auch eine Schüssel Grütze zum Frühstück, so daß er satt und ausgeruht war, als er die Schenke verließ und sich, Bernáldez' Beschreibung folgend, auf den Weg zur Waffenschmiede machte. Es war nur ein kurzer Spaziergang. Der riesige Felsen Gibraltars ragte steil über Grundstück und Gebäuden von Manuel Fierros Waffenschmiede auf, und dahinter lag das Meer.

Der Waffenschmied erwies sich als kleiner, breitschultriger Mann mit zerfurchtem Gesicht und einem Schopf drahtiger weißer Haare. Seine Nase war, ob von Geburt an oder durch einen Unfall, leicht nach links verbogen, was das Ebenmaß seiner Züge störte, seinem Gesicht aber etwas Gemütliches und Freundliches gab. Jona erzählte ihm eine Geschichte, die beinahe stimmte: daß er Ramón Callicó heiße und daß er Lehrling von Helkias Toledano, dem Silberschmiedmeister von Toledo, gewesen sei, bis die Vertreibung der Juden Toledano aus der Stadt gejagt und seiner, Ramóns, Lehrzeit ein Ende gesetzt hatte. Später habe er in den Werkstätten der Roma in Granada einige Monate Metalle bearbeitet.

»Roma?«

»Zigeuner.«

»Zigeuner!« Fierro klang eher belustigt als verächtlich. »Ich werde dir einige Prüfungsaufgaben stellen.«

Während sie sich unterhielten, hatte der Meister an einem Paar silberner Sporen gearbeitet, die er jetzt weglegte und statt dessen eine kleine Stahlplatte in die Hand nahm.

»Ziseliere dieses Stück Stahl, als wäre es ein silberner Sporn.«

»Ich würde lieber den Sporn bearbeiten«, sagte Jona, doch der Meister schüttelte den Kopf. Ohne ein weiteres Wort und offensichtlich auch ohne große Hoffnungen wartete Fierro ab.

Doch er merkte auf, als Jona die Platte ohne viel Umstände ziselierte und dann, als zweite Prüfung, eine ordentliche Naht zwischen zwei ausgemusterten Teilen eines stählernen Ellbogenschützers zustande brachte.

»Hast du noch andere Fertigkeiten?«

»Ich kann lesen. Und leserlich schreiben.«

»Tatsächlich?« Fierro beugte sich vor und musterte ihn neugierig. »Das sind keine Fähigkeiten, die man bei Lehrlingen häufig findet. Wie bist du dazu gekommen?«

»Mein Vater hat es mir beigebracht. Er war ein gelehrter Mann.«

»Ich biete dir eine Lehre an. Zwei Jahre.«

»Ich bin bereit dazu.«

»In unserem Gewerbe ist es üblich, daß der Lehrling für die Unterweisung bezahlt. Bist du dazu in der Lage?«

»Leider nicht.«

»Dann mußt du am Ende der Lehrzeit ein Jahr lang für verminderten Lohn bei mir arbeiten. Und danach, Ramón Callicó, können wir uns darüber unterhalten, ob du als Waffenschmiedgeselle in meine Dienste trittst.«

»Ich bin einverstanden«, sagte Jona.

Die Werkstatt gefiel Jona. Es bereitete ihm Vergnügen, wieder mit Metall zu arbeiten, auch wenn diese Tätigkeit eine neue Erfahrung war, da bei der Herstellung von Waffen und Rüstungen Techniken benutzt wurden, die er noch nicht kannte, so daß er zugleich Neues lernen und Fertigkeiten anwenden konnte, die er bereits beherrschte.

Auch seinen neuen Arbeitsplatz mochte er. Unaufhörlich war das Lärmen von Hämmern auf Metall zu hören, Klirren und Scheppern, manchmal rhythmisch und manchmal nicht, und oft aus mehreren Hütten gleichzeitig, eine Art metallischer Musik. Und Fierro war ein sehr guter Lehrer.

»Spanien kann stolz sein auf vieles, was es zur Eisenbearbeitung beigetragen hat«, sagte er und fing an zu erzählen. »Jahrtausendelang wurde das Erz in ein tiefes Holzkohlenfeuer gelegt, das nicht heiß genug war, um das entstehende Eisen zu schmelzen, aber heiß genug, um es so weich zu machen, daß es gehämmert und geschmiedet werden konnte.«

Wiederholtes Erhitzen und Schmieden, Erhitzen und Schmieden beseitige Unreinheiten und ergebe schließlich Schmiedeeisen, sagte er.

»Dann lernten unsere Eisenmacher, das Feuer heißer zu machen, indem sie durch eine Röhre Luft hineinbliesen, und später, indem sie einen Blasebalg benutzten. Im achten Jahrhundert erfanden spanische Eisenarbeiter einen besseren Schmelzofen, den man ›Die katalanische Esse‹ nennt. Erz und Holzkohle werden im Ofen gemischt, und von unten wird mit Hilfe von Wasserkraft Luft ins Feuer geblasen. Das ermöglicht es uns, besseres Schmiedeeisen viel schneller herzustellen. Stahl erhält man, indem man sämtliche Unreinheiten beseitigt und dem Eisen den Großteil des Kohlenstoffs entzieht. Wie geschickt ein Schmied auch sein mag, seine Rüstung kann nur so gut sein wie der Stahl, aus dem sie gemacht wurde.«

Fierro hatte die Stahlbearbeitung als Lehrling bei einem maurischen Schwertmacher gelernt. »Die Mauren machen den besten Stahl und die besten Schwerter.« Er lächelte Jona an. »Ich bin bei einem Mauren in die Lehre gegangen und du bei einem Juden«, sagte er.

Jona stimmte ihm zu, daß dies denkwürdig sei, und machte sich daran, seinen Arbeitsplatz aufzuräumen, um das Gespräch möglichst rasch zu beenden.

Am fünfzehnten Tag von Jonas Lehrzeit kam Angel Costa zu ihm, als er gerade auf einer Bank in der Kochhütte saß und seine morgendliche Grütze aß. Costa war unterwegs zur Jagd und trug seinen Langbogen und einen Köcher mit Pfeilen. Er baute sich vor Jona auf und starrte ihn mit finsterem Gesicht an, ohne etwas zu sagen. Jona ließ sich davon nicht aus der Ruhe bringen, sondern beendete seelenruhig seine Mahlzeit.

Als er fertig war, stellte er seine Schüssel ab und stand auf. Er wandte sich zum Gehen, aber Costa versperrte ihm den Weg.

»Was ist?« fragte Jona sanft.

»Bist du gut mit dem Schwert, Lehrling?«

»Ich habe noch nie ein Schwert benutzt.«

Costas Grinsen war keinen Deut angenehmer als sein Blick. Er nickte und ging davon.

Der Koch, den man den anderen Manuel nannte, weil er denselben Vornamen hatte wie der Meister, hob den Blick von dem Topf, den er eben mit Sand schrubbte, und sah dem Waffenmeister nach, der über den Hof ging. Dann spuckte er aus. »Den nicht zu mögen ist ganz leicht. Er sagt, er ist Gottes Stellvertreter im Räucherhaus, wo er uns jeden Morgen und jeden Abend auf Knien beten läßt.«

»Warum laßt ihr euch das gefallen?«

Betrübt über Jonas Unwissenheit, verzog der Koch das Gesicht. »Wir haben Angst vor ihm«, sagte der andere Manuel.

Das Lehrlingsdasein hatte seine Vorteile, denn Jona wurde auch zum Laufburschen bestimmt und in die Läden und Lagerhäuser ganz Gibraltars geschickt, so daß er die Gelegenheit bekam, etwas über seine neue Heimat zu erfahren. Der Ort schmiegte sich an den Fuß des großen Felsens und wuchs ein Stückchen den Hang hoch. Fierro machte Geschäfte mit vielen Lieferanten, und einige dieser Händler, die stolz auf ihr Städtchen waren, beantworteten bereitwillig Jonas Fragen.

Der Gehilfe des Böttchers erklärte ihm, daß dieser fremdländische Ort deshalb so maurisch wirke, weil ihn die Mauren siebenhundertfünfzig Jahre lang bewohnt hatten, bis die Spanier ihn im Jahre 1462, »am Festtag des heiligen Bernhard«, zurückeroberten. Der Besitzer des Kramladens, kein anderer als José Gripo, den Jona bereits in der Schenke kennengelernt hatte, hatte viel zu tun, aber während er Seile abmaß und aufwickelte, verriet er Jona, daß der Name Gibraltar eine Verfälschung von *Dschebel al Tarik* sei, Arabisch für »Felsen des Tarik«. Und der betagte Gehilfe des Krämers, ein schlanker alter Mann mit feinen Gesichtszügen, der Tadeo Deza hieß, fügte hinzu: »Tarik war der maurische Feldherr, der die erste Festung am Fuße des Felsens erbaute.«

Von den Männern, mit denen Jona in Fierros Waffenschmiede arbeitete, erfuhr er nur wenig über Gibraltar. Es gab dort sechs *peones,* deren Hauptaufgabe es war, Grundstück und Gebäude in Schuß zu halten und das schwere Metall aus den Lagerräumen in die Werkstätten und nach der Bearbeitung wieder zurück in die Lagerräume zu schaffen. Diese Handlanger wohnten mit Angel Costa und dem anderen Manuel in einem schuppenähnlichen Gebäude, das sie Räucherhaus nannten. Die beiden obersten Handwerker, Luis Planas und Paco Parmiento, waren reife Männer und die Könige der Werkstätten. Parmiento, ein Witwer, war Schwertmachermeister, während Planas, der nie geheiratet hatte, ein Meister der Rüstungsherstellung war. Jona erhielt einen Platz in der Arbeiterhütte zugewiesen, wo die beiden zusammen mit Vicente wohnten, dem alten Mann, dem Jona in der Dorfschenke einen Wein ausgegeben hatte. Vicente hatte Schwierigkeiten, den Namen des neuen Lehrlings zu behalten.

»Wer bist du gleich wieder, junger Fremder?« fragte er und stützte sich auf den Besen, mit dem er den Lehmboden gefegt hatte.

»Ich heiße Ramón Callicó, Onkel.«

»Mein Name ist Vicente Deza, und ich bin nicht dein Onkel, denn dann wäre dein Erzeuger ein Hurensohn.« Er lachte über seinen eigenen schwachen Witz, und Jona mußte grinsen.

»Bist du denn verwandt mit Tadeo Deza aus dem Krämerladen?«

»Ja, ich bin ein Vetter von Tadeo, aber er leugnet es, weil ich ihm mit meiner Weinbettelei manchmal Schande bereite, wie du selbst schon erlebt hast.« Der alte Mann kicherte noch einmal und betrachtete ihn dann neugierig. »Dann wohnen wir hier also Seite an Seite, zusammen mit Luis und Paco. Du hast Glück, denn das ist eine gute und wasserdichte Hütte, sorgfältig erbaut von Juden.«

»Wie kam es, daß sie von Juden erbaut wurde, Vicente?« fragte Jona und versuchte, so beiläufig zu klingen wie möglich.

»Die waren früher sehr zahlreich hier. Bis vor ungefähr zwanzig Jahren, vielleicht auch noch ein bißchen mehr, ein paar gute Katholiken gegen jene aufbegehrt haben, die sich Neue Christen nannten. Aber das waren keine echten Christen gewesen, Juden waren das. Hunderte von ihnen waren aus Córdoba und Sevilla gekommen, weil sie dachten, Gibraltar, das erst kurz davor von den Mauren zurückerobert worden und nur dünn besiedelt war, könnte ein sicherer und gemütlicher Hafen für sie sein, und hatten mit dem Grafen Medina Sidonia, dem Herrn dieses Ortes, verhandelt.

Sie gaben dem Grafen Geld und erklärten sich bereit, eine berittene Einheit zu bezahlen, die hier stationiert werden sollte. Zahlreiche Siedler ließen sich hier nieder und errichteten Gebäude, in denen sie wohnten und arbeiteten. Aber die Kosten für den Unterhalt der Berittenen und für die Feldzüge gegen die Portugiesen hatten ihr Vermögen sehr schnell aufgezehrt. Als der Graf erfuhr, daß ihre Mittel erschöpft waren, rückte er mit Soldaten an, und bald waren die Juden wieder verschwunden.

Diese Hütte und das Räucherhaus hatten sie erbaut, um darin Fisch zu räuchern und zu lagern, der mit Schiffen in die Hafenstädte geschickt wurde. Wenn du an einem feuchten Tag tief Luft holst, kannst du den Rauch noch riechen. Unser Meister hat das verlassene Grundstück vom Grafen gepachtet und den Stall und die Arbeitshütten errichtet, die du jetzt siehst.« Der alte Mann verzog das Gesicht und zwinkerte mit dem linken Auge. »Wenn du etwas über die Vergangenheit erfahren willst, mußt du zu mir kommen, Señor. Denn Vicente Deza weiß viele Dinge.«

Später an diesem Tag brachte Jona Material in die Arbeitshütte, die von einem anderen seiner Wohnungsgenossen, Paco Parmiento dem Schwertmacher, geleitet wurde. Jona hatte den Eindruck, daß mit Parmiento gut auszukommen war. Er war kahlköpfig und neigte zu Fettleibigkeit. Sein glattrasiertes Gesicht zeigte auf der linken Wange eine bleiche Narbe, und sein Blick wirkte manchmal abwesend, denn er dachte beständig über Verbesserungsmöglichkeiten in der Gestaltung und Herstellung von Schwertern nach, und oft merkte er gar nicht, was um ihn herum vorging. Er murmelte Jona zu, daß man von ihnen allen erwarte, ihre Hütte sauber und ordentlich zu halten. »Aber wir haben Glück, denn der alte Vicente Deza kümmert sich darum.«

»Ist Vicente Deza ein Rüstungsschmied? Oder vielleicht ein Schwertmacher, wie Ihr?«

»Der? Der hat noch nie Metall bearbeitet. Er wohnt nur dank der Barmherzigkeit unseres Meisters bei uns. Du darfst nicht alles glauben, was der alte Vicente sagt«, warnte der Schwertmacher, »denn sein Geist ist beschränkt, und er hat den Verstand eines langsamen Kindes. Oft sieht er Sachen, die gar nicht da sind.«

Wie in den meisten der felsigen Orte, die Jona in Spanien gesehen hatte, gab es auch in Gibraltar Höhlen, und die größte davon war ein geräumiges Gewölbe knapp unterhalb der Spitze des Felsens. Fierro kaufte einen Großteil seines Stahls von Mauren in Córdoba, aber er hatte immer auch einen Vorrat eines besonderen Eisenerzes, das in einem Winkel dieser großen Höhle abgebaut wurde. Den Eingang zu dieser Höhle erreichte man über einen schmalen Pfad, der an der Felsflanke hochführte.

Dreimal nahm der Meister Jona mit zu dieser Höhle, und dann ritten sie auf zwei Eseln den schmalen, steilen Pfad hoch. Jona wünschte sich jedesmal, er hätte Mose als Reittier, denn der Pfad führte immer und immer weiter in die Höhe – viel höher als das Krähennest jedes Segelschiffes –, und jeder Fehltritt hätte einen tiefen und tödlichen Sturz bedeutet. Aber die Esel kannten den Pfad, und sie scheuten nicht einmal, als eine Horde zimtfarbener Affen ihnen den Weg versperrte.

Fierro lächelte, als er sah, daß Jona über das plötzliche Auftauchen dieser Tiere erschrak. Es waren sechs große, schwanzlose Affen. Eines der Weibchen säugte ein Kleines.

»Die leben hier oben«, sagte Fierro. Aus einem Sack holte er einige Handvoll altbackenen Brotes und überreifer Früchte und warf sie ein Stückchen abseits des Pfads auf den Hang. Die Tiere räumten sofort den Weg, um sich das Fressen zu holen.

»Solche Tiere habe ich in Spanien noch nie gesehen.«

»Einer Legende nach sind sie durch einen natürlichen Tunnel aus Afrika gekommen, der angeblich unter der Meerenge hindurchführt und in einer der Höhlen Gibraltars endet«, sagte Fierro. »Obwohl ich es für wahrscheinlicher halte, daß sie von einem Schiff stammen, das an unserem Felsen gestrandet ist.«

Hier, auf dem Gipfel des Felsens, klang die Legende durchaus einleuchtend, denn die Küste Afrikas erschien in der klaren Luft täuschend nah.

»Wie weit ist Afrika entfernt, Señor Fierro?«

»Bei gutem Wind eine halbe Tagesreise. Wir stehen hier auf einer der berühmten Säulen des Herkules«, sagte der Meister. Er deutete zur anderen Säule des Herkules, einem Berg in Marokko auf der gegenüberliegenden Seite der Meerenge. Das Wasser, das die beiden Säulen trennte, glitzerte tiefblau unter der goldenen Sonne.

Fünf Tage nach ihrem ersten Wortwechsel sprach Angel Costa Jona ein zweites Mal an.

»Kannst du gut mit Pferden umgehen, Callicó?«

»Nicht sehr. Ich hatte mal einen Esel.«

»Ein Esel paßt auch zu dir.«

»Warum fragt Ihr mich das alles? Sucht Ihr Männer für einen Feldzug?«

»Nicht unbedingt«, sagte Costa und ging davon.

Nachdem Jona viele Tage nichts anderes hatte tun dürfen, als Botengänge zu erledigen, Erz zu schaufeln und Stahl zu schleppen, erhielt er nun endlich eine Aufgabe, die es ihm gestattete, Metall zu bearbeiten, auch wenn es nur eine niedere Tätigkeit war. Er war aufgeregt, denn er sollte für Luis Planas arbeiten, dessen schlechte Laune und aufbrausendes Temperament er bereits miterlebt hatte. Aber zu seiner Erleichterung war Luis an diesem Tag nur ein wenig wortkarg und mürrisch, er war vor allem ein Mann, dem seine Arbeit am Herzen lag. Er trug Jona auf, verschiedene Teile einer Rüstung zu schleifen. »Du mußt auch noch den kleinsten Makel in der Oberfläche des Stahls aufspüren, jede winzige Andeutung eines Kratzers, und dann mußt du polieren und polieren, bis sie nicht mehr da sind«, sagte ihm Luis.

Also polierte Jona mit Macht und Begeisterung. Als nach mehr als einer Woche eifrigen und kräftigen Rubbelns die Stücke in Hochglanz erstrahlten, erfuhr er, daß er Teile eines Küraß bearbeitet hatte – die beiden Hälften des Brustpanzers. »Jedes einzelne Stücke muß makellos sein«, sagte Luis streng. »Sie gehören zu einer prächtigen Rüstung, an der die Fierro-Schmiede seit mehr als drei Jahren arbeitet.«

»Für wen wird diese Rüstung gefertigt?« fragte Jona.

»Für einen Edelmann aus Tembleque. Graf Fernán Vasca mit Namen.«

Jona pochte das Herz in der Brust, schneller und fester, so schien es ihm, als die Schläge von Luis Planas' Hammer.

Wie weit er auch fliehen mochte, Toledo schien ihn immer zu verfolgen!

Er erinnerte sich noch an die Schulden, die der Graf Vasca bei seinem Vater hinterlassen hatte: neunundsechzig Real und sechzehn Maravedí für eine Anzahl von Kunststücken aus Helkias' Silberschmiede, darunter eine bemerkenswerte und einzigartige goldene Rose mit silbernem Stiel, eine Reihe silberner Spiegel und silberner Kämme und ein Satz aus zwölf Trinkkelchen…

Es war eine ärgerliche Schuld, die Jona ben Helkias, wenn er sie nur eintreiben könnte, das Leben bedeutend einfacher machen würde.

Doch er wußte nur zu gut, daß er das nicht konnte.

3. KAPITEL

HEILIGE UND GLADIATOREN

Als Fierro merkte, daß der neue Lehrling in jeder Hinsicht verläßlich zu sein schien, erhielt Jona den Auftrag, den Küraß von Graf Vascas Rüstung mit einem Muster zu verzieren. Dazu mußte er, anhand von Linien, die von Fierro oder Luis Planas kaum sichtbar auf der Stahloberfläche vorgezeichnet worden waren, mit einem Hammer und einer Punze winzige Einkerbungen in den Brustharnisch treiben. Silber war leichter zu ziselieren als Stahl, aber das härtere Metall bot auch einen Schutz gegen bestimmte Fehler, die in Silber verhängnisvoll gewesen wären. Anfangs hämmerte Jona nur leicht, um sich zu versichern, daß er die Punze auch richtig gesetzt hatte, und ließ erst dann einen kräftigeren Schlag folgen, um die Einkerbung zu vollenden; doch im Verlauf der Arbeit kehrten seine sichere Hand und sein Selbstbewußtsein zurück.

»Manuel Fierro legt Wert darauf, daß seine Rüstungen mehrfach ausprobiert werden«, sagte Paco Parmiento eines Morgens zu Jona. »Deshalb veranstalten wir von Zeit zu Zeit ein Turnier. Der Meister läßt dann seine Arbeiter Ritter spielen, damit er feststellen kann, welche Veränderungen an seinen Entwürfen nötig sind. Er will, daß du daran teilnimmst.«

Zum ersten Mal ergaben nun Angel Costas Fragen einen, wenn auch beunruhigenden Sinn. »Natürlich, Señor«, sagte Jona.

So geschah es, daß er sich am nächsten Morgen auf einem großen, runden Turnierplatz wiederfand, angetan mit Unterwäsche aus gepolstertem Gewebe und ängstlich die zerlegte, angerostete und schlecht gepflegte Rüstung betrachtend, die Paco Parmiento ihm umschnallte. Auf der gegenüberliegenden Seite des Platzes wurde Angel Costa von seinem Freund Luis angezogen, während die anderen Arbeiter sich am Rand des Turnierplatzes drängten wie Zuschauer bei einem Hahnenkampf.

»Vicente, geh in die Hütte und richte dem Jungen sein Lager her, denn er wird es bald nötig haben!« rief Luis, und die Umstehenden lachten und johlten.

»Hör nicht auf den«, sagte Paco. Schweiß tropfte ihm vom kahlen Schädel.

Der Küraß wurde Jona über den Kopf geschoben und so befestigt, daß er Brust und Rücken bedeckte. Kettenpanzer schützten Arme und Beine, Diechlinge bedeckten die Oberschenkel. Man schnallte ihm Stahlschützer um Schultern, Ellbogen, Unterarme und Knie, Beinröhren bedeckten seine Schienbeine. Die Füße steckten in Schuhen aus Schichtstahl. Als der Helm auf Jonas Kopf saß, klappte Paco das Visier herunter.

»Ich kriege keine Luft, und ich kann nichts sehen«, sagte Jona mit bemüht ruhiger Stimme.

»Durch das Lochblech kannst du atmen«, sagte Parmiento.

»Kann ich nicht.«

Unwirsch klappte Paco das Visier wieder hoch. »Dann laß es offen«, sagte er. »Das machen alle so.« Jona verstand sehr gut, warum.

Er erhielt lederne Handschuhe mit Stahlverstärkungen an den Fingern und einen runden Schild. Das alles kam noch zu dem großen Gewicht hinzu, das er bereits am Körper trug.

»Zu deiner Sicherheit wurde die Spitze des Schwerts abgerundet, und die Schneiden wurden stumpf geschliffen, so daß es eher ein Knüppel ist als ein Schwert«, sagte Parmiento und gab ihm die Waffe. Das Schwert fühlte sich merkwürdig in Jonas Hand an, denn er konnte sie in dem steifen Handschuh nur wenig bewegen.

Angel Costa war ähnlich ausgerüstet, und nun war es soweit, daß sie aufeinander losgingen. Jona überlegte sich noch, wie er am besten zuschlagen sollte, als Costas Schwert bereits auf seinen Helm niedersauste und er gerade noch den Arm mit dem Schild hochreißen konnte.

Der Arm wurde ihm bald bleischwer, während Costa immer und immer wieder zuschlug, mit einer solchen Schnelligkeit und unverminderter Kraft, daß Jona sich nicht mehr schützen konnte, als das Schwert plötzlich in Brusthöhe auf ihn zukam. Costa versetzte ihm einen Schlag in die Rippen, der seinen Körper gespalten hätte, wenn die Klinge scharf und die Rüstung weniger widerstandsfähig gewesen wäre. Doch auch so spürte er, trotz gepolsterter Unterwäsche und wohlgeschmiedetem Stahl, den Aufprall des Schwertes bis in die Knochen, und das war nur der Auftakt für eine Vielzahl von Angriffen, denn Costa ließ einen schrecklichen Schlag nach dem nächsten auf ihn herniederprasseln.

Jona gelang es nur zweimal, Costa einen Schlag zu versetzen, bis der Meister mit einem Stab, den er zwischen sie senkte, den Kampf beendete, aber allen Zuschauern war klar, daß Angel Jona in einem richtigen Gefecht sofort getötet hätte. Er hätte ihm zu jedem Zeitpunkt den *golpe de gracia*, den Gnadenstoß, versetzen können.

Keuchend und mit schmerzverzerrtem Gesicht saß Jona auf einer Bank und ließ sich von Paco aus seiner schweren Rüstung schälen.

Der Meister kam zu ihm und stellte ihm viele Fragen. Hatte die Rüstung ihn behindert? Hatte ein Scharnier sich verklemmt? Hatte Jona irgendwelche Vorschläge, wie man die Rüstung noch schützender und weniger einschränkend machen könnte? Jona antwortete ihm wahrheitsgemäß, die Erfahrung sei für ihn so fremd gewesen, daß er auf solche Dinge kaum hatte achten können.

Der Meister brauchte Jona nur ins Gesicht zu sehen, um zu erkennen, wie gedemütigt er war.

»Du darfst nicht hoffen, Angel Costa in so einem Wettstreit zu besiegen«, sagte der Waffenschmied. »Das gelingt hier keinem Mann. Costa hat achtzehn Jahre lang Blut geschmeckt als Feldwebel im beständigen und erbitterten Kampf gegen die Sarazenen, und wenn wir jetzt bei diesen Spielen unseren Stahl ausprobieren, tut er noch immer gern so, als würde er auf Leben und Tod kämpfen.«

Jona hatte eine große und dunkel verfärbte Prellung auf der linken Seite seines Brustkorbs und so starke Schmerzen, daß er sich fragte, ob seine Rippen nicht einen dauerhaften Schaden davongetragen hatten. Einige Nächte lang konnte er nur auf dem Rücken liegen, und als er in einer davon vor Schmerzen nicht schlafen konnte, drang von der anderen Seite der Hütte kummervolles Jammern an sein Ohr.

Als er sich, nun selber unterdrückt aufstöhnend, erhob, merkte er, daß die heiseren Geräusche von Vicente Deza kamen. Er ging im Dunkeln zu dem alten Mann und kniete sich an sein Lager.

»Vicente?«

»Peregrino... Santo Peregrino...«

Vicente schluchzte abgehackt. *»El Compasivo! Santo Peregrino El Compasivo!«*

Heiliger Pilger der Barmherzige. Was hatte das zu bedeuten?

»Vicente«, sagte Jona noch einmal, aber der alte Mann hörte ihn nicht und plapperte unaufhörlich Gebete, in denen er Gott und diesen Pilgerheiligen anrief. Jona legte ihm die Hand auf die Stirn und seufzte, als er die Hitze in Vicentes Gesicht spürte.

Beim Aufstehen stieß er Vicentes Wasserflasche um, die mit einem Klirren zu Boden fiel.

»Was zum Teufel?« rief von seiner Ecke her Luis Planas, der aufgewacht war und nun auch Paco Parmiento aufweckte.

»Was ist?« fragte Paco.

»Es ist Vicente. Er liegt im Fieber.«

»Sieh zu, daß er still ist, oder bring ihn zum Sterben nach draußen«, sagte Luis.

Zuerst wußte Jona nicht, was er tun sollte. Aber dann fiel ihm ein, was Abba getan hatte, wenn er und Meir Fieber hatten. Er verließ die Hütte und stolperte durch die Nacht zur Schmiede, in der ein mit Asche belegtes Feuer flackerte wie eine Drachenzunge und einen roten Schein auf Tische und Werkzeuge warf. Er hielt eine Kerze an die Kohlen und zündete damit eine Öllampe an, in deren Licht er eine Schüssel suchte und mit Wasser aus einem Krug füllte. Dann nahm er sich einige von den Lumpen, die fürs Metallpolieren zurechtgeschnitten worden waren.

Er kehrte in die Hütte zurück und stellte die Lampe auf den Boden.

»Vicente«, sagte er.

Der alte Mann hatte sich voll bekleidet ins Bett gelegt, und nun zog Jona ihn aus. Vielleicht machte er mehr Lärm als nötig, oder vielleicht riß das flackernde Licht der Lampe Luis Planas wieder aus dem Schlaf.

»Der Teufel soll dich holen!« Luis setzte sich auf. »Hab ich dir nicht gesagt, du sollst ihn fortschaffen?«

Herzloser Mistkerl. Jona spürte Empörung in sich aufsteigen.

»Hör mal…«, sagte Luis.

Jona drehte sich um und machte einen Schritt auf ihn zu. »Leg dich schlafen.« Er gab sich Mühe, nicht respektlos zu klingen, aber die Wut machte seine Stimme heiser.

Einige Augenblicke lang verharrte Luis in halb sitzender Haltung und starrte quer durch den Raum böse diesen Lehrling an, der es wagte, so mit ihm zu sprechen. Schließlich legte er sich wieder hin und drehte das Gesicht zur Wand.

Paco war ebenfalls aufgewacht. Er hatte den Wortwechsel zwischen Luis und Jona gehört und lachte nun auf seinem Lager in sich hinein.

Vicentes Körper schien nur aus schmutziger Haut und Knochen zu bestehen, und seine Füße waren dreckverkrustet, aber Jona zwang sich, ihn sorgfältig zu waschen. Zweimal wechselte er das Wasser und rieb ihn danach mit trockenen Lumpen ab, damit er sich nicht erkältete.

Am nächsten Morgen war das Fieber gesunken. Jona ging in die Küche und bat den anderen Manuel, die Frühstücksgrütze mit heißem Wasser zu verdünnen. Dann trug er eine Schüssel in die Hütte und fütterte den alten Mann, ohne sich darum zu kümmern, daß er dabei sein eigenes Frühstück verpaßte. Als er anschließend in Luis' Hütte eilte, um sich zur Arbeit zu melden, fing der Meister ihn ab.

Jona wußte, daß Luis sich höchstwahrscheinlich bei Fierro über seine Unverschämtheit beschwert hatte, und machte sich auf eine Rüge gefaßt, aber der Meister fragte ihn nur mit ruhiger Stimme: »Wie geht es Vicente?«

»Ich glaube, er wird wieder gesund. Das Fieber ist verschwunden.«

»Das ist gut. Ich weiß, daß es manchmal schwierig ist, ein Lehrling zu sein. Ich erinnere mich noch gut an die Zeit, als ich Lehrling von Abu Adal Khira in Velez Málaga war. Er war einer der besten muslimischen Rüstungsschmiede. Inzwischen ist er tot, und seine Rüstungen gibt es nicht mehr.

Luis war mit mir Lehrling, und als ich nach Gibraltar ging, um meine eigene Schmiede zu eröffnen, nahm ich ihn mit. Luis ist ein sehr schwieriger Mensch, aber ein ausgezeichneter Rüstungsschmied. Ich brauche ihn in meiner Werkstatt. Verstehst du, was ich damit sagen will?«

»Ja, Meister.«

Fierro nickte. »Es war ein Fehler von mir, Vicente und Luis Planas in derselben Hütte unterzubringen. Kennst du die kleine Hütte hinter der Schmiede?«

Jona nickte.

»Sie ist gut gebaut. Es sind nur ein paar Werkzeuge drin. Bring die Werkzeuge woandershin, und dann kannst du mit Vicente in dieser Hütte wohnen. Vicente hatte großes Glück, daß du ihm gestern nacht geholfen hast, Ramón Callicó. Das hast du gut gemacht. Aber ein Lehrling sollte auch so klug sein zu bedenken, daß eine grobe Unverschämtheit gegenüber einem Handwerksmeister in dieser Werkstatt kein zweites Mal geduldet wird. Haben wir uns verstanden?«

»Ja, Señor«, sagte Jona.

Luis war erbost darüber, daß Fierro den Lehrling nicht verprügelt und fortgejagt hatte. Ein paar Tage lang war er Jona gegenüber streng und kalt, und Jona bemühte sich, ihm keinen Grund mehr zur Klage zu geben, während er endlos Rüstungsteile polierte. Das Stahlkleid für den Grafen von Tembleque stand kurz vor der Vollendung, und Jona bearbeitete Stück um Stück, bis sie in einem weichen Glanz erstrahlten, den sogar Luis als unübertrefflich anerkennen mußte.

Es war eine Erleichterung für Jona, als man ihn wieder ausschickte, um bei den Händlern des Dorfes Vorräte zu besorgen.

Während er im Kramladen darauf wartete, daß Tadeo Deza Fierros Bestellungen zusammensuchte, erzählte er dem betagten Gehilfen, daß sein Vetter Vicente mit heftigem Fieber darniedergelegen habe.

Tadeo hielt inne. »Geht's aufs Ende zu?«

»Nein. Das Fieber ist gefallen und gestiegen, gefallen und gestiegen, aber jetzt scheint er sich wieder zu erholen.«

Tadeo Deza schnaubte. »Der ist zu blöd zum Sterben«, sagte er.

Jona hatte sich mit seinem vollen Sack bereits zum Gehen gewandt, als ihm plötzlich etwas einfiel und er sich noch einmal umdrehte.

»Tadeo, wißt Ihr etwas über einen Santo Peregrino El Compasivo?«

»Ja, das ist ein örtlicher Heiliger.«

»Heiliger Pilger der Barmherzige. Ein merkwürdiger Name.«

»Er hat vor mehreren hundert Jahren in dieser Gegend gelebt. Angeblich war er ein Fremder, vielleicht aus Frankreich oder Deutschland. Auf jeden Fall war er in Santiago de Compostela gewesen, um vor den Reliquien des heiligen Jakobus zu beten. Hast du vielleicht selbst schon die Wallfahrt nach Santiago de Compostela gemacht?«

»Nein, Señor.«

»Eines Tages mußt du das tun. Jakobus war der dritte Apostel, den unser Herr erwählt hat. Er war Zeuge der Verklärung Christi und ist so heilig, daß Kaiser Karl der Große seinen Untertanen befahl, alle Pilger, die die Reliquien dieses Heiligen besuchten, mit Wasser, Obdach und Feuer zu versorgen.

Auf jeden Fall wurde der fremde Pilger, von dem wir sprechen, nach Tagen des Gebets vor den Reliquien des Apostels selbst verwandelt. Anstatt zu dem Leben zurückzukehren, das er vor seiner Pilgerschaft geführt hatte, wanderte er nach Süden und landete schließlich in dieser Gegend. Hier verbrachte er den Rest seiner Tage und kümmerte sich um die Kranken und die Bedürftigen.«

»Wie lautete sein Taufname?«

Tadeo zuckte die Achseln. »Das ist nicht bekannt. Deshalb nennt man ihn ›Heiliger Pilger der Barmherzige‹. Wir wissen auch nicht, wo er beerdigt liegt. Einige sagen, daß er als sehr alter Mann einfach wieder von hier fortging, so wie er gekommen war. Aber andere sagen, daß er allein lebte und allein starb, an einem Ort irgendwo hier in der Gegend, und in jeder Generation haben Männer es sich zum Anliegen gemacht, sein Grab zu finden, aber ohne Erfolg. Wo hast du denn von diesem örtlichen Heiligen erfahren?« fragte Tadeo.

Jona wollte Vicente nicht erwähnen, um dessen Vetter nicht noch mehr Grund zum Spotten zu geben. »Ich habe jemanden über ihn reden hören, und das hat mich neugierig gemacht.«

Tadeo grinste. »Wahrscheinlich jemand in einer Schenke, denn oft führt der Wein einem Mann seine Sündhaftigkeit vor Augen und weckt die Sehnsucht nach der selig machenden Gnade der Engel.«

Jona war froh, als Fierro ihn in Paco Parmientos Werkstatt schickte, um dem Schwertmacher zur Hand zu gehen. Paco setzte Jona sofort an die Arbeit und gab ihm verschiedene Waffen, die er schärfen und polieren sollte, kurze Kavalleriedegen und die wunderschönen, doppelschneidigen und vom Heft zur Spitze sich verjüngenden Langschwerter, wie Edelmänner und Ritter sie führten. Dreimal gab Paco ihm das erste Schwert zurück, das er geschärft hatte. »Zwar ist es der Arm des Kämpfers, der die Arbeit tut, aber das Schwert muß ihm dabei helfen. Jede Schneide muß so scharf geschliffen sein, wie der Stahl es zuläßt.«

Jona mochte Paco, obwohl er ein strenger Zuchtmeister war. Während Luis ihn an einen Fuchs erinnerte, mußte er bei Paco an einen sanftmütigen Bären denken. Er war linkisch und vergeßlich, wenn er nicht an seiner Werkbank stand, doch sobald er sich an die Arbeit machte, wurden seine Bewegungen sicher und geschickt, und der Meister erzählte Jona, daß seine Klingen sehr gefragt seien.

In Luis' Hütte hatte Jona so gut wie schweigend gearbeitet, jetzt aber merkte er, daß Paco bei der Arbeit bereitwillig auf seine Fragen einging.

»Seid Ihr auch mit dem Meister und Luis in die Lehre gegangen?« fragte ihn Jona.

Paco schüttelte den Kopf. »Ich bin älter als die beiden. Als sie zur Lehre gingen, war ich bereits Geselle in Palma. Dort hat der Meister mich ausfindig gemacht und hierhergerufen.«

»Was tut Angel in dieser Werkstatt?«

Paco zuckte die Achseln. »Der Meister entdeckte ihn, kurz nachdem er das Soldatenhandwerk an den Nagel gehängt hatte, und brachte ihn als Waffenmeister hierher, denn er ist wahrlich ein Krieger, ein Meister aller Waffen. Wir haben versucht, ihm die Metallbearbeitung beizubringen, aber er hat kein Geschick für diese Arbeit, und so übertrug ihm Señor Fierro die Leitung der *peones.*«

Wenn der Meister anwesend war, sprachen sie weniger, dennoch blieb die Arbeit entspannt. An einer zweiten Werkbank in der Hütte des Schwertmachers arbeitete Manuel Fierro häufig an einem Vorhaben, das ihm eine Herzensangelegenheit war. Sein Bruder, Nuño Fierro, der Arzt von Saragossa, hatte ihm durch fahrende Kaufleute Skizzen von einer Reihe von chirurgischen Instrumenten zukommen lassen. Der Meister benutzte harten Stahl, gewonnen aus dem besonderen Erz, das er und Jona aus der Höhle über Gibraltar geholt hatten, um daraus mit eigenen Händen Werkzeuge für seinen Bruder zu fertigen: Skalpelle, Lanzetten, Sägen, Kratzer, Sonden und Pinzetten.

Wenn der Meister nicht da war, führte Paco Jona die Instrumente als Beispiele für herausragende Metallbearbeitung vor. »Für jedes dieser kleinen Werkzeuge wendet er so viel Sorgfalt auf, wie er es für ein ganzes Schwert oder einen Spieß tun würde. Es ist eine Arbeit, die er mit Liebe vollbringt.«

Voller Stolz erzählte er Jona, daß er Fierro geholfen habe, des Meisters eigenes Schwert aus diesem besonderen Stahl zu schmieden. »Es mußte eine einzigartige Klinge sein, denn Manuel Fierro weiß mit einem Schwert besser umzugehen als jeder, den ich kenne.«

Jona hielt einen Augenblick im Polieren inne. »Ist er besser als Angel Costa?«

»Angel hat im Krieg gelernt, ein Meister des Tötens zu werden. Mit allen anderen Waffen ist er unerreicht. Aber mit dem Schwert allein ist der Meister der bessere Mann.«

Jonas geprellte Rippen waren kaum verheilt, als man ihm schon wieder befahl, in einem Turnier gegen Angel Costa anzutreten. Diesmal saß er, erneut in voller Rüstung, auf einem grauen arabischen Schlachtroß und galoppierte, eine Lanze mit einer gepolsterten Holzkugel als Spitze in der Armbeuge, auf Angel zu, der mit einer ähnlichen Lanze im Anschlag auf einem glänzend braunen Schlachtroß auf ihn zustürmte.

Jona war es nicht gewöhnt, auf einem temperamentvollen Pferd zu reiten, und so war er vollauf damit beschäftigt, oben zu bleiben. Die Kugel am Ende seiner Lanze schwankte und zuckte, während er auf dem Rücken seines Tieres hin und her geworfen wurde.

Die Pferde waren durch eine Holzwand geschützt, die zwischen den Kämpfenden verlief, die Reiter jedoch waren ungeschützt.

Zeit zur Vorbereitung gab es keine, nur ein kurzes Hufgetrappel, und dann stießen die beiden aufeinander. Jona sah die Kugel an Angels Lanze größer und größer werden, bis sie riesig war wie der Vollmond und schließlich wie das Leben selbst, und dann traf sie ihn und riß ihn vom Pferd und zu Boden, in eine demütigende und schändliche Niederlage.

Costa war nicht sehr beliebt. Es gab kaum Jubel, nur Luis genoß jede Sekunde. Als Paco und einige andere den benommenen Jona aus seiner Rüstung befreiten, sah er, daß Luis auf ihn zeigte und lachte, bis ihm die Tränen über die Wangen liefen.

An diesem Nachmittag versuchte Jona, sich nicht anmerken zu lassen, daß er hinkte. Er ging zum Räucherhaus und fand dort Angel Costa, der an einem Wetzstein Speerspitzen schärfte.

»Hola«, sagte er, aber Costa erwiderte den Gruß nicht und arbeitete ungerührt weiter.

»Ich kann nicht kämpfen.«

Costa ließ sein heiseres Lachen ertönen. »Nein«, pflichtete er ihm bei.

»Ich würde gern lernen, wie man mit Waffen umgeht. Wärt Ihr vielleicht bereit, es mir beizubringen?«

Costa starrte ihn mit zusammengekniffenen Augen an. »Ich unterweise nicht.« Behutsam prüfte er mit der Fingerkuppe die Schärfe einer Pfeilspitze. »Aber ich will dir sagen, was du tun mußt, um meine Kunst zu erlernen. Du mußt Soldat werden und zwanzig Jahre lang gegen die Mauren kämpfen. Du mußt töten und töten, mit jeder Waffe, die du in die Hand bekommst, und manchmal mit bloßen Händen, und wann immer möglich, mußt du dem Erschlagenen seine Rute abschneiden. Und wenn du dann mehr als hundert beschnittene Pimmel beisammen hast, kannst du zurückkommen und mich herausfordern und deine Sammlung von Pimmeln gegen meine setzen. Und dann werde ich dich sehr schnell töten.«

Fierro, den Jona vor dem Stall traf, war freundlicher zu ihm. »Kein guter Tag für dich, was, Ramón?« fragte er fröhlich. »Bist du verletzt?«

»Nur mein Stolz, Meister.«

»Ich möchte dir einen Rat geben. Du mußt von Anfang an die Lanze viel fester packen, mit beiden Händen, und du mußt dir das hintere Ende der Waffe fest zwischen Ellbogen und Körper klemmen. Sieh deinen Gegner an und laß ihn nicht aus den Augen, während er auf dich zukommt, und dann folge ihm mit der Spitze deiner Lanze, so daß sie seinen Körper trifft, als wäre der Zusammenprall vorherbestimmt.«

»Ja, Señor«, sagte Jona, aber so mutlos, daß Fierro lächeln mußte.

»Es ist nicht aussichtslos, aber du reitest ohne Selbstvertrauen. Du mußt eins werden mit dem Pferd, damit du die Zügel schießen lassen und dein ganzes Augenmerk auf die Lanze richten kannst. Wenn du an einem Tag einmal wenig Arbeit hast, dann hol dir das graue Pferd aus dem Stall und reite mit ihm aus, aber striegle es danach und gib ihm Futter und Wasser. Ich glaube, die Übung wird dir und dem Tier guttun.«

Müde und zerschlagen schleppte Jona sich an diesem Abend in die Hütte und ließ sich auf sein Lager sinken.

Vicente sah von seiner Pritsche aus zu ihm herüber. »Wenigstens bist du noch am Leben. Angel hat eine verschlagene Seele.« Der alte Mann redete wieder normal und schien bei Sinnen zu sein.

»Ist das Fieber nicht zurückgekehrt?«

»Anscheinend nicht.«

»Gut, Vicente, das freut mich.«

»Ich danke dir, daß du dich während meiner Krankheit um mich gekümmert hast, Ramón Callicó.« Er hustete und räusperte sich. »Ich hatte im Fieber schreckliche Träume. Habe ich wirr geredet?«

Jona lächelte ihn an. »Nur ein paarmal. Manchmal hast du zum heiligen Pilger gebetet.«

»Zum heiligen Pilger. Wirklich?«

Einen Augenblick lang schwiegen sie, und dann setzte Vicente sich mühsam auf. »Es gibt etwas, das ich dir gern sagen möchte, Ramón. Etwas, das ich mit dir teilen möchte, weil du der einzige bist, der sich um mich gekümmert hat.«

Jona sah ihn besorgt an, denn Vicentes Stimme klang plötzlich wieder so angespannt und schrill, daß er glaubte, das Fieber wäre zurückgekehrt. »Was denn, Vicente?«

»Ich habe ihn entdeckt.«

»Wen …?«

»Santo Peregrino El Compasivo. Ich habe den Heiligen der Pilger gefunden«, sagte Vicente Deza.

»Vicente, was redest du da?« Jona sah den alten Mann bekümmert an. Seit der Nacht seines Deliriums waren erst drei Tage vergangen.

»Du glaubst, ich bin nicht bei mir. Ich verstehe.«

Vicente hatte recht, er glaubte wirklich, der alte Mann sei verrückt, wenngleich auf harmlose Weise.

Vicente schob die Hände unter sein Lager. Er zog etwas hervor und krabbelte damit wie ein Kind zu Jona. »Nimm es«, sagte er, und Jona fand einen Gegenstand in seiner Hand. Er war klein und dünn. Er hielt ihn hoch, um ihn in dem trüben Licht besser erkennen zu können.

»Was ist das?«

»Ein Knochen. Vom Finger des Heiligen.« Er packte Jona am Arm. »Du mußt mit mir kommen, Ramón, und es dir selbst anschauen. Laß uns am Sonntag morgen hingehen.«

Verdammt. Den Sonntagvormittag hatten die Arbeiter frei, damit sie den Gottesdienst besuchen konnten. Jona reute es, die wenigen kostbaren Stunden, die er für sich selbst hatte, zu vergeuden. Er wollte dem Rat des Meisters folgen und mit dem grauen Araber ausreiten, befürchtete aber, daß Vicente ihm keine Ruhe lassen würde, wenn er dessen Behauptungen keine Beachtung schenkte.

»Ja, wir gehen am Sonntag hin, wenn wir dann beide laufen können«, sagte er und gab ihm den Knochen zurück.

Er machte sich Sorgen um Vicente, der nicht aufhörte, ihm in fiebrigem Flüsterton von seiner Entdeckung zu erzählen. In jeder anderen Hinsicht schien er jedoch von seiner Krankheit genesen zu sein; er wirkte wach und bei Kräften, und sein Appetit sowohl auf Essen wie auf Wein war auf erstaunliche Art zurückgekehrt.

Jonas Befürchtung, daß Vicente ihm keine Ruhe lassen würde, wenn er nicht darauf einging, wurde immer stärker.

So kam es, daß die beiden am darauffolgenden Sonntag morgen die Landbrücke überquerten, die Gibraltar mit Spanien verband. Auf dem Festland angekommen, wanderten sie eine halbe Stunde nach Osten, bis Vicente die Hand hob.

»Wir sind da.«

Jona sah nichts anderes als einen einsamen Flecken sandiger Erde, aus dem sich zahlreiche flache Granitfelsen erhoben. Er konnte nichts Ungewöhnliches entdecken, und doch folgte er Vicente, der über die Felsgebilde kletterte, als wäre er keinen Tag krank gewesen.

Schließlich fand Vicente dicht am Pfad die Felsen, nach denen er Ausschau gehalten hatte, und Jona sah, daß sich genau in der Mitte der Gruppe ein breiter Spalt öffnete. Eine Felsplatte überragte schräg abfallend die Öffnung. Zu sehen war sie nur, wenn man direkt darüber stand.

Vicente hatte in einem Metallkästchen ein glühendes Kohlestück mitgebracht, und Jona blies nun auf die Kohle und entzündete daran zwei Kerzenstummel.

Regenwasser wurde von der Felsrampe, die ein Stückchen weiter hinten im Sandboden endete, an der Öffnung vorbeigeleitet. Die Höhle, die sich unter den Felsen befand, war trocken und etwa so groß wie Mingos Höhle auf dem Sacromonte. Sie endete in einem schmalen Spalt, der offensichtlich eine Verbindung zur Oberfläche hatte, denn Jona spürte einen Luftzug.

»Schau«, sagte Vicente.

Im flackernden Licht sah Jona ein Skelett. Die Knochen des Oberkörpers schienen noch unversehrt, aber die Knochen der Beine und Füße waren ein Stückchen weggezerrt worden, und als Jona sich mit der Kerze über sie kniete, sah er, daß ein Tier sie angenagt hatte. Von den Kleidern, die den Körper bedeckt hatten, waren nur noch Fetzen vorhanden, die im Umkreis verstreut lagen. Jona vermutete, daß das Tuch von Tieren gefressen worden war, die das Salz des Schweißes angelockt hatte.

»Und da!«

Es war ein schlichter, aus Ästen errichteter Altar. Davor standen drei irdene Töpfe. Ihr Inhalt war längst gefressen worden, vermutlich von demselben Lebewesen, das die Knochen angenagt hatte.

»Opfergaben«, sagte Jona. »Vielleicht für eine heidnische Gottheit.«

»Nein«, sagte Vicente. Er ging mit seiner Kerze an die gegenüberliegende Wand, an der ein großes Kreuz lehnte.

Dann beleuchtete er den Fels neben dem Kreuz, und Jona sah, daß dort das Symbol der frühesten Christenheit, das Zeichen des Fisches, eingeritzt war.

»Wann hast du das gefunden?« fragte Jona, als sie zur Schmiede zurückkehrten.

»Vielleicht einen Monat nach deiner Ankunft. Eines Tages ergab es sich, daß ich eine Flasche Wein in meinem Besitz fand...«

»Du hast sie in deinem Besitz gefunden?«

»Ich habe sie aus der Schenke gestohlen, als Bernáldez gerade beschäftigt war. Aber dazu müssen mich die Engel verleitet haben, denn als ich mit der Flasche wegging, um sie ungestört trinken zu können, wurden meine Schritte zu diesem Ort geleitet.«

»Und was willst du mit diesem Wissen machen?«

»Es gibt Leute, die für heilige Reliquien viel Geld bezahlen. Ich möchte, daß du mit ihnen verhandelst. Du mußt den besten Preis herausschlagen.«

»Nein, Vicente.«

»Ich werde dich natürlich gut dafür bezahlen.«

»Nein, Vicente.«

Ein gerissenes Funkeln blitzte in Vicentes Augen auf. »Siehst du, genau deshalb glaube ich, daß du erfolgreich verhandeln wirst. Nun gut. Du sollst die Hälfte von allem haben. Eine ganze Hälfte.«

»Ich handle nicht mit dir. Die Männer, die Reliquien kaufen

und verkaufen, sind böse Schlangen. Ich an deiner Stelle würde in die Kirche im Dorf gehen und den Priester – wie heißt er gleich wieder?«

»Padre Vasquez.«

»Ja. Ich würde Padre Vasquez hierherführen und ihn bestimmen lassen, ob diese Überreste tatsächlich die eines Heiligen sind.«

»Nein!« Vicente wirkte plötzlich wieder fiebrig, sein Gesicht war von Zorn gerötet. »Gott hat meine Schritte zu dem Heiligen gelenkt. Gott hat sich überlegt: ›Bis auf seine Schwäche für starke Getränke ist Vicente kein übler Kerl. Ich will ihm Glück bringen, damit er seine Tage in Bequemlichkeit beenden kann.‹«

»Es ist deine Entscheidung, Vicente. Aber ich werde mich nicht daran beteiligen.«

»Dann mußt du den Mund halten über alles, was du heute morgen gesehen hast.«

»Es wird mir ein Vergnügen sein, es zu vergessen.«

»Denn wenn du daran denken solltest, die Reliquien selbst zu verkaufen, ohne Vicente, werde ich dafür sorgen, daß es dir schlecht bekommt.«

Jona sah ihn erstaunt an, denn es wunderte ihn, daß Vicente so schnell vergessen haben sollte, wer ihn in seiner Krankheit gepflegt hatte. »Mach mit den Reliquien, was du willst, und sei verdammt«, erwiderte er knapp, und dann kehrten sie in angespanntem Schweigen nach Gibraltar zurück.

4. KAPITEL

DIE AUSERWÄHLTEN

Am darauffolgenden Sonntag führte Jona im ersten Morgenlicht den grauen Araber aus dem Stall und verließ das Grundstück, bevor die anderen Arbeiter aufwachten. Anfangs versuchte er sich nur an das Gefühl zu gewöhnen, auf dem Rücken dieses Tieres zu sitzen. Bis er dann den Mut aufbrachte, die Zügel schießen zu lassen, vergingen drei Wochen. Der Meister hatte ihm gesagt, es genüge nicht, einfach nur im Sattel zu bleiben, er müsse lernen, das Pferd ohne Zügel oder Zaumzeug zu lenken. Wenn er wolle, daß das Pferd galoppierte, ein Tritt mit den Hacken. Ein kurzer Druck mit beiden Knien, um das Tier anzuhalten. Eine schnelle Abfolge von Knieschlüssen, und das Pferd ging rückwärts.

Zu seiner Freude merkte er bald, daß das Pferd dazu abgerichtet war, genau diesen Befehlen zu folgen. Unermüdlich übte Jona, er lernte, seine Bewegungen dem Auf und Ab des Galopps anzupassen, einen abrupten Halt abzufangen oder in den Schritt zu wechseln.

Er kam sich vor wie ein Knappe, der lernte, ein Ritter zu werden.

So vergingen Spätsommer, Herbst und Winter von Jonas erstem Lehrjahr. So weit im Süden setzte der Frühling zeitig ein. An einem sonnigen, milden Tag untersuchte Manuel Fierro jedes

Einzelteil der Rüstung des Grafen Vasca und trug Luis Planas auf, sie zusammenzubauen.

Dann stand sie im Hof neben einem herrlichen Schwert, das Paco Parmiento gemacht hatte, und die Sonne ließ das polierte Metall in seiner ganzen Pracht erstrahlen. Der Meister verkündete, er habe vor, einen Trupp Männer auszuschicken, um die Rüstung dem Edelmann in Tembleque zu liefern, aber die Abordnung könne erst aufbrechen, wenn andere, dringende Arbeiten abgeschlossen seien.

So machten die Metallarbeiter sich frisch ans Werk, und die Schmiede hallte wider von hämmernder Geschäftigkeit. Der bevorstehende Abschluß verschiedener Aufträge und das Einsetzen des Frühlings erfüllten Fierro mit frischer Tatkraft, und er verkündete, daß vor der Abreise des Liefertrupps wieder ein Turnier veranstaltet werde.

An den folgenden beiden Sonntagvormittagen ritt Jona auf eine einsame Wiese und übte das Reiten mit der Lanze im Anschlag. Während der Araber über das freie Feld galoppierte, hielt er die Kugelspitze unverwandt auf einen Busch gerichtet, der ihm als Ziel diente.

An mehreren Abenden kam Vicente sehr spät in die Hütte, wo er sich auf sein Lager fallen ließ und völlig berauscht sofort anfing zu schnarchen. Im Kramladen schimpfte Tadeo Deza über seinen Vetter. »Er wird schnell und auf unangenehme Art betrunken, und dann belohnt er jene, die ihm auch nur den billigsten Wein ausgeben, mit wilden Geschichten.«

»Was für wilde Geschichten?« fragte Jona.

»Er behauptet, einer von Gottes Auserwählten zu sein. Sagt, er hätte die Knochen eines Heiligen gefunden. Sagt, daß er der Heiligen Mutter Kirche bald ein großzügiges Geschenk machen wird. Dabei hat er noch nicht einmal das Geld, um seinen Wein zu bezahlen.«

»Ach ja«, erwiderte Jona verlegen. »Er schadet niemandem – außer vielleicht sich selbst.«

»Ich glaube, am Ende wird mein Vetter Vicente sich mit seinem Saufen noch selber umbringen.«

Manuel Fierro fragte Jona, ob er noch einmal an einem Turnier teilnehmen würde. Auch diesmal sollte er wieder zu Pferde gegen Angel Costa antreten. Jona stimmte zu; vielleicht wollte der Meister ja sehen, ob Jonas Übungen mit dem Araber gefruchtet hatten.

In der Morgenkühle des übernächsten Tages half Paco Parmiento ihm wieder einmal in die zerbeulte Übungsrüstung, während auf der anderen Seite des Turnierplatzes Luis laut lachend Knappe und Pferdeknecht spielte und Costa aufwartete.

»Ach, Luis!« rief Costa und zeigte in gespielter Angst auf Jona. »Siehst du, wie groß er ist? Ich fürchte, er ist ein Riese. O weh! Was sollen wir nur tun?« Und er schüttelte sich vor Lachen, als Luis Planas die Hände faltete und sie zum Himmel hob, als würde er um Gnade bitten.

Parmientos sonst so friedliches Gesicht glühte vor Zorn. »Die beiden sind Abschaum«, sagte er.

Jeder der Wettkämpfer ließ sich beim Aufsteigen helfen. Costa war geübt darin und saß in wenigen Augenblicken auf seinem Pferd. Jona war ungeschickter; es fiel ihm schwer, das durch die Rüstung schwere und steife Bein zu heben und es über den grauen Araber zu schwingen, und er nahm sich vor, den Meister deswegen um Rat zu fragen, obwohl das vielleicht gar nicht nötig war, denn Fierro, der bei seinen Arbeitern stand, sah aufmerksam zu, und für gewöhnlich entging ihm fast nichts.

Als beide in den Sätteln saßen, drehten sie ihre Pferde einander zu. Jona gab sich Mühe, unsicher zu wirken, mit der Linken hielt er die Zügel umklammert, während die Lanze locker in seiner Rechten lag, so daß die Spitze zitternd nach unten zeigte.

Als der Meister zum Zeichen des Beginns sein Taschentuch senkte, ließ Jona die Zügel los, und während der Araber losstürmte, umklammerte er fest und mit beiden Händen die Lanze. Er war mittlerweile daran gewöhnt, auf ein Ziel zuzureiten, und es zermürbte ihn, dieses Ziel nun auf sich zukommen zu sehen, dennoch hielt er die Lanze fest auf den gegnerischen Reiter gerichtet. Seine Kugelspitze traf Angels Brustpanzer genau in der Mitte. Costas Lanze glitt von Jonas Schulter ab, ohne Schaden anzurichten, und einen Augenblick lang glaubte er, gewonnen zu haben, aber seine Lanze bog sich und brach, und so blieb Costa im Sattel, während sie aneinander vorbeigaloppierten.

Am Ende der Trennwand wendeten beide ihre Pferde. Der Meister machte keine Anstalten, das Turnier für beendet zu erklären, und so warf Jona seinen Lanzenstummel fort und ritt unbewaffnet auf Angel zu.

Je näher sie einander kamen, um so größer wurde die Spitze von Angels Lanze, doch als Costa nur noch zwei Hufschläge entfernt war, drückte Jona dem Araber beide Knie in die Flanken, und das Pferd blieb sofort stehen.

Die Lanze verfehlte Jona nur um Handbreite, und er hatte die Geistesgegenwart, die Waffe zu packen und fest daran zu reißen, während er mit den Knien seinem braven Tier den Befehl gab, rückwärts zu gehen. Angel Costa wäre beinahe gestürzt, er konnte sich nur im Sattel halten, weil er, während sein Pferd weiterrannte, die Lanze losließ. Jona hielt die Lanze fest umklammert, während er sich von seinem Araber ans andere Ende tragen ließ. Als sie sich jetzt wieder einander zudrehten, war es Jona, der die Lanze in der Hand hielt, während Angel der Unbewaffnete war.

Die Jubelschreie der Arbeiter waren Musik in Jonas Ohren, doch sein Hochgefühl verflog, als der Meister das Zeichen zum Abbruch gab.

»Das hast du sehr gut gemacht. Großartig!« sagte Paco, als er ihm aus der Rüstung half. »Ich glaube, der Meister hat das Turnier beendet, um seinem alten Kämpen die Demütigung zu ersparen.«

Jona schaute hinüber zum anderen Ende des Platzes, wo Luis gerade Angel Costa aus seinem Stahlkleid befreite. Nun lachte Costa nicht mehr. Luis beschwerte sich beim Meister, der nur dastand und ihn kalt anstarrte.

»Oje, das ist ein schlechter Tag für unseren Waffenmeister«, sagte Paco leise.

»Warum? Er blieb doch im Sattel. Das Turnier ist ohne Sieger geblieben.«

»Darum ist er ja so wütend, Ramón Callicó. Für einen wilden Teufel wie Angel Costa ist Nichtgewinnen gleichbedeutend mit Verlieren. Er wird dir diesen Tag nicht danken«, sagte der Schwertmacher.

Als Jona in seine Hütte zurückkehrte, war niemand da. Er war enttäuscht, denn er hatte Vicente nicht unter den Zuschauern gesehen und hätte sich so gerne die Freude gegönnt, in allen Einzelheiten davon zu berichten.

Das Tragen der Rüstung und die Anspannung des Kampfes hatten ihn erschöpft, und so schlief er sofort ein, kaum daß er sich auf sein Lager legte. Erst am nächsten Morgen wachte er wieder auf. Er war noch immer allein, und es schien ihm, als wäre Vicente die ganze Nacht nicht in der Hütte gewesen.

Paco und Manuel Fierro waren bereits bei der Arbeit, als er die Hütte des Schwertmachers betrat.

»Das hast du gestern sehr gut gemacht«, sagte der Meister mit einem Lächeln.

»Vielen Dank, Señor«, erwiderte Jona erfreut.

Man gab ihm Dolche zum Schärfen. »Habt Ihr Vicente gesehen?« fragte er.

Beide Männer schüttelten den Kopf.

»Er war heute nacht nicht in unserer Hütte.«

»Er ist ein Säufer, und wahrscheinlich hat er seinen Rausch hinter einem Busch oder unter einem Baum ausgeschlafen«, sagte Paco. Dann verstummte er, denn ihm war wohl eingefallen, daß der alte Mann ein Liebling Fierros war.

»Ich hoffe, daß seine Krankheit nicht zurückgekehrt ist und ihm auch sonst kein Mißgeschick widerfahren ist«, bemerkte Fierro.

Jona nickte besorgt.

»Ich möchte Bescheid erhalten, wenn ihr ihn das nächste Mal seht«, sagte der Meister, und Jona und Paco entgegneten, daß sie es ihm melden würden.

Wäre Fierro bei der Arbeit an den Büchern seiner Werkstatt nicht das Tintenpulver ausgegangen, hätte sich Jona nicht im Dorf aufgehalten, als man Vicente fand. Er war eben auf dem Weg zum Kramladen, als vom Hafen unterhalb der Hauptstraße Lärm und Geschrei heraufdrangen.

»Ein Ertrunkener! Ein Ertrunkener!«

Zusammen mit anderen Neugierigen rannte Jona zum Hafen hinunter, und als er dort ankam, sah er, daß Vicente triefnaß aus dem Wasser gezogen wurde.

Die dünnen Haare klebten ihm am Kopf, darunter war die Kopfhaut des alten Mannes zu sehen. Auf der linken Seite des Schädels klaffte eine tiefe Wunde. Die Augen starrten blicklos.

»Sein Gesicht ist ja ganz zerschlagen«, sagte Jona.

»Bestimmt ist er gegen Felsen und die Uferbefestigung geschlagen«, sagte José Gripo mitfühlend.

Tadeo Deza kam aus dem Kramladen gelaufen, um nachzusehen, was der Lärm zu bedeuten hatte. Er sank auf die Knie und drückte sich Vicentes nassen Kopf an die Brust. »Mein Vetter ... mein Vetter ...«

»Wohin sollen wir ihn bringen?« fragte Jona.

»Meister Fierro hat ihn sehr gern gemocht«, sagte Gripo. »Vielleicht erlaubt er, daß Vicente auf dem Grundstück hinter der Werkstatt beerdigt wird.«

Als Vicente fortgetragen wurde, ging Jona mit Gripo und Tadeo hinter der Leiche her. Tadeo war erschüttert. »Als Jungen waren wir Spielkameraden. Wir waren unzertrennliche Freunde ... Als Mann hatte er gewisse Schwächen, aber in seinem Herzen war er ein guter Mensch.« Vicentes Vetter, der so schlecht von ihm gesprochen hatte, als er noch am Leben war, brach in Tränen aus.

Gripo hatte richtig vermutet: Fierros Freundlichkeit Vicente gegenüber veranlaßte den Meister zu einer letzten Geste der Barmherzigkeit. Vicente wurde auf einem kleinen Rasenstück hinter der Schwertmacherhütte beerdigt. Die Arbeiter erhielten frei, so daß sie sich in der heißen Sonne versammeln und miterleben konnten, wie Vicentes Leiche von Padre Vasquez feierlich der Erde übergeben wurde. Dann kehrten alle an ihre Arbeit zurück.

Der Tod warf seinen Schatten. Die Hütte, die Jona mit Vicente bewohnt hatte, war jetzt leer und still. Einige Nächte lang schlief Jona unruhig, immer wieder wachte er auf, und dann lag er da und lauschte dem Rascheln der Mäuse.

Jeder in der Werkstatt arbeitete schwer, um fertigzustellen, was an Aufträgen abzuschließen war, bevor die Abordnung nach Tembleque aufbrach, um dem Grafen Vasca seine Rüstung und sein Schwert zu bringen. Deshalb runzelte Manuel Fierro auch mißmutig die Stirn, als ein Junge mit der Nachricht kam, daß ein Verwandter von Ramón Callicó in Gibraltar eingetroffen sei und Señor Callicó in der Dorfschenke zu sprechen wünsche.

»Du mußt natürlich hingehen«, sagte Fierro zu Jona, der dabei war, Schwerter zu schärfen. »Aber vergiß nicht zurückzukehren, sobald du ihn gesprochen hast.«

Jona dankte ihm bedrückt und machte sich auf den Weg. Den

Kopf in Aufruhr, schlich er ins Dorf, so langsam er konnte. Der Mann, der ihn erwartete, war nicht Onkel Aaron, das war klar. Ramón Callicó war ein erfundener Name, den Jona sich zugelegt hatte, als er einen Namen brauchte. Konnte es sein, daß es hier in der Nähe einen echten Ramón Callicó gab und daß Jona Toledano nun den Verwandten dieses Mannes treffen würde?

Zwei Männer warteten zusammen mit dem Jungen, der die Nachricht überbracht hatte, vor der Schenke. Jona sah, daß der Junge ihn den Männern zeigte, dann eine Münze erhielt und davonlief.

Als er auf sie zuging, fiel ihm auf, daß der eine gekleidet war wie ein Edelmann, in Brustharnisch und feinem Tuch. Er trug einen kurzen gepflegten Kinnbart. Der andere Mann hatte einen struppigen Bart und derbere Kleidung, aber auch er trug ein Schwert. Zwei prächtige Pferde waren vor der Seitentür der Schenke angebunden.

»Señor Callicó?« fragte der Mann mit dem Kinnbart.

»Ja.«

»Laßt uns ein wenig spazierengehen, während wir uns unterhalten, denn wir sind sattelmüde.«

»Wie heißt Ihr, Señores? Und wer von Euch ist mein Verwandter?«

Der Mann lächelte. »Sind wir denn nicht alle Verwandte im Herrn?«

Jona musterte die beiden.

»Mein Name ist Anselmo Lavera.«

Jona erinnerte sich, daß Mingo den Namen erwähnt hatte. Lavera war der Mann, der hier im Süden Spaniens den Handel mit gestohlenen Reliquien beherrschte.

Lavera stellte den anderen Mann nicht vor, der auch von sich aus nichts sagte. »Vicente Deza hat uns gebeten, Euch aufzusuchen.«

»Vicente Deza ist tot.«

»Wie traurig. Ein Unfall?«

»Er ist ertrunken und wurde erst vor wenigen Tagen begraben.«

»Was für ein Unglück. Er sagte uns, Ihr wüßtet, wo sich eine gewisse Höhle befindet.«

Jona war sich ganz sicher, daß die beiden Vicente umgebracht hatten. »Sucht Ihr eine der Höhlen im Felsen von Gibraltar?« fragte er.

»Sie befindet sich nicht im Felsen. Nach dem, was Deza uns gesagt hat, befindet sie sich irgendwo ein Stück weit von Gibraltar entfernt.«

»Von einer solchen Höhle weiß ich nichts, Señor.«

»Ich verstehe, manchmal fällt es einem schwer, sich zu erinnern. Aber wir wollen Eurer Erinnerung auf die Sprünge helfen. Und wenn Ihr Euch erinnert, werden wir Euch großzügig belohnen.«

»Wenn Vicente Euch meinen Namen genannt hat, warum hat er Euch dann nicht den Ort beschrieben, den Ihr sucht?«

»Wie gesagt, sein Tod war höchst unglücklich. Er wurde ermutigt, sich zu erinnern, aber die Ermutigung war ungeschickt und etwas überschwenglich.«

Jona lief es kalt über den Rücken, als er hörte, wie seelenruhig Lavera ein solch schreckliches Geständnis von sich gab.

»Ich war nicht dabei, müßt Ihr wissen. Ich hätte es besser gemacht. Als Vicente dann bereit war, den Ort zu nennen, war er nicht mehr in der Lage dazu. Aber als man ihn ermutigte zu sagen, wer uns sonst noch weiterhelfen könnte, nannte er sofort Euren Namen.«

»Ich werde mich umhören, ob irgend jemand etwas von einer Höhle weiß, die Vicente kannte«, sagte Jona.

Der Mann mit dem kurzen Bart nickte. »Hattet Ihr Gelegenheit, Vicente zu sehen, bevor er begraben wurde?«

»Ja.«

»Armer Kerl. So jämmerlich zu ertrinken. War er übel zugerichtet?«

»Ja.«

»Schrecklich. Die See hat kein Erbarmen.«

Anselmo Lavera sah Jona an. »Man verlangt andernorts nach uns, und wir müssen eilen. Aber in zehn Tagen werden wir wieder hier durchkommen. Denkt an die Belohnung, und denkt daran, was der arme Vicente von Euch erwartet hätte.«

Jona wußte, daß er weit weg sein mußte von Gibraltar, wenn sie zurückkehrten. Sie würden ihn töten, wenn er ihnen die Lage des Heiligengrabs nicht verriet, und auch wenn er es täte, würden sie ihn töten, weil er gegen sie Zeugnis ablegen konnte.

Das machte ihn traurig, weil er zum ersten Mal seit seinem Weggang aus Toledo sowohl den Ort mochte, an dem er sich befand, als auch die Arbeit, die er tat. Fierro war ein gütiger, freundlicher Mensch, ein Meister, wie man ihn nur sehr selten fand.

»Wir wollen, daß Ihr gut nachdenkt, damit Ihr Euch an das erinnert, was wir wissen müssen. Sind wir uns einig, mein Freund?«

Laveras Stimme war nie unangenehm gewesen, aber Jona erinnerte sich an die Wunde in Vicentes Kopf und an den schauerlichen Zustand seines Gesichts und seines Körpers.

»Ich werde mir Mühe geben, mich zu erinnern, Señor«, erwiderte er höflich.

»Hast du deinen Verwandten getroffen?« fragte Fierro, als Jona zurückkehrte.

»Ja, Meister. Ein entfernter Verwandter mütterlicherseits.«

»Die Familie ist wichtig. Es ist gut, daß er gerade jetzt kam, denn in ein paar Tagen wirst du schon fort sein.« Fierro berichtete, er habe beschlossen, Paco Parmiento, Luis Planas, Angel Costa und Ramón Callicó nach Tembleque zu schicken, um dem Grafen Vasca seine Rüstung zu bringen. »Paco und Luis können mit ihren Fähigkeiten noch etwaige Änderungen vornehmen, die nach der Übergabe nötig sein sollten. Angel wird der Führer eurer kleinen Karawane sein.«

Fierro fuhr fort, er wollte, daß Ramón Callicó dem Grafen die Rüstung übergebe, »weil du ein reineres Spanisch als die anderen sprichst und weil du lesen und schreiben kannst. Ich will eine schriftliche Bestätigung des Grafen von Tembleque über den Erhalt der Rüstung. Haben wir uns verstanden?«

Jona brauchte eine Weile, bis er antwortete, denn er schickte zuvor ein Dankgebet zum Himmel.

»Ja, Señor, ich habe verstanden.«

Obwohl Jona froh war, weit weg zu sein von Gibraltar, wenn Anselmo Lavera zurückkehrte, ängstigte ihn doch der Gedanke, in die Toledaner Gegend zurückzukehren. Doch dann sagte er sich, daß er Toledo als Knabe verlassen hatte und nun als großer, kräftiger Mann zurückkehrte, mit Gesichtszügen, die Wachstum, Männlichkeit und die gebrochene Nase verändert hatten, einem dichten Bart und langem Haar sowie einem neuen Namen, der sich bereits an vielen Orten bewährt hatte.

Fierro rief die vier Mitglieder der Reisegruppe zusammen und nahm kein Blatt vor den Mund, als er ihnen seine Anweisungen gab. »Es ist gefährlich, an fremde Orte zu reisen, und ich befehle euch deshalb, einträchtig zusammenzuarbeiten und nicht gegeneinander. Angel ist während der Reise euer Anführer, ihm obliegt der Schutz der Gruppe, und er ist mir persönlich für die Sicherheit von jedem von euch verantwortlich. Luis und Paco sind verantwortlich für den Zustand der Rüstung und des Schwerts. Ramón Callicó wird dem Grafen Vasca die Rüstung übergeben, sich versichern, daß er damit zufrieden ist, bevor ihr wieder abreist, und sich vom Grafen eine schriftliche Empfangsbestätigung aushändigen lassen und mir zurückbringen.«

Dann fragte er einen nach dem anderen, ob er seine Anweisungen verstanden habe, und jeder bejahte es.

Fierro überwachte die sorgfältigen Vorbereitungen für die Reise. Als Wegzehrung erhielten sie nur ein paar Säcke mit getrockneten Erbsen und hartem Zwieback. »Angel muß unterwegs jagen, um euch mit frischem Fleisch zu versorgen«, sagte der Meister.

Jeder der vier Männer erhielt ein Pferd zugewiesen. Die Rüstung des Grafen Vasca sollte von vier Packeseln befördert werden. Damit die Erscheinung seiner Arbeiter Fierro keine Schande machte, erhielten sie neue Kleidung, zusammen mit der strengen Ermahnung, daß sie sie erst anlegen dürften, wenn sie sich Tembleque näherten. Alle vier wurden mit Schwertern ausgestattet, und Costa und Jona erhielten Brustharnische. Costa schnallte sich große, rostige Sporen an die Stiefel und versorgte sich mit einem Langbogen und einem großen Vorrat an Pfeilen.

Paco lächelte. »Angel mit seiner beständig mürrischen Miene ist der geborene Anführer«, flüsterte er Jona zu, der froh war, daß neben den beiden anderen auch Paco ihn auf dieser Reise begleitete.

Als alles bereit war, führten die vier Reisenden ihre Tiere die Laufplanke des ersten Küstenschiffes hoch, das in Gibraltar festmachte. Zu Jonas Überraschung war es die *Leona*. Der Kapitän begrüßte jeden Fahrgast mit herzlichen Worten.

»*Hola!* Ihr seid das«, sagte er zu Jona. Obwohl der Kapitän, solange Jona zur Schiffsmannschaft gehört hatte, nie ein Wort an ihn gerichtet hatte, verbeugte er sich jetzt vor ihm und lächelte. »Seid mir aufs neue willkommen an Bord der *Leona,* Señor.« Paco, Angel und Luis sahen überrascht zu, wie auch andere Mitglieder der Mannschaft ihn begrüßten.

Die Tiere wurden auf dem Achterdeck an der Reling festgebunden, und als Lehrling hatte Jona die Aufgabe, jeden Tag Heu aus dem Laderaum zu holen und sie zu füttern.

Zwei Tage nach dem Auslaufen wurde die See kabbelig, und

Luis nahm das so mit, daß er sich übergeben mußte. Angel Costa und Paco machten die Bewegungen des Schiffes nichts aus, und auch Jona nicht, wie er zu seiner Überraschung und Freude feststellte. Als der Maat den Befehl zum Segelreffen gab, lief er unwillkürlich zur Strickleiter am Hauptmast, kletterte hinauf und half den Matrosen beim Einholen und Festmachen der Segel. Als er dann wieder auf Deck war, grinste der Matrose namens Josep, dessen Verletzung Jona damals den Platz in der Schiffsmannschaft verschafft hatte, ihn an und klopfte ihm auf die Schulter. Doch als Jona danach überlegte, was er da eigentlich getan hatte, erkannte er, daß er, falls er über Bord gegangen wäre, wohl von seinem Brustharnisch in die Tiefe gezogen worden und ertrunken wäre, und für den Rest der Fahrt dachte er immer daran, daß er nur Fahrgast war.

Für die vier aus Gibraltar waren die Tage unter Segel eine Zeit voller Langeweile. Früh am Morgen des dritten Tages packte Angel seinen Langbogen und einige Pfeile aus und machte sich daran, Vögel zu schießen.

Die anderen setzten sich, um ihm zuzusehen. »Angel ist mit dem Bogen so gut wie ein verdammter *inglés*«, sagte Paco zu Jona. »Er stammt aus einem kleinen Dorf in Andalusien, das berühmt ist für seine guten Bogenschützen, und seine erste Schlacht bestritt er als Bogenschütze der Landwehr.«

Aber Gaspar Guells, der Maat, rannte zu Costa. »Was tut Ihr da, Señor?«

»Ich will ein paar Seevögel schießen«, sagte Angel und legte einen Pfeil auf die Sehne.

Der Maat war entsetzt. »Nein, Señor. Auf der *Leona* werdet Ihr keine Seevögel töten, denn dies würde sicheres Unheil über uns und das Schiff bringen.«

Costa sah Guells böse an, doch Paco beeilte sich, ihn zu besänftigen. »Bald sind wir an Land, Angel, und dann hast du genügend Gelegenheit zum Jagen. Bei deinem Können wirst du uns alle mit Fleisch versorgen.« Zur allgemeinen Erleichterung löste Costa darauf die Sehne vom Bogen und legte ihn weg.

Die Fahrgäste saßen beisammen und betrachteten Himmel und Meer. »Erzähl uns vom Krieg, Angel«, sagte Luis. Angel war immer noch wütend, aber Luis drängte ihn so lange, bis er einverstanden war. Anfangs hörten die Männer seinen Erinnerungen ans Soldatenleben aufmerksam zu, denn keiner von ihnen war je im Krieg gewesen. Doch schon bald hatten sie genug von den Geschichten über Gemetzel und Blutvergießen, über verbrannte Dörfer, geschlachtetes Vieh und geschändete Frauen. Ihre Neugier verlosch, lange bevor Angel mit seinen Erzählungen fertig war.

Die vier waren neun Tage an Bord der *Leona*. Die Eintönigkeit des Schiffslebens zermürbte sie, und manchmal erhitzten sich die Gemüter. So kamen sie bald stillschweigend überein, daß jeder einen Großteil des Tages für sich blieb. Jona dachte über ein Problem nach, das ihm nicht mehr aus dem Kopf ging. Sollte er nach Gibraltar zurückkehren, würde Anselmo Lavera ihn töten, da war er sich ganz sicher. Doch Costas Zwist mit Gaspar Guells hatte ihn dazu gebracht, sein Problem in neuem Licht zu sehen. Angels Macht war durch die größere Macht, die der Maat an Bord des Schiffes hatte, überwunden worden. Eine Gewalt konnte folglich durch eine größere Gewalt in Schach gehalten werden.

Jona sagte sich, daß er eine größere Macht als Anselmo Lavera finden müsse, eine Kraft, die die Bedrohung durch den Reliquiendieb beseitigen konnte. Zuerst erschien ihm dieser Gedanke grotesk, doch während er Stunde um Stunde dasaß und aufs Meer hinausstarrte, reifte in seinem Kopf ein Plan.

Immer wenn das Schiff in einem Hafen anlegte, führten die vier Männer ihre Tiere an Land und bewegten sie, und als die *Leona* schließlich in den Hafen von Valencia einfuhr, waren Pferde und Lasttiere in gutem Zustand.

Jona hatte schreckliche Geschichten über Valencia aus der Zeit der Judenvertreibung gehört. Daß es damals im Hafen von Schiffen wimmelte, die in einem sehr schlechten Zustand waren und nur unter Segeln standen, weil ihre Besitzer sich am Fahrgeld der Flüchtlinge bereichern wollten. Daß die Frachträume schier barsten vor hineingepferchten Männern, Frauen und Kindern. Daß, als Krankheiten ausbrachen, sieche Fahrgäste auf unbewohnten Inseln zum Sterben ausgesetzt wurden. Daß einige Mannschaften, kaum daß sie auf hoher See waren, die Fahrgäste töteten und ihre Leichen ins Wasser warfen.

Doch an dem Tag, als Angel seinen Trupp von der *Leona* wegführte, schien hell die Sonne, und im Hafen von Valencia war es friedlich und still.

Jona wußte, daß sich seine Tante, sein Onkel und sein kleiner Bruder wahrscheinlich in einem Küstendorf in der Nähe ein Schiff gesucht hatten. Vielleicht waren sie in See gestochen und befanden sich jetzt schon in einem fremden Land. In seinem Herzen wußte er, daß er sie nie wiedersehen würde, und doch sah er jedem Jungen im entsprechenden Alter, an dem er vorbeiritt, ins Gesicht, auf der Suche nach Eleasars vertrauten Zügen. Sein Bruder wäre inzwischen elf Jahre alt.

Aber Jona sah nur fremde Gesichter.

Valencia hinter sich lassend, wandten sie sich nach Westen. Keines der Pferde konnte es mit dem Araberhengst aufnehmen, den Jona bei den Turnieren geritten hatte. Sein jetziges Tier war eine große, graubraune Stute mit flachen Ohren und einem dünnen Schwanz, der schlaff zwischen riesigen Hinterbacken hing. Die Stute machte ihn nicht zum strahlenden Ritter, aber sie war ausdauernd und leicht zu reiten, und dafür war Jona dankbar.

Angel ritt an der Spitze, gefolgt von Paco, der zwei Maultiere führte, und Luis mit den beiden anderen. Jona bildete die Nachhut, was ihm nur recht war. Jeder der vier entwickelte seine eigene Art, sich während der Reise die Zeit zu vertreiben. Angel hob immer wieder laut, aber falsch zu singen an, und heilige Lieder oder Gassenhauer waren ihm gleich lieb. Bei Kirchenliedern fiel Paco mit dröhnender Baßstimme ein. Luis döste im Sattel, während Jona sich mit vielfältigen Gedanken die Zeit vertrieb. Manchmal überlegte er, was er tun mußte, um seinen Plan gegen Anselmo Lavera in die Tat umzusetzen. Irgendwo in der Nähe von Toledo gab es bestimmt Männer, die mit gestohlenen Reliquien handelten und Anselmo Lavera seinen Platz in diesem ungesetzlichen Gewerbe streitig machten. Jona klammerte sich an den Gedanken, daß er gerettet wäre, wenn er sie dazu bringen könnte, Lavera zu beseitigen.

Oft brachte er Stunden damit zu, sich vergessene hebräische Texte wieder ins Gedächtnis zu rufen, jene reiche Sprache, die ihm so schnell entfallen war, die Worte und Melodien, die ihn schon nach ein paar Jahren im Stich gelassen hatten.

An einige wenige Stellen konnte er sich schließlich erinnern, und immer und immer wieder sagte er sich diese Bruchstücke vor. An einen kurzen Abschnitt aus der Genesis erinnerte er sich mit vollkommener Klarheit, denn es war der Text, den er gesungen hatte, als er zum ersten Mal aus der Tora hatte lesen dürfen. *Als sie nun an die Stätte kamen, die Gott ihnen genannt hatte, baute Abraham daselbst den Altar und schichtete das Holz darauf; dann band er seinen Sohn Isaak und legte ihn auf den Altar, oben auf das Holz. Hierauf streckte Abraham seine Hand aus und ergriff das Messer, um seinen Sohn zu schlachten.* Der Abschnitt hatte ihn damals erschreckt, und jetzt erschreckte er ihn wieder. Wie hatte Abraham seinem Sohn auftragen können, Holz für ein Brandopfer zu schneiden, und sich dann daranmachen, Isaak zu töten und seinen Leichnam zu verbrennen? Warum hatte Abraham Gottes Befehl nicht in Zweifel gezogen, warum hatte er nicht mit ihm gehadert? Abba hätte nie einen Sohn geopfert; Abba hatte sich selbst geopfert, damit sein Sohn überlebte.

Aber Jona erschauerte bei einem anderen Gedanken. Wenn Gott gerecht war, warum opferte er die Juden Iberiens?

Er wußte, was sein Vater und Rabbi Ortega auf eine solche Frage geantwortet hätten. Sie hätten gesagt, daß der Mensch Gottes Beweggründe nicht in Frage stellen dürfe, weil er den größeren Plan Gottes nicht kenne. Aber wenn zu diesem größeren Plan die Verbrennung von Menschen als Opfergaben gehörte, dann stellte Jona Gott in Frage. Für einen solchen Gott wagte er nicht Tag für Tag das gefährliche Spiel, Ramón Callicó zu sein. Er tat es für Abba und die anderen, für die guten Dinge, die er in der Tora gelernt hatte, Visionen eines gnädigen und tröstenden Gottes, eines Gottes, der sein Volk zwar in die Verbannung schickte, es aber letztendlich ins Gelobte Land führte.

Wenn er die Augen schloß, konnte er sich vorstellen, daß er selbst Teil dieser Karawane in der Wildnis war, einer aus einer Schar von Juden, einer Vielzahl von Juden. Er sah sie jeden Abend in der Wüste ihr Lager aufschlagen, hörte sie gemeinsam vor der Bundeslade und den Heiligen Gesetzestafeln beten…

Jona wurde aus seinen Tagträumen gerissen, als die länger werdenden Schatten Angel sagten, daß es Zeit für das Nachtlager war. Sie banden die acht Tiere unter einigen Bäumen an, und dann nahmen sich die vier Männer die Zeit, um zu pinkeln und zu furzen und die Sattelmüdigkeit aus den Gliedern zu schütteln. Anschließend sammelten sie Holz und entzündeten ein Feuer, und als ihre Grütze anfing zu simmern, sank Angel auf die Knie und befahl den anderen, es ihm gleichzutun, damit sie das Vaterunser und das Ave-Maria beten konnten.

Jona gehorchte als letzter. Unter dem finsteren Blick des Waffenmeisters kniete er sich in den Staub und fügte sein Stammeln den müden, gemurmelten Worten von Paco und Luis und den lauten, barschen Gebeten von Angel Costa hinzu.

Am nächsten Morgen brach Costa gleich beim ersten Tageslicht mit seinem Bogen auf. Als sie die Maultiere beladen hatten, kehrte er mit vier Tauben und zwei Rebhühnern zurück, die sie rupften, während sie, eine Spur aus Federn hinter sich lassend, langsam dahinritten. Nach einer Weile hielten sie an, um die Vögel auszunehmen und auf grünen Zweigen über einem Feuer zu braten.

Costa jagte jeden Morgen und brachte neben einer Vielzahl von Vögeln manchmal auch einen Hasen oder zwei mit, so daß sie während ihres Ritts nie Mangel an frischer Nahrung litten. Sie reisten ohne Unterbrechung, und wenn sie anhielten, mieden sie jede Zwistigkeit, wie Fierro es ihnen befohlen hatte.

Elf Tage verbrachten sie im Sattel, bevor sie eines Abends, als sie das Lager aufschlugen, im verlöschenden Licht in der Ferne die Mauern von Tembleque erblickten. Am nächsten Morgen verließ Jona noch in der Dunkelheit das Feuer und badete in einem kleinen Bach, bevor er die neuen Kleider anzog, die Fierro ihm gegeben hatte. Keine Jungfrau, dachte er dabei verbittert, wird je ihr Geschlecht sorgfältiger vor Blicken verbergen, als ich es tue. Als die anderen aufwachten, neckten sie ihn, weil er es nicht erwarten konnte, sich fein herauszuputzen.

Er dachte daran, wie er mit seinem Vater zu dieser Burg geritten war.

Als sie sich dem Tor näherten, antwortete Angel auf den lauten Anruf des Wachpostens mit ebenso lauter und selbstbewußter Stimme.

»Wir sind Handwerker aus der Waffenschmiede Manuel Fierros in Gibraltar und bringen das neue Schwert und die neue Rüstung des Grafen Fernán Vasca.«

Als man sie einließ, sah Jona, daß der Verwalter nicht derselbe Mann war wie damals, doch was er sagte, klang ähnlich in seinen Ohren.

»Graf Vasca ist auf der Jagd in den Wäldern im Norden.«

»Wann erwartet Ihr ihn zurück?«

»Der Graf kehrt zurück, wann es ihm beliebt«, erwiderte der Mann mürrisch. Doch als er den Ausdruck sah, der in Angels Blick lag, schaute er sich schnell nach seinen eigenen Bewaffneten um, die an der Mauer aufgereiht standen. »Ich glaube nicht, daß er lange ausbleiben wird«, gab er dann widerstrebend zu.

Costa zog sich zurück, um sich mit seinen Männern zu besprechen. »Sie wissen jetzt, daß unsere Maulesel wertvolle Fracht geladen haben. Wenn wir mit Schwert und Rüstung von hier wegreiten, kann es sein, daß wir von diesen oder anderen Hurensöhnen überfallen und getötet und Schwert und Rüstung gestohlen werden.« Die anderen stimmten ihm zu, und Jona kehrte zum Verwalter zurück.

»Sollte der Graf Vasca bei unserem Eintreffen nicht anwesend sein, haben wir den Befehl, Schwert und Rüstung in seiner Schatzkammer zu hinterlassen und dafür eine schriftliche Bestätigung über die wohlbehaltene Ablieferung einzufordern«, sagte er.

Der Verwalter runzelte die Stirn, denn es gefiel ihm nicht, von diesen Fremden Befehle entgegenzunehmen.

»Ich bin sicher, daß der Graf schon ungeduldig auf die Rüstung wartet, die Meister Fierro für ihn angefertigt hat«, sagte Jona. Er brauchte nicht hinzuzufügen: Falls sie durch Eure Schuld verlorengehen sollte...

Der Verwalter führte sie in ein befestigtes Gewölbe, schloß mächtige Türen auf, deren Angeln dringend ein wenig Schmierfett benötigt hätten, und zeigte ihnen, wo sie die Rüstung und wo sie das Schwert ablegen sollten. Jona verfaßte die Empfangsbestätigung, aber der Verwalter war kaum des Lesens mächtig, und so dauerte es lange, bis Jona ihm beim Entziffern geholfen hatte. Paco und Luis sahen dem Jungen beeindruckt zu, aber Angel wandte den Blick ab. »Beeil dich, beeil dich«, murmelte er, denn er ärgerte sich über Jonas Fähigkeiten.

Schließlich kritzelte der Verwalter sein Zeichen.

Ganz in der Nähe fanden die Männer aus Gibraltar ein Wirtshaus. Sie alle waren froh darüber, daß sie sich in der Burg von Tembleque ihrer Verantwortung hatten entledigen können. »Gott sei Dank, daß wir alles gut hierhergebracht haben«, sagte Paco, und die Erleichterung in seiner Stimme sprach für alle vier.

»Jetzt will ich auf einem bequemen Lager schlafen«, sagte Luis.

»Jetzt will ich trinken«, verkündete Costa und schlug mit der Hand auf den Tisch, an dem sie bald darauf einen dünnen, sauren Wein tranken, aufgetragen von einer kleinen, drallen Frau mit müden Augen. Während sie ihre Becher füllte, strich Angel ihr mit dem Handrücken über den fleckigen Kittel, der ihren Hintern und ihre stämmigen Schenkel verhüllte, und als sie keinen Einspruch erhob, wurden seine Hände rasch forscher.

»Oh, wie hübsch du bist«, sagte er, und sie schenkte ihm ein gekünsteltes Lächeln. Sie war daran gewöhnt, daß Männer nach langen Wochen des Reisens zu ihr in das Wirtshaus kamen. Kurz darauf entfernten sich die beiden von den anderen Männern, um etwas abseits zu verhandeln. Jona sah ein hitziges Feilschen, gefolgt von einem Nicken.

Bevor Angel mit ihr davonging, kam er noch einmal zu den drei anderen zurück. »Dann treffen wir uns also in drei Tagen wieder hier im Wirtshaus, um nachzusehen, ob der Graf schon zurückgekehrt ist«, sagte er und eilte dann wieder zu der Frau.

5. KAPITEL

DIE STADT TOLEDO

Paco und Luis wollten nichts anderes mehr als ein Lager im Wirtshaus, um sich die Müdigkeit der langen Reise aus den Gliedern zu schlafen. So kam es, daß Jona ben Helkias Toledano, nun Ramón Callicó genannt, allein und wie in einem Traum durch das vormittägliche Sonnenlicht ritt.

Auf der Straße zwischen Tembleque und Toledo. In Gedanken an seinen Vater und singend, wie er gesungen hatte.

Oh, der Wolf wird zu Gast sein bei dem Lamme
Und der Panther bei dem Böcklein lagern.
Kuh und Bärin werden sich befreunden,
Der Löwe wird Stroh fressen wie das Rind…

Als er sich Toledo näherte, weckte alles, was er sah, in ihm zugleich Freude und Schmerz. Hier war er manchmal mit anderen Knaben spazierengegangen, vertieft in ernste, erwachsene Gespräche – über Talmud-Lektionen und über die Natur und die Vielfältigkeit der geschlechtlichen Vereinigung, darüber, was sie als erwachsene Männer sein würden, und über die Gründe für die unterschiedlichen Formen der weiblichen Brust.

Hier war der Stein, auf dem er, nur zwei Tage vor der Schandtat, mit seinem Bruder Meir gesessen und mit ihm abwechselnd auf der maurischen Gitarre gespielt hatte.

Hier war der Pfad zu dem Haus, in dem einst Bernardo Espina gelebt hatte, der ehemalige Arzt von Toledo, möge Gott auch seiner katholischen Seele ewigen Frieden gewähren.

Hier war der Pfad zu der Stelle, wo Meir ermordet worden war.

Hier war die Wiese, wo Jona manchmal die Herde seines Onkels, Aarons des Käsers, gehütet hatte. Hier war der Hof, wo Aaron und Juana gelebt hatten; jetzt spielten fremde Kinder vor der Tür.

Jona ritt durch den im Sonnenlicht funkelnden Tajo, die Hufe der Stute klapperten durch die helle, klare Furt, und Wasserspritzer benetzten ihm die Beine.

Dann ritt er den steilen Pfad zum Hochufer hinauf, den Pfad, den Mose damals so sicheren Schritts im Dunkel der Nacht hinabgestiegen war und den jetzt die arme Stute in hellem Tageslicht so ungeschickt und nervös hinaufstolperte.

Oben auf der Anhöhe war alles unverändert.

Mein Gott, dachte er, *du hast uns vernichtet und in alle Winde verstreut, aber diesen Ort hast du so gelassen, wie er war.*

Langsam ritt er den schmalen Hochuferweg entlang. Die Häuser waren genauso wie in seiner Erinnerung. Der alte Nachbar, Marcelo Troca, lebte noch, eben grub er seinen Garten um, während in der Nähe ein Esel lustlos seinen Abfall fraß.

Das Haus der Toledanos stand noch. Ein Gestank lag in der Luft; je näher Jona kam, um so stärker wurde er. Das Haus war erneuert worden. Nur... wenn man wußte, wo man hinsehen mußte, und wenn man sehr genau suchte, konnte man noch schwach die Spuren des damaligen Feuers erkennen.

Jona hielt an und stieg ab.

Das Haus war bewohnt. Ein Mann mittleren Alters trat aus der Tür und erschrak, als er Jona, die Zügel des Pferdes in der Hand, dort stehen sah.

»*Buenos dias, Señor.* Wünscht Ihr etwas von mir?«

»Nein, Señor. Ich fühle mich nur etwas benommen, ein leichter Sonnenstich vielleicht. Gestattet Ihr, daß ich mich im Schatten hinter Eurem Haus ein wenig ausruhe?«

Der Mann musterte ihn ängstlich, sah das Pferd, den Brustharnisch, Mingos Dolch, das Schwert, das an Jonas Seite hing, und den harten Ausdruck im Gesicht des bärtigen Fremden. »Ihr könnt den Schatten unseres Hauses aufsuchen«, sagte er widerwillig. »Kühles Wasser ist auch da. Ich bringe Euch etwas zu trinken.«

Hinter dem Haus suchte Jona sofort den losen Stein, hinter dem er die Botschaft für seinen Bruder Eleasar versteckt hatte. Aber es gab keinen losen Stein mehr. Die Stelle war verputzt worden.

Der Gestank kam hinter dem Schuppen hervor, in dem sein Vater seine Werkstatt gehabt hatte. Dort sah er Felle und Tierhäute, einige in Fässern, wo sie einweichten, bevor man sie abschaben konnte, andere zum Trocknen aufgehängt. Er suchte die Stelle, wo sein Vater begraben lag, und sah, daß dort eine Eiche wuchs, die schon fast so groß war wie er.

Der Hausbesitzer kehrte mit einem hölzernen Becher zurück, und Jona leerte ihn in einem Zug, obwohl er dabei das Gefühl hatte, den Gestank mit hinunterzuschlucken.

»Ihr seid Gerber, wie ich sehe.«

»Ich bin Buchbinder und mache mein Leder selbst.«

»Darf ich mich noch für einen Augenblick hinsetzen?«

»Wie es Euch beliebt, Señor.« Doch der Mann blieb bei ihm und beobachtete ihn aufmerksam – hatte Jona es vielleicht auf eine der feuchten und stinkenden Häute abgesehen? Wahrscheinlich sorgte der Mann sich mehr um die wertvollen Bücher, die er in seiner Werkstatt aufbewahrte, vielleicht hatte er auch Gold. Jona schloß die Augen und sagte in Gedanken das Kaddisch auf. Voller Verzweiflung erkannte er, daß er den Leichnam seines Vaters nie von diesem stinkenden und ungeweihten Ort würde wegholen können.

Ich werde nie aufhören, ein Jude zu sein. Ich schwöre es, Abba.

Als er die Augen öffnete, stand der Buchbinder noch immer da. Jona sah, daß er sich, als er ins Haus gegangen war, um das Wasser zu holen, ein Werkzeug in den Gürtel gesteckt hatte, ein gefährlich aussehendes, gebogenes Messer, das wohl zum Zuschneiden von Leder verwendet wurde. Jona wollte keine Händel mit diesem Mann. Er stand auf und dankte dem Buchbinder für seine Freundlichkeit. Dann kehrte er zu seinem Pferd zurück und ritt fort von dem Haus, in dem er einst gelebt hatte.

Die Synagoge sah ziemlich unverändert aus, nur daß sie jetzt eine Kirche mit einem großen Holzkreuz auf dem Giebel war.

Den jüdischen Friedhof gab es nicht mehr. Alle Grabsteine waren entfernt worden. In verschiedenen Gegenden Spaniens hatte er gesehen, daß Steine mit jüdischen Inschriften zum Bau von Mauern und Straßen benutzt worden waren. Der hiesige Friedhof wurde als Weide genutzt. Ohne Grabsteine war es Jona unmöglich, die genaue Lage der Ruhestätten seiner Familie zu bestimmen, doch er ging zu der Stelle, wo er sie ungefähr vermutete, und sprach ein Gebet für die Toten, wohl wissend, daß er in dieser Haltung zwischen den grasenden Schafen und Ziegen ein merkwürdiges Bild abgeben mußte.

Als er dann auf die Stadtmitte zuritt, kam er an den öffentlichen Backöfen vorbei, wo eine Gruppe Frauen gerade den Bäcker wild beschimpfte, weil er ihre Brote verbrannt hatte. Jona kannte diese Öfen gut. Früher waren sie koscher gewesen. Als Junge hatte er jeden Freitag die Brote seiner Familie zum Backen hierhergebracht. Damals war ein Jude namens Vidal für die Öfen verantwortlich gewesen, doch jetzt war der Bäcker ein unglückseliger, fetter Mann, der sich nicht verteidigen konnte.

»Du bist ein fauler, dreckiger Kerl und ein Trottel«, sagte eine der Frauen. Sie war jung und hübsch, wenn auch etwas fleischig. Jona sah zu, wie sie eines der schwarzen Brote aus ihrem Korb nahm, es dem Bäcker unter die Nase hielt und ihn verspottete. »Meinst du, ich komme hierher, damit du aus meinem guten Brot Hundescheiße machst? Man sollte dich zwingen, es selber zu fressen, du blöder Ochse!«

Als sie sich umdrehte, sah Jona, daß es Lucía Martín war, die er einst als Junge geliebt hatte.

Ihr Blick huschte an ihm vorbei und wieder zu ihm zurück. Doch sie blieb nicht stehen, sondern ging mit ihrem Korb verbrannter Brote davon.

Langsam ritt er die schmale Straße hinunter, denn er wollte sie nicht überholen. Doch kaum hatte er die Häuser und die neugierigen Augen hinter sich gelassen, als sie hinter einem Baum hervortrat.

»Bist du es wirklich?« fragte sie.

Er wußte genau, was er eigentlich tun müßte, nämlich leugnen, sie zu kennen, sich mit einem Lächeln über das Mißverständnis höflich von ihr verabschieden und davonreiten. Aber er stieg ab.

»Wie ist es dir die ganzen Jahre ergangen, Lucía?«

Mit freudig aufgerissenen Augen faßte sie nach seiner Hand. »Ach, Jona. Ich kann kaum glauben, daß du es wirklich bist. Wohin bist du denn verschwunden, und warum, wo du doch der Sohn meines Vaters hättest sein können? Mein Bruder?«

Lucía war das erste weibliche Wesen, das er je nackt gesehen hatte. Sie war ein süßes Mädchen gewesen, das wußte er noch gut, und bei der Erinnerung schlug sein Herz schneller. »Ich wollte nicht dein Bruder sein.«

Seit drei Jahren sei sie verheiratet, erzählte sie ihm schnell, ohne seine Hand loszulassen. »Mit Tomás Cabrerizo, dessen Familie am anderen Ufer des Flusses Weingärten besitzt. Erinnerst du dich nicht mehr an Tomás Cabrerizo?«

Jona konnte sich undeutlich an einen mürrischen, steinewerfenden Jungen erinnern, der immer die Juden verspottet hatte.

»Ich habe zwei kleine Töchter und bin schon wieder guter

Hoffnung. Jeden Tag bete ich zur Heiligen Jungfrau, daß es ein Sohn wird«, sagte sie. Sie sah ihn erstaunt an, musterte sein Pferd, seine Kleidung und seine Bewaffnung. »Jona. *Jona!* Jona, wohin hat es dich verschlagen? Wie lebst du?«

»Frag lieber nicht«, erwiderte er sanft und wechselte das Thema. »Dein Vater ist wohlauf?«

»Mein Vater ist vor zwei Jahren von uns gegangen. Er war immer kerngesund, doch eines Morgens war er tot.«

»Oh. Möge er in Frieden ruhen«, sagte Jona voller Bedauern. Benito Martín war immer sehr freundlich zu ihm gewesen.

»Möge seine Seele bei unserem Heiland ruhen.« Sie bekreuzigte sich. Ihr Bruder Enrique sei in den Dominikanerorden eingetreten, erzählte sie voller Stolz.

»Und deine Mutter?«

»Meine Mutter lebt noch. Aber geh nicht zu ihr, Jona. Sie würde dich verraten.«

Lucías Frömmigkeit jagte ihm Angst ein. »Und du wirst mich nicht verraten?«

»Damals nicht und heute nicht!« Tränen traten ihr in die Augen, dennoch starrte sie ihn wütend an.

Er sah ein, daß er sich nun losreißen mußte. »Geh mit Gott, Lucía.«

»Mit Gott, du Freund meiner Kindheit.«

Er zog seine Hand weg, doch eine letzte Frage konnte er sich nicht verkneifen. »Mein Bruder Eleasar – hast du ihn je wieder hier gesehen?«

»Nie.«

»Und du hast auch nie etwas gehört, wo er sich aufhalten könnte oder wie es ihm ergangen ist?«

Sie schüttelte den Kopf. »Kein Wort über Eleasar. Über keinen von deiner Sippe. Du bist der einzige Jude, der zurückgekehrt ist, Jona.«

Jona wußte, was er jetzt tun und wen er suchen mußte, wenn er sich vor Lavera retten wollte.

Langsam ritt er durch die Stadt. Die Mauer um das jüdische Viertel stand noch, aber die Tore waren weit geöffnet, und in allen Häusern lebten Christen. Die Kathedrale Toledos überragte alles.

So viele Menschen.

Es konnte durchaus sein, daß ihn jemand hier auf der *plaza mayor* hinter der Kathedrale wiedererkannte, so wie Lucía es getan hatte. Bei dem Gedanken an sie wurde ihm bewußt, daß sie ihn in diesem Moment bereits verraten haben konnte. Vielleicht griffen schon jetzt die grausamen Finger der Inquisition nach ihm, wie ein Mann die Hand ausstreckt, um eine Fliege zu fangen. Auf dem Platz wimmelte es von Soldaten und Mitgliedern der Stadtwache. Jona zwang sich, langsam zu reiten, doch niemand würdigte ihn mehr als eines flüchtigen Blickes.

Einem zahnlückigen Jungen versprach er eine Münze, wenn er auf sein Pferd aufpaßte.

Das Portal, durch das Jona die Kathedrale betrat, trug den Namen »Tor der Freude«. Als Junge hatte er sich gefragt, ob es das Versprechen seines Namens auch einlöste, doch jetzt empfand er keine Verzückung. Vor ihm tauchte ein Mann in zerlumpter Kleidung die Hand in ein Becken und beugte das Knie. Jona wartete, bis niemand mehr zu sehen war, und huschte dann in die Kathedrale.

Es war ein riesiger Raum mit hohem Kreuzgewölbe, gestützt von steinernen Säulen, die das Kircheninnere in fünf Schiffe unterteilten. Wegen ihrer Größe wirkte die Kathedrale fast leer, doch es befanden sich viele Menschen darin, auch viele Geistliche in schwarzen Roben, und ihre vereinten Gebete stiegen hallend in die Höhe. Jona fragte sich, ob all die Stimmen, die in Kathedralen und Kirchen in ganz Spanien zu Gott erhoben wurden, sein eigenes furchtsames Stimmchen, mit dem er zu Gott betete, übertönten.

Er brauchte lange, bis er das Hauptschiff der Kathedrale durchmessen hatte, doch den Mann, den er suchte, sah er nicht.

Als er, blinzelnd im hellen Licht, wieder ins Freie trat, gab er dem Jungen die versprochene Münze und fragte ihn, ob er einen Mönch mit einem Buckel auf dem Rücken kenne.

Das Grinsen des Jungen verschwand. »Ja. Das ist der, den man Bonestruca nennt.«

»Und wo kann ich ihn finden?«

»Im Haus der Dominikaner vielleicht, da gibt's genügend von denen«, antwortete der Junge achselzuckend. Schmutzige Finger schlossen sich um die Münze, und er rannte davon wie gehetzt.

Bei einem behelfsmäßigen Ausschank – drei Planken, die man über Fässer gelegt hatte – kehrte Jona ein, trank sauren Wein und beobachtete das Haus des Dominikanerordens auf der anderen Straßenseite. Nach einer Weile verließ ein Mönch das Haus und sehr viel später zwei heftig disputierende Priester.

Als Fray Lorenzo de Bonestruca schließlich auftauchte, näherte er sich dem Haus, anstatt es zu verlassen. Jona sah ihn schon von weitem und erkannte ihn sofort an seiner großen schlanken Gestalt, deren obere Hälfte leicht zur Seite verschoben war. Weil er sich bemühte, sehr aufrecht zu gehen, zog sein Buckel ihm Kopf und Schultern nach hinten.

Er betrat das Haus und blieb so lange, daß Jona den Wirt bitten mußte, ihm noch einmal Wein in seinen Becher zu schenken, den er allerdings ohne Bedauern stehenließ, als der Mönch wieder aus dem Tor trat und die Straße hinunterging. Jona folgte ihm langsam auf dem Pferd, in weitem Abstand, jedoch so, daß er ihn nicht aus den Augen verlieren konnte.

Schließlich trat Bonestruca durch die Tür einer kleinen *taberna,* einer Arbeiterschenke. Als Jona die Stute angebunden und den niedrigen dunklen Keller betreten hatte, saß der Mönch bereits an einem der hinteren Tische und befand sich mitten in einem Streit mit dem Wirt.

»Wenn Ihr vielleicht nur einen kleinen Teil Eurer Schuld bezahlen könntet?«

»Wie kannst du es wagen? Du elender kleiner Wurm.«

Der Wirt war mehr als eingeschüchtert, das sah Jona deutlich. Vor lauter Angst konnte er dem Inquisitor nicht in die Augen schauen.

»Ich flehe Euch an, ehrwürdiger Bruder, nehmt es nicht als Beleidigung«, sagte der Mann verzweifelt. »Natürlich wird Euch sofort Wein gebracht. Ich wollte nicht unverschämt sein.«

»Du bist ein Mistwurm.«

Die Gesichtszüge über Bonestrucas langem, verdrehtem Körper waren so schön, wie Jona sie in Erinnerung hatte: eine adlige Stirn, hohe Wangenknochen, eine lange, schmale Nase, ein breiter vollippiger Mund über einem festen, kantigen Kinn. Die Augen jedoch, groß und grau, straften das Gesicht Lügen, sie waren voll kalten Abscheus für die Welt.

Der Wirt war davongeeilt und kehrte nun mit einem Becher zurück, den er Bonestruca hinstellte, bevor er sich Jona zuwandte.

»Einen Becher Wein für mich. Und einen zweiten für den guten Mönch.«

»Ja, Señor.«

Bonestrucas steinerner Blick wanderte zu Jona. »Christus sei mit Euch«, murmelte er, Jona den Wein mit seinem Segen vergeltend.

»Habt Dank. Gestattet Ihr mir, mich zu Euch zu setzen?« fragte er, und Bonestruca nickte gleichgültig.

Jona ging hinüber zu dem Mann, der verantwortlich war für den Tod seines Vaters und seines Bruders, für den Tod Bernardo Espinas und zweifellos auch den vieler anderer.

»Ich bin Ramón Callicó.«

»Fray Lorenzo de Bonestruca.«

Der Mönch hatte offensichtlich Durst. Sehr schnell leerte er seinen ersten Becher Wein, dann den zweiten, den Jona bezahlt hatte, und nickte, als Jona nochmals bestellte: »Aber diesmal Schalen, Señor!«

»Ich hatte das Vergnügen, in der Kathedrale zu beten, auf die Toledo sehr stolz sein kann«, bemerkte Jona, und Bonestruca nickte widerwillig wie jemand, der sich nicht gerne von geschwätzigen Fremden in seiner Ruhe stören läßt.

Die Schalen wurden aufgetragen.

»Welche Arbeiten werden denn am Gebäude der Kathedrale ausgeführt?«

Bonestruca zuckte gelangweilt die Achseln. »Ich weiß nur, daß mit den Türen etwas geschieht!«

»Verrichtet Ihr das Werk des Herrn in der Priesterschaft der Kathedrale, ehrwürdiger Mönch?«

»Nein. Ich verrichte das Werk des Herrn woanders«, sagte der Mönch und nahm einen so tiefen Schluck, daß Jona sich fragen mußte, ob die Münzen in seiner Tasche für den Durst dieses Mannes ausreichen würden. Aber es war gut angelegtes Geld, denn mit jedem Schluck wurde der Mönch redseliger, seine Augen erwachten zum Leben, und sein buckliger Körper entspannte sich wie eine Blume, die sich nach einem Regenguß öffnet.

»Dient Ihr dem Herrn schon lange, Señor?«

»Seit meiner Kindheit.«

Da seine Zunge nun gelöst war, begann der Mönch, mit seiner Herkunft zu prahlen. Beiläufig erzählte er Jona, daß er der zweite Sohn einer adligen Familie aus Madrid sei. »Bonestruca ist ein katalanischer Name. Vor vielen Generationen kam meine Familie aus Barcelona nach Madrid. Meine Abstammung reicht weit zurück. In unseren Adern fließt kein Schweineblut, wenn Ihr versteht. *Limpieza de sangre,* von reinstem Blut.« Mit zwölf Jahren sei er zu den Dominikanern geschickt worden. »Ich hatte Glück, daß man mich nicht zu den elenden Franziskanern schickte, denn die kann ich nicht ausstehen. Meine selige Mutter hatte einen Bruder, der bei den Franziskanern in Barcelona war, aber mein Vater hatte einen Dominikanermönch in seiner Verwandtschaft.« Die durchdringenden grauen Augen, an die sich Jona noch gut erinnerte, waren starr auf sein Gesicht gerichtet. Jetzt war es Jona, dem die Angst in die Glieder fuhr, denn er war überzeugt, daß Bonestruca all seine Geheimnisse und Vergehen sehen konnte.

»Und was ist mit Euch? Woher kommt Ihr?«

»Ich komme aus dem Süden. Ich bin ein Lehrling von Manuel Fierro, dem Waffenschmied von Gibraltar.«

»Gibraltar! Beim Leiden Christi, Ihr seid weit gereist, Waffenschmied.« Er beugte sich vor. »Habt Ihr dann vielleicht die Rüstung hierhergebracht, auf die ein berühmter Edelmann hier aus der Gegend seit vier Jahren sehnsüchtig wartet? Soll ich seinen Namen erraten?«

Jona bestätigte dem Mönch seine Vermutung nicht, sondern teilte ihm seine Botschaft mit, indem er sie nicht verneinte. Er trank einen Schluck Wein und lächelte, bevor er ihm höflich antwortete: »Ich bin hier mit einer Abordnung Männer.«

Bonestruca zuckte die Achseln und tippte sich, belustigt über Jonas Schweigsamkeit, mit seinem langen Zeigefinger spöttisch an die Nase.

Jetzt war es an der Zeit, sagte sich Jona, einen Pfeil in die Luft zu schießen und zu sehen, wohin er fiel. »Ich bin auf der Suche nach einem Kirchenmann, der bereit ist, mir einen Rat zu geben.«

Der Mönch wirkte plötzlich gelangweilt. Er schwieg, denn offensichtlich mißverstand er diesen Annäherungsversuch nur als Einleitung für eine jener alltäglichen Gewissenserleichterungen, auf die einige Geistliche begierig eingehen, während andere sie als Plage betrachten.

»Wenn jemand etwas finden sollte... ich will sagen, etwas von großem, heiligem Wert... Nun, wohin sollte er so etwas bringen? Um... um dafür zu sorgen, daß es den seiner Bedeutung angemessenen Platz in der Welt erhält?«

Die grauen Augen waren hellwach und sahen Jona direkt an.

»Eine Reliquie?«

»Nun. Ja. Eine Reliquie«, entgegnete Jona vorsichtig.

»Ich nehme an, es ist kein Teil des echten Kreuzes?« fragte Bonestruca mit Spott in der Stimme.

»Nein.«

»Nun, dann dürfte es wohl kaum große Beachtung finden«, sagte Bonestruca – ein kleiner Witz –, und zum ersten Mal umspielte ein knappes, kühles Lächeln seine Lippen.

Jona erwiderte das Lächeln und wandte dann den Blick ab. »Señor«, rief er und bestellte noch zwei Schalen Wein.

»Nehmen wir einmal an, es handele sich um den Knochen von jemandem, den Ihr für einen Heiligen haltet«, sagte der Mönch. »Falls es sich um den Knochen einer Hand handelt, so kann ich Euch sagen, daß es höchstwahrscheinlich der Handknochen eines armen ermordeten Hurensohns ist, eines Sünders, der vielleicht ein Fuhrmann oder ein Schweinezüchter war. Und wenn es der Knochen eines Fußes ist, dann ist es vermutlich der Fußknochen eines Lumpen, eines Hurenbocks, der in keiner Weise ein christlicher Märtyrer war.«

»Das ist möglich, ehrwürdiger Bruder«, erwiderte Jona demütig.

Bonestruca schnaubte. »Mehr als möglich. Wahrscheinlich.«

Die neuen Schalen kamen, und Bonestruca trank weiter. Er war ein Trinker, bei dem der Wein kaum Wirkung zeigte und der nüchtern und gefährlich blieb. Doch langsamer dürfte der Wein ihn machen, dachte Jona; es wäre einfacher, ihn jetzt sofort zu töten, diesen mörderischen Mönch. Aber Jona dachte noch klar, und er wußte, daß Bonestruca am Leben bleiben mußte, wollte er selbst nach Gibraltar zurückkehren, ohne dort ins offene Messer zu laufen.

Jona bat nun den Wirt um die Rechnung. Nachdem die Schuld beglichen war, brachte ihnen der Mann einen Teller mit Brot und Oliven in Öl als Geschenk, und Jona lobte dem Mönch gegenüber die Freundlichkeit des Wirts.

Bonestruca grollte dem Mann noch immer. »Er ist ein abtrünniger Christ, der die Gerechtigkeit noch zu spüren bekommt«, murmelte er. »Er ist ein Schwein von einem jüdischen Ungeheuer.«

Das schreckliche Gewicht dieser Worte lastete schwer auf Jona, als er seine Stute durch die verschlafenen Straßen führte.

6. KAPITEL

BOMBARDEN

Graf Vasca ließ die Männer aus Gibraltar noch einmal vier Tage warten.

Jona nutzte die Zeit, um die Witwe von Bernardo Espina ausfindig zu machen, weil er hoffte, so einen Weg zu finden, Espinas Gebetbuch seinem Sohn zu übergeben, denn das hatte er dem Arzt versprochen, bevor dieser im Autodafé sein Leben ließ.

Aber die Suche endete in einer Enttäuschung.

»Estrella de Aranda ist mit ihren Kindern hierher zurückgekommen«, sagte eine der Frauen aus Espinas früherer Nachbarschaft, als Jona sich bei ihr erkundigte. »Nachdem ihr Gatte wegen Ketzerei verbrannt worden war, wollte keiner aus ihrer Verwandtschaft sie aufnehmen. Wir haben ihnen für eine Zeit Zuflucht gewährt. Dann ging sie in den Convento de la Santa Cruz, um Nonne zu werden, und wir haben gehört, daß sie kurz darauf starb. Mutter Kirche schluckte ihre Kinder, Marta und Domitila, die ebenfalls Nonnen wurden, und Francisco, der Mönch wurde. Ich weiß nicht, wo sie jetzt sind«, sagte sie.

Jona sorgte sich, daß Bonestruca zuviel Wein getrunken hatte, um sich an das zu erinnern, was er dem Mönch über sein Wissen von einer wertvollen Reliquie erzählt hatte. Er war sicher, daß Bonestruca zu einem Netz von Männern gehörte, die heilige Dinge stahlen und kauften, um sie im Ausland mit Gewinn zu verhökern. Der Mönch wußte, daß Jona auf den Grafen von Tembleque wartete, um ihm die Rüstung übergeben zu können, und wenn er den Köder geschluckt hatte, mußte jemand wegen der Einzelheiten an Jona herantreten.

Doch mehrere Tage vergingen, ohne daß sich jemand auf der Burg nach ihm erkundigte.

Als der Graf schließlich von seiner Jagd zurückkehrte, erwies er sich als Mann, der groß und kräftig genug war, um die riesige Rüstung auszufüllen. Sein Vollbart und seine Haare waren rötlichbraun, und oben auf dem Schädel hatte er eine große kahle Stelle. Er besaß die kalten, herrischen Augen eines Mannes, der in dem Bewußtsein aufgewachsen war, daß alle Menschen dieser Erde minderwertig und nur dazu da seien, ihm zu dienen.

Die Männer aus Gibraltar halfen ihm in die Rüstung und sahen dann zu, wie er mit dem Schwert in der Hand über den Hof stolzierte. Als er danach wieder aus seinem Stahlkleid befreit war, zeigte er sich hoch erfreut über die Dinge, die sie ihm gebracht hatten, beklagte sich aber über eine gewisse Enge an der rechten Schulter. Sofort wurde im Hof eine Esse aufgebaut, und Luis und Paco machten sich mit Schwung und zwei Hämmern ans Werk.

Bald nachdem die Änderungen am Schulterstück abgeschlossen waren, ließ Graf Fernán Vasca Ramón Callicó zu sich rufen.

»Hat er sein Zeichen unter die Empfangsbestätigung gesetzt?« fragte Jona den Verwalter, der ihm den Befehl überbrachte.

»Sie liegt für Euch bereit«, sagte der Verwalter, und Jona folgte ihm durch eine Reihe von Zimmern in die Privatgemächer des Grafen. Unterwegs hielt Jona die Augen offen, um vielleicht einige der Silbergegenstände zu erspähen, die sein Vater für den Grafen angefertigt hatte, doch er sah keine. Die Burg von Tembleque war sehr groß.

Er fragte sich, warum der Graf ihn hatte rufen lassen. Geld

brauchte er keines in Empfang zu nehmen, die Bezahlung für Schwert und Rüstung wurde über Kaufleute aus Valencia getätigt, die in Gibraltar Geschäfte machten. Jona hoffte, daß Fierro beim Eintreiben der Schulden mehr Erfolg haben würde als sein Vater.

Vor einer Eichentür blieb der Verwalter stehen und klopfte.

»Euer Exzellenz. Dieser Callicó ist hier.«

»Er soll reinkommen.«

Es war ein langes, düsteres Zimmer. Obwohl der Tag mild war, brannte im Kamin ein kleines Feuer, und drei Jagdhunde lagen auf dem mit Binsen ausgelegten Boden. Zwei der Tiere betrachteten den Fremden mit kalten Augen, der dritte Hund aber sprang auf, kam mit leisem Knurren auf Jona zu und trollte sich erst, als sein Besitzer ihn zurückrief.

»Euer Gnaden«, sagte Jona.

Vasca nickte und händigte Jona die unterzeichnete Empfangsbestätigung aus. »Ich bin hoch erfreut über die Rüstung. Teilt dies Eurem Meister Fierro mit.«

»Mein Herr wird sich glücklich schätzen, daß Ihr mit seiner Arbeit zufrieden seid.«

»Zweifellos. Es ist immer schön, angenehme Nachrichten zu erhalten. So habe ich zum Beispiel erfahren, daß Ihr eine heilige Reliquie entdeckt habt.«

Aha. Hier ist der Pfeil also gelandet, den ich auf Fray Bonestruca abgeschossen habe, dachte Jona mit einem Schaudern.

»Das stimmt«, erwiderte er vorsichtig.

»Was für eine Art von Reliquie ist es?«

Jona sah den Grafen nur an.

»Nun kommt schon«, sagte Vasca mit barscher Ungeduld. »Ist es ein Knochen?«

»Es sind viele Knochen. Ein Skelett.«

»Wessen?«

»Eines Heiligen. Keines sehr bekannten Heiligen. Ein örtlicher Heiliger aus der Gegend um Gibraltar.«

»Ihr glaubt, daß es das Skelett von *Santo Peregrino El Compasivo* ist?«

Jona konnte seine Überraschung nicht verbergen. »Ja. Ihr kennt die Legende?«

»Ich kenne alle Legenden über Reliquien«, sagte Vasca. »Warum glaubt Ihr, daß es sich um den Pilgerheiligen handelt?«

Nun erzählte Jona ihm von Vicente, und wie Vicente ihn zu der Höhle unter den flachen Felsen geführt hatte. Er beschrieb ihm alles, was er in der Höhle gesehen hatte, und der Graf hörte aufmerksam zu.

»Warum habt Ihr Euch an Fray Bonestruca gewandt?«

»Ich dachte mir, daß er vielleicht jemanden kennt, der ... für so etwas Verwendung hat.«

»Wie kamt Ihr auf diesen Gedanken?«

»Nun ... Wir haben zusammen getrunken. Ich hielt es für sinnvoller, einen Mönch zu fragen, der gern trinkt, als irgendeinen Priester, der dieses Laster verabscheut.«

»Dann habt Ihr also in Wahrheit nach einem Reliquienhändler oder dergleichen gesucht und nicht einfach nur nach einem Kirchenmann?«

»Ja.«

»Weil Ihr einen hohen Preis für Euer Wissen verlangt?«

»Ich habe einen Preis. Für mich ist es ein hoher Preis, aber für andere vielleicht nicht.«

Graf Vasca beugte sich vor. »Aber warum der weite Weg von Gibraltar bis hierher, um einen Händler zu suchen? Gibt es im Süden Spaniens keinen Reliquienhändler?«

»Es gibt Anselmo Lavera.« Wie Ihr genau wißt, dachte Jona.

Er berichtete dem Grafen vom Mord an Vicente und von dem Besuch, den Lavera ihm abgestattet hatte. »Ich weiß, wenn ich Lavera und seine Männer nicht zu der Höhle führe, werde ich getötet. Aber wenn ich es tue, werde ich auch getötet. Mein Überlebenstrieb rät mir davonzulaufen, aber ich möchte sehr gerne nach Gibraltar zurückkehren und weiter für Meister Fierro arbeiten.«

»Welchen Preis verlangt Ihr nun für Euer Wissen?«

»Mein Leben.«

Vasca nickte. Wenn ihn diese Antwort belustigte, zeigte er es nicht. »Das ist ein annehmbarer Preis.«

Er gab Jona eine Feder samt Tinte und Papier. »Zeichnet mir eine Karte mit dem Weg zum Grab des Heiligen.«

Jona zeichnete die Karte so sorgfältig und so genau, wie er nur konnte, und vermerkte darin auch alle Orientierungspunkte, an die er sich erinnerte. »Die Höhle liegt in einem Stück Ödland aus Sand und Stein und ist vom Pfad aus nicht zu sehen. Es gibt dort nichts als flache Felsen mit ein paar kümmerlichen Büschen und verkrüppelten Bäumen dazwischen.«

Vasca nickte. »Nun zeichnet eine zweite Karte wie diese, und nehmt sie mit nach Gibraltar. Wenn Anselmo Lavera wieder zu Euch kommt, sagt ihm, daß Ihr ihn nicht zu der Höhle führen könnt, aber gebt ihm die Karte. Ich wiederhole: *Geht nicht mit ihm zu der Höhle.* Habt Ihr mich verstanden?«

»Ja, ich verstehe«, sagte Jona.

Er sah den Edelmann nicht wieder. Der mürrische Verwalter schenkte jedem der Männer aus Gibraltar im Namen des Grafen Vasca zehn Maravedí.

Gemäß Fierros Anweisungen verkaufte Angel Costa die Esel in Toledo, und so konnten die vier Männer sich unbehindert durch Packtiere auf den Rückweg zur Küste machen.

In Valencia, wo sie auf ihr Schiff warten mußten, gaben die Männer einen Teil des geschenkten Geldes für starke Getränke aus. Jona hatte große Lust, es ihnen gleichzutun, aber noch war er angespannt wegen der Bedrohung, die ihn in Gibraltar erwartete, und so gesellte er sich zwar zu ihnen, trank aber langsam und mit Bedacht.

Sie hatten eben eine Schenke betreten, als Luis einen dicken Mann, der auf dem Weg nach draußen war, anrempelte und dann geruhte, den Beleidigten zu spielen. »Du ungeschickter Ochse!« rief Luis. Der Mann sah ihn erstaunt an. »Was habt Ihr denn, Señor?« fragte er. Er sprach mit dem Akzent eines Franken. Die Belustigung in seinem Blick wich der Wachsamkeit, als Angel, die Hand auf dem Schwert, dazukam.

Der Franke war unbewaffnet. »Ich entschuldige mich für meine Ungeschicklichkeit«, sagte er kalt und verließ die Schenke.

Jona konnte den Stolz in Luis' Gesicht und die Befriedigung in dem von Angel kaum ertragen.

»Und wenn er bewaffnet und mit Freunden zurückkehrt?«

»Dann kämpfen wir. Hast du Angst vor einem Kampf, Calicó?« fragte Angel.

»Ich werde nie jemanden verletzen oder töten, nur weil du und Luis Kurzweil suchen.«

»Ich glaube, du hast Angst. Ich glaube, ein Turnier kannst du gerade noch verkraften, aber nicht einen echten Kampf zwischen Männern.«

Doch nun trat Paco zwischen sie. »Wir haben es geschafft, den Auftrag des Meisters auszuführen, ohne in Schwierigkeiten zu geraten«, sagte er. »Ich habe nicht die Absicht, vor Fierro zu treten und ihm Verletzungen oder Tod zu erklären.« Er winkte dem Wirt, damit er ihnen Getränke bringe.

Sie tranken bis spät in die Nacht, und am nächsten Morgen gingen sie an Bord eines Postschiffs, das mit der ersten Flut auslief. Während der Reise trafen sich die vier Männer auf Angels Anordnung hin jeden Morgen und jeden Abend zu Gebeten. Ansonsten blieben Luis und Angel für sich, und wenn Jona sich unterhalten wollte, ging er zu Paco. Als sie in Gibraltar an Land gingen, war er beinahe glücklich. Auf merkwürdige Art war es schön, an einem Ort anzukommen, wo man erwartet wurde.

Nach der Ankunft in Gibraltar blieb den Reisenden nicht viel Zeit, um sich auszuruhen. In ihrer Abwesenheit waren mehrere Bestellungen für Rüstungen wie für Schwerter von Mitgliedern des königlichen Hofs hereingekommen. Jona wurde Paco zugewiesen, dem er half, ein Schwert für den Herzog von Carmona zu entwerfen. Überall in der Schmiede herrschte Lärm, das Klirren von Hämmern auf erhitztem Stahl.

Trotz der neuen Bestellungen arbeitete Fierro selbst weiter an medizinischen Instrumenten, die er für seinen Bruder Nuño Fierro, den Arzt von Saragossa, anfertigte. Sie waren von einer glatten, zarten Schönheit, jedes Stück poliert wie ein Edelstein und geschärft wie ein Schwert.

Wenn am Ende des Tages die Arbeit getan war, nutzte Jona das noch glimmende Feuer und das letzte Licht für ein eigenes Vorhaben. Er nahm das stählerne Blatt seiner ersten Waffe, der kaputten Hacke, und erhitzte und formte es. Ohne Plan oder wirkliche Absicht – fast ohne seinen Willen – formte sein Hammer einen kleinen Kelch.

Er arbeitete mit Stahl anstatt mit Silber oder Gold, und das kleine Gefäß war nicht sehr fein gearbeitet, und doch war es die Nachbildung des Reliquiars, das sein Vater für die Abtei zur Himmelfahrt Mariä angefertigt hatte. Als Jona damit fertig war, hatte er einen merkwürdigen kleinen Kelch, grob verziert nur mit den wichtigsten Figuren, die das Reliquiar geschmückt hatten. Aber er würde genügen, um die Erinnerung wachzuhalten, und ihm außerdem als Kidduschbecher dienen, mit dem er den Sabbat feiern konnte, indem er dem Schöpfer für die Früchte des Rebstocks dankte. Er versuchte sich mit dem Gedanken zu trösten, daß im Fall einer Durchsuchung seiner Habseligkeiten das Kreuz auf dem Kelch zusammen mit dem Gebetbuch Bernardo Espinas als Beweis seines Christseins dienen würde.

Weniger als zwei Wochen nach Jonas Rückkehr kam wieder ein Junge aus dem Dorf mit der Nachricht, daß ein Verwandter Ramón Callicós vor der Schenke auf ihn warte.

Doch diesmal runzelte Fierro die Stirn. »Wir haben zu viel zu tun«, sagte er zu Jona. »Sag deinem Verwandten, daß er hierherkommen soll, wenn er dich sehen will.«

Jona schickte den Jungen mit dieser Nachricht zurück und machte sich wieder an die Arbeit, hielt aber dabei die Augen offen. Als er kurz darauf zwei Männer auf das Grundstück reiten sah, verließ er die Hütte und eilte zu ihnen.

Es waren Anselmo Lavera und sein Gefolgsmann. Lavera stieg vom Pferd und warf die Zügel seinem Begleiter zu, der im Sattel blieb.

»*Hola*. Wir waren schon einmal hier, um Euch aufzusuchen, aber es hieß, Ihr seid nicht da.«

»Ja. Ich mußte eine Rüstung ausliefern.«

»Na, das gab Euch wenigstens Zeit zum Nachdenken. Ist Euch denn wieder eingefallen, wo die Knochen des Heiligen ruhen?«

»Ja.« Jona sah ihn an. »Gibt es eine Belohnung für solche Nachrichten, Señor?«

Er hörte den Mann auf dem Pferd leise lachen.

»Eine Belohnung? Natürlich gibt es eine Belohnung. Wenn Ihr uns jetzt gleich zu dem Heiligen bringt, werdet Ihr unverzüglich belohnt.«

»Ich kann nicht weg. Es ist hier zu viel zu tun. Ich darf nicht einmal ins Dorf gehen.«

»Wer wird denn einen Dreck auf die Arbeit geben? Ihr seid doch bald reich, warum müßt Ihr da noch arbeiten? Kommt, laßt uns keine Zeit vergeuden.«

Jona drehte sich zur Hütte um und sah, daß Fierro seine Arbeit unterbrochen hatte und zu ihnen herüberschaute.

»Nein«, sagte er, »es wäre sehr schlecht für Euch, wenn ich mitkommen würde. Die Männer hier würden mich verfolgen.

Und das würde Euch daran hindern, die Knochen zu bergen.« Nun zog er die Karte, die er in Tembleque gezeichnet hatte, aus seinem Kittel. »Hier. Die Höhle, in der die Knochen liegen, ist deutlich gekennzeichnet. Sie liegt auf dem Festland, gleich nachdem Ihr Gibraltar hinter Euch gelassen habt.«

Lavera betrachtete die Karte. »Nach Westen oder nach Osten auf der Festlandsstraße?«

»Nach Osten. Ein sehr kurzes Stück.« Jona erklärte ihm, wie die Höhle zu finden sei.

Lavera ging zu seinem Pferd. »Wir werden nachsehen. Danach kommen wir zu Euch zurück und bringen Euch die Belohnung.«

Der Tag verging nur langsam für ihn. Er stürzte sich in die Arbeit.

Sie kamen nicht.

In dieser Nacht lag er allein und schlaflos in seiner Hütte und lauschte in die Dunkelheit nach näher kommendem Hufgetrappel oder Schritten.

Niemand kam.

Ein Tag verging und ein zweiter. Und ein dritter.

Bald war es eine Woche.

Mit der Zeit dämmerte es Jona, daß sie nicht mehr kommen würden. Der Graf von Tembleque hatte den Preis gezahlt.

Sämtliche Aufträge der Schmiede standen kurz vor dem Abschluß. Die Tage wurden entspannter, und Fierro ließ neue Spiele veranstalten. Wieder schickte er Jona mit Angel auf den Kampfplatz, einmal in voller Rüstung und mit den stumpfen Schwertern, und ein zweites Mal ohne Rüstung und mit dem Duelldegen samt Knopfspitze als Waffe.

Costa gewann beide Kämpfe. Als sie beim zweiten Mal miteinander fochten, flüsterte er Jona verächtlich zu: »Kämpfe, du Miesepeter, du Feigling. Kämpfe, du Schlappschwanz, du Stück Dreck.« Sein Haß war für alle Zuschauer offenkundig.

»Ist es falsch von mir, dich gegen Costa kämpfen zu lassen?« fragte der Meister Jona später. »Du bist der einzige, der jung genug dafür ist. Und groß genug und ausreichend stark. Macht es dir etwas aus, so oft antreten zu müssen?«

»Nein, es macht mir nichts aus«, sagte Jona. Und doch mußte er ehrlich mit Fierro sein. »Ich glaube, ich könnte hin und wieder einmal gewinnen, wenn wir die Reiterwettkämpfe wiederaufnehmen würden«, sagte er, doch Fierro schüttelte den Kopf.

»Du bist kein Knappe, der lernt, ein Ritter zu werden, und was sollte es dir da nützen, wenn du deinen Umgang mit der Lanze vervollkommnest? Ich lasse dich mit dem Schwert gegen Angel kämpfen, damit du daraus lernst, denn es ist gut für jeden Mann, wenn er mit dem Schwert umzugehen weiß. Jeder Wettkampf ist eine Lehrstunde, die du Angel zwingst, dir zu geben.«

Jona gab sich immer Mühe, und es stimmte, daß er durch beständige Übung und Nachahmung einige Fertigkeiten erlernte. Er glaubte, daß er mit genug Übung vielleicht eines Tages in der Lage wäre, richtig zu parieren und anzugreifen und zu wissen, wann er zurückweichen und wann er ausfallen und zustoßen mußte. Aber der ältere Mann war schneller und stärker, ein wahrer Meister der Waffen, und sosehr Jona sich auch bemühte, er konnte Costa nicht bezwingen.

Manchmal ließ sich Angel zu Vorführungen mit der Armbrust herab, einer Waffe, die er nicht mochte. »Auch ein ungeschickter Mann lernt sehr schnell, mit der Armbrust Bolzen um Bolzen in ein dichtstehendes Feindheer zu jagen«, sagte er, »aber sie ist eine sehr schwere Waffe, und Regen macht sie schnell unbrauchbar. Außerdem hat sie nicht die wunderbare Reichweite eines Langbogens.«

Hin und wieder gewährte er den Arbeitern der Waffenschmiede einen Einblick ins Kriegshandwerk, ließ sie den Gestank vergossenen Blutes schnuppern.

»Wenn ein Ritter in der Schlacht aus dem Sattel geworfen wird, muß er oft Teile seiner Rüstung ablegen, damit er nicht zurückbleibt hinter den Schwertkämpfern, den Lanzen- und Pikenträgern und den Bogenschützen, die zwar weniger geschützt sind als die Reiter, aber auch weniger belastet. Noch ist die Rüstung nicht erfunden, die alles schützt und es dem Träger trotzdem erlaubt, ohne Pferd gut zu kämpfen.«

Sie stopften eine zerlumpte Kutte mit Stroh aus und bezeichneten die Stellen, die von einer Rüstung nicht geschützt wurden. Fast immer gelang es Angel mit seinem Langbogen, aus großer Entfernung einen Pfeil so auf den »Feind« zu schießen, daß er ihn genau an den schmalen, ungeschützten Stellen traf, wo die nachgemachte Rüstung klaffte. Immer wenn ihm ein besonders schwieriger Schuß gelang, belohnte Fierro ihn mit einer Münze.

Eines Nachmittags rief der Meister seine Männer auf dem Kampfplatz zusammen und ließ sie ein großes und klobiges Gerät aufstellen.

»Was ist das?« fragte Luis.

»Eine französische Bombarde«, sagte Fierro.

»Und was macht man damit?« fragte Paco.

»Du wirst schon sehen.«

Es war ein mit Reifen verstärktes Rohr aus gehämmertem Eisen. Fierro ließ es mit dicken Pfählen und Ketten in der Erde verankern. Sie luden eine schwere, mit Eisenbändern umwickelte Steinkugel in das Rohr und füllten die Zündkammer mit einem Pulver, das, wie Fierro sagte, aus einer Mischung aus Salpeter, Holzkohle und Schwefel bestand. Fierro hantierte eine Zeitlang mit einer Vorrichtung, die den Anstellwinkel der Bombarde veränderte. Dann ließ er seine Männer in sicherer Entfernung Aufstellung nehmen und hielt das brennende Ende eines Steckens an das Zündloch am unteren Ende der Bombarde.

Als der Salpeter zu schwelen begann, warf der Meister den Stecken weg und rannte zu den anderen.

Es dauerte einige Augenblicke, bis das Pulver Feuer gefangen hatte, und dann gab es einen schrecklichen Knall, als hätte Gott in die Hände geklatscht.

Mit leisem Zischen sauste die Steinkugel durch die Luft. Sie landete weit hinter dem Ziel und traf eine kräftige Eiche, deren Stamm mit lautem Krachen zerbarst.

Alle jubelten, aber es war auch Gelächter zu hören.

»Was nützt eine Kriegswaffe, die ihr Ziel verfehlt?« fragte Jona.

Fierro war nicht beleidigt, denn er begriff, daß die Frage ernst gemeint war. »Sie hat das Ziel nicht getroffen, weil ich damit nicht umgehen kann. Aber ich habe mir sagen lassen, daß ihre Benutzung nicht schwer zu erlernen ist. Die Genauigkeit ist nicht so wichtig. In der Schlacht kann man mit diesen Bombarden anstelle von Steinkugeln Hagelgeschosse verschießen. Das sind Kugeln aus Stein- oder Eisenstücken, zusammengehalten von einem Mörtel, der beim Verlassen des Rohrs zerbirst. Stellt euch vor, was ein paar solcher Bombarden in einer Reihe Fußsoldaten oder Reitern anrichten können. Wer nicht flieht, wird niedergemäht wie Gras von einer Sense.«

Paco legte die Hand auf das Rohr und zog sie schnell wieder zurück. »Es ist heiß.«

»Ja. Man hat mir gesagt, daß das Eisen manchmal reißt, wenn die Bombarde zu oft abgefeuert wird. Man glaubt, daß Rohre aus gegossener Bronze vielleicht besser sind.«

»Wahrlich furchteinflößend«, sagte Costa. »Und, werden wir nun diese Bombarden herstellen, Meister?«

Fierro starrte den geknickten Baum an und schüttelte den Kopf. »Ich glaube nicht«, sagte er leise.

7. KAPITEL

LAUERNDE BLICKE

Einige Wochen nachdem Jona Lavera und seinen Gefolgsmann zu der Höhle geschickt hatte, ritt er eines schönen Sonntagmorgens auf dem grauen Araber zu dem felsigen Stück Ödland und band sein Pferd an einem Busch an.

Falls es je Spuren in der steinigen Erde gegeben hatte, waren die vom schneidenden Wind und dem wenigen Regen, der seitdem gefallen war, ausgelöscht worden.

Die Höhle selbst war leer.

Die Knochen des Heiligen waren verschwunden. Wie auch das grob zusammengezimmerte Kreuz und die irdenen Gefäße. In ihrer Suche nach heiligen Kostbarkeiten hatten die Plünderer den Altar zerstört. Die verstreuten trockenen Äste und die Zeichnung des Fisches auf der Wand waren der einzige Beweis dafür, daß Jona die Höhle in ihrem früheren Zustand nicht nur geträumt hatte.

Auf der Wand unter dem Fisch entdeckte er einen dunkel rostfarbenen Fleck, und als er sich mit seiner Kerze hinkniete, sah er auf dem Steinboden andere rostfarbene Überbleibsel, große Pfützen getrockneten Blutes.

Die Männer, die hier im Hinterhalt gelegen hatten, hatten ganze Arbeit geleistet und jene ausgelöscht, die ihnen hier im südlichen Spanien die Geschäfte abspenstig gemacht hatten.

Eines wußte Jona: Als er Anselmo Lavera und seinem Kumpanen die Karte gab, hatte er die beiden so sicher hingerichtet, als hätte er ihnen eine scharfe Klinge über die Kehle gezogen. Erleichtert, fast beschwingt ritt er nach Gibraltar zurück, aber auf seiner Seele lastete auch das Bewußtsein, ein Mörder zu sein.

Seit der Rückkehr aus Tembleque schwang sich Angel Costa mehr denn je zu Gibraltars frommem Soldaten der Kirche auf.

»Warum reitest du am Sonntagvormittag aus?« wollte er von Jona wissen.

»Meister Fierro hat es mir erlaubt.«

»Gott hat es dir nicht erlaubt. Der Sonntagmorgen ist für die Anbetung der Dreifaltigkeit da.«

»Ich bete in dieser Zeit sehr viel«, erwiderte Jona, doch die Frömmigkeit, die er damit zu beweisen suchte, schien Costa nicht zu beeindrucken, denn er schnaubte nur.

»Unter den Waffenschmieden bezeugen nur du und der Meister unserem Gott nicht den gehörigen Respekt. Du mußt die christliche Messe besuchen. Geh besser in dich und bereue, mein gebildeter Señor.«

Paco hatte alles gesehen und gehört. Als Costa gegangen war, sagt er zu Jona: »Angel ist ein Mörder und ein Sünder, auf den ganz gewiß das Höllenfeuer wartet, und doch wacht er über die unsterblichen Seelen der Männer in seiner Umgebung, die allesamt besser sind als er.«

Auch mit Fierro hatte Costa gesprochen.

»Und mein Freund José Gripo hat mich gewarnt, daß meine Abwesenheit von der Messe eine Aufmerksamkeit erregt hat, die mir gefährlich werden kann«, sagte der Meister zu Jona. »Deshalb müssen wir beide unsere Gewohnheiten ändern. Du wirst am Sonntagmorgen nicht mehr ausreiten. Diese Zeit ist für das Gebet bestimmt. Es wäre ratsam, wenn du diese Woche die Messe besuchst.«

Und so ging Jona am nächsten Sonntagmorgen in den Ort und

betrat zeitig die Kirche, wo er sich in eine der hinteren Reihen stellte. Er spürte Costas Blick auf sich, als der Waffenmeister die Kirche betrat. Am anderen Ende der Kirche unterhielt sich Meister Fierro entspannt mit Bekannten aus dem Ort.

Jona setzte sich und betrachtete den Jesus, der am Kreuz über dem Altar hing.

Padre Vasquez hatte eine hohe, leiernde Stimme, die fast wie Bienensummen klang. Jona fiel es nicht schwer aufzustehen, wenn die anderen aufstanden, sich hinzuknien, wenn die anderen knieten, und den Mund zu bewegen, als würde er beten. Er merkte, daß er das klangvolle Latein der Messe genoß, so wie er es immer genossen hatte, Hebräisch zu hören.

Nach der Wandlung bildeten sich Schlangen vor dem Beichtstuhl und vor dem Priester, der den Leib Christi in Gestalt der Hostie verteilte. Der Anblick der Hostien verstörte Jona, denn er war aufgewachsen mit Schauergeschichten über Juden, denen vorgeworfen wurde, Hostien zu stehlen und zu besudeln.

Er schlüpfte nach draußen und hoffte, daß niemand seinen Weggang bemerkt hatte.

Als er sich von der Kirche entfernte, sah er ein gutes Stück vor sich auf der schmalen Straße die ebenfalls davoneilende Gestalt von Manuel Fierro.

Vier Sonntage hintereinander ging Jona in die Kirche.

An jedem Sonntag war auch Manuel Fierro dort. Einmal kehrten sie gemeinsam zur Schmiede zurück und unterhielten sich dabei freundschaftlich wie zwei Jungen, die von der Schule nach Hause gingen.

»Erzähl mir von dem Juden, der dir die Silberbearbeitung beigebracht hat«, sagte Fierro.

So erzählte Jona ihm von Abba, sprach dabei aber als einstiger Lehrling und nicht als Sohn. Dennoch versuchte er erst gar nicht, Stolz und Zuneigung in seiner Erzählung zu unterdrücken. »Helkias Toledano war ein wunderbarer Mensch und ein sehr fähiger Silberschmied. Ich hatte großes Glück, bei ihm in die Lehre gehen zu dürfen.«

Er wußte, daß er auch Glück hatte, jetzt bei Fierro in der Lehre zu sein, aber er war zu schüchtern, um dies zu sagen.

»Hatte er Söhne?«

»Zwei«, antwortete Jona. »Einer starb. Der andere war noch ein kleiner Junge. Als Toledano Spanien verließ, nahm er den Jüngeren mit sich.«

Fierro nickte und wandte sich dem Thema des Fischfangs zu, denn die Boote, die von Gibraltar ausliefen, kehrten in dieser Jahreszeit mit prall gefüllten Netzen zurück.

Nach diesem Tag begann Manuel Fierro, Jona eingehender zu beobachten. Zuerst dachte Jona, er würde sich das nur einbilden, denn der Meister war ein gütiger Mensch, der immer ein freundliches und aufmunterndes Wort für jeden seiner Untergebenen übrig hatte. Aber Fierro unterhielt sich häufiger mit ihm als früher, und ausführlicher. Es war, als prüfe er einen Anwärter für eine besondere Aufgabe, als versuche er zu entscheiden, ob Jona der Verantwortung und des Vertrauens würdig sei.

Würdig wozu, fragte sich Jona.

Auch Angel Costa beobachtete Jona sehr genau. Oft spürte er Angels Blick auf sich, und wenn Costa nicht in Sicht war, hatte er das Gefühl, von anderen beobachtet zu werden.

Einmal war er sicher, daß Luis ihm ins Dorf folgte.

Mehr als einmal kehrte Jona in seine Hütte zurück und mußte feststellen, daß seine wenigen Habseligkeiten durchwühlt worden waren. Nichts war gestohlen. Jona versuchte, seinen Besitz mit den Augen eines feindlich gesinnten Suchers zu betrachten, aber er sah nichts Belastendes in seinen wenigen Kleidungsstücken, der Gitarre, dem stählernen Becher, den er sich gemacht hatte, und dem Gebetbuch des verstorbenen Bernardo Espina, möge seine Seele in Frieden ruhen.

Manuel Fierro war seit Jahrzehnten ein erfolgreicher und einflußreicher Bürger Gibraltars. Er hatte einen großen Kreis von Freunden und Bekannten, und wenn er hin und wieder einmal abends in die Dorfschenke ging, trank er fast nie allein.

So fand er auch nichts Ungewöhnliches daran, als José Gripo sich eines Abends an seinen Tisch setzte und ein Glas Wein trank, ohne viel zu reden, denn er kannte Gripo seit seiner Ankunft in Gibraltar, und der Besitzer des Kramladens war noch nie sonderlich gesprächig gewesen.

Doch als Gripo ihm zuflüsterte, Manuel müsse ihn sofort im Hafen treffen, und dann seinen Wein austrank und laut eine gute Nacht wünschte, leerte Fierro einige Minuten später ebenfalls seinen Becher, lehnte einen angebotenen zweiten Becher ab und wünschte allen Anwesenden eine gute Nacht.

Während er zum Hafen ging, fragte er sich, warum Gripo wohl Angst gehabt hatte, mit ihm gemeinsam die Schenke zu verlassen.

Der Krämer erwartete ihn hinter einem Lagerschuppen auf halber Höhe des dunklen Kais. Er redete nicht lange um den heißen Brei herum.

»Man hat dich angeschwärzt, Manuel. Du hättest gut daran getan, wenn du diesen undankbaren Mistkerl schon längst entlassen und mit seinem Schwert und seinem Bogen davongejagt hättest.«

»Es war Costa?«

»Wer denn sonst? Er ist ein neidischer Mann, der niemandem seinen Wohlstand gönnt, wie wohlverdient er auch sein mag.«

Derartige Vorwürfe von Leuten, die ihren Namen nicht nannten, wurden häufig bei Autodafés vorgebracht, aber Fierro brauchte nicht zu fragen, woher Gripo seinen Beschuldiger kannte. Er wußte, daß José Gripo in seiner engsten Verwandtschaft ein halbes Dutzend Priester hatte, die sich in gutunterrichteten Kreisen bewegten.

»Was wirft man mir vor?«

»Er hat den Inquisitoren erzählt, daß du einen moslemischen Hexenmeister zum Lehrling hast. Er behauptete, er hätte gesehen, wie du jedes Stück, das du an einen guten Christen verkaufst, mit einem Blutfluch belegst. Und wie ich dir schon gesagt habe, es fällt auf, daß du nicht zur Messe gehst.«

»Aber in letzter Zeit habe ich sie doch besucht.«

»Das war zu spät. Du bist gebrandmarkt als Diener des Satans und als Feind der Heiligen Mutter Kirche«, sagte Gripo, und Fierro hörte eine tiefe Traurigkeit in seiner Stimme.

»Ich danke dir, José«, sagte er.

Er wartete in der Dunkelheit, bis Gripo den Hafen verlassen hatte, und machte sich dann auf den Rückweg zu seiner Schmiede.

Tags darauf, als sie im hellen Licht des trägen Nachmittags die Instrumente polierten, die er für seinen Bruder angefertigt hatte, erzählte er Jona von dem Gespräch. Er redete leise und ohne jede Gefühlsregung, so als würden sie den Fortgang einer Arbeit besprechen. Ohne Gripos Namen zu nennen, berichtete er, er habe erfahren, daß er von Angel Costa angeprangert worden sei.

»Wenn er mich bei den Inquisitoren angezeigt hat, bist du sicher auch angeschwärzt, und man wird dich verhaften«, sagte Fierro. »Deshalb müssen wir beide diesen Ort verlassen, und zwar schnell.«

Jona spürte, wie ihm das Blut aus den Wangen wich. »Ja, Señor.«

»Weißt du, wohin du gehen kannst?«

»Nein.«

»Was ist mit deinen Verwandten? Den beiden Männern, die dich besucht haben?«

»Das waren keine Verwandten. Es waren böse Männer. Sie sind wieder verschwunden.«

Fierro nickte. »Dann möchte ich dich um einen Gefallen bitten, Ramón Callicó. Ich werde zu meinem Bruder Nuño Fierro gehen, dem Arzt von Saragossa. Bist du bereit, mit mir zu kommen und mein Beschützer zu sein, bis wir bei ihm sind?«

Jona versuchte, einen klaren Gedanken zu fassen. Schließlich sagte er: »Ihr seid sehr freundlich zu mir gewesen. Ich werde mit Euch gehen und Euch dienen.«

Fierro nickte dankbar. »Dann müssen wir schleunigst unsere Abreise aus Gibraltar vorbereiten«, sagte er.

Mitten in der Nacht, während die anderen schliefen, ging Jona zum Haus des Meisters, wie es ihm aufgetragen worden war, und gemeinsam suchten sie die Dinge zusammen, die sie für die Reise brauchten. Lebensmittel und Gerätschaften für unterwegs, und für jeden feste Stiefel und Sporen und einen Brustharnisch. Ein Schwert für Jona. Ein Schwert für Fierro, bei dessen Anblick es Jona den Atem verschlug; es war nicht mit Edelsteinen besetzt oder ziseliert wie das eines Edelmanns, aber es war so prachtvoll gearbeitet, daß es seine Schönheit aus seiner vollkommenen Ausgewogenheit bezog.

Fierro wickelte jedes der chirurgischen Instrumente, die er in mühevoller Kleinarbeit für seinen Bruder angefertigt hatte, in ein weiches Tuch und legte sie in eine kleine Truhe.

Dann gingen er und Jona zum Stall und holten ein kräftiges Maultier heraus, das sie zu einem der Vorratsschuppen am anderen Ende des Grundstücks führten. Er war verschlossen, wie alle Vorratsschuppen, und Fierro öffnete die Tür mit einem Schlüssel. Die eine Hälfte des Schuppens war angefüllt mit allerlei Stahlteilen, alten und verrosteten Rüstungen und anderem Metallschrott. Die andere Hälfte war vollgestapelt mit Feuerholz, dem Brennstoff für die Esse. Der Meister hieß Jona, die Scheite beiseite zu räumen, und half auch selbst mit, und nachdem sie ein gut Teil des Stapels abgetragen hatten, kam eine kleine lederne Truhe zum Vorschein.

Sie war nicht größer als die Truhe mit den chirurgischen Instrumenten, aber als Jona sie hochhob, ächzte er überrascht, denn sie hatte ein großes Gewicht. Jetzt verstand er, wozu das Maultier nötig war.

Sie luden die Truhe auf den Rücken des Maultiers, führten es hinaus, und Fierro verschloß den Schuppen wieder.

»Ein schreiendes Muli, das alle Welt aufweckt, können wir jetzt überhaupt nicht gebrauchen«, sagte Fierro, und während Jona das Tier zum Haus des Meisters geleitete, tätschelte es Fierro und sprach ihm mit leiser Stimme gut zu. Sie schafften die Truhe ins Haus, und danach befahl der Meister Jona, das Tier wieder in den Stall zu bringen und selbst in seine Hütte zurückzukehren, was Jona auch tat. Er fiel sofort auf sein Lager, doch obwohl er sehr müde war und schlafen wollte, lag er noch lange wach in der Dunkelheit und wälzte sorgenschwere Gedanken.

Trotz all ihrer Vorsichtsmaßnahmen merkte Costa am nächsten Morgen, daß etwas nicht stimmte. Er war bei Tagesanbruch aufgestanden, um zu jagen, und hatte gesehen, daß frischer Kot auf dem Hof vor dem Stall lag, obwohl im Stall alle Tiere an ihren Plätzen standen.

»Wer hat heute nacht ein Pferd oder ein Lasttier benutzt?« fragte er beiläufig in die Runde, ohne jedoch eine Antwort zu erhalten.

Paco zuckte die Achseln. »Bestimmt hat sich ein Reiter verirrt, und als er sah, daß es hier nicht mehr weitergeht, ist er den Weg zurückgeritten, den er gekommen ist.«

Costa nickte widerstrebend. Jona hatte das Gefühl, daß er, jedesmal, wenn er hochsah, seinem Blick begegnete.

Jona wartete ungeduldig auf die Abreise, doch der Meister wollte erst aufbrechen, wenn er eine letzte Angelegenheit erledigt hatte. Fierro übergab einem alten Freund, dem Bürgermeister des Dorfes, ein Päckchen, das zwei Wochen nach ihrer Abreise geöffnet werden sollte. Es enthielt Geld, das unter den Männern Fierros gemäß ihrer Dienstzeit verteilt werden sollte, und einen Brief, in dem er ihnen Werkstatt und Schmiede in ihren gemeinsamen Besitz übergab und sie ermutigte, ihre beträchtlichen Fähigkeiten zu nutzen, um mit der Herstellung von Rüstungen und anderen Gerätschaften ihren Lebensunterhalt zu verdienen.

»Es ist Zeit«, sagte Fierro an diesem Abend, und Jona verspürte eine große Erleichterung. Sie warteten, bis die Nacht fast vorüber war, damit sie Tageslicht hätten, wenn sie unbekanntes Gelände erreichten. Im Stall führte Fierro sein vertrautes Reittier aus seinem Verschlag, eine schwarze Stute und, wie es hieß, das beste Pferd in seinem Besitz.

»Nimm dir den grauen Araber«, sagte er, und Jona tat freudig wie ihm geheißen. Sie sattelten beide Pferde, stellten sie dann wieder in ihre Verschläge und führten ein letztes Mal das Maultier zu Fierros Haus.

Nachdem sie sich für die Reise angekleidet und bewaffnet hatten, beluden sie das Packtier mit ihren übrigen Habseligkeiten. Dann holten sie ihre Pferde aus dem Stall und führten die drei Tiere im grauen Licht des neuen Morgens zwischen den Werkstätten und Hütten hindurch über das Grundstück.

Sie sprachen kein Wort.

Jona tat es leid, daß er sich von Paco nicht hatte verabschieden können.

Er wußte, was es hieß, ein Zuhause zu verlassen, und konnte sich deshalb gut vorstellen, wie Fierro sich fühlen mußte. Als er ein leises Stöhnen hörte, hielt er es deshalb zuerst für einen Laut des Bedauerns, doch als er sich zu dem Älteren umdrehte, sah er, daß knapp über dem Brustharnisch ein gefiederter Schaft aus der Kehle des Meisters ragte. Helles Blut quoll aus Manuel Fierros Hals und tropfte vom Harnisch auf sein Pferd.

Angel Costa stand vielleicht vierzig Schritt entfernt und hatte in dem trüben Licht einen Schuß abgegeben, der ihm ein Goldstück des Meisters eingebracht hätte, wäre es bei einem Übungsschießen gewesen.

Jona wußte, daß Angel sich zuerst Fierro vorgenommen hatte, weil er das Schwert des Meisters fürchtete. Vor Jona hatte er keine Angst, und er hatte bereits seinen Bogen weggeworfen und zog nun im Laufen sein Schwert.

Wie gelähmt vor Schreck hatte Jona im ersten Augenblick nur einen Gedanken: Spring aufs Pferd und reite davon. Doch vielleicht gab es noch etwas, das er für Fierro tun konnte.

Er hatte keine Zeit zum Überlegen, nur Zeit, sein Schwert zu ziehen und in Stellung zu gehen. Im nächsten Moment fiel Costa über ihn her, und die Klingen stießen klirrend aufeinander.

Jona hatte nur wenig Hoffnung. Immer und immer wieder hatte Costa ihn besiegt. Der Ausdruck in dessen Gesicht, Verachtung gepaart mit angespanntem Nachdenken, war ihm wohlvertraut. Costa überlegte offenbar gerade, welche Stoßfolge den Kampf am schnellsten beenden würde, und er konnte dabei aus einem Dutzend Finten wählen, die in der Vergangenheit gegen den Neuling schon erfolgreich gewesen waren.

Mit der ganzen Kraft der Verzweiflung blockierte Jona Costas Schwert, und Heft an Heft und Faust an Faust stemmten sie sich gegeneinander. Plötzlich war Jona, als würde er Mingos Stimme in seinem Kopf hören, die ihm genau sagte, was er tun mußte.

Seine linke Hand kroch zu der kleinen Scheide an seinem Gürtel und zog den Dolch.

Rammte ihn Costa in den Leib. Riß ihn nach oben.

Starr vor Verblüffung starrten sie sich an, denn beide wußten, daß es eigentlich nicht so hätte enden sollen. Dann sackte Costa zusammen.

Fierro war tot, als Jona zu ihm zurückkehrte. Er versuchte, den Pfeil herauszuziehen, aber er steckte zu tief, und die Spitze verhakte sich, und so brach er ihn knapp über dem blutigen Hals ab.

Jona konnte nicht zulassen, daß Fierro gefunden würde, denn er wußte, daß der Leichnam verurteilt und als letzte Entehrung auf dem nächsten Autodafé zusammen mit den lebenden Opfern verbrannt werden würde.

Er hob den Meister vom Boden auf und trug ihn ein gutes Stück vom Pfad weg. Dann hackte er mit seinem Schwert den sandigen Boden auf und schaufelte mit bloßen Händen die gelockerte Erde heraus, bis ein flaches Grab entstanden war.

Das Erdreich war voller Steine und kleiner Felsbrocken, die das Schwert ruinierten und es als Waffe unbrauchbar machten. Er tauschte es gegen Fierros wunderbar gearbeitetes Schwert aus. Die silbernen Sporen ließ er an den Stiefeln des Meisters, nahm aber seine Geldbörse und zog ihm die Kordel vom Hals, an der die Schlüssel zu den Truhen hingen.

Zum Schutz gegen wilde Tiere bedeckte er Fierros Leiche sorgfältig mit schweren Steinen und schaufelte dann einen Fuß tief Erde darüber, die er wiederum mit Steinen und Zweigen und einem kleinen Felsbrocken bedeckte, bis das Grab vom Weg aus nicht mehr zu erkennen war.

Auf Costa hatten sich bereits ein paar Fliegen niedergelassen, und schon bald würde es ein ganzer Schwarm sein, aber nachdem Jona sich versichert hatte, daß Costa tot war, ließ er ihn im Staub liegen.

Schließlich floh er von diesem Ort. Auf seinem grauen Araber, Fierros schwarze Stute und das Packtier im Schlepptau, ritt er in forschem Trab durch das milde Licht des frühen Morgens. Auch nachdem er die Landenge zwischen Gibraltar und dem Festland überquert hatte, verlangsamte er sein Tempo nicht, und an der geplünderten Ruhestätte des Pilgerheiligen ritt er vorbei, ohne einen Blick darauf zu werfen. Stunden später, als die Sonne hoch am Himmel stand, befand er sich bereits wieder in der menschenleeren Sicherheit des Hochgebirges, und eine Weile weinte er im Reiten wie ein Kind um Fierro, denn sein Herz war voll der Trauer. Aber da war auch noch ein anderes Gefühl. Er hatte zwei Männer in den Tod geschickt und einem dritten mit eigenen Händen das Leben genommen, und was er dadurch verloren hatte, wog schwerer als alle Lasten, die das Maultier trug.

Als er sicher war, daß er nicht verfolgt wurde, beschloß er, die Tiere zu schonen, und ließ sie im Schritt über die schmalen Gebirgspfade gehen, denen er fünf Tage lang nach Osten folgte. Dann wandte er sich nach Nordosten, blieb aber weiterhin im Schutz der Hügel, bis er sich Murcia näherte.

Die lederne Truhe öffnete er nur einmal. Dem Gewicht nach konnte sie nur eins enthalten, und so war der Anblick der Goldmünzen nichts als eine Bestätigung für Jona, daß die Truhe das Vermögen barg, das sich der Meister in zwei Jahrzehnten der Herstellung erstklassiger Wehr für die Reichen und Mächtigen erarbeitet hatte. Es waren Mittel, die Jona nicht als die eigenen betrachtete, und so verschloß er die Truhe wieder, ohne die Münzen anzurühren, und steckte sie in ihren großen Leinensack zurück. Fierro hatte ihm den Schatz in seine Verantwortung übergeben.

Haare und Bart wurden ihm schnell wieder wild und struppig, und Sporen und Brustharnisch setzten im taufeuchten Gras, auf dem er nachts schlief, Rost an. Zweimal hielt er, um Vorräte zu kaufen, in entlegenen Dörfern an, die ihm sicher erschienen, doch ansonsten mied er jede Begegnung mit Menschen. Im Grunde genommen aber konnte er sich in Sicherheit wiegen, denn er war das Ebenbild eines mordlüsternen Raubritters, der mit seinem prächtigen Schwert, den kriegstauglichen Pferden und seiner furchterregenden Erscheinung weder zum Angriff noch zum höflichen Gespräch einlud.

Hinter Murcia wandte er sich nach Norden und ritt durch Valencia und nach Aragón hinein.

Gibraltar hatte er am Ende des Sommers verlassen. Jetzt wurden die Tage kühler, und die Nächte waren kalt. Von einem Schäfer kaufte er sich eine Decke aus Schaffellen, in die er sich zum Schlafen einwickelte. Zum Waschen war es zu kalt, und die schlecht gegerbten Tierhäute verstärkten seinen Gestank noch.

Er war zerschlagen von den Anstrengungen der Reise, als er schließlich eines Morgens Saragossa erreichte.

»Kennt Ihr den Medicus dieser Stadt? Einen Mann namens Fierro?« fragte er einen Mann, der auf der *plaza mayor* Holz auf einen Eselskarren lud.

»Ja, natürlich«, sagte der Mann und musterte ihn furchtsam. Jona wurde zurückgeschickt vor die Tore der Stadt, zu einem kleinen, abgelegenen Gehöft, an dessen Zufahrt er bereits unwissentlich vorbeigeritten war. Ein Stall war an die *hacienda* angebaut, aber bis auf ein Pferd, das die spärlichen, winterlich braunen Grashalme abweidete, war kein Tier zu sehen.

Eine Frau antwortete auf sein Klopfen. Der Duft frisch gebackenen Brotes strömte aus der Tür, die sie nur einen Spaltbreit öffnete, so daß Jona nicht mehr von ihr sah als die Hälfte eines freundlich bäuerlichen Gesichts, die Rundung einer Schulter, die Wölbung einer Brust. »Ihr wollt zum Arzt?«

»Ja.«

Nuño Fierro war ein Mann mit schütteren Haaren, einem dicken Bauch und ruhigem, nach innen gewandtem Blick. Obwohl der Himmel bedeckt war, kniff er die Augen zusammen, als würde er in die Sonne schauen. Er war älter als sein Bruder Manuel. Seine Nase war gerade, und auch ansonsten hatte er wenig Ähnlichkeit mit dem Waffenschmied, der lebenssprühender und kerniger gewesen war. Erst als er dann das Haus verließ und Jona genauer hinsah, kam ihm doch einiges bekannt vor – die Art, wie er den Kopf hielt, der Gang, die Mienen, die über sein Gesicht huschten.

Stumm und betroffen stand er da, als Jona ihm vom Ableben seines Bruders berichtete.

»Ein natürlicher Tod?« fragte er schließlich.

»Nein. Er wurde getötet.«

»Ermordet, sagt Ihr?«

»Ja, ermordet... und beraubt«, fügte Jona unvermittelt hinzu. Es lag kein Vorbedacht in der Entscheidung, diesem Mann das Geld seines Bruders nicht zu geben, sondern nur das plötzliche, blendende Wissen, daß er es nicht tun würde. Er ging zu seinem Esel und band den Sack mit den chirurgischen Instrumenten los.

Nuño Fierro öffnete die Truhe und strich über die Skalpelle, Sonden und Klammern.

»Er hat jedes einzelne Stück selbst angefertigt. Mich hat er ein paar polieren lassen, aber gemacht hat er sie alle selbst.«

Zärtlich und versunken in seiner Trauer berührte der Arzt diese wenigen Dinge, die sein Bruder für ihn angefertigt hatte. Dann sah er Jona an. Und bemerkte offenbar die Spuren, die der lange Ritt hinterlassen hatte. Wahrscheinlich, dachte Jona, riecht er mich auch.

»Ihr müßt ins Haus kommen.«

»Nein.«

»Aber Ihr müßt...«

»Nein, vielen Dank. Ich wünsche Euch alles Gute«, sagte Jona barsch, ging zu seinem Araber und schwang sich in den Sattel.

Er zwang sich, die Tiere im Schritt gehen zu lassen, während Nuño Fierro im Staub stand und ihm verwundert nachblickte.

Jona ritt weiter nach Norden, ohne recht zu wissen, wohin.

Der Arzt war ein alter Mann, sagte er sich, und ganz offensichtlich wohlhabend. Er hatte das Vermögen seines Bruders nicht nötig.

Im selben Moment erkannte Jona, daß er, ohne sich je der Versuchung bewußt gewesen zu sein, schon lange über das Geld nachgedacht hatte. Er hatte begriffen, daß dieser Schatz ihn aller Sorgen entheben würde.

Warum nicht? Offensichtlich hatte Gott ihm dieses Gold geschickt. Der Unergründliche hatte ihm eine himmlische Botschaft gesandt, eine Botschaft der Hoffnung.

Nach einer Weile im Sattel, der sich inzwischen anfühlte wie eine zweite Haut auf seinem Hintern, wurde ihm schwindlig von dem Gedanken an die Möglichkeiten, die ihm das Gold eröffnete, von den Überlegungen, wohin er sich wenden wollte, um sich damit ein neues Leben zu erkaufen.

Froh darüber, bald wieder in der tröstenden Sicherheit der Berge zu sein, ritt er durch ein Vorgebirge, doch in dieser Nacht fand er keinen Schlaf. Eine dünne Mondsichel stand am Himmel und dieselben Sterne, die ihn beschienen hatten, als er noch Schäfer war. Auf einer Lichtung auf einem bewaldeten Hügel machte er ein Feuer und saß dann da und starrte in die Flammen, in denen er viele Dinge sah.

Das Geld bedeutete Macht.

Das Geld würde ihm ein gewisses Maß an Sicherheit erkaufen. Ein wenig Schutz.

Doch im kühlen Licht des frühen Morgens stand er auf und scharrte, leise fluchend wie ein *peón,* Erde über die Überreste seines Feuers.

Langsam ritt er nach Saragossa zurück.

Nuño Fierro öffnete die Tür der *hacienda,* als Jona eben die Truhe mit den Münzen aus dem Leinensack zog. Jona stellte sie vor ihn hin, nahm sein Schwert ab und legte es auf die Truhe.

»Dies gehörte ebenfalls ihm, und die Tiere«, sagte er feierlich.

Die klugen Fierro-Augen sahen ihn an und begriffen alles.

»Habt Ihr ihn getötet?«

»Nein, nein!«

Das Entsetzen dieses jungen Mannes war echt, das erkannte Fierro sofort.

»Ich habe ihn geliebt. Er war … der Meister. Er war gut und gerecht. Viele haben ihn geliebt.«

Der alte Medicus von Saragossa hielt Jona die Tür weit auf.

»Kommt herein«, sagte er.

8. KAPITEL

BÜCHER

Es fiel Jona zwar nicht leicht, dennoch berichtete er, bevor er sich wusch und zur Ruhe legte, Nuño ausführlich von dem Morgen, an dem Manuel Fierro mit Angels Pfeil im Hals gestorben war und er daraufhin Angel getötet hatte. Nuño hörte mit geschlossenen Augen zu. Es waren Nachrichten, die ihm das Herz schwermachten, und als Jona geendet hatte, nickte er nur und ging davon, um allein zu sein.

Nuño Fierros Haushälterin war still und wachsam, eine kräftige Frau von vielleicht vierzig Jahren – älter, als Jona nach seinem ersten flüchtigen Blick durch den Türspalt vermutet hätte. Ihr Name war Reyna Fadique. Sie kochte gut und erhitzte ihm ohne Murren sein Badewasser, und eineinhalb Tage lang tat er nichts anderes als schlafen, und wenn er aufwachte, dann aß er und entleerte sich und schlief gleich wieder ein.

Am Nachmittag des zweiten Tages verließ er sein Lager und fand seine Kleidung frisch gewaschen vor. Er zog sich an und ging nach draußen, und als Nuño Fierro ihn suchte, kniete er am Bach und sah den kleinen Forellen zu, die durchs Wasser flitzten.

Jona dankte ihm für seine Gastfreundschaft. »Ich bin ausgeruht und bereit für die Weiterreise«, sagte er und wartete verlegen. Er hatte nicht genug Geld, um für das graue Pferd ein angemessenes Angebot zu machen, aber er hoffte, wenigstens das Maultier kaufen zu können.

»Ich habe die Ledertruhe geöffnet«, sagte der Arzt.

Etwas in der Stimme des Mannes ließ Jona aufschauen. »Sieht es aus, als würde etwas fehlen?«

»Im Gegenteil. Ich habe etwas gefunden, das ich dort nicht erwartet habe.« Nuño Fierro hielt ein kleines Stück Papier in die Höhe, das aussah, als wäre es aus einem größeren Bogen herausgerissen worden. Darauf stand, mit Tinte geschrieben, an der noch einige Körner Löschsand klebten: *Ich glaube, daß der Überbringer ein Neuer Christ ist.*

Jona war verblüfft. So hatte es also zumindest einen Mann gegeben, den er mit seinem falschen Namen und seinem christlichen Gehabe nicht hatte täuschen können. Der Meister hatte ihn natürlich für einen Konvertiten gehalten, aber er hatte erkannt, daß Jona jüdischer Abstammung war. Die Nachricht bewies, daß er überzeugt gewesen war, Jona würde, im Fall seines Ablebens, sein Vermögen seinem Bruder überbringen. Ein Vertrauensbeweis aus dem Grabe heraus, und einer, der beinahe nicht gerechtfertigt gewesen wäre.

Aber Jona war auch enttäuscht, weil Manuel Fierro es für nötig erachtet hatte, seinen Bruder vor diesem jüdischen Besucher zu warnen.

Nuño Fierro sah die Verwirrung in seinem Gesicht. »Bitte, kommt mit mir.«

In seinem Arbeitszimmer nahm Nuño einen Teppich von der Wand, hinter dem sich eine Nische verbarg. In der Nische lagen zwei sorgfältig in Leinentücher gewickelte und mit Bändern verschnürte Gegenstände. Zwei Bücher, wie sich nach dem Auspacken zeigte.

In Hebräisch.

»Ich bin bei Juan de Gabriel Montesa, einem der berühmtesten Ärzte Spaniens, in die Lehre gegangen und hatte danach die Ehre, gemeinsam mit ihm die Heilkunst auszuüben. Er war Jude und hatte einen Bruder an die Inquisition verloren. Dank der

Gnade Gottes starb er selbst eines natürlichen Todes, als sehr alter Mann in seinem Bett, gerade zwei Monate vor dem Vertreibungsedikt.

Zur Zeit der Vertreibung verfügten seine zwei Kinder und seine Schwester über kaum genug Mittel für eine sichere Reise. Ich habe ihnen dieses Haus und das Land abgekauft, und auch diese beiden Bücher. Soweit ich weiß, ist das eine ein Kommentar zu den medizinischen Aphorismen des Hippokrates von Maimonides, den Euer Volk Mose ben Maimon nennt, und das andere ist der *Kanon der Medizin* von Avicenna, bei den Mauren Ibn Sina. Ich hatte meinem Bruder geschrieben, daß ich diese Bücher besitze und daß ich sehr gerne ihre Geheimnisse enträtseln würde. Und jetzt hat er mir einen Neuen Christen geschickt.«

Jona nahm eins der Bücher zur Hand, und seine Augen wanderten über die Schriftzeichen, die er so lange nicht gesehen hatte. Sie erschienen ihm fremd und unvertraut, und in seiner freudigen Erregung war es ihm, als würden sie sich in zuckende Schlangen verwandeln.

»Habt Ihr noch andere Bücher von Maimonides?« fragte er heiser. Was würde ich geben für ein Exemplar des *Mischne Tora*, dachte er. Abba hatte dieses Buch besessen, in dem Maimonides den jüdischen Glauben in seiner Gesamtheit darlegte und all das beschrieb, was Jona verloren hatte.

Leider schüttelte Nuño Fierro den Kopf.

»Nein, es gab noch mehrere andere Bücher, aber die nahmen Gabriel Montesas Söhne bei ihrer Abreise mit.« Er sah Jona neugierig an. »Seid Ihr in der Lage, diese zu übersetzen?«

Jona starrte die Seite an. Die Schlangen wurden wieder zu den geliebten Schriftzeichen, aber… »Ich weiß es nicht«, sagte er zweifelnd. »Früher beherrschte ich die hebräische Sprache fließend, aber ich habe sie seit langer Zeit nicht mehr gelesen und auch sonst kaum benutzt.« Vier lange Jahre.

»Wollt Ihr bei mir bleiben und es versuchen?«

Jona war überwältigt von diesem Wiedersehen mit der Sprache seines Vaters.

»Eine Weile will ich bleiben«, sagte er.

Wenn es nach ihm gegangen wäre, hätte er mit dem Maimonides begonnen, denn das Buch war schon sehr alt und die Seiten trocken und brüchig, aber Nuño Fierro war neugierig auf den Avicenna, und so fing Jona mit diesem Buch an.

Anfangs war er unsicher, ob er die Übersetzung schaffen würde. Aber er arbeitete sehr bedächtig, Wort für Wort, Gedanke um Gedanke, und allmählich wurden die Zeichen, die ihm einst so vertraut gewesen waren, aufs neue vertraut.

»Und? Was meint Ihr?« fragte der Arzt nach dem ersten Tag.

Jona konnte nur die Achseln zucken.

Die hebräischen Schriftzeichen weckten Erinnerungen an die Lehrstunden seines Vaters, wie er ihm die Bedeutung der Worte erklärt hatte und was sie aussagten über die Beziehung des Menschen zu anderen Menschen, zu Gott und zur Welt.

Er erinnerte sich an den Klang zittriger alter Stimmen und kräftiger junger Stimmen, die zusammenfanden zu heiserem Gesang, zu Liedern der Freude und den traurigen Tönen des Kaddisch. Teile des Gottesdienstes, Bruchstücke von Versen, die er für immer verloren geglaubt hatte, stiegen aus den Tiefen seines Gedächtnisses auf wie Samen, die der Wind aus den Blüten bläst. Die hebräischen Worte, die er übersetzte, sprachen von Kiefersperre und Rippenfellentzündung und Mitteln zur Schmerzlinderung, und doch brachten sie ihm Gesang und Poesie und Inbrunst zurück, die er in der Roheit seines Erwachsenwerdens verloren hatte.

Einige Wörter kannte er einfach nicht, und so blieb ihm nichts anderes übrig, als den hebräischen Begriff in den spanischen Satz aufzunehmen. Aber früher hatte er diese Sprache sehr gut beherrscht, und langsam kehrte sie wieder zurück.

Nuño Fierro drückte sich neugierig in Jonas Nähe herum.

»Wie geht es voran?« fragte er jeden Abend.

»Allmählich mache ich Fortschritte«, konnte Jona ihm schließlich sagen.

Nuño Fierro war ein ehrlicher Mann und beeilte sich deshalb, Jona zu sagen, daß Saragossa für Juden früher ein sehr gefährlicher Ort gewesen war.

»Die Inquisition kam bald und mit großer Unbarmherzigkeit«, sagte er.

Im Mai 1484 hatte Torquemada zwei Inquisitoren für Saragossa ernannt. Die beiden Geistlichen waren so versessen darauf, widerspenstige Juden aufzuspüren und hinzurichten, daß sie ihr erstes Autodafé abhielten, ohne zuvor das Gnadenedikt ausgegeben zu haben, das es abtrünnigen Neuen Christen eigentlich ermöglichen sollte, ein freiwilliges Geständnis abzulegen und dadurch Milde zu erreichen. Am 3. Juni standen die ersten Konvertierten auf dem Scheiterhaufen, und die Leiche einer Frau wurde aus ihrem Grab geholt und ebenfalls verbrannt.

»Damals lebten in Saragossa gute Männer, Mitglieder der *Diputación de Aragón,* des Ständerats, die darüber empört waren. Sie wandten sich an den König und behaupteten, Torquemadas Ernennungen und Hinrichtungen seien ungesetzlich und die Beschlagnahme jüdischen Eigentums verletze die *fueros,* die Gesetze des Königreichs Aragón. Sie hatten nichts gegen Ketzereiprozesse einzuwenden«, sagte Nuño Fierro, »forderten aber, die Inquisition müsse sich bemühen, Sünder mit den Mitteln der Unterweisung und Ermahnung in den Schoß der Heiligen Mutter Kirche zurückzuführen. Sie wehrten sich dagegen, daß gute und gläubige Männer verleumdet wurden, und taten die Meinung kund, daß es in Aragón keine unbelehrbaren Ketzer gebe.«

Ferdinand hatte die Räte barsch abgefertigt. »Er sagte, wenn es in Aragón so wenig Ketzer gebe, warum belästigten sie ihn dann mit ihrer Angst vor der Inquisition?«

Am Abend des 16. September 1485 wurde Pedro Arbués, einer der Inquisitoren, während eines Gebetes in der Kathedrale ermordet. Es gab keine Zeugen für das Verbrechen, aber die Behörden gingen sofort davon aus, daß er von Neuen Christen getötet worden war. Wie schon zuvor bei angeblichen Konvertitenaufständen in anderen Städten wurde der Führer der Neuen Christen Saragossas unverzüglich verhaftet. Er war ein hochangesehener, betagter Rechtsgelehrter, Jaime de Montesa, der Stellvertreter des Obersten Richters der Stadt.

Eine Anzahl seiner Bekannten wurde ebenfalls verhaftet, alles Männer, die tief im christlichen Leben verwurzelt waren, Väter und Brüder von Mönchen, deren Vorfahren Konvertiten gewesen waren. Dazu gehörten auch Männer in hohen Ämtern der Regierung und des Wirtschaftslebens, von denen einige wegen ihrer Verdienste sogar zum Ritter geschlagen worden waren. Einer nach dem anderen wurden sie zu *judío mamas* erklärt, zu Christen also, die »eigentlich Juden« waren. Unter entsetzlichen Folterqualen gestanden schließlich einige, daß es eine Verschwörung gegeben habe. Im Dezember 1485 wurden zwei weitere Konvertiten auf dem Scheiterhaufen verbrannt, und ab Februar 1486 gab es in Saragossa allmonatlich ein Autodafé.

»Ihr seht also, daß Ihr vorsichtig sein müßt. Sehr vorsichtig«, schärfte Fierro Jona ein. »Ist Ramón Callicó Euer wirklicher Name?«

»Nein. Ich werde als Jude unter meinem wirklichen Namen gesucht.«

Nuño Fierro zuckte zusammen. »Verratet mir Euren wirklichen Namen lieber nicht«, sagte er schnell. »Falls man uns fragen sollte, sagen wir einfach, Ihr seid Ramón Callicó, ein Alter Christ aus Gibraltar und der Neffe der Frau meines verstorbenen Bruders.«

Was sie beschlossen hatten, erwies sich als nicht sehr schwer zu bewerkstelligen. Jona sah weder Soldaten noch Priester. Er blieb immer in der Nähe des Hauses, das der jüdische Arzt Juan de

Gabriel Montesa an weiser Stelle erbaut hatte – in einiger Entfernung von der Stadt und so weit weg von der Straße, daß nur diejenigen, die einen Arzt brauchten, den Weg auf sich nahmen.

Fierros Grundbesitz umfaßte drei Seiten eines langen, sanft ansteigenden Hügels. Immer wenn die Erschöpfung die Schriftzeichen wieder in Schlangen verwandelte und Jona nicht länger übersetzen konnte, ließ er die Bücher liegen und schlenderte über die Felder. Einiges wies darauf hin, daß hier früher eine ertragreiche Landwirtschaft betrieben worden war, doch es war auch offensichtlich, daß Nuño kein guter Bauer war. Es gab einen Olivenhain und einen kleinen Obstgarten, beide mit gesunden Bäumen, die aber dringend einen Beschnitt nötig hatten, und als der gute *peón,* der er einmal gewesen war, suchte Jona sich im Stall eine kleine Säge, mit der er einige Bäume stutzte. Die abgeschnittenen Zweige trug er auf einem Haufen zusammen und verbrannte sie, wie er es auf den Höfen seiner früheren Dienstherren getan hatte. Hinter dem Stall befand sich eine Grube mit Pferdemist und Streu aus dem Stall, und Jona schüttete die Asche der Holzfeuer darüber und verteilte dann die Mischung unter einem halben Dutzend der Bäume.

Über die Hügelkuppe und auf der nördlichen Flanke erstreckte sich ein unbestelltes Stück Land, das Reyna den Ort der Verlorenen nannte. Es war ein unbezeichnetes Gräberfeld für all jene Unglücklichen, die sich das Leben genommen hatten, denn die Kirche behauptete, Selbstmord sei eine Sünde, und verwehrte ihnen die Beerdigung in christlich geweihter Erde.

Direkt hinter der *hacienda* stieg die südliche Flanke des Hügels an, der beste Teil des Besitzes, mit tiefer, fetter Krume und viel Sonnenschein. Reyna bestellte einen kleinen Küchengarten, aber der Rest war verwildert und von Unkraut und Gestrüpp überwuchert. Jona sah sofort, daß dieses Land, wenn es nur ernsthaft bearbeitet würde, viele Möglichkeiten böte.

Jona wußte nicht so recht, wie lange er bleiben sollte, aber die Wiederentdeckung der hebräischen Sprache fesselte ihn, und im Lauf der Wochen hatte er sich auch wieder daran gewöhnt, in einem Haus zu wohnen. Es war ein Haus voller Koch- und Backdüfte und der Wärme von einem großen Kamin. Jona sorgte dafür, daß die Holzkiste immer gefüllt war, wofür Reyna ihm dankbar war, denn dies war eine ihrer vielen Pflichten gewesen. Das Erdgeschoß bestand nur aus einem großen Raum, in dem gekocht und gegessen wurde, mit zwei bequemen Sesseln vor dem Kamin. Jonas Strohlager befand sich im Obergeschoß in einem kleinen Lagerraum zwischen dem großen Schlafzimmer Fierros und Reynas kleinerer Kammer, die beide ein Bett enthielten.

Die Wände waren dünn. Er hörte Reyna nie beten, aber beide waren sich bewußt, daß der andere ihn hören konnte, wenn er in den Nachttopf pinkelte. Einmal hörte Jona sie leise seufzen und gähnen, als sie sich ins Bett legte, und er konnte sich vorstellen, wie sie sich streckte und die Zeit ihrer Muße genoß. Tagsüber betrachtete er sie verstohlen, achtete aber darauf, daß er dabei nicht beobachtet wurde, denn er wußte von Anfang an, daß Reyna bereits vergeben war.

Wenn er nachts im Dunkeln lag, hörte er des öfteren, wie ihre Tür aufging und sie in Nuños Zimmer schlich und die Tür hinter sich schloß. Manchmal hörte er die gedämpften Geräusche ihres Liebesspiels.

Schön für dich, Arzt! dachte er dann, gefangen im Kerker seiner unerlösten Lenden.

Ihm fiel auf, daß Nuño und Reyna sich tagsüber verhielten wie Herr und Magd, zwar freundlich zueinander, aber ohne jede Vertraulichkeit.

Zum geschlechtlichen Verkehr zwischen den beiden kam es seltener, als Jona erwartet hätte. Offensichtlich waren Nuño Fierros Bedürfnisse nicht mehr so drängend. Jona war ein Mensch, der auf Verhaltensmuster achtete, und so fiel ihm schon sehr bald auf, daß Nuño hin und wieder nach dem Nachtmahl zu Reyna sagte, er wolle am nächsten Tag geschmortes Geflügel essen, und sie dann den Kopf senkte. In solchen Nächten ging sie immer in Nuños Zimmer. Bald war es so, daß Jona, immer wenn er diese Geheimbotschaft hörte, erst einschlafen konnte, wenn er mitbekam, daß sie in Nuños Zimmer ging.

Daß Nuño nicht auf der Höhe war, bemerkte Jona zum ersten Mal, als er eines Nachmittags den kleinen Tisch, an dem er übersetzte, verließ und den Arzt still auf den Stufen der Treppe sitzen sah. Fierro war blaß und atmete schwer.

»Señor, kann ich Euch helfen?« fragte Jona und eilte zu ihm, doch Nuño schüttelte den Kopf und hob die Hand.

»Ich bitte Euch, laßt mich.«

So nickte Jona nur und kehrte zu seinem Tisch zurück. Kurz darauf hörte er Fierro aufstehen und in sein Zimmer gehen.

Einige Tage später kam abends ein böiger Wind auf, und ein heftiger, anhaltender Regen setzte ein, der eine lange Dürre beendete. In der Dunkelheit kurz vor Tagesanbruch wurden alle drei von einem Hämmern an der Tür geweckt. Eine Männerstimme rief laut nach Señor Fierro.

Reyna eilte nach unten und rief durch die geschlossene Tür: »Ja, ja. Was ist denn?«

»Mein Name ist Ricardo Cabrera. Bitte, wir brauchen den Señor. Mein Vater ist bös gestürzt.«

»Ich komme schon«, rief Nuño vom Treppenabsatz her.

Reyna öffnete die Tür nur einen Spalt, denn sie war im Nachtgewand. »Wo liegt denn Euer Hof?«

»An der Straße nach Tauste.«

»Aber das liegt ja am anderen Ufer des Ebro!«

»Ich konnte ihn ohne Schwierigkeiten überqueren«, erwiderte der Mann flehend.

Nun hörte Jona zum ersten Mal und mit Befremden, wie die Dienstmagd mit Nuño Fierro stritt, als wären die beiden Mann und Frau. »Leg nicht so seelenruhig Arzneien und Instrumente in deine Tasche! Es ist zu weit weg, und am anderen Ufer. In so einer Nacht kannst du nicht hinaus!«

Kurz darauf klopfte es an Jonas Tür. Reyna kam in seine Kammer und baute sich in der Dunkelheit vor seinem Lager auf. »Er ist nicht bei Kräften. Geht mit ihm und helft ihm. Seht zu, daß er wohlbehalten zurückkehrt.«

Nuño war nicht so frisch und wohlgemut, wie er vorgegeben hatte, und er schien erleichtert zu sein, als Jona seine Kleidung überwarf und nach unten kam.

»Warum nehmt Ihr nicht eins von Eures Bruders Pferden?« fragte Jona, aber der Arzt schüttelte den Kopf. »Ich habe mein eigenes Pferd, das den Ebro schon oftmals durchquert hat«, erwiderte er.

So sattelte Jona Nuños Braunen und für sich den grauen Araber, und dann folgten sie dem zottigen kleinen Pferd des Bauern durch den strömenden Regen. Aus dem Bach war ein kleiner Fluß geworden, und überall war Wasserrauschen zu hören, während sie durch den Schlamm trotteten. Jona hielt Nuños Tasche, damit der die Zügel mit beiden Händen packen konnte.

Als sie den Fluß erreichten, waren sie naß bis auf die Haut. In einem Wolkenbruch wie diesem gab es keine ruhige und flache Furt mehr. Das Wasser reichte ihnen bis über die Steigbügel, als sie den Ebro durchquerten, aber selbst das kleine Tier des Bauern schaffte es unbeschadet ans andere Ufer. Triefnaß und durchgefroren kamen sie auf dem Hof an. Sich um ihr eigenes Wohl zu kümmern, blieb ihnen allerdings keine Zeit.

Pascual Cabrera lag im Stall auf dem Boden, während seine Frau sich beeilte, die Tiere der Neuankömmlinge mit Heu zu füttern. Er stöhnte, als Nuño sich über ihn beugte.

»Ich bin von den hohen Felsen auf unserer Weide gefallen«,

flüsterte er. Das Atmen schien ihm schwerzufallen, und so übernahm seine Frau das Reden.

»Ein Wolf macht die Gegend unsicher und hat uns vor vierzehn Tagen ein Mutterschaf gerissen. Ricardo hat Fallen aufgestellt und wird das Untier auch irgendwann zur Strecke bringen, aber bis es soweit ist, holen wir unsere Schafe und Ziegen jeden Abend in den Stall. Mein Mann hatte schon alle drinnen bis auf diese verdammte Ziege«, sagte sie und deutete auf eine schwarze *cabra*, die in der Nähe Heu mampfte. »Sie war auf einen felsigen Hügel in einem Winkel unserer Weide geklettert. Die Ziegen steigen gern hinauf, und sie wollte nicht mehr herunterkommen.«

Ihr Mann flüsterte etwas mit schwacher Stimme, und Nuño bat ihn, es zu wiederholen.

»... Die *cabra* ... unser bestes Milchtier.«

»Eben«, ergänzte seine Frau. »Also ist er auf die Felsen geklettert, um sie zu holen, und sie ist heruntergestiegen und sofort in den Stall gelaufen. Aber die Felsen waren glitschig vom Regen, und da ist Pascual ausgerutscht. Und abgestürzt. Eine ganze Weile lag er da draußen, bis er es schaffte, sich in den Stall zu schleppen. Ich habe ihm dann die Kleider ausgezogen und ihn mit einer Decke zugedeckt, aber abtrocknen wollte er sich von mir nicht lassen, wegen der Schmerzen.«

Jona sah nun einen ganz anderen Nuño, als er ihn bis jetzt gekannt hatte. Der Arzt handelte flink und selbstsicher. Er zog die Decke weg und bat Jona, ihm mit einer der beiden Laternen zu leuchten. Unter den sanften Blicken von zwei Ochsen in ihren Verschlägen tastete er behutsam den Körper des Mannes ab, um das Ausmaß der Verletzungen festzustellen.

»Ihr habt Euch mehrere Rippen gebrochen. Und vielleicht einen Knochen in Eurem Arm«, sagte Nuño schließlich. Er umwickelte den Oberkörper des stöhnenden Mannes straff mit Leinenbinden, und schon bald seufzte Señor Cabrera erleichtert auf, denn er spürte, wie der Schmerz nachließ.

»Oh, das ist schon besser«, hauchte er.

»Euer Arm muß auch versorgt werden«, sagte Nuño, und während er einen Stützverband anlegte, trug er Jona und Ricardo auf, die Decke an den beiden langen, dünnen Stangen zu befestigen, die in einer Ecke des Stalls lehnten. Dann hoben sie Cabrera auf diese Trage und brachten ihn zu seinem Bett.

Erst nachdem Nuño der Señora ein Pulver für einen Aufguß gegeben hatte, der ihrem Gatten das Einschlafen erleichtern würde, konnten sie wieder aufbrechen. Es nieselte noch, als sie sich auf den Heimritt machten, aber der Sturm hatte sich gelegt, und der Fluß war ruhiger. Es hörte ganz auf zu regnen, bevor sie zu Hause ankamen, und ein sonnenheller Morgen breitete sich über den Himmel aus. Im Haus wartete Reyna mit einem prasselnden Feuer und heißem Wein auf sie und machte sich sofort daran, Wasser für das Bad des Arztes zu erhitzen.

Im Halbdunkel seiner Kammer rieb ein zitternder Jona seinen kalten Körper mit grobem Sacktuch trocken. Nachdenklich lauschte er dem besorgten Schelten der Frau, das sanft und eindringlich wie das Gurren einer Taube zu ihm heraufdrang.

Als Nuño ihn ein paar Tage später bat, wieder mit ihm einen Patienten aufzusuchen, war Jona gern dazu bereit. In der folgenden Woche machten sie sieben Krankenbesuche, und bald war es selbstverständlich, daß Jona den Arzt begleitete.

Bei einem Krankenbesuch bei einer Frau, die mit hohem Fieber und Schüttelfrost darniederlag, ergab es sich, daß Jona Neues über das Schicksal der spanischen Juden erfuhr, die nach Portugal geflohen waren. Während Nuño sich um die fiebernde Frau kümmerte, saß ihr Gatte, ein Webwarenhändler, dessen Geschäfte ihn oft nach Lissabon führten, mit Jona zusammen und erzählte von Portugal und seinen Speisen und Weinen.

»In jeder Stadt hat Portugal Probleme mit seinen verdammten Juden«, sagte er.

»Ich habe gehört, daß sie zu Sklaven des Staates erklärt wurden.«

»Sie waren Sklaven, bis Emanuel den portugiesischen Thron bestieg und ihnen die Freiheit zurückgab. Doch als er dann um die Hand der jungen Isabella anhielt, der Tochter unseres Ferdinands und unserer Isabella, tadelten unsere spanischen Monarchen ihn wegen seines allzu weichen Herzens. Nun war Emanuel in Schwierigkeiten, denn einerseits wollte er das Judentum in seinem Reich ausrotten, andererseits aber konnte er es sich nicht leisten, die Juden zu verlieren, denn sie haben in Geschäftsdingen eine verflucht glückliche Hand.«

»Das habe ich schon gehört«, sagte Jona. »Stimmt es denn wirklich?«

»O ja. Ich weiß, daß es in meinem eigenen Webwarengewerbe wie auch in vielen anderen so ist. Auf jeden Fall wurden auf Emanuels Befehl hin alle jüdischen Kinder zwischen vier und vierzehn Jahren zwangsweise getauft. Etwa siebenhundert dieser frisch getauften Kinder wurden auf die Insel San Tomás vor der Küste Afrikas geschickt, damit sie dort ein christliches Leben führten, doch die allermeisten starben sehr schnell am Fieber. Alle anderen Kinder durften jedoch bei ihren Familien bleiben, und die jüdischen Erwachsenen hatten die Wahl, entweder Katholiken zu werden oder das Land zu verlassen. Wie in Spanien konvertierten einige, doch unserer Erfahrung nach ist es zweifelhaft, ob ein Mann, der *judío mamas,* eigentlich ein Jude, war, je ein guter und ehrlicher Christ wird, oder?«

»Wohin sind die anderen gegangen?« fragte Jona.

»Ich weiß es nicht, und es ist mir auch egal, solange sie nie wieder zu uns zurückkehren«, sagte der Händler, doch dann lenkte ein Aufstöhnen seiner Frau ihn ab und rief ihn an ihre Seite.

Eines Tages führten zwei Totengräber einen Esel mit einer schlaff über dem Rücken des Tiers hängenden Gestalt Nuños Zufahrt hoch. Als sie vor der *hacienda* anhielten und um Wasser baten, fragte Reyna sie, ob die Dienste des Arztes erforderlich seien. Die Männer lachten und meinten, dafür sei es zu spät. Die Leiche auf dem Esel war die eines namenlosen Mannes mit schwarzer Haut, eines Wanderers, der sich auf der *plaza mayor* am hellichten Tag selbst die Kehle durchgeschnitten hatte. Die Totengräber bedankten sich höflich für das Wasser und zogen gemächlichen Schrittes weiter zum Ort der Verlorenen.

In dieser Nacht weckte Nuño Jona aus tiefem Schlaf.

»Ich brauche Eure Hilfe.«

»Sehr gerne, Señor Fierro. Was kann ich für Euch tun?«

»Ihr solltet wissen, daß es um eine Sache geht, die von der Kirche als Hexerei und Todsünde betrachtet wird. Wenn Ihr mir helft und man uns ertappt, werden wir beide brennen.«

Jona war schon vor geraumer Zeit zu dem Schluß gekommen, daß Nuño Fierro ein Mann war, dem man vertrauen konnte. »Auf mich wartet der Scheiterhaufen bereits, Meister Arzt. Mehr als einmal können sie mich nicht verbrennen.«

»Dann holt einen Spaten und zäumt einen Esel.«

Die Nacht war klar, und Jona spürte ihre Kälte. Gemeinsam führten sie den Esel zum Friedhof der Selbstmörder. Nuño war schon vor Einbruch der Nacht dort gewesen, um sich die Stelle des Grabes einzuprägen, und ging jetzt im hellen Licht des Mondes voran.

Er ließ Jona sofort mit dem Graben anfangen. »Die Leiche liegt nicht sehr tief, denn die Totengräber sind Faulpelze und waren schon angetrunken, als Reyna mit ihnen sprach.«

Es kostete Jona nur wenig Mühe, den in ein Tuch gehüllten Leichnam aus dem Grab zu heben, und mit des Esels Hilfe brachten sie ihn zurück über die Hügelkuppe und in den Stall, wo sie ihn aus dem Tuch wickelten, auf einen Tisch legten und mit hellen Öllampen umstellten.

Es handelte sich um einen Mann mittleren Alters, mit krausen schwarzen Haaren, dünnen Gliedern, blutunterlaufenen Schienbeinen, einer Vielzahl von Narben von alten Verletzungen und der häßlichen Halswunde, die ihm den Tod gebracht hatte.

»Die Farbe der Haut ist kein Anlaß für Mutmaßungen«, sagte Nuño Fierro. »In Landstrichen großer Hitze, wie etwa in Afrika, haben die Menschen im Laufe von Jahrhunderten eine dunkle Haut entwickelt, die sie vor den sengenden Strahlen der Sonne schützt. In nördlichen Gegenden, wie etwa dem Land der Slawen, hat das kalte Klima dagegen eine sehr blasse Haut hervorgebracht.«

Er nahm eins der schönen Skalpelle zur Hand, die sein Bruder für ihn angefertigt hatte. »Dies wird gemacht, seit es die Heilkunst gibt«, sagte er und öffnete mit geradem, sicherem Schnitt die Leiche auf dem Tisch vom Brustbein bis zur Scham.

»Sowohl dunkle wie helle Haut und das Fleisch darunter enthalten verschiedene Arten von Drüsen, die grundlegend sind für die körperlichen Prozesse.«

Jona hielt den Atem an und wandte den Kopf von dem Verwesungsgestank ab. »Ich weiß, was Ihr empfindet«, sagte Nuño, »weil ich dasselbe empfunden habe, als ich Montesa dies das erste Mal tun sah.«

Er arbeitete mit großem Geschick. »Ich bin ein einfacher Arzt und kein Priester oder Teufel. Ich weiß nicht, was mit der Seele geschieht. Aber eins weiß ich sicher: daß sie nicht hier in diesem Haus des Fleisches bleibt, in diesem Haus, das gleich nach dem Ableben danach trachtet, sich in Erde zu verwandeln.«

Er erzählte Jona, was er über die Organe wußte, die er der Leiche entnahm, und wies ihn an, ihre Größe und ihr Gewicht in ein ledergebundenes Buch einzutragen.

»Das ist die Leber. Die Nährstoffversorgung des Körpers hängt von ihr ab. Ich glaube, sie ist auch der Ort, wo das Blut entsteht... Das ist die Milz... und das ist die Gallenblase, die das Temperament bestimmt.«

Das Herz ... Als es herausgenommen war, hielt Jona das Herz eines Menschen in der Hand.

»Das Herz zieht das Blut an sich und verteilt es wieder im Körper. Das Wesen des Blutes ist verwirrend, offensichtlich aber ist, daß das Herz Leben gibt. Ohne Herz wäre der Mensch eine Pflanze.« Nuño zeigte ihm, daß es gebaut war wie ein Haus mit vier Kammern. »In einer dieser Kammern dürfte mein Untergang begründet liegen. Ich glaube, Gott hat, als er mich schuf, hier einen Fehler gemacht. Es kann aber auch sein, daß die Ursache in den Flügeln der Lunge liegt.«

»Ist es denn sehr schlimm für Euch?« Jona konnte nicht anders, als diese Frage zu stellen.

»Manchmal ist es schlimm. Schwierigkeiten beim Atmen, das kommt und geht.«

Nuño zeigte ihm, wie die Knochen, Bänder und Sehnen den Körper stützten und schützten. Er sägte die Schädeldecke des dünnen Mannes auf und zeigte Jona das Gehirn und dessen Verbindungen zum Rückenmark und bestimmten Nerven.

Es war noch dunkel, als er alle Organe in die Körperhöhle zurücklegte und die Schnitte mit der Genauigkeit einer Näherin verschloß. Dann wurde der Leichnam in sein Tuch eingewickelt, und die beiden Männer führten den Esel wieder den Hügel hoch.

Jona schaufelte dem dünnen Mann nun ein tieferes Grab, und die beiden erwiesen ihm die letzte Ehre eines christlichen und eines jüdischen Gebets. Als das Tageslicht über den Hügeln heraufzog, lagen sie beide bereits in ihren Betten.

In den folgenden Tagen wurde Jona von einer merkwürdigen Unruhe erfaßt. Avicennas Worte: *Medizin ist die Erhaltung der Gesundheit und die Heilung von Krankheiten, die aus bekannten Ursachen innerhalb des Körpers entstehen,* ließen ihn nicht los. Wenn er jetzt mit Nuño Kranke besuchte, betrachtete er sie mit neuen Augen und sah in jedem das Skelett und die Organe, die er in dem dünnen Mann gesehen hatte.

Es dauerte eine ganze Woche, bis er den Mut aufbrachte, mit seiner Bitte vor den Arzt zu treten.

»Ich möchte bei Euch die Heilkunst erlernen.«

Nuño sah ihn ruhig an. »Ist das ein plötzlicher Wunsch, der wieder verwehen kann wie Nebel im Wind?«

»Nein, ich habe lange darüber nachgedacht. Ich glaube, Ihr tut Gottes Werk.«

»Gottes Werk? Dann will ich Euch etwas sagen, Ramón. Oft glaube ich an Gott. Aber manchmal tue ich es nicht.«

Jona schwieg, denn er wußte nicht, was er sagen sollte.

»Habt Ihr noch andere Gründe für Eure Bitte?«

»Ein Medicus hilft sein ganzes Leben lang anderen.«

»Ach so. Ihr wollt der Menschheit also Gutes tun?«

Jona hatte das Gefühl, daß Nuño sich über ihn lustig machte, und war verstimmt. »Ja, das möchte ich.«

»Wißt Ihr, wie lange eine solche Lehrzeit dauert?«

»Nein.«

»Vier Jahre. Es wäre Eure dritte Lehre, und ich kann Euch nicht zusichern, daß Ihr sie werdet abschließen können. Ich weiß nicht, ob Gott mir noch vier Jahre gewährt, um sein Werk zu verrichten.«

Um der Aufrichtigkeit willen rang Jona sich ein weiteres Geständnis ab. »Ich muß irgendwohin gehören. Teil von etwas Gutem sein.«

Nuño spitzte die Lippen und sah ihn an.

»Ich würde hart für Euch arbeiten.«

»Ihr arbeitet schon jetzt hart für mich«, erwiderte Nuño sanft.

Kurz darauf nickte er. »Nun gut. Wir wollen es versuchen«, sagte er.

TEIL VI

DER MEDICUS VON SARAGOSSA

ARAGÓN

10. FEBRUAR 1501

1. KAPITEL

DER LEHRLING DES ARZTES

Wenn Jona nun mit Nuño zu einem Patienten ritt, wartete er nicht mehr nur untätig, bis der alte Medicus seine Arbeit getan hatte. Aufmerksam stand er neben dem Krankenlager, während Nuño mit leiser Stimme Untersuchung und Behandlung erläuterte. »Siehst du, wie feucht die Laken sind? Riechst du das Saure seines Atems?« Jona hörte genau zu, wie Nuño der Frau des Kranken erklärte, ihr Mann liege mit Fieber und Koliken darnieder, und für sieben Tage leichte, gewürzfreie Kost und Kräuteraufgüsse zum Trinken verschrieb.

Solange sie von Haus zu Haus ritten, trieben sie ihre Pferde zu forschem Trab an, doch auf dem gemächlichen Nachhauseritt hatte Jona für gewöhnlich einige Fragen, die ihm während der Arbeit des Tages gekommen waren. »Wie unterscheiden sich die Symptome einer Kolik?«

»Manchmal geht eine Kolik mit Fieber und Schwitzen einher, manchmal aber auch nicht. Koliken können durch heftige Verstopfung hervorgerufen werden, und dafür sind Feigen, die in Olivenöl und Honig zu einer dicken Paste verkocht werden, ein gutes Heilmittel. Aber auch Durchfall kann Koliken verursachen, und dagegen nimmt man Reis, der zuerst braun geröstet, dann weich gekocht und langsam gegessen wird.«

Auch Nuño selbst hatte immer einige Fragen. »Wie paßt das,

was wir heute gesehen haben, zu dem, was Avicenna über die Erkennung von Krankheiten sagt?«

»Er hat geschrieben, daß Krankheit oft an dem zu erkennen ist, was der Körper produziert und ausscheidet, also Speichel, Stuhl, Schweiß und Urin.«

Jona arbeitete weiter an der Übersetzung von Avicennas Buch, und was er dort las, bekräftigte, was Nuño ihn lehrte:

> *Symptome erkennt man anhand der Untersuchung des Körpers. Es gibt sichtbare, wie etwa Gelbsucht und Ödeme; einige sind mit dem Ohr wahrzunehmen, wie etwa das Glucksen im Bauch bei Wassersucht; üble Ausdünstungen reizen den Geruchssinn, wie zum Beispiel bei eitrigen Geschwüren; wieder andere sind dem Geschmackssinn zugänglich, wie die Säure des Mundes; gewisse sind mittels Berührung bestimmbar: die Festigkeit eines…*

Wenn er auf ein Wort stieß, das er nicht kannte, mußte er sich an Nuño wenden. »Hier steht: ›die Festigkeit eines…‹, das hebräische Wort lautet *sartan*. Ich weiß nicht, was *sartan* bedeutet.«

Nuño las den übersetzten Absatz und lächelte. »Das heißt bestimmt Krebs. Mittels Berührung ist die Festigkeit eines Krebses bestimmbar.«

So lehrreich die Übersetzung eines solchen Buches auch war, konnte Jona Avicenna nur sehr wenig Zeit widmen, denn Nuño Fierro war ein anspruchsvoller Lehrer, der ihm unverzüglich auch andere Bücher zum Lesen gab. Der Arzt besaß mehrere klassische Werke der Medizin in spanischer Sprache, und Jona mußte sich das Wissen aneignen, das Teodorico Borgognoni in seinen Schriften über die Chirurgie, was Isaak in seiner Arbeit über Fieber und was Galen über den Puls mitteilte.

»Du darfst sie nicht nur lesen«, schärfte ihm Nuño ein. »Du mußt sie dir einprägen. Du mußt sie dir so einprägen, daß du sie in Zukunft nicht mehr aufschlagen mußt. Ein Buch kann verbrennen oder verlorengehen, aber wenn du es dir wirklich eingeprägt hast, dann ist das Buch ein Teil von dir, und das Wissen wird bestehen, solange es dich gibt.«

Gelegenheit zu weiteren Sektionen in der Scheune bekamen sie nur äußerst selten. Immerhin konnten sie die Leiche einer Frau studieren, die sich selbst im Ebro ertränkt hatte. Als sie ihr den Bauch aufschnitten, zeigte Nuño Jona einen Fötus, der noch nicht voll ausgebildet und so winzig war wie ein Fisch, den jeder Angler in den Fluß zurückgeworfen hätte.

»Das Leben entsteht aus dem Samen, dem Ausfluß des Penis«, erklärte ihm Nuño. »Wir wissen nicht, was im Leib der Frau geschieht, das die Verwandlung bewerkstelligt. Einige glauben, daß die Samen, die mit der männlichen Flüssigkeit ausgestoßen werden, von der natürlichen Wärme der weiblichen Höhlung zum Wachstum angeregt werden. Andere meinen, Ursache sei die zusätzliche Reibungswärme, die durch das wiederholte Stoßen des männlichen Glieds entsteht.«

Als sie die Brust sezierten, wies Nuño ihn auf das schwammartige innere Gewebe hin, in dem sich bei einigen Frauen Tumoren bildeten. »Die Brustwarzen sind nicht nur dazu da, dem Säugling die Milch zu spenden, sie sind auch sehr empfindliche Stellen, die der geschlechtlichen Erregung dienen. Tatsächlich ist es so, daß eine Frau zum Verkehr bereit gemacht werden kann, wenn der Mann gewisse Stellen mit Händen oder Mund reizt, doch es ist ein Geheimnis, das sogar viele Anatomen nicht kennen, daß der eigentliche Quell weiblicher Erregung hier sitzt«, sagte er und zeigte Jona das winzige, knapp erbsengroße Organ, das am oberen Ende des Geschlechts in zwei Hautfalten eingebettet lag wie ein Juwel.

Das erinnerte Nuño an etwas, das er Jona unbedingt einschärfen wollte. »In der Stadt gibt es Frauen in großer Anzahl, so viele, daß jeder Mann seine Bedürfnisse unauffällig befriedigen kann.

Aber halte dich von den Huren fern, da viele von ihnen die Lues haben, eine Krankheit, vor der man sich wegen der schrecklichen Folgen hüten sollte.«

Als sie eine Woche später das Haus von Lucía Porta im Stadtzentrum besuchten, prägte sich Jona diese Lektion unauslöschlich ein. »Señora«, rief Nuño, »hier ist der Arzt, der nach José und Fernando sehen will«, und gleich darauf hörten sie eine Frau zur Tür schlurfen.

»*Hola,* Señora«, sagte Nuño. Sie starrte die beiden grußlos an, ließ sie aber ein. Ein kleiner Junge lehnte an der Wand und betrachtete sie teilnahmslos.

»*Hola,* Fernando«, sagte Nuño. »Fernando ist acht Jahre alt«, sagte er, und Jona empfand Mitleid mit dem Jungen, denn er sah aus wie vier oder fünf. Die Beine waren unterentwickelt und schrecklich säbelförmig verbogen. Er gähnte schlaff und zeigte dabei einen Mund voller mißgebildeter, spitzer und weit auseinanderstehender Zähne.

»Und das ist José.«

Auf einem Strohsack lag ein jüngerer Knabe, und Nuño und Jona beugten sich darüber.

»*Hola,* José«, flüsterte Nuño. Bei dem kleinen Jungen zeigten sich Bläschen und Entzündungen um Mund und Nase. »Fernando hat bereits dunkle Wucherungen an Hoden und Anus, wie kleine Weintrauben. José wird sie bald bekommen.«

»Habt Ihr noch genügend Salbe, Señora?«

»Nein. Alles weg.«

Nuño nickte. »Dann müßt Ihr zum Apotheker gehen. Ich werde ihm sagen, daß er Euch erwarten und frische Salbe geben soll.«

Jona war froh, als sie wieder in den hellen Sonnenschein hinaustraten und davongingen.

»Die Salbe wird ihnen nur wenig helfen. Es gibt nichts, das ihnen wirklich hilft«, sagte Nuño. »Die Entzündungen verschwinden wieder, aber die Zähne bleiben, wie sie sind. Und es kann noch viel schlimmer kommen. Mir ist aufgefallen, daß einige von meinen Patienten, die dem Wahnsinn verfallen sind – zwei Männer und eine Frau –, in ihrer Jugend die Lues hatten.« Er zuckte die Achseln. »Ich kann nicht beweisen, daß zwischen diesen beiden Krankheiten ein Zusammenhang besteht, aber es scheint mir von Bedeutung zu sein, daß diese Verbindung auftritt«, sagte er, und das war für lange Zeit das einzige, was er Jona über die Lues beibrachte.

Nuño meinte, sein Lehrling müsse regelmäßig die Kirche besuchen, obwohl Jona anfangs nichts davon wissen wollte. Es war ihm nicht schwergefallen, in Gibraltar, wo er unter ständiger Beobachtung stand, den Anschein christlicher Frömmigkeit aufrechtzuerhalten, hier aber, in Nuños Haus, wo er spürte, daß einem Ungläubigen keine Gefahr drohte, wehrte er sich gegen die heuchlerische Befolgung katholischer Riten.

Doch Nuño ließ sich nicht erweichen. »Am Ende deiner Lehrzeit mußt du vor den Vertretern der Stadt erscheinen und dich um die Zulassung als Medicus bewerben. Ich muß dich begleiten. Und wenn sie dich nicht als praktizierenden Christen kennen, erhältst du keine Zulassung.« Dann brachte er sein entscheidendes Argument vor. »Wenn man dich entlarvt und tötet, werden Reyna und ich mit dir untergehen.«

»Ich war nur ein paarmal, als es unausweichlich war, in christlichen Gottesdiensten. Damals konnte ich die nachmachen, die in meiner Nähe saßen, ich kniete mich hin, wenn sie knieten, und blieb sitzen, wenn sie es taten. Aber jeder Kirchenbesuch ist gefährlich für mich, da ich die Feinheiten kirchlichen Verhaltens nicht kenne.«

»Das ist leicht zu lernen«, erwiderte Nuño gelassen, und so kam es, daß Jona nicht nur in der Medizin unterwiesen wurde, sondern auch lernte, sich an den richtigen Stellen zu erheben oder hinzuknien, die lateinischen Gebete aufzusagen, als wären sie ihm so vertraut wie das Schema, und sogar, beim Betreten der Kirche das Knie zu beugen, als hätte er es sein Leben lang an jedem Sonn- und Feiertag getan.

In Saragossa kam der Frühling später als in Gibraltar, doch endlich wurden die Tage länger und wärmer. Die Bäume im Obstgarten, die Jona gestutzt und gedüngt hatte, blühten üppig, und er sah zu, wie die duftenden rosafarbenen Blüten abfielen und binnen weniger Wochen die ersten kleinen Früchte an ihre Stelle traten, Äpfel und Birnen, beide noch hart und grün.

An einem regnerischen Tag kam eine Witwe namens Loretta Cavaller zum Haus des Arztes und beklagte sich, daß seit zwei Jahren ihre monatliche Regel so gut wie versiegt sei und sie statt dessen an heftigen Krämpfen leide. Sie war eine zierliche Frau mit heller Haut und mausbraunen Haaren, die nur stockend von ihren Schwierigkeiten sprach, die engstehenden Augen immer zur Wand, nie auf Jona oder Nuño gerichtet. Sie sei bereits bei zwei Hebammen gewesen, berichtete sie, und habe Salben und Zaubermittel erhalten, aber nichts habe geholfen.

»Habt Ihr Stuhlgang?« fragte Nuño.

»Nicht immer.«

Gegen die Verstopfung verschrieb er ihr Leinsamen, den sie in kaltem Wasser eingeweicht einnehmen sollte. Vor dem Haus stand ihr Pferdekarren, doch Nuño trug ihr auf, den Wagen für eine Weile stehenzulassen und auf dem Pferd zu reiten, wann immer sie aus dem Haus müsse. Zur Förderung der monatlichen Blutungen solle sie Kirschbaumrinde, Portulak und Himbeerblätter in Wasser kochen, den Sud viermal täglich in kleinen Schlucken trinken und diese Behandlung noch dreißig Tage nach Wiedereinsetzen der regelmäßigen Blutungen fortsetzen.

»Woher soll ich denn die Zutaten nehmen?« fragte sie, und Nuño sagte ihr, daß sie sie beim Apotheker in Saragossa kaufen könne.

Doch am folgenden Nachmittag sammelte Jona Rindenstreifen von einem wilden Kirschbaum und pflückte Portulak und junge Blätter von einem Himbeerstrauch, und abends ging er mit den Kräutern und einer Flasche Wein zu dem kleinen Haus der Frau am Ebro. Ihre Füße waren nackt, als sie ihm öffnete, aber sie ließ ihn ein und dankte ihm für Rinde und Blätter. Sie gab ihm einen Becher des mitgebrachten Weins und goß sich auch selbst einen Becher ein, und dann saßen sie auf zwei wunderschön geschnitzten Stühlen vor dem Feuer. Als Jona die Möbelstücke lobte, erwiderte sie, daß ihr verstorbener Gatte Fernando Reverte, der Schreinermeister gewesen sei, sie gefertigt habe.

»Wie lange ist Euer Gatte schon tot?« fragte Jona, und die Frau erwiderte, zwei Jahre und zwei Monate sei es her, seit Fernando vom Soor befallen und dahingerafft worden sei, und sie bete täglich für seine unsterbliche Seele.

Sie waren beide befangen in Gegenwart des anderen, und ihre Unterhaltung verlief schleppend, immer wieder von verlegenem Schweigen unterbrochen. Jona wußte sehr wohl, was er wollte, doch er war nicht bewandert in der Art von Gespräch, die dergleichen herbeiführte. Als er schließlich aufstand, erhob auch sie sich; Jona wußte, daß er gehen mußte, wenn er jetzt nichts unternahm, und so legte er die Arme um sie und bückte sich, um sie zu küssen.

Loretta Cavaller hielt sehr still in seiner Umarmung, löste sich dann, nahm die Öllampe und führte ihn durchs Zimmer. Er folgte ihren nackten Füßen eine steile, schmale Treppe hinauf. In ihrer Kammer erhaschte Jona nur einen kurzen Blick auf ihre Bettstatt, die Fernando noch kunstvoller als die Stühle geschnitzt und über und über mit eichenen Weintrauben, Feigen und Granatäpfeln verziert hatte, denn sie nahm die Lampe und stellte sie auf den Boden des Flurs. Dann war nur noch das Rascheln von Stoff auf Haut zu hören, als sie sich ihrer Kleider entledigten.

Sie stürzten sich aufeinander wie zwei ausgedörrte Reisende in einer trockenen Wüste, als würde jeder beim anderen frisches Süßwasser erwarten; doch die Vereinigung brachte Jona nur Erleichterung und nicht die üppige Freude, nach der er sich sehnte. Als sie danach in der dunklen, nach ihrer Fleischeslust duftenden Kammer lagen, erkundete er mit seinen Händen schlaffe Brüste, spitze Hüftknochen und knubbelige Knie.

Sie zog ihren Kittel wieder an, bevor sie die Lampe holte. Jona sollte sie nie nackt sehen. Obwohl er sie noch dreimal besuchte und bei ihr lag, fehlte ihren Vereinigungen die Leidenschaft, und es war fast so, als würde er mit ihrem geborgten Körper Selbstbefriedigung begehen. Sie hatten sich so gut wie nichts zu sagen; auf stockende Unterhaltung folgte schnelle Befriedigung in dem schönen Bett und darauf wenige und verlegene Worte, bevor er sich verabschiedete. Als er zum vierten Mal an ihre Tür klopfte, öffnete sie zwar, aber ließ ihn nicht ein, und über ihre Schulter sah er Roque Arellano, den Fleischer von Saragossa, mit bloßen Füßen am Tisch sitzen und den Wein trinken, den Jona ihr geschenkt hatte.

Einige Sonntage später war Jona in der Kirche, als vom Priester das Aufgebot von Loretta Cavaller und Roque Arellano verkündet wurde. Nach ihrer Hochzeit begann Loretta, im florierenden Fleischergeschäft ihres Gatten mitzuarbeiten. Nuño hielt zwar Hühner, aber weder Rinder noch Schafe, und Reyna bat Jona einige Male, zu Arellano zu gehen und Fleisch zu kaufen oder auch Fisch, den er gelegentlich im Angebot hatte. Loretta bewies eine geschickte Hand, und Jona bewunderte die flinke, sichere Art, mit der sie das Fleisch schnitt und zurichtete. Arellanos Preise waren hoch, aber Loretta begrüßte ihn immer herzlich, und ihre engstehenden Augen strahlten, und oft schenkte sie ihm Markknochen, die Reyna benutzte, um eine Suppe zu kochen oder Geflügel zu schmoren.

Sowohl Nuño wie Reyna lebten bereits seit der Zeit auf der *hacienda,* als Juan de Gabriel Montesa noch Herr des Hauses war, und der jüdische Arzt hatte die Angewohnheit gehabt, jeden Freitag vor Sonnenuntergang, zur Vorbereitung auf den Sabbat, zu baden. Nuño und Reyna hatten den Brauch des wöchentlichen Bades übernommen, wobei Nuño am Montag und Reyna am Mittwoch in den Zuber stieg, so daß an einem Abend nur Wasser für ein Bad erhitzt werden mußte. Gebadet wurde in einer Kupferwanne, die vor dem Feuer stand, wo ein Kessel mit zusätzlichem Wasser simmerte.

Für Jona war es ein großer Luxus, jeden Freitag zu baden, wie Montesa es getan hatte, auch wenn er dazu seinen großen Körper in den engen Zuber zwängen mußte. Mittwoch abends ging er manchmal nach draußen, während Reyna badete, meistens jedoch blieb er in seiner Kammer, spielte auf seiner Gitarre oder arbeitete bei Kerzenlicht am Avicenna. Es fiel ihm schwer, sich auf das Auswendiglernen der Wirkstoffe, die wundschließende Wirkung hatten, und solcher, die wärmten, aber nicht reinigten, zu konzentrieren, wenn er sich gleichzeitig vorstellte, wie sie wohl aussah, die nackte Reyna unten in dem Zuber.

Wenn das Wasser kalt wurde, konnte er hören, wie Nuño zu ihr ging, den Kessel vom Feuer nahm und heißes Wasser in die Wanne nachgoß, so wie sie es montags für den Meister tat.

Freitags erwies Nuño auch seinem Lehrling diesen Dienst, doch man merkte ihm die Anstrengung deutlich an, wenn er mit langsamen Bewegungen den Kessel vom Haken hob, Jona einschärfte, die Beine aus dem Weg zu strecken, damit er ihn nicht verbrenne, und dann schwer atmend das heiße Wasser nachgoß.

»Er arbeitet zuviel. Er ist nicht mehr der Jüngste«, sagte Reyna eines Morgens zu Jona, als Nuño im Stall beschäftigt war.

»Ich versuche ja, ihm einiges abzunehmen«, erwiderte Jona schuldbewußt.

»Ich weiß. Ich habe gefragt, warum er soviel von seiner Kraft auf deine Ausbildung verwendet«, gestand sie ihm unumwunden. »Er sagte nur: ›Weil er es wert ist.‹« Sie zuckte die Achseln und seufzte.

Jona konnte ihr keinen Trost spenden. Nuño zwang sich, selber auszureiten, auch wenn die Fälle so gewöhnlich waren, daß der Lehrling alleine die Folgebesuche hätte übernehmen können. Es genügte Nuño nicht, daß Jona Rhazes gelesen hatte und so bereits wußte, daß der Körper überflüssige Stoffe und Gifte bei jedem Wasserlassen ausschied; viel wichtiger schien es ihm, Jona am Krankenbett auf die zitronengelbe Farbe im Urin eines Patienten hinzuweisen, der an einem langwierigen Fieber litt, auf die rötliche Färbung der Ausscheidung zu Beginn eines Malariaanfalls, der alle zweiundsiebzig Stunden wiederkehrte, oder auf den weiß schäumenden Urin, der manchmal mit eitergefüllten Furunkeln einherging. Er lehrte Jona, die unterschiedlichen Gerüche der verschiedenen Krankheit im Urin zu erkennen.

Meisterschaft bewies Nuño auch in Kunst und Wissenschaft der Arzneimittelherstellung. Er wußte, wie man Kräuter trocknete und zu Pulver zermahlte, und kannte sich aus mit der Herstellung von Salben und Tinkturen, aber er verzichtete darauf, seine eigenen Arzneien herzustellen. Statt dessen war er Stammkunde eines alten Franziskaners, Fray Luis Guerra Medina, einem geschickten Apotheker, der bereits für Juan de Gabriel Montesa Arzneien hergestellt hatte.

»Es kommt sehr schnell der Verdacht einer Vergiftung auf, vor allem, wenn ein Mitglied des Hofes stirbt«, erklärte Nuño Jona. »Lange Zeit verbot die Kirche allen Christen, Arzneien einzunehmen, die von Juden hergestellt wurden, da eine Vergiftung befürchtet wurde. Einige jüdische Ärzte stellten trotzdem ihre eigenen Heilmittel her, aber eine ganze Reihe von Ärzten, sowohl Alte Christen wie Juden, wurden von Patienten, die ihre Arztrechnungen nicht bezahlen wollten, des versuchten Giftmords beschuldigt. Juan de Gabriel Montesa hielt es für sicherer, sich eines Apothekers zu bedienen, der ein Mönch ist, und auch ich halte mich an Fray Guerra. Ich habe herausgefunden, daß er sehr wohl zwischen Wasserhanf und Röhrenkassie zu unterscheiden weiß.«

Jona erkannte, in welche Gefahr er sich begeben hatte, als er Loretta Cavaller die Heilkräuter brachte, und er begriff, daß er so etwas nicht wieder tun durfte. So lernte er von dem Älteren und hörte aufmerksam zu, wenn Nuño Fierro ihn auf das Leben als Arzt vorzubereiten versuchte, durch die Vermittlung sowohl medizinischen Wissens als auch der einfacheren Dinge, die ein erfolgreiches Praktizieren ausmachten.

Nach gut einem Jahr als ärztlicher Lehrling erkannte Jona eines Tages, daß in dieser Zeit elf ihrer Patienten gestorben waren.

Er hatte bereits genug Medizin gelernt, um zu erkennen, daß Nuño Fierro ein außergewöhnlich guter Arzt war, und zu begreifen, was für ein Glück er mit einem solchen Lehrer hatte, und doch belastete es ihn, daß er im Begriff stand, einen Beruf zu ergreifen, in dem der Ausübende so oft versagte.

Nuño Fierro beobachtete seinen Schüler, wie ein guter Pferdepfleger ein vielversprechendes Tier betrachtet. Er sah, daß Jona erbittert gegen die hereinbrechende Dunkelheit ankämpfte, wenn ein Patient im Sterben lag, und er bemerkte den Ernst, der sich mit jedem Todesfall im Wesen des jungen Mannes verfestigte.

Er wartete ab, bis eines Abends Lehrer und Schüler müde und mit Bechern voller Wein in der Hand vor dem Feuer saßen.

»Du hast den Mann getötet, der meinen Bruder ermordet hat. Hast du auch anderen das Leben genommen, Ramón?«

»Ja, das habe ich.«

Nuño trank einen Schluck Wein und beobachtete dann seinen Lehrling, während der von seinem Anteil an der Ermordung der beiden Reliquienhändler berichtete.

»Wenn du diese Zeiten noch einmal durchleben könntest, würdest du dich anders verhalten?« fragte Nuño.

»Nein, weil alle drei Männer mich getötet hätten. Aber der Gedanke, daß ich Menschen das Leben genommen habe, ist eine Last für mich.«

»Und willst du Arzt werden, um für all dies zu sühnen, indem du anderen das Leben rettest?«

»Das war nicht der Grund, warum ich dich gebeten habe, mich die Heilkunst zu lehren. Aber es kann sein, daß ich in letzter Zeit solche Gedanken hatte«, gab Jona zu.

»Dann mußt du dir über die Möglichkeiten und Grenzen der Heilkunst klarwerden. Ein Arzt kann die Leiden einer kleinen Anzahl von Menschen lindern. Wir bekämpfen ihre Krankheiten, wir verbinden ihre Wunden, wir richten ihre gebrochenen Knochen und entbinden sie von ihren Kindern. Aber jedem lebendigen Wesen ist ein Ende bestimmt. So kommt es, daß trotz unseres Wissens, unserer Fähigkeit und unserer Leidenschaft einige unserer Patienten sterben, und wir dürfen deswegen nicht übermäßig trauern oder uns schuldig fühlen, weil wir keine Götter sind, die ewiges Leben schenken können. Statt dessen müssen wir, wenn diese Menschen ihre Zeit wohl genutzt haben, dankbar sein, daß ihnen die Gnade des Lebens gewährt wurde.«

Jona nickte. »Ich verstehe.«

»Das hoffe ich«, sagte Nuño. »Denn wenn dir diese Einsicht fehlt, kannst du kein guter Arzt sein, weil du den Verstand verlierst.«

2. KAPITEL

DIE PRÜFUNG DES RAMÓN CALLICÓ

Am Ende des zweiten Jahres von Jonas Lehrzeit schien sein Lebensweg klar und bestimmt, und doch lernte Jona mit unverminderter Begeisterung, was Nuño ihm beibrachte. Ihr Wirkungskreis erstreckte sich weit ins Umfeld von Saragossa, und sie hatten viel zu tun, sowohl im Behandlungszimmer in der Scheune wie auch mit Besuchen bei Patienten. Der Großteil von ihnen bestand aus den einfachen Leuten der Stadt und der umliegenden Bauernhöfe. Gelegentlich wurde Nuño auch zu einem Adligen gerufen, und er leistete diesen Rufen immer Folge, gestand aber Jona, daß adlige Patienten oft herrisch seien und den Arzt nur äußerst ungern für seine Arbeit bezahlten, und daß er deshalb nicht sonderlich erpicht auf sie sei. Doch am 20. November des Jahres 1504 erhielt er einen Ruf, den er nicht unbeachtet lassen konnte.

Am Ende dieses Sommers waren König Ferdinand und Königin Isabella von einer zehrenden Krankheit befallen worden. Der König, ein robuster Mann, dessen Widerstandskräfte von Jahren des Jagens und Kriegführens gestärkt waren, hatte sich schnell wieder erholt, doch seine Gemahlin war stetig schwächer geworden. Jetzt hatte sich Isabellas Zustand während eines Besuchs in der Stadt Medina del Campo bedrohlich verschlechtert, und Ferdinand hatte verzweifelte Rufe an ein halbes Dutzend Ärzte ausgesandt, darunter auch an Nuño Fierro, den Arzt von Saragossa.

»Aber dem kannst du unmöglich Folge leisten«, wandte Jona vorsichtig ein. »Nach Medina del Campo ist es ein Ritt von zehn Tagen. Acht Tage, wenn du dich umbringst.« Er meinte das wörtlich, denn er wußte, daß Nuño nicht mehr der Kräftigste war und eine solche Reise nicht unternehmen sollte.

Doch der Arzt blieb stur. »Sie ist meine Königin. Ein Herrscher, der Hilfe braucht, muß ebenso gewissenhaft behandelt werden wie jemand aus dem einfachen Volk.«

Als Jona und Reyna ihn mit vereinten Kräften bestürmten, daß er einen Helfer auf die Reise mitnehmen müsse, ließ Nuño sich schließlich erweichen und stellte Andrés de Ávila, einen Mann aus der Stadt, als Begleiter ein. Früh am nächsten Morgen brachen die beiden auf.

Sie kehrten zu früh zurück, und in schlechtem, feuchtem Wetter. Jona mußte Nuño vom Pferd helfen. Während Reyna dafür sorgte, daß der Arzt unverzüglich ein heißes Bad bekam, erzählte Ávila Jona, was vorgefallen war.

Die Reise war so schlimm gewesen, wie Jona befürchtet hatte. Ávila berichtete, daß sie viereinhalb Tage geritten seien. Bei einem Wirtshaus knapp außerhalb der Stadt Atienza angekommen, habe er feststellen müssen, daß Nuño zu erschöpft zum Weiterreiten war.

»Ich überredete ihn, Rast zu machen und etwas zu essen, um Kraft für den Weiterritt zu sammeln. Doch in dem Wirtshaus fanden wir Leute, die auf das Andenken der Königin Isabella tranken.«

Ávila erzählte, Nuño habe mit heiserer Stimme gefragt, ob die Zecher sicher wußten, daß sie gestorben sei, und andere Reisende aus dem Westen versicherten ihm, daß die Leiche der Herrscherin bereits nach Granada zur Beisetzung in der königlichen Gruft geschafft werde.

Nuño und Ávila hatten eine unruhige Nacht im verlausten

Schlafsaal des Gasthauses zugebracht, und am nächsten Morgen machten sie sich auf den Rückweg nach Saragossa. »Diesmal ritten wir gemächlicher«, sagte Ávila, »aber diese Reise stand in jeder Hinsicht unter einem schlechten Stern, und den ganzen letzten Tag mußten wir durch kalten, stürmischen Regen reiten.«

Jona war besorgt, als er sah, wie erschöpft und blaß Nuño auch nach dem Bad noch war. Er brachte den Arzt sofort ins Bett, und Reyna nötigte ihm warme Getränke und nahrhaftes Essen auf. Nach einer Woche Bettruhe war er etwas erholt, aber der vergebliche Ritt zu einer sterbenden Königin von Spanien hatte seine beschränkten Kräfte beinahe aufgezehrt.

Es kam die Zeit, da Nuños Hände so zitterten, daß er die chirurgischen Instrumente nicht mehr benutzen konnte, die sein Bruder für ihn gefertigt hatte. Jona benutzte sie an seiner Stelle, wobei der Arzt neben ihm stand und ihn anleitete, erklärte und Fragen stellte, die für den Lehrling herausfordernd und lehrreich waren.

Vor der Amputation eines kleinen Fingers ließ er Jona den eigenen Finger mit den Fingerspitzen der anderen Hand abtasten. »Spürst du die Lücke – den kleinen Spalt, wo Knochen auf Knochen trifft? Hier sollte das zerquetschte Stück abgetrennt werden, aber du mußt die Haut ein gutes Stück über die Stelle hinaus unbeschädigt lassen. Weißt du, warum?«

»Wir müssen daraus eine Lasche machen«, sagte Jona, und der Ältere nickte zufrieden.

Auch wenn Jona Nuños Schicksal tief bedauerte, war es für seine Ausbildung doch von Vorteil, denn im letzten Jahr seiner Lehrzeit operierte er viel häufiger, als er es sonst hätte tun können.

Er hatte ein schlechtes Gewissen, weil Fierro seine ganze Kraft für seine Ausbildung aufwendete, aber als er mit Reyna darüber sprach, schüttelte sie nur den Kopf. »Ich glaube, daß der Wunsch, deine Ausbildung abzuschließen, ihn am Leben erhält«, erklärte sie.

Als das vierte Jahr von Jonas Ausbildung sich dem Ende zuneigte, zeigte sich ein triumphierendes Funkeln in Nuño Fierros Augen. Unverzüglich machte er sich daran, Jona vor die ärztlichen Prüfer des Bezirks zu bringen. Jedes Jahr, drei Tage vor Weihnachten, ernannten die städtischen Beamten zwei Ärzte des Bezirks zu Prüfern für die Bewerber um die ärztliche Zulassung. Nuño hatte auch schon als Prüfer gedient und kannte das Verfahren gut.

»Mir wäre lieber gewesen, wenn du mit deiner Prüfung bis nach dem Ausscheiden eines der gegenwärtigen Prüfer, Pedro de Calca, hättest warten können«, sagte er zu Jona. Viele Jahre lang war Calca dem Arzt von Saragossa mit Groll und Neid begegnet. Doch Nuño spürte, daß ihm keine Zeit mehr blieb. »Ich kann kein Jahr mehr warten«, sagte er zu Jona. »Und ich glaube, du bist bereit.« Am nächsten Tag ritt er zum Rathaus von Saragossa und meldete Jona für die Prüfung an.

Am Tag der Prüfung verließen Schüler und Lehrer früh das Haus und ritten langsam durch die morgendliche Wärme. Vor Aufregung sprachen sie nur wenig. Jetzt war es zu spät, um Jonas Verstand noch zu schärfen, dafür hatten sie vier lange Jahre Zeit gehabt.

Das Rathaus roch nach Staub und Jahrhunderten menschlicher Geschäftigkeit, obwohl an diesem Morgen nur Jona, Nuño und die Prüfer anwesend waren.

»Meine Herren, ich habe die Ehre, Euch Señor Ramón Callicó zur Prüfung vorzustellen«, sagte Nuño ruhig.

Einer der Prüfer war Miguel de Montenegro, ein kleiner, ernster Mann mit silbernem Haar und Bart. Nuño kannte ihn seit vielen Jahren und hatte Jona versichert, daß Montenegro als Prüfer streng und gewissenhaft, aber auch gerecht sein würde.

Der zweite Prüfer, Calca, war ein lächelnder, lebhafter Mann mit roten Haaren und einem spitzen Bärtchen. Er trug einen mit vertrocknetem Blut, Eiter und Schleim verschmierten Kittel. Nuño hatte Jona den Kittel bereits voller Verachtung als »dieses Mannes prahlerische Anpreisung seines Gewerbes« beschrieben und ihn gewarnt, daß Calca Galen gelesen habe und sonst kaum etwas, so daß sich die meisten seiner Fragen auf Galen beziehen würden.

Die vier Männer setzten sich an den Tisch. Jona sagte sich, daß Nuño Fierro zweieinhalb Jahrzehnte zuvor ebenfalls in diesem Zimmer gesessen und seine Prüfung abgelegt hatte, und Jahrzehnte davor auch Juan de Gabriel Montesa, zu einer Zeit, als ein Medicus sich noch als Jude zu erkennen geben durfte.

Jedem Prüfer standen zwei Runden Fragen zu, und Montenegro machte, seinem Rang als Ältester entsprechend, den Anfang. »Wenn Ihr gestattet, Señor Callicó. Ich möchte, daß Ihr uns die Vor- und Nachteile der Verschreibung von Theriak als Mittel gegen Fieber nennt.«

»Ich will mit den Nachteilen beginnen«, sagte Jona, »denn es gibt nur wenige, die schnell abgehandelt sind. Da diese Arznei aus bis zu siebzig Kräuteringredienzen besteht, ist sie schwierig in der Herstellung und teuer in der Beschaffung. Der Hauptvorteil besteht darin, daß sie ein bewährtes und wirksames Mittel gegen Fieber, Erkrankungen der Eingeweide und sogar gewisse Formen von Vergiftung ist...« Jona spürte, wie er sich entspannte, während er in flüssiger Rede Punkt um Punkt abhandelte und versuchte, in seiner Darlegung umfassend, aber nicht ausschweifend zu sein.

Montenegro schien sie zufriedenzustellen. »Meine zweite Frage betrifft den Unterschied zwischen Quartan- und Tertianfieber.«

»Tertianfieber tritt jeden dritten Tag auf, wobei der Tag des Auftretens als erster Tag gerechnet wird. Quartanfieber tritt jeden vierten Tag auf. Diese Fieber kommen hauptsächlich in Gegenden vor, wo das Klima warm und feucht ist, und sind oft begleitet von Schüttelfrösten, Schweißausbrüchen und großer Schwäche.«

»Schnell und knapp beantwortet. Nun zur Heilung von Hämorrhoiden: Würdet Ihr sie mit dem Messer entfernen?«

»Nur wenn sonst nichts hilft. Oft hilft gegen Schmerzen und Unannehmlichkeiten eine gesunde Ernährung, die alles Scharfe, Salzige und sehr Süße vermeidet. Bei starken Blutungen können Styptika angewendet werden. Wenn die Hämorrhoiden stark anschwellen, aber nicht bluten, kann man sie mit einem Skalpell öffnen oder mit Hilfe von Egeln entleeren.«

Montenegro nickte und lehnte sich zurück, womit er andeutete, daß nun Pedro de Calca an der Reihe war.

Calca strich sich den Bart. »Erläutert uns bitte die Galensche Säftelehre«, sagte er und lehnte sich zurück.

Jona war darauf vorbereitet und holte kurz Atem. »Sie entstand als eine Reihe von Ideen, die von der hippokratischen Schule formuliert und von anderen frühen medizinischen Philosophen, vor allem Aristoteles, verfeinert wurde. Galen faßte diese Gedanken zu einer Theorie zusammen, die besagt, daß alle Dinge aus vier Elementen zusammengesetzt sind – Feuer, Erde, Luft und Wasser –, welche die vier Eigenschaften des Heißen, Kalten, Trockenen und Nassen erzeugen. Nimmt man Essen und Trinken in den Körper auf, werden sie von der natürlichen Hitze gekocht und in die vier Säfte Blut, Schleim, gelbe Galle und schwarze Galle verwandelt. Die Luft entspricht dem Blut, das naß und heiß ist, Wasser dem Schleim, der naß und kalt ist, Feuer der gelben Galle, die trocken und heiß ist, und Erde der schwarzen Galle, die trocken und kalt ist.

Galen schrieb, daß ein Teil dieser Stoffe vom Blut als Nahrung zu den einzelnen Organen des Körpers getragen wird, während der Rest als Abfall ausgeschieden wird. Er sagte, daß das Mischungsverhältnis dieser Stoffe im Körper von großer Bedeutung ist. Eine ausgewogene Mischung bringt Wohlbefinden hervor. Zuviel oder zuwenig von einem Saft stört das Gleichgewicht, woraus Krankheit entsteht.«

Calca strich sich wieder ausführlich den Bart. »Berichtet uns von der innewohnenden Hitze und dem Pneuma.«

»Hippokrates und Aristoteles und anschließend Galen schrieben, daß die Hitze im Körper der Wesensquell des Lebens ist. Die innere Hitze wird vom Pneuma genährt, einem *spiritus*, der im reinsten Blut der Leber entsteht und von den Adern durch den Körper getragen wird. Doch kann man das Pneuma nicht sehen. Es …«

»Woher wißt Ihr, daß man es nicht sehen kann?« unterbrach ihn Calca, und Jona spürte Nuños warnendes Knie an dem seinen.

Weil wir bis jetzt die Adern und Organe von vier Leichen seziert haben und Nuño mir nur Gewebe und Blut gezeigt und mich darauf hingewiesen hat, daß etwas, das man Pneuma nennen könnte, nicht zu sehen ist. Er war ein Narr; Calca würde merken, daß so etwas nur wissen konnte, wer eine Leiche geöffnet hatte oder Zeuge einer solchen Öffnung gewesen war. Einen Augenblick lang lähmte der Schreck seine Stimmbänder.

»Das … das habe ich gelesen.«

»Wo habt Ihr dies gelesen, Señor Callicó? Denn mir scheint es, daß ich noch nie gehört habe, ob man das Pneuma sehen kann oder nicht.«

Jona zögerte. »Bei Avicenna oder Galen habe ich es nicht gelesen«, sagte er, als versuche er, sich zu erinnern. »Ich glaube, es war bei Teodorico Borgognoni.«

Calca sah ihn an.

»Aber natürlich«, sagte Miguel de Montenegro. »Das ist es. Ich erinnere mich auch daran, es bei Teodorico Borgognoni gelesen zu haben.« Auch Nuño nickte zustimmend.

Nun nickte Calca ebenfalls. »Borgognoni, natürlich.«

Bei seiner zweiten Fragerunde bat Montenegro Jona, die Behandlung eines gebrochenen Knochens mit der Behandlung einer Verrenkung zu vergleichen. Sie hörten ihm zu, ohne ihn einmal zu unterbrechen, und dann bat Montenegro ihn, die Voraussetzungen für gute Gesundheit aufzuzählen.

»Reine Luft, unverdorbene Nahrung und Getränke, Schlaf, um die Körperkräfte zu erquicken, und Wachsein, um die Sinne anzuregen, mäßige körperliche Betätigung, um Rückstände und Unreinheiten zu beseitigen, Ausscheidung von Kot – und genügend Freude, um den Körper gedeihen zu lassen.«

»Erklärt uns, wie sich bei einer Epidemie die Krankheit verbreitet.«

»In verwesenden Leichen oder im brackigen Wasser von Sümpfen bilden sich giftige Miasmen. Warme, feuchte, mit Fäulnis verseuchte Luft gibt schädliche Dämpfe ab, die, wenn von Gesunden eingeatmet, deren Körper befallen und krank machen kann. Während einer Epidemie sollte man die Gesunden auffordern, so weit zu fliehen, daß der Wind die Miasmen nicht bis zu ihnen tragen kann.«

Nun folgten wieder einige schnelle Striche über den roten Bart und eine rasche Folge von Fragen über den Urin: »Was bedeutet es, wenn der Urin gelblich verfärbt ist?«

»Daß er ein gewisses Maß an Galle enthält.«

»Und wenn der Urin die Farbe von Feuer hat?«

»Dann enthält er eine große Menge Galle.«

»Dunkelrote Pisse?«

»Bei jemandem, der keinen Safran gegessen hat, bedeutet das Blut im Urin.«

»Wenn im Urin Bodensatz festzustellen ist?«

»Das deutet auf eine innere Schwäche des Patienten hin. Wenn der Bodensatz aussieht wie Kleie und einen üblen Geruch verströmt, deutet dies auf eine Vereiterung der Harngänge hin. Wenn der Bodensatz zersetztes Blut enthält, bedeutet dies einen entzündlichen Tumor.«

»Wenn Sand im Urin zu sehen ist?« fragte Calca.

»Das deutet auf Steine hin.«

Ein kurzes Schweigen entstand.

»Ich bin es zufrieden«, sagte Calca.

»Auch ich bin es zufrieden. Ein guter Kandidat, in dem sich sein Lehrer zeigt«, sagte Montenegro und erhob sich, um das dicke, ledergebundene städtische Register vom Regal zu holen. Er verzeichnete darin die Namen der Prüfer und des Bewerbers und auch die Auskunft, daß am 17. Oktober im Jahre des Herrn 1506 Señor Ramón Callicó aus Saragossa geprüft und für würdig befunden und als Arzt zugelassen worden sei.

Auf dem Nachhauseweg saßen Schüler und Lehrer in ihren Sätteln und kicherten wie Kinder oder Betrunkene.

»Ich glaube, ich habe es bei Teodorico Borgognoni gelesen! Ich glaube, ich habe es bei Teodorico Borgognoni gelesen!« äffte Nuño Jona nach.

»Aber Señor Montenegro … Warum ist er mir beigesprungen?«

»Miguel de Montenegro und ich haben einige Male miteinander seziert, als wir noch jünger waren. Ich bin mir sicher, er hat sofort erkannt, warum du mit solcher Sicherheit über die Erscheinungsform von etwas reden konntest, das sich im Körperinneren befinden soll.«

»Ich bin ihm sehr dankbar, und ich hatte Glück.«

»Ja, du hattest Glück, aber du hast dich auch auf eine Art verhalten, die dir zur Ehre gereicht.«

»Ich hatte großes Glück mit meinem Lehrer, Meister«, sagte er.

»Du solltest mich nun nicht mehr Meister nennen, denn jetzt sind wir Kollegen«, erwiderte Nuño, doch Jona schüttelte den Kopf.

»Es gibt zwei Männer, denen ich immer dankbar sein werde«, sagte er. »Beide heißen Fierro. Und jeder wird für mich immer ein Meister sein.«

3. KAPITEL

EIN SCHWIERIGES TAGWERK

Nur wenige Wochen nach der Prüfung übergab Nuño Jona einen Teil seiner Patienten. Mit jedem Tag fühlte Jona sich mehr als Arzt und weniger als Lehrling.

Ende Februar berichtete ihm Nuño, daß in Saragossa die jährliche Versammlung der Ärzte Aragóns stattfinden sollte. »Es wäre gut für dich, wenn du zu der Versammlung gehst und deine Kollegen kennenlernst«, sagte er zu Jona, und beide legten ihre Verpflichtungen so, daß sie teilnehmen konnten.

Als sie in dem Gasthaus eintrafen, fanden sie dort sieben andere Ärzte, die Wein tranken und gebratene, mit Knoblauch gewürzte Ente aßen. Sowohl Pedro de Calca als auch Miguel de Montenegro begrüßten sie, und Nuño bereitete es ein offensichtliches Vergnügen, Jona den anderen fünf – Ärzte aus weiter entlegenen Teilen des Bezirks – vorzustellen. Nach dem Essen hielt Calca einen Vortrag über die Rolle des Pulses bei Krankheiten. Jona fand ihn schlecht vorbereitet, und es betrübte ihn, daß jemand, der ihn erst kürzlich geprüft hatte, einen so armseligen Vortrag halten konnte. Danach stampften die anderen mit den Füßen Beifall, und als Calca sich erkundigte, ob jemand eine Frage habe, wagte keiner, sich zu erheben.

Jona wunderte es, daß Calca nur drei Arten des Pulses genannt hatte: kräftig, schwach und unregelmäßig. Wage ich es, ihm zu widersprechen, fragte sich Jona, der sich nur zu deutlich bewußt war, daß er als Arzt noch ein Neuling war. Doch er konnte nicht widerstehen, und so hob er die Hand.

»Señor Callicó?« sagte Calca mit offensichtlicher Belustigung.

»Ich möchte gern hinzufügen... darauf hinweisen... daß Avicenna von neun Arten des Pulses schreibt. Der erste, ein gleichmäßiger, kräftiger Schlag, der auf gesunde Ausgeglichenheit hindeutet. Ein stetiger, noch kraftvollerer Schlag, ein Zeichen für ein starkes Herz. Ein schwacher Puls, der das genaue Gegenteil ist und eine geringe Lebenskraft bedeutet. Und verschiedene Arten der Schwäche – ein langer und ein kurzer, ein schmaler und ein voller, ein oberflächlicher und ein tiefer.«

Entsetzt sah er, daß Calca ihn wütend anstarrte. Und neben sich spürte er, daß Nuño sich erhob.

»Wie gut ist es doch, daß wir bei unserer Versammlung sowohl einen neuen Medicus voller frischem Bücherwissen haben als auch einen hervorragenden und erprobten Heilkundler, der genau weiß, daß in der alltäglichen Behandlung unserer Patienten die Regeln unserer Kunst durch Erfahrung und hart erarbeitete Weisheit ein wenig vereinfacht werden.« Vereinzeltes Kichern kam von den Zuhörern und erneutes Stampfen, und Calca lächelte besänftigt. Jona spürte, wie ihm das Blut ins Gesicht stieg, und setzte sich wieder.

Zu Hause angekommen, machte Jona seiner Empörung Luft. »Wie konntest du nur so reden, wo du doch wußtest, daß Calca unrecht hatte und ich recht?«

»Weil Calca genau der Mann ist, der zur Inquisition geht und einen Rivalen der Ketzerei beschuldigt, wenn er sich beleidigt fühlt, und das hat jeder der anwesenden Ärzte begriffen«, sagte Nuño. »Ich hoffe, in Spanien wird es eines Tages wieder soweit sein, daß ein Arzt ungestraft eine abweichende Meinung äußern und in der Öffentlichkeit gefahrlos disputieren kann, aber heute ist es noch nicht soweit, und auch morgen nicht.«

Jona begriff sofort, daß er ein Narr gewesen war, und er bedankte und entschuldigte sich. Nuño nahm den Vorfall nicht auf die leichte Schulter. »Als du zu mir kamst, warst du dir der Gefahr bewußt, in der du wegen deiner Religion schwebst. Aber auch in unserem Beruf mußt du dich vor gewissen Dingen hüten, denn sie können dich ins Verderben stürzen.«

Plötzlich grinste er Jona an. »Außerdem waren deine Ausführungen nicht ganz genau. In den übersetzten Seiten des *Kanon,* die du mir gegegen hast, spricht Avicenna von zehn verschiedenen Arten des Pulses – und zählt dann nur neun auf! Darüber hinaus schrieb er, daß die feinen Unterschiede im Puls nur sehr kundigen Ärzten nützen. Du wirst feststellen, daß diese Beschreibung nur auf wenige der Männer zutrifft, mit denen wir heute das Brot gebrochen haben.«

Drei Wochen später hatte Nuño einen schweren Anfall. Er stieg eben die Treppe zu seinem Zimmer hoch, als ihn plötzlich ein heftiger, betäubender Schmerz in der Brust überfiel, der ihm den Atem nahm und ihn so schwächte, daß er sich setzen mußte, um nicht böse zu stürzen. Jona hatte Patienten besucht und sattelte gerade im Stall den grauen Araber ab, als Reyna bestürzt die Tür öffnete. »Es hat ihn schwer getroffen«, sagte sie, und Jona eilte mit ihr ins Haus. Gemeinsam schafften sie Nuño ins Bett, wo er, heftig schwitzend, Symptome hervorkeuchte, als würde er an einem Krankenlager stehen und Jona unterweisen.

»Der Schmerz ist... dumpf, nicht... scharf. Aber... heftig. Sehr heftig...«

Als Jona den Puls maß, war er so unregelmäßig, daß es ihn ängstigte. Er schien stoßweise zu schlagen, ohne erkennbaren Rhythmus. Jona flößte ihm tropfenweise Kampfer in Apfelschnaps gegen den Schmerz ein, der trotzdem noch fast vier Stunden anhielt. Am Abend ließ er nach und verschwand schließlich ganz, und danach lag Nuño völlig entkräftet in seinem Bett.

Aber er war ruhig und konnte sprechen. Er bat Reyna, ein Huhn zu schlachten und ihm eine Brühe zu kochen, und dann sank er in einen tiefen Schlaf. Jona beobachtete ihn eine Weile und wurde sich dabei überdeutlich der Beschränkungen des Arztseins bewußt, denn er hätte alles getan, um Nuño wieder gesund zu machen, hatte aber nicht die geringste Ahnung, was das sein könnte.

Nach drei Tagen war Nuño wieder in der Lage, mit Jonas Hilfe langsam nach unten zu gehen und tagsüber in seinem Sessel zu sitzen. Zehn Tage lang hatte Jona noch Hoffnung für ihn, doch am Ende der zweiten Woche war klar, daß es sehr ernst um ihn stand. Seine Brust war verstopft, und seine Beine schwollen an. Anfangs versuchte Jona, ihm nachts Kopf und Brust aufzurichten, indem er ihn im Bett auf mehrere Kissen stützte. Doch bald wurden die Schwellungen und die Atembeschwerden schlimmer, und Nuño wollte Tag und Nacht nur noch in seinem Sessel vor dem Feuer sitzen bleiben. Nachts lag Jona wenige Schritte von ihm entfernt auf dem Boden und horchte auf das gurgelnde Atmen des sitzenden Mannes.

In der dritten Woche waren die Anzeichen einer tödlichen Krankheit unverkennbar. Die Flüssigkeit, die in seinen Lungen gluckerte, schien alles Gewebe seines Körpers durchdrungen zu haben, was ihm den Anschein von Fettleibigkeit gab, mit Beinen wie Baumstämme und einem aufgequollenen, vornüberhängenden Bauch. Er hatte versucht, nicht zu sprechen, da ihm sogar das Atmen schwerfiel, doch nun gab er Jona in atemlosen Stößen seine Anweisungen.

Er wollte auf seinem eigenen Grund und Boden, auf der Hügelkuppe, beerdigt werden. Ein Grabstein sollte nicht aufgestellt werden.

Jona konnte nur nicken.

»Mein Letzter Wille. Schreib ihn nieder.«

Also holte Jona Papier, Tinte und Feder, und Nuño diktierte ihm schwer atmend seine Verfügungen.

Reyna Fadique hinterließ er die Ersparnisse, die er in seiner Laufbahn als Arzt angehäuft hatte.

Ramón Callicó hinterließ er sein Land und die *hacienda,* seine medizinischen Bücher und Instrumente und die Ledertruhe samt Inhalt von Nuños verstorbenem Bruder Manuel Fierro.

Jona konnte sich dies nicht anhören, ohne zu widersprechen. »Das ist viel zu viel. Ich brauche keine …«

Aber Nuño schloß die Augen. »Keine Verwandten …«, sagte er und schloß das Thema mit einer schwachen Handbewegung ab. Dann griff er nach der Feder, und als er das Testament unterzeichnete, war seine Unterschrift nur ein Gekritzel.

»Noch … etwas. Du mußt … mich studieren.«

Jona wußte, was Nuño meinte, glaubte aber nicht, es tun zu können. Es war ihm nicht schwergefallen, ins Fleisch von Fremden zu schneiden, während sein Meister ihn in die Geheimnisse der Anatomie einführte. Aber hier ging es um Nuño.

Nuños Augen funkelten. »Willst du … so sein … wie Calca … oder wie ich?«

Was er wirklich wollte, war, diesem Mann das Sterben abzunehmen.

»Wie du. Ich liebe dich, und ich danke dir. Ich verspreche es.«

Nuño starb, in seinem Sessel sitzend, irgendwann zwischen der regnerischen Dunkelheit des 17. und der grauen Morgendämmerung des 18. Januar 1507.

Jona saß auf seinem Lager und sah ihn lange an. Dann stand er auf, küßte seinem Meister die noch warme Stirn und schloß ihm die Augen.

Trotz seiner Größe und seiner Kraft wankte er unter dem Gewicht, als er die Leiche in die Scheune trug, wo er den letzten Wunsch des toten Arztes erfüllte, als könnte er seine Stimme noch hören.

Zuerst nahm er sich Papier und Feder und schrieb auf, was er vor dem Eintritt des Todes beobachtet hatte. Er schrieb von Husten, der blutfleckigen Auswurf hervorgebracht hatte. Von Haut, die purpurn gefärbt war. Von vergrößerten und pulsierenden Halsvenen, von heftigen Schweißausbrüchen und einem Herz, das so schnell und unregelmäßig schlug, wie eine Maus auf der Flucht rannte. Von schneller, rasselnder und mühsamer Atmung und von weichem aufgedunsenem Fleisch.

Danach nahm er eins der Skalpelle zur Hand, die Manuel Fierro geschmiedet hatte, und betrachtete noch ein letztes Mal das Gesicht des auf dem Tisch liegenden Nuño.

Als er die Brust öffnete, fiel ihm sofort auf, daß das Herz anders aussah als die Herzen, die er mit Nuño untersucht hatte. An der Oberfläche war eine geschwärzte Stelle zu erkennen, als wäre das Gewebe verbrannt. Als er es aufschnitt, sahen die vier Kammern irgendwie falsch aus. Auf der linken Seite war ein Teil einer Kammer geschwärzt und zerfressen, und diese Beschädigung setzte sich fort bis zur Außenseite. Um das Herz genauer zu untersuchen, mußte er das Blut mit weichen Tüchern aufsaugen und wegwischen. Seiner Meinung nach hatte es nicht richtig pumpen können, da sich das Blut in beiden linken Kammern und in Teilen der angrenzenden Adern gestaut hatte. Aus Avicennas *Kanon* wußte Jona, daß das Blut zur Lebenserhaltung durch den gesamten Körper gepumpt werden mußte, wo es durch große Arterien und ein Geflecht von Adern strömte, die dünner und immer dünner wurden, bis sie schließlich in haarfeinen Gefäßen endeten, die man Kapillaren nannte. Nuños kaputtes Herz hatte dieses Blutverteilungssystem zerstört und ihn das Leben gekostet.

Als er in das geschwollene Gewebe des Bauchs schnitt, fand er es feucht, ebenso wie die Lunge. Nuño war in seinen eigenen Säften ertrunken. Aber woher kam diese ganze Feuchtigkeit?

Jona hatte nicht die geringste Ahnung.

Er hielt sich genau an den Ablauf, den er gelernt hatte, wog die

Organe und zeichnete die Ergebnisse auf, bevor er sie wieder in die Körperhöhle zurücklegte und Nuño zunähte. Dann wusch er sich mit Kernseife und Wasser aus dem Eimer, der immer neben dem Tisch stand, so wie Nuño es ihm beigebracht hatte, und schrieb seine Beobachtungen auf. Erst als dies alles erledigt war, gestattete er sich, ins Haus zurückzukehren.

Reyna kochte seelenruhig Grütze, doch sie wußte, daß Nuño tot war, seit sie den leeren Sessel gesehen hatte.

»Wo ist er?«

»In der Scheune.«

»Soll ich zu ihm gehen?«

»Nein«, antwortete Jona, und sie atmete scharf ein und bekreuzigte sich, sagte aber nichts. Nuño hatte Jona erzählt, daß Reyna nach fast drei Jahrzehnten im Dienst von Ärzten auf dieser *hacienda* sehr genau wußte, was hier vor sich ging, und man ihr vollkommen vertrauen konnte. Aber Jona kannte sie noch nicht sehr lange und befürchtete, daß sie ihn verraten könnte.

»Ich habe hier Grütze für dich.«

»Nein. Ich habe keinen Hunger.«

»Du hast heute noch viel zu tun«, erwiderte sie ruhig und füllte zwei Schüsseln. Dann setzten sie sich an den Tisch und aßen schweigend, und als er fertig war, fragte er sie, ob es noch jemand gebe, den Nuño bei seiner Beerdigung hätte dabeihaben wollen, aber sie schüttelte den Kopf.

»Es gibt nur uns«, erwiderte sie, und er ging nach draußen und machte sich an die Arbeit.

In einem der Verschläge für das Vieh standen gesägte Bretter, die zwar schon recht alt, aber noch brauchbar waren, und Jona maß Nuño mit einem Stück Schnur ab und sägte dann die Bretter zurecht. Er brauchte fast den ganzen Vormittag, um den Sarg zu zimmern. Auch mußte er Reyna fragen, ob es irgendwo Nägel gab, und sie brachte sie ihm.

Danach nahm er Hacke und Spaten, ging auf die Hügelkuppe

und grub ein Loch. Es war bereits Winter in Saragossa, aber der Boden war noch nicht gefroren, und dank Jonas stetiger Arbeit nahm das Grab bald Gestalt an. Es war viele Jahre her, seit er als *peón* gearbeitet hatte, und er wußte, daß sein Körper ihn am nächsten Tag an die Plackerei erinnern würde. Er arbeitete langsam und sorgfältig, machte die Seitenwände gerade und glatt und das Grab so tief, daß es ihn Mühe kostete, wieder herauszuklettern. Erde und kleine Steine rieselten herab, als er sich hochstemmte.

In der Scheune wickelte er die blutigen Lumpen in ein sauberes Tuch und stopfte das Bündel neben Nuño in den Sarg. Es war der sicherste Weg, sie loszuwerden, und als Jona den Deckel auf die Kiste nagelte, wußte er, daß es genau das war, was Nuño ihm befohlen hätte. Auch ohne die Lumpen würde es noch schwierig genug werden, alles so aufzuräumen, daß von der Autopsie keine Spur blieb.

Er brauchte den ganzen Tag für diese Arbeiten. Es dämmerte bereits, als er Nuños Braunen und seinen grauen Araber vor den Karren spannte. Reyna mußte helfen, die schwere Last aus der Scheune zu tragen.

Es war ein hartes Stück Arbeit für die beiden, den Sarg in das Loch zu senken. Er legte zwei Seile über das Grab und verknotete die Enden zu Schlaufen, die er über vier kräftige, in die Erde gerammte Pflöcke steckte. Als sie den Sarg über das Grab schoben, hielten die Seile, aber sie mußten die Schlaufen von den Pflöcken ziehen und dann beide Seile gleichzeitig straff halten, so daß sie den Sarg langsam und Stück für Stück in das Grab senken konnten. Reyna war stark und von schwerer Arbeit abgehärtet, aber als sie die Schlaufe vom zweiten Pflock hob, verlor sie kurz die Gewalt über das erste Seil, so daß eine Ecke des Sargs absackte und sich in die Wand des Lochs grub.

»Zieh fest an dem Seil«, sagte er, und seine Stimme klang viel ruhiger, als er sich fühlte. Aber sie hatte bereits damit angefangen, bevor er es sagte. Der Sarg war noch immer nicht ganz waagrecht, aber die Neigung war nicht mehr schlimm.

»Tritt einen Schritt vor«, sagte er, und sie taten es beide gleichzeitig. Auf diese Art rückten sie Schritt um Schritt vor und senkten den Sarg ab, bis er auf dem Boden des Grabs ruhte.

Eins der Seile konnte Jona herausziehen, aber das zweite hing unter dem Sarg fest. Vielleicht hatte sich die Schlaufe an einer Wurzel verfangen, und nachdem er noch ein paarmal vergeblich daran gezerrt hatte, warf er sein Seilende in das Grab.

Reyna betete ein Vaterunser und ein Ave Maria, und dabei weinte sie leise, als schäme sie sich ihrer Trauer.

»Fahr den Karren in die Scheune zurück«, sagte er sanft. »Dann geh ins Haus. Ich mache das hier fertig.«

Reyna war eine Frau vom Land, die mit Pferden umgehen konnte, aber er wartete, bis der Karren halbwegs den Hügel hinuntergefahren war, bevor er zum Spaten griff. Die erste Ladung Erde nahm er mit dem Spatenrücken auf, ein jüdischer Brauch, der symbolisierte, daß es schwer war, jemanden zu begraben, den man so sehr vermissen würde. Dann drehte er den Spaten um und stieß ihn ächzend tief in den Erdhaufen. Anfangs prasselte die Erde laut und hohl auf den Sarg, doch als dann Erde auf Erde fiel, wurde das Geräusch leiser.

Das Loch war erst halb gefüllt, als die Nacht hereinbrach, doch am Himmel stand ein voller, weißer Mond, so daß er noch genug sehen konnte, um stetig und mit nur wenigen Pausen weiterarbeiten zu können.

Er war fast fertig, als Reyna wieder auf den Hügel kam. Ein Stückchen vor der Kuppe blieb sie stehen. »Wie lange brauchst du noch?« rief sie.

»Nicht mehr lange«, sagte er, und sie drehte sich wortlos um und kehrte ins Haus zurück.

Als er die Erde auf das Grab gehäuft hatte, so gut er es eben konnte, legte er die Hände auf den bloßen Kopf und sagte das

Kaddisch für den Toten, und dann trug er Hacke und Spaten in die Scheune zurück. Im Haus sah er, daß Reyna bereits in ihre Kammer gegangen war. Sie hatte die Kupferwanne vor den Kamin gestellt. Das Wasser im Zuber war heiß, und über dem Feuer hingen noch zwei Kessel. Auf dem Tisch standen Wein, Brot, Käse und Oliven.

Er zog sich vor dem knisternden Feuer aus und warf seine feuchten und schmutzigen Kleider auf einen Haufen. Dann zwängte er sich mit einem Stück von Reynas derber brauner Seife in der Hand in den Zuber und dachte an Nuño – an seine Weisheit, seine Aufgeschlossenheit und Duldsamkeit, an die Liebe für die Menschen, die er behandelte, und seine Hingabe an die Heilkunde. An die Freundlichkeit, die er einem abgerissenen jungen Mann erwiesen hatte, der so unvermittelt bei ihm aufgetaucht war. An die glückliche Wendung, die Nuño Fierro in Jona Toledanos Leben bedeutet hatte. Lange, lange Gedanken... bis er merkte, daß das Wasser kalt wurde, und er anfing, sich zu schrubben.

4. KAPITEL

DER EINSAME MEDICUS

Am nächsten Morgen ging er den Hügel hoch, um bei Tageslicht letzte Hand an das Grab zu legen. Ganz in der Nähe wuchs ein Eichenschößling, der ihn daran erinnerte, daß er auf der Ruhestätte seines Vaters noch immer keinen Baum gepflanzt hatte, und so grub er ihn behutsam aus und pflanzte ihn in die weiche Erde von Nuños Grab. Es war ein sehr kleines, blattloses Bäumchen, aber in wärmerem Wetter würde es wachsen und gedeihen.

»Du mußt den Priestern Bescheid sagen«, sagte Reyna, »und der Kirche Geld geben, damit sie für seine unsterbliche Seele eine Messe lesen.«

»Zuerst will ich ihn in seinem Haus sieben Tage lang betrauern«, erwiderte Jona. »Erst dann gehen wir zu den Priestern und in die Kirche, um für ihn die Messe zu feiern.«

Reynas Frömmigkeit war oberflächlich und regte sich nur wegen der Feierlichkeit des Todes, und so zuckte sie lediglich die Achseln und sagte ihm, er solle tun, was er für richtig halte.

Er war sich bewußt, daß er den Tod seines Vaters nie den Riten entsprechend gewürdigt hatte. Nuño war wie ein Vater zu ihm gewesen, und er wollte ihm die letzte Ehre erweisen, auf die Art, die er von früher kannte. Er zerriß eins seiner Kleidungsstücke, ging schuhlos durchs Haus, verhüllte den einen kleinen Spiegel mit einem Tuch und betete jeden Morgen und jeden

Abend das Kaddisch in Nuños Andenken, so wie ein Sohn es für seinen Vater tun würde.

Dreimal in dieser Woche kamen Leute zum Haus, die einen Arzt brauchten; einmal führte Jona einen Mann in das Behandlungszimmer in der Scheune und schiente ein verstauchtes Handgelenk, und zweimal ritt er aus, um Kranke in ihren Häusern zu behandeln. Außerdem besuchte er vier Patienten, von denen er wußte, daß sie seine Zuwendung brauchten, aber wenn er zurückkehrte, hielt er weiter Trauer.

Nach der Woche der Schiwa und nachdem die Seelenmesse für Nuño gelesen worden war, sah sich Jona plötzlich in einem Leben, das ihm fremd vorkam, ein Leben, in dem er sich erst zurechtfinden mußte.

Reyna wartete eine Woche, bevor sie ihn fragte, warum er noch immer auf dem Strohlager in der kleinen Vorratskammer schlafe, da er doch nun der Herr des Hauses sei. Nuños Kammer war das beste Zimmer, mit zwei Fenstern, eins nach Süden und eins nach Osten. Das Bett aus Kirschholz war groß und geräumig.

Gemeinsam gingen sie die persönliche Habe des toten Meisters durch. Nuños Kleidung war von guter Qualität, aber er war kleiner und untersetzter als Jona gewesen. Reyna wußte geschickt mit der Nadel umzugehen und versprach, einige Stücke so zu ändern, daß sie Jona paßten. »Es wird dir sicher gefallen, ab und zu etwas von ihm zu tragen und so an ihn erinnert zu werden.« Was Jona nicht brauchen konnte, nahm sie an sich, um es in ihr Dorf zu bringen, wo man jedes Kleidungsstück dankbar annehmen werde.

Als Jona in das Zimmer einzog, schlief er zum ersten Mal seit seiner Flucht aus Toledo wieder in einem Bett. Doch es dauerte noch ganze vierzehn Tage, bis er das Gefühl hatte, daß dies alles nun wirklich ihm gehörte, das Haus und das Land waren ein Teil von ihm geworden, und er schätzte das Anwesen so hoch, als wäre er dort geboren.

Eine ganze Reihe der Patienten, die er behandelte, sprachen

traurig von Nuños Dahinscheiden. »Er war immer ein guter und gewissenhafter Arzt, und wir hatten ihn ins Herz geschlossen«, sagte Pascual Cabrera. Aber für Señor Cabrera und seine Frau – wie für die meisten anderen Patienten – war Ramón Callicó in den Jahren seiner Ausbildung ein vertrauter Anblick geworden, und sie schienen mit ihm sehr zufrieden zu sein, und er gewöhnte sich an das ärztliche Alleinsein schneller, als er sich an das neue Bett gewöhnt hatte. Auch fühlte er sich als Medicus nicht wirklich allein. Wenn er einen schwierigen Patienten behandelte, hörte er in seinem Kopf eine ganze Reihe von Stimmen, Avicennas und Galens und Borgognonis. Am lautesten von allen aber war Nuños Stimme, die ihm zu sagen schien: »Denk an das, was die Großen schrieben, und an die Dinge, die ich dir beigebracht habe. Und dann betrachte den Patienten mit deinen eigenen Augen, und rieche den Patienten mit deiner Nase, und taste ihn mit deinen Händen ab, und dann benutze deinen Verstand, um zu entscheiden, was zu tun ist.«

Er und Reyna gewöhnten sich ein stilles, wenn auch etwas verlegenes Miteinander an. Wenn Jona zu Hause war, las er ein Buch aus der kleinen medizinischen Bibliothek oder arbeitete an seiner Übersetzung, und sie achtete darauf, ihn nicht zu stören, während sie ihre häuslichen Pflichten erledigte.

Eines Abends, einige Monate nach Nuños Tod, Jona hatte es sich eben in seinem Sessel vor dem Feuer bequem gemacht, kam Reyna zu ihm und goß ihm Wein nach. »Gibt es irgendwas Besonderes, das du morgen zu Abend essen willst?« fragte sie.

Jona spürte die Wärme des Weins und die Wärme des Feuers. Er sah sie an, wie sie so dastand, eine gute Dienerin, als hätte sie ihn nicht einst als heimatlosen Streuner gesehen und als wäre er schon immer der Herr des Hauses gewesen.

»Es würde mich freuen, wenn du mir morgen geschmortes Geflügel machst.«

Sie sahen einander an. Es war ihm unmöglich zu erraten, was sie dachte. Aber sie senkte den Kopf, und in dieser Nacht kam sie zum ersten Mal in seine Kammer.

Sie war viel älter als er, vielleicht sogar um zwanzig Jahre. Grau durchzog bereits ihre schwarzen Haare, aber ihr Körper war noch straff von lebenslanger schwerer Arbeit, die sie jedoch nicht vor der Zeit zur alten Frau gemacht hatte, und sie war mehr als bereit, sein Bett mit ihm zu teilen. Hin und wieder ließ sie eine Bemerkung fallen, die Jona Grund für die Vermutung gab, daß sie als junge Frau auch mit Nuños Meister, Gabriel Montesa, das Bett geteilt hatte. Doch war es nicht so, daß sie quasi zum Anwesen gehörte. Er erkannte, daß sie sich einfach lebendiger fühlte, wenn sie den Körper eines Mannes spürte, und wie es der Zufall wollte, hatte sie immer alleine mit drei Männern gearbeitet, die sie im Laufe der Zeit alle liebgewonnen hatte.

Doch am Morgen danach war sie ihm immer eine so anständige und ehrerbietige Haushälterin, wie sie es für Nuño gewesen war.

So kam es, daß er, dank der Arbeit, die ihm sehr am Herzen lag, dank ihres guten Essens und der Entspannung, die sie einander in seinem hölzernen Bett schenkten, schon bald sehr zufrieden mit seinem Leben war.

Wenn er über sein Land spazierte, ärgerte es ihn, daß der Boden nicht ordentlich genutzt wurde, aber er hatte nicht vor, ihn bearbeiten zu lassen, und das hatte den gleichen Grund, warum auch seine früheren ärztlichen Besitzer es nicht getan hatten: Es ging einfach nicht, daß *peones* auf dem Anwesen arbeiteten und so möglicherweise mitbekamen, daß die Scheune neben dem Haus nicht nur ein Behandlungszimmer und einen Operationstisch enthielt, sondern hin und wieder auch für anatomische Studien benutzt wurde, die viele als Hexerei bezeichnen würden.

Als der Frühling kam, bestellte er deshalb nur so viel des

Bodens, wie er mit eigenen Händen und in der verfügbaren Zeit bearbeiten konnte. Er stellte drei Bienenstöcke auf, um Honig zu haben, und stutzte ein paar Oliven- und Obstbäume, die er mit Pferdemist düngte. Später im Jahr schenkte ihm der Garten die erste gute Ernte für Küche und Tisch. Es war ein Leben, das Jona gestattete, den Wechsel der Jahreszeiten zu genießen.

Er versagte sich alle gefährlichen äußerlichen Zeichen jüdischen Lebens, aber am Sabbat zündete er in seiner Kammer immer zwei Kerzen an und flüsterte das Gebet: »Gelobt seist du, Ewiger, unser Gott, König der Welt, der uns geheiligt durch seine Gebote und uns geboten hat, Lichter anzuzünden für den Sabbat.«

Die Medizin füllte sein Leben reich aus, fast so, als wäre sie eine Religion, die er öffentlich ausüben konnte, aber dennoch bemühte er sich, sein inneres Judentum lebendig zu erhalten. Das Übersetzen hatte ihm viel von seiner früheren Leichtigkeit im Umgang mit dem Hebräischen zurückgegeben, aber er hatte die Fähigkeit verloren, in der Tradition seines Vaters zu beten. Er erinnerte sich nur noch an Bruchstücke der Gebete. Sogar die Grundzüge der Sabbatfeier waren ihm entglitten. So wußte er zwar noch, daß der Teil der Feier, der im Stehen gebetet wurde – das Amida –, aus achtzehn Sprüchen bestand. Doch sosehr er sich, das Herz voller Kummer und Enttäuschung, auch bemühte, es fielen ihm nur siebzehn ein. Außerdem bereitete ihm einer der Sprüche, an die er sich erinnern konnte, schreckliches Kopfzerbrechen. Der zwölfte Spruch war ein Bittgebet für die Vernichtung der Ketzer.

Als er im Knabenalter die Gebete im Haus seines Vaters auswendig gelernt hatte, hatte er sich keine allzu großen Gedanken um deren Bedeutung gemacht. Aber jetzt, da er im dunklen Schatten einer Inquisition lebte, deren Ziel die Vernichtung aller Ketzer war, stach dieses Gebet wie ein Pfeil in sein Herz.

Bedeutete das, daß die Juden, falls sie anstelle der Christen an der Macht wären, ebenfalls Gott benutzen würden, um Ungläubige zu vernichten? War es ein unumstößliches Gesetz, daß absolute religiöse Macht auch absolute Grausamkeit mit sich brachte?

Ha-Rakhaman, Unser Vater im Himmel, du einziger Gott, warum läßt du es zu, daß in deinem Namen so bedenkenlos gemetzelt wird?

Jona war überzeugt, daß die Alten, die diese achtzehn Sprüche zusammengestellt hatten, gottesfürchtige Männer und Gelehrte gewesen waren. Aber der Verfasser des zwölften Spruches hätte ihn wohl nicht so geschrieben, wenn er der letzte Jude in Spanien gewesen wäre.

Eines Tages entdeckte Jona auf der *plaza mayor,* in einem Haufen wertlosen Krams, hinter dem ein einäugiger Bettler saß, einen Gegenstand, bei dem ihm der Atem stockte. Es war ein kleiner Kelch. Ein Kiddusch-Kelch zur Segnung des Weins, wie ihn sein Vater für so viele jüdische Kunden angefertigt hatte. Er zwang sich, zuerst andere Dinge zur Hand zu nehmen, eine Gebißstange, die so verbogen war, daß sie in kein Pferdemaul mehr paßte, eine schmutzige Leinwandtasche, ein Wespennest, das noch an einem Ast hing.

Als er den Kelch umdrehte, sah er enttäuscht, daß er nicht von seinem Vater stammte, denn es fehlte ihm die HT-Punze, mit der Helkias Toledano den Fuß jedes seiner Kelche versehen hatte. Wahrscheinlich war er von einem Silberschmied angefertigt worden, der irgendwo in der Gegend von Saragossa gelebt hatte. Der Kelch war bestimmt zur Zeit der Vertreibung weggeworfen oder verkauft worden und offensichtlich seitdem nicht mehr poliert worden, denn er war schwarz vom Schmutz und dem Beschlag all dieser Jahre und außerdem stark zerkratzt.

Trotzdem war es ein Kiddusch-Becher, und Jona wollte ihn unbedingt haben. Aber eine schreckliche Angst ließ ihn zögern. Es war ein Gegenstand, dem nur Juden Beachtung schenken würden. Vielleicht war er als Köder unter den Kram des Bettlers geschmuggelt worden, und mißbilligende Augen würden sich die Person des Käufers merken, wenn er von einem Juden entdeckt und erworben wurde.

Er nickte dem Bettler zu und schlenderte davon. Langsam umkreiste er den ganzen Platz und suchte jeden Eingang, jedes Dach und jedes Fenster nach etwaigen Beobachtern ab.

Doch er sah niemanden, der ihn zu beachten schien, und so kehrte er zu dem Bettler zurück und stöberte noch einmal in dessen Kram. Er suchte sich ein halbes Dutzend Sachen aus, die er weder wollte noch brauchte, und griff wie nebenbei auch zu dem Kelch, und natürlich vergaß er auch das übliche Feilschen nicht.

Zu Hause angekommen, polierte er behutsam den Kelch. Seine Oberfläche wies einige tiefe Kratzer auf, die auch mit ausdauerndstem Polieren nicht zu beseitigen waren, aber trotzdem wurde der Kelch sehr schnell zu einem der Dinge, die er am meisten schätzte.

Der Herbst des Jahres 1507 war feucht und kalt. Auf allen öffentlichen Plätzen war Husten zu hören, und Jona hatte viel zu tun, auch wenn er zeitweise an dem gleichen quälenden Husten litt, der seine Patienten plagte.

Im Oktober wurde er zu Doña Sancha Berga gerufen, einer betagten Alten Christin, die in einem großen und wohl ausgestatteten Haus in einem vornehmen Viertel Saragossas wohnte. Ihr erwachsener Sohn, Don Berenguer Bartolomé, und ihre Tochter Monica waren anwesend, als Jona ihre Mutter untersuchte. Sie hatte noch einen weiteren Sohn, Geraldo, einen Kaufmann in Saragossa.

Doña Sancha war die Witwe des berühmten Kartographen Martín Bartolomé. Sie war eine schlanke und intelligente Frau von vierundsiebzig Jahren. Sonderlich krank schien sie nicht zu sein, aber wegen ihres Alters verschrieb er ihr viermal täglich Wein in heißem Wasser und schlückchenweise Honig.

»Habt Ihr noch andere Beschwerden, Señora?«

»Nur meine Augen. Meine Sehkraft wird immer schwächer«, sagte Doña Sancha.

Jona zog die Vorhänge auf, um das Sonnenlicht in ihre Kammer zu lassen, und brachte dann sein Gesicht sehr nahe an das ihre. Als er ihre Lider eines nach dem anderen hob, erkannte er eine schwache Trübung ihrer Linse.

»Es ist eine Krankheit, die man *catarata* nennt.«

»Blindheit im Alter liegt bei uns in der Familie. Meine Mutter war blind, als sie starb«, sagte Doña Sancha schicksalsergeben.

»Kann man gegen diese *catarata* denn nichts tun?« fragte ihr Sohn.

»Doch, es gibt eine Operation namens ›Starstechen‹, bei der die getrübte Linse entfernt wird. In vielen Fällen wird dadurch das Sehvermögen etwas verbessert.«

»Glaubt Ihr, daß dieses Starstechen bei mir möglich ist?« fragte Doña Sancha.

Er beugte sich noch einmal über sie und untersuchte ihre Linsen. Dreimal hatte er diese Operation bereits durchgeführt, einmal an einer Leiche und zweimal mit Nuño an seiner Seite, der ihn anleitete. Außerdem hatte er Nuño zweimal dabei zugesehen.

»Seht Ihr im Augenblick noch etwas?«

»Ja«, sagte sie. »Aber es wird immer schlimmer, und ich fürchte mich vor der Blindheit.«

»Ich glaube, daß die Operation bei Euch zu machen ist. Aber ich muß Euch warnen – Ihr dürft nicht zuviel erwarten. Solange Ihr noch Sehkraft habt, wie mangelhaft sie auch sein mag, sollten wir warten. Eine *catarata* ist leichter zu entfernen, wenn sie reif ist. Ich werde Euch regelmäßig untersuchen und Euch sagen, wann es soweit ist.«

Doña Sancha dankte ihm, und Don Berenguer lud ihn auf ein Glas Wein in seine Bibliothek ein. Jona zögerte. Normalerweise vermied er, soweit möglich, den gefährlichen privaten Kontakt mit Alten Christen, um nicht in die Verlegenheit zu kommen, nach seiner Familie, nach möglichen kirchlichen Verbindungen oder gemeinsamen Freunden gefragt zu werden. Aber die Einladung war freundlich und wohlwollend, eine Ablehnung wäre schwierig gewesen, und so fand er sich kurz darauf vor dem Kamin in einem wunderschönen Zimmer mit einem Zeichentisch und vier großen Tischen voller Skizzen und Karten wieder.

Don Berenguer war aufgeregt und voller Hoffnung, daß seine Mutter bald wieder würde besser sehen können. »Könnt Ihr uns einen geeigneten Chirurgen empfehlen, der in der Lage ist, die Operation durchzuführen, wenn die *catarata* reif sind?« fragte er.

»Ich kann es tun«, sagte Jona vorsichtig. »Oder, wenn Euch das lieber ist, wäre meiner Ansicht nach auch Señor Miguel de Montenegro eine ausgezeichnete Wahl.«

»Dann seid Ihr also Chirurg und praktischer Arzt?« fragte Don Berenguer überrascht und goß Wein aus einer schweren Karaffe in zwei Gläser.

Jona lächelte. »Wie Señor Montenegro. Es stimmt, daß viele Heilkundler sich entweder für die Chirurgie oder die Medizin entscheiden. Aber einige Männer, darunter die besten in beiden Berufen, verbinden die Verfahren. Mein verstorbener Meister und Onkel, Señor Nuño Fierro, glaubte, daß Chirurgen allzuoft das Messer als das einzig wahre Heilmittel betrachten, während viele praktische Ärzte fälschlicherweise meinen, sich allein auf die Medizin verlassen zu können, wenn Chirurgie erforderlich ist.«

Don Berenguer nickte nachdenklich und gab Jona ein Glas. Der Wein war mild und sehr gut, von einer Qualität, wie Jona sie eigentlich nur bei adligen Familien erwarten würde. So entspannte er sich bald und genoß die Unterhaltung, denn sein Gastgeber stellte keine Fragen, die ihn in Verlegenheit hätten bringen können.

Don Berenguer verriet ihm, daß er Kartograph war, wie sein Vater und sein Großvater es vor ihm gewesen waren. »Mein Großvater, Blas Bartolomé, schuf die ersten wissenschaftlichen Karten der spanischen Küstengewässer«, sagte er. »Mein Vater war vorwiegend mit Flußkarten beschäftigt, während ich mich mit Ausflügen in unsere Gebirgsregionen begnüge, um Höhen, Pfade und Pässe kartographisch zu erfassen.«

Don Berenguer zeigte ihm Karte um Karte, und während die beiden Männer sie gemeinsam studierten, vergaß Jona seine Angst. Er gestand dem Kartographen, daß er in seiner Jugend eine kurze Zeitlang ein gewöhnlicher Seemann gewesen war, und zeigte ihm auf den Karten die Routen seiner Fluß- und Seereisen, denn sein Herz öffnete sich dank des guten Weins und der Gesellschaft dieses interessanten Mannes, der, wie sein Gefühl ihm sagte, sein Freund werden könnte.

5. KAPITEL

DER ZEUGE

In der ersten Aprilwoche kam ein Vertreter des *alguacil* von Saragossa mit der Nachricht zu Jona, daß er als Zeuge vor das städtische Gericht geladen werde, »in einer Sache, die am Donnerstag in vierzehn Tagen verhandelt wird«.

Am Abend vor der Verhandlung kam Jona nach unten, als Reyna in ihrem langsam abkühlenden Bad vor dem Feuer saß. Er nahm den Kessel vom Haken über den Flammen, und während er heißes Wasser in die Wanne goß, sprachen sie über seine Vorladung. »Es geht um die zwei Jungen«, sagte er.

Der Fall war bereits im ganzen Bezirk berühmt. An einem Vormittag mitten im Winter waren zwei Knaben, beide vierzehn Jahre alt und seit frühester Kindheit Freunde, wegen eines kleinen Holzpferds in Streit geraten. Die Jungen, Oliverio Pita und Guillermo de Roda, hatten seit Jahren mit diesem Pferd gespielt; manchmal wurde es im Haus des einen, manchmal in dem des anderen aufbewahrt. Es war grob geschnitzt und von keinem besonderen Wert, aber eines Tages stritten sie sich um das Besitzrecht.

Jeder behauptete, es sei sein Eigentum, das er sehr gern mit seinem Freund geteilt habe.

Wie so oft bei Jungen, wurde der Streit handgreiflich. Wären sie nur einige Jahre älter gewesen, hätte eine solche Auseinandersetzung in einer Herausforderung und einem Duell geendet, so aber ließen sie lediglich ihrem Groll und ihren Fäusten freien Lauf. Die ganze Sache wurde jedoch schlimmer, als die Eltern von jedem der Jungen behaupteten, das Pferd sei ein Erbstück ihrer Familie.

Als die beiden sich das nächste Mal trafen, bewarfen sie einander mit Steinen. Oliverio zielte viel besser als sein Gegner und blieb unverletzt, während einige seiner Wurfgeschosse Guillermo trafen, eins davon an der rechten Schläfe. Als dieser mit blutüberströmtem Gesicht nach Hause kam, schickte die erschrockene Mutter sofort nach einem Arzt, und Jona war zum Haus der Rodas geritten, um den Jungen zu behandeln. Der Vorfall wäre wohl mit der Zeit in Vergessenheit geraten, hätte Guillermo sich nicht einige Zeit danach ein Fieber zugezogen, das ihn das Leben kostete.

Jona hatte den gramgebeugten Eltern erklärt, daß Guillermo an einer ansteckenden Krankheit gestorben sei und nicht an der harmlosen Verletzung, die er einige Wochen zuvor erlitten hatte. Ramiro de Roda jedoch war in seinem Kummer zum *alguacil* gegangen und hatte Klage gegen Oliverio Pita erhoben mit der Behauptung, die Krankheit sei eine Folge der Kopfverletzung gewesen und Oliverio deshalb schuld an Guillermos Tod. Nun hatte der *alguacil* eine Anhörung angesetzt, um zu entscheiden, ob der Junge des Mordes angeklagt werden sollte.

»Es ist eine Tragödie«, sagte Reyna, »und jetzt wird auch noch der Medicus von Saragossa mit hineingezogen.« Sie spürte sehr wohl, daß Jona sich große Sorgen machte. »Aber was hast du in dieser Geschichte der zwei Jungen zu befürchten?«

»Ich muß eine mächtige Familie Saragossas vor den Kopf stoßen. Wie wir beide wissen, können Ärzte anonym bei der Inquisition angeschwärzt werden. Ich bin nicht eben erpicht darauf, mir die Rodas zu Feinden zu machen.«

Reyna nickte. »Und du wagst es auch nicht, dich dem Befehl des *alguacil* zu widersetzen?«

»Nein. Außerdem geht es darum, daß der Gerechtigkeit Genüge getan wird. Mir bleibt nur eine Möglichkeit.«

»Und die wäre?« fragte Reyna und seifte sich den Arm ein.

»Ich muß vor Gericht auftreten und die Wahrheit sagen«, entgegnete Jona.

Die Anhörung wurde in einem kleinen Sitzungssaal im Obergeschoß des Rathauses abgehalten, der bereits überfüllt war, als Jona eintraf.

José Pita und seine Frau Rosa Menendez sahen Jona direkt an, als er den Saal betrat. Sie waren bald nach Klageerhebung gegen ihren Sohn zu ihm gekommen und hatten ihm die Lage der Dinge erklärt, so wie sie sie sahen.

Der Junge Oliverio Pita saß alleine und starrte mit großen Augen den ernst und geschäftsmäßig dreinblickenden Richter an, der ohne weitere Verzögerung die Sitzung eröffnete, indem er mit seinem großen Amtsring auf den Tisch klopfte.

Alberto Porreño, der Kronanwalt, den Jona flüchtig kannte, war ein kleiner Mann, dessen Kopf dank einer dichten Mähne schwarzer Haare größer wirkte, als er tatsächlich war. Er rief Ramiro de Roda als seinen ersten Zeugen auf.

»Señor Roda, Euer Sohn Guillermo de Roda starb im Alter von vierzehn Jahren am 14. Februar im Jahre des Herrn 1508?«

»Ja, Señor.«

»Woran starb er, Señor?«

»Er wurde am Kopf getroffen von einem Stein, der im Zorn nach ihm geworfen wurde, und die gefährliche Verletzung führte zu einer schrecklichen Krankheit, die ihn hinwegraffte.« Er sah zu Jona hinüber. »Der Arzt konnte Guillermo, meinen einzigen Sohn, nicht retten.«

»Wer warf den Stein?«

»Er.« Er streckte den Arm aus und deutete auf den Angeklagten. »Oliverio Pita.« Der Junge wurde sehr blaß und starrte auf den Tisch.

»Woher wißt Ihr das?«

»Der Vorfall wurde beobachtet von einem gemeinsamen Nachbarn, Señor Rodrigo Zurita.«

»Ist Señor Zurita anwesend?« fragte der Kronanwalt, und als ein dünner, weißbärtiger Mann die Hand hob, wandte er sich ihm zu.

»Wie kam es, daß Ihr beobachten konntet, wie die beiden Jungen sich mit Steinen bewarfen?«

»Ich saß vor meinem Haus, um mich in der Sonne zu wärmen. Ich habe alles gesehen.«

»Was habt Ihr gesehen?«

»Ich habe gesehen, wie José Pitas Sohn, dieser Bursche da, den Stein warf, der den armen Guillermo, den guten Jungen, traf.«

»Habt Ihr gesehen, wo er ihn traf?«

»Ja. Er traf ihn am Kopf», sagte er und deutete zwischen den Augen auf seine Stirn. »Ich habe es deutlich gesehen. Er wurde so grausam getroffen, daß ich Blut und Eiter aus der Wunde kommen sah.«

»Vielen Dank, Señor.«

Señor Porreño wandte sich jetzt an Jona. »Señor Callicó, Ihr habt den Jungen nach dem Vorfall behandelt?«

»Ja, Señor.«

»Und was habt Ihr festgestellt?«

»Er konnte von dem Stein nicht voll getroffen worden sein«, erwiderte Jona mit einigem Unbehagen. »Er hatte ihn eher im Bereich der rechten Schläfe gestreift, knapp über und vor dem rechten Ohr.«

»Nicht hier?« Der Kronanwalt zeigte auf die Mitte von Jonas Stirn.

»Nein, Señor. Hier«, sagte Jona und zeigte auf seine Schläfe.

»Konntet Ihr an der Wunde sonst noch etwas feststellen?«

»Es war eine geringfügige Wunde. Eher ein Kratzer. Ich wusch ihm das getrocknete Blut vom Gesicht und von dem Kratzer.

Solche Schürfwunden und Kratzer heilen für gewöhnlich sehr gut, wenn man sie mit Wein auswäscht, deshalb habe ich ein Tuch mit Wein getränkt und die Wunde ausgewischt, sie ansonsten aber in Ruhe gelassen. Zu der Zeit«, fuhr Jona fort, »drängte sich mir der Gedanke auf, daß Guillermo großes Glück gehabt hatte, denn wenn der Stein ihn ein Stückchen weiter links getroffen hätte, wäre seine Verletzung viel ernster gewesen.«

»Ist es keine ernste Verletzung, wenn Blut und Eiter aus der Wunde treten?«

Jona seufzte insgeheim, doch die Wahrheit konnte er nicht umgehen.

»Es gab keinen Eiter.« Er bemerkte Señor Zuritas wütende Blicke. »Eiter ist nicht etwas, das sich immer unter der Haut des Menschen befindet und hervortritt, sobald die Haut verletzt wird. Eiter tritt oft *nach* einer Verletzung auf, wenn wegen eines Risses in der Haut eine offene Wunde unter den Einfluß fauliger Dämpfe in der Luft kommt, etwa des Gestanks von Kot oder verfaulendem Fleisch. Als ich die Wunde das erste Mal untersuchte, war kein Eiter zu sehen, und es gab auch keine Absonderungen irgendwelcher Art, als ich Guillermo drei Wochen später noch einmal sah. Zu der Zeit hatte sich bereits ein Schorf auf dem Kratzer gebildet. Die Wunde fühlte sich kühl an und sah nicht entzündet aus. Ich betrachtete ihn als fast geheilt.«

»Aber zwei Wochen später war er tot«, bemerkte der Kronanwalt.

»Ja. Aber nicht wegen der leichten Verletzung am Kopf.«

»Woran starb er dann, Señor?«

»An einem abgehackten Husten und Schleim in der Lunge, was schließlich zu seinem tödlichen Fieber führte.«

»Und was verursachte diese Krankheit?«

»Das weiß ich nicht, Señor. Es wäre mir lieber, wenn ich es wüßte. Ein Arzt sieht eine solche Krankheit mit entmutigender Regelmäßigkeit, und einige der Betroffenen sterben.«

»Seid Ihr sicher, daß der von Oliverio Pita geworfene Stein nicht die Ursache für den Tod von Guillermo de Roda war?«

»Dessen bin ich mir sicher.«

»Seid Ihr bereit, Euren Eid darauf zu leisten, Señor Medicus?«

»Das bin ich.«

Als die stadteigene Bibel gebracht wurde, legte Jona seine Hand darauf und schwor, daß seine Aussage der Wahrheit entspreche.

Der Kronanwalt nickte und befahl dem Angeklagten aufzustehen. Der Richter warnte den Jungen, daß er schnelle und schwere Strafe zu erwarten habe, falls eine seiner Taten ihn wieder vor die Schranken dieses Gerichts bringen sollte. Dann klopfte er ein letztes Mal mit seinem schweren Ring auf den Tisch und erklärte Oliverio Pita für frei.

»Señor«, sagte José Pita. Er hatte noch immer seinen weinenden Sohn im Arm. »Wir sind für alle Zeit in Eurer Schuld.«

»Ich habe nur die Wahrheit bezeugt«, sagte Jona.

Dann flüchtete er, und während er aus der Stadt hinausritt, versuchte er die kalte Abneigung zu vergessen, die er in Ramiro de Rodas Augen gesehen hatte. Er wußte, die Familie Roda und ihre Freunde würden bis ins Grab glauben, daß der junge Guillermo von einem geworfenen Stein getötet worden war, aber Jona hatte die Wahrheit bezeugt und war froh, daß er es hinter sich hatte.

Vom anderen Ende der Straße kam eine Gestalt auf ihn zu. Je näher sie einander kamen, um so deutlicher erkannte Jona den Mann.

Ein Geistlicher in schwarzer Kutte.

Ein Mönch. Groß.

O Gott, dachte Jona, denn jetzt sah er den unverkennbaren Buckel, den der Mann trug.

Sonst war niemand in der Nähe, nichts, was die Aufmerksamkeit hätte ablenken können, als Reiter und Fußgänger sich einander näherten. Sollte er an Fray Lorenzo de Bonestruca einfach vorbeireiten, als würde er ihn nicht kennen? Nein, entschied er, zu groß war die Gefahr, daß Bonestruca sich an ihn erinnerte. Denn Bonestruca wußte, daß jemand, der ihm einmal begegnet war, ihn wegen seines Aussehens so leicht nicht wieder vergessen würde.

»Ich wünsche Euch einen guten Tag«, sagte Jona, als sie sich begegneten, und Bonestruca nickte knapp.

Doch bevor Jonas Pferd ein halbes Dutzend Schritte gegangen war, hörte er die Stimme.

»Señor!«

Er wendete den grauen Araber und kehrte zu dem Mönch zurück.

»Ich meine Euch zu kennen, Señor.«

»Ja, Fray Bonestruca. Wir haben uns vor Jahren in Toledo kennengelernt.«

Bonestruca hob die Hand. »Ja, in Toldeo. Aber... Euer Name...«

»Ramón Callicó. Ich war nach Toledo gekommen, um dem Grafen von Tembleque eine Rüstung zu liefern.«

»Mein Gott, ja, der Lehrling des Waffenschmieds aus Gibraltar! Ich habe Graf Vascas schöne Rüstung bewundert, auf die er zu Recht stolz ist. Seid Ihr mit einem ähnlichen Auftrag hier in Saragossa?«

»Nein, ich wohne hier. Mein Meister und Onkel, der Waffenschmied Manuel Fierro, starb, und ich kam nach Saragossa, um bei seinem Bruder Nuño, einem Arzt, in die Lehre zu gehen.«

Bonestruca nickte interessiert. »Ich muß sagen, Ihr seid mit Onkeln wohl ausgestattet.«

»Da stimme ich Euch zu. Leider hat Nuño auch das Zeitliche gesegnet, und jetzt bin ich der Medicus dieses Ortes.«

»Der Medicus... Nun, dann werden wir uns gelegentlich sehen, denn ich habe mich hier niedergelassen.«

»Ich bin mir sicher, daß Saragossa Euch gefallen wird, es ist eine Stadt guter Menschen.«

»Wirklich? Wahrhaft gute Menschen sind ein unbezahlbarer Schatz. Aber ich mußte feststellen, daß sich unter dem Anschein der Rechtschaffenheit oft etwas Dunkleres und viel Unfreundlicheres als Güte verbirgt.«

»Das ist sicher wahr.«

»Es ist schön, einen Bekannten zu treffen, wenn man entwurzelt und an einen fremden Ort versetzt wird. Wir müssen uns wiedersehen, Señor Callicó.«

»Ja, das müssen wir unbedingt.«

»Einstweilen sei Christus mit Euch.«

»Und mit Euch, Fray Bonestruca.«

6. KAPITEL

DAS HAUS DES MÖNCHS

Fray Lorenzo de Bonestrucas Versetzung nach Saragossa war keine Belohnung oder Beförderung gewesen, sondern eher ein Tadel und eine Strafe. Urheber seiner Schwierigkeiten waren seine verstorbene Königin, Isabella von Spanien, und der Erzbischof Francisco Jimenéz de Cisneros gewesen. Als Cisneros 1495 Erzbischof von Toledo geworden war, hatte er die Königin für einen Feldzug zur Reformation des spanischen Klerus gewinnen können, der dem Laster und der Verderbtheit anheimgefallen war. Viele Geistliche hatten sich eine üppige Lebensart angewöhnt, sie besaßen ausgedehnte Ländereien, Bedienstete, Geliebte und alle äußeren Zeichen des Reichtums.

Cisneros und Isabella teilten die Gruppierungen der Kirche unter sich auf. Die Königin reiste zu den Nonnenklöstern, wo sie ihre Stellung und ihre ganze Überredungskunst in die Waagschale warf und den Ordensfrauen so lange mit Schmeicheleien und Drohungen zusetzte, bis sie bereit waren, zu dem einfachen Leben zurückzukehren, das ein Wesensmerkmal der frühen Kirche gewesen war. Der Erzbischof besuchte, in einfacher brauner Kutte und mit einem Maultier als einziger Begleitung, jedes Mönchskloster, katalogisierte seinen Reichtum und drängte die Brüder dazu, alles, was sie nicht unbedingt zum Leben brauchten, den Armen zu stiften.

Bonestruca hatte sich im Netz der Reform verfangen.

Bonestruca hatte nur vier Jahre lang als zölibatärer Mönch gelebt. Nachdem sein Körper einmal von der Süße der Vereinigung mit weiblichem Fleisch gekostet hatte, gab er sich häufig und bedenkenlos der geschlechtlichen Leidenschaft hin. Seit zehn Jahren hatte er eine Geliebte, eine Frau namens María Juana Salazar, mit der er drei Kinder gezeugt hatte. Sie war seine Frau in jeder Hinsicht bis auf den Namen, und er hatte gar nicht versucht, aus ihrer Rolle in seinem Leben ein großes Geheimnis zu machen; das war auch nicht nötig, denn er tat nur, was so viele andere taten. So aber kam es, daß eine ganze Reihe von Leuten über Fray Bonestruca und María Juana Salazar Bescheid wußten, als die große Tugendreform in Schwung kam. Zuerst erhielt der alte Priester, der seit Jahren sein Beichtvater war, den Auftrag, ihn zu warnen, daß die Tage des süßen Lebens vorüber und Reue und wahre Veränderung die Schlüssel zum Überleben seien. Als Bonestruca diese Warnung in den Wind schlug, wurde er zu einem Gespräch mit dem Erzbischof in die Diözesankanzlei bestellt.

Cisneros verschwendete keine Zeit mit Höflichkeiten. »Ihr müßt Euch dieses Weib vom Hals schaffen. Ihr müßt es sofort tun. Wenn Ihr es nicht tut, bekommt Ihr Ärger.«

Jetzt verlegte Bonestruca sich auf Heimlichtuerei und List. Er brachte María Juana und die Kinder in ein anderes Dorf auf halbem Wege zwischen Toledo und Tembleque und erzählte niemandem davon. Seine Besuche plante er sehr umsichtig, und manchmal hielt er sich über Wochen von ihnen fern.

Dennoch erhielt er eines Tages die Nachricht, daß er wieder in der Kanzlei zu erscheinen habe. Diesmal wurde er von einem Dominikaner empfangen, der ihm mitteilte, daß er wegen seines Ungehorsams ins Offizium der Inquisition von Saragossa versetzt worden sei. Er erhielt den Befehl, sofort nach Saragossa aufzubrechen.

»Und zwar allein«, hatte der Priester mit einem boshaften Grinsen hinzugefügt.

Bonestruca hatte gehorcht, doch am Ende dieser langen Reise hatte er begriffen, daß das, was andere als eine Strafe für ihn betrachtet hatten, ihm in Wahrheit jene Ungestörtheit bot, die er brauchte.

Etwa vier Wochen nach der Begegnung mit dem Inquisitor auf der Straße erhielt Jona Besuch von einem Novizen in brauner Kutte, der ihm sagte, daß Fray Bonestruca den Arzt sofort auf der *plaza mayor* zu sehen wünsche.

Jona folgte dem Ruf, und Fray Bonestruca erwartete ihn im Schatten des einzigen Baumes auf dem Platz.

Der Mönch nickte ihm zu und erhob sich von der Bank. »Ich werde Euch an einen Ort bringen. Ihr dürft keinem Menschen ein Wort über das, was Ihr sehen und tun werdet, verraten, denn sonst bekommt Ihr meinen Zorn zu spüren. Und ich verspreche Euch, mein Zorn kann furchtbar sein. Habt Ihr mich verstanden?«

Jona bemühte sich, gelassen zu bleiben. »Ich habe verstanden«, erwiderte er ruhig.

»Dann kommt mit mir.«

Er ging voraus, und Jona folgte ihm auf dem Pferd. Bonestruca drehte sich mehrmals um und schaute über Jona hinweg, um sich zu versichern, daß man ihnen nicht folgte. Bald kamen sie zum Fluß. Bonestruca zögerte nicht lange und hob seine schwarze Kutte, damit das flache, aber lebhaft strömende Wasser sie nicht benetzte. Am anderen Ufer führte er Jona zu einer kleinen, aber guterhaltenen *finca*, deren neue Fensterrahmen auf eine kürzliche Instandsetzung hindeuteten. Bonestruca öffnete die Tür und trat ohne Klopfen ein. Jona sah mehrere Taschen aus Tuch und Leder und eine noch ungeöffnete und nicht ausgepackte Kiste. Eine Frau hielt einen Säugling im Arm, neben ihr standen zwei Kinder, die sich an ihren Rock klammerten.

»Das ist María Juana«, sagte Bonestruca.

Jona nahm seinen Hut ab. »Señora.«

Sie war eine stämmige Frau mit brauner Haut und einem herzförmigen Gesicht mit großen dunklen Augen und sehr vollen, roten Lippen. Milchflecken zeigten sich auf dem Stoff über ihren üppigen Brüsten. »Das ist Callicó, ein Arzt«, sagte Bonestruca zu ihr. »Er wird nach Filomena sehen.«

Gegenstand seiner Sorge war der Säugling, der offensichtlich fieberte und von Pusteln um den Mund geplagt wurde. Das älteste Kind, Hortensia, war sieben, und es gab noch einen fünfjährigen Jungen namens Dionisio. Jona wurde das Herz schwer, als er die Kinder sah. Die Beine der beiden Mädchen waren mißgebildet, und alle drei hatten die unverkennbaren, weit auseinanderstehenden Zähne, auf die zu achten sein alter Meister ihn gelehrt hatte.

Bonestruca erklärte Jona, die drei Kinder seien erschöpft und nicht ganz auf der Höhe, weil sie erst vor zwei Tagen mit ihrer Mutter aus Toledo eingetroffen seien. »Was Filomenas Pusteln angeht, weiß ich, daß die wieder vergehen. Ich erinnere mich noch gut, daß die anderen Kinder sie auch hatten.«

»Seid Ihr der Vater der Kinder, Fray Bonestruca?«

»Natürlich.«

»Als Ihr jünger wart ... hattet Ihr da je die Lues, *malum venereum?*«

»Bekommen es nicht die meisten jungen Männer früher oder später mit der Lues zu tun? Ich war übersät mit Pusteln wie Schuppen. Aber nach einer Weile war ich wieder geheilt, und die Symptome sind nie zurückgekehrt.«

Jona nickte taktvoll. »Nun ... Ihr habt die Lues an Eure ... an María Juana weitergegeben.«

»Das stimmt.«

»Und sie hat bei der Geburt jedes Eurer Kinder damit angesteckt. Es war die Lues, die den Mädchen die Beine so verbogen hat.«

»Warum sind dann die Beine meines Sohns gerade?«

»Die Krankheit wirkt sich nicht bei jedem gleich aus.«

»Dann war es also die Lues, die ihnen die krummen Beine gegeben hat! Und ich dachte schon, es sei ein Erbe meines eigenen, ungestalten Körpers, obwohl keines der Kinder mit einem Buckel geboren wurde.«

Bonestruca schien fast glücklich darüber, daß diese Krankheit daran schuld war und nicht seine eigenen mißgebildeten Knochen.

»Die Pusteln vergehen schließlich wieder«, sagte der Mönch fröhlich.

Aber die krummen Beine und die auseinanderstehenden Zähne nicht, dachte Jona. Und wer weiß, welche anderen Tragödien die Lues in ihr Leben bringt.

Er untersuchte die Kinder und verschrieb eine Salbe für die Pusteln des Säuglings. »Ich werde sie mir in einer Woche noch einmal ansehen«, sagte er. Als Bonestruca ihn fragte, was er ihm schulde, nannte Jona sein übliches Honorar für einen Hausbesuch und bemühte sich dabei um einen sachlichen, geschäftsmäßigen Ton. Ihm stand nicht der Sinn nach einer Freundschaft mit Fray Bonestruca.

Am nächsten Tag brachte ein Mann namens Evaristo Montalvo seine betagte Frau, Blasa de Gualda, zum Arzt.

»Sie ist blind, Señor.«

»Gestattet mir, sie anzusehen«, sagte Jona und führte die Frau ins helle Licht vor dem Fenster.

Deutlich sah er die Trübung in beiden Augen. Sie war fortgeschrittener als die ähnliche Trübung, die er vor kurzem in den Augen von Doña Sancha Berga, Don Berenguer Bartolomés Mutter, festgestellt hatte. Diese hier war so ausgereift, daß die Linsen der Frau einen gelblichweißen Farbton angenommen hatten.

»Könnt Ihr mir helfen, Señor?«

»Ich kann nicht versprechen, Euch zu helfen, Señora. Aber ich kann es versuchen, wenn Ihr das wollt. Dazu wäre allerdings eine Operation erforderlich.«

»Ihr wollt mir in die Augen schneiden?«

»Ja, schneiden. Ihr habt in beiden Augen eine Krankheit, die man *catarata* nennt. Die Linsen sind getrübt, und das verhindert, daß Ihr seht, so wie eine Sonnenblende verhindert, daß Licht in ein Fenster fällt.«

»Ich will wieder sehen, Señor.«

»Ihr werdet nie wieder so sehen können, wie Ihr es in Eurer Jugend konntet«, sagte er sanft. »Auch wenn wir erfolgreich sind, werdet Ihr entfernte Gegenstände nicht erkennen können. Ihr werdet nur wieder sehen können, was dicht vor Euch ist.«

»So würde ich wenigstens wieder kochen können. Und vielleicht sogar nähen, mh?«

»Vielleicht... aber wenn es mißlingt, seid Ihr mit Sicherheit für immer blind.«

»Blind bin ich jetzt schon, Señor. Ich bitte Euch deshalb, diese... Operation zu versuchen.«

Jona bat sie, früh am nächsten Morgen wiederzukommen. An diesem Nachmittag richtete er den Operationstisch her und alle Instrumente, die er brauchen würde, und den ganzen Abend saß er beim Licht der Öllampe da und las mehrere Male, was Teodorico Borgognoni über das Starstechen geschrieben hatte.

»Ich brauche deine Hilfe«, sagte er zu Reyna. Indem er ihr die Lider anhob, zeigte er ihr, wie sie die Augen der Patientin offenhalten mußte, damit sie nicht blinzelte.

»Ich glaube aber nicht, daß ich zusehen kann, wie du ins Auge schneidest«, sagte sie.

»Du kannst den Blick abwenden, aber du mußt ihr die Augen unbedingt offenhalten. Kannst du das tun?«

Reyna nickte zweifelnd, erwiderte aber, daß sie es versuchen wolle.

Als Evaristo Montalvo am nächsten Morgen mit Blasa de Gualda ins Behandlungszimmer kam, schickte Jona den alten Mann zuerst auf einen langen Spaziergang, bevor er Blasa zwei Becher mit starkem Schnaps gab, in dem er Schlafpulver aufgelöst hatte.

Er und Reyna halfen der alten Frau auf den Tisch und fesselten sie dann mit starken Gewebestreifen, die breit genug waren, um ihr nicht ins Fleisch zu schneiden, an Hand- und Fußgelenken sowie der Stirn so darauf fest, daß sie sich nicht mehr bewegen konnte.

Er nahm das kleinste Skalpell aus der Fierro-Sammlung und nickte Reyna zu. »Laß uns anfangen.«

Als die Lider angehoben waren, setzte er eine Reihe winziger Schnitte rund um die Linse des linken Auges.

Blasa zog scharf den Atem ein.

»Es dauert nicht lange«, sagte Jona. Er benutzte die schmale, scharfe Klinge als Hebel, um die getrübte Linse anzuheben und zur Seite zu kippen. Dann wiederholte er den Vorgang im rechten Auge.

Als er fertig war, dankte er Reyna und hieß sie die Lider loslassen. Sie banden Blasa vom Tisch los und bedeckten ihre Augen mit kühlen, feuchten Tüchern.

Nach einer Weile nahm Jona die Tücher wieder ab und beugte sich über sie. Ihre geschlossenen Augen tränten, oder sie weinte, und er wischte ihr sanft die Wangen.

»Señora de Gualda. Öffnet die Augen.«

Ihre Lider hoben sich. Sie blinzelte gegen das Licht und sah dann zu ihm hoch.

»... Ihr habt ein sehr gutes Gesicht, Señor«, sagte sie.

Jona hatte gehofft, Bonestruca würde bei seinem nächsten Besuch auf der *finca* am Fluß abwesend sein, doch als der Mönch ihn an der Tür begrüßte, verbarg er seine Enttäuschung. Die Kinder, die sich inzwischen von den Mühen der Reise erholt hatten, wirkten kräftiger und recht frohgemut, und Jona sprach über ihre

Ernährung mit ihrer Mutter, die mit beiläufigem Stolz erklärte, ihre Kinder seien an reichlich Fleisch und Eier gewöhnt.

»Und ich bin an erstklassigen Wein gewöhnt«, sagte Bonestruca leichthin, »den ich jetzt unbedingt mit Euch teilen will.«

Es war offensichtlich, daß er eine Ablehnung nicht dulden würde, und so ließ sich Jona in ein Arbeitszimmer führen, wo er wieder einmal um seine Fassung ringen mußte, denn dieses Zimmer enthielt Erinnerungsstücke an den Kampf des Mönchs gegen die Juden: eine Sammlung von Gebetsriemen, ein Käppchen und – ein unglaublicher Anblick für Jona – eine Torarolle.

Der Wein war wirklich gut. Während Jona nippte und sich bemühte, die Torarolle nicht anzustarren, musterte er seinen Gastgeber, der sein Todfeind war, und fragte sich, wie schnell er dem Haus dieses Mannes würde entfliehen können.

»Kennt Ihr das Damespiel?« fragte Bonestruca.

»Nein, von einem Damespiel habe ich noch nie etwas gehört.«

»Es ist ein ausgezeichnetes Spiel, das den Verstand anregt. Ich bringe es Euch bei«, sagte er, und zu Jonas Verärgerung stand er auf und holte aus einem Regal ein quadratisches Spielbrett, das er auf den kleinen Tisch zwischen ihnen legte, sowie zwei Stoffsäckchen.

Das Brett war in helle und dunkle Quadrate unterteilt, insgesamt vierundsechzig, wie Bonestruca sagte. Jedes der Säckchen enthielt zwölf kleine, glatte Steine; die Steine in dem einen Säckchen waren schwarz, die in dem anderen dagegen hellgrau. Bonestruca gab Jona die schwarzen Steine und sagte ihm, er müsse sie auf die dunklen Quadrate der ersten drei Reihen des Bretts setzen, während er selbst dies auf seiner Seite mit den hellen Steinen tat. »So haben wir uns sechs Reihen Soldaten aufgestellt, und jetzt sind wir im Krieg, Señor!«

Der Mönch zeigte ihm, daß man mit einem Stein nur schräg nach vorne zu einem angrenzenden Quadrat ziehen durfte. »Schwarz eröffnet. Wenn einer meiner Soldaten auf einem angrenzenden Feld steht und sich dahinter ein leeres Feld befindet, muß er gefangen, das heißt übersprungen, und entfernt werden. Die Soldaten dürfen sich nur vorwärts bewegen, aber wenn ein Held die hinterste Reihe des Gegners erreicht, wird er zum Monarchen gekrönt, indem man einen Stein derselben Farbe auf ihn legt. So ein Doppelstein kann sich nach vorne und nach hinten bewegen, denn niemand darf einem König vorschreiben, wohin er gehen soll.

Eine Armee ist besiegt, wenn alle Soldaten des Gegners gefangen sind oder sich nicht mehr bewegen können.« Bonestruca brachte alle Steine wieder in die Ausgangsposition. »Und jetzt, Arzt, greift mich an!«

Sie spielten fünf Kriegsspiele. Die ersten zwei Schlachten waren für Jona schnell vorüber, aber er lernte dabei, daß er nicht einfach nur aufs Geratewohl ziehen durfte. Ein paarmal verleitete Bonestruca ihn zu einem törichten Zug, indem er einen seiner Soldaten opferte, um dann mehrere von Jonas Steinen zu schlagen. Nach einer Weile konnte Jona eine Falle bereits erkennen und sie vermeiden.

»Ah, Ihr lernt schnell«, sagte der Mönch. »Ihr werdet in kürzester Zeit ein würdiger Gegner sein, das sehe ich jetzt schon.«

Was Jona sehen konnte, war, daß das Spiel eine beständige Überwachung des Bretts erforderte, um die Absichten des Gegners erkennen und die eigenen Möglichkeiten abschätzen zu können. Er merkte sich, was Bonestruca tat, um ihn in Fallen zu locken. Am Ende des fünften Spiels beherrschte er bereits einige der möglichen Verteidigungszüge.

»Ah, Señor, Ihr seid so schlau wie ein Fuchs oder ein General«, sagte Bonestruca, doch dank seines geschliffenen Verstands hatte er Jona in allen Spielen sehr schnell besiegt.

»Ich muß jetzt gehen«, sagte Jona widerstrebend.

»Dann müßt Ihr wiederkommen und noch einmal mit mir spielen. Morgen nachmittag oder übermorgen?«

»Ich fürchte, meine Nachmittage sind mit Patienten ausgefüllt.«

»Ich verstehe, ein vielbeschäftigter Arzt. Und wenn wir uns am Mittwoch abend hier wiedertreffen? Kommt, so früh Ihr könnt, ich werde hiersein.«

Warum nicht? fragte sich Jona. »Gut, ich komme«, sagte er. Er war begierig darauf zu verstehen, wie Bonestrucas Verstand arbeitete, und das ließ sich am Damespiel gut ablesen.

Am Mittwoch abend kehrte er in die *finca* am Fluß zurück. Er saß mit Bonestruca im Arbeitszimmer, trank den guten Wein, knackte Mandeln und aß von den angebotenen Speisen, während sie aufs Spielbrett starrten und ihre Züge machten.

Jona studierte das Brett und das Gesicht seines Gegners, um zu erkennen, wie der Mönch dachte, doch Bonestrucas Züge verrieten ihm nichts.

Mit jeder Runde, die sie spielten, lernte er ein bißchen mehr über das Damespiel und ein klein wenig auch über Bonestruca. An diesem Abend spielten sie fünf Spiele, wie auch schon beim ersten Mal.

»Die Spiele dauern jetzt schon viel länger«, bemerkte Bonestruca. Als er vorschlug, sich am Mittwoch der folgenden Woche wiederzutreffen, sagte Jona so bereitwillig zu, daß der Mönch lächelte.

»Ah, ich sehe, das Spiel hat Eure Seele gepackt.«

»Nein, nur meinen Verstand, Fray Bonestruca.«

»Dann nehme ich mir bei unseren nächsten Spielen Eure Seele vor«, sagte Bonestruca.

Jona brauchte noch zwei Dame-Abende, bis er das erste Spiel gewann, und dann gewann er wieder einige Wochen nicht mehr. Aber danach gewann er häufiger, und je besser er Bonestrucas Strategie durchschaute, desto härter umkämpft waren und desto länger dauerten die Spiele.

Er hatte den Eindruck, daß Bonestruca so Dame spielte, wie er das Leben spielte, indem er täuschte, sich verstellte und seinen Gegner foppte. Der Mönch begrüßte ihn immer mit einer entwaffnenden, sonnigen Freundlichkeit, aber Jona konnte sich in seiner Gegenwart nie so recht entspannen; zu deutlich war ihm bewußt, daß knapp unter dieser Oberfläche etwas Dunkles lauerte.

»Ganz so erstklassig scheint Euer Verstand doch nicht zu sein, Arzt«, sagte Bonestruca verächtlich nach einem leichten Sieg. Und doch bestand er nach jedem Spieleabend darauf, daß Jona sehr bald wieder mit ihm spiele.

Jona bemühte sich, ihm ebenbürtig zu werden. Er vermutete, daß Bonestruca ein Maulheld war, der durch die Angst seines Gegenübers noch mächtiger wurde, aber Schwäche zeigte, wenn der andere sich nicht einschüchtern ließ.

»Ich bin erst kurze Zeit in Saragossa, und doch habe ich schon einen Juden entlarvt«, sagte der Mönch eines Mittwoch abends und übersprang einen von Jonas Soldaten.

»Oh?« entgegnete Jona beiläufig. Er machte einen Zug, um den Angriff abzuwehren.

»Ja, einen rückfälligen Juden, der vorgibt, ein Alter Christ zu sein.«

Hatte Bonestruca ihn durchschaut? Würde der Mönch ihn jetzt vernichten? Jona hielt den Blick aufs Brett gerichtet. Er schob einen Soldaten auf ein Feld, wo Bonestruca ihn übersprang, und übersprang dann zwei von Bonestrucas Steinen. »Eure Seele freut es, einen Juden zu fangen. Ich höre das an Eurer Stimme«, sagte er und wunderte sich dabei über die Gelassenheit in seiner eigenen Stimme.

»Denkt darüber nach. Steht nicht geschrieben, daß, wer Wind sät, Sturm ernten wird?«

Zum Teufel mit ihm, dachte Jona, hob den Blick vom Brett

und sah dem Mönch in die Augen. »Steht aber nicht auch geschrieben, daß selig sind die Barmherzigen, denn sie werden Barmherzigkeit erlangen?«

Bonestruca lächelte. Offensichtlich bereitete ihm der Wortwechsel Freude. »So steht es geschrieben, bei Matthäus. Aber... bedenkt: ›Ich bin die Auferstehung und das Leben. Wer an mich glaubt, wird leben, auch wenn er tot ist. Und wer lebt und an mich glaubt, wird nicht sterben.‹ Ist es dann nicht eine barmherzige Tat, eine unsterbliche Seele vor der Hölle zu retten? Denn genau das tun wir, wenn wir Juden mit Christus versöhnen, bevor wir sie den Flammen übergeben. Wir beenden ein trauriges Leben im Irrtum und gewähren ihnen Frieden und Herrlichkeit in alle Ewigkeit.«

»Und was geschieht mit einem, der sich dieser Versöhnung verweigert?«

»Matthäus rät uns: ›Wenn dich dein rechtes Auge zur Sünde verführt, so reiß es aus und wirf es von dir; denn es ist besser für dich, daß eins deiner Glieder verlorengeht und nicht dein ganzer Leib in die Hölle geworfen wird.‹«

Mit einem Lächeln erzählte er, daß der Jude, der vorgab, ein Alter Christ zu sein, schon bald verhaftet würde.

Eine schlaflose Nacht und den ganzen nächsten Tag lang plagten Jona die schlimmsten Befürchtungen. Er war bereit zu fliehen, um sein Leben zu retten, andererseits kannte er Bonestrucas Denkweise inzwischen gut genug, um zu vermuten, daß diese Erwähnung eines falschen Alten Christen vielleicht nichts anderes war als eine Falle. Angenommen, Bonestruca wollte nur sehen, ob der Arzt den Köder schluckte und sich aus dem Staub machte? Wenn der Inquisitor nichts anderes hatte als einen Verdacht, wäre Jona gut damit beraten, sein Leben wie gewohnt weiterzuführen.

An diesem Morgen hielt er seine alltägliche Sprechstunde im

Behandlungszimmer ab. Am Nachmittag besuchte er Patienten. Er war eben nach Hause zurückgekehrt und sattelte das Pferd ab, als zwei Soldaten des *alguacil* den Weg zum Haus entlanggeritten kamen.

Er hatte so etwas erwartet und war bewaffnet. Warum sollte er sich jenen ergeben, die ihn vor die Inquisition bringen wollten? Wenn sie versuchten, ihn zu verhaften, konnte er sich mit seinem Schwert vielleicht gegen sie verteidigen, und falls er dabei umkam, war das immer noch besser als der Tod in den Flammen.

Aber einer der Reiter beugte sich respektvoll zu ihm hinab.

»Señor Callicó, der *alguacil* bittet Euch, uns unverzüglich zum Gefängnis von Saragossa zu begleiten, denn dort werden Eure Fähigkeiten als Arzt benötigt.«

»Inwiefern?« fragte Jona, alles andere als überzeugt.

»Ein Jude hat versucht, sich seinen Pimmel abzuschneiden«, erwiderte der Soldat unverblümt, und sein Begleiter kicherte.

»Wie heißt der Jude?«

»Bartolomé.«

Es war ein Schlag, der Jona fast körperlich traf. Er erinnerte sich an das wunderschöne Haus, an den aristokratischen Mann, mit dem er sich in dem prächtigen Arbeitszimmer voller Karten und Skizzen so geistreich unterhalten hatte. »Don Berenguer Bartolomé? Der Kartograph?«

Der Soldat zuckte die Achseln, doch sein Begleiter nickte und spuckte aus.

»Genau der«, sagte er.

Im Gefängnis saß hinter einem Tisch ein Priester in schwarzer Soutane, der wahrscheinlich die Aufgabe hatte, die Namen all derer zu notieren, die Gefangene besuchen wollten.

»Wir haben den Arzt gebracht«, sagte der Soldat.

Der Priester nickte. »Don Berenguer hat seinen Wasserbecher zerbrochen und sich mit einer Scherbe selbst beschnitten«, erklärte er Jona und bedeutete der Wache, die äußere Tür zu öffnen. Der Soldat führte Jona einen Gang entlang zu einer Zelle, in der Berenguer auf dem Boden lag. Er schloß die Tür auf, ließ Jona eintreten und verschloß sie dann wieder.

»Wenn Ihr fertig seid, ruft nach mir, und ich lasse Euch wieder heraus«, sagte er und ging davon.

Berenguers Hose war steif vor Blut. Ein Ehrenmann und ein Abkömmling von Ehrenmännern, dachte Jona, ein geachteter Bürger, dessen Großvater die Küste Spaniens kartographiert hatte. Nach Blut und Urin stinkend, lag er auf dem Zellenboden.

»Es tut mir leid, Don Berenguer.«

Berenguer nickte. Er stöhnte, als Jona ihm die Hose öffnete und auszog.

Jona hatte immer eine Flasche mit starkem Schnaps in seiner Arzttasche. Berenguer nahm sie gierig an und trank unaufgefordert in großen Schlucken.

Der Penis sah entsetzlich aus. Jona erkannte, daß Berenguer einen Großteil der Vorhaut abgeschnitten hatte, Reste waren jedoch noch vorhanden, und die Schnittränder waren stark ausgefranst. Er wunderte sich, daß Berenguer es mit nichts als einer Scherbe überhaupt geschafft hatte. Er wußte, daß die Schmerzen sehr schlimm sein mußten, und es tat ihm leid, ihm noch mehr zuzufügen, holte aber dennoch ein Skalpell aus der Tasche, stutzte die ausgefransten Ränder zurecht und beendete die Beschneidung. Der Mann auf dem Boden stöhnte und trank gierig den letzten Schluck aus der Flasche.

Danach lag er schwer atmend am Boden, während Jona eine lindernde Salbe auftrug und einen lockeren Verband anlegte.

»Zieht die Hose nicht wieder an. Wenn Euch kalt ist, deckt Euch zu, haltet aber die Decke mit den Händen von Euch entfernt.«

Die beiden sahen sich an.

»Warum habt Ihr das getan? Was bringt es Euch?«

»Das würdet Ihr nicht verstehen«, sagte Don Berenguer.

Jona seufzte und nickte. »Ich komme morgen wieder, wenn man es mir erlaubt. Habt Ihr irgendeinen Wunsch?«

»»...Wenn Ihr meiner Mutter ein wenig Obst bringen könntet...«

Jona war entsetzt. »Doña Sancha Berga ist hier?«

Berenguer nickte. »Wir alle. Meine Mutter. Meine Schwester Monica und ihr Gatte Andrés, und mein Bruder Geraldo.«

»Ich werde tun, was ich kann«, erwiderte Jona betroffen und rief die Wache, damit sie ihm die Zelle aufsperre.

In der Eingangshalle, bevor Jona sich nach dem Zustand der anderen Mitglieder der Familie Berenguer erkundigen konnte, fragte ihn der Priester, ob er auch nach Doña Sancha sehen könne. »Sie braucht dringend einen Arzt«, sagte der Priester. Er schien ein anständiger junger Mann zu sein, der sich Sorgen machte.

Als Jona zu Doña Sancha gebracht wurde, sah er die schöne alte Frau auf ihrem Lager liegen wie eine geknickte Blume. Sie starrte ihn blicklos an, und er erkannte, daß ihre *catarata* gereift waren, beinahe so weit fortgeschritten, daß eine Operation angebracht wäre, aber Jona wußte, daß er den Star in diesen Augen nie stechen würde.

»Hier ist Callicó, der Arzt, Señora«, sagte er sanft.

»... Ich bin... verletzt, Señor.«

»Wie seid Ihr zu diesen Verletzungen gekommen, Señora?«

»... Man hat mich auf das Streckbett gespannt.«

Er sah, daß die Folter ihr die rechte Schulter ausgekugelt hatte, und er mußte zwei Wachen zu Hilfe rufen, um sie ihr wieder einzurenken. Während der Prozedur schrie sie leise, und danach konnte sie nicht aufhören zu weinen.

»Señora. Ist die Schulter jetzt nicht besser?«

»Ich habe meine schönen Kinder ins Verderben gestürzt«, flüsterte sie.

»Wie geht es ihr?« fragte der Priester.
»Sie ist alt, ihre Knochen sind weich und spröde. Ich bin mir sicher, daß sie vielfache Brüche hat. Ich glaube, sie stirbt«, erwiderte Jona.

Voller Verzweiflung ritt er vom Gefängnis nach Hause.

Als er am nächsten Tag mit Rosinen, Datteln und Feigen zurückkehrte, mußte er feststellen, daß Don Berenguer noch immer an starken Schmerzen litt.

»Wie geht es meiner Mutter?«

»Ich tue für sie, was ich kann.«

Berenguer nickte. »Ich danke Euch.«

»Wie ist es zu all dem gekommen?«

»Wir sind Alte Christen und haben das auch immer kundgetan. Die katholische Familie meines Vaters reicht weit zurück. Die Eltern meiner Mutter waren konvertierte Juden, und sie wuchs mit gewissen harmlosen Ritualen auf, die auch bei uns eine Familientradition wurden. Sie erzählte uns Geschichten aus ihrer Kindheit und zündete jeden Freitag bei Einbruch der Dämmerung Kerzen an. Ich weiß nicht genau, warum, vielleicht im Andenken an ihre Verstorbenen. Und jede Woche versammelte sie an diesem Abend ihre Kinder zu einem reichhaltigen Mahl, mit Dankgebeten für die Speise und den Wein.«

Jona nickte.

»Irgend jemand hat sie angezeigt. Sie hatte keine Feinde, aber... kürzlich mußte sie eine Dienerin wegen wiederholter Trunkenheit entlassen. Es ist möglich, daß diese Küchenmagd Urheberin all unserer Schwierigkeiten ist.

Ich mußte mir die Schreie meiner Mutter anhören, während man sie folterte. Könnt Ihr Euch dieses Grauen vorstellen? Danach sagten mir die Männer, die mich verhörten, daß meine Mutter schließlich uns alle, meine Brüder und Schwestern – und sogar unseren seligen Vater – des heimlichen Judaisierens beschuldigt habe.

Ich wußte also, daß wir verloren sind, jeder einzelne von uns. Meine Familie, die immer in dem Bewußtsein gelebt hat, Alte Christen zu sein. Und doch ist ein Teil von uns jüdisch, so daß wir weder ganz katholisch noch ganz jüdisch waren, so als würden wir zwischen zwei Ufern treiben. In meiner Verzweiflung wuchs in mir die Überzeugung, daß ich, wenn ich schon als Jude auf dem Scheiterhaufen verbrannt würde, als Jude vor meinen Schöpfer treten sollte, und so habe ich meinen Trinkbecher zerbrochen und mich mit einer Scherbe beschnitten.

Ich weiß, daß Ihr das nicht verstehen könnt«, sagte er zu Jona, wie schon am Abend zuvor.

»Ihr irrt Euch, Don Berenguer«, erwiderte Jona. »Ich verstehe Euch sehr gut.«

Als Jona das Gefängnis verließ, hörte er eine Wache mit dem jungen Priester sprechen. »Ja, Padre Espina«, sagte der Mann.

Jona drehte sich um und kehrte zu dem Priester zurück.

»Padre«, sagte er. »Hat er Euch Espina genannt?«

»So heiße ich.«

»Darf ich Euch nach Eurem vollen Namen fragen?«

»Ich bin Francisco Espina.«

»Ist Eure Mutter zufällig Estrella de Aranda?«

»Estrella de Aranda war meine Mutter. Sie ist nicht mehr. Ich bete für ihre Seele.« Er starrte Jona an. »Kenne ich Euch, Señor Medicus?«

»Wurdet Ihr in Toledo geboren?«

»Ja«, erwiderte der Priester zögernd.

»Ich habe etwas, das Euch gehört«, sagte Jona zu ihm.

7. KAPITEL

EINE ERFÜLLTE PFLICHT

Als Jona das Gebetbuch zum Gefängnis brachte, führte der junge Priester ihn einen feuchten Steinkorridor entlang in eine kleine Kammer, wo sie sich unbeobachtet unterhalten konnten. Er nahm das Gebetbuch entgegen, als wäre es verhext. Jona sah zu, wie er es aufschlug und las, was hinter dem Deckblatt geschrieben stand.

Für meinen Sohn Francisco Espina diese Worte des täglichen Gebets zu Jesus Christus, unserem himmlischen Retter, mit der unsterblichen Liebe seines irdischen Vaters. Bernardo Espina.

»Was für eine merkwürdige Widmung von einem verurteilten Ketzer!«

»Euer Vater war kein Ketzer!«

»Mein Vater *war* ein Ketzer, Señor, und brannte dafür auf dem Scheiterhaufen. In Ciudad Real. Es geschah, als ich noch ein Kind war, aber ich weiß darüber Bescheid. Ich kenne seine Geschichte.«

»Dann kennt Ihr sie falsch, und vor allem nicht ganz, Padre Espina. Ich war dort, in Ciudad Real. Ich habe Euren Vater vor seinem Tod jeden Tag gesehen. Als ich ihn kennenlernte, war ich noch ein Knabe und er ein Mann, ein sehr fähiger und mitfühlender Arzt. Da ihm der Tod bevorstand und er sonst keinen Freund mehr in seiner Nähe hatte, bat er mich, dieses Gebetbuch seinem Sohn zu bringen. Ich habe Euch all diese Jahre gesucht.«

»Wißt Ihr sicher, was Ihr da sagt, Señor?«

»Vollkommen, Euer Vater war unschuldig in allem, weswegen er hingerichtet wurde.«

»Seid Ihr Euch dessen gewiß?« fragte der Priester mit leiser Stimme.

»Ganz gewiß, Padre Espina. Er las seine täglichen Gebete aus diesem Buch, fast bis zu dem Augenblick seiner Hinrichtung. Als er für Euch diese Widmung schrieb, vermachte er Euch seinen Glauben.«

Padre Espina schien jemand zu sein, der es gewohnt war, seine Gefühle zu beherrschen, nun aber verriet ihn seine Blässe. »Ich wurde von der Kirche großgezogen. Mein Vater war die Schande meines Lebens. Man hat mich mit dem Gesicht in seine angebliche Abtrünnigkeit gestoßen, wie man einem jungen Hund die Schnauze in die eigene Pisse stößt, damit dergleichen nie wieder passiert.«

Sehr ähnlich sieht er seinem Vater nicht, dachte Jona, nur die Augen sind die von Bernardo Espina. »Euer Vater war der gläubigste und standhafteste Christ, den ich je gekannt habe, und ich kann mich an kaum einen besseren Mann erinnern«, sagte er zu dem jungen Priester.

Sie saßen lange da und unterhielten sich mit leisen, ruhigen Stimmen. Padre Espina berichtete, daß seine Mutter Estrella de Aranda nach der Hinrichtung seines Vaters in den Convento de la Santa Cruz gegangen sei, um Nonne zu werden, und ihre drei Kinder in die Obhut der Familien ihrer Vettern und Basen in Escalona gegeben habe. Binnen eines Jahres sei sie an einem bösartigen Fieber gestorben, und als ihr Sohn zehn Jahre alt war, hätten seine Verwandten ihn den Dominikanern übergeben, und seine Schwestern, Marta und Domitila, hätten den Schleier genommen. Alle drei seien in den weiten Gefilden der Kirche verschwunden.

»Ich habe meine Schwestern seit der Zeit bei unseren Verwandten in Escalona nicht mehr gesehen. Ich weiß nicht, wo Domitila sich aufhält und ob sie noch lebt. Daß Marta in einem Konvent in Madrid ist, habe ich vor zwei Jahren erfahren. Ich träume davon, sie eines Tages zu besuchen.«

Jona erzählte auch ein wenig über sich selbst. Er berichtete ihm, daß er nach seiner Zeit als Gefängnisjunge in Ciudad Real Lehrling gewesen sei, zuerst bei dem Waffenschmied Manuel Fierro und dann bei dem Arzt Nuño Fierro, worauf er schließlich zum Medicus von Saragossa geworden sei.

Wenn er dem jungen Priester gewisse Dinge verschwieg, dann nur, weil er spürte, daß es auch Dinge gab, über die Padre Espina sich nicht frei zu sprechen gestattete. Doch Jona erfuhr, daß er nur vorübergehend zur Inquisition versetzt worden sei und für ihr Tun wenig übrig habe.

Erst vor acht Monaten sei er zum Priester geweiht worden. »Ich werde in ein paar Tagen von hier weggehen. Einer meiner Lehrer, Padre Enrique Sagasta, wurde zum Weihbischof von Toledo ernannt. Er hat mich zu seinem Helfer erkoren. Er ist ein berühmter katholischer Gelehrter und Historiker und fördert mich in meinem Wunsch, ihm nachzufolgen. So werde ich ebenfalls zum Lehrling, wie Ihr einer wart.«

»Euer Vater wäre stolz auf Euch, Padre Espina.«

»Ich kann Euch nicht genug danken, Señor. Ihr habt mir meinen Vater zurückgegeben.«

»Darf ich morgen wiederkommen, um meine Patienten zu besuchen?«

Padre Espina war sichtlich verlegen. Jona wußte, daß er nicht undankbar erscheinen wollte, jedoch auch nicht zuviel gestatten konnte, ohne sich selbst in Schwierigkeiten zu bringen. »Ihr könnt morgens noch einmal kommen. Aber ich muß Euch warnen, es kann gut der letzte Besuch sein, der Euch gestattet wird.«

Als er am nächsten Morgen wiederkehrte, erfuhr er, daß Doña Sancha Berga in der Nacht gestorben war.

Don Berenguer nahm die Nachricht vom Tod seiner Mutter gelassen auf. »Ich bin froh, daß sie frei ist«, sagte er.

Den überlebenden Familienmitgliedern hatte man an diesem Morgen mitgeteilt, daß sie rechtskräftig wegen Ketzerei verurteilt waren und man sie demnächst bei einem Autodafé hinrichten würde. Jona wußte, es gab keine taktvolle Art, über das zu sprechen, was seine Seele belastete.

»Don Berenguer, Verbrennen ist die schlimmste Art zu sterben.«

Sie sahen sich an und wußten beide, was es bedeutete: schreckliche, lang dauernde Schmerzen, verkohlendes Fleisch, kochendes Blut.

»Warum sagt Ihr mir etwas so Grausames? Glaubt Ihr, ich weiß das nicht?«

»Es gibt eine Möglichkeit, dem zu entkommen. Ihr müßt Euch wieder mit der Kirche versöhnen.«

Berenguer schaute ihn an und sah einen vorwufsvollen Christen, den er zuvor noch nicht gekannt hatte. »Muß ich das wirklich, Señor?« fragte er kalt. »Es ist zu spät. Das Urteil ist in Erz gegossen.«

»Zu spät, um Euer Leben zu retten, aber nicht zu spät, um Euch ein schnelles Ende durch die Garrotte zu erkaufen.«

»Glaubt Ihr, ich habe mir nur aus einer Laune heraus ins Fleisch geschnitten und mich an den Glauben meiner Mutter gebunden, nur um ihm gleich wieder zu entsagen? Habe ich Euch nicht von meiner Entschlossenheit erzählt, als Jude zu sterben?«

»Ihr könnt in Eurem Herzen als Jude sterben. Ihr braucht ihnen nur zu sagen, daß Ihr bereut, und könnt Euch so Erleichterung erkaufen. Ihr seid auf ewig Jude, weil nach dem jüdischen Gesetz der Glaube von der Mutter an das Kind weitergeben wird. Wie Eure Mutter von einer jüdischen Mutter geboren wurde, so auch Ihr. Keine Erklärung kann das ändern. Nach dem uralten Gesetz Moses seid Ihr ein Jude, und indem Ihr sagt, was sie hören wollen, erkauft Ihr Euch nur eine schnelle Erdrosselung und entgeht der Qual eines langsamen und schrecklichen Todes.«

Berenguer schloß die Augen. »Und doch wäre es der Weg eines Feiglings, der mich des letzten edlen Augenblicks, der einzigen Befriedigung, die ich in meinem Sterben finden kann, berauben würde.«

»Nein, feige wäre es nicht. Die meisten Rabbis sind der Ansicht, daß es keine Sünde ist, wenn man unter Zwang konvertiert.«

»Was wißt Ihr denn von Rabbis und dem mosaischen Gesetz?« Berenguer starrte ihn an. Jona sah in den Augen des anderen Mannes, wie ihm die Erkenntnis dämmerte.

»Mein Gott«, sagte Berenguer.

»Könnt Ihr Euch mit den anderen Mitgliedern Eurer Familie in Verbindung setzen?«

»Manchmal führt man uns zur gleichen Zeit in den Hof. Dort ist es möglich, ein paar Worte zu wechseln.«

»Ihr müßt ihnen sagen, daß sie Jesus suchen sollen, um die Gnade eines schnelleren Todes zu erlangen.«

»Meine Schwester Monica und ihr Mann Andrés sind fromme Christen. Ich werde meinem Bruder Geraldo raten zu tun, was Ihr vorschlagt.«

»Man wird mir nicht mehr gestatten, Euch noch einmal zu besuchen.« Jona ging zu Berenguer, umarmte ihn und küßte ihn auf beide Wangen.

»Auf daß wir uns an einem glücklicheren Ort wiedersehen«, sagte Don Berenguer. »Gehet in Frieden.«

»Der Friede sei mit Euch«, erwiderte Jona und rief die Wache.

An diesem Mittwochabend, mitten in einem Spiel, das Jona gewann, verließ Fray Bonestruca das Brett und begann, vor seinen

Kindern herumzutollen. Eine Weile wirkte es recht bezaubernd. Bonestruca schnitt Grimassen und gab leise, fröhliche Geräusche von sich, während er hin und her hüpfte. Seine Kinder lachten und deuteten auf ihn, und Dionisio lief zu seinem kaspernden Vater und warf eine kleine Holzkugel nach ihm.

Der Mönch alberte immer weiter. Sein Grinsen verschwand, die Geräusche klangen weniger fröhlich, dafür immer kehliger, doch er hüpfte und tollte weiter. Sein Gesicht wurde rosig vor Anstrengung und dann dunkel und verzerrt, aber die große Gestalt tanzte und wirbelte herum, die schwarze Kutte wehte, der Buckel hüpfte, und das Gesicht wurde häßlich vor Zorn.

Die Kinder verstummten und sahen verängstigt drein. Sie flohen vor ihm, starrten ihn mit weit aufgerissenen Augen an, und das Mädchen Hortensia öffnete den Mund wie zu einem tonlosen Schrei. María Juana, ihre Mutter, sprach leise mit ihnen und führte sie aus dem Zimmer. Jona wäre am liebsten auch gegangen, doch er konnte es nicht. Er saß am Tisch und sah zu, wie der schreckliche Tanz allmählich langsamer wurde. Schließlich hörte er ganz auf, und Bonestruca sank vor Erschöpfung auf die Knie.

Kurz darauf kam María Juana zurück. Sie wischte dem Mönch mit einem feuchten Tuch das Gesicht und ging wieder hinaus, um Wein zu holen. Bonestruca trank zwei Gläser und ließ sich dann von ihr zurück zu seinem Stuhl führen.

Es dauerte eine Weile, bis er den Kopf hob. »Manchmal überkommen mich solche Anfälle.«

»Verstehe«, sagte Jona.

»Ach wirklich? Und was genau versteht Ihr daran?«

»Nichts, Señor. Das ist nur eine Redensart.«

»Das ist mir auch schon in der Gesellschaft von Priestern und Mönchen geschehen, mit denen ich arbeite. Sie beobachten mich.«

Ist das nur die Einbildung des kranken Mannes? fragte sich Jona.

»Sie haben mich bis hierher verfolgt. Sie wissen von María Juana und den Kindern.«

Das dürfte stimmen, dachte Jona. »Was werden sie tun?«

Bonestruca zuckte die Achseln. »Ich vermute, sie warten, um zu sehen, ob diese Anfälle nur etwas Vorübergehendes sind.« Mit einem Stirnrunzeln sah er Jona an. »Was meint Ihr, was die Ursache ist?«

Es war eine Form des Wahnsinns. Das dachte sich Jona, konnte es aber nicht sagen. Nuño hatte ihm einmal bei einem Gespräch über Geisteskrankheiten gesagt, daß er in der Krankengeschichte der Patienten, die er behandelt hatte, eine Gemeinsamkeit entdeckt habe. Die Gemeinsamkeit bestand darin, daß die Betroffenen in ihrer Jugend am *malum venereum* gelitten hatten und erst Jahre später dem Wahnsinn anheimgefallen waren. Nuño hatte diese Beobachtungen nicht zu einer Theorie verfestigt, sie waren ihm aber doch so bedeutsam erschienen, daß er sie an seinen Lehrling weitergegeben hatte, und jetzt fielen sie Jona wieder ein.

»Ich kann es nicht mit Bestimmtheit sagen, aber ... vielleicht hat es mit der Lues zu tun.«

»Die Lues, also wirklich. Ihr täuscht Euch, Arzt, denn ich hatte seit Jahren keine Lues mehr. Es ist der Satan, der mit mir um meine Seele streiten will. Es ist eine mühselige Arbeit, mit dem Teufel zu kämpfen, aber bis jetzt habe ich den Erzfeind jedesmal in die Flucht geschlagen.«

Jona war sprachlos, aber eine Erwiderung war auch nicht nötig, denn Bonestruca wandte seine Aufmerksamkeit wieder dem Damebrett zu. »Wart Ihr an der Reihe, um mit Euren Soldaten einen Schlag zu führen, oder ich?«

»Ihr, Señor«, antwortete Jona.

Er war verwirrt und spielte den Rest des Abends schlecht, während Bonestruca erfrischt und wieder völlig klar im Kopf zu sein schien. Der Mönch beendete das Spiel in kurzer Zeit und war fröhlich und zufrieden mit seinem Sieg.

Trotz Padre Espinas Warnung ging Jona am folgenden Tag noch einmal zum Gefängnis und versuchte, Don Berenguer zu sehen, aber auf Espinas Platz saß ein alter Priester, der ihn nur ansah, den Kopf schüttelte und ihn wieder wegschickte.

Das Autodafé fand sechs Tage später statt. Am Morgen vor den Hinrichtungen verließ der Medicus Ramón Callicó die Stadt und ritt eine weite Strecke, um Patienten am Rande des Bezirks zu besuchen, eine Reise, die ihn über mehrere Tage von zu Hause wegführte.

Er befürchtete, daß er diesmal zu weit gegangen war und Berenguer unter der Folter vielleicht den Namen eines weiteren Judaisierers in Saragossa preisgab, doch nichts dergleichen geschah. Als Jona nach Saragossa zurückkehrte, gab es einige unter seinen Patienten, die ihm nur zu bereitwillig und in allen Einzelheiten von diesem Akt des Glaubens berichteten, der wie immer sehr gut besucht gewesen war. Jedes Mitglied der Familie Bartolomé war im Stand der Gnade gestorben, alle hatten das Kreuz geküßt, das man ihnen hinhielt. Und dann waren sie vor Entzünden des Scheiterhaufens erdrosselt worden, mit ein paar schnellen Umdrehungen der Schraube, welche die Garrotte spannte.

8. KAPITEL

DAMESPIELE

Als Jona das nächste Mal zum Damespielen in die *finca* am Fluß kam, sah er, daß María Juana einen großen, dunklen Fleck unter ihrem geschwollenen rechten Auge und auf einem Großteil der Wange hatte, und bemerkte auch einige Blutergüsse auf den Armen des kleinen Mädchens Hortensia.

Bonestruca begrüßte ihn mit einem Nicken und sprach nur wenig. Während des ersten Spiels war er noch ganz bei der Sache, so daß er es nach hartem Kampf gewinnen konnte. Beim zweiten Spiel wirkte er mürrisch und spielte schlecht, und bald war offensichtlich, daß er es verloren hatte.

Als die kleine Filomena zu schreien anfing, sprang Bonestruca auf. »Ich will Ruhe!«

María Juana nahm den Säugling in den Arm und scheuchte die Kinder hastig ins andere Zimmer. Nun spielten die Männer in einer Stille, die nur vom Klappern der Steine auf dem Brett unterbrochen wurde.

Während des dritten Spiels brachte María Juana ihnen einen Teller mit Datteln und füllte ihre Weingläser nach.

Bonestruca starrte sie mißmutig an, bis sie das Zimmer verließ. Dann wandte er sich Jona zu. »Wo wohnt Ihr gleich wieder?«

Als Jona es ihm sagte, nickte er. »Dann wollen wir nächste Woche dort Dame spielen. Ist Euch das recht?«

»Ja, natürlich«, sagte Jona.

Reyna war das alles andere als recht. Sie erkannte den Besucher sofort, als er an der Haustür erschien. Jeder in Saragossa kannte den buckligen Mönch und wußte, was er war.

Sie ließ ihn ein, bot ihm einen Sessel an und meldete dann Jona den Besucher. Als sie den beiden Wein und Erfrischungen brachte, hielt sie den Blick gesenkt und zog sich so schnell wie möglich wieder zurück.

Es war offensichtlich, daß Jonas Umgang mit Bonestruca ihr angst machte. Am nächsten Tag sah er die Verwirrung in ihrem Gesicht, aber sie stellte ihm keine Fragen. Wie immer war sie sich ihrer Rolle völlig im klaren – es war sein Haus, und sie war seine Dienstmagd an jedem Ort, außer im Bett. Aber eine Woche später ging sie für drei Tage in ihr Dorf, und als sie zurückkehrte, sagte sie ihm, daß sie sich ein eigenes Haus gekauft habe und ihn verlassen werde.

»Wann?« fragte Jona bestürzt.

»Ich weiß es noch nicht. Bald.«

»Und warum?«

»Um nach Hause zurückzukehren. Das Geld, das Nuño mir hinterlassen hat, hat mich nach den Maßstäben meines Dorfes zu einer sehr reichen Frau gemacht.«

»Du wirst mir fehlen«, sagte er aufrichtig.

»Aber nicht sehr. Ich bin für dich doch nur eine Annehmlichkeit.« Als er Einspruch erheben wollte, hob sie die Hand. »Jona. Ich bin alt genug, um deine Mutter zu sein. Es ist schön, deine Zärtlichkeit zu spüren, wenn wir das Bett teilen, aber viel öfters sehe ich in dir einen Sohn oder einen Neffen, den ich sehr mag.«

Er brauche sich keine Sorgen zu machen, sagte sie ihm. »Ich werde dir ein starkes Mädchen schicken, das mich ersetzt, ein junges Mädchen, das ordentlich zupacken kann.«

Zehn Tage später kam ein Junge aus Reynas Dorf mit einem Eselskarren zu Jonas Haus und half ihr beim Aufladen. Die wenigen Habseligkeiten, die sie während ihrer Arbeit für drei Herren angesammelt hatte, paßten problemlos auf den kleinen Karren.

»Reyna. Bist du sicher, daß du das tun willst?« fragte Jona, und sie erwiderte mit einer Geste, die das Verhältnis zwischen Herr und Dienerin, unter dem sie gelebt hatten, sprengte. Sie strich ihm mit warmer Hand über die Wange, und der Blick, den sie ihm schenkte, enthielt Zärtlichkeit und Ehrerbietung, aber auch einen unmißverständlichen Abschied.

Als sie weg war, herrschte Stille in allen Räumen, und für Jona wirkte das Haus plötzlich leer und leblos.

Er hatte vergessen, wie bitter Einsamkeit schmeckte. Er stürzte sich in die Arbeit, ritt immer größere Strecken, um sich um die zu kümmern, die ihn brauchten, und blieb länger als nötig in den Häusern seiner Patienten, nur um unter Menschen zu sein. Mit Krämern unterhielt er sich ausführlich über ihr Geschäft und mit Bauern über ihre Ernte. Auf seinem eigenen Land stutzte er ein weiteres Dutzend der alten Olivenbäume. Auch brachte er mehr Zeit als bisher mit der Übersetzung des Avicenna zu; einen großen Teil des *Kanons der Medizin* hatte er bereits übertragen, und dies machte ihn stolz und spornte ihn an.

Reyna hielt Wort und schickte ihm eine junge Frau namens Carla Montesa, die ihm als Haushälterin dienen sollte. Sie war ein stämmiges Mädchen, das gerne arbeitete und ihm das Haus sauberhielt, aber sie redete kaum, und ihm schmeckte nicht, was sie kochte. Nach einigen Wochen schickte er sie wieder weg. Als Ersatz schickte Reyna ihm nun Petronila Álvarez, eine Witwe mit Gesichtswarzen; sie kochte zwar gut, lenkte ihn aber ab, weil sie zuviel redete, und er behielt sie nur vier Tage.

Danach schickte Reyna niemanden mehr.

Bald war es soweit, daß er seine allwöchentlichen Spielschlachten mit Bonestruca am Damebrett fürchtete, denn er wußte nie, ob der Mönch ihm als scharfsinniger Gegner entgegentreten würde oder als übellauniger Mann, dem Vernunft und Seelenruhe immer mehr entglitten.

Eines Mittwoch abends empfing ihn María Juana an der Tür der *finca* und führte ihn in das hintere Zimmer, wo Bonestruca am Tisch saß, vor sich einen Stapel alter Schriften und nicht das Damebrett. Der Mönch betrachtete sein Gesicht in einem Handspiegel.

Anfangs ließ Bonestruca Jonas Gruß unbeantwortet. Dann fragte er, den Blick noch immer auf den Spiegel gerichtet: »Seht Ihr Böses, wenn Ihr mich anschaut, Arzt?«

Jona wählte seine Antwort mit Bedacht: »Ich sehe ein sehr schönes Gesicht.«

»Ebenmäßige Züge, würdet Ihr sagen?«

»Höchst wohlgeformt, Señor.«

»Das Gesicht eines gerechten Mannes?«

»Ein Gesicht, das erstaunlich unschuldig ist, als hätten ihm die Jahre nichts anhaben können.«

»Kennt Ihr das lange Gedicht mit dem Titel *Die göttliche Komödie* von dem Florentiner Dante Alighieri?«

»Nein, Señor.«

»Schade.« Bonestruca nahm eins der zerfledderten Blätter vom Tisch und begann zu lesen:

»Hätt' ein Gesicht wie Biedermanns Gesicht, gar gütig anzuschaun, von zarter Haut, der übrige Leib war eine Schlange. Zwei Tatzen hatt' es, haarig bis zur Achsel, auf Brust und Rücken und an beiden Seiten war's ganz bemalt mit Knoten und mit Ringlein … «

Nun sah er Jona an. »Das ist aus dem ersten Teil des Gedichts mit dem Titel ›Inferno‹. Die Beschreibung eines entstellten und abscheulichen Ungeheuers aus den tiefsten Kreisen der Hölle.«

Jona wußte nicht, was er antworten sollte. Er meinte sich zu erinnern, daß dieser Florentiner Dichter schon lange tot war, denn sonst hätte er sich vielleicht gefragt, ob Dante diesen Mönch gekannt hatte.

Bonestruca starrte weiter in den Spiegel.

»Soll ich das Brett holen und die Steine aufstellen?« fragte Jona und ging zum Tisch. Dabei sah er die Rückseite des Spiegels und erkannte, daß er aus Silber war, wenn auch stark angelaufen. Am unteren Ende des Handgriffs entdeckte er das Zeichen des Silberschmieds: HT. Und wußte sofort, daß es einer der Spiegel war, die sein Vater für den Grafen von Tembleque angefertigt hatte.

»Fray Bonestruca«, sagte er und hörte dabei die verräterische Spannung in seiner Stimme, doch Bonestruca schien sie nicht zu bemerken. Seine Augen waren auf das Spiegelbild gerichtet, doch blicklos, wie die eines Blinden oder eines Menschen, der mit offenen Augen schlief.

Mit einer Hast, die er nicht zügeln konnte, griff Jona nach diesem Stück, das sein Vater angefertigt hatte. Doch als er es Bonestruca aus der Hand zu nehmen versuchte, merkte er, daß dessen Finger steif und unbeweglich waren. Er bemühte sich, den Spiegel dem Griff des Mönchs zu entwinden, bis ihm plötzlich der Gedanke kam, daß Bonestruca den Wahnsinn vielleicht nur vorschützte und alles mitbekam. Entsetzt verließ er ihn und stürzte zur Tür.

»Señor?« frage María Juana, als er das vordere Zimmer betrat, doch in seiner Verwirrung eilte er an ihr vorbei und floh aus der *finca*.

Als er am folgenden Nachmittag nach den Patientenbesuchen zu seinem Haus zurückritt, wartete María Juana vor der Scheune auf ihn. Sie saß in dem Schatten, den ihr angebundener Esel warf, und stillte ihr Kleines.

Er lud sie ins Haus ein, doch sie lehnte ab, weil sie zu ihren anderen Kindern zurückkehren müsse, wie sie sagte. »Was soll ich nur mit ihm tun?« fragte sie.

Jona konnte nur den Kopf schütteln. Die Frau erfüllte ihn mit großem Mitleid. Er stellte sich vor, wie sie einmal gewesen sein mußte, ein törichtes Mädchen vielleicht, jünger und hübscher. Hatte Bonestruca ihr die Angst vor ihm genommen und sie verführt? War sie beim ersten Mal geschändet worden? Oder war sie eine ruchlose Dirne gewesen, die es vielleicht höchst unterhaltsam fand, sich mit einem so merkwürdigen Geistlichen niederzulegen, ohne zu wissen, was für ein Leben ihr bevorstand?

»Er wird immer unberechenbarer.«

»Wann hat das angefangen?«

»Vor einigen Jahren. Es wird immer schlimmer. Was ist die Ursache?«

»Ich weiß es nicht. Vielleicht hat es etwas mit der Lues zu tun, die er lange hatte.«

»Er hat seit vielen Jahren nicht mehr an der Lues gelitten.«

»Ich weiß, aber das ist das Wesen dieser Krankheit. Vielleicht leidet er jetzt wieder an ihr.«

»Kann man denn nichts tun?«

»Um Euch die Wahrheit zu sagen, Señora, ich weiß weder etwas über die Ursache eines gestörten Geistes, noch kann ich Euch an einen Kollegen verweisen, der in der Behandlung dieser Krankheit beschlagener ist. Der Wahnsinn ist für uns Geheimnis und Magie… Wie lange saß er gestern abend noch bewegungslos vor dem Spiegel?«

»Sehr lange, bis kurz vor Mitternacht. Ich gab ihm dann heißen Wein, und er trank ihn und fiel ins Bett und schlief sofort ein.«

Jona selbst hatte schlecht geschlafen, nachdem er noch lange wach gesessen und beim Kerzenschein über den Wahnsinn gelesen hatte. Im Jahr zuvor hatte er das Einkommen von zwei Monaten darangegeben, um die medizinische Bibliothek, die Nuño hinterlassen hatte, um ein Traktat mit dem Titel *De Parte Operativa* zu erweitern. Darin schrieb Arnau de Vilanova, daß es zu

Wahnsinn komme, wenn ein Übermaß an Galle trockne und das Hirn erhitze, was Ruhelosigkeit, Geschrei und Angriffslust zur Folge habe. »Wenn Fray Bonestruca … sich aufregt, müßt Ihr ihm einen Aufguß aus Tamarinde und Borretsch in kaltem Wasser geben.« Für Zeiten wie am Abend zuvor, als Bonestruca wie betäubt gewesen war – Vilanova sagte, die Franzosen nannten solche Anfälle *folie paralytique* –, gab Avicenna an, daß der Patient gewärmt werden müsse, und Jona verschrieb gemahlenen Paprika vermischt mit heißem Wein.

María Juana war verweifelt. »In letzter Zeit verhält er sich so merkwürdig. Er ist fähig zu … unbesonnenen Handlungen. Ich fürchte um unsere Zukunft.«

Es war ein hartes Leben für diese Frau und ihre Kinder, die so abhängig waren von dem buckligen Mönch. Jona schrieb ihr das Rezept aus und hieß sie, damit zu Fray Medinas Apotheke zu gehen. Und während er sein Pferd absattelte, sah er ihr nach, wie sie auf ihrem Esel davonritt.

Er hätte gern ein paar Tage gewartet, bevor er zu der *finca* zurückkehrte, doch er ging schon am nächsten Morgen wieder hin, weil er um die Frau und ihre Kinder fürchtete.

Doch als er ankam, saß Bonestruca untätig im hinteren Zimmer des Hauses. María Juana flüsterte ihm zu, daß er geweint habe. Der Mönch erwiderte Jonas Gruß mit einem Nicken.

»Wie geht es Euch heute, Fray Bonestruca?«

»… Schlecht. Wenn ich scheiße, brennt es wie Feuer.«

»Das kommt von dem Tonikum, das ich verschrieben habe. Das Brennen vergeht wieder.«

»Wer seid Ihr?«

»Ich bin Callicó, der Arzt. Erinnert Ihr Euch nicht an mich?«

»… Nein.«

»Erinnert Ihr Euch an Euren Vater?«

Bonestruca sah ihn an.

»Eure Mutter?... Nun gut, macht nichts, Ihr werdet Euch schon wieder an sie erinnern. Seid Ihr traurig, Señor?«

»... Natürlich bin ich traurig. Ich war mein ganzes Leben lang traurig.«

»Aus welchem Grund?«

»Weil Er am Kreuze starb.«

»Das ist ein guter Grund, um traurig zu sein. Trauert Ihr vielleicht auch um andere, die getötet wurden?«

Der Mönch sah ihn an, antwortete aber nicht.

»Erinnert Ihr Euch an Toledo?«

»Toledo, ja...«

»Erinnert Ihr Euch an die *plaza mayor*? Die Kathedrale? Das Hochufer am Fluß?»

Bonestruca sah ihn schweigend an.

»Erinnert Ihr Euch, daß Ihr eines Nachts ausgeritten seid?«

Schweigen.

»Erinnert Ihr Euch, daß Ihr eines Nachts ausgeritten seid?« wiederholte Jona. »Und mit wem?«

Bonestruca sah ihn an.

»Wer war Euer Begleiter in dieser Nacht?«

Alles war still im Zimmer. Die Zeit verging.

»Tapia«, sagte Bonestruca.

Jona hatte den Namen deutlich gehört. »Tapia?« fragte er, aber Bonestruca versank wieder in Schweigen.

»Erinnert Ihr Euch an den Jungen, der das Ziborium zur Abtei brachte? Der Junge, der in den Olivenhain verschleppt und dort getötet wurde?«

Bonestruca wandte den Blick ab. Er redete zu sich selbst, so leise, daß Jona sich vorbeugen mußte, um ihn zu verstehen.

»Die sind überall, die Juden. Verflucht sollen sie sein«, flüsterte er.

Am nächsten Tag kam María Juana allein und völlig verstört zu Jona, auf ihrem Esel, der aussah, als wäre er mit der Peitsche geschlagen worden.

»Man hat ihn in das kleinere Gefängnis gebracht, wo die Verrückten und die Armen eingesperrt werden.«

Sie sagte, sie habe die Kinder bei einem Nachbarmädchen gelassen, und Jona befahl ihr, zu ihnen zurückzukehren. »Ich gehe zum Gefängnis und sehe nach, ob ich etwas für ihn tun kann«, sagte er und ging sofort in den Stall, um sein Pferd zu satteln.

Das Gefängnis für Arme und Verrückte war berüchtigt für ausgesprochen schlechtes und sehr wenig Essen, und so hielt er unterwegs an, um einen Laib Brot und zwei kleine Ziegenkäse zu kaufen. Das Herz wurde ihm schwer, als er das Gefängnis erreichte, denn der Ort war ein Angriff auf alle Sinne. Noch bevor er unter dem hochgezogenen Fallgitter des Tores hindurchging, überfiel ihn der entsetzliche Gestank – eine Essenz aus Kot und Schmutz – mit solcher Macht, daß sich ihm der Magen umdrehte, während die Kakophonie aus Schreien, Flüchen und Verwünschungen, Lachen und Klagen, Gebeten und Gebrabbel in den großen allgemeinen Lärm einging, wie Bäche, die zum Tosen eines mächtigen Stroms beitragen. Der Lärm eines Irrenhauses.

Der Inquisition war dieser Ort gleichgültig, und eine kleine Münze erkaufte ihm die Aufmerksamkeit des Wachpostens.

»Ich möchte zu Fray Bonestruca.«

»Na, dann schaut mal, ob Ihr ihn in diesem Haufen Menschheit findet«, erwiderte der Posten. Es war ein Mann mittleren Alters mit ausdruckslosen Augen und einem teigigen, pockennarbigen Gesicht. »Wenn Ihr mir das Essen gebt, sorge ich dafür, daß er es bekommt. Wenn Ihr es ihm gebt, ist es vergeudet. Dann stürzen sich die anderen auf ihn und nehmen es ihm weg.«

Als Jona den Kopf schüttelte, sah der Posten ihn böse an.

Es gab keine Zellen, nur eine Abtrennung aus den schweren Eisenstreben, aus denen auch das Fallgitter bestand. Auf der einen

Seite waren der Posten und Jona. Auf der anderen Seite befand sich eine weite offene Fläche, eine von Verlorenen bevölkerte Welt.

Jona stand am Gitter und starrte in den riesigen Käfig voller Leiber auf der anderen Seite. Wer die Mittellosen waren, konnte er nicht erkennen, denn alle, die er ansah, schienen wahnsinnig zu sein.

Schließlich entdeckte er den Mönch, der zusammengesunken an der hinteren Wand auf dem Lehmboden saß.

»Fray Bonestruca!«

Jona wiederholte den Namen mehrmals, doch seine Stimme ging in dem Tumult unter. Der Mönch hob nicht einmal den Kopf. Immerhin erregten seine Rufe die Aufmerksamkeit eines zerlumpten Mannes, der hungrig das Brot anstarrte. Jona brach ein Stück von dem Laib ab und streckte es durch das Gitter, wo es gepackt und sofort verschlungen wurde.

»Bring mir den Mönch«, sagte Jona und zeigte auf Bonestruca, »und du bekommst einen halben Laib.«

Der Mann ging sofort nach hinten, zerrte den sitzenden Bonestruca auf die Füße und führte ihn zu Jona an das Gitter. Jona gab dem Mann den versprochenen halben Laib, doch der entfernte sich nur ein paar Schritte und starrte gierig die übrigen Lebensmittel in Jonas Hand an.

Mehr und mehr Gefangene drängten sich heran.

Fray Bonestruca sah Jona an. Es war kein leeres Starren. Ein gewisses Maß an Vernunft lag in dem Blick, ein gewisses Maß an Verstehen und Grauen, aber kein Wiedererkennen. »Ich bin Callicó«, sagte Jona. »Erinnert Ihr Euch nicht, Ramón Callicó, der Arzt?... Ich habe Euch ein paar Kleinigkeiten gebracht«, sagte er und reichte die beiden Käse durch das Gitter, die Bonestruca wortlos annahm.

»Fray Bonestruca. Ihr habt mir gesagt, daß Ihr des Nachts mit einem Begleiter names Tapia ausgeritten seid. Was könnt Ihr mir sonst noch über Señor Tapia sagen?«

Bonestruca wandte den Blick ab, und Jona erkannte, daß es sinnlos war, weiter mit Fragen in ihn zu dringen.

»Ich kann nichts für Eure Freilassung tun, außer Ihr zeigt Euch wieder im Vollbesitz Eurer geistigen Kräfte«, fügte er noch hinzu, weil er sich dazu verpflichtet fühlte. Angesichts dessen, was er hier sah, roch und hörte, kam ihm diese Mitteilung nicht leicht über die Lippen, obwohl ein Teil von ihm diesen Bonestruca wegen seiner schrecklichen Verbrechen gegen die Familie Toledano und so viele andere immer hassen würde.

Er reichte den halben Laib Brot durch das Gitter; um ihn entgegenzunehmen, mußte Bonestruca die beiden Käse von der rechten in die linke Hand nehmen, und dabei fiel ihm einer zu Boden. Der zerlumpte Mann griff sofort danach, während ein nackter Junge Bonestruca das Brot aus der Hand riß. Nun faßten viele Hände nach dem Jungen; die Menge der Leiber wogte und zappelte, und Jona mußte an einen Fischschwarm im Meer denken, der sich wie rasend auf seine Beute stürzte.

Eine kahlköpfige alte Frau warf sich gegen das Gitter und griff mit dürrer Klaue nach Jonas Arm auf der Suche nach Essen, das er nicht mehr hatte. Und während der zurücksprang, um sich zu befreien, um dem Gestank und dem Grauen dieses verfluchten Ortes zu entfliehen, sah er, daß Bonestruca mit mächtiger Faust um sich schlug, bis der bucklige Mann alleine dastand, den Mund aufgerissen zu einem Schrei wölfischer Verzweiflung, halb Heulen und halb Brüllen, einem Schrei, der noch lange in Jonas Ohren widerhallte.

Er ritt zu der *finca* am Fluß und zwang sich dazu, María Juana seine Befürchtung mitzuteilen, daß Bonestrucas Wahnsinn sich eher verschlimmern als bessern würde. Sie hörte ihm tränenlos zu, hatte sie doch diese Nachricht zwar befürchtet, aber auch erwartet.

»Drei Männer der Kirche waren hier. Sie wollen mich und

meine Kinder heute nachmittag abholen. Sie haben versprochen, uns in einen Konvent und nicht ins Armenhaus zu bringen.«

»Es tut mir leid, Señora.«

»Kennt Ihr vielleicht ein Haus hier in der Nähe, wo eine Haushälterin gebraucht wird? Ich scheue harte Arbeit nicht. Die Kinder essen sehr wenig.«

Ihm fiel nur sein eigenes Haus ein. Er stellte sich vor, wie es wäre, mit ihnen zu leben, sein Leben dieser armen, unglücklichen Frau und diesen armen, unglücklichen Kindern zu widmen und zuzusehen, wie die Zeit die Wunden heilte. Aber er wußte, daß er nicht gut genug, nicht stark genug, nicht selbstlos genug für eine solche Geste war.

So verbannte er diese Vorstellung aus seinem Kopf und dachte statt dessen an Bonestrucas Sammlung von jüdischen Dingen. Die Gebetsriemen. Die Tora! »Seid Ihr vielleicht bereit, mir einige Dinge aus Bonestrucas Besitz zu verkaufen?«

»Als die Männer heute morgen kamen, haben sie alles mitgenommen.« Sie führte ihn ins Nachbarzimmer. »Seht Ihr?«

Von all den Dingen waren nur noch das schlichte Damebrett und die kleinen Steine, die als Spielfiguren dienten, übrig. Sogar das Buch mit Dantes Gedicht hatten sie mitgenommen, aber zu hastig, denn unter dem Spielbrett fand er noch einige lose Blätter. Er nahm sie zur Hand und las die oberste Seite, die, wie er schnell erkannte, eine Beschreibung der Hölle enthielt:

Von hier aus hörten wir im anderen Graben
ein schnaubend Volk sich selbst mit Händen schlagend,
das drangvoll stöhnt und hockt in seinem Jammer.
Die Wände waren teigig überkrustet
von einem schimmeligen Niederschlag
des dicken Dunstes, ein Schreck für Aug und Nase.
Der Grund so finster, daß das Auge nichts
erkennt, es sei denn von dem höchsten Punkt

des Brückenbogens senkrecht überm Pfuhl.
Wir kamen hin. Von dort aus sah ich Menschen,
im Graben unten eingetaucht in Kot,
der wie ein Abfluß von Kloaken war.
Indes ich mit den Augen drunten suchte,
ersah ich einen, dessen Kopf so dreckig,
daß Laie oder Klerus eines war…

Jona begriff plötzlich, daß keine Strafe, die Gott oder Mensch ersinnen mochten, schlimmer sein konnte als das Leben, das Lorenzo de Bonestruca jetzt erwartete. Vom Grauen gepackt, nahm er das Damespiel entgegen, das sie ihm in die Hände gab. Dann schüttete er alles Gold und Silber aus seiner Börse auf den Tisch, gab die Frau und ihre Kinder der Obhut Gottes anheim und ritt davon.

9. KAPITEL

DER RITT NACH HUESCA

Fiebererkrankungen waren immer ein Problem, aber gegen Ende des Winters hielt Jona vor allem ein gehäuftes Auftreten von fiebrigem Husten auf Trab. Die Hausbesuche glichen sich: »Señor Callicó, mir tun alle Knochen weh *(Husten)*... Der Soor ist so schlimm, daß ich nicht schlucken kann... die Schmerzen *(Husten)*.«

»Manchmal ist es, als würde ich brennen, und dann zittere ich wieder vor Kälte *(Husten)*.«

Ein alter Mann, ein Knabe, zwei alte Frauen und ein Kind starben. Für Jona war es schrecklich, daß er sie nicht retten konnte, aber dann hörte er wieder Nuño sagen, er solle sich um die Lebenden kümmern. Er ging von Haus zu Haus und verschrieb warme Getränke, erhitzten Wein mit Honig. Und Theriak gegen das Fieber.

Es war durchaus keine Pandemie, nicht einmal eine richtige Epidemie, aber er hatte sehr viele Hausbesuche zu machen. Solange nur die Fieberzyklen der Patienten nicht alle am selben Tag anfingen und endeten, sagte er sich, würde er es schon schaffen. Und jedem Patienten versprach er, daß die Krankheit wie durch Zauberhand verschwinden würde, wenn er nur zehn Tage lang seine Anweisungen streng befolgte.

Wenn er abends heimkam, war er oft zu müde, um noch Hausarbeiten zu erledigen oder sich etwas zu kochen. Manchmal stellte er die Damesteine auf das Brett und versuchte zu spielen, indem er für beide Seiten zog, aber so machte das Spiel keinen Spaß.

Ein Gefühl der Unzufriedenheit und Ruhelosigkeit wurde immer stärker in ihm, und als seine Patienten schließlich nicht mehr fieberten und kaum mehr husteten, beschloß er, einen Tag freizunehmen und Reyna zu besuchen.

Der Ort, in dem sie wohnte, war nur eine Ansammlung von winzigen Bauernhöfen und Holzfällerhütten, einen halbstündigen Ritt von den Außenbezirken Saragossas entfernt. Er hatte keinen Namen und keine eigene Verwaltung, aber die Menschen, die dort seit Generation lebten, fühlten sich zusammengehörig, und sie hatten sich angewöhnt, den Ort *El Pueblecito,* das Dörfchen, zu nennen.

In der kleinen Siedlung angekommen, hielt er sein Pferd vor einer alten Frau an, die in der Sonne saß. Er fragte nach Reyna, und sie schickte ihn zu einem Haus neben dem eines Sägers. Dicht neben diesem Haus standen zwei Männer im Lendenschurz – ein Mann mit langen weißen Haaren und ein jüngerer, muskulöserer Kerl – in einer Grube und zogen, die schweißfeuchte Haut mit Sägemehl bestäubt, eine lange Säge über einen Kiefernstamm.

Im Haus fand er Reyna auf Händen und Knien; sie wischte eben den Steinboden. Sie sah so gesund aus wie eh und je, nur etwas älter, als er sie in Erinnerung hatte. Als sie sah, wer eingetreten war, hörte sie auf zu wischen und lächelte. Dann stand sie auf und wischte sich die Hände an ihrem Kittel trocken.

»Ich habe dir Wein mitgebracht. Die Sorte, die du magst«, sagte er, und sie nahm den Krug entgegen und dankte ihm.

»Nimm doch am Tisch Platz«, sagte sie und holte zwei Gläser und einen Krug, der, wie sich zeigte, Cognac enthielt.

»Salud.«

»Salud.« Der Cognac war gut. Und so stark, daß Jona blinzelte.

»Hast du inzwischen eine Haushälterin gefunden?«

»Noch nicht.«

»Dabei habe ich dir zwei gute Frauen geschickt. Carla und Petronila. Sie haben gesagt, du hättest sie wieder weggeschickt.«

»Vielleicht war ich zu sehr an deine Art der Haushaltsführung gewöhnt.«

»Du mußt einsehen, daß es Veränderungen gibt. Das ganze Leben besteht aus Veränderungen«, sagte sie. »Willst du, daß ich dir noch eine andere schicke? Im Frühling kommt wieder die Zeit für den großen Hausputz.«

»Ich werde mein Haus selber putzen.«

»Du? Du bist doch der Arzt. Du darfst deine Zeit nicht so vergeuden«, sagte sie streng.

»Du hast hier ein sehr schönes Haus gefunden«, bemerkte er, um das Thema zu wechseln.

»Ja, und ich will ein Rasthaus daraus machen. Es gibt sonst nirgendwo in der Nähe Obdach gegen Entgelt, und wir liegen an der Straße nach Monzón und Katalonien, auf der viele Reisende unterwegs sind.« Sie habe noch nicht angefangen, zahlende Gäste aufzunehmen, sagte sie, da in dem Haus noch zusätzliche Schreinerarbeiten nötig seien, bevor es als Gasthof dienen könne.

Sie saßen da und tranken Cognac, und während er ihr Klatsch und Neuigkeiten aus Saragossa berichtete, erzählte sie ihm vom Leben im Dorf. Von draußen kam leise das Ratschen der Säge.

»Wann hast du das letzte Mal gegessen?«

»Heute, frühmorgens.«

»Dann koche ich dir jetzt etwas.«

»Ich hätte gern geschmortes Geflügel.«

»... Ich koche dieses Gericht nicht mehr.«

Sie setzte sich wieder und sah ihn an. »Hast du die zwei Männer gesehen, die draußen Holz sägen?«

»Ja.«

»Einen der beiden werde ich bald heiraten.«

»Aha. Den Jüngeren?«

»Nein, den anderen. Sein Name ist Álvaro.« Sie lächelte.

»Seine Haare sind weiß, aber er ist sehr stark«, sagte sie trocken. »Und er ist ein hervorragender Arbeiter.«

»Ich wünsche dir das Glück, das zu verdienst, Reyna.«

»Danke.«

Sie merkte, daß er ins Dorf gekommen war, um sie zur Rückkehr zu überreden, das wußte er, aber sie lächelten einander an, und nach einer Weile stand sie wieder auf und stellte Essen auf den Tisch: einen Laib frisches Brot, hartgekochte Eier, Knoblauchpaste, einen halben gelben Käse, Zwiebeln und winzige, köstliche Oliven.

Sie tranken beide einige Becher des Weins, den er mitgebracht hatte, und nach einer Weile verabschiedete er sich. Draußen hoben die Männer eben einen neuen Baumstamm in die Grube.

»Einen guten Nachmittag«, sagte Jona. Der Jüngere antwortete nicht, aber der Mann namens Álvaro nickte, während er zur Säge griff.

Jona wußte, daß das Pessach-Fest bevorstand, nur nicht genau wann, und so stürzte er sich in den Frühjahrsputz – er wischte und schrubbte, öffnete alle Fenster, um die frische, kühle Luft hereinzulassen, klopfte und lüftete die Teppiche und schnitt frische Binsen, die er auf den Steinboden streute. Er nutzte sein Alleinsein, um so etwas wie ungesäuertes Brot herzustellen, das er in ungleichen Fladen auf einem Blech über dem Feuer buk. Das Ergebnis war ein bißchen verbrannt und etwas weicher, als es sein sollte, aber es waren eindeutig Matzen, und er aß sie triumphierend zu seinem Ein-Mann-Sedermahl, Lammkeule mit bitteren Kräutern, die ihn an die Leiden der Kinder Israels auf der Flucht nach Ägypten erinnern sollten.

»Warum ist diese Nacht anders als alle anderen Nächte?« fragte er das stille Haus, aber es kam keine Antwort, nur Schweigen, das bitterer war als die Kräuter. Weil er sich des genauen Tages nicht sicher war, feierte er Seder an jedem Abend der Woche, und dreimal ließ er sich das Lammfleisch schmecken, bevor es schlecht wurde, und vergrub es dann im Obstgarten auf dem Hügel.

Einige Tage lang sah es so aus, als hätte der Winter sich verabschiedet, aber dann kehrte er mit Kälte und Regen zurück und verwandelte die Straßen in Ströme aus tiefem, kaltem Schlamm. Stundenlang saß er an seinem Tisch und hing seinen Gedanken nach. Er war ein wohlhabender Mann, ein geachteter Arzt, der in einem soliden Steinhaus lebte, umgeben von gutem Land, das ihm gehörte. Und doch schien er manchmal in schlaflosen Nächten die Stimme seines Vaters zu hören, die ihm sanft, aber doch lauter als das schrille Heulen des Regenwindes sagte, daß er nur zum Teil lebendig sei.

Er sehnte sich nach etwas Namenlosem, etwas, das er nicht benennen konnte. Wenn er schlief, träumte er von den Toten oder von Frauen, die seinem schlafenden Körper den Samen entzogen. Manchmal war er überzeugt, daß er so verrückt werden würde wie der Mönch, und als schließlich die warmen und sonnigen Tage anbrachen, betrachtete er die neue Jahreszeit mit Argwohn, denn er konnte nicht glauben, daß das schlechte Wetter wirklich vergangen war.

Es war ein Glück, daß die Fiebererkrankungen nicht zurückkehrten, denn in einem Gespräch mit Fray Luis Guerra Medina erfuhr er, daß es im ganzen Bezirk keinen Theriak mehr zu kaufen gab. Theriak war eine hervorragende Arznei gegen Fieber und das beste Mittel gegen alle Krankheiten des Magens und der Verdauungsorgane, sogar gegen solche, die durch Vergiftungen hervorgerufen wurden. Aber er war schwer herzustellen und teuer, weil der beste Theriak aus siebzig verschiedenen Kräutern bestand. Und schlimmer noch, er war rar.

»Wie können wir mehr bekommen?« fragte er Fray Medina.

»Ich weiß es nicht«, antwortete der alte Franziskaner besorgt. »In guter Qualität bekommt man ihn nur von der Familie Aurelio in Huesca. Bis jetzt bin ich jedes Jahr selbst nach Huesca gereist, um von den Aurelios Theriak zu kaufen. Aber es ist ein fünftägiger Ritt, und ich bin zu alt. Ich schaffe es nicht mehr.«

Jona zuckte die Achseln. »Dann schicken wir eben einen Reiter.«

»Nein. Wenn ich jemanden schicke, der sich mit Theriak nicht auskennt, geben sie ihm eine Mischung, die als Medizin nichts mehr taugt, weil sie Jahre alt ist. Er muß von jemandem gekauft werden, den sie achten, weil er weiß, wie guter Theriak aussehen und beschaffen sein muß. Er muß frisch gemischt werden, und wir benötigen eine Menge, die mindestens ein Jahr reicht.«

Jona war sein Haus zum Gefängnis geworden, und hier ergab sich eine Möglichkeit zur Flucht.

»Nun gut. Dann reite ich nach Huesca«, sagte er.

Ärzte in den umliegenden Gemeinden – Miguel de Montenegro und ein anderer Arzt namens Pedro Palma, für den Montenegro sich verbürgte – versprachen, sich um Señor Callicós Patienten zu kümmern, nicht zuletzt auch, weil sie wußten, daß der Theriak, den er kaufen wollte, auch ihnen und ihren Patienten zugute kommen würde. Er nahm den grauen Araber und ein einzelnes Maultier. Wie gewöhnlich hellte seine Stimmung sich auf, kaum daß er im Sattel saß. Das Wetter war gut, und er hätte durchaus schneller vorwärts kommen können, aber der Araber wurde langsam alt, und er wollte das Tier schonen, weil ihm Eile unnötig erschien. Der Weg war nicht schwierig. Im Vorgebirge gab es Täler mit Weiden, auf denen Rinder und Schafe grasten, und kleine Höfe, wo Schweine in Äckern wühlten, auf denen bald Getreide oder Gemüse wachsen würde. Für sein Nachtlager wählte er sich immer ein schönes Fleckchen. Aus den Hügeln wurden bald kleinere Berge und dann größere.

In Huesca angekommen, suchte er sofort nach dem Anwesen der Familie Aurelio. Sie betrieben ihr Geschäft in einer umgebauten Scheune, in der es nach einer Vielzahl von Kräutern duftete. Drei Männer und eine Frau waren damit beschäftigt, die getrockneten Pflanzen zu pulversieren und zu mischen. Der Kräutermeister, Reinaldo Aurelio, war ein freundlicher, scharfsinniger Mann in einer groben Lederschürze voller Pflanzenstaub.

»Und was kann ich für den Señor tun?«

»Ich brauche Theriak. Ich bin Ramón Callicó, der Medicus von Saragossa. Und kaufe im Auftrag von Fray Luis Guerra Medina von Saragossa.«

»Oh, für Fray Luis. Aber warum kommt er nicht selbst? Wie steht es um seine Gesundheit?«

»Er ist bei guter Gesundheit, aber er wird langsam alt, und deshalb hat er mich geschickt.«

»Aber natürlich haben wir Theriak für Euch, Señor Callicó.« Er ging zu einem Regal und öffnete einen hölzernen Behälter.

»Darf ich ihn sehen?« fragte Jona. Er zerbröselte eine Prise zwischen den Fingern, schnupperte daran und schüttelte den Kopf. »Nein«, sagte er leise. »Wenn ich Fray Luis dies bringe, kastriert er mich, und zwar mit Recht.«

Der Kräutermeister lächelte. »Fray Luis ist höchst anspruchsvoll.«

»Wofür wir Ärzte ihm dankbar sind. Ich brauche eine große Menge frischen Theriak, so viel, daß Fray Luis alle Ärzte in der Umgebung von Saragossa damit versorgen kann.«

Señor Aurelio nickte. »Das ist zu machen, aber wir brauchen natürlich einige Zeit, um so viel frischen Theriak herzustellen.«

»Wie lange?«

»Mindestens zehn Tage. Vielleicht ein bißchen länger.«

Jona hatte gar keine andere Wahl, als damit einverstanden zu sein. Und eigentlich mißfiel ihm diese Verzögerung durchaus nicht, denn so hatte er Zeit, die Pyrenäen zu erkunden. Sie berechneten, was die Kräuter kosten würden, und er zahlte im voraus. Fray Luis hatte gesagt, daß man sich auf das Wort der Aurelios verlassen könnte, und Jona wollte sich auf dem Ausflug nicht mit Gold belasten. Der Kräutermeister gestattete ihm, sein Maultier während der Zeit unterzustellen, und Jona versprach, mindestens vierzehn Tage fortzubleiben, so daß sie genügend Zeit für ihre Arbeit hätten.

Er ritt genau nach Norden, wieder durch ein Vorgebirge. Er hatte gehört, daß sich zwischen Huesca und der Grenze zu Frankreich die Berge so steil erhoben, daß sie den Himmel zu berühren schienen. Und wirklich sah er schon nach kurzer Zeit Berge, einige davon mit schneebedeckten Gipfeln. In einer üppig blühenden Frühlingswiese entdeckte er einen Bach voller winziger, leuchtendbunter Forellen. Schnell zog er eine Schnur mit Haken aus seiner Tasche und eine kleine Blechbüchse mit Würmern aus seinem Misthaufen zu Hause. Die Fische bissen bereitwillig an, und viel zu schnell hatte er ein Essen beisammen. Jede Forelle war nicht mehr als ein Happen, aber sie waren schnell ausgenommen, und er spießte sie auf einen grünen Zweig, briet sie über einem kleinen Feuer und ließ sich dann das Fleisch samt den geschmolzenen Gräten schmecken.

Eine Weile ließ er sein Pferd noch in der üppigen Wiese grasen und folgte dann dem Pfad in die Berge. Die unteren Regionen waren dicht mit Buchen, Kastanien und Eichen bestanden, die nach einer Weile von Fichten und Kiefern abgelöst wurden. In größerer Höhe, das wußte er, würde der Baumbestand immer dünner werden und ganz verschwinden, bis schließlich nur noch spärlicher Niederwuchs den felsigen Boden bedeckte. Die warme Sonne schickte Schmelzwasser plätschernd und rauschend zu Tal, ein Bach war zu einem tosenden, reißenden Fluß angeschwollen.

Am Nachmittag sah er in einem Fichtenwäldchen seinen ersten Schnee. Die Spuren eines Bären zeichneten sich darin so deutlich und scharf umrissen ab, daß sie nur frisch sein konnten. Die Luft war kühler hier, und die Nacht würde kalt sein; da Jona aber lieber in der milderen Luft weiter unten übernachten wollte, wendete er sein Pferd und ritt weiter abwärts, bis er zu einem passenden Flecken im Schutz einer großen Kiefer kam, die ihm auch tote Äste als Brennstoff bot. Da ihm die Bärenspuren noch im Gedächtnis waren, band er sein Pferd gleich in der Nähe an und hielt das Feuer die ganze Nacht am Brennen. Dazu stand er hin und wieder auf und brach tote Äste mit einem Krachen, das laut seine Anwesenheit verkündete, vom lebenden Baum, und wenn das Feuer dann wieder loderte, schlief er weiter.

Am Nachmittag des dritten Tages nach seinem Aufbruch von Huesca ließ tiefer Schnee auf einem hochgelegenen Paß ihn umkehren. Zwar hätte er gefahrlos hindurchreiten können, doch für das Pferd wäre es eine Qual gewesen, die er ihm ersparen wollte. Beim Abstieg hielt er Ausschau nach einem Seitenpfad, der ihn um den Berg herumführen würde, entdeckte aber keinen. Erst als der graue Araber von sich aus abbiegen wollte, sah er, was das Pferd entdeckt hatte, einen Pfad, der in der Wand aus Bäumen fast nicht zu erkennen war. Als er ihn erkundete, wurde daraus ein breiter, steiniger Weg entlang eines rauschenden Bachs, der sich im Lauf der Jahrhunderte sein Bett in einen steilen Felsabhang gegraben hatte.

Er folgte diesem Weg in die Tiefe.

Nach langem Abstieg roch er schließlich Holzfeuer, und kurz darauf führte ihn der Weg aus dem Wald heraus und in ein kleines Tal, in dem er ein Dorf erblickte. Er sah vielleicht ein Dutzend kleiner Steinhäuser mit steilen Schieferdächern sowie das kreuzgeschmückte Dach einer Kirche, das die anderen überragte. Kühe und Pferde grasten auf einer Weide, und er sah einige bestellte Felder mit schwarzer Erde.

An zwei Häusern ritt er vorbei, ohne einen Menschen zu sehen, aber aus dem dritten Haus war eine Frau zum Bach gegangen, um Wasser zu holen, und kehrte jetzt mit dem vollen Eimer zurück. Als sie ihn sah, begann sie verängstigt zu laufen, so daß das Wasser aus dem Eimer schwappte, aber er war bei ihr, lange bevor sie den Schutz des Hauses erreicht hatte.

»Ich wünsche Euch einen guten Tag. Was ist das für ein Dorf, wenn ich fragen darf?«

Sie blieb wie erstarrt stehen. »Das ist Pradogrande, Señor«, sagte sie mit klarer, aber zurückhaltender Stimme, und als er noch ein Stückchen näher an sie heranritt, verschlug es ihm beim Anblick ihres Gesichts den Atem. »Inés! Seid Ihr das?«

Er stieg schwerfällig ab, und sie wich erschrocken zurück. »Nein, Señor.«

»Ihr seid nicht Inés Saadi Denia, Tochter von Isaak Saadi?« fragte er töricht. Das Mädchen starrte ihn an.

»Nein, Señor. Ich bin Adriana. Ich bin Adriana Chacon.«

Du Narr, sagte er sich, natürlich. Dies war eine junge Frau. Als er Inés das letzte Mal gesehen hatte, war sie nur wenig jünger gewesen als dieses Mädchen, und seitdem waren so viele schwere Jahre vergangen.

»Inés war meine Tante, möge ihre Seele in Frieden ruhen.«

Inés war also tot. Es gab ihm einen Stich ins Herz, als er dies hörte: noch eine Tür, die zugeschlagen war. »Möge sie in Frieden ruhen«, murmelte er.

»Ich erinnere mich an Euch«, sagte er plötzlich. Er erkannte, daß diese junge Frau das Kind gewesen war, um das Inés sich gekümmert hatte, die kleine Tochter ihrer älteren Schwester Felipa. Er erinnerte sich an die Spaziergänge mit Inés in Granada, mit dem kleinen Mädchen zwischen ihnen beiden, ein Händchen in seiner, das andere in Inés' Hand.

Die Frau sah ihn unsicher an.

Jona wirbelte herum, als ein Schrei verkündete, daß seine Anwesenheit entdeckt worden war. Männer kamen auf sie zugestürzt, drei aus der einen Richtung, zwei aus der anderen, und sie hielten ihre Werkzeuge wie Waffen, mit denen sie einen Eindringling töten würden.

10. KAPITEL

DIE BERGWIESE

Bevor die rennenden Feldarbeiter sie erreicht hatten, kam ein schlanker, drahtiger Mann aus einem der nahen Häuser. Er war gealtert, aber nicht so stark, daß Jona nicht sofort Mica Benzaquen erkannt hätte, Freund und Nachbar der Saadis in Granada. Benzaquen war mittleren Alters gewesen, als Jona ihn kennenlernte; jetzt war er noch immer kräftig, aber ein alter Mann. Er sah Jona lange an, und als er lächelte, wußte Jona, daß Benzaquen ihn ebenfalls wiedererkannt hatte.

»Ihr habt Euch gut entwickelt, Señor«, sagte Benzaquen. »Als ich Euch kennenlernte, wart Ihr ein riesiger, zerlumpter junger Schäfer, nichts als Haare und Bart, als würdet Ihr einen Strauch auf dem Kopf tragen. Aber wie lautet gleich wieder Euer Name? Er ist wie der Name einer schönen Stadt ...«

Jona erkannte, daß es ihm in der kurzen Zeit, die er an diesem entlegenen Ort verbringen würde, unmöglich sein würde, als Ramón Callicó aufzutreten. »Toledano.«

»Ach ja, Toledano, bei meiner Seele!«

»Jona Toledano. Es freut mich, Euch wiederzusehen, Señor Benzaquen.«

»Wo lebt Ihr jetzt, Señor Toledano?«

»In Guadalajara«, sagte Jona, denn er wagte es nicht, den Namen Toledano mit Saragossa in Verbindung zu bringen. Zu seinem Bedauern hatte die Frau ihren Eimer wieder aufgenommen und war davongegangen, während er und Benzaquen sich begrüßten. Die herbeistürzenden Männer hatten ihre Schritte verlangsamt, nachdem sie gesehen hatten, daß Schwert und Dolch des Fremden in ihren Scheiden blieben. Als sie ankamen, noch immer mit den Werkzeugen in den Händen, mit denen sie Jona hätten aufspießen und zerhacken können, standen er und Benzaquen entspannt beieinander und unterhielten sich freundschaftlich.

Benzaquen stellte Pedro Abulafin, David Vidal und Durante Chazan Halevi vor und dann noch eine zweite Gruppe, Joaquín Chacon, Asher de Segarra und José Diaz.

Einige Männer kümmerten sich um Jonas Pferd, während Benzaquen ihn zu seiner *finca* führte. Lea Chazan, Benzaquens Gattin, war eine herzliche, grauhaarige Frau mit all den Tugenden einer spanischen Mutter. Sie gab Jona eine Schüssel mit heißem Wasser und ein Tuch und führte ihn in die Scheune, wo er sich ungestört waschen und erfrischen konnte. Als er zurückkehrte, zog bereits der Duft bratenden Milchlamms durchs Haus. Sein Gastgeber erwartete ihn mit einem Krug und zwei Gläsern. »Besucher sind in unserem kleinen Tal äußerst selten, und deshalb ist dies ein besonderes Ereignis«, sagte Benzaquen, schenkte Cognac ein, und die beiden stießen auf die Gesundheit an.

Benzaquen war bereits Jonas Araber aufgefallen und die ausgezeichnete Qualität seiner Kleidung und Bewaffnung. »Ihr seid aber kein Schäfer mehr«, sagte er und lächelte.

»Ich bin Medicus.«

»Medicus? Wie schön!« erwiderte Benzaquen. Bei dem ausgezeichneten Essen, das kurz darauf von seiner Frau aufgetragen wurde, erzählte er Jona, wie es den Konvertiten ergangen war, nachdem ihre Lebenswege sich getrennt hatten.

»Wir haben Granada in einer Karawane verlassen, insgesamt achtunddreißig Wagen und alle mit dem Ziel Pamplona, der Hauptstadt von Navarra, das wir nach einer langsamen und beschwerlichen Reise auch erreichten.«

Zwei Jahre seien sie in Pamplona geblieben. »Einige von unseren Leuten haben dort geheiratet. Darunter auch Inés Denia. Sie wurde die Frau von Isidoro Sabino, einem Schreiner«, sagte Benzaquen mit einer gewissen Zurückhaltung, denn beide Männer hatten unangenehme Erinnerungen an ihre Unterhaltung über Inés Denia bei ihrer letzten Begegnung.

»Leider«, fuhr Benzaquen fort, »war für uns aus Granada die glückliche Zeit in Pamplona von Tragödien überschattet.« Einer von fünf Neuen Christen aus Granada sei in Pamplona am hitzigen Fieber und der roten Ruhr gestorben. Vier Angehörige der Familie Saadi seien in diesem schrecklichen Monat des Nissan grausam und schnell dahingerafft worden. »Isaak Saadi und seine Frau Suleika Denia starben binnen Stunden nacheinander. Dann wurde ihre Tochter Felipa krank und starb, und schließlich sowohl Inés als auch ihr frischgebackener Ehemann Isidoro Sabino, die noch nicht einmal drei Monate verheiratet gewesen waren.

»Die Einwohner von Pamplona warfen uns Neuankömmlingen vor, wir hätten den Tod über ihre Stadt gebracht, und nachdem die Seuche ihren Lauf genommen hatte, mußten diejenigen von uns, die überlebt hatten, aufs neue fliehen.

Nach heftigem Disput beschlossen wir, über die Grenze nach Frankreich zu gehen und zu versuchen, uns in Toulouse niederzulassen, doch diese Entscheidung war umstritten. Ich zum Beispiel war unglücklich über die Route und das Ziel«, sagte Benzaquen. »Ich gab zu bedenken, daß Toulouse seit Jahrhunderten dafür berüchtigt ist, Grausamkeiten gegen Juden zuzulassen, und daß zwischen uns und Frankreich die hohen Pyrenäen lägen, die wir mit unseren Wagen überqueren müßten, was mir so gut wie unmöglich erschien.«

Aber einige von Benzaquens Mitkonvertiten hatten über seine Ängste gespottet und darauf hingewiesen, daß sie als Katholiken nach Frankreich kämen und nicht als Juden. Und was die Überquerung des Gebirges angehe, so wüßten sie, daß es in dem Dorf

Jaca, das vor ihnen liege, Bergführer gebe, Konvertiten wie sie selbst, die sie gegen Bezahlung über die Berge bringen würden. Falls es mit den Wagen nicht zu schaffen sei, sagten sie, würden sie ihren wertvollsten Besitz auf Maultieren nach Frankreich bringen. Und so hatte sich die Wagenkolonne auf den Weg nach Jaca gemacht.

»Wie habt ihr dieses Tal gefunden?« fragte Jona.

Benzaquen lächelte. »Durch Zufall.«

Auf den langen, bewaldeten Berghängen waren Lagerplätze für eine so große Gruppe immer schwer zu finden. Oft schliefen die Reisenden in ihren Wagen, die sie in langer Reihe entlang des Pfades aufstellten. In einer solchen Nacht hatte sich, während sie schliefen, eins von Benzaquens Zugpferden – ein wertvolles und dringend benötigtes Tier – losgerissen und aus dem Staub gemacht. »Als wir im ersten Morgenlicht sein Fehlen entdeckten, machte ich mich mit vier Männern sofort auf die Suche, nicht ohne das Vieh zu verfluchen.«

Plattgedrücktem Strauchwerk und abgebrochenen Ästen, gelegentlichen Hufspuren und Kothaufen folgend, stießen die Männer auf einen natürlichen Felspfad, der an einem rauschenden Bach in die Tiefe führte. Als sie schließlich aus dem Wald heraustraten, sahen sie das Pferd auf der fetten Weide eines kleinen, versteckten Tals grasen.

»Wir waren sofort beeindruckt von dem guten Wasser und dem saftigen Gras. Wir kehrten zur Karawane zurück und führten die anderen zu dem Tal, weil es einen sicheren und geschützten Rastplatz bot. Den natürlichen Pfad mußten wir nur an zwei Stellen etwas verbreitern und ein paar große Felsen aus dem Weg räumen, und dann konnten wir die Wagen in das Tal bringen. Zuerst wollten wir nur vier oder fünf Tage bleiben, damit Menschen und Tiere sich ausruhen und neue Kraft schöpfen konnten.«

Aber alle seien beeindruckt gewesen von der Schönheit des Tals und der offensichtlichen Fruchtbarkeit des Bodens, sagte er.

Natürlich war den Reisenden auch nicht entgangen, wie wunderbar abgelegen dieser Ort war. Nach Osten waren es zwei schwierige Tagesreisen bis zum nächsten Dorf, Jaca, das selbst eine einsame, nur von wenigen Reisenden besuchte Gemeinde war. Und nach Südosten waren es drei ähnlich schwierige Tagesreisen bis zur nächsten Stadt, Huesca. Einigen der Neuen Christen ging auf, daß Menschen hier in Frieden leben konnten, ohne je einen Inquisitor oder einen Soldaten zu sehen. Und so kamen sie auf den Gedanken, daß sie vielleicht gar nicht weiterreisen, sondern in dem Tal bleiben und es sich zur Heimat machen sollten.

»Aber nicht alle waren dieser Meinung«, sagte Benzaquen. »Nach langem Hin und Her beschlossen siebzehn von den sechsundzwanzig Familien, die Pamplona verlassen hatten, in dem Tal zu bleiben. Alle halfen zusammen, um die neun Familien, die nach Toulouse wollten, wieder auf den Weg zu bringen. Es dauerte den ganzen Vormittag und einen Großteil des Nachmittags, bis ihre Wagen wieder hoch zum Weg geschafft waren. Nach Umarmungen und einigen Tränen verschwanden sie über den Berg, und diejenigen von uns, die nicht mit ihnen gehen wollten, kehrten in das Tal zurück.«

Unter den Siedlern waren vier Familien, die ihren Lebensunterhalt als Bauern verdient hatten. Bei den Planungen der Reisen von Granada nach Pamplona und dann nach Toulouse hatten die Bauern beschämt zurückstehen und alle Vorbereitungen und Entscheidungen den Händlern überlassen müssen, deren Reiseerfahrung und Weltklugheit der Gruppe allerdings gut zustatten gekommen war.

Jetzt aber wurden die Bauern zu den Anführern der Siedlung, sie erkundeten und parzellierten das Tal und bestimmten, was angebaut werden sollte und wo. Überall im Tal wuchs fettes, gesundes Gras, und von Anfang an erhielt der Ort den Namen Pradogrande, Bergwiese.

Gemeinsam unterteilten die Männer jeder Familie das Tal in

siebzehn gleichwertige Grundstücke, gaben jeder Parzelle eine Nummer und zogen dann die Nummern aus einem Hut, um das Los über die Besitzverhältnisse entscheiden zu lassen. Man kam überein, Aussaat und Ernte gemeinsam zu erledigen und die Reihenfolge, in der die Parzellen bearbeitet wurden, jedes Jahr zu ändern, so daß kein Besitzer einen dauerhaften Vorteil erhielt. Die vier Bauern schlugen vor, wo die Häuser errichtet werden sollten, um Sonne und Schatten zu nutzen und vor den Elementen geschützt zu sein. Die *fincas* wurden eine nach der anderen errichtet, alle in gemeinsamer Arbeit. Auf den Berghängen gab es genügend Steine, und daraus entstanden solide Bauernhäuser mit Stall und Scheune entweder unter oder neben den Wohnräumen.

Im ersten Sommer im Tal bauten sie drei *fincas,* in denen sich die Frauen und Kinder in diesem Winter zusammendrängten, während die Männer in den Wagen Unterschlupf fanden. In den folgenden fünf Sommern wurden die übrigen Häuser und die Kirche errichtet.

Die vier erfahrenen Bauern wurden die Einkäufer der Gemeinde. »Zuerst gingen sie nach Jaca«, sagte Benzaquen, »wo sie ein paar Schafe und etwas Saatgut kauften, aber Jaca war zu klein, um ihre Bedürfnisse zu befriedigen, und so machten sie sich beim nächsten Mal auf die längere Reise nach Huesca, wo sie eine größere Auswahl an Vieh angeboten fanden. Von dort brachten sie uns Säcke mit gutem Saatgut, eine Reihe von Werkzeugen, Obstbaumsetzlinge, weitere Schafe und Ziegen, Schweine, Hühner und Gänse.«

Einer der Männer war Sattler gewesen und ein anderer Schreiner, und beide Berufe waren für die neugegründete Gemeinde ein Segen. »Aber die meisten von uns waren Händler gewesen. Als wir beschlossen, in Pradogrande zu bleiben, wußten wir, daß wir unser Leben würden ändern müssen. Am Anfang war es entmutigend und schwer, die Körper von Händlern an die schwere

Arbeit zu gewöhnen, aber wir waren neugierig auf das, was die Zukunft uns bringen würde, und sehr lernbegierig.

Seit elf Jahren sind wir nun da, und wir haben den Boden urbar gemacht und Felder und Obstgärten angelegt«, schloß Benzaquen.

»Ihr habt viel erreicht«, erwiderte Jona ehrlich beeindruckt.

»Es wird bald dunkel, aber morgen will ich Euch durch das Tal führen, damit Ihr es mit eigenen Augen sehen könnt.«

Jona nickte abwesend. »Diese Frau Adriana... ist ihr Gatte auch ein Bauer?«

»Jeder in Pradogrande ist Bauer. Aber Adrianas Mann ist nicht mehr. Sie ist Witwe«, sagte Benzaquen, schnitt noch eine Scheibe vom Lamm ab und drängte seinen Gast, die Gelegenheit zu nutzen und sich an dem guten Fleisch satt zu essen.

»Er sagt, er erinnert sich an mich als kleines Kind«, sagte Adriana Chacon an diesem Abend zu ihrem Vater. »Das ist merkwürdig, denn ich erinnere mich überhaupt nicht an ihn. Erinnerst du dich an ihn?«

Joaquín Chacon schüttelte den Kopf. »Nein. Aber vielleicht habe ich ihn einmal getroffen. Dein Großvater Isaak kannte sehr viele Leute.«

Es kam ihr merkwürdig vor, daß dieser Neuankömmling behaupten konnte, Dinge über sie zu wissen, an die sie sich nicht erinnern konnte. Wenn sie an ihre Kindheit zurückdachte, war es, als würde sie von einer Bergspitze auf eine weite Landschaft herabblicken; das Nahe war klar und deutlich, doch weiter Zurückliegendes verschwamm in der Entfernung, bis nichts mehr zu erkennen war. Sie hatte überhaupt keine Erinnerungen an Granada und nur wenige an Pamplona. Sie erinnerte sich daran, lange Zeit auf einem Wagen gefahren zu sein. Die Wagen waren mit einem Sonnenschutz überspannt, aber es war sehr heiß, und sie reisten fast nur in den frühen Morgenstunden und am späten Nachmittag und rasteten in der Mittagshitze an schattigen Plätzchen. Sie erinnerte sich an das heftige und beständige Holpern des Wagens auf unwegsamen Pfaden, an das Knarzen des Ledergeschirrs, an das Trappeln der Hufe. An den ewigen Staub, der manchmal zwischen den Zähnen knirschte. An den grasigen Geruch der Kotkugeln, die Pferde und Maultiere hinter sich ließen und die von den Rädern der Wagen, die ihnen folgten, platt gedrückt wurden.

Adriana war acht Jahre alt damals, und verzweifelt vor Einsamkeit saß sie allein auf der Ladefläche des Wagens und sehnte sich nach ihren Lieben, die sie erst kürzlich verloren hatte. Ihr Vater, Joaquín Chacon, behandelte sie zärtlich, wenn er daran dachte, aber meistens saß er vorne auf dem Bock und lenkte stumm und fast blind vor eigenem Kummer seine Pferde. Ihre Erinnerung an die Ereignisse während der Fahrt durchs Gebirge waren verschwommen, sie wußte nur noch, daß sie eines Tages in dieses Tal gekommen waren und sie froh gewesen war, daß die Reise ein Ende hatte.

Ihr Vater, der im früheren Leben Seidenhändler gewesen war, leistete jetzt seinen Teil der Landarbeit, aber in den ersten Jahren in Pradogrande hatte er am Bau der Häuser mitgearbeitet. Er war ein achtbarer Maurer geworden und hatte gelernt, Steine so überlappend zu setzen, daß standhafte Mauern daraus wurden. Die Häuser, die sie aus Flußsteinen und Holzstämmen errichteten, wurden den Familien in der Reihenfolge ihrer Größe zugeteilt. So mußten Adriana und ihr Vater fünf Jahre lang in den Häusern der anderen leben, da ihr Haus als letztes gebaut wurde. Es war außerdem das kleinste, aber so solide gebaut wie die anderen, und als sie endlich einzogen, erschien es ihr wie der Himmel der Ungestörtheit. Dieses Jahr – das Jahr, als sie dreizehn wurde – war ihre glücklichste Zeit in Pradogrande. Sie war die Herrin im Haus ihres Vaters und vernarrt in das Tal wie alle anderen. Sie kochte und putzte, und sie sang bei der Arbeit, so zufrieden war sie mit ihrem Schicksal. Es war das Jahr, in dem ihre Brüste sprossen; es ängstigte sie ein wenig, und doch schien es ganz natürlich, weil alles um sie herum wuchs und gedieh. Ihre erste Blutung hatte sie mit elf gehabt, und Leona Patras, die betagte Gattin von Abram Montelvan, war sehr freundlich zu ihr gewesen und hatte ihr gezeigt, was sie in den Zeiten ihrer Regel tun mußte.

Im Jahr darauf erlebte die Gemeinde ihren ersten Todesfall. Fineas ben Sagan starb an einer Lungenkrankheit. Drei Monate nach Sagans Beerdigung sagte Adrianas Vater zu ihr, daß er Carlos' Witwe, Sancha Portal, heiraten werde. Joaquín erklärte seiner Tochter, daß die schwer arbeitenden Männer Pradograndes einerseits Zuwanderung von außen zwar ablehnten, sich andererseits aber bewußt waren, daß sie im Lauf der Jahre jedes zusätzliche Paar Hände dringend brauchen würden. Man war übereinstimmend der Meinung, daß große Familien der Schlüssel zur Zukunft waren, und so wurden alleinstehende Erwachsene ermutigt, so bald wie möglich zu heiraten. Sancha Portal war bereit, Joaquín zu heiraten; sie war eine noch immer gutaussehende und kräftige Frau, und er war mit Freuden bereit, seine Pflicht zu erfüllen. Nun sagte er Adriana, daß er zu Sancha ziehen würde, doch sie hatte fünf Kinder, und das Haus war bereits überfüllt. Adriana sollte deshalb im kleinen Haus ihres Vaters wohnen bleiben und ihre neue Familie an Sonn- und Feiertagen besuchen.

Nachdem in der Mitte des Dorfes eine kleine Kirche und ein Pfarrhaus errichtet worden waren, hatte Joaquín zu der Abordnung gehört, die nach Huesca gereist war, um bei den dortigen Kirchenoberen die Zuweisung eines Priesters für ihre neue Gemeinde zu erbitten. Padre Pedro Serafino, ein stiller, schüchterner Mann in Schwarz, hatte sie zurück nach Pradogrande begleitet und Joaquín und Sancha getraut. Bei seiner Rückkehr nach Huesca berichtete er seinen Vorgesetzten von der neuen kleinen Kirche und dem gemütlichen, aber leeren Pfarrhaus, und einige Monate später kam der Mönch eines Tages aus dem Wald geritten und verkündete den Siedlern, daß er zu ihrem Priester bestellt worden war.

Die Dörfler besuchten mit Freuden seine Messe, denn sie fühlten sich so katholisch wie ein Bischof. »Falls jetzt je feindselige Augen unsere Gemeinde mustern sollten«, hatte Joaquín seiner Tochter gesagt, »wird nicht einmal die Inquisition die herausragende Stellung unserer Kirche und unseres Pfarrhauses leugnen können. Und wenn sie sehen, wie unser Priester unermüdlich auf seinem kleinen Maultier durchs Tal reitet, werden sie zu dem Schluß kommen müssen, daß Pradogrande eine Gemeinde echter Christen ist.«

In diesen Tagen war Adriana froh, allein zu leben. Es war einfach, das Haus ordentlich und sauber zu halten, wenn nur ein Mensch darin wohnte. Sie hatte viel zu tun, buk Brot und zog in ihrem Garten Gemüse, um die große Familie ihres Vaters zu unterstützen, und spann die Wolle seiner Schafe. Anfangs lächelten alle, wenn sie Adriana sahen, die Frauen wie die Männer. Ihr Körper entwickelte sich nun endgültig zu dem einer Frau; ihre Brüste wuchsen zwar nicht groß, waren aber wohlgeformt, und ihre junge Gestalt war groß und geschmeidig und sehr fraulich. Bald merkten die Ehefrauen des Dorfes, wie die Männer das Mädchen anstarrten, und einige Frauen klangen auf einmal kalt und verärgert, wenn sie mit ihr sprachen. Sie hatte zwar noch keine Erfahrung, wohl aber Wissen; einmal hatte sie Pferde bei der Paarung gesehen und beobachtet, wie der wiehernde Hengst mit einem Geschlechtsteil wie ein Knüppel auf den Rücken der Stute gestiegen war. Auch hatte sie Böcke und Schafsweibchen beobachtet. Sie wußte, daß Menschen sich anders paarten, und fragte sich, was genau wohl vor sich ging, wenn Männer sich mit Frauen niederlegten.

Adriana war sehr bekümmert, als Leona Patras in diesem Frühling krank wurde. Sie besuchte sie und bemühte sich, ihre Freundlichkeit zu vergelten, indem sie für ihren betagten Gatten Abram Montelvan kochte, Wasser auf dem Feuer erhitzte, um der kranken Frau mit dem Dampf das Atmen zu erleichtern, und ihr die Brust mit Gänseschmalz und Kampfer einrieb. Aber Leonas Husten wurde immer schlimmer, und kurz vor Beginn des Sommers starb sie. Adriana weinte bei der Beerdigung; ihr schien, als nähme der Tod ihr jede Frau, die ihr mit Liebe begegnete.

Bevor Leona in die Erde gelegt wurde, half sie, sie zu waschen, sie putzte das Haus der Toten und kochte Abram Montelvan einige Mahlzeiten, die sie dem Witwer auf den Tisch stellte.

In diesem Sommer zeigte sich das Tal in beinahe erdrückender Schönheit, in den fruchtschweren Bäumen und dem hohen Gras tummelten sich Singvögel mit leuchtendem Gefieder; die Luft war schwer von Blütenduft. Manchmal war Adriana wie betrunken vom Liebreiz des Landes, so daß ihre Gedanken sogar mitten in einem Gespräch abschweiften. Deshalb glaubte sie zuerst auch, sie habe sich verhört, als ihr Vater ihr sagte, sie solle Abram Montelvan heiraten.

Bevor sie und ihr Vater in das letzte Haus einziehen konnten, das in Pradogrande erbaut worden war, waren sie bei verschiedenen anderen Familien untergekommen, darunter auch im Haus von Abram Montelvan und Leona Patras. Ihr Vater wußte, daß Abram Montelvan schwierig war, ein säuerlich riechender alter Mann mit hervorquellenden Augen und einem aufbrausenden Wesen, aber er sagte ihr ganz unverblümt: »Abram ist bereit, dich zu nehmen, und sonst gibt es niemanden für dich. Wir sind nur siebzehn Familien. Wenn man mich und den verstorbenen Fineas ben Sagan abzieht, dessen Familie nun meine Familie ist, gibt es nur fünfzehn Familien, aus deren Männern du dir einen Gatten erwählen kannst. Aber alle diese Männer sind bereits Ehegatten und Väter. Du müßtest darauf warten, daß die Frau eines der Männer stirbt.«

»Dann warte ich lieber«, sagte sie ungehalten, aber Joaquín schüttelte den Kopf.

»Du mußt deine Pflicht gegenüber der Gemeinschaft erfüllen«, sagte er, und er ließ sich nicht davon abbringen. Wenn sie ihm nicht gehorche, würde sie ihm Schande machen, sagte er, und am Ende fügte sie sich.

Bei der Hochzeit wirkte Abram Montelvan abwesend. Während der Messe in der Kirche redete er nicht mit ihr und sah sie nicht einmal an. Die Feierlichkeiten danach wurden in drei Häusern abgehalten, und es war ein ausgelassenes Fest mit drei Arten von Fleischgerichten – Lamm, Zicklein und Huhn – und Tanz bis in die frühen Morgenstunden. Adriana und ihr Bräutigam brachten in jeder der drei *fincas* einen Teil des Abends zu und beendeten die Festlichkeiten in Sancha Portals Haus, wo Padre Serafino ein Glas mit ihnen trank und sie wiederholt auf die Heiligkeit der Ehe hinwies.

Abram war beschwipst, als sie Sancha Portals Haus unter allgemeinem Hochrufen und Gelächter verließen. Auf dem Weg zu seinem Wagen stolperte er mehrmals, und dann fuhren sie im kalten Licht des Mondes zu seinem Haus. Sie entkleidete sich in seinem Schlafzimmer und lag schließlich, voller Angst zwar, aber schicksalsergeben, auf dem Bett, in dem ihre Freundin Leona Patras gestorben war. Er hatte einen häßlichen Körper, mit einem Hängebauch und dürren Armen. Er hieß sie die Beine spreizen und rückte die Öllampe heran, um ihre Nacktheit besser betrachten zu können. Aber allem Anschein nach war die Paarung für die Menschen schwieriger als für die Pferde und Schafe, die sie beobachtet hatte, denn als er sie bestieg, konnte er mit seinem schlaffen Geschlecht nicht in sie eindringen, obwohl er stieß und drängte und sie, mit feuchtem Atem ihr Gesicht bespritzend, verfluchte. Schließlich rollte er von ihr herunter, schlief und überließ es ihr, die Lampe zu löschen. Den Rest der Nacht lag sie schlaflos am äußersten Rand des Bettes, so weit wie möglich von ihm entfernt.

Am nächsten Morgen versuchte er es noch einmal, doch das Ergebnis seines angestrengten Grunzens war nicht mehr als ein wenig weißliche Flüssigkeit, die in den feinen Haaren ihrer Lenden klebte, bis er das Haus verließ und sie sich von seinen Hinterlassenschaften reinigen konnte.

Er erwies sich als mürrischer Gatte, den sie schnell zu fürchten lernte. Schon am ersten Tag ihrer Ehe schlug er sie und schrie: »Nennst du das einen Eierkuchen?« An diesem Nachmittag befahl er ihr, tags darauf ein Mahl für neun Personen zu kochen. Sie schlachtete zwei Hühner und rupfte und schmorte sie, buk Brot und holte frisches Wasser als kühlen Trank. Ihr Vater und ihre Stiefmutter kamen zum Abendessen, wie auch Abrams Sohn Anselmo und dessen Frau Azucena Aluza mit ihren drei Kindern – zwei Töchter, Clara und Leonor, und ein kleiner Junge namens José, für die Adriana nun eine vierzehnjährige Großmutter war. Niemand sprach mit ihr, während sie die Speisen auftrug, nicht einmal ihr Vater, der lachend zuhörte, wie Anselmo die Schrullen seiner Ziegen beschrieb.

Zu ihrem Kummer bedrängte ihr Gatte sie weiterhin im Bett, und etwa drei Wochen nach der Hochzeit war es soweit, daß er steif genug war, um in sie einzudringen. Sie schrie schwach auf, als ein reißender Schmerz sie durchfuhr, und lauschte angewidert seinem prahlerischem Gebrabbel, als er sich fast augenblicklich klebrig wieder zurückzog und sich beeilte, die Tröpfchen Blut, die seine Manneskraft bewiesen, mit einem Lumpen aufzufangen.

Danach ließ er sie für lange Zeit größtenteils in Ruhe, als fände er nach erfolgreicher Besteigung des Bergs weitere Versuche unnötig. Nur daß sie oftmals am Morgen von seinen verhaßten Händen geweckt wurde, die unter dem Hemd, in dem sie schlief, zwischen ihren Beinen wühlten auf eine Art, die man nie als zärtlich beschreiben konnte. Meistens beachtete er sie überhaupt nicht, doch er gewöhnte sich an, sie häufig und heftig zu schlagen.

Seine altersfleckigen Hände ballten sich zu harten Fäusten.

Und einmal, als ihr das Brot verbrannte, schlug er sie mit einer Gerte auf die Beine.

»Bitte, Abram! Bitte nicht! Nein, nein«, schrie sie und weinte, doch er erwiderte nichts, sondern atmete nur schwer zwischen den Schlägen.

Er sagte ihrem Vater, daß er gezwungen sei, sie wegen ihrer Unzulänglichkeiten zu schlagen, und ihr Vater kam zu ihr ins Haus, um mit ihr zu reden.

»Du mußt aufhören, dich wie ein halsstarriges Kind zu betragen, und lernen, eine gute Ehefrau zu sein«, sagte er zu ihr, und sie konnte ihm nicht in die Augen sehen, versprach aber, sich zu bessern.

Während sie lernte, alles so zu machen, wie Abram es wünschte, wurden die Schläge weniger, doch sie hörten nie ganz auf, und mit jedem Monat wurde er reizbarer. Das Hinlegen tat ihm weh, und er ging steif und mit schmerzverzerrtem Gesicht. Hatte er zuvor schon wenig Geduld gehabt, hatte er nun gar keine mehr.

Ihr Leben änderte sich eines Abends, als sie etwas mehr als ein Jahr verheiratet waren. Sie kochte das Abendessen, trug es aber nicht auf, weil sie, als sie ihm Wasser in seinen Becher gießen wollte, ein wenig auf den Tisch spritzte und er aufsprang und ihr mit der Faust auf die Brust schlug. Es war ihr zuvor noch nie in den Sinn gekommen, doch jetzt stürzte sie sich auf ihn und schlug ihm zweimal mit solcher Kraft ins Gesicht, daß er zu Boden gefallen wäre, wenn er nicht rückwärts in seinen Stuhl hätte taumeln können.

Dann stand sie über ihm. »Ihr rührt mich nicht mehr an, Señor! Nie mehr.«

Abram starrte sie verblüfft an und fing an zu weinen, vor Demütigung und hilflosem Zorn.

»Habt Ihr mich verstanden?« fragte sie, aber er antwortete nicht.

Als sie ihn durch ihre Tränen hindurch anstarrte, sah sie, daß er ein niederträchtiger alter Mann war, aber auch dumm und schwach, niemand, den sie fürchten mußte. Sie ließ ihn auf seinem Stuhl sitzen und ging nach oben. Nach einer Weile kam auch er die Treppe hochgekrochen, zog sich langsam aus und ging ins Bett. Und diesmal war er es, der am äußersten Rand lag, so weit von ihr entfernt wie möglich.

Adriana war überzeugt, daß er zum Priester oder zu ihrem Vater gehen würde, und erwartete schicksalsergeben die Strafe, die sie bestimmen würden, ob es nun Schläge mit der Peitsche waren oder Schlimmeres.

Doch sie hörte nicht einmal ein tadelndes Wort, und mit der Zeit erkannte sie, daß er sich nicht über sie beschweren würde, weil er den Spott fürchtete, der daraus entstehen konnte, und er von den anderen Männern lieber als mächtiger alter Löwe betrachtet wurde, der eine so junge Frau durchaus noch beherrschen konnte.

Danach ging sie jeden Abend mit einer Decke in die Wohnstube im Erdgeschoß und legte sich dort auf den Boden. Jeden Tag arbeitete sie in seinem Garten und kochte für ihn, wusch seine Kleider und hielt sein Haus in Ordnung. Wenige Tage vor ihrem zweiten Hochzeitstag fing er an zu husten und legte sich ins Bett, das er nie mehr verließ. Neun Wochen pflegte sie ihn, erhitzte ihm Wein und Ziegenmilch, fütterte ihn und setzte ihn auf den Topf, wischte ihm den Hintern und wusch seinen Körper.

Als er starb, überkam sie eine tiefe Dankbarkeit und zum ersten Mal in ihrem Erwachsenenleben ein Gefühl des Friedens.

Danach ließ man sie taktvollerweise eine Weile in Ruhe, wofür sie sehr dankbar war.

Aber weniger als ein halbes Jahr nach Abrams Tod kam ihr Vater auf ihre Stellung als Witwe in Pradogrande zu sprechen.

»Die Männer haben beschlossen, daß Besitz nur gehalten werden kann im Namen eines Mannes, der zur Feldarbeit beiträgt.«

Sie musterte ihn. »Dann werde ich zur Feldarbeit beitragen.«

Er lächelte sie an. »Du wirst nicht genügend schwere Arbeit leisten können.«

»Ich kann es ebensogut lernen wie ein Seidenhändler. Ich kann sehr gut gärtnern. Auf dem Feld würde ich schwerer arbeiten, als Abram Montelvan es tun konnte.«

Ihr Vater lächelte noch immer. »Wie dem auch sei, es ist nicht erlaubt. Um den Besitz zu erhalten, müßtest du verlobt sein. Anderenfalls wird dein Land unter den anderen Bauern aufgeteilt.«

»Ich will nicht heiraten, nie mehr.«

»Abrams Sohn Anselmo will deinen Besitz ungeteilt und in seiner Familie halten.«

»Wie will er das tun? Möchte er mich zu seiner zweiten Frau nehmen?«

Ihr Vater runzelte über ihren Ton die Stirn, bewies aber Geduld. »Er schlägt vor, daß du in eine Verlobung mit seinem ältesten Sohn José einwilligen solltest.«

»Seinem ältesten Sohn! José ist ein kleiner Junge von nur sieben Jahren!«

»Trotzdem wird die Verlobung dafür sorgen, daß das Land in einer Hand bleibt. Es gibt sonst niemanden für dich«, sagte ihr Vater mit denselben Worten wie damals, als er ihr befahl, Abram Montelvan zu heiraten. Er zuckte die Achseln. »Du sagst, du willst nicht heiraten. Vielleicht stirbt ja José noch in seiner Jugend. Und wenn nicht, wird es Jahre dauern, bis er erwachsen ist. Es kann ja sein, daß er sich gut entwickelt. Und vielleicht gewinnst du ihn lieb, wenn er erst zum Mann geworden ist.«

Adriana war nie bewußt gewesen, welche Abneigung sie gegen ihren Vater empfand. Sie sah zu, wie er in ihrem Gemüsekorb wühlte und die grünen Zwiebeln herausnahm, die sie am Vormittag für sich selbst geerntet hatte. »Ich nehme diese mit für

Sancha, denn ihr sind deine Zwiebeln lieber als alle anderen«, sagte er und strahlte, weil er sie damit zu loben glaubte.

Die zweite Verlobung gewährte ihr eine Zeit ohne Belästigungen. Drei Aussaaten und drei Ernten waren seit Abram Montelvans Tod ins Land gezogen. Jeden Frühling war die fette Erde bestellt, jeden Sommer das Heu gemäht und aufgeschobert, jeden Herbst der Grannenweizen geschnitten worden, ohne daß die Männer sich sonderlich beklagt hätten. Einige Ehefrauen im Tal begegneten Adriana wieder mit Feindseligkeit. Ein paar der Männer hatten es nicht beim Starren bewenden lassen, sondern Adriana ihr Begehren mit zärtlichen Worten bekundet, doch ihr Ehebett war ihr noch unerfreulich frisch in Erinnerung, und sie wollte nichts von den Männern. Statt dessen lernte sie, ihre Zudringlichkeiten mit einem Witz oder einem Lächeln über ihre Dummheit abzuweisen.

Manchmal, wenn sie ihre *finca* verließ und durch das Tal wanderte, sah sie den Jungen, dem sie versprochen war. José Montelvan war klein für sein Alter und hatte einen dunklen Schopf lockiger Haare. Wenn er im Freien spielte, wirkte er wie ein vielversprechender Junge. Inzwischen war er zehn. Wie alt war alt genug? Ein Junge sollte mindestens vierzehn oder fünfzehn Jahre alt sein, vermutete sie, bevor man ihm die Pflichten eines Mannes übertragen konnte.

Als sie eines Tages nah an ihm vorbeiging, sah sie seine Nase triefen. Sie blieb stehen, zog ein Tuch aus ihrer Tasche und wischte dem erstaunten Jungen die Nase. »Ihr dürft nie mit einer Rotzfahne in mein Bett kommen, Señor. Das müßt Ihr mir versprechen«, sagte sie und konnte übers Leben lachen, als er wie ein erschrockener Hase davonlief.

In ihr wuchs ein kleiner Klumpen der Kälte wie ein ungewolltes Kind. Sie hatte keine Möglichkeit zur Flucht, dachte aber immer öfter daran, einfach davonzugehen, höher und immer höher in die Berge zu steigen, bis sie nicht mehr gehen konnte. Sie hatte keine Angst vor dem Tod, doch die Aussicht, von Tieren gefressen zu werden, behagte ihr nicht.

Adriana hatte gelernt, daß es töricht war, von der Welt Gutes zu erwarten. An dem Nachmittag, als der Fremde aus dem Wald gekommen war, wie ein verfluchter Ritter in seinem verrosteten Brustpanzer und auf seinem wunderschönen grauen Pferd, wäre sie vor ihm davongelaufen, wenn es möglich gewesen wäre. Und so war sie alles andere als erfreut, als Benzaquen am nächsten Morgen an ihre Tür klopfte und sie ehrerbietig fragte, ob sie an seiner Stelle dem Fremden das Tal zeigen könne. »Meine Schafe haben angefangen, Junge zu werfen, und ich muß mich heute um sie kümmern«, sagte er, und so blieb ihr keine andere Wahl, als zuzustimmen.

Er erzählte ihr, was er über den Mann wußte, der Medicus in Guadalajara sei, wie er sagte.

11. KAPITEL

EIN ARZT AUF BESUCH

Jona hatte in Benzaquens Heuschober gut geschlafen. Da er Benzaquens Frau keine Arbeit machen wollte, schlich er sich ins Haus, während sie noch schliefen, nahm ein brennendes Kohlestück vom Feuer, entzündete damit ein Feuer am Bach, der am Haus vorbeifloß, und kochte sich aus seinen zur Neige gehenden Vorräten einen Erbsbrei. So war er satt und ausgeruht, als Adriana Chacon zu ihm kam und ihm sagte, sie werde ihn an Benzaquens Stelle durchs Dorf führen.

Er brauche sein Pferd nicht zu satteln, fügte sie hinzu. »Heute werde ich Euch die östliche Seite des Tals zeigen. Da gehen wir besser zu Fuß. Vielleicht zeigt Euch morgen jemand anders den anderen Teil, und dann könnt Ihr reiten«, sagte sie, und er nickte.

Er staunte noch immer über ihre große Ähnlichkeit mit Inés, doch bei genauerer Betrachtung sah er, daß es auch Unterschiede gab: Sie war größer als Inés und hatte breitere Schultern und einen kleineren Busen. Ihr schlanker Körper war so ansehnlich wie ihr interessantes Gesicht; im Gehen zeichneten sich ihre runden Schenkel im grauen Tuch ihres Gewands ab. Doch man spürte, daß sie sich ihrer Schönheit nicht bewußt war; sie hatte keine törichte Geziertheit an sich.

Er nahm den kleinen, mit einem Tuch bedeckten Korb, den sie mitgebracht hatte, und trug ihn beim Gehen. Als sie an einem Feld vorbeikamen, auf dem Männer arbeiteten, hob sie die Hand zum Gruß, unterbrach sie aber nicht in ihrer Arbeit, um ihn vorzustellen. »Dieser Mann da bei der Aussaat ist mein Vater, Joaquín Chacon«, sagte sie.

»Ja, ich habe ihn gestern schon kennengelernt. Er gehörte zu denen, die herbeigestürzt kamen, um Euch zu helfen.«

»Auch er kann sich nicht an Euch erinnern«, sagte sie ihm.

»Kein Wunder. Als ich in Granada war, sagte man mir, daß er im Süden sei, um Seide zu kaufen.«

»Mica Benzaquen hat mir erzählt, daß Ihr damals meine Tante heiraten wolltet.«

Mica Benzaquen ist ein verdammtes Klatschmaul, dachte Jona, aber er hatte ja recht. »Ja, ich wollte Inés Saadi Denia heiraten. Benzaquen war ein enger Freund Eures Großvaters. Er diente als Vermittler und horchte mich für Isaak Saadi nach meiner Vermögenslage aus. Ich war jung und sehr arm, und meine Zukunftsaussichten waren düster. Ich hatte gehofft, Isaak Saadi würde mir den Seidenhandel beibringen, aber Benzaquen sagte mir, daß Isaak Saadi bereits einen Schwiegersohn habe, der bei ihm arbeite – Euer Vater –, und daß Inés einen Mann mit einem eigenen Geschäft oder Gewerbe heiraten müsse. Er gab mir deutlich zu verstehen, daß Euer Großvater keinen Schwiegersohn brauchen könne, den er unterstützen müsse, und schickte mich weg.«

»Und das hat Euch schwer getroffen?« fragte sie, doch leichthin, als wollte sie andeuten, daß nach all den Jahren diese Zurückweisung in der Jugend nicht mehr so schrecklich sein könne.

»Das war ich wirklich, doch nicht nur, weil ich Inés, sondern auch, weil ich Euch verloren hatte. Ich wollte sie heiraten, doch auch ihre kleine Nichte hatte mich verzaubert. Nachdem Ihr geflohen wart, fand ich einen glatten, roten Kiesel, mit dem Ihr immer gespielt hattet. Ich nahm ihn als Andenken und hatte ihn mehr als ein Jahr lang, bevor ich ihn verlor.«

Sie sah ihn an. »Tatsächlich?«

»Bei Gott. Es ist wirklich schade, daß Isaak mich nicht in seine

Familie aufnahm. Ich hätte Euer Onkel sein und zu Eurer Erziehung beitragen können.«

»Ihr hättet aber auch mit Inés in Pamplona sterben können, an Isidoro Sabinos Stelle«, erwiderte sie.

»Was für eine vernünftige Frau Ihr doch seid. Das hätte tatsächlich passieren können.«

Sie kamen zu einem stinkenden Pferch, in dem sich viele Schweine im Schlamm wälzten. Dahinter standen ein Räucherhaus und ein hagerer Schweinefarmer, den Adriana Jona als Rodolfo García vorstellte.

»Ich habe schon gehört, daß wir einen Besucher von außerhalb haben«, sagte García.

»Ich bin hier, um ihm den Stolz des Tals zu zeigen«, erwiderte sie. Sie führten Jona in das Rauchhaus, wo große, dunkle Schlegel von der Traufe hingen. Adriana erklärte ihm, daß die Schweine mit Eicheln aus dem Bergwald gefüttert würden. »Die Schinken werden mit Kräutern und Gewürzen eingerieben und langsam geräuchert, und das Ergebnis ist ein mageres, dunkles Fleisch mit kräftigem Geschmack.«

Auf Garcías Feldern spitzten bereits erste grüne Triebe aus der Erde. »Seine Saat ist im Frühjahr immer die erste, die angeht«, sagte sie zu Jona, und der Bauer erklärte ihm, daß er das den Schweinen zu verdanken habe. »Einmal pro Jahr verlege ich ihre Pferche. Und wo ich sie hinstelle, graben sie mit ihren scharfen Hufen und den wühlenden Schnauzen die Grasnarbe zusammen mit ihrem Kot unter, so daß eine fette Erde entsteht, die förmlich nach Samen schreit.«

Sie verabschiedeten sich von ihm und gingen weiter. An einem Bach entlang wanderten sie durch Feld und Wald, bis sie zu einer nach frischen Spänen duftenden Holzwerkstatt kamen, in der ein Mann namens Jacob Orabuena stabile Möbel und Holzwerkzeuge anfertigte und Bauholz sägte. »Hier auf dem Berg gibt es genug Holz, um mich für immer in Arbeit zu halten«, sagte er zu

Jona, »aber wir sind nur eine kleine Gruppe, und der Bedarf an den Dingen, die ich herstelle, ist schnell befriedigt. Die Abgeschiedenheit dieses Tales, die wir um unserer Sicherheit willen schätzen, macht es uns unmöglich zu verkaufen, was wir herstellen. Und obwohl wir hin und wieder einen Wagen oder zwei mit Waren volladen und die schwierige Reise nach Jaca oder Huesca auf uns nehmen, müssen wir verhindern, daß die Leute auf der Suche nach Rodolfos guten Schinken oder meinen Möbeln hierherkommen. Wir dürfen keine Aufmerksamkeit auf uns ziehen. Und deshalb helfe ich auf den Feldern, wenn ich in der Werkstatt keine Arbeit habe.«

Dann bat er Jona um einen Gefallen. »Señora Chacon sagt, daß Ihr Arzt seid.«

»Ja?«

»Meine Mutter hat oft Kopfweh. Wenn es auftritt, sind es schreckliche Schmerzen.«

»Ich sehe sie mir sehr gerne an«, erwiderte Jona. Dann fiel ihm etwas ein.

»Sagt ihr… und jedem, der einen Arzt aufsuchen will… daß ich morgen vormittag in Mica Benzaquens Scheune zu finden bin.«

Orabuena lächelte und nickte. »Ich bringe meine Mutter zu Euch«, sagte er.

Sie folgten weiter dem Bach bis zu einem schattigen Tümpel, an dem sie rasten konnten. Der kleine, tuchbedeckte Korb, den er für sie trug, enthielt Brot, Ziegenkäse, grüne Zwiebeln und Rosinen, und dazu tranken sie kaltes Wasser aus dem Bach, das sie mit bloßen Händen schöpften. Ihr Trinken schreckte Forellen von beträchtlicher Größe auf, die sich ins Gewirr der Wurzeln am unterspülten Ufer flüchteten.

»Euer Tal ist ein wunderbarer Ort zum Leben«, sagte er.

Sie antwortete nicht, sondern schüttelte das Tuch aus, so daß die Brotkrumen als Fischfutter in den Tümpel rieselten. »Ich glaube, es ist Zeit für eine Siesta«, sagte sie, lehnte sich mit dem Rücken an einem Baumstamm und schloß die Augen. Er folgte ihrem klugen Beispiel. Nur der Gesang der Vögel war zu hören und das Plätschern des Wassers, und er ruhte eine Weile, ein traumloses Dösen. Als er die Augen wieder öffnete, schlief sie noch, und er betrachtete sie in aller Ruhe. Sie hatte das Saadi-Gesicht, die lange, gerade Nase, den breiten, dünnlippigen Mund mit den sinnlichen Winkeln, die ihre Gefühle verrieten. Er war sich irgendwie sicher, daß sie eine zu starker Leidenschaft fähige Frau war, und doch schien ihr nicht daran gelegen zu sein, einen Mann zu bezaubern, denn er bemerkte an ihr keins der kleinen Zeichen, mit denen andere Frauen, wie zurückhaltend auch immer, ihre Bereitschaft andeuten. Vielleicht war es einfach so, daß er ihr gleichgültig war. Vielleicht betrauert sie aber auch immer noch ihren toten Gatten, dachte er, und einen törichten Augenblick lang beneidete er ihren entschlafenen Liebhaber. Ihr Körper war schlank, aber kräftig. Sie hat sehr gute Knochen, dachte er, und in diesem Augenblick öffnete sie die Augen und sah Jona an, der versunken ihren Wuchs musterte.

»Sollen wir jetzt weitergehen?« fragte sie, und er nickte und stand auf. Als er ihr die Hand reichte, um ihr aufzuhelfen, spürte er, daß ihre Finger kühl und trocken waren.

Am Nachmittag besuchten sie die Ziegen- und Schafherden, und er lernte einen Mann kennen, der tagaus tagein an den Wasserläufen entlangwanderte, um Steine zu sammeln, die für den Hausbau verwendet werden konnten. Wie Naturdenkmale stapelten sie sich vor seinem Haus und warteten auf den Tag, daß jemand etwas bauen wollte.

Sie waren beide müde, als Adriana ihn am späten Nachmittag zu Benzaquens *finca* zurückbrachte. Sie hatten sich bereits verabschiedet und waren ihrer Wege gegangen, als sie sich noch einmal umdrehte.

»Wenn Ihr morgen als Arzt fertig seid, zeige ich Euch sehr gern des Rest des Tales«, sagte sie, und er dankte ihr noch einmal für ihre Freundlichkeit und fügte hinzu, daß er sich darauf freue.

Früh am nächsten Morgen kam als erste Patientin eine Frau namens Viola Violante zu dem Arzt auf Besuch. »Der Teufel sitzt in meinem Augenzahn«, sagte sie.

Als er ihr in den geöffneten Mund spähte, sah er sofort, was sie quälte, denn ein Schneidezahn war verfärbt und das Zahnfleisch darum herum sehr blaß. »Wenn ich Euch nur schon früher gesehen hätte, Señora«, murmelte er, doch er hatte eine Zange in seiner Arzttasche, und der Zahn mußte auf jeden Fall gezogen werden. Wie Jona befürchtet hatte, war er bereits verfault und brach während des Ziehens. Obwohl er sich anstrengen mußte, um alle kranken Wurzelteile zu entfernen, lagen am Ende die Bruchstücke im Staub vor Señora Violantes Füßen. Blut spuckend, aber voll des Lobes für seine Arbeit, entfernte sie sich.

Inzwischen hatten sich mehrere Leute versammelt, und er war den ganzen Vormittag über beschäftigt. Er kümmerte sich um jeden Patienten einzeln, und um ungestört zu sein, bat er die anderen, ein Stückchen weiter weg zu warten. Durand Chazan Halevi stutzte er einen eingewachsenen Zehennagel und hörte dann zu, wie Asher de Segarra den Durchfall beschrieb, der ihn immer wieder plagte.

»Ich habe keine Arznei bei mir, und Ihr seid weit weg von der nächsten Apotheke«, sagte er zu Señor Segarra. »Aber bald blühen die Rosen. Wenn Ihr einen Becher voll Blütenblätter mit Honig in Wasser kocht, den Sud gut auskühlen laßt und ein Hühnerei hineinquirlt, bekommt Ihr einen Trank, der Eure Beschwerden lindert.«

Mittags brachte Lea Chazan ihm Brot in einer Schüssel Brühe, und er aß dankbar und machte sich dann wieder daran, Karbunkel zu stechen, über Verdauung und Ernährung zu sprechen und

Leute mit einem Becher zum Pinkeln hinter die Scheune zu schicken, damit er ihren Urin untersuchen konnte.

Irgendwann kam Adriana Chacon. Sie stand da und unterhielt sich mit den Wartenden. Ein paarmal wandte sie den Blick zur Scheune, wo er jemanden behandelte.

Doch als er das nächste Mal den Kopf hob, weil er sie sehen wollte, war sie verschwunden.

Am nächsten Morgen erschien Adriana auf einer moosbraunen Stute mit dem Namen Doña. Zuerst ritten sie zur Kirche, wo sie ihm Padre Serafino vorstellte. Der Priester fragte ihn, woher er komme, und Jona sagte ihm, aus Guadalajara. Padre Serafino spitzte die Lippen. »Ihr seid weit gereist.«

Das Schlimme am Lügen, das hatte Jona schon vor langer Zeit erkannt, war, daß eine Lüge viele weitere nach sich zog. So beeilte er sich, das Thema zu wechseln, und lobte die kleine, aus Stein und Balkenwerk erbaute Kirche. »Hat sie auch einen Namen?« fragte er.

»Ich habe mir schon einige Namen überlegt, die ich den Gemeindemitgliedern vorschlagen will, denn sie müssen mich bei dieser Entscheidung beraten. Zuerst dachte ich an ›Kirche zum heiligen Dominik‹, aber viele andere Kirchen tragen diesen Namen bereits. Was meint Ihr dazu, wenn ich sie ›Kirche zu Cosme und Damian‹ nenne?«

»Waren das Heilige, Padre?« fragte Adriana.

»Nein, mein Kind, das waren frühe Märtyrer, zwei in Arabien geborene Zwillingsbrüder. Sie wurden beide Ärzte, die sich ohne Bezahlung um die Armen kümmerten und viele heilten. Als der römische Kaiser Diokletian anfing, die Christen zu verfolgen, befahl er den Brüdern, ihrem Glauben zu entsagen, und als sie sich weigerten, ließ er sie mit dem Schwert köpfen. – Ich habe heute morgen von einem anderen Arzt gehört, der Leidende behandelt und jede Bezahlung abgelehnt hat«, ergänzte er.

Jona sah sich ungerechtfertigterweise gelobt und wollte nicht in einem Atemzug mit Märtyrern genannt werden. »Normalerweise nehme ich für meine Dienste Bezahlung an, und zwar sehr gerne«, sagte er. »Aber im Augenblick bin ich ein Gast in diesem Tal. Das wäre ein armseliger Gast, der von seinen Gastgebern Bezahlung annehmen würde.«

»Ihr habt selbstlos gehandelt«, sagte Padre Serafino, der sich von seiner Meinung nicht abbringen ließ. Er segnete sie, als sie sich verabschiedeten.

Am anderen Ende des Tals standen mehrere *fincas,* die Häuser von Schäfern, die sich große Schaf- und Ziegenherden aufgebaut hatten. Doch Jona und Adriana hielten nicht an, um an die Türen zu klopfen, sondern ließen ihre Pferde in stiller Eintracht vorbeitrotten.

Er hatte sie gebeten, kein Essen mitzunehmen, weil er für sie beide Forellen fangen wollte, doch sie hatte ein wenig Brot und Käse dabei, und das schlichte Mahl genügte ihnen, so daß er sich die einfache Übung mit der Angelschnur ersparte. Sie banden die Pferde auf einem schattigen Grasstück in der Nähe an und verbrachten die Mittagszeit wie tags zuvor schlafend unter einem Baum am Bach.

Der Tag wurde sehr heiß, und Jona schlummerte friedlich und lange. Als er aufwachte, glaubte er, sie schlafe noch, und er ging zum Bach und spritzte sich das sehr kalte Wasser ins Gesicht. Doch kurz darauf stand sie ebenfalls auf und kniete sich neben ihn, um es ihm gleichzutun. Dann schöpften sie mit bloßen Händen Wasser und tranken, und dabei sahen sie einander über die tropfenden Finger hinweg direkt in die Augen, aber sie wandte den Blick sofort wieder ab. Auf dem Rückweg ließ er sie ein Stückchen voranreiten, damit er betrachten konnte, wie sie mit vollkommen geradem Rückgrat im Sattel saß und auch bei einem kurzen Galopp behende ihr Gleichgewicht behielt. Manchmal wehten ihre offenen braunen Haare im leichten Wind.

Vor ihrem Haus sattelte er ihr Pferd ab. »Danke, daß Ihr mich heute wieder herumgeführt habt«, sagte er, und sie lächelte und nickte. Er wollte noch nicht gehen, doch von ihr kam keine Einladung zum Bleiben.

Er ritt zu Benzaquen zurück und ließ seinen grauen Araber in der Nähe grasen. Die Männer des Tals hatten angefangen, einen Graben auszuheben, um Wasser vom Bach zu den trockenen Teilen der Weide zu leiten. Eine Stunde lang half er ihnen und trug Eimer mit Aushub zu einer Senke, wo er die Erde ausbreitete, doch nicht einmal die schwere Arbeit konnte die eigenartige Ruhelosigkeit und Reizbarkeit, die ihn erfaßt hatte, vertreiben.

Der folgende Tag war ein Samstag. Beim Aufwachen war sein erster Gedanken, daß er sofort zu Adriana Chacon gehen wollte, doch schon kam Mica Benzaquen in die Scheune und fragte ihn, ob er nicht mit einigen Männern in den Wald gehen und ihnen Heilkräuter zeigen könne, mit denen sie Krankheiten bekämpfen konnten, wenn sie nach Señor Toledanos Abreise wieder ohne Arzt wären.

»Außer natürlich, Ihr habt vor, für immer hierzubleiben«, sagte Mica. Jona spürte, daß dies nicht nur im Spaß gesprochen war, doch er lächelte und schüttelte den Kopf.

Kurz darauf machte er sich mit Benzaquen, Asher de Segarra und Pedro Abulafin auf den Weg. Er war sicher, daß er aus Unwissenheit einige wertvolle Pflanzen übersehen würde, aber Nuño hatte ihn gut ausgebildet, und er wußte, daß diese Männer mitten in einer Fundgrube für Apotheker lebten. Noch auf der Wiese zeigte er ihnen eine Wickenart, die Geschwüre linderte oder, mit Wein zu einer Paste vermischt, gegen Schlangenbisse half. Und Lupinen, die, mit Wein genommen, Ischiasschmerzen linderten und mit Essig Würmer aus dem Darm vertrieben. In ihren Gemüsegärten, belehrte er sie, wüchsen weitere wertvolle Pflanzen. »Linsen, mit ihren Schalen gegessen, besänftigen die

Eingeweide bei Durchfall. Wie auch Mispeln, wenn man sie kleinhackt und mit Wein oder Essig vermischt. Rhabarber regt einen trägen Darm an. Sesamsamen in Wein helfen gegen Kopfschmerzen, und weiße Rüben lindern die Gicht.«

Im Wald zeigte er ihnen wilde Erbsen, gut gegen Krätze und Gelbsucht, wenn mit Gerste und Honig vermischt. Und Griechisches Heu, das, mit Salpeter und Essig vermischt, die monatlichen Krämpfe der Frauen linderte. Und Hyazinthen, die, mit einem Fischkopf verbrannt und mit Olivenöl vermischt, eine gute Salbe gegen schmerzende Gelenke ergaben.

Zwischendurch machte Pedro Abulafin, dessen *finca* am nächsten lag, sich davon und kehrte kurz darauf mit zwei Broten und einem Krug zurück, und die Männer setzten sich auf Felsen am Bach, teilten und aßen das Brot und ließen den Krug herumgehen. Er enthielt einen säuerlichen Wein, den man hatte reifen lassen, bis er fast so stark wie Cognac war.

Die vier Männer waren heiter und voll guter Kameradschaft, als sie den Wald verließen. Jona fragte sich, ob noch Zeit war für den Besuch bei Adriana, an den er frühmorgens gedacht hatte, doch als sie zu Benzaquens Scheune zurückkehrten, wartete Rodolfo García bereits auf sie.

»Ich frage mich, ob Ihr mir wohl helfen könnt, Señor. Es geht um eine meiner besten Säue. Sie versucht zu werfen, aber nach einem ganzen Tag Wehen rührt sich noch immer nichts. Ich weiß, daß Ihr ein Arzt für Menschen seid, aber…«

Und so brach Jona in Garcías Begleitung unverzüglich zum Schweinestall auf, wo die trächtige Sau schwach atmend und offensichtlich in Schwierigkeiten auf der Seite lag. Er zog sein Hemd aus und schmierte sich Hand und Arm mit Schmalz ein. Mit wenigen Handgriffen zog er ein dralles totes Ferkel aus der Sau, und es war, als hätte er eine Flasche entkorkt. Innerhalb kurzer Zeit kamen acht lebendige Ferkel hervor und saugten schon bald darauf die Milch ihrer Mutter.

Jonas Bezahlung bestand aus einem Bad. Garcías Zuber wurde in die Scheune gebracht, und der Schweinezüchter trug zwei große Töpfe heißes Wasser herbei. Zufrieden saß Jona in der Wanne und schrubbte sich sauber. Als er in Benzaquens Haus zurückkehrte, fand er auf dem Tisch einen von Lea Chazan für ihn hergerichteten, abgedeckten Teller mit Brot und einem kleinen Käse sowie einen Becher mit süßem, leichtem Wein. Jona aß, ging dann nach draußen und pinkelte im Mondlicht an einen Baum. Anschließend kletterte er in den Heuschober, zog seine Decke vor die unverglaste Fensterluke, damit er die Sterne sehen konnte, und schlief sofort ein.

Am Sonntag morgen begleitete er Mica und Lea zur Kirche, wo er sah, daß Adriana neben ihrem Vater saß und dessen Frau neben ihm auf der anderen Seite. Es gab zwar leere Bänke, doch Jona ging direkt zu Adriana und setzte sich neben sie. Lea und Mica folgten ihm und nahmen links von ihm Platz.

»Guten Morgen«, sagte er zu Adriana.

»Guten Morgen.«

Er wollte noch mit ihr reden, doch der Beginn des Gottesdienstes verhinderte es. Padre Serafino hielt die Messe sachlich und nüchtern. Manchmal berührten sich ihre Körper, wenn sie sich hinknieten oder aufstanden. Jona war sich bewußt, daß die Leute sie beobachteten.

Padre Serafino verkündete, daß er am Vormittag zur westlichen Weide kommen würde, um den Bewässerungsgraben zu segnen. Nach dem Schlußgesang stellten die Gläubigen sich in einer Reihe auf. Während der Priester zum Beichtstuhl ging, sagte Lea, wenn Señor Toledano nicht zu beichten wünsche, sollten sie am besten sofort gehen, da sie Erfrischungen vorbereiten müsse für die Einwohner von Pradogrande; diese würden heute in ihr Haus kommen, um ihren Gast kennenzulernen und ihm die Ehre zu erweisen. Erleichtert folgte Jona ihr zur Tür hinaus.

Die Besucher kamen beladen mit Geschenken für ihn, Honigkuchen, Olivenöl, Wein, einem kleinen Schinken. Jacob Orabuena schenkte ihm eine bemerkenswerte Schnitzerei, eine Drossel in vollem Flug, lebensecht bemalt mit Farben, die er aus Waldkräutern gewonnen hatte. Adriana kam mit Vater und Stiefmutter, aber er fand keine Gelegenheit, allein mit ihr zu reden. Nach einer Weile ging sie wieder, und er kochte innerlich vor Wut.

12. KAPITEL

ADRIANA CHACON

Adriana hatte beobachtet, wie Jona in Micas Scheune Patienten behandelte, und es beeindruckte sie, wie vertieft er in seine Arbeit war und wie ehrerbietig er jeden Patienten behandelte. Sie sah, daß er ein sanfter Mann war.

»Anselmo Montelvan ist wütend«, sagte ihr Vater am Sonntag zu ihr. »Er sagt, man sieht dich zu häufig mit diesem Arzt. Er sagt, das entehrt seinen Sohn, deinen Verlobten.«

»Anselmo liegt nur wenig an seinem Sohn und erst recht nichts an mir«, erwiderte sie. »Ihm geht es nur darum, das Land in die Finger zu bekommen, das seinem Vater gehörte.«

»Es wäre am besten, wenn man dich nicht mehr mit Señor Toledano sieht. Außer natürlich, wenn du glaubst, daß seine Absichten ernsthaft sind. Es wäre gut, wenn wir ein Arzt hätten, der hier im Dorf lebt.«

»Ich habe keinen Grund zu glauben, daß er überhaupt irgendwelche Absichten hat«, sagte sie gereizt.

Trotzdem machte ihr Herz einen Satz, als Jona Toledano am Montag morgen an ihrer Tür erschien.

»Geht Ihr mit mir spazieren, Adriana?«

»Ich habe Euch doch schon beide Seiten des Tales gezeigt, Señor.«

»Bitte, zeigt sie mir noch einmal.«

Gemächlich plaudernd schlenderten sie wieder am Bach entlang. Mittags nahm er seine Angelschnur aus der Tasche und ein winziges Döschen mit Würmern, die er in dem frisch ausgehobenen Graben in der Wiese gesammelt habe, wie er sagte. Sie ging nach Hause, um eine glühende Kohle von ihrer Kochstelle zu holen, und als sie mit dem Kohlestückchen in einem kleinen Blecheimer zurückkehrte, hatte er bereits für jeden vier kleine Forellen gefangen und ausgenommen. Für das Feuer brach er trockene Äste von den Bäumen, und bald darauf aßen sie das süße, angekohlte Forellenfleisch mit ihren Händen und leckten sich danach die Finger sauber.

Zur Siesta legte er sich dicht neben sie. Während sie langsam eindöste, war sie sich seines ruhigen Atmens, des Hebens und Senkens seiner Brust bewußt. Als sie aufwachte, saß er nahe bei ihr, ein großer, stiller Mann, der über sie wachte.

Jeden Tag gingen sie miteinander spazieren. Die Dorfbewohner gewöhnten sich an ihren Anblick, wie sie, ins Gespräch vertieft oder in freundschaftlichem Schweigen, nebeneinanderher schlenderten. Am Donnerstag vormittag lud sie ihn in ihr Haus ein, um ihm ein Mittagessen zu kochen, und es war, als hätte sie eine unsichtbare Grenze überschritten. Auf dem Weg dorthin fing sie an, von der Vergangenheit zu sprechen. Ohne Einzelheiten zu nennen, erzählte sie ihm, daß ihre Ehe mit Abram Montelvan schwierig und unglücklich gewesen sei. Sie erzählte ihm, was sie noch von ihrer Mutter, ihren Großeltern und ihrer Tante Inés wußte. »Inés war noch mehr eine Mutter für mich als Felipa. Eine von beiden zu verlieren wäre eine Katastrophe gewesen, aber sie starben beide, und dann auch noch mein Großvater und meine geliebte Großmutter Suleika.«

Er nahm ihre Hand und drückte sie. »Erzählt mir von Eurer Familie«, sagte sie.

Er erzählte ihr furchterregende Geschichten. Von seiner Mutter, die an einer Krankheit gestorben war. Von einem ermordeten älteren Bruder und von einem Vater, der von einem judenhassenden Pöbel erschlagen worden war. Von einem jüngeren Bruder, den man ihm entrissen hatte.

»Schon vor langer Zeit habe ich mich mit dem Verlust derer abgefunden, die tot sind. Viel schwerer fällt es mir jedoch, meinen Bruder Eleasar nicht dauernd zu betrauern, weil ich tief in mir drinnen spüre, daß er noch am Leben ist. Wenn es so ist, dann ist er inzwischen ein erwachsener Mann, aber wo auf dieser weiten Welt lebt er? Er ist so gründlich aus meinem Leben verschwunden wie die anderen. Ich weiß, daß er lebt, aber ich werde ihn nie wiedersehen, und das ist kaum zu ertragen.«

Die Männer, die den Graben aushoben, arbeiteten gerade an einer Stelle dicht bei Adrianas Haus und jetzt sahen sie zu, wie dieser Mann und diese Frau, abwechselnd redend und zuhörend, dicht nebeneinander an ihnen vorbeigingen.

Als die Tür sich hinter ihnen geschlossen hatte, wollte Adriana ihm sagen, er solle sich in die Wohnstube setzen, aber ihre Worte erstarben ihr im Mund, denn sie hatten sich unbewußt einander zugewandt, und er küßte ihr Gesicht. Kurz darauf erwiderte sie seine Küsse, und ihre Münder und ihre Körper berührten sich.

Sie war verwirrt von ihrer gegenseitigen Leidenschaft, doch als er erst ihren Rock und dann ihr Untergewand anhob, bekam sie es mit der Angst. Sie wollte fliehen, als sie seine Hand spürte. Das muß etwas sein, was alle Männer tun, nicht nur Abram Montelvan, dachte sie voller Entsetzen und Abscheu. Doch während sein Mund ihr mit sanften Küssen huldigte, sprach seine Hand zu ihr, und es war anders. Liebevoll. Und eine Wärme stieg in ihr auf und kroch ihr als köstliche Schwäche in die Glieder, bis sie auf kraftlose Knie niedersank. Auch er sank auf die Knie und küßte und streichelte sie weiter.

Von draußen kam die Stimme eines der Männer, der einem anderen weiter weg etwas zurief: »Nein, nein. Du mußt die verdammten Steine wieder auf den Damm legen. Ja, wieder auf den Damm, sonst hält er dem Wasser nicht stand.«

Im Haus lagen Adriana und Jona halb angezogen beieinander, und die Binsen auf dem Boden unter ihnen raschelten und knisterten.

Als sie sich ihm darbot, war alles ganz einfach. Er hatte nicht Abrams Schwierigkeiten, er hatte überhaupt keine Schwierigkeiten, na ja, ein Arzt, dachte sie verwegen… Sie wußte, es war schwärzeste Sünde, dies für den freudigsten Augenblick ihres Lebens zu halten, aber dieser Gedanke, jeder Gedanke entfloh ihr, als sie plötzlich wieder Furcht beschlich. Denn etwas nie Gekanntes geschah mit ihr. Sie meinte den Tod herannahen zu spüren. O Gott, bitte, flehte sie, aufs wunderbarste lebendig bis zum Ende, als ihre ganze Welt zu zittern und zu schwanken begann, und mit beiden Händen klammerte sie sich an Jona Toledano, um nicht zu fallen.

An den nächsten beiden Abenden spielte Jona ein neues Spiel, wenn der Tag verlosch; früh sagte er Mica und Lea gute Nacht und wartete dann ungeduldig auf die volle, pflaumenfarbene Dunkelheit, die es ihm gestattete, ungesehen aus Benzaquens Scheune zu schlüpfen. Er mied das Mondlicht, drückte sich in den Schatten, wo er ihn fand, und schlich so verstohlen zu ihrem Haus wie einer, der Kehlen durchschneiden will. In beiden Nächten war die Tür für ihn geöffnet, und sie stand gleich dahinter und stürzte sich auf ihn mit einer Begierde, die seiner nicht nachstand. Jedesmal schickte sie ihn lange vor Tagesanbruch wieder weg, denn alle Dörfler waren Bauern, die früh aufstanden, um ihre Tiere zu versorgen.

Sie glaubten, unauffällig und vorsichtig zu sein. Vielleicht waren sie es auch, doch am Freitag morgen bat Benzaquen Jona, ihn zu begleiten. »Damit wir uns besprechen können.«

Die beiden gingen zu Fuß zu einer Stelle ein Stückchen außerhalb des Dorfes. Mica zeige ihm einen breiten Streifen grünenden Landes, der sich vom Fluß bis zum Fuß des Berges erstreckte.

»Das Grundstück liegt genau in der Mitte des Tales«, sagte Mica. »Eine gute Lage, leicht zu erreichen von jedem Dorfbewohner, der einen Arzt braucht.«

Jona dachte an eine frühere Zeit, als er der Werbende gewesen war und Benzaquen ihn kurzerhand abgewiesen hatte. Er vermutete, daß Mica nun für das Dorf um ihn warb.

»Dieses Land war Eigentum des verstorbenen Fireas ben Sagan, gehört aber seit seiner Heirat Joaquín Chacon. Er hat bemerkt, daß Ihr ein Auge auf seine Tochter geworfen habt, und mich gebeten, es Euch beiden anzubieten.«

Sie benutzten Adriana als Köder, erkannte er. Es war ein schönes Stück bewaldeten Landes, wo ein Haus an erhöhter Stelle stehen konnte und doch so nahe am Bach, daß man sein Plätschern hörte. Eine Familie, die hier lebte, konnte an warmen Sommertagen in den Tümpeln planschen. Vorne lag ein kleines Feld, hinten erhob sich die bewaldete Bergflanke.

»Es liegt sehr günstig im Tal. Jeder könnte zu Fuß zu Euch kommen. Die Männer würden Euch ein schönes Haus bauen. Wir sind nur eine kleine Gemeinde«, sagte Benzaquen. »Ihr würdet neben den Menschen auch Tiere behandeln müssen, und vielleicht auch ein wenig Land bestellen, wenn Ihr wollt.«

Es war ein gutes Angebot und verdiente eine Antwort. Eine höfliche Ablehnung lag Jona auf den Lippen; zwar hatte er das Tal als Garten Eden gesehen, doch nie für sich selbst. Er wollte aber nicht ablehnen, bevor er wußte, welche Auswirkungen seine Entscheidung auf Adriana Chacons Lebens haben würde.

»Laßt mich darüber nachdenken«, sagte er, und Benzaquen nickte, froh darüber, daß er nicht gleich eine endgültige Ablehnung erhalten hatte. Auf dem Rückweg bat er Benzaquen, etwas für ihn zu tun. »Erinnert Ihr Euch noch an den Abend, als wir uns in Isaak Saadis Haus in Granada trafen, an diese Sabbatfeier nach der alten Religion? Würdet Ihr Eure Freunde heute abend zu einer solchen Feier einladen?«

Benzaquen runzelte die Stirn. Er musterte Jona und sah nun vielleicht Schwierigkeiten, die er zuvor nicht erkannt hatte, doch dann lächelte er ein wenig gequält. »Wenn es etwas ist, das Ihr Euch unbedingt wünscht...«

»Das ist es, Mica.«

»Dann will ich den Männern Bescheid geben.«

Doch an diesem Abend kamen nur Asher de Segarra und Pedro Abulafin zu Benzaquen, und an ihrer verlegenen Art merkte Jona, daß sie nicht aus Frömmigkeit gekommen waren, sondern weil sie ihn als Menschen schätzengelernt hatten.

Gemeinsam saßen sie da und warteten, bis am Himmel der dritte Stern sichtbar wurde, der den Beginn des Sabbat ankündigte.

»Ich weiß nicht mehr viel von den Gebeten«, sagte Asher.

»Ich auch nicht«, sagte Jona. Er hätte ihnen das Schema vorbeten können. Aber am vergangenen Sonntag hatte Padre Serafino von der Dreifaltigkeit gesprochen und seiner Gemeinde gesagt: »Es sind drei. Der Vater erschafft. Der Sohn rettet die Seelen. Der Geist läutert die Sünder dieser Welt.«

Das war es, woran die Neuen Christen Pradograndes jetzt glaubten, erkannte Jona. Sie schienen glücklich zu sein als Katholiken, solange nur die Inquisition sie in Ruhe ließ. Wer war Jona Toledano, daß er sie bitten durfte zu singen: »Höre, Israel, der Ewige unser Gott ist ein einiges, ewiges Wesen.«

Asher de Segarra legte Jona die Hand auf die Schulter. »Es bringt nichts, der Vergangenheit nachzutrauern.«

»Ihr habt recht«, sagte Jona.

Bald darauf dankte er ihnen und wünschte ihnen eine geruhsame Nacht. Es waren gute Männer, aber wenn er keinen Minjan echter Juden haben konnte, wollte er auch die widerwillige Teilnahme dieser Abtrünnigen nicht, die nur beteten, um ihm einen Gefallen zu tun. Er wußte, er würde mehr Trost finden, wenn er alleine betete, wie er es schon seit vielen Jahren tat.

An diesem Abend in Adrianas Haus hielt er einen Holzspan an ihr Kochfeuer, bis er brannte, und zündete damit ihre Lampe an. »Setz dich, Adriana«, sagte er. »Es gibt Dinge, die ich dir sagen muß.«

Im ersten Augenblick erwiderte sie gar nichts. »... Geht es darum, daß du bereits eine Frau hast?«

»Ich habe bereits einen Gott.«

In knappen Worten erzählte er ihr, daß er ein Jude sei, dem es gelungen war, seit seiner Kindheit sowohl der Konversion wie der Inquisition zu entgehen. Aufrecht und still saß sie auf ihrem Stuhl, hörte ihm zu, und ihr Blick verließ nie sein Gesicht.

»Ich wurde gefragt, ob ich hier in Pradogrande bleiben will, von deinem Vater und anderen. Aber ich könnte hier nicht leben, wo jeder alles vom anderen weiß. Ich kenne mich. Ich würde mich nicht ändern, und früher oder später würde mich jemand aus Angst verraten.«

»Lebst du an einem sichereren Ort?«

Er erzählte ihr von der *hacienda,* auf der er abgeschieden und sicher leben konnte, nahe genug an der Stadt, aber doch vor neugierigen Blicken geschützt. »Die Inquisition ist dort zwar einflußreich, aber man hält mich für einen Alten Christen. Ich gehe zur Messe. Ich bezahle der Kirche den Zehnten meines hervorragenden Einkommens. Man hat mich noch nie behelligt.«

»Bring mich weg von hier, Jona.«

»Ich würde dich gerne als meine Frau nach Hause führen, aber ich bin voller Angst. Wenn man mich eines Tages entlarvt, werde ich brennen. Und meine Frau hätte einen schrecklichen Tod zu erwarten.«

»Ein schrecklicher Tod kann jederzeit über jeden kommen«, sagte sie gelassen, und wieder erkannte er, daß sie immer nüchtern und vernünftig dachte. Jetzt stand sie auf, kam zu ihm und drückte ihn fest. »Es ehrt mich, daß du dein Leben in meine Hände gibst, indem du dich mir anvertraust. Du hast bis jetzt überlebt. Wir werden gemeinsam überleben.« Ihr Gesicht war feucht an dem seinen, und doch spürte er, wie ihre Mundwinkel sich zu einem Lächeln hoben. »Ich glaube, du wirst in meinen Armen sterben, wenn wir beide sehr alt sind ... Wir müssen sofort von hier weg. Die Leute in diesem Tal sind so furchtsam. Wenn sie wissen, daß du ein Jude bist und von der Inquisition gesucht wirst, bringen sie dich eigenhändig um. Merkwürdig«, sagte sie. »Dein Volk war auch mein Volk. Als ich noch ein kleines Kind war, beschloß mein Großvater Isaak, daß wir nicht länger Juden sein dürfen. Und doch bereitete meine Großmutter Suleika für den Rest ihres Lebens jeden Freitagabend ein Festmahl für die ganze Familie zu und entzündete die Sabbatkerzen. Ich habe noch ihre kupfernen Kerzenhalter.«

»Die nehmen wir mit.«

Als am nächsten Morgen die Schwärze der Nacht dem ersten grauen Licht wich, brachen sie auf und ritten den steinigen Pfad hoch, der aus dem Tal herausführte. Jona war ängstlich; er erinnerte sich an einen anderen Ritt bei Tagesanbruch, mit Manuel Fierro, an jenen Morgen, als wie aus dem Nichts ein Pfeil gekommen war, um das Leben des Mannes zu beenden, den er immer noch als seinen Meister betrachtete.

Jetzt versuchte niemand, sie zu töten. Dennoch blieb er wachsam und ließ die Pferde laufen, bis sie den Gebirgspfad verlassen hatten und auf die Straße nach Huesca eingebogen waren, doch von Verfolgern war nie etwas zu sehen.

Immer wenn er sie anschaute, hätte er am liebsten gejauchzt vor Glück.

In Huesca sah er, daß die Familie Aurelio bereits ein großes Bündel Theriak in ausgezeichneter Qualität vorbereitet hatte. Kurze Zeit darauf hatte er sein Lasttier aus dem Stall geholt, und sie waren wieder unterwegs. Von nun an beeilte er sich nicht mehr, sondern achtete darauf, die Tagesstrecken kurz zu halten, damit Adriana sich nicht überanstrengte.

Unterwegs gestand er ihr die Ausflüchte, die er in Pradogrande benutzt hatte – daß er nicht aus Guadalajara stamme und sie sich daran gewöhnen müsse, die Frau von Ramón Callicó, dem Medicus von Saragossa, zu sein. Adriana verstand sofort den Grund für seine Lügen. »Ich mag den Namen Ramón Callicó«, sagte sie, und von da an nannte sie ihn auch so, um sich daran zu gewöhnen.

Als sie schließlich Saragossa erreichten, sah sie sich die Stadt genau an, und als sie auf den Zuweg zu seinem Haus einbogen, war sie aufgeregt und neugierig. Jona sehnte sich nach einem Bad, einer Schüssel Grütze, einem Glas Wein und Adriana in seinem Bett, gefolgt von einem langen Schlaf, doch sie bettelte, bis er sie schließlich herumführte, mit ihr über das Grundstück spazierte und ihr zeigte, was es zu sehen gab, die Olivenbäume, Nuños Grab, den Bach mit seinen winzigen Forellen, die Obstbäume, den vernachlässigten Garten, der inzwischen mehr als verwildert war, und die *hacienda*.

Als er danach endlich bekommen hatte, wonach ihm verlangte, schliefen sie den halben Tag und die ganze Nacht.

Am nächsten Tag vermählten sie sich selbst. Jona band vier gerade Stecken an Stühle in der Wohnstube und hängte eine Decke darüber, als Hochzeitsbaldachin. Er zündete Kerzen an, und dann standen sie nebeneinander wie unter einem Zelt. »Gesegnet seist du, o Herr unser Gott, der uns mit seinen Geboten geheiligt und mir diese Braut gebracht hat.«

Sie sah ihn an. »Gesegnet seist du, o Herr unser Gott, der uns mit seinen Geboten geheiligt und mir diesen Bräutigam gebracht hat«, wiederholte sie mit feuchten, aber strahlenden Augen. Er schob ihr den Silberring auf den Finger, den sein Vater zu seinem dreizehnten Geburtstag für ihn gemacht hatte, doch er war sehr groß. »Das macht nichts«, sagte er zu ihr. »Dann trägst du ihn eben an einer kleinen Kette um den Hals.«

Er zertrat ein Glas unter dem Absatz als Symbol der Trauer über die Zerstörung des Tempels in Jerusalem, in Wahrheit aber hatten sie an diesem Tag nur wenig Trauer in ihren Herzen.

»*Masel-tow*, Adriana.«

»*Masel-tow*, Jona.«

Anstelle einer Hochzeitsfeier ging sie in den Garten und jätete Unkraut und dünnte die Zwiebeln aus. Jona ritt zum Hof seines Patienten Pascual Cabrera, um das schwarze Pferd zurückzuholen, das er bei ihm untergestellt hatte. Bald rannte der Rappe zusammen mit dem grauen Araber und Adrianas Pferd Doña über die Weide.

»Warum nennst du deine Pferde nur das Schwarze und das Graue?« fragte sie. »Warum haben sie keinen Namen?«

Wie sollte er ihr erklären, daß er vor langer Zeit einmal einen Esel mit zwei Namen gehabt und verloren hatte und daß er seit dieser Zeit keinem Tier mehr einen Namen geben konnte? Er zuckte nur die Achseln und lächelte.

»Darf ich ihnen Namen geben?« fragte sie, und er erwiderte, das wäre schön. Sein grauer Araber wurde zu Sultán. Adriana meinte, die schwarze Stute, die Manuel Fierro gehört hatte, sehe aus wie eine Nonne, und sie nannte das Pferd deshalb Hermana, Schwester.

An diesem Nachmittag begann sie, auf der *hacienda* zu arbeiten. Das Haus war in seiner Abwesenheit ein wenig muffig geworden, und so riß sie Türen und Fenster auf, um frische Luft hereinzulassen. Sie schrubbte und wischte und polierte. Sie sammelte frische Binsen für den Boden und rückte die bequemen Sessel ein Stückchen näher ans Feuer. Die Kerzenhalter ihrer Großmutter und den geschnitzten Vogel aus Pradogrande stellte sie auf den Kaminsims. Binnen zwei Tagen war es, als hätte sie schon immer hier gelebt, und die *hacienda* war Adrianas Heim geworden.

TEIL VII

DER STUMME

ARAGÓN

3. APRIL 1509

1. KAPITEL

EIN BRIEF AUS TOLEDO

Neben Nuño Fierro war Miguel de Montenegro der beste Arzt, den Jona je kennengelernt hatte. Ihre Bezirke überschnitten sich, aber die beiden Ärzte halfen sich gegenseitig, ohne sich je als Rivalen zu verstehen. Montenegro war Lehrmeister von Pedro Palma gewesen und hatte den jüngeren Mann vor kurzem zu seinem Teilhaber gemacht.

»Aber Pedro hat Lücken in seinem Wissen und seiner Erfahrung«, sagte Montenegro eines Tages zu Jona, als die beiden sich bei einem Glas Wein in einer Taverne in Saragossa entspannten. »Ich habe vor allem den Eindruck, daß er mehr Erfahrung in der Wissenschaft der Anatomie nötig hat. Er würde viel lernen, wenn er mit Euch arbeiten könnte, falls sich wieder einmal die Gelegenheit ergibt.«

Beide wußten, daß Montenegro Jona bat, Palma an einer Leichenöffnung teilnehmen zu lassen.

Jona achtete Montenegro sehr. Der Ältere war einer der Prüfer gewesen, die Ramón die Zulassung als Arzt erteilt hatten, und es fiel Jona schwer, ihm etwas abzuschlagen. Aber Jona war sich seit seiner Heirat sehr deutlich seiner Verantwortung für Adriana bewußt, und er wollte sie nicht in Gefahr bringen. »Ich halte Euch für einen ausgezeichneten Chiurgen, und Ihr solltet ihn deshalb selbst unterweisen, wie Euer Freund Nuño mich unterwiesen hat«, antwortete er.

Montenegro nickte, denn er verstand Jonas Entscheidung und nahm sie ohne Groll hin. »Wie ist es um Eure Frau bestellt, Ramón?«

»Unverändert, Miguel.«

»Ach ja. Aber wie Ihr wißt, braucht so etwa manchmal seine Zeit. Sie ist eine so bezaubernde Frau. Wollt Ihr sie bitte von mir grüßen?« sagte er, und Jona nickte und trank seinen Wein aus.

Jona konnte nicht abschätzen, ob Adriana unfruchtbar war oder ob der Fehler bei ihm lag, denn seines Wissens hatte er noch nie eine Frau geschwängert. Ihre Kinderlosigkeit war das einzige Unglück in ihrer Ehe. Jona wußte, wie sehr seine Frau sich eine Familie wünschte, und es tat ihm weh, die Traurigkeit in ihrem Blick zu sehen, wenn sie die Kinder anderer Frauen betrachtete.

Er hatte Montenegro um Rat gefragt, und nach dem gemeinsamen Studium der verfügbaren medizinischen Literatur hatten sie beschlossen, ihr einen Aufguß aus Hülsenfrüchten, Kampfer, Zucker, Gerstenessenz und mit Wein vermischter gemahlener Alraunwurzel zu geben, ein Rezept, das angeblich von dem islamischen Arzt Ali ibn Ridwan stammte. Drei Jahre lang nahm Adriana diesen Trank nun schon regelmäßig, zusammen mit anderen Arzneien, doch bislang ohne Ergebnis.

Sie führten ein stilles und geordnetes Leben. Um den Schein zu wahren, begleitete Adriana ihn an mehreren Sonntagen pro Monat in die Kirche, doch ansonsten ging sie nur selten in die Stadt, wo sie als Frau des Medicus mit Hochachtung behandelt wurde. Sie bebaute einen vergrößerten Küchengarten, und zusammen mit Jona hatte sie langsam, aber stetig immer mehr der Obst- und Olivenbäume zum Fruchttragen gebracht. Es machte ihr großen Spaß, das eigene Land zu bearbeiten wie ein *peón*.

Es war für Jona eine sehr befriedigende Zeit. Zusätzlich zu der Frau, die er liebte, hatte er eine Arbeit, die ihm teuer war, und sogar noch die Freuden der Gelehrsamkeit. Nur wenige Monate nach ihrer Ankunft aus Pradogrande war er auf der letzten Seite des *Kanon der Medizin* angelangt. Fast widerstrebend hatte er das letzte Blatt mit hebräischen Schriftzeichen übersetzt – eine Warnung an die Ärzte, daß Patienten in einem geschwächten Zustand oder solche, die an Durchfall oder Übelkeit litten, nicht zur Ader gelassen werden sollten.

Und dann war er soweit, daß er auf einem eigenen Blatt die letzten Worte niederschreiben konnte.

Der Beschluß der Arbeit und eine Danksagung

Möge diese unsere kurze Abhandlung über die
allgemeinen Prinzipien der Wissenschaft der Medizin
für tauglich befunden werden.
Unsere nächste Aufgabe wird ein Buch der Heilkräuter sein,
mit Allahs Erlaubnis.
Möge Er unser Beistand sein, und Ihm danken wir für
seine unermüdliche Gnade.

Das Ende des ersten Buchs des Kanons der Medizin von Avicenna dem ersten der Ärzte.

Jona nahm feinen Sand, um die Tinte zu löschen, und schüttelte ihn vorsichtig wieder ab, bevor er das Blatt oben auf den beträchtlich angewachsenen Manuskriptstapel auf seinem Schreibtisch legte. Er war erfüllt von einer ganz eigenen Freude, die, wie er glaubte, nur Schriftsteller und Gelehrte empfinden können, die sich über lange Zeit hinweg und in völliger Einsamkeit abgemüht haben, um ihr Werk zu vollenden, und er bedauerte, daß Nuño Fierro das Ergebnis des Auftrags nicht mehr sehen konnte, den er seinem Lehrling erteilt hatte.

Jona stellte den spanischen Avicenna in ein Regal und den hebräischen Avicenna wieder in sein Nischenversteck in der Wand, aus dem er nun den zweiten Teil von Nuños Auftrag nahm, die medizinischen Aphorismen des Maimonides. Und da noch Zeit war, bis Adriana ihn zum Abendessen rief, setzte er sich wieder an seinen Schreibtisch und fing an, die erste Seite zu übersetzen.

Die beiden pflegten nur wenig gesellschaftlichen Umgang. Kurz nach Adrianas Ankunft in Saragossa hatten sie Montenegro zum Abendessen eingeladen. Der kleine, lebhafte Mann war Witwer und hatte ihnen ihre Freundlichkeit vergolten, indem er sie in ein Gasthaus in der Stadt einlud. Aus diesen gegenseitigen Bewirtungen war eine liebgewonnene Gewohnheit geworden.

Adriana war bezaubert von der Geschichte ihres Hauses. »Erzähl mir von den Menschen, die hier gewohnt haben, Ramón«, sagte sie. Es erstaunte sie, daß Reyna Fadique Haushälterin aller drei Ärzte gewesen war, die auf der *hacienda* gelebt hatten. »Was für eine ungewöhnliche Frau muß sie doch sein, daß sie drei verschiedene Herren ihres Hauses zufriedenstellen konnte«, sagte sie. »Ich würde sie sehr gerne kennenlernen.«

Jona hoffte, sie würde diesen Wunsch wieder vergessen, aber das tat sie nicht, und so ritt er schließlich in das Dorf, um Reyna einzuladen. Sie beglückwünschten sich gegenseitig, denn beide hatten seit ihrer letzten Begegnung geheiratet. Die Arbeit an dem Haus, das ein Rasthaus werden sollte, gedieh prächtig, und Reyna meinte, es freue sie sehr, daß Jonas Frau sie und Álvaro – der mit Familiennamen Saravía hieß – zum Essen in das Haus einlade, in dem sie so lange Dienerin gewesen war.

Als sie dann kamen – und als Geschenke eine Bienenwabe und Wein mitbrachten –, schienen die Frauen sich zu Anfang mit übertriebener Höflichkeit zu begegnen. Jona und der weißhaarige Álvaro brachen zu einem Spaziergang über das Grundstück auf und ließen die Frauen allein, damit sie sich besser kennenlernen konnten. Álvaro war auf einem kleinen Bauernhof aufgewachsen, und er lobte Joans und Adrianas Bemühungen zur Rettung der

Bäume. »Wenn Ihr noch mehr Bäume zum Fruchttragen bringt, dann wäre es vielleicht sinnvoll, oben am Hügel, in der Nähe des Obstgartens und des Olivenhains, einen kleinen Schuppen zu bauen, wo man Werkzeug und geerntete Früchte lagern könnte.«

Es schien ein guter Vorschlag, und auf dem Rückweg zum Haus besprachen sie die Kosten der Arbeit und die Menge der Steine, die für die Mauer nötig waren. Dort angekommen, sahen sie, daß die Frauen einander anstrahlten und eifrig miteinander plauderten. Das Essen verlief angenehm, und als die Gäste sich verabschiedeten, umarmten sich die beiden Frauen, die offensichtlich Freundinnen geworden waren.

Adriana sprach voller Zuneigung über Reyna, als sie danach den Tisch abräumte. »Sie ist dir wie eine Mutter, und ich glaube, sie wäre gern Großmutter. Sie hat mich gefragt, ob bei mir was unterwegs ist.«

Jona war entsetzt, wußte er doch, wie traurig das Thema Schwangerschaft seine Frau stimmte. »Was hast du gesagt?«

Adriana lächelte. »Noch nicht, habe ich ihr gesagt, weil wir bis jetzt nur geübt haben.«

Am letzten Tag des Dezember kam ein junger Mönch, den Kopf gegen den Wind eingezogen, auf die *hacienda* geritten und klopfte an die Tür. »Señor Callicó, dieser Brief, der für Euch bestimmt ist, kam mit der Sendung aus Toledo.«

Als Jona das Wachssiegel erbrach, sah er, daß der Brief von Padre Francisco Espina stammte.

> *An Señor Ramón Callicó, Medicus von Saragossa, sende ich meine Grüße und die Hoffnung, daß Ihr bei guter Gesundheit seid.*
> *Seit einigen Jahren bin ich nun schon Gehilfe des Hochwürdigen Enrique Sagasta, Weihbischof zu Toledo. Bischof Sagasta ist damit beschäftigt, ein Buch über das Leben der Heiligen zu*

verfassen, ein gesegnetes Vorhaben, welches die Unterstützung unseres Allerheiligsten Vaters in Rom erhält und zu selbigem beizutragen mir eine Ehre und ein Vergnügen ist. Er ist außerdem Vorsteher des Offiziums für Glaubensangelegenheiten im Toledaner Bistum, in welcher Eigenschaft er Kenntnis von einem Edelmann aus Tembleque erhielt, der von einer schlimmen Krankheit befallen ist.

Graf Fernán Vasca lautet sein Name, Ritter des Ordens zu Calatrava und ein außerordentlich großzügiger Freund der Heiligen Mutter Kirche. Besagte Krankheit hat ihn stumm und starr wie einen Stein gemacht, und doch ist er auf quälende Art lebendig.

Viele Ärzte wurden seinetwegen schon zu Rate gezogen, ohne jeden Erfolg. Eingedenk der Hochachtung, die man Euch in Saragossa, ja in ganz Aragón entgegenbringt, hoffe und bete ich, daß Ihr es einrichten könnt, nach Kastilien zu kommen. Die Kirche und ich selbst würden es als höchste Gunst betrachten, wenn Ihr kommt. Man hat mir versichert, daß Ihr reichlich entschädigt werdet, mit doppelter Bezahlung, falls Ihr eine Heilung erreichen könnt.

Ihr sollt wissen, daß ich täglich im Gebetbuch meines Vaters lese und Euch oft in mein Gebet einschließe, weil Ihr es mir gebracht habt.

Euer Freund in Christus
Padre Francisco Espina, Orden der Prediger

Der Name des Patienten schien vom Blatt hochzuspringen und Jona in die Augen zu stechen.

Natürlich würde er nicht nach Toledo gehen, sagte er sich. Er wollte Adriana nicht verlassen. Tembleque war zu weit entfernt, die Zeit, die eine solche Reise erforderte, wäre zu lang.

Wenn der Graf von Tembleque etwas von ihm zu erwarten hatte, dann Rache. Und doch schien er Nuños Stimme zu hören, die ihn fragte, ob ein Arzt das Recht habe, nur jene Mitglieder der menschlichen Gemeinschaft zu behandeln, die er schätzte oder für die er Achtung oder Zuneigung empfand.

Im Verlauf dieses Tages und des nächsten rang er sich zu dem Eingeständnis durch, daß er in Tembleque noch etwas zu erledigen hatte. Nur indem er Padre Espinas Ruf, der ihm nun wie ein Wink des Schicksals erschien, folgte, konnte er versuchen, Antworten auf die Fragen zu finden, die ihn sein ganzes Leben lang belastet hatten – Fragen nach den Morden, die seine Familie zerstört hatten.

Anfangs bat Adriana ihn, nicht zu gehen. Dann bat sie ihn, er möge sie mitnehmen.

Die Reise selbst konnte schwierig und gefährlich werden, und er hatte keine Ahnung, was er vorfinden würde, wenn er in Toledo eintraf. »Es ist unmöglich«, sagte er sanft.

Es wäre einfacher gewesen, wenn er Zorn in ihren Augen gesehen hätte, denn was er sah, war Furcht. Einige Male war er zu Patienten gerufen worden, die weiter entfernt wohnten, und sie war für zwei oder drei Tage allein gewesen. Aber diesmal würde er viel länger wegbleiben.

»Ich komme zu dir zurück«, sagte er.

Er gab ihr genug Geld für jeden Notfall. »Was ist, wenn ich einfach damit durchbrenne?« fragte sie.

Er führte sie hinters Haus und zeigte ihr die Stelle, wo er die Ledertruhe mit Manuel Fierros Geld vergraben und einen Misthaufen darübergeschichtet hatte. »Wenn du mich je wirklich verlassen willst, kannst du das alles mitnehmen.«

»Das auszugraben wäre mir viel zuviel Arbeit«, erwiderte sie, und er nahm sie in die Arme und küßte und tröstete sie.

Er ging zu Álvaro Saravía, der versprach, Adriana einmal die Woche zu besuchen und dafür zu sorgen, daß neben dem Kamin immer Feuerholz und im Stall Heu für die Pferde vorrätig war.

Miguel de Montenegro und Pedro Palma waren zwar nicht gerade begeistert, als Jona sie bat, seine Patienten für längere Zeit mitzuversorgen, aber sie schlugen es ihm nicht ab. »Bei Edelleuten müßt Ihr aufpassen. Sind sie erst einmal geheilt, hauen sie den Arzt übers Ohr«, sagte Montenegro.

Jona beschloß, die lange Reise nicht auf dem grauen Araber anzutreten, weil das Pferd im Alter etwas langsam geworden war. Manuel Fierros schwarze Stute war noch immer kräftig, und er nahm sie statt dessen. Adriana packte eine Satteltasche mit zwei Broten, gebratenem Fleisch, getrockneten Erbsen und einem Säckchen Rosinen. Morgennebel hing noch über dem Land, als er sie küßte und dann schnell aufbrach.

In gemächlichem Trab ritt er nach Südwesten. Diesmal war es keine Lust für seine Zigeunerseele, unbeschwert reisen zu können. Das Gesicht seiner Frau blieb ihm vor Augen, und er hatte den dringenden Wunsch, das Pferd zu wenden und nach Hause zu reiten, aber er tat es nicht.

Er kam gut voran. An diesem Abend schlug er sein Lager hinter einem Windschutz aus Bäumen auf einem braunen Feld ein gutes Stück von Saragossa entfernt auf. »Gut gemacht«, sagte er zu der Stute, als er ihr den Sattel abnahm. »Du bist ein prächtiges Tier, Hermana«, fügte er hinzu und streichelte das schwarze Pferd.

2. KAPITEL

IN DER BURG

Neun Tage später ritt Jona über den roten Lehm der Sagra-Ebene und näherte sich den Mauern Toledos. Schon von weitem sah er die Stadt, scharf und klar auf ihrem hohen Felsen im Licht der Nachmittagssonne. Ein ganzes Leben lag zwischen ihm und dem verängstigten Jungen, der auf einem Esel aus Toledo geflohen war, und doch plagten ihn, als er durch das Bisagra-Tor ritt, düstere Erinnerungen. Er ritt am Sitz der Inquisition vorbei, kenntlich an ihrem steinernen Wappenschild mit Kreuz, Olivenzweig und Schwert. Einst als Junge im Haus seines Vaters hatte er mit angehört, wie David Mendoza Helkias Toledano die Bedeutung dieser Symbole erklärte: »Wenn du das Kreuz annimmst, geben sie dir den Olivenzweig. Wenn du dich weigerst, geben sie dir das Schwert.«

Vor dem Bischofspalast band er sein schwarzes Pferd an. Steif von den langen Tagen im Sattel ging er nach drinnen, wo ein Mönch hinter einem Tisch ihn nach seinem Begehr fragte und ihn auf eine Steinbank wies.

Nach kürzester Zeit erschien strahlend Padre Espina. »Wie schön, Euch wiederzusehen, Señor Callicó.« Er war älter und reifer geworden, und selbstsicherer, als Jona ihn in Erinnerung hatte. Aus ihm schien ein erfahrener Priester geworden zu sein.

Sie setzten sich und redeten. Padre Espina ließ sich von Saragossa erzählen und berichtete kurz über die Freude, die er an seiner Arbeit hatte.

»Wollt Ihr hier übernachten und erst morgen früh nach Tembleque reiten?« fragte ihn der Priester. »Ich kann Euch ein klösterliches Mahl und eine Mönchszelle anbieten, in der Ihr Euer müdes Haupt zur Ruhe betten könnt.«

Aber Jona hat kein Verlangen nach einer Mönchszelle. »Nein, ich reite gleich weiter, um den Grafen so schnell wie möglich zu untersuchen.«

Padre Espina beschrieb ihm den Weg nach Tembleque, und Jona wiederholte die Worte, obwohl er sich noch gut an alles erinnerte.

»Der Graf war ohne Verwalter, als er krank wurde«, sagte Espina, »und die Kirche hat ihm, zur Unterstützung seiner Frau, der Gräfin Maria del Mar Cano, einen Verwalter gestellt. Sie ist die Tochter von Gonzalo Cano, einem reichen und einflußreichen Marquis aus Madrid. Der Verwalter ist Padre Alberto Guzmán.« Er sah Jona an. »Wie ich Euch geschrieben habe, hat bereits eine Reihe von anderen Ärzten versucht, dem Grafen zu helfen.«

»Verstehe. Ich kann es auch nur versuchen.«

»Ich weiß es wohl zu schätzen, daß Ihr auf meine Bitte hin so weit geritten seid. Ihr wart mir ein großer Wohltäter, indem Ihr mir die Erinnerung an meinen Vater zurückgegeben habt. Falls ich Euch in irgendeiner Weise helfen kann, laßt es mich bitte wissen.«

»Ich verschreibe Arzneien, aber ich stelle sie nicht her«, sagte Jona. »Kennt Ihr hier in der Gegend einen guten Apotheker?«

Espina nickte. »Santiago López. Er hat sein Geschäft im Schatten der Nordwand der Kathedrale. Geht mit Gott, Señor.«

Der Laden des Apothekers war winzig und unbeaufsichtigt, aber es roch beruhigend stark nach Kräutern. Jona mußte rufen, um den Apotheker aus seiner Wohnung im Obergeschoß zu holen. Er war ein Mann mittleren Alters mit schütteren Haaren, dessen schielende Augen den wachen Verstand hinter seiner Stirn nicht verbergen konnten.

»Habt Ihr Myrte? Springkraut, *Acacia nilotica*?« fragte ihn Jona. »Und wie steht es mit *Stachys officinalis*? Koloquinten? Pharbitissamen?«

López betrachtete Jonas Fragen nicht als Beleidigung. »Ich habe sehr viel, Señor. Wie Ihr wißt, kann man nicht alles haben. Solltet Ihr etwas benötigen, das ich nicht habe, werde ich Euch Bescheid geben und, wenn Ihr gestattet, eine oder mehrere Ersatzarzneien vorschlagen.«

Er nickte ernst, als Jona ihm sagte, daß er Arzneien für den Grafen von Tembleque bestellen werde. »Ich hoffe, Ihr habt diesen langen Weg nicht umsonst gemacht, Señor.«

Jona nickte. »Wir werden sehen«, sagte er und verabschiedete sich.

Als er die Burg erreichte, war es bereits seit einer Stunde dunkel, und das Fallgitter war heruntergelassen.

»Heda!« rief Jona.

»... Wer ruft da?«

»Ramón Callicó, der Medicus von Saragossa.«

»Wartet.«

Der Wachposten eilte davon und kehrte kurz darauf in Begleitung eines Fackelträgers zurück. Die zwei Gestalten, die zu Jona herunterspähten, zeichneten sich in einem gelben Lichtkegel ab, der sich mit ihnen bewegte.

»Tretet ein, Señor!« rief der Posten.

Das Tor wurde mit einem fürchterlichen Kreischen hochgezogen, und Jonas schwarze Stute scheute, bevor sie mit klappernden Hufen, deren Eisen auf den großen Pflastersteinen Funken schlugen, in den Burghof schoß.

Padre Alberto Guzmán, ein rundschultriger, mürrisch dreinblickender Mann, bot ihm Speis und Trank an.

»Ja, vielen Dank, ich hätte gern beides, aber später, nachdem ich den Grafen gesehen habe.«

»Heute nacht stört Ihr ihn besser nicht mehr, sondern wartet mit Eurer Untersuchung bis zum Morgen«, erwiderte der Mönch barsch. Hinter ihm wartete ein stämmiger, rotgesichtiger alter Mann in der derben Kleidung eines *peón* mit einer Mähne weißer Haare und einem vollen Bart derselben Farbe.

»Der Graf kann sich weder bewegen noch sprechen oder verstehen, wenn man ihn anspricht. Es gibt also keinen Grund für Eure Eile«, fügte Padre Guzmán hinzu.

Jona hielt seinem Blick stand. »Trotzdem. Ich brauche Kerzen und Lampen am Bett. Viele, damit es ein helles Licht gibt.«

Padre Guzmán kniff verärgert die Lippen zusammen. »Wie Ihr wollt. Padre Sebbo wird sich um das Licht kümmern.« Der alte Mann hinter ihm nickte, und Jona erkannte, daß er Priester, kein Arbeiter war.

Padre Guzmán nahm eine Lampe, und Jona folgte ihm mehrere Korridore entlang und steinerne Treppen hoch. Sie kamen durch einen Raum, den Jona wiedererkannte, nämlich den Saal, in dem ihm der Graf nach Ablieferung der Rüstung eine Audienz gewährt hatte, und betraten dann die angrenzende Schlafkammer, eine schwarze Höhle, in der die Lampe des Priesters die Schatten der riesigen Bettstatt träge über die Wände wandern ließ. Die Luft war schwer vom Gestank.

Jona nahm die Lampe und hielt sie dicht an das Gesicht auf dem Bett. Die Augen von Vasca, Graf von Tembleque, schienen an ihm vorbeizustarren. Die linke Seite von Vascas Mund war in einer dauerhaften Hohnfratze nach unten gezogen.

»Ich brauche das Licht.«

Padre Guzmán ging zur Tür und rief barsch, doch Padre Sebbo kam bereits in Begleitung von zwei Männern und einer Frau mit

Kerzen und Lampen herbeigeeilt. Nachdem alles zu Jonas Zufriedenheit aufgestellt war und man die Dochte entzündet hatte, war der Graf in Licht getaucht.

Jona beugte sich über das Gesicht. »Graf Vasca«, sagte er. »Ich bin Ramón Callicó, der Medicus von Saragossa.« Die Augen starrten ihn an, die Pupillen ungleich geweitet.

»Wie gesagt, er kann nicht sprechen«, bemerkte Guzmán.

Vasca war mit einem nicht sehr sauberen Laken bedeckt. Als Jona das Tuch zurückschlug, wurde der Gestank noch stärker.

»Sein Rücken ist von Schwären zerfressen«, sagte Padre Guzmán.

Der Körper auf dem Bett war groß, doch Jona drehte ihn mühelos um und seufzte bei dem Anblick, der sich ihm bot, ein Gewirr häßlicher Furunkel, einige davon eitrig.

»Das sind wundgelegene Stellen«, sagte er. Er zeigte auf die Diener, die vor der Tür warteten. »Sie sollen Wasser über dem Feuer erhitzen und zusammen mit sauberen Tüchern unverzüglich hierherbringen.«

Padre Guzmán räusperte sich. »Der letzte Arzt, Carlos Sifrina de Fonseca, hat verboten, den Grafen Vasca zu waschen, damit er nicht die üblen Dämpfe des Wassers aufnehme.«

»Der letzte Arzt, Carlos Sifrina de Fonseca, wurde wahrscheinlich noch nie in seiner eigenen Kacke liegengelassen.« Es war Zeit, das Heft in die Hand zu nehmen, und Jona tat es mit Gelassenheit. »Heißes Wasser in genügender Menge und Seife und weiche Tücher. Ich habe eine Salbe, aber bringt mir Feder und Tinte und Papier, denn ich will unverzüglich aufschreiben, was für andere Mittel und Arzneien ich benötige, und einen Reiter zu Santiago López, den Apotheker von Toledo, schicken. Wenn nötig, soll der Reiter den Apotheker aufwecken.«

Padre Guzmán machte ein gequältes, aber ergebenes Gesicht. Als er sich zum Gehen wandte, hielt Jona ihn zurück. »Bringt mir weiche, dicke Vliese, die wir unter ihm ausbreiten können. Sauber. Außerdem ein frisches Nachthemd und ein sauberes Laken«, sagte er.

Es war spät geworden, als er endlich fertig war und den mageren Körper gewaschen, die Wunden mit Salbe versorgt, die Schaffelle ausgebreitet und die Bettwäsche und das Nachthemd gewechselt hatte.

Als er sich schließlich dem Essen zuwandte, um seinen knurrenden Magen zu füllen, waren es Brot, ein Stück alter und fettiger Hammel und saurer Wein. Danach führte man ihn in eine kleine Kammer mit einem Bett, das nach dem sauren Körpergeruch seines vorigen Benutzers stank, vielleicht Carlos Sifrina de Fonseca, dachte er, bevor er erschöpft einschlief.

Am nächsten Morgen erhielt er zum Frühstück Brot, Schinken und einen besseren Wein, und er labte sich ausführlich an dem Fleisch.

Da es im Zimmer des Patienten nur ein winziges Fenster hoch oben in der Wand gab, drang kaum Morgenlicht herein. Jona ließ die Diener im Audienzsaal ein Lager auf einem Diwan vor einem größeren, sonnendurchfluteten Fenster herrichten und verlegte den Patienten dorthin.

Bei Tageslicht wirkte Vascas Zustand noch beängstigender als am Abend. Muskelschwund hatte beide Hände in einer offenen, überdehnten Haltung erstarren lassen, so daß die Innenseiten der Fingerknöchel den Scheitel des Bogens bildeten. Jona ließ einen Diener zwei kleine Stücke von einem runden Ast absägen, dann schloß er Vascas Hände um das Holz und band sie mit Tüchern fest.

Alle vier Glieder des Mannes wirkten leblos. Als er mit dem stumpfen Rücken eines Skalpells über Vascas Hände, Waden und Füße strich, schien nur auf der rechten Seite ein Rest von Gefühl vorhanden zu sein, aber im Grunde genommen war der ganze Körper von Lähmung befallen. Das einzige, was der Graf noch bewegen konnte, waren die Augen und die Lider. Vasca konnte die Augen öffnen und schließen, und er konnte etwas ansehen oder den Blick abwenden.

Während der Untersuchung suchte Jona seinen Blick und sprach die ganze Zeit zu ihm. »Spürt Ihr dies, Graf Vasca? Oder dies?«

»Habt Ihr irgendein Gefühl, wenn ich Euch berühre, Graf Vasca?«

»Habt Ihr Schmerzen, Graf Vasca?«

Gelegentlich kam ein Grunzen oder Stöhnen von der hingestreckten Gestalt, doch nie als Antwort auf eine Frage.

Hin und wieder kam Padre Guzmán herbei, um Jonas Bemühungen mit unverhülltem Hohn zu betrachten. Schließlich sagte er: »Er versteht nichts. Er fühlt nichts und versteht nichts.«

»Seid Ihr Euch sicher?«

Der Priester nickte. »Ihr habt Euch umsonst hierherbemüht. Er steht am Beginn der göttlichen Reise, die uns allen bevorsteht.«

Am Nachmittag kam eine Frau ins Krankenzimmer. Sie war etwa in Adrianas Alter und hatte gelbe Haare und eine sehr weiße Haut. Ihr Gesicht war hübsch und ein wenig katzenhaft, mit einem kleinen Mund, hohen Wangenknochen und großen Augen, die sie mandelförmig machte, indem sie die Winkel mit schwarzer Tusche verlängerte. Ihr Gewand war kostbar, aber fleckig, und sie roch nach Wein. Im ersten Augenblick glaubte er, sie hätte ein Erdbeermal auf ihrem langen Hals, kam dann aber darauf, daß es ein Fleck war, wie er von einem saugenden Mund gemacht wird.

»Der neue Arzt«, sagte sie und musterte ihn.

»Ja. Und Ihr seid die Condesa?«

»Nämliche. Werdet Ihr etwas für ihn tun können?«

»Das kann ich noch nicht sagen, Condesa… Mir wurde berichtet, er ist schon mehr als ein Jahr krank?«

»Fast vierzehn Monate.«

»Verstehe. Wie lange seid Ihr schon seine Frau?«

»Seit vier Jahren im nächsten Frühling.«

»Wart Ihr bei ihm, als die Krankheit ihn befiel?«

»Hhmm.«

»Es wäre hilfreich, wenn Ihr mir in allen Einzelheiten berichten könntet, was an diesem Tag mit ihm geschehen ist.«

Sie zuckte die Achseln. »Er ritt schon früh zum Jagen aus.«

»Was tat er, als er von der Jagd zurückkehrte?«

»Das war vor vierzehn Monaten, Señor. Aber... soweit ich mich erinnern kann... Nun, zum einen... er nahm mich mit in sein Bett.«

»Das war am späten Vormittag?«

»Mittags.« Sie lächelte den kranken Mann an. »Wenn es ums Bett ging, achtete er nie auf die Zeit. Ob es nun tagsüber war oder mitten in der Nacht.«

»Condesa, wenn Ihr mir die Frage verzeiht... War er tatkräftig bei der Paarung an diesem Tag?«

Sie sah ihn an. »Ich erinnere mich nicht. Aber er war tatkräftig bei allem, was er tat.«

Sie sagte, er habe fast den ganzen Tag über normal gewirkt. »Am späten Nachmittag sagte er mir, sein Kopf tue ihm weh, aber er fühlte sich gut genug, um sich zum Abendessen an den Tisch zu setzen. Als das Geflügel aufgetragen wurde, bemerkte ich, daß sein Mund sich nach unten bog... so wie er jetzt ist. Er schien keine Luft mehr zu bekommen. Und er schien auf seinem Stuhl zusammenzusacken. Seine Jagdhunde mußten getötet werden. Als man ihm helfen wollte, ließen sie niemanden in seine Nähe.«

»Hatte er seit diesem Tag noch so einen Anfall?«

»Noch zweimal. Nach dem ersten Anfall war er nicht so, wie Ihr ihn jetzt seht. Er konnte seine rechten Glieder bewegen, und er konnte sprechen. Obwohl seine Sprache schwerfällig und undeutlich war, konnte er mir Anweisungen für sein Begräbnis geben. Dann traf ihn zwei Wochen nach dem ersten ein zweiter Anfall, und seitdem ist er starr und stumm. Und dann kam vor einem Monat ein dritter Anfall.«

»Ich danke Euch, daß Ihr mir dies alles berichtet habt, Condesa.«

Sie nickte und wandte sich dann der Gestalt auf dem Bett zu. »Er konnte grob sein, wie starke Männer es oft sind. Ich habe ihn grausam handeln sehen. Aber mir war er immer ein freundlicher Herr und Gatte…« Dann wandte sie sich wieder Jona zu.

»Wie nennt man Euch?«

»Callicó.«

Einen Augenblick lang sah sie ihm in die Augen, nickte dann und verließ ihn.

3. KAPITEL

DIE CONDESA

Jonas Kammer lag an einem Ende des Korridors, das Gemach der Condesa am anderen, und dazwischen befand sich eine weitere Schlafkammer. In der folgenden Nacht sah Jona den anderen Gast auf der Burg. Als Jona spätabends seine Kammer verließ, um seinen Nachttopf auszuleeren, sah er aus dem Gemach der Condesa einen Mann kommen, der etwas in den Armen trug. Zwei Pechfackeln brannten in den Haltern im Gang, und Jona sah ihn deutlich, ein breiter, nackter Mann mit einem fleischigen Gesicht, der seine Kleider in der Hand trug.

Jona hätte sich still verhalten, aber der Mann bemerkte ihn und starrte ihn an.

»Guten Abend«, sagte Jona.

Der andere sagte nichts, sondern ging in die Kammer neben Jonas.

Am nächsten Morgen verlegte Jona den Grafen mit Padre Sebbos Hilfe wieder in das sonnige Zimmer. Er hatte gemerkt, daß der grauhaarige alte Priester der einzige Mensch in der Burg war, mit dem er unbefangen reden konnte.

Sie betteten eben den Grafen auf den Diwan, als ein Mann das Zimmer betrat. Jona erkannte in ihm sofort den Mann, den er wenige Stunden zuvor nackt im Gang gesehen hatte.

»Wo zum Teufel ist sie hin?«

Ein grober Klotz, dachte Jona. Er hatte kleine, mißmutige Augen in einem runden fleischigen Gesicht, einen kurzgeschnittenen schwarzen Bart und einen schwarzen Haarkranz um einen ansonsten kahlen Schädel. Sein Körper war muskelbepackt, allerdings mit einem Hang zum Fett. Er hatte dicke Finger, seine Hände waren wie die eines Gladiators, jede mit einem protzigen, schweren Ring geschmückt.

»Wo ist sie?« bellte er.

»Ich weiß es nicht, Señor.« Jona kannte Padre Sebbo noch nicht sehr lange, aber er merkte an der trockenen, kühlen Stimme des alten Priesters, daß er eine Abneigung hegte gegen diesen Mann, der Jona mit keinem Blick beachtete, sondern sich umdrehte und sie wortlos wieder verließ.

Gemeinsam hüllten Jona und Padre Sebbo Vasca in eine Decke.

»Wer war dieser unhöfliche Herr, mit dem wir eben die Ehre hatten?«

»Das ist Daniel Fidel Tapia«, sagte Padre Sebbo.

Tapia.

Wer war Euer Begleiter in dieser Nacht?

Tapia.

»Wer ist dieser Tapia?«

»Ein Kumpan des Grafen Vasca. In letzter Zeit nennt er sich Teilhaber des Grafen.«

»Und die Frau, nach der er suchte, hat sie keinen Namen?«

»Er wußte, ich würde verstehen, daß er die Condesa suchte. Sie und Tapia sind ganz besondere Freunde«, sagte Padre Sebbo.

Manchmal war Vascas Puls voll und schnell, dann wieder war er wie das Huschen eines kleinen, verängstigten Tieres. Padre Guzmán zeigte sich einmal am Tag für ein paar Augenblicke, meist, um dem Grafen ins Gesicht zu sehen und zu bemerken, daß sein Zustand ihm noch schlimmer vorkomme als am Tag zuvor. »Gott sagt mir, daß er stirbt.«

Warum würde Gott dir das sagen? dachte Jona.

Er bezweifelte zwar, daß er etwas tun konnte, um das Leben des Grafen zu retten, aber er mußte es weiter versuchen. Die Krankheit, die den Grafen langsam tötete, war nicht besonders selten. In seiner Zeit als Medicus hatte Jona schon mehrere gesehen, die daran litten, einige davon mit verzerrtem Mund und nutzlosen, schlaffen Armen und Beinen. Oft war nur eine Seite des Körpers betroffen, in selteneren Fällen beide. Er hatte keine Ahnung, was diesen Zustand verursachte oder ob es etwas gab, das ihn zu heilen vermochte.

Irgendwo in der Vielschichtigkeit des menschlichen Körpers muß es etwas geben, das Kraft und Bewegung eines Menschen steuert, dachte er. Vielleicht glich dieses Etwas in Vascas Körper dem geschwärzten, geschädigten Bereich an Nuños Herzen.

Er wünschte sich, er könnte Graf Vasca nach seinem Tod sezieren.

»Wie gern hätte ich dich in meiner Scheune in Saragossa!« murmelte er.

Die Augen, die eben noch geschlossen gewesen waren, öffneten sich nun und sahen ihn an. Jona hätte schwören mögen, daß der Graf verwirrt dreinblickte, und ihm kam ein schrecklicher Verdacht. Es konnte sein, daß Fernán Vasca zumindest manchmal verstand, was um ihn herum vorging.

Vielleicht aber auch nicht...

Er verbrachte viel Zeit allein mit seinem Patienten, saß am Bett oder beugte sich über ihn, und er sprach zu ihm, doch ihre Blicke trafen sich nicht wieder. Meistens schien Vasca zu schlafen, sein Atem ging dann langsam und schnarchend, und seine Wangen blähten sich bei jedem Ausatmen. Zweimal täglich kam Padre Sebbo und las laut, aber mit brüchiger, heiserer Stimme aus seinem Andachtsbuch. Oft mußte er innehalten, um sich zu räuspern, denn er litt an einem chronischen Katarrh, und Jona verschrieb ihm Kampferöl, wofür der alte Priester ihm dankte.

»Ihr müßt Euch ausruhen, solange ich hier bin. Legt Euch ein wenig aufs Ohr, Señor«, drängte ihn Padre Sebbo, und manchmal floh Jona während der langen Gebetssitzungen. Dann wanderte er durch die stillen Räume der Burg, ohne daß ihn jemand daran hinderte, denn sie war riesig und größtenteils verlassen, ein kaltes und düsteres Heim mit vielen Kaminen, in denen kein Feuer brannte. Jona suchte nach den Dingen, die sein Vater für den Grafen angefertigt, die Vasca aber nie bezahlt hatte. Vor allem die goldene Blume mit dem silbernen Stiel hätte er sehr gerne gefunden, um zu sehen, ob sie so schön war wie in seiner Erinnerung.

Graf Vasca hatte Vorbereitungen für seinen Tod getroffen. In einem Lagerraum stand ein großer Sarg aus Kalkstein, ein mächtiger Sarkophag mit einer eingemeißelten lateinischen Inschrift: CVM MATRE MATRIS SALVVS. Der steinerne Deckel war schwer genug, um Würmer oder Drachen abzuhalten. Aber Jona fand weder die Rose noch ihm vertraute Gegenstände, bis er eine Rüstkammer betrat und beinahe erschrak über einen prächtigen, zur Schlacht gewappneten Ritter.

Es war die Rüstung, die er mit Angel und Paco und Luis geliefert hatte, und mit einem gewissen Staunen strich er über die Ziselierungen, die er unter der Anleitung von Manuel Fierro, dem Waffenschmied von Gibraltar, in den Stahl gehämmert hatte.

Padre Sebbo kam jeden Tag ins Krankenzimmer und machte sich nicht gleich wieder davon, was Jona freute, denn er hatte den alten Priester liebgewonnen. Ihm fiel auf, daß die Hände des alten Mannes so schwielig waren wie die eines *peón*.

»Padre Sebbo, erzählt mir von Euch.«

»Da gibt es nichts, was der Rede wert wäre, Señor.«

»Das glaube ich durchaus nicht, Padre. Erzählt mir, warum Ihr Euch zum Beispiel nicht kleidet wie andere Priester.«

»Einst trug ich zu meiner maßgeschneiderten schwarzen Tracht die unpassenden Hüllen der Eitelkeit und des Ehrgeizes.

Aber ich versagte in meinen Pflichten und erzürnte meine Oberen, und zur Strafe sandten sie mich aus als Bettelmönch, um das Wort Gottes zu predigen und mein täglich Brot zu erflehen.

Ich meinte, verdammt zu sein, und mit Grausen ging ich davon, um mich in meine Strafe zu fügen. Ich wußte nicht, wohin ich mich wenden sollte, und so ging ich, wohin meine Füße mich trugen.

Anfangs war ich zu stolz und zu überheblich, um zu betteln. Ich aß Beeren aus dem Wald. Und obwohl ich ein Mann Gottes war, stahl ich aus Gärten. Aber Menschen können auch freundlich sein, und die Ärmsten teilten mit mir ihre magere Kost und hielten mich so am Leben.

Mit der Zeit verrottete mein schwarzes Gewand und fiel von mir ab, und ich ging zerlumpt und ungeschoren. Ich lebte und arbeitete mit den Armen, die für mich beteten und ihr Brot und Wasser mit mir teilten, und ich übernahm ihre Kleider, manchmal von Männern, die gestorben waren. Nun verstand ich erst den heiligen Franziskus, obwohl ich nicht nackt in die Welt ging wie er, auch wurde ich nicht blind, und auf meinem Körper zeigten sich keine Stigmata. Ich bin nur ein einfacher, gefallener Mann, aber das Schicksal meinte es gnädig mit mir, und seit vielen Jahren bin ich nun schon Gottes Vagabund.«

»Aber wenn Ihr mit den Armen arbeitet, warum seid Ihr dann hier, auf einer Burg?«

»Von Zeit zu Zeit zieht es mich hierher. Ich bleibe lange genug, um den Dienern und den Soldaten der Wache die Beichte abzunehmen und ihnen die Kommunion zu spenden, und dann ziehe ich weiter. Diesmal hat Padre Guzmán mich gebeten zu bleiben, bis der Graf gestorben ist.«

»Padre Sebbo, ich habe Euren Taufnamen noch nicht gehört«, sagte Jona, und der Priester lächelte.

»Sebbo ist nicht mein Familienname. Es ist ein Kosename, den die Leute mir gegeben haben, eine Abkürzung meines Taufnamens, der Sebastián lautet. Ich bin Sebastián Alvarez.«

Jona wollte keine vorschnellen Schlüsse ziehen; schließlich gab es Männer, die denselben Namen hatten. Er betrachtete das Gesicht und versuchte, in die Vergangenheit zu sehen. »Padre, was war Euer kirchliches Amt, bevor Ihr ein Wanderpriester wurdet?«

»Ich denke nur selten daran, denn es kommt mir vor, als wäre ich damals ein anderer Mann in einem anderen Leben gewesen. Ich war Prior der Abtei zur Himmelfahrt Mariä in Toledo«, sagte der alte Mann.

Als Jona an diesem Abend am Bett des Grafen saß, dachte er zurück an die Zeit, bevor sein Bruder Meir ermordet wurde, an die Tage, als sein Vater die ersten Entwurfszeichnungen für das von der Abtei zur Himmelfahrt Mariä bestellte Ziborium machte. Jona hatte den Prior nur zweimal gesehen, als er seinen Vater zu Treffen mit Padre Alvarez in die Abtei begleitet hatte. Er erinnerte sich an einen selbstherrlichen, ungeduldigen Geistlichen und staunte jetzt über die Verwandlung, die stattgefunden hatte.

Er war sicher, daß es Padre Sebbo immer wieder zu der Burg zog, weil er, wie Jona, wußte, daß Fernán Vasca hinter dem Diebstahl des Ziboriums und der Reliquie der Santa Ana gesteckt hatte.

Er redete weiter mit dem Grafen in der Hoffnung, ihn so vielleicht ins Bewußtsein zurückzuholen. Doch er wurde es müde, seine eigene Stimme zu hören, die zu einem allem Anschein nach schlafenden Fernán Vasca sprach. Falls Vasca ihn hören konnte, langweilte das leiernde Plappern zweifellos auch ihn. Jona hatte vom Wetter gesprochen, von den Aussichten für die nächste Ernte, von einem Falken, den er hoch oben in den Lüften kreisen sah, ein dunkler Fleck vor den Wolken.

Schließlich versuchte er etwas anderes.

»Graf Vasca, es ist Zeit, daß wir über meine Bezahlung sprechen«, sagte er. »Der Gerechtigkeit halber sollte sie mit dem aufgerechnet werden, was wir einander in der Vergangenheit schuldeten: Vor zehn Jahren war ich auf dieser Burg, um Euch eine prächtige Rüstung zu liefern, und Ihr gabt mir zehn Maravedí für meine Mühen. Aber wir hatten noch andere Geschäfte, denn ich erzählte Euch von den Reliquien eines Heiligen, und Ihr nahmt dafür zwei Männern das Leben, die mir meins genommen hätten.«

Hinter den geschlossenen Lidern sah er eine Bewegung.

»Ich habe zwei Männer in einer Eremitenhöhle in den Tod geschickt. Und Ihr habt Euch Rivalen vom Hals geschafft und Reliquien bekommen. Erinnert Ihr Euch?«

Die Augen öffneten sich langsam, und Jona sah etwas darin, das er davor noch nicht gesehen hatte.

Neugier.

»Die Welt ist merkwürdig, denn jetzt bin ich kein Rüstungsschmied mehr, sondern ein Arzt, der Euch helfen will. Aber ich brauche Eure Mitarbeit.«

Er hatte sich überlegt, wie er vorgehen würde, falls er den Grafen ins Bewußtsein zurückholen konnte.

»Es ist schwierig, wenn man nicht sprechen kann. Aber es gibt eine Möglichkeit, wie wir miteinander reden können. Ihr blinzelt einmal für ja und zweimal für nein. Haltet die Augen nach jedem Blinzeln kurz geschlossen, damit ich es als Antwort erkennen kann. Einmal für ja, zweimal für nein. Versteht Ihr das?«

Aber Vasca sah ihn nur an.

»Blinzelt einmal für ja und zweimal für nein. Begreift Ihr, Graf Vasca?«

Ein einzelnes Blinzeln. »Gut. Das ist sehr gut, Graf Vasca, Ihr macht das ausgezeichnet. Habt Ihr Gefühl in Euren Beinen oder Füßen?«

Zweimaliges Blinzeln.

»Im Kopf?«

Ein einzelnes Blinzeln.

»Habt Ihr Schmerzen oder Beschwerden im Bereich Eures Kopfes?«

Ja.

»In Mund oder Rachen?«

Nein.

»Der Nase?«

Nein.

»Augen?«

Vasca blinzelte einmal.

»Aha. Die Augen also. Ist es ein stechender Schmerz?«

Nein.

»Ein Jucken?«

Ein Blinzeln, dann blieben die Augen, wie zur Betonung, kurz geschlossen.

»Graf Vasca, erinnert Ihr Euch an Helkias Toledano, der Silberschmid in Toledo war?«

Vasca starrte ihn nur an.

»Ihr besitzt eine Reihe von Gegenständen, die er angefertigt hat. Zum Beispiel eine erstaunliche Rose aus Gold und Silber. Ich würde sehr gerne einige der Dinge sehen, die Toledano gemacht hat. Wißt Ihr, wo sie aufbewahrt werden?«

Vasca sah ihn weiter an. Der verunstaltete Mund schien sich nach oben zu ziehen; es war schwer zu sagen, aber Jona meinte Belustigung in den Augen des Grafen zu erkennen.

Antworten erhielt er keine mehr. Er sah nur noch unwillkürliches Zwinkern, unbewußte Lidbewegungen, die keine Antworten auf seine Fragen waren, und kurz darauf schloß Vasca die Augen.

»Verdammt. Graf Vasca? *Hola!*«

Die Augen blieben geschlossen.

»Die Arbeit der Hände meines Vaters, Euer beschissener Gnaden«, rief er wütend. »Drei große Schüsseln. Vier kleine Silberspiegel und zwei große. Eine goldene Blume mit silbernem Stiel.

Acht kurze Kämme und ein langer Kamm. Und ein Dutzend Trinkkelche aus Silber und Elektrum. Wo ist das alles?«

Er zählte auf und fragte, bis er heiser war, dann gab er es auf. Es war, als wäre der Mann wieder zurückgesunken in eine unerreichbare Tiefe, aus der er nur kurz aufgetaucht war, und Jona wurde sich der Beschränkungen bewußt, die seine Unwissenheit ihm auferlegte. Er wußte nicht, wie er Vasca zurückholen sollte. Er wusch die geschlosseenen Augen sanft mit warmem Wasser und schickte einen Reiter zur Apotheke nach einer Augensalbe. Es war ein aufregendes Zwischenspiel gewesen. Jetzt war er allein mit seiner Enttäuschung, doch der kurzzeitige Erfolg munterte ihn auch auf.

Er berichtete der Condesa von den geblinzelten Botschaften, und sie wurde blaß vor Aufregung. »Das will ich auch tun«, sagte sie, doch als sie dann am Bett saß, wurde sie enttäuscht.

Sie hielt Vascas Hand, die noch immer um das runde Aststück gebunden war. »Mein Herr und Gebieter«, sagte sie.

Und wieder, und wieder.

»Mein Herr und Gebieter… mein Herr…«

»Mein Gebieter.«

»Ach Gott, Fernán, mach die Augen auf und schau mich um Himmels willen an.«

Jona verließ taktvoll das Zimmer, doch als er zurückkehrte, schlief Vasca noch immer tief, seine Wangen blähten sich bei jedem Ausatmen.

Am nächsten Tag kam die Frau wieder ins Krankenzimmer. Als sie neben dem Bett Platz nahm, sah Jona zwei frische Blutergüsse auf ihrer linken Wange.

»Condesa… Gibt es etwas, wobei Sie meine Hilfe brauchen?«

Es klang holperig, und sie wurde kühl und hoheitsvoll. »Nein, vielen Dank, Señor.«

Doch früh am nächsten Morgen weckte ihn ein Bediensteter

und sagte ihm, der Arzt werde im Gemach der Condesa benötigt. Er fand sie auf dem Bett, mit einem blutigen Tuch am Gesicht. Auf ihrer linken Wange klaffte an der Stelle, wo die Blutergüsse gewesen waren, ein häßlicher, zwei Zoll langer Riß.

»Rührt das von seinem Ring her?«

Sie antwortete nicht. Tapia mußte sie mit der flachen Hand geschlagen haben, denn wäre die Faust geschlossen gewesen, hätte der Ring eine noch schlimmere Verletzung verursacht. Er holte einen gewachsten Faden und eine feine Nadel aus einer Tasche. Bevor er den Riß vernähte, gab er ihr einen Schluck Cognac zu trinken. Dennoch zuckte und stöhnte sie, aber er nahm sich Zeit und nähte mit feinen Stichen. Dann benetzte er ein Tuch mit Wein und drückte es an die Wunde, weil er die Erfahrung gemacht hatte, daß das die Heilung beschleunigte.

Als er fertig war, öffnete sie den Mund, um ihm zu danken, sank aber dann lautlos schluchzend aufs Bett.

»Condesa...« Sie trug ein seidenes Nachthemd, das alles zeigte, was zu sehen war, und er zwang sich, den Blick abzuwenden, während sie sich wieder aufrichtete und sich mit dem Handrücken über die Augen wischte, wie ein kleines Kind.

Er erinnerte sich, was Padre Espina ihm über den Reichtum und Einfluß ihres Vaters in Madrid erzählt hatte.

»Señora, ich glaube, daß Euer Gatte bald sterben wird«, sagte er sanft. »Vielleicht solltet Ihr Euch für den Fall überlegen, den Schutz Eurer Famile aufzusuchen?«

»Tapia sagt, wenn ich davonlaufe, kommt er mir nach. Und tötet mich.«

Jona seufzte. So dumm konnte Tapia nicht sein. Vielleicht konnte er den Mann ja zur Vernunft bringen, oder auch Padre Sebbo oder Padre Espina.

»Ich werde sehen, was ich tun kann«, sagte er verlegen. Doch seine Verlegenheit wuchs, als er nun mehr über Tapia und die Condesa zu hören bekam, als er wissen wollte.

»Es ist alles meine Schuld«, sagte sie. »Er hatte schon lange ein Auge auf mich geworfen. Ich habe ihn nicht ermutigt, sondern den Hunger in seinen Blicken eher genossen, um ehrlich zu sein. Ich fühlte mich völlig sicher, weil Tapia sich vor meinem Gatten fürchtete und nie versucht hätte, ihm die Frau wegzunehmen.

Daniel Tapia arbeitet seit vielen Jahren für meinen Gatten, als Aufkäufer von heiligen Reliquien. Fernán kennt viele Leute in religiösen Gemeinschaften, und so konnte er es einrichten, daß Tapia viele Dinge erwerben konnte.«

Jona wartete schweigend ab.

»Als mein Gatte krank wurde, war ich in großer Sorge. Ich bin eine Frau, die den Trost starker Arme braucht, und so ging ich eines Abends zu Tapia«, sagte sie, und Jona schwieg und bewunderte ihre Aufrichtigkeit.

»Aber es wurde nicht so, wie ich es erhofft hatte. Er ist ein roher Mann. Doch er will mich heiraten, sobald es möglich ist. Es gibt keinen Erben für den Grafentitel, und wenn ich sterbe, fällt der Besitz an die Krone zurück. Daniel Tapia wird jedoch dafür sorgen, daß ich lange lebe«, sagte sie verbittert. »Er will das Geld.«

»Da ist noch etwas«, fügte sie nach einer Pause hinzu. »Er ist überzeugt, daß Fernán hier irgendwo etwas versteckt hat, etwas von großem Wert. Ich denke, jetzt glaubt er mir endlich, daß ich nichts weiß, was ihm weiterhelfen könnte, aber er sucht beständig danach.«

Einen Augenblick lang wagte Jona nicht zu sprechen. »Ist es eine Reliquie?« fragte er schließlich.

»Ich weiß es nicht. Ich hoffe, Sie haben nicht vor, meine Qual mit Ihren eigenen Fragen noch zu vergrößern, Señor«, sagte sie.

Sie stand unsicher auf und fuhr sich mit der Hand über die Wange. »Wird eine Narbe bleiben?« fragte sie.

»Ja. Eine kleine. Anfangs gerötet, aber das legt sich wieder. Wollen wir hoffen, daß sie so weiß wird wie Eure Haut«, sagte er, nahm seine Tasche und ging zu ihrem Gatten.

4. KAPITEL

FRÜHLING

Als Jona sich am nächsten Tag, nachdem Padre Sebbo ihn im Krankenzimmer abgelöst hatte, wieder auf die Suche machte, fand er den Beweis dafür, daß seine Erinnerung an die Arbeit seines Vaters nicht falsch gewesen war.

In einem Kellergelaß voller staubiger Bilderrahmen und kaputter Stühle entdeckte er auf einem Regal eine Doppelreihe schwerer, dunkler Trinkgefäße.

Als er mit einem davon zu einem Fenster ging, sah er, daß es ein von seinem Vater angefertigter Kelch war. Daran bestand kein Zweifel. Zwar war das Gefäß fast schwarz, weil sich das Silber in Jahren der Vernachlässigung stark beschlagen hatte, aber als er es umdrehte, war das HT auf dem Sockel deutlich zu erkennen.

Von seinem Vater eigenhändig dort eingeprägt.

Mit jedem Kelch ging er einzeln ans Fenster. Es waren schlichte, schwere Kelche, wunderschön aus massivem Silber gearbeitet, mit Sockeln aus Elektrum. Zwei der Kelche waren stark zerbeult und zerkratzt, als hätte jemand sie im Zorn von sich geschleudert. Er erinnerte sich, daß der Graf seinem Vater den Preis für zwölf Trinkgefäße schuldete, doch obwohl er das Gelaß aufs sorgfältigste durchsuchte, Stühle und Rahmen verrückte und alle dunklen Ecken abtastete, fanden sich nur zehn Kelche.

In den nächsten beiden Tagen ging er wieder in das Kellergelaß und nahm die Kelche vom Regal, einfach um sie in der Hand zu wiegen und sich an ihrer Gediegenheit zu erfreuen. Doch als er am dritten Tag in den Keller ging, fand er dort Daniel Tapia, der offensichtlich ebenfalls am Suchen war. Gegenstände aus dem Gelaß lagen auf dem Boden verstreut.

Tapia starrte Jona an. »Was wollt Ihr?«

»Ich will nichts, Señor«, sagte Jona leichthin. »Ich bewundere nur die Schönheit der Burg, so daß ich sie eines Tages meinen Kindern beschreiben kann.«

»Wird der Graf sterben?«

»Ich glaube schon, Señor.«

»Wann?«

Jona zuckte die Achseln und sah ihn ruhig an. Er hatte keinen Beweis dafür, daß Tapia an der Schändung seines Bruders beteiligt gewesen war, aber sein Gefühl sagte ihm, daß es so war. »Euer Name wurde mir von einem früheren Gefährten von Euch genannt, Señor Tapia. Fray Lorenzo de Bonestruca.«

»Der? Ich habe Bonestruca seit Jahren nicht gesehen. Er ist nach Saragossa gegangen.«

»Dort habe ich ihn getroffen.«

Tapia runzelte die Stirn. »Was hat er über mich erzählt?«

»Nur, daß Ihr gelegentlich mit ihm ausgeritten seid und daß sich mit Euch gut zechen ließ. Es war nur eine kurze Bemerkung, während eines Damespiels.«

»Dann hat der Hurensohn bestimmt auch gesagt, wie sehr ich Damespielen hasse. Er hängt also immer noch diesem lächerlichen Zeitvertreib nach?«

»Nein, Señor. Er ist tot. Fray Bonestruca verlor den Verstand und brachte zwei Jahre im Tollhaus von Saragossa zu, wo er an einer Seuche starb, die dessen Insassen heimsuchte.«

Tapia verzog das Gesicht und bekreuzigte sich.

Trotzdem klang seine Stimme wachsam, als er Jona fragte, ob er wegen der Unterhaltung mit Bonestruca beschlossen habe, nach Tembleque zu kommen.

»Nein. Die Diözese bat mich, zu kommen und zu sehen, ob ich dem Grafen helfen könne… Jüngst mußte ich aber die Frau des Grafen Vasca behandeln.« Seit ihrer Hochzeit hatte Adriana ihm viel von den Mißhandlungen erzählt, die sie von ihrem ersten Gatten erlitten hatte. Im Lauf der Zeit hatte er gesehen, wie der Schmerz aus dem Blick seiner Frau wich, aber er konnte den Gedanken nicht ertragen, daß Männer Frauen schlugen. »Ich hoffe, die Condesa wird keine weiteren Verletzungen erleiden.«

Tapia sah Jona verblüfft an, als könne er nicht glauben, daß der Arzt sich die Freiheit herausnahm, so mit ihm zu reden.

»Verletzungen kommen vor, niemand ist dagegen gefeit«, sagte er. »Zum Beispiel würde ich an Eurer Stelle nicht ohne Begleitung durch die Burg wandern; es könnte ja sein, daß jemand Euch für einen Dieb hält, Señor, und Euch tötet.«

»Es wäre schade um den, der es versuchen sollte, denn es ist lange her, daß ich mich nicht gegen Halsabschneider verteidigen konnte«, sagte Jona und schlenderte betont langsam davon.

Diese Drohung spornte Jona bei seiner Durchsuchung der Burg nur noch mehr an, denn offensichtlich glaubte Tapia, daß hier etwas Wertvolles verborgen war, und wollte nicht, daß ein anderer darüber stolperte. Jona suchte sehr sorgfältig und griff sogar in jede Wandnische, für den Fall, daß man sie ähnlich benutzt hatte wie die Nische in seinem eigenen Haus, die als Versteck für seine hebräischen Manuskripte diente, aber er zog nichts aus diesen dunkeln Löchern bis auf ein Mäusenest und ein paar Spinnweben, und bald fand er sich in den Räumen wieder, die er bereits durchsucht hatte.

In dem Lagerraum stand er vor dem großen steinernen Sarg, einer Ruhestätte, die eines Prinzen würdig gewesen wäre, und las noch einmal die eingemeißelte Inschrift.

CVM MATRE MATRIS SALVVS.

Er verstand so gut wie kein Latein, aber auf dem Weg zum

Krankenzimmer traf er den Verwalter, der einige Arbeiter bei der Ausbesserung des Geländers der großen Treppe überwachte.

»Padre Guzmán«, sagte er. »Beherrscht Ihr das Lateinische?«

»Natürlich«, erwiderte Padre Guzmán eingebildet.

»Die Inschrift auf dem Steinsarg für den Grafen. *Cum matre matris salvus.* Was bedeutet das?«

»Daß er nach dem Tod in alle Ewigkeit bei der Jungfrau Maria sein wird«, antwortete Padre Guzmán.

Aber warum konnte Jona dann in dieser Nacht nicht schlafen?

Früh am nächsten Morgen, als ein heftiger Frühlingsregen gegen die dünne Alabasterscheibe des Fensters trommelte, stand er auf, nahm eine Fackel aus dem Halter und ging damit in den Lagerraum, wo er sie in die Höhe hielt, um den Sarg bei ihrem flackernden Schein noch einmal zu betrachten.

Als Padre Sebbo am späten Vormittag im Krankenzimmer erschien, erwartete Jona ihn bereits ungeduldig. »Padre, wie gut beherrscht Ihr das Lateinische?«

Padre Sebbo grinste. »Es ist mir eine lebenslange Verführung zur Sünde des Stolzes.«

»Cum matre matris salvus.«

Das Lächeln des Priesters verschwand. »Ts, ts«, machte er unwirsch.

»Was bedeutet es?«

»Wo habt Ihr denn diesen … Spruch her?«

»Padre, wir beide kennen einander noch nicht sehr lange. Aber Ihr müßt selbst wissen, ob Ihr mir trauen könnt.«

Sebbo sah ihn an und seufzte. »Ich kann. Ich muß. Es bedeutet: ›Sicher bei der Mutter der Mutter.‹«

Jona sah, daß die Röte aus dem Gesicht des alten Priesters gewichen war. »Ich weiß, wonach Ihr seit so vielen Jahren sucht, Padre Sebastián, und ich glaube, wir haben es gefunden.«

Zu zweit untersuchten sie sorgfältig den Sarg. Der mächtige Steindeckel, der am Kopfende des Sarges an der Wand lehnte, bestand aus einem Stück, ebenso wie der Boden des steinernen Behältnisses und drei der Seitenwände.

»Aber schaut hier«, sagte Jona. Die vierte Seitenwand war anders, stärker als die gegenüberliegende. Die Platte mit der lateinischen Inschrift war in den oberen Rand dieser Wand eingelassen.

Jona klopfte darauf, damit Padre Sebbo hören konnte, daß sich darunter ein Hohlraum befand. »Wir müssen die Platte entfernen.«

Der Priester stimmte ihm zu, riet aber zur Vorsicht. »Der Lagerraum liegt zu nahe an den Schlafgemächern. Und nicht weit vom Speisesaal entfernt. Zu allen möglichen und unmöglichen Zeiten kommen hier Leute vorbei, und die Soldaten der Wache sind schnell gerufen. Wir müssen warten, bis die anderen in der Burg abgelenkt sind.«

Doch die Ereignisse raubten ihnen den Luxus des Wartens, denn sehr früh am nächsten Morgen riß die Dienerin, die an Vascas Bett gewacht hatte, Jona aus dem Schlaf. Der Graf wurde von Krämpfen und Würgereiz geschüttelt. Sein Gesicht war noch schlimmer verzerrt, und die Augen befanden sich nicht mehr auf einer Ebene, das linke hing tiefer als das rechte. Der Puls war voll und schnell, sein Atem kam langsam und röchelnd. Jona hörte ein rasselndes Geräusch, das, wie er sofort erkannte, das Ende ankündigte.

»Holt schnell die Condesa und die Priester«, befahl er der Frau.

Die Condesa und die Priester trafen gemeinsam ein, die Gemahlin des Sterbenden aufgelöst und stumm den Rosenkranz betend, Padre Guzmán in seinem Todesgewand – purpurfarbene Soutane und Chorhemd – und so hastig herbeistürzend, daß Padre Sebbo dem jüngeren Priester noch die Stola um den Hals zurechtrückte, als sie zur Tür hereintraten.

Der Graf, dessen Augen jetzt hervortraten, lag in den letzten Zügen; sein Aussehen erinnerte Jona an Hippokrates' Beschreibung des nahenden Todes: »Die Nase spitz, die Schläfen eingefallen, die Ohren kalt und blutleer und verdreht, die Haut des Gesichts hart, gespannt und trocken, die Farbe des Antlitzes schwärzlich.«

Padre Sebbo öffnete das Goldfläschchen mit dem Salböl. Er benetzte Vater Guzmáns rechten Daumen mit dem Chrisma, und der Priester salbte Augen, Ohren, Hände und Füße des Grafen. Schwer hing der Duft des Balsams im Zimmer, als der vierzehnte und letzte Graf von Tembleque zum letzten Mal ausatmete, ein langes, ersticktes Seufzen.

»Er ist aller Sünden ledig«, sagte Padre Guzmán, »und tritt nun vor unseren Herrn.«

Padre Sebbo und Jona wechselten einen Blick, denn beide wußten sie, daß es nun nicht mehr lange dauern würde, bis der steinerne Sarg in die Erde gesenkt würde.

»Wir müssen der Dienerschaft und den Soldaten das Hinscheiden ihres Herrn und Meisters verkünden und mit ihnen im Burghof eine Gedenkmesse feiern«, sagte Padre Sebbo zu Padre Guzmán.

Guzmán runzelte die Stirn. »Glaubt Ihr wirklich? Es gibt so viel, das jetzt getan werden muß.«

»Dies sollte zuerst geschehen«, erwiderte der ältere Priester entschieden. »Ich werde Euch ministrieren, aber Ihr müßt die Ansprache nach der Messe halten, denn Ihr seid ein viel besserer Redner als ich.«

»Ach, das stimmt nicht«, erwiderte Padre Guzmán bescheiden, aber er war offensichtlich geschmeichelt und deshalb gerne bereit, die Ansprache zu halten.

»Unterdessen«, fuhr Padre Sebastián fort, »muß der Arzt den Verstorbenen waschen und für das Begräbnis vorbereiten«, und Jona nickte.

Er richtete es so ein, daß er mit dieser Aufgabe erst fertig war, als er vom Burghof den Beginn der Messe hören konnte. Kaum drangen der Baß Padre Sebastiáns und Padre Guzmáns höheres Singen sowie die volltönenden Erwiderungen der Gläubigen zu ihm herauf, eilte er in den Lagerraum.

Mit einer chirurgischen Sonde kratzte er den Mörtel vom Rand der Spruchplatte auf dem Sarg weg. Es war eine Verwendung, die Manuel Fierro kaum im Sinn gehabt haben dürfte, als er das Instrument anfertigte, aber es eignete sich vorzüglich. Jona hatte bereits den Mörtel von zwei Seiten der Platte entfernt, als er hinter sich eine Stimme hörte.

»Was treibt Ihr hier, Heiler?«

Daniel Tapias Augen waren auf die Spruchplatte gerichtet, als er den Raum betrat.

»Ich sorge dafür, daß alles in Ordnung ist.«

»Aber natürlich«, erwiderte Tapia. »Ihr glaubt also, daß da was drin ist? Ich hoffe, Ihr habt recht.«

Er zog seinen Dolch aus der Scheide und ging auf Jona zu.

Jona sah sofort, daß Tapia nichts daran lag, Alarm zu schlagen und die Soldaten herbeizurufen, denn er hatte es selbst auf die Diebesbeute abgesehen. Er war so groß wie Jona und viel schwerer; offensichtlich war er überzeugt, daß er es mit seinem Messer allemal mit diesem unbewaffneten Arzt aufnehmen konnte. Jona täuschte einen Hieb mit seiner winzigen Sonde an und sprang zur Seite, als das Messer in weitem Bogen, der ihm den Bauch hätte aufschlitzen sollen, auf ihn zugesaust kam.

Er hatte Glück: Die Klinge verpaßte ihn um Tuchesbreite. Die Spitze traf das Gewebe seines Gewandes und riß es auf, blieb dabei aber kurz hängen, so daß Jona den Arm hinter dem Messer zu fassen bekam.

Er riß daran, mehr unbewußt als mit Absicht, und Tapia verlor das Gleichgewicht und fiel über den offenen Sarg. Er war sehr schnell für einen so kräftigen Mann und hatte noch immer das Messer in der Hand, aber Jona griff unwillkürlich nach dem Sargdeckel, der an der Wand lehnte. Er war so schwer, daß er seine ganze Kraft aufbieten mußte, um ihn zu bewegen, doch kaum hatte die Oberkante sich von der Wand gelöst, trug das Eigengewicht ihn weiter. Tapia rappelte sich schon wieder hoch, doch der mächtige Deckel kam auf ihn herabgesaust wie eine Falle auf ein Tier. Sein Körper dämpfte das Geräusch, statt des Krachens von Stein auf Stein war nur ein dumpfer Schlag zu hören.

Trotzdem war das häßliche Geräusch laut genug, und Jona erstarrte und lauschte. Doch die im Gebet erhobenen Stimmen der Trauergemeinde sangen ohne Unterbrechung weiter.

Tapias Hand hielt noch immer das Messer umklammert, und Jona mußte es ihm entwinden. Behutsam hob er den Steindeckel an, doch die Vorsicht war unnötig.

»Tapia?«

Der Mann atmete nicht. »O nein, verdammt.« Jona sah, daß das Rückgrat gebrochen und Tapia tot war.

Doch für Bedauern blieb ihm keine Zeit. Er trug Tapia in die Kammer neben der seinen und legte ihn aufs Bett. Dann zog er ihm die Oberkleidung aus und schloß ihm die Augen. Im Hinausgehen zog er die Tür hinter sich zu.

Als er nun in den Lagerraum zurückkehrte, mußte er sich sehr beeilen, denn von draußen konnte er hören, daß die Messe vorüber war und Padre Guzmáns näselnde Stimme zu Fernán Vascas schmeichlerischem Nachruf ansetzte.

Als er die letzte Schicht Mörtel entfernt hatte, hob er die Platte ab und entdeckte darunter einen Hohlraum.

Beklommen griff er hinein und ertastete ein Nest aus Lumpen. In diesem Nest lag wie ein großes und kostbares Ei ein in feines Leinen gewickelter Gegenstand, und darunter befand sich ein

Beutel aus bestickter Seide. Jona zitterte, als er den Beutel herausholte, denn in ihm fand er, was Tod und Vernichtung über seine Familie gebracht hatte.

An diesem Nachmittag ging Condesa Maria del Mar in Tapias Zimmer und fand ihn tot. Sofort wurden der Arzt und die Priester gerufen.

Zweimal hatte Jona bis dahin den Tod von Menschen verursacht, und jedesmal war er nach langem Kampf mit den Dämonen des Gewissens zu der Überzeugung gekommen, daß er das Recht hatte, sich zu schützen, wenn jemand ihn töten wollte. Jetzt jedoch fand sich der Arzt in der mißlichen Lage, jemanden für tot erklären zu müssen, den er selbst getötet hatte, und es quälte ihn, seinen Beruf auf eine Art zu mißbrauchen, die er Nuño Fierro nicht hätte gestehen wollen.

»Er war sofort tot«, sagte er, was stimmte. Und fügte hinzu: »Er starb im Schlaf«, was nicht stimmte.

»Ist es eine Seuche, die uns alle treffen könnte?« fragte Padre Guzmán furchtsam. Jona verneinte es und ergänzte, es sei Zufall, daß der Graf und Tapia am selben Tag gestorben seien. Er war sich bewußt, daß der Condesa bleiches Gesicht sich ihm zuwandte.

»Daniel Tapia hatte keine lebenden Verwandten«, sagte sie. Sie hatte sich nach dem Schrecken der Entdeckung schnell wieder gefangen. »Seine Beerdigung darf die Zeremonien für den Grafen nicht stören«, verkündete sie mit Nachdruck.

So wurde Tapia in das Laken gewickelt, auf dem er lag, und auf die Ebene hinausgeschafft, wo ein Loch gegraben und er unter Gebeten von Padre Guzmán in aller Eile beerdigt wurde. Jona war anwesend und sprach das Amen, und zwei Soldaten der Wache schaufelten das Grab und füllten es wieder auf.

Unterdessen war die Arbeit in der Burg weitergegangen. Bei Sonnenuntergang waren die Vorbereitungen für die Bestattung des Grafen zur Zufriedenheit seiner Witwe abgeschlossen, und er lag die ganze Nacht über aufgebahrt im großen Saal der Burg, umringt von einer Vielzahl an Kerzen und bewacht von einer Gruppe Frauen aus der Dienerschaft, die dasaßen und sich in gedämpftem Tonfall unterhielten, bis bei Tagesanbruch die Burg wieder zum Leben erwachte.

Am späten Vormittag wurde der Sarg von zwölf kräftigen Bewaffneten auf die Schultern genommen und auf den Burghof getragen, wo bald Soldaten und Dienerschaft in langsamer Reihe an ihm vorbeizogen. Hätten neugierige Hände die dünnen Ritzen um die Platte mit der lateinischen Inschrift abgetastet, hätten sie festgestellt, daß sie nur von einer dünnen Schicht klebriger Augensalbe an ihrem Platz gehalten wurde, über die man hastig zermahlene Mörtelbrocken gestrichen hatte.

Aber kein Blick bemerkte dergleichen, denn alle Augen waren auf die Gestalt im Sarkophag gerichtet. Fernán Vasca, Graf von Tembleque, lag da in ritterlichem Prunk, die Kriegerhände friedlich gefaltet. Er war angetan mit der vollen Pracht seiner Rüstung, das herrliche, von Paco Parmiento geschmiedete Schwert auf der einen, den Helm auf der anderen Seite. Die Mittagssonne funkelte auf dem polierten Stahl, bis der Graf aussah wie ein schlafender Heiliger, den die Flammen verzehrten.

Die Frühlingssonne war sehr stark, und die Rüstung speicherte die Hitze wie ein Kochtopf. Duftkräuter bedeckten das Pflaster und wurden von vorbeiziehenden Füßen zertrampelt, doch bald war der Gestank des Todes übermächtig. Maria del Mar hatte vorgehabt, den Leichnam einige Tage im Burghof aufgebahrt zu lassen, damit die »kleinen Leute« der Umgebung von ihrem Herrn und Grafen Abschied nehmen konnten, doch sie mußte bald einsehen, daß dies unmöglich war.

In einem Winkel des Hofes war, neben den Ruhestätten früherer Grafen des Bezirks, ein Grab ausgehoben worden. Eine Abordnung Soldaten schaffte den Sarg zum Rand des Grabes, doch als der Deckel aufgelegt werden sollte, hieß Maria del Mar die Abordnung mit leiser Stimme innehalten.

Sie eilte in die Burg und kehrte Augenblicke später mit einer einzelnen, langstieligen Rose zurück, die sie ihrem toten Gatten in die Hände schob.

Jona stand acht Schritte entfernt. Erst als die Soldaten den Deckel wieder anhoben und langsam auf den Sarg senkten, kam ihm ein Gedanke, der ihn die Blume genauer ansehen ließ.

Es schien nur eine Rose zu sein. Aber vielleicht die wunderbarste Rose, die er je gesehen hatte.

Jona konnte nicht anders, er mußte einen Schritt auf den Sarg zugehen, aber in diesem Augenblick senkte sich, viel zu schnell, der schwere Steindeckel auf die lateinische Inschrift, den toten Ritter und die goldene Rose mit dem silbernen Stiel.

5. KAPITEL

AUFBRUCH

Am Morgen packte Jona gerade seine Satteltaschen, als Maria del Mar Cano zu ihm kam. Sie trug Trauer, ein schwarzes, schweres Reisegewand. Der Schleier ihrer schwarzen Haube verhüllte die kleine Narbe auf ihrer Wange, aus der er erst vor wenigen Tagen die Fäden gezogen hatte.

»Ich gehe nach Hause. Mein Vater schickt einen Bevollmächtigten, der sich um die Fragen von Besitz und Erbschaft kümmern wird. Wollt Ihr mit mir nach Madrid kommen, Arzt?«

»Das ist nicht möglich, Condesa. Meine Frau wartet in Saragossa auf mich.«

»Ach«, sagte sie bedauernd. Aber dann lächelte sie. »Dann müßt Ihr mich eines Tages besuchen, falls Ihr Euch einmal nach Luftveränderung sehnt. Mein Vater wird Euch großzügig entlohnen wollen. Daniel Tapia hätte großes Unglück über mich bringen können.«

Er brauchte einen Augenblick, um zu begreifen, daß sie glaubte, er habe den Mann getötet, weil der sie geschlagen hatte.

»Ihr seid verwirrt über das, was hier passiert ist.«

Sie hob ihren Schleier und beugte sich vor. »Ich bin nicht verwirrt. Ihr müßt nach Madrid kommen, denn auch ich möchte Euch großzügig entlohnen«, sagte sie, küßte ihn auf den Mund und ging davon. Er blieb traurig und wütend zurück. Ohne Zweifel würde ihr Vater – oder sonst jemand, der ihre Geschichte hörte – annehmen, daß der Medicus von Saragossa Gift benutzt hatte, um Tapia zu töten. Er wollte nicht, daß ein solches Gerücht die Runde machte.

Maria del Mar Cano war jung und wäre auch noch im Alter eine Versuchung für jeden Mann, aber ihre Anwesenheit in Madrid würde dafür sorgen, daß er nie dorthin reisen würde.

Nachdem er seine Sachen gepackt hatte, war er wieder besserer Stimmung. Als er zum Fenster hinausschaute, sah er die Condesa von Tembleque durchs Haupttor reiten, und mit einer gewissen Belustigung stellte er fest, daß sie auf der Reise nach Madrid gut beschützt sein würde, denn sie hatte sich einen jungen, starken Soldaten der Wache zum Begleiter erwählt.

Im Burghof verabschiedete er sich von den beiden Priestern. Padre Sebbo hatte sein Bündel auf dem Rücken und einen sehr langen Stab in der Hand.

»Wir haben noch über mein Entgelt zu sprechen«, sagte Jona zu Padre Guzmán.

»Ach, das Entgelt. Es kann natürlich erst gezahlt werden, wenn der Nachlaß geregelt ist. Man wird es Euch nachsenden.«

»Mir sind zehn silberne Kelche aus dem Besitz des Grafen aufgefallen. Die hätte ich gern als Bezahlung.«

Der priesterliche Verwalter horchte auf, wenngleich mit entsetzter Miene. »Zehn Silberkelche sind viel mehr wert als das Entgelt für einen Mißerfolg«, erwiderte er trocken. *Ihr habt ihn nicht am Leben halten können,* las Jona in seinem Blick. »Nehmt vier, wenn Ihr wollt.«

»Fray Francisco Espina sagte, ich würde reichlich entschädigt.«

Padre Guzmán wußte aus Erfahrung, daß man sich von aufdringlichen bischöflichen Beamten nicht ins Handwerk pfuschen lassen durfte. »Dann sechs«, sagte er, ein harter Verhandler.

»Ich nehme sie, wenn ich die anderen vier kaufen darf. Zwei sind beschädigt.«

Der Verwalter nannte einen Preis, der unverschämt war, doch die Kelche waren für Jona viel mehr wert als Geld, und so stimmte er, wenn auch mit aufgesetztem Widerwillen, sofort zu.

Padre Sebbo hatte dem Wortwechsel mit einem feinen Lächeln gelauscht. Jetzt verabschiedete er sich und schlenderte, mit erhobener Hand und einem letzten Segenswunsch für die Wachen, durch das Tor wie ein Mann, der die Welt zum Ziel hat.

Als Jona eine Stunde später durch dasselbe Tor reiten wollte, wurde er aufgehalten.

»Es tut mir leid, Señor. Wir haben den Befehl, Eure Habe zu durchsuchen«, sagte der Hauptmann der Wache zu ihm.

Sie zogen alles aus seinen Taschen, was er so sorgfältig eingepackt hatte, doch er beherrschte sich, obwohl sein Magen sich verkrampfte.

»Für die Kelche habe ich eine Empfangsbestätigung«, sagte er.

Schließlich nickte der Hauptmann ihm zu, und Jona führte Hermana beiseite, um seine Sachen wieder einzupacken. Dann saß er auf und ließ das Schloß von Tembleque mit Freuden hinter sich.

Sie trafen sich in Toledo vor dem Bischofspalast.

»Keine Schwierigkeiten?«

»Nein«, sagte Padre Sebastián. »Ein Fahrer, der mich kannte, nahm mich in seiner Kutsche mit. Ich bin hier eingezogen wie der Papst.«

Sie gingen ins Gebäude, meldeten sich an und saßen dann schweigend nebeneinander auf einer Bank, bis der Mönch zurückkehrte und sagte, Padre Espina könne sie jetzt zu einem vertraulichen Gespräch empfangen.

Jona wußte, daß es Padre Espina verwirrte, sie beide zusammen zu sehen.

»Ich möchte Euch eine Geschichte erzählen«, sagte Padre Sebastián, als sie Platz genommen hatten.

»Ich höre zu.«

Der weißhaarige alte Mann erzählte von einem jungen Priester, voller Ehrgeiz und gesegnet mit familiären Beziehungen, der um eine Reliquie gebeten hatte, die ihn zum Abt eines großen Klosters machen würde. Er erzählte von Kabale und Diebstahl und Mord. Und vom Arzt von Toledo, der sein Leben auf dem Scheiterhaufen verloren hatte, weil er die Bitte eines Priesters seines erwählten Glaubens nicht hatte abschlagen wollen. »Das war Euer Vater, Padre Espina.«

Padre Sebastián berichtete, daß er in den Jahren seiner Wanderschaft überall nach gestohlenen Reliquien gefragt habe. »Die meisten Leute zuckten nur die Achseln. Es war schwierig, etwas zu erfahren, aber ich schnappte hier und dort ein Wort auf, und alle Worte wiesen mich auf den Grafen Fernán Vasca hin. So lenkte ich meine Schritte immer wieder einmal zur Burg von Tembleque, bis die Leute dort sich an meinen Anblick gewöhnten. Und ich hielt die Augen und Ohren offen, aber erst in diesem Jahr hielt Gott es für angemessen, mich auf der Burg mit diesem Medicus hier zusammenzubringen, wofür ich ihm sehr danke.«

Padre Espina lauschte mit gebannter Aufmerksamkeit, die sich zu Staunen wandelte, als Padre Sebastián einen Gegenstand aus seinem Bündel zog und ihn mit größter Sorgfalt auswickelte.

Die drei Männer verstummten, als sie das Reliquiar vor sich sahen.

Das Silber war schwarz angelaufen, das Gold aber noch rein und strahlend, und die Heiligenfiguren und die Früchte und Pflanzen der Verzierung stachen trotz ihrer Schwärze dem Betrachter ins Auge.

»Gott hat dem Schöpfer die Hände geführt«, sagte Padre Espina.

»Ja«, entgegnete Padre Sebastián. Er nahm den Deckel vom Ziborium, und die drei starrten die Reliquie in der Schale an. Die beiden Priester bekreuzigten sich.

»Seht Euch satt daran«, sagte Padre Sebastián, »denn die Reliquie der Santa Ana und das Reliquiar müssen so schnell wie möglich nach Rom geschickt werden, und unsere Freunde in der päpstlichen Kurie sind berüchtigt für ihre Langsamkeit, wenn es darum geht, die Echtheit einer gestohlenen und wiedergefundenen Reliquie zu bestätigen. Es kann sein, daß wir es nicht mehr erleben.«

»Aber es wird geschehen«, sagte Padre Espina, »und zwar dank Euch beiden. Die Legende der Toledaner Reliquie der Santa Ana ist überall bekannt, und Euch beide wird man als Helden ihrer Rettung feiern.«

»Ihr habt mir erst kürzlich gesagt, daß ich mit Eurer Hilfe immer rechnen könne«, sagte Jona. »Jetzt muß ich Euch um diese Hilfe bitten. Mein Name darf in Zusammenhang mit dieser Angelegenheit nicht erwähnt werden.«

Padre Espina war verwirrt über diese unerwartete Wendung, und er musterte Jona schweigend.

»Was haltet Ihr von Señor Callicós Bitte?« fragte er Padre Sebastián.

»Sie hat meine volle Unterstützung«, erwiderte der alte Priester. »Ich habe seine Rechtschaffenheit kennengelernt. In Zeiten, die sonderbar und schwierig sind, kann es ein Segen sein, unerkannt zu bleiben, sogar für einen Ehrenmann.«

Schließlich nickte Espina. »Mir ist bewußt, daß auch mein Vater zu seiner Zeit eine solche Bitte hätte äußern können. Welche Gründe Ihr auch haben mögt, ich werde Euch keine Sorgen bereiten. Aber gibt es sonst noch etwas, das ich für Euch tun kann?«

»Nein, Padre, vielen Dank.«

Padre Espina wandte sich nun an Padre Sebastián. »Aber wenigstens Ihr als Priester müßt zur Verfügung stehen, um zu bezeugen, was in der Burg von Tembleque vorgefallen ist«, sagte er. »Kann ich Euch nicht eine Stellung verschaffen, in der Ihr nicht mit den Armen wandern und Euer täglich Brot erbetteln müßt?«

Aber Padre Sebastián Alvarez wollte weiter Bettelmönch bleiben. »Santa Ana hat mein Leben und meine Berufung verändert und mich zu einer Priesterschaft geführt, die ich mir so nicht vorgestellt habe. Bitten möchte ich Euch, dafür zu sorgen, daß mein Name nur erwähnt wird, wo es notwendig ist, damit diese meine Priesterschaft fortbestehen kann.«

Padre Espina nickte. »Ihr müßt einen Bericht darüber verfassen, wie diese Gegenstände wiedergefunden wurden. Bischof Enrique Sagasta kennt mich und vertraut mir, als Mensch und als Priester. Ich bin mir sicher, ich kann ihn überreden, daß er diese Kostbarkeiten nach Rom sendet mit der Erklärung, sie seien vom Offizium für Glaubensangelegenheiten des Toledaner Bistums wiederaufgefunden worden, in der Burg von Tembleque nach dem Tod des Grafen Fernán Vasca, der als Reliquienhändler bekannt war. Die uralte Basilika des Konstantin in Rom wurde niedergerissen, und über dem Grab des heiligen Petrus soll eine prächtige Kirche errichtet werden. Bischof Sagasta sehnt sich nach einer Versetzung nach Rom, und ich sehne mich danach, ihn begleiten zu dürfen.«

Er lächelte. »Es dürfte dem Ruf des Bischofs als Kirchenhistoriker nicht schaden, wenn man ihn als den Wiederbeschaffer der Reliquie der Santa Ana und eines solchen Reliquiars betrachtet.«

Die beiden Männer standen vor dem Bischofspalast auf der Straße und sahen einander an.

»Wißt Ihr, wer ich bin?«

Padre Sebastián legte Jona eine schwielige Hand auf den Mund. »Ich will keinen Namen hören.«

Aber er sah Jona tief in die Augen. »Mir ist aufgefallen, daß Eure Züge dem gütigen Gesicht eines Mannes ähneln, den ich früher kannte, eines guten Mannes voller Kunstfertigkeit und meisterhaftem Geschick.«

Jona lächelte. »Lebt wohl, Padre.«

Sie umarmten sich.

»Geht mit Gott, mein Sohn.«

Dann stand Jona da und sah Sebastián Alvarez nach, der mit wehenden weißen Haaren, den langen Stab des Bettelmönchs schwenkend, auf der bevölkerten Straße davonging.

Er ritt an den Stadtrand von Toledo, zu der Wiese, die früher der jüdische Friedhof gewesen war. Schon eine ganze Weile hatten hier keine Schafe oder Ziegen mehr geweidet, das Gras sproß üppig über all den jüdischen Knochen, und er ließ sein Pferd fressen, während er das Kaddisch betete für seine Mutter und Meir und alle, die hier lagen. Dann stieg er wieder in den Sattel und ritt langsam zurück in die Stadt, durch Straßen, auf denen er die glücklichsten und unbeschwertesten Tage seines Lebens verbracht hatte, und hinauf zu dem Weg am Hochufer über dem Fluß.

Die Synagoge war, zumindest für den Augenblick, von Holzhackern übernommen worden. Auf der Eingangstreppe und an der Vorderseite des Gebäudes stapelte sich Feuerholz.

Er hielt sein Pferd an, als er das ehemalige Anwesen der Familie Toledano erreichte.

Noch immer Jude, Abba, rief er stumm.

Der Baum auf dem Grab seines Vaters war mächtig gewachsen, seine belaubten Äste hingen über das niedrige Dach des Hauses, spendeten Schatten und schwankten leicht im Wind.

Stark spürte er die Anwesenheit seines Vaters.

Und ob nun eingebildet oder nicht, er labte sich an ihr. Ohne Worte berichtete er seinem Vater, was sich alles ereignet hatte. Die Toten waren nicht zurückzuholen, was verloren war, blieb verloren, und doch war es ihm, als wäre die Angelegenheit mit dem Reliquiar zu einem Abschluß gekommen und erledigt.

Er tätschelte Hermana, während er das Haus betrachtete, in dem seine Mutter gestorben war.

Sebastián Alvarez hatte gesagt, er sehe aus wie sein Vater. Ähnelte Eleasar auch ihrem Vater? Wenn Jona Eleasar Toledano nun auf der Straße, in einer Menschenmenge begegnete, würde er ihn als seinen Bruder erkennen?

Wohin er den Blick auch wandte, überall sah er einen schmächtigen Jungen mit einem großen Kopf.

Jona, gehen wir zum Fluß?

Jona, kann ich nicht mit dir kommen?

Gestank, der ihm unvermittelt in die Nase stieg, brachte ihn in die Gegenwart zurück; der Buchbinder betrieb also noch immer seine Gerberei.

Ich liebe dich, Abba.

Als er am angrenzenden Grundstück des Nachbarn Marcelo Troca vorbeiritt, sah er, daß er alte Mann noch lebte, er stand auf seiner Weide und legte eben einem *burro* einen Halfter um.

»*Hola!*« rief Jona.

»Einen guten Tag, Señor Troca!« fügte er hinzu und drückte seinem Pferd dann die Hacken in die Flanken.

Marcelo Troca stand da, die Hand auf dem Hals des Esels, und schaute verwirrt dem schwarzen Pferd nach, bis der Reiter nicht mehr zu sehen war.

6. KAPITEL

DIE SCHEUNE

Der Ort und er paßten gut zusammen. Das rechteckige Stück Land, eigentlich nur ein langer, flacher Hügel mit einem schmalen Bächlein mittendurch, war kein Garten Eden, und die *hacienda* war nicht mit einer Burg zu vergleichen, aber das Land und das Haus waren genau das, was Jona sich immer gewünscht hatte.

In diesem Jahr kam der Frühling zeitig nach Saragossa. Die Obst- und Olivenbäume, die er mit Adriana gestutzt und gedüngt hatte, trieben bereits üppig aus, als er nach Hause zurückkehrte. Adriana begrüßte ihn mit Tränen und Lachen, als wäre er von den Toten auferstanden.

Ehrfürchtig betrachtete sie die Silberkelche, die sein Vater angefertigt hatte. Der schwarze Beschlag erwies sich als hartnäckig und tückisch, aber Jona kehrte zusammen, was sich den Winter über auf dem Boden des Hühnerstalls angesammelt hatte, und tauchte jeden Becher in ein Säurebad aus nassem Hühnerkot. Dann rieb und rubbelte er mit dieser schrecklichen Mischung und einem weichen Tuch, und nach kräftigem Bürsten mit Seifenlauge und eifrigem Polieren mit trockenen Tüchern erstrahlten die Gefäße wie Graf Vascas Rüstung. Adriana stellte die Kelche auf ein Tischchen neben dem Kamin, so daß die Flammen sich darin funkelnd spiegelten, und drehte die Kratzer und Dellen der beiden beschädigten Becher zur Wand.

Im Olivenhain unterhalb der Hügelkuppe waren die Bäume bald schwer von kleinen, harten, grünen Früchten, die Adriana verzückt betrachtete. Sie wollte Öl daraus pressen, sobald sie voll ausgereift wären. In Jonas Abwesenheit hatte sie ein paar Ziegen für eine kleine Herde gekauft. Obwohl der Verkäufer behauptet hatte, alle Weibchen seien gedeckt worden, erwies sich nur ein einziges Tier als trächtig. Aber Adriana ließ sich von so etwas nicht verstimmen, denn in der letzten Sommerwoche wurde klar, daß sie selbst schwanger war. Jona freute sich sehr, und Adriana erstrahlte in stiller Verzückung.

Dieses Kind, das erst noch geboren werden mußte, gab den Ausschlag.

Im Frühherbst kamen Reyna und Álvaro zu Besuch, und während die Frauen beieinandersaßen und ein Glas Wein tranken, gingen die beiden Männer zur Hügelkuppe und schritten die Abmessungen der neuen Scheune ab.

Álvaro kratzte sich am Kopf, als er sah, was Jona wollte. »Brauchst du wirklich eine so große Scheune, Ramón?«

Doch Jona nickte nur und lächelte. »Wenn wir schon bauen, dann laß uns richtig bauen.«

Álvaro hatte schon mehrere Häuser errichtet, und Jona gab ihm den Auftrag, die Außenmauern hochzuziehen und mit einem Ziegeldach zu decken, das zum Dach der *hacienda* paßte. Den ganzen Herbst und Winter über sammelten Álvaro und Lope, der junge Mann, der sein Gehilfe war, Steine und schafften sie mit einem Ochsenkarren auf die Hügelkuppe.

Im März entband Adriana. Nachdem sie eine stürmische Nacht lang in den Wehen gelegen hatte, brachte sie im kalten Licht des Morgens ihr Kind zur Welt. Jona empfing den Knaben mit beiden Händen, und als der Kleine den Mund öffnete und schrie, küßte er die weichen, geröteten Wangen und spürte nun endlich das Eis der Einsamkeit in sich schmelzen.

»Das ist Helkias Callicó«, sagte Adriana, und als er ihr den gewickelten Knaben in die Arme legte, sprach sie Worte, die nie geäußert wurden, nicht einmal in Augenblicken größter Vertrautheit. »Sohn von Jona Toledano«, flüsterte sie.

Im folgenden Frühling gruben Álvaro und Lope gemäß Jonas Anweisungen einen flachen Graben und legten das Fundament. Während die Mauern unter ihren Händen wuchsen, beteiligte auch Jona sich an der Arbeit, sooft seine Patienten ihm Zeit dazu ließen. Er lernte, Steine sorgfältig auszuwählen, so daß sie zueinander paßten, und sie so aufeinanderzuschichten, daß aus ihrem Verbund die Stärke der Mauer wurde. Er bestand sogar darauf zu lernen, wie man Mörtel mischte, wie aus zermahlenem Schieferton, Lehm, Sand, Kalkstein und Wasser ein grobes Bindemittel wurde. Álvaro wunderte sich über seine Fragen und seine Tatkraft. »Vielleicht möchtest du ja aufhören, ein Medicus zu sein, und in meinem Gewerbe arbeiten«, sagte er, doch beide genossen die gemeinsame Tätigkeit.

In der ersten Juniwoche wurde die Scheune fertig. Nachdem Álvaro und Lope bezahlt worden waren und sich verabschiedet hatten, fing Jona an, in den kühleren Stunden des Tages allein zu arbeiten und am frühen Morgen und vor Sonnenuntergang zusätzliches Baumaterial zu sammeln. Während des ganzen Sommers und bis in den Herbst wuchtete er auf seinem eigenen Land Felsbrocken und Steine in seinen Karren und lud sie in der Scheune ab.

Es war November, als er die Steine endlich verwenden konnte. Im hinteren Teil der Scheune zog er eine Linie, die einen kleinen Raum vom Rest abtrennte, und errichtete entlang dieser Linie und parallel zur Rückwand eine Innenwand.

Im dunkelsten Winkel der Scheune baute er einen niedrigen, engen Durchgang in diese Wand, und vor diesem Durchgang errichtete er einen Verschlag aus Kiefernbrettern. Der Verschlag war zweigeteilt. Im vorderen Teil stapelte er gehacktes Feuerholz, während er in den hinteren Teil eine niedrige Klapptür einbaute. Die Klapptür erlaubte ihm den Zugang zu dem Geheimzimmer, ließ sich aber, wenn sie nicht gebraucht wurde, hinter aufgestapeltem Feuerholz verstecken.

In den langen, schmalen Raum zwischen den beiden Wänden stellte er einen Tisch und zwei Stühle und versteckte dort alle äußeren Zeichen seines Judeseins – seinen Kidduschkelch, Sabbatkerzen, die zwei medizinischen Bücher auf hebräisch und ein paar vollgekritzelte Blätter mit erinnerten Gebeten, Redewendungen und Legenden.

Am ersten Freitag abend nach Vollendung der Scheune stand er zusammen mit Adriana, die ihren Sohn in den Armen hielt, auf der Hügelkuppe neben Nuños Grab. Gemeinsam blickten sie in den sich verdunkelnden Himmel, bis sie das weiße Glitzern der ersten drei Sterne erkennen konnten.

Zuvor hatte er in der Scheune bereits eine Kerze entzündet, um es nicht nach Beginn des Sabbat tun zu müssen, und in ihrem Licht räumte er nun das Feuerholz weg und öffnete die Klapptür. Er ging als erster hindurch, nahm Adriana dann den Jungen ab und trug ihn gebückt durch die niedrige Tür in den dunklen Raum. Gleich darauf gesellte sich Adriana mit der Lampe zu ihnen.

Es war eine schlichte Feier. Adriana entzündete die Kerzen, und dann sprachen sie gemeinsam den Segen und entboten der Sabbatkönigin den Willkommensgruß. Jona stimmte das Schema an: »Höre, Israel, der Ewige Gott ist ein einiges, ewiges Wesen.«

Mehr an Liturgie gab es nicht.

»Einen friedlichen Sabbat«, sagte er und küßte sie.

»Einen friedlichen Sabbat, Ramón.«

Dann saßen sie in dem stillen Raum.

»Schau das Licht«, sagte Jona zu dem Kind.

Er war nicht Abraham und der kleine Junge nicht Isaak, der auf einem Scheiterhaufen der Inquisition zum Märtyrer werden sollte, ein Brandopfer für Gott.

Dieses geheime Zimmer sollte Helkias erst wieder zu sehen bekommen, wenn er zum Mann geworden war.

Jonas Judesein würde in seiner Seele weiterleben, wo niemand es behelligen konnte, und er würde hierherkommen und die ihm heiligen Dinge besuchen, wann immer es sicher war. Wenn es ihm beschieden war, lange genug zu leben, um seine Kinder ins Alter der Vernunft eintreten zu sehen, würde er jeden Sohn und jede Tochter an diesen geheimen Ort führen.

Er würde Kerzen entzünden und fremdartige Gebete anstimmen, und er würde sich bemühen, der nächsten Generation von Callicós ein Verständnis dafür zu vermitteln, wie es früher gewesen war. Er würde Geschichten erzählen – von Großeltern und Onkeln, die das Kind nie kennengelernt hatte, von einem Mann, der mit Geist und geschickter Hand Schönheit aus Metall geformt hatte, von einer verschwundenen Familie, einer untergegangenen Welt. Alles andere, da waren er und Adriana sich einig, lag in Gottes Hand.

EPILOG

1. SEPTEMBER 2000

Die beiden Frauen hatten vereinbart, sich am Frankfurter Flughafen zu treffen. Elizabeth Spencer war mit American aus New York gekommen und Rosalyn Toledano mit Lufthansa aus Boston, und sie waren mit Iberia nach Barcelona weitergeflogen, wo sie sich ein Zimmer im Barri Gótic genommen hatten. Sie hatten acht Tage, keine sehr lange Zeit, wie sie beide meinten, aber sie waren enge Freundinnen, deren Lebenswege sich getrennt hatten, und diese Gelegenheit zu einem gemeinsamen Urlaub war ihnen mehr als willkommen gewesen.

Die beiden waren ein interessantes Paar: Betty sportlich und blond, Rosalyn größer und dunkel und so sonnengebräunt, daß sie sich von Betty, die Medizin studierte, eine Moralpredigt über Hautkrebs anhören mußte. Sie waren enge Freundinnen, seit sie sich als Anfangssemester an der University of Michigan ein Zimmer geteilt hatten.

Sie versuchten, das Beste aus den acht Tagen zu machen, und entschieden sich deshalb für jeweils drei Tage in Madrid und Barcelona und dazwischen zwei Tage in Saragossa, das von den anderen beiden Städten etwa gleich weit entfernt war. Obwohl sie sich vorgenommen hatten, in diesem Urlaub nicht zuviel zu besichtigen, fuhren sie mit dem Taxi zum Parque Guëll und schauten, voller Staunen über Antonio Gaudís architektonisches Genie; anschließend setzten sie sich auf eine Bank im Schatten und redeten, während in einem nahen Brunnen Gaudí-Echsen Wasser spien. Den Nachmittag verbrachten sie im Picasso-Museum. Abends aßen sie eine Kleinigkeit in einer Tapas-Bar und mischten sich dann unter die Flaneure auf den Ramblas. Immer wieder blieben sie stehen, um Straßenkünstlern zuzusehen oder Musikanten zu lauschen, und zum Abschluß genehmigten sie sich in einem Café Gebäck und Kaffee.

Spätabends kehrten sie ins Hotel zurück. Nachdem sie sich geduscht hatten, saßen sie im Pyjama auf ihren Betten und redeten.

In drei Wochen würde Betty ihr drittes, das klinische Jahr an der Albert Einstein Medical School in New York beginnen, und sie war schon sehr aufgeregt und neugierig.

»Ich hab wirklich Bammel, Roz. Ich habe Angst, daß ich einen Fehler mache und jemanden umbringe.«

»Ich möchte wetten, daß es allen guten Medizinstudenten ähnlich geht«, sagte Rosalyn. »Du wirst eine großartige Ärztin sein, Betts.«

Rosalyn hatte im Juni ihr Juradiplom an der Boston University gemacht, wenige Tage bevor ihr Freund Bill Steinberg seine Promotion an der Tufts abgeschlossen und eine Stelle als Botanikdozent an der University of Massachusetts erhalten hatte. Sie hatten in Cambridge eine gemeinsame Wohnung und wollten im November heiraten. Rosalyn hatte im Juli ihre Zulassungsprüfung als Anwältin abgelegt, wartete jetzt auf das Ergebnis und arbeitete unterdessen in einer großen Kanzlei in Boston. Die Firma hatte ihr eine Dauerstellung angeboten, aber sie arbeitete schon lange genug dort, um zu merken, daß die großen, renommierten Kanzleien von ihren Anwälten fünfundsiebzig Stunden und mehr pro Woche erwarteten, und zwar ohne Ausnahme. In ihren Augen wäre ein solches Arbeitspensum eine Katastrophe für ihre junge Ehe, und deshalb hatte sie das Angebot nicht angenommen. Allerdings machte es sie nervös, Arbeit abzulehnen, und sie zerbrach sich den Kopf wegen der bevorstehenden Hochzeit.

Das Reden war der eigentliche Grund, warum Betty und Rosalyn nach Spanien gekommen waren, und als sie endlich einmal daran dachten, auf die Uhr zu schauen, war es drei Uhr morgens.

Nachdem sie das Licht ausgeschaltet und sich in ihre Betten gekuschelt hatten, sprach Betty in der Dunkelheit weiter.

»Wir dürfen einander nicht verlieren, was, Kleine? Wir sollten in Verbindung bleiben, auch wenn wir viele Kinder haben und heiße Nummern in unseren Berufen sind.«

»Okay.«

»Versprochen?«

»Ich versprech's... Und jetzt schlaf endlich, verdammt.«

Zehn Minuten vergingen, und dann war es Rosalyn, die redete. »Heiße Nummern?«

Am Morgen des vierten Tages nahmen sie die Frühmaschine nach Saragossa. Im Hotel machten sie Pläne für den Tag: ein maurischer Palast aus dem elften Jahrhundert und jede Menge Goya.

Als sie über die Plaza de España gingen, sagte Rosalyn, daß sie unbedingt noch etwas einkaufen müsse. »Eigentlich ist es ein Friedensangebot für meine böse Großmutter.«

»Hattet ihr Streit? Du hast doch immer gesagt, sie ist eine großartige alte Dame.«

»Schon, aber meine Nona kann ziemlich schwierig sein. Anfangs wollte sie Bill nicht einmal kennenlernen, weil seine Eltern Aschkenasim sind, keine Sephardim. Die hat mir vielleicht eine Szene gemacht. Aus einer *Mischehe* könne ja nichts werden, meinte sie.«

»O Gott. Was hätte sie denn gesagt, wenn du bei Sonny Napoli geblieben wärst?«

»Sonny Napoli habe ich meiner Familie nie vorgestellt«, erwiderte Rosalyn verlegen, und dann grinsten beide.

»Wo hast du Bill Steinberg eigentlich aufgetrieben? Er ist der letzte der guten Jungs.«

»Er weiß, wie er mich glücklich machen kann, Betts. Er ist wirklich ein guter Junge. Am liebsten hätte er eine stille Hochzeit nur mit unseren engsten Freunden, aber meiner Familie zuliebe läßt er die große Feier und die sephardische Zeremonie über sich ergehen. Als ich ihm erzählte, daß man ihm bei der Rezitation der sieben Segenssprüche seinen Gebetsschal über den Kopf halten würde – als eine Art Hochzeitsbaldachin unter dem Hochzeitsbaldachin –, da meinte er, er müsse sich erst einen Gebetsschal kaufen. Warte, bis Nona merkt, daß er brandneu ist«, sagte sie. »Bills Eltern, Judith und Harold, sind so gutmütig und geduldig wie er. Mom und Pop haben sie zum Pessach-Seder eingeladen, damit sie den Clan kennenlernen. Sie hatten wohl Hühnersuppe und Kartoffelkugel erwartet und bekamen statt dessen Tortilla de Patata und fast vierzig Toledanos und Raphaels. Und meine Nona, die ihnen so nebenbei erzählte, daß einer ihrer Raphael-Vorfahren bei der Gründung der spanisch-portugiesischen Synagoge in New Amsterdam im Jahr 1654 mitgeholfen habe. Dafür hat Harold Steinberg ihr ebenso nebenbei erzählt, daß sein Großvater 1919 der erste Mann aus Pinsk gewesen sei, der in seiner Schuhfabrik in Lowell, Massachusetts, eine Steppmaschine installiert hatte.«

»Na ja, aber 1654«, entgegnete Betty. »Sogar meine Yankee-Großmutter Spencer würde das als Prahlerei bezeichnen.«

»Das war Moms Seite der Familie, die Raphaels. Auf Pops Seite sind die ersten Vorfahren erst seit Anfang des neunzehnten Jahrhunderts in die Vereinigten Staaten gekommen, aber Nona konnte die Toledanos bis zu Eleasar Toledano zurückverfolgen, einem Wagner, der 1529 von Amsterdam nach Den Haag zog.«

»Ach du meine Güte, Roz. Warum hast du mir eigentlich früher nie von diesen Leuten erzählt?«

Rosalyn zuckte die Achseln. »Vermutlich weil ich keinen Grund habe, sehr oft an sie zu denken.«

Kurz darauf kamen sie zu einem kleinen Laden mit einem einfachen Schild über der Tür – »Antiquitäten Salazar« –, und sie beschlossen hineinzugehen. »Auch wenn wir sonst nichts finden, Schatten auf jeden Fall«, sagte Betty. Doch als sie eintraten, sahen sie, daß die Antiquitäten attraktiv und interessant waren.

»Suchen Sie etwas Spezielles?« fragte der Besitzer, der sich als Pedro Salazar vorstellte. Er war ein glatzköpfiger, älterer Mann in schwarzem Anzug, weißem Hemd und einer gemusterten roten Krawatte, die nicht so recht zum Rest paßte und ihm ein fast verwegenes Aussehen gab.

»Ich suche ein Geschenk für meine Großmutter. *Mi abuela,*« sagte Rosalyn.

»Ah, die Großmutter... Nun, wir haben viele Dinge. Wenn Sie sich umschauen wollen.«

Die Antiquitäten waren sehr hübsch, aber das Angebot bestand fast ausschließlich aus Möbeln. Rosalyn sah nichts, das als Geschenk für ihre Nona in Frage käme, bis sie ein emailliertes Metalltablett mit einem Satz überdimensionierter silberner Kelche entdeckte. Sie waren sehr schön poliert.

»Was meinst du?« fragte sie und nahm einen der Kelche zur Hand.

»Ich kann mir vorstellen, daß deine Großmutter sich über antikes spanisches Silber sehr freut«, erwiderte Betty.

Señor Salazar spürte ihr Interesse und kam zu ihnen. Als Rosalyn ihn nach dem Preis der Kelche fragte, brauchte sie einen Augenblick, um Pesetas in Dollar umzurechen und verzog dann das Gesicht. »Wow«, sagte sie.

Señor Salazar lächelte. »Sie stammen aus dem Nachlaß eines Mannes, der ein lebenslanger Freund von mir war, bis er diesen April verstarb. Er hieß Señor Enrique Callicó, ein sehr bekannter Mann, fast der letzte einer vornehmen Saragossaner Familie. Sein Vater fiel im Bürgerkrieg, bei der Schlacht um Madrid. Jetzt gibt es nur noch seinen jüngeren Bruder Manuel, der inzwischen ein älterer Monsignore im Vatikan in Rom ist. Ich habe schon viele sehr schöne Antiquitäten aus dem Callicó-Nachlaß verkauft.«

»Ich weiß nicht…« Rosalyn drehte einige der Kelche um. »Sind das Verfärbungen hier unten?«

»Nein, Señorita, die Sockel bestehen aus Elektrum, einer Legierung aus Silber und Gold.«

»Hier auf dem Boden stehen Initialen. HT. Wissen Sie etwas über den Silberschmied?«

Doch der alte Mann schüttelte den Kopf, »Tut mir leid. Ich weiß nur, daß die Kelche sehr gut gemacht und sehr alt sind. Sie waren über viele Generationen hinweg im Besitz der Familie Callicó.«

»Hmm. Zwei davon sind stark verbeult und zerkratzt… Und es sind offensichtlich nur zehn. Ist das denn ein kompletter Satz?«

»Ich habe nur diese zehn Kelche. Vielleicht kann ich Ihnen ja beim Preis entgegenkommen.«

»… Ich glaube nicht«, sagte sie schließlich. »Es ist nicht nur der Preis. Meine Großmutter ist eine ältere Frau, und ich habe sie grummeln gehört, daß Silber ständig poliert werden muß.«

»Ja, da hat sie recht, Silber braucht Pflege«, stimmte der Besitzer ihr zu.

»Roz, komm mal hierher«, rief Betty. »Ist das nicht ein wunderbarer kleiner Schreibtisch?«

Der Tisch war wirklich sehr schön. »Ist das Eiche?« fragte Rosalyn.

»Ja, Eiche.«

»Aus welchem Teil Spaniens stammt er?«

»Eigentlich ist er englisch, Señorita. Hergestellt im späten achtzehnten Jahrhundert, im Chippendalestil. Auch er gehört zum Callicó-Nachlaß.« Er lächelte. »Zufällig war ich mit Enrique Callicó in London, als er diesen Schreibtisch kaufte. Kurz darauf wurde er ein… *magistrado*, wie heißt das?«

»Ein Richter«, erwiderte Betty.

»Ja, er war ein angesehener und berühmter Richter. An diesem Schreibtisch hat er viele wichtige Dokumente unterzeichnet.«

Rosalyn fragte nach dem Preis des Tischchens, und als Señor Salazar ihn ihr nannte, dankte sie ihm. Sie wandte sich zum Gehen, doch dann hielt sie inne und kehrte zum Schreibtisch zurück.

»Ich nehme ihn.«

»Roz. Wirklich?« fragte Betty.

»Ja. Er wird zwar ein Riesenloch in mein Konto reißen, und Bill wird denken, ich bin verrückt geworden, aber ich will ihn. Was ist mit dem Transport?« fragte sie Señor Salazar.

»Wir bauen eine Holzkiste in der passenden Größe. Man kann ihn langsam per Schiff verschicken oder, für etwas mehr Geld, schneller mit dem Flugzeug.«

»Schneller mit dem Flugzeug«, sagte sie verwegen. Dann schrieb sie ihm die Adresse auf und gab ihm ihre Kreditkarte. »Ich bin eine angehende Anwältin, *una abogada*. Wer weiß, vielleicht bin ich eines Tages auch *una magistrada*.«

Señor Salazar lächelte und sah auf die Kreditkarte. »Warum nicht, Señorita Toledano?«

»Ja, warum nicht? Und jedesmal, wenn ich an diesem Schreibtisch ein wichtiges Dokument unterzeichne, denke ich an Ihren Freund, Señor ...«

»Señor Callicó.«

»Ja, Señor Callicó.«

»Dieser Gedanke freut mich, Señorita Toledano«, sagte er, während sie den Kassenbeleg unterschrieb und ihre Karte wieder entgegennahm.

»Vielen Dank für Ihre Geduld, Señor.«

»*De nada*. Es war mir ein Vergnügen«, sagte Señor Salazar und verbeugte sich leicht.

Als die beiden Amerikanerinnen gegangen waren, nahm er ein weiches Tuch und polierte sorgfältig jeden der Silberkelche. Er versicherte sich, daß alle Fingerabdrücke verschwunden waren und die Kelche wieder in makellosem Glanz erstrahlten, bevor er sie auf das Tablett zurückstellte, und dann drehte er die Kratzer und Dellen der beiden beschädigten Stücke zur Wand.

DANKSAGUNG

Es waren viele Leute, die es mir ermöglicht haben, dieses Buch zu schreiben. Falls in meiner Interpretation der Informationen, die ich von den unten Erwähnten erhalten habe, Fehler stecken, sind es ausschließlich die meinen.

Für Antworten auf meine Fragen im Bereich der Medizin danke ich Myra Rufo, PH. D., Dozentin am Department of Anatomy and Cellular Biology an der Tufts Medical School; Louis Caplan, M. D., Direktor der Stroke Unit am Beth Israel Hospital und Professor für Neurologie an der Harvard Medical School; Jared A. Gollob, M. D., Mitdirektor des Biological Therapy Program am Beth Israel Hospital und Dozent an der Harvard Medical School; Vincent Patalano, M. D., Augenarzt an der Massachusetts Eye and Ear Infirmary und Dozent an der Harvard Medical School; und der Belegschaft der Centers for Disease Control in Atlanta, Georgia.

In Spanien war der Historiker Carlos Benarroch so freundlich, mich durch die alten jüdischen Viertel von Barcelona zu führen und mir einen Einblick in das Leben der spanischen Juden im Mittelalter zu geben. Ich bin dankbar für die Hilfsbereitschaft, die mir Jordi Maestre und Josep Tarrés in Girona entgegengebracht haben. Zwei Familien in Girona haben mir ihre Türen geöffnet, so daß ich einen Eindruck bekam, wie jüdische Familien in Spanien vor Hunderten von Jahren lebten. Josep Vicens I Cubarsi und Maria Collel Laporta Casademont zeigten mir ein erstaunliches Gemäuer samt eingebautem steinernem Herd, das man unter ihrem Haus entdeckte, als der Lehmboden ihres Kellers aufgegraben wurde. Und die Familie Colls Labayen führte mich durch die anmutige Residenz, die im 13. Jahrhundert das Zuhause von Rabbi Mose ben Nachman, dem großen Nachmanides, war. In Toledo wurde ich von Rufino Miranda und dem Personal des Museo Sefardi in der Sinagoga del Tránsito freundlich aufgenommen.

Im Museu Maritim in Barcelona sprachen Enrique Garcia und Pep Savall mit meinem Sohn, der seinen Vater vertrat, über Reisen mit Segelschiffen und schlugen spanische Häfen vor, die ein Frachtkahn des 16. Jahrhunderts hätte anlaufen können. Luis Sintes Rita und Pere Llorens Vila zeigten mir während eines Törns auf der *Sol Naixent III.*, Luis' Boot, die Gewässer an der Küste von Menorca. Sie brachten mich zu einer abgelegenen Inselanlage, die früher Seuchenkrankenhaus war und jetzt Feriendomizil für die Ärzte des spanischen staatlichen Gesundheitsdienstes ist. Ich danke dem Direktor, Carlos Guitierrez del Pino, und dem dortigen Führer, Policarpo Sintes, für ihre Gastfreundschaft und dafür, daß sie mir das Museum für frühe medizinische Instrumente gezeigt haben.

Ich danke dem American Jewish Congress und Avi Camchi, seinem belesenen obersten Reiseführer, die es mir ermöglichten, an einer Tour historischer jüdischer Stätten in Spanien teilzunehmen, und es mir gestatteten, mich tagelang von der Tour zu entfernen und dann wieder zurückzukehren; und ich danke einer Gruppe wunderbarer Menschen aus Kanada und den Vereinigten Staaten, weil sie es einem Schriftsteller bei der Arbeit erlaubten, sich immer wieder durch ihre Reihen nach vorne zu drängen, damit er seinen Kassettenrecorder vor dem jeweiligen Vortragenden in Stellung bringen konnte.

In Amerika danke ich für das geduldige Beantworten meiner

Fragen Professor M. Mitchell Cerels, dem ehemaligen Direktor für Sephardische Studien an der Yeshiva University; Dr. Howard M. Sachar, Professor für Geschichte an der George Washington University; und Dr. Thomas F. Glick, Direktor des Institute of Medieval History an der Boston University.

Father James Field, Direktor des Büros für Glaubensangelegenheiten der Erzdiözese von Boston, und Father Richard Lennon, Rektor des St. John's Seminary in Brighton, Massachusetts, beantworteten geduldig die Fragen eines amerikanischen Juden über die katholische Kirche, und ich bin dankbar für die Freundlichkeit des Latin Department am College of the Holy Cross in Worcester, Massachusetts.

Rabbi Donald Pollock und Charles Ritz halfen mir bei der Recherche über Daten jüdischer Feiertage im Mittelalter. Charlie Ritz, ein lebenslanger Freund, gestattete mir außerdem freizügiges Ausleihen aus seiner privaten Judaica-Bibliothek. Der Anwalt Saul Fatles, ein Waffengefährte während meines jugendlichen Dienstes in der Armee der Vereinigten Staaten, beantwortete mir diverse Fragen über den Juristenberuf.

Die University of Massachusetts in Amherst gewährte mir für die W. E. B. Du Bois Library Fakultätsprivilegien, wie sie es schon eine ganze Reihe von Jahren tut. Mein besonderer Dank gilt Gordon Fretwell, dem stellvertretenden Direktor dieser Bibliothek, Betty Brace, der Leiterin des Benutzerdienstes, und Edla Holm, der früheren Leiterin der Fernausleihe. Für ihre Freundlichkeit danke ich außerdem der Mugar Memorial Library und der Library of Science and Engineering, meiner Alma mater, der Boston University, der Countway Medical Library und der Widener Library an der Harvard University, der Library of the Hebrew College, der Brookline Public Library und der Boston Public Library.

Ich habe festgestellt, daß geschichtliche Abrisse oft voneinander abweichende Schätzungen der Bevölkerungszahlen des spanischen Judentums am Ende des fünfzehnten Jahrhunderts präsentieren und manchmal die Ereignisse dieser Zeit aus unterschiedlichen Blickwinkeln darstellen. War dies der Fall, so habe ich mir die Freiheit genommen, die Version zu wählen, die mir als die wahrscheinlichste und logischste erschien.

Ein Wort zur Warnung. Meine Beschreibungen von Kräuterarzneien basieren auf Material, das sich in den Schriften von Avicenna, Galen und anderen früheren Medizinern findet. Die frühen Ärzte und Apotheker gingen bei der Zusammenstellung von Arzneien jedoch nicht sehr wissenschaftlich vor, und die Wirksamkeit dieser Mittel wurde nie bewiesen. Es wäre unverantwortlich, sollte jemand die in diesem Buch beschriebenen Heilmittel ausprobieren, da sie gefährlich oder sogar lebensbedrohend sein können.

Seit den frühen Tagen des Christentums und bis zum heutigen Tag gibt es einen regen Markt für gestohlene Reliquien. Reliquien der heiligen Anna, die von den Katholiken als Mutter der Jungfrau Maria verehrt wird, finden sich in vielen Kirchen und in verschiedenen Teilen dieser Erde. Meine fiktive Geschichte der Reliquie der heiligen Anna bis hin zur Zeit Karls des Großen basiert auf Ereignissen, wie sie in katholischen Heiligengeschichten geschildert sind.

Was mit der Reliquie nach der Zeit Karls des Großen passiert, ist fiktiv, wie auch die Abtei zur Himmelfahrt Mariä in Toledo sowie Tal und Dorf von Pradogrande. Alle erwähnten Monarchen und Bischöfe mit der Ausnahme von Enrique Sagasta und Guillermo Ramero sind historisch. Alle modernen Figuren im Epilog sind fiktiv und haben keine lebenden oder toten Vorbilder.

Ich bin dankbar für die herzliche Freundschaft und Unterstützung meines deutschen Verlegers Dr. Karl H. Blessing vom Karl Blessing Verlag; meines amerikanischen Agenten Eugene H. Winick von McIntosh & Otis, Inc; meiner internationalen Agentin Sara Fisher von der Literaturagentur A. M. Heath in London; und Sabine Ibach von Mohrbooks in Zürich.

Mein Verlag in Spanien, Ediciones B, war in vieler Hinsicht außerordentlich hilfsbereit, und ich danke der Verlegerin Blanca Rosa Roca und dem Cheflektor Enrique de Hériz.

Das Manuskript schickte ich in Teillieferungen nach Deutschland und Spanien, damit in diesen Ländern mit den Übersetzungen begonnen werden konnte, während ich noch schrieb. Der Historiker und Journalist José Maria Perceval hat meine Seiten durchgesehen, mich beraten und sich darum gekümmert, daß die Namen meiner Figuren auch zu Sprache und Kultur der spanischen Regionen passen, in denen meine Geschichte spielt. Diese schwierige Aufgabe, für die ich ihm danke, machte beständige Änderungen im Manuskript nötig, und so gilt mein besonderer Dank den Lektorinnen Judith Schwaab vom Karl Blessing Verlag in München und Christina Hernández Johansson von Ediciones B in Barcelona für ihre Geduld. Während eines Großteils meiner Arbeit an diesem Buch genoß ich den Luxus, Herman Gollob als Erstlektor zu haben, bis er nach England ging, um für ein Buch über seine Beziehung zu Shakespeare zu recherchieren. Er ist ein großartiger Lektor, der das Produkt des Schriftstellers liebt, und dieser Roman ist viel besser, als er ohne ihn geworden wäre.

Meine Tochter Jamie Beth Gordon hielt immer die Augen auf nach »einem Buch, das Dad vielleicht brauchen kann«, und ich fühle mich immer umsorgt und gestärkt, wenn ich die kleinen Notizen lese, die sie mir hinterläßt. Meine Tochter Lise Gordon, meine nie versiegende Quelle guter Lektüre für Recherche und Vergnügen und immer meine härteste und zugleich zärtlichste Lektorin, hat Teile meines frühen Manuskripts und die gesamte endgültige Fassung gelesen. Mein Schwiegersohn Roger Weiss reagierte prompt auf unzählige Hilferufe, wenn mein Computer wieder mal ganze Abschnitte schwer erarbeiteter Prosa geschluckt hatte und nicht wieder hergeben wollte; er erwies sich immer als Retter in der Not. Meine Schwiegertochter Maria Palma Castillón dolmetschte, erklärte, las die Fahnen der spanischen Ausgabe und bewirtete uns mit großartigem katalanischen Essen, wann immer wir uns in diesem Land aufhielten. Mein Sohn Michael Seay Gordon war immer für mich da mit Informationen, Zeitungsausschnitten, Anrufen, Rat und Unterstützung. Er sprach an meiner Stelle mit den Leuten und war auf verschiedenen meiner Fahrten durch Spanien der beste Reisegefährte.

Lorraine Gordon, noch immer die beste Frau, die ein Schriftsteller sich wünschen kann, schenkt mir so viel, daß ich erst gar nicht versuchen will, es in Worte zu fassen. Sie hat mir erlaubt, mich immer wieder in sie zu verlieben, und das tue ich auch seit nun schon so vielen Jahren.

NOAH GORDON
Brookline, Massachusetts
6. Juli 1999

Noed
Venetorum
Oceanus Aqu
tanicus
Lapatia prom.
Celticum prom.
Flavium Brigantium
Legio
Iuliobriga
Minius flu.
Tarraconen:
Numantia
Aquę Flavię
Turris Sil: laua
Durius flu.
Tala: brica
HISP:
A N
Londobris insula
Lusita: nia.
Toletum
saltus Tugiensis
Olysippo
Emerita Aug.
Tagus flu.
Cel tici.
Oretum
Bętis flu.
Carthago nova
Pax au: gusta
Bætica.
Murgis
Sacrum prom.
Hispalis
Abdera
Malaca
Anas flu.
Gades ins.
Calpe
Sinus Gaditanus.
Fretum Herculeum.